Das Buch

Wir schreiben das Jahr 1760. Das Schicksal hat zwar die beiden Zwillingsbrüder Peter und Paul von Morin voneinander getrennt, doch auf See werden sich ihre Lebenswege auf der jeweils gegnerischen Seite wieder kreuzen. Für Frankreich verläuft der Krieg in Übersee verheerend. Der frischgebackene Leutnant der französischen Marineinfanterie Peter von Morin soll daher mit seiner Einheit die Zuckerinsel Martinique vor einer Invasion durch die Briten bewahren. Aber schon auf der Reise nach Brest wird sein Schiff in ein schweres Gefecht mit einer britischen Fregatte verwickelt. Was er nicht weiß: Auf der *Thunderbolt* dient sein Bruder Paul als Midshipman. Was er nicht ahnt: Zu einem späteren Zeitpunkt wird die Royal Navy seinen Konvoi vor Erreichen Westindiens abfangen und nahezu völlig aufreiben.

Paul von Morin hat es mittlerweile zum diensttuenden Dritten Leutnant auf der *Thunderbolt* gebracht, die Sklavenschiffe von Westafrika nach Westindien geleiten soll. Doch Gelbfieber dezimiert auf der Überfahrt deren Besatzung derart, dass ein Angriff französischer Freibeuter nur unter Aufbietung von an Tollkühnheit grenzendem Mut abgewehrt werden kann.

Der Autor

Ole Groothus, Dipl. Wirtschaftsingenieur, lebt in Norddeutschland und ist Schiffsmakler. Er unterhält darüber hinaus ein Sachverständigenbüro für Boote und Yachten.

Vom selben Autor ist bereits bei Ullstein der marinehistorische Abenteuerroman *Husaren der See* erschienen.

Ole Groothus
Husarenbrüder

Roman

Ullstein

Besuchen Sie uns im Internet:
www.ullstein-taschenbuch.de

Umwelthinweis:
Dieses Buch wurde auf chlor- und säurefreiem Papier gedruckt.

Originalausgabe im Ullstein Taschenbuch
1. Auflage Oktober 2009
© Ullstein Buchverlage GmbH, Berlin 2009
Umschlaggestaltung:
HildenDesign, München / Buch und Werbung, Berlin
Titelabbildung: © Accornero Franco via Schlück GmbH,
Linda Bucklin/shutterstock
Satz: Pinkuin Satz und Datentechnik, Berlin
Gesetzt aus der Sabon
Druck und Bindearbeiten: CPI – Ebner & Spiegel, Ulm
Printed in Germany
ISBN 978-3-548-28146-9

Für Martina

Vorwort

In Europa tobt der Dritte Schlesische Krieg, besser bekannt als der Siebenjährige Krieg, den man aber auch mit einigem Recht den Ersten Weltkrieg nennen könnte, denn für die beiden Großmächte England und Frankreich geht es um die Eroberung von Weltreichen in Amerika und Indien. Hätte man damals einen durchschnittlichen Parlamentarier des Unterhauses nach Schlesien gefragt, so hätte jener den Fragesteller von oben herab angeblickt und erstaunt zurückgefragt: »Wovon reden Sie, Mann? Vergeuden Sie nicht meine Zeit!«

Paul und Peter von Morin aus der Neumark, die beiden Kornetts der Ziethenhusaren, müssen sich nach einem unerlaubten Duell ins Ausland absetzen, weil Peters Gegner anscheinend seinen erlittenen Verletzungen erliegt. Auf ihrer Flucht durch die Mark und Pommern, auf der sie von ihren Burschen Karl und Franz begleitet werden, verfolgt sie eine Bande litauischer Pferdetreiber, die ihnen ans Leder wollen. Bei einem Kampf auf Leben und Tod fällt ihnen das Geld in die Hände, das die Litauer bei dem Verkauf der Herde erzielt haben, was selbstredend die Wut der Verfolger erst recht anstachelt.

In Danzig heuern sie auf dem holländischen Küstensegler

Oranjeboom an, auf dem besonders Paul die Grundkenntnisse der Seemannschaft und der Navigation erlernt. Nach einer stürmischen Überfahrt wird das Schiff kurz vor der Themsemündung von einem französischen Freibeuter gekapert. Während sich Paul zusammen mit Karl durch einen Sprung in die Nordsee rettet, geraten Peter und Franz in Gefangenschaft. Sie werden in die Festung Fécamp geschafft, wo sie darauf hoffen, von den de Partouts, den französischen Verwandten der Morins befreit zu werden. Derweil dienen Paul und Karl als einfache Seeleute vor dem Mast auf der britischen Fregatte *Thunderbolt*, die den Freibeuter vertrieben hatte. Nach einem Gefecht mit einer französischen Geleitfregatte und der Wegnahme eines wertvollen Westindienfahrers läuft die *Thunderbolt* Plymouth an, um notwendige Reparaturen durchführen zu lassen. Hier hofft Paul, von Verwandten, die im Gefolge der hannöverschen Welfen nach England gekommen waren, von Bord geholt zu werden.

Hier endet der Kundendienst für die Leser, die es bedauerlicherweise versäumt haben, den ersten Band mit den Abenteuern der beiden preußischen Husarenbrüder mit heißem Herzen zu verschlingen – aber das lässt sich ja nachholen!

Viel Spaß und auch reichlich Spannung beim Verfolgen der verschlungenen Lebenswege der ach so verschiedenen Zwillinge.

Ole Groothus

Teil Eins

Die beiden durch das Schicksal auseinandergerissenen Brüder gehen ihren Weg getrennt weiter. Peter versucht mit einem Pferderennen, das Herz der spröden Amélie zu erobern. Er stolpert dabei fast schon wieder in ein Duell. Glücklicherweise wird er vorher von seinem Cousin befreit und nach Paris gebracht. Dort lernt er die vielfältigen Verführungen der Großstadt und des Palastes kennen und teilweise – leider – auch zu schätzen. Mit dem Offizierspatent eines Leutnants der Marineinfanterie macht er sich auf den Weg nach Brest. Bei der Überfahrt auf einem Freibeuter entgeht er nur knapp der Gefangennahme durch die Engländer.

Auf Paul wird an Bord der Thunderbolt *ein Anschlag verübt. Bevor er herausfinden kann, wer dahintersteckt, wird auch er von seinen Verwandten von Bord geholt. Auf der Reise nach London rettet er eine schöne junge Dame und ihren einflussreichen Vater aus den Händen einer Räuberbande. In London sorgt sein Onkel dafür, dass sein theoretisches Wissen über alle Bereiche der Nautik vertieft wird. König Georg II. macht ihn als Dank für seine mutige Rettungstat zum Peer of Great*

Britain und belehnt ihn mit einem Anwesen in Kent. Er steigt als Midshipman wieder auf der Thunderbolt *ein. In einem nächtlichen Gefecht gelingt es ihnen, einen französischen Freibeuter zu entern, aber ein guter Teil der Franzosen schafft es, sich mit der von ihnen eroberten englischen Prise davonzustehlen. Darunter sind auch Peter und sein Bursche Franz.*

Kapitel 1

Plymouth, Juni 1760

Es war stockdunkel im niedrigen Wohndeck von Seiner Britannischen Majestät Fregatte *Thunderbolt*, einem Schiff der Sechsten Klasse, die auf dem Plymouth Sound hinter Drake Island im Wechsel der Gezeiten um ihren Anker schwoite. Die Luft war stickig und verbraucht. Sie unterschied sich – was den Gestank anging – kaum von einem Raubtierkäfig, der von einer vielköpfigen Großfamilie Löwen bewohnt wird. Nahezu zweihundert Männer, ungewaschen und am Abend mit Salzfleisch und Hülsenfrüchten abgefüttert, sorgten für eine mit kräftigen Düften überreich gesättigte, höchst aromatische dicke Luft. Aus den dicht an dicht aufgeriggten Hängematten ertönten lautstarke Flatulenzen – sie bildeten die Kopfnote –, satte blubbernde Rülpser und sonore sägende, plötzlich stockende Schnarchgeräusche, die dann mit erneuter Intensität wieder einsetzten. In diese trauliche, heimelige Atmosphäre hinein mischte sich als Basisnote der Gestank der Bilge, in der fauliges Wasser schwappte und tote Ratten verwesten. Die Ausdünstungen des allgegenwärtigen Schimmelpilzes rundeten als Herznote das rustikale Dufterlebnis ab. An der Bordwand gurgelte das Wasser des ablaufenden Ebbstroms. Zuerst gelegentlich, dann immer öfter klatschten Wellen laut gegen die Beplankung der Außenhaut, als der Wind zunahm und das Schiff quer zum Strom drehte. Die straff gespannten Wanten und Stage begannen zu vibrieren und dumpf zu summen. Irgendwo schlug klappernd ein Block gegen eine Spiere. Ab und zu begann die frische Brise im Rigg zu jaulen und zu heulen.

Leichtmatrose Paul von Morin hatte die Arme hinter dem Kopf verschränkt, was aufgrund des knappen Raumes gar nicht so einfach war, ohne dass er seinen beiden Nebenmännern den Ellenbogen gegen den Kopf rammte. Er lauschte dem Konzert im Zwischendeck und den Geräuschen der See und seufzte. Nun lagen sie schon zwei Wochen in Plymouth. Sie warteten auf einen Platz in der Werft und waren unterdessen mit der Ausbesserung der Schäden beschäftigt, soweit das mit den beschränkten Bordmitteln möglich war. Die Schäden hatte das Schiff in den Seegefechten mit den Franzosen vor dem Kanal davongetragen. Ihn bedrückte, dass er immer noch keine Nachricht von seinen Verwandten aus London erhalten hatte. Vielleicht hatte sie seine Nachricht, die er nach der Vertreibung der französischen Freibeuter und der Wegnahme der *Oranjeboom* durch die Briten dem versoffenen Midshipman Fisher mitgegeben hatte, nicht erreicht? Das war eher unwahrscheinlich, denn der junge Mann mochte zwar ein Tunichtgut und als Offizier untragbar sein, aber sein ausgeprägter Sinn für das Ergattern eines guten Gratisschlucks und eines möglichen Geldgeschenks hatte ihn todsicher in das Haus des Grafen von Wolfenstein geführt. Nun war der Weg von London nach Plymouth zwar weit und unbequem, aber Paul begann sich ernsthaft Sorgen zu machen, dass seinem Schiff vielleicht schon bald ein Platz in der Werft zugeteilt wurde. Dort würde es endgültig repariert werden und sich bald danach wieder auf hoher See befinden, möglicherweise noch bevor sein Großonkel dafür sorgen konnte, dass er die

Thunderbolt in allen Ehren verlassen konnte. Der Gedanke, einfach zu desertieren, war ihm zwar auch schon gekommen, er hatte ihn aber sofort wieder energisch verworfen. Wenn er in der Royal Navy Karriere machen wollte, dann hätte ein »R«* hinter seinem Namen in der Musterrolle der *Thunderbolt* das Ende dieser Karriere bedeutet, noch bevor diese überhaupt begonnen hatte. Er kämpfte gegen die in ihm aufsteigende Panik an. Kühl überlegte er: Zuerst musste ein berittener Bote die Depeschen des Kommandanten der *Thunderbolt* nach London befördern, dann war es an der Admiralität, den Bericht über das erfolgreiche Gefecht zu veröffentlichen und den Liegeplatz bekanntzugeben. Erst dann konnte sein Onkel davon auch Kenntnis erhalten. Der Teufel mochte wissen, ob den Grafen maritime Dinge überhaupt interessierten. Vielleicht waren für ihn Spekulationsgeschäfte, politische Intrigen oder Fuchsjagden und Pferderennen der Lebensinhalt. Aber selbst wenn sein Onkel die Nachricht zur Kenntnis nahm, war noch lange nicht gesagt, dass er es für nötig befand, einen entfernten Verwandten aus dem Mannschaftslogis eines Schiffes des Königs heim in den Schoß der Familie zu holen. Und ein *sehr* entfernter Verwandter war er nun ja weiß Gott, Paul seufzte wieder tief auf, denn schließlich waren nur seine beiden älteren Brüder und Schwestern aus der ersten Ehe seines Vaters über deren Großmutter Amalie mit den Wolfensteins aus dem Hannöverschen blutsverwandt. Außerdem mochte fraglich sein, ob der Hannoveraner als zugewanderter neuenglischer Hofmann im Gefolge des Königs bei den entsprechenden Regierungsstellen über genügend Einfluss verfügte, um ausreichend Druck auf die Admiralität ausüben zu können, seinen Neffen aus dem Dienst zu entlassen. Schließlich hatte Paul die Musterrolle freiwillig

---

* R: *Run,* desertiert

unterschrieben und das Handgeld des Königs genommen. Nach dem geltenden Recht musste er als einfaches Besatzungsmitglied vor dem Mast auf der *Thunderbolt* dienen, bis das Schiff anlässlich einer Generalüberholung außer Dienst gestellt und die gesamte Besatzung bis auf die fünf ständig an Bord verbleibenden Männer* abgemustert wurde. Aber das konnte in Kriegszeiten lange dauern, denn die Marine verfügte immer über zu wenige Fregatten. Diese Arbeitspferde wurden als die Augen der Flotte zumeist im aktiven Dienst gehalten, bis sie buchstäblich auseinanderfielen. Aber selbst wenn Graf Wolfenstein entsprechend intervenierte, mussten erst die richtigen Strippen gezogen, Briefe geschrieben und wieder über den langen Landweg nach Plymouth befördert werden. Es nützte nichts, er musste sich in Geduld fassen und hoffen, dass die *Thunderbolt* nicht zu schnell wieder seetüchtig gemacht wurde und auslief – wohin auch immer.

Paul verspürte ein menschliches Rühren. Das kommt von der verdammten Grübelei, dachte er missmutig. Geschickt rollte er sich aus der Hängematte, wobei er zwangsläu-

---

* Die »*standing officers*« waren mit Ausnahme des Zahlmeisters Decksoffiziere ohne Zugang zur Offiziersmesse. Sie blieben prinzipiell immer an Bord eines bestimmten Schiffes, auch wenn es aufgelegt worden war. Es handelte sich um den Zahlmeister, den Zimmermann, den Bootsmann, den Stückmeister und den Koch, wobei der auch wieder eine Ausnahme darstellte, denn er verdankte seine Einstellung als *warrant officer* meist seiner langen Dienstzeit – meist als vom Kommandanten ernannter Unteroffizier (petty officer) – und der Tapferkeit in einem Gefecht, in dessen Verlauf er schwer verwundet worden war. Daher fehlte ihm häufig ein Bein oder er war halbblind. Der Leser mag sich seine Gedanken machen, ob das die besten Voraussetzungen für den schweren und verantwortungsvollen Job waren, auch wenn er im Wesentlichen nur drüber wachen musste, dass das Wasser in den Töpfen kochte oder simmerte. Allerdings war er dafür verantwortlich, dass alle Backen prinzipiell gleichmäßig mit den Rationen (z. B. Fleischstücke) versorgt wurden, die nicht vom Zahlmeister direkt an den Messekoch ausgeteilt wurden, der sie dann in markierten Tüchern oder Netzen in die Kombüse brachte.

fig seine Nebenschläfer störte, die das mit schlaftrunkenen Flüchen quittierten, ließ sich auf das Deck hinuntergleiten und kroch bäuchlings unter den Hängematten hindurch in Richtung des Niedergangs. Oben in der Kuhl sog er gierig die frische nächtliche Brise ein. Er fröstelte in seinem dünnen Hemd und blickte sich um. Achtern sah er den Umriss des wachhabenden Midshipman vor den hell leuchtenden Hecklaternen, der sich mit beiden Armen auf die vordere Reling des Achterdecks stützte. Welcher der jungen Gentlemen es war, konnte er nicht erkennen, und es interessierte ihn auch nicht besonders. Vermutlich war es Luke Cully, der älteste Midshipman im Gunroom, dem Verschlag im Zwischendeck für die angehenden Seeoffiziere. Er war bereits fast dreißig Jahre alt und schaffte es immer wieder, durch das Leutnantsexamen zu fallen. Böse Zungen behaupteten, dass er mindestens doppelt so dämlich wie Pauls unglaublich starker, aber einfältiger Messekamerad Bully Sullivan war, aber gleichzeitig mehr als dreimal so hinterhältig und niederträchtig. Zwar beherrschte er den täglichen Routinebetrieb an Deck aufgrund seiner fast achtzehnjährigen praktischen Erfahrung im Schlaf, aber seine größte Passion war das Schikanieren der einfachen Seeleute und das Triezen seiner Kameraden in der Messe, von denen zumindest einer noch ein halbes Kind von zwölf oder dreizehn Jahren war. Wie Paul erfahren hatte, war er deshalb schon mehrfach vom Ersten Leutnant verwarnt worden. Das war zwar stets unter vier Augen geschehen, aber auf einem Kriegsschiff blieb nichts geheim, irgendjemand hörte immer mit. Mister Cully ging seitdem vorsichtiger bei seinen geistlosen Anschuldigungen zu Werke, die sich meist auf offensichtlich banale Pflichtverletzungen bezogen, aber die alten Matrosen hatten ihren neuen Kameraden dringend geraten, dem miesen Typen so weit irgend möglich aus dem Weg zu gehen, um ihm keine Gelegenheit zu geben, sie dem Ersten zu melden und eine strenge Bestrafung zu verlangen. Er hatte eine kleine, ihm blind ergebene Clique um sich geschart, die auf Nachfrage seine abstrusen Vorwürfe im Brustton der Überzeugung bestätigte. Allerdings klappte das nur, wenn keine neutralen Zeugen zur Stelle waren. Aber auf diese Weise hatte schon manch Unschuldiger die Katze zu schmecken bekommen – dem Ersten und dem Kommandanten war aus disziplinarischen Gründen einfach keine andere Wahl geblieben. Sie mochten ein Komplott wittern, konnten das Strafmaß auch entsprechend milde halten, aber eine Strafe musste verhängt werden, daran führte kein Weg vorbei. Sobald sich dann ein Mann unter den Schlägen der siebenschwänzigen Katze an der Gräting wand, schien das Cullys persönliches Wohlbefinden zu steigern. Blickte er sonst zumeist mit verschleierten Augen und einem fest zusammengekniffenen Mund eher dümmlich um sich, so leuchteten dann seine weit aufgerissen Augen, und sein vor Erregung halb geöffneter Mund verzog sich gar zu einem zufriedenen Grinsen. Wie oder womit der Midshipman seine kleine Truppe zusammenhielt, war Paul nicht klar, aber auf irgendeine Weise musste er eine unerklärliche Macht über sie ausüben. War er wohlhabend genug, um sie mit blanken Münzen zu kaufen? Nun, er konnte es sich immerhin leisten, seit nahezu achtzehn Jahren ohne Sold bei der Navy zu dienen*. Alimentierte ihn seine Familie großzügig? Sie war sehr wahrscheinlich froh, den Versager fern von zu Hause auf See zu wissen. Möglich war natürlich auch, dass er in seiner langen Dienstzeit reichlich Prisengeld verdient hatte. Paul von Morin ging langsam nach vorne, sein Darm gab kollernde

---

* In der Royal Navy war es lange sogar üblich, dass die Familie für die »Ausbildung« als Midshipman dem Kapitän eine gewisse Summe pro Monat zahlte. Eine Heuer für Midshipmen wurde erst später eingeführt.

Geräusche von sich. Er passierte die leeren Bootsknacken, stieg an der Backbordseite über die Treppe auf die Back, um sich dann auf die Gräting des Galions herunterzulassen. Dort öffnete er seinen Gürtel, ließ die Hose herunter, setzte sich auf das Toilettenloch in Lee, lehnte sich mit Kopf und Schultern an den Bugspriet hinter sich und verrichtete sein Geschäft. Dabei blickte er tief in Gedanken versunken hinüber zu den Lichtern hinter Plymouth Hoe und in der Festung an der Küste. Aber plötzlich hatte er das Gefühl, dass etwas nicht stimmte. Seine Nackenhaare sträubten sich, ein untrügliches Warnzeichen, das er aus seiner Zeit als Ziethenhusar nur zu gut kannte und auf das er sich blind verlassen konnte. Ohne nachzudenken, ließ er sich nach vorne fallen und rollte zur Seite. Er hörte etwas durch die Luft sausen und gegen die Unterseite des massigen Bugspriets knallen, dort hatte sich eben noch sein Rücken befunden. Eine dunkle, untersetzte Gestalt tauchte unter der Spiere hindurch, ragte über ihm auf und machte alle Anstalten, erneut zum Schlag auszuholen. Paul wollte aufspringen, aber seine Hose, die ihm noch um die Knöchel hing, behinderte ihn. Wütend vor sich hin knurrend, zog er die Beine an, stieß mit den Füßen mit aller Kraft nach den Beinen des Angreifers. Der Knüppel des Mannes sauste herab, aber weil er aus dem Gleichgewicht gebracht worden war, traf er nur das Netz, das die seewärtige Begrenzung des Galions bildete. Dort verfing sich das Holz, und Pauls zweiter schwungvoller Fußstoß aus der Hüfte heraus traf den Mann in den Bauch. Der stöhnte schmerzerfüllt auf, ließ den Knüppel los und warf sich auf den immer noch am Boden liegenden Jungen. Eine Zeitlang rangen sie keuchend miteinander. Der Mann war stark und versuchte Pauls Hals zu umklammern, um ihn zu erdrosseln, aber der junge Preuße war im Nahkampf erfahren und seine Muskeln waren durch die harte Arbeit an Deck und im Rigg gestählt. Immer wieder gelang es ihm, den tödlichen Klammergriff aufzubrechen. Sie rollten auf dem engen Deck hin und her, und schließlich kam Paul in die Oberlage. Er kniete sich mit Schwung wuchtig auf den Bauch seines Kontrahenten, der daraufhin zischend die Luft ausstieß, mit dem rechten Knie fixierte er den linken Arm des Mannes und mit seiner linken Hand presste er dessen rechten Arm auf die Planken. Dann holte er weit aus und schlug dem Kerl die geballte rechte Faust so fest er konnte ins Gesicht. Es knirschte und knackte. Wieder und wieder schlug er zu, der weiße Fleck, der das Gesicht des Gegners markierte, verfärbte sich dunkel. Er spürte nicht, dass die Haut über seinen Knöcheln aufplatzte und die Hand höllisch schmerzte, blinde heiße Wut ließ rote Kreise vor seinen Augen tanzen. Der Mann fing an zu winseln. »Hör auf, Mann! Gnade!«

»Hättest du aufgehört, du abscheulicher Feigling?«, fauchte Paul keuchend.

»Ja, ja! Ich sollte dich ja nur etwas erschrecken, weil du so ein eingebildeter Pinkel bist.« Die Antwort klang seltsam undeutlich, anscheinend hatten einige von Pauls Schlägen voll seinen Mund getroffen. Der Mann spuckte aus, Blut spritzte und Zähne fielen klappernd auf das Deck.

»Wer hat dir den Auftrag dazu gegeben, du niederträchtiger Hundsfott?«

Bevor der andere Mann antworten konnte, ließ Paul ihn abrupt los, weil er Stimmen auf der Back hörte. Keinesfalls durfte er mitten in einer Prügelei erwischt werden. Selbstverteidigung hin oder her, wurden sie auf frischer Tat ertappt, konnte sie das beide an die Gräting bringen. Er sprang auf, griff nach seiner Hose, zerrte sie hastig hoch, zog den Gürtel fest und sah sich gehetzt nach einer Fluchtmöglichkeit um. Sein Blick fiel auf die Ankertrosse, die durch die Klüse im Schott unter der Back verschwand. Die zweite Klüse daneben war unbelegt. Er zwängte sich durch die Ankerklüse, suchte sich seinen Weg in der Finsternis am Verschlag für den lebenden Proviant des Kapitäns und der Offiziere vorbei weiter nach achtern, passierte die Kombüse und gelangte in die Kuhl. Geduckt eilte er, lautlos jede Deckung nutzend, zum Niedergang. Gerade als er unter Deck verschwand, glaste auf dem Achterdeck die kleine Glocke, dann wiederholte die große Schiffsglocke auf der Back volltönend die beiden Doppelschläge. Also deshalb waren die Männer auf der Back gewesen. Ob sich sein Gegner auch unentdeckt hatte verdrücken können? Oder waren die anderen Männer eingeweiht gewesen? Unter den Schläfern hindurch erreichte er wieder seine Hängematte und kroch, ohne allzu viel Rücksicht auf seine Kameraden zu nehmen, hinein. Die herzhaften Verwünschungen der Kumpel klangen ihm wie reine Poesie in den Ohren. Aufatmend zog er die Decke über sich hoch, ein dankbares Gefühl durchströmte ihn, irgendwie war es, als wäre er nach Hause gekommen. Er massierte sich die aufgeplatzten, schmerzenden Knöchel der geschwollenen rechten Hand. Wer konnte ein Interesse daran haben, ihn verprügeln, ja, umbringen zu lassen? Nun, eins war sicher, er würde den Kerl bei Tageslicht ganz gewiss wiedererkennen, so wie er ihm die Visage poliert hatte. Und wenn der nicht mit dem Namen seines Auftraggebers herausrückte, dann würde Bully mal ein ernsthaftes Wort mit ihm reden müssen. Bevor er einschlief, zuckte noch ein Gedanke durch seinen Kopf: Er war sich verdammt sicher, dass eine der Stimmen oben auf der Back dem fiesen Midshipman Cully gehört hatte. Sollte diese miese Type hinter dem Anschlag stecken? Man würde sehen.

Als nur wenige Minuten später – jedenfalls erschien das Paul so – die Pfeifen der Bootsmannsmaaten zwitscherten und der Bootsmann mit rauer Stimme den alten Weckruf aussang – »Reise, reise, nach alter Seemannsweise! Jeder weckt den Nebenmann, dass der nicht länger schlaaaafen kann!« – kam Leben ins Zwischendeck. In der Finsternis knurrte eine verschlafene Stimme: »Jeder scheißt den anderen an, der Letzte scheißt sich selber an!« Irgendjemand konnte sogar über diesen uralten Witz müde kichern. Paul rollte aus der Hängematte, zog sich an und begann seine Hängematte regelgerecht zusammenzurollen und zu verschnüren. Es gelang ihm nur unter Stöhnen und Ächzen, denn seine rechte Hand war dick angeschwollen und tat bei jeder Bewegung weh. Karl, sein Bursche, bemerkte schnell sein Handicap und half ihm wortlos. Inwendig musste Paul lächeln. Wahrscheinlich war er der einzige Leichtmatrose im Dienste von König Georg, der einen eigenen Leibburschen hatte. Der gute Karl fragte nicht, wie er sich die Blessuren an der Hand zugezogen hatte, sehr wahrscheinlich machte er sich Vorwürfe, weil er nicht zur Stelle gewesen war, als er gebraucht wurde.

Aber auch jetzt war seine Hilfe äußerst wertvoll, denn der Profos wachte mit seinen Gehilfen mit Argusaugen darüber, dass die Hängematten richtig gepackt in die Finknetze gestaut wurden. Übrigens gehörte auch einer dieser Gehilfen zu Cullys Truppe. Er musterte Paul scharf, dabei verzog sich sein Gesicht kurz zu einer hasserfüllten Fratze, dann wandte er sich jäh um und schnauzte einen anderen Mann an.

Die tägliche Routine des Deckschrubbens begann. Das kalte Wasser tat Pauls Hand gut, aber so fest wie sonst konnte er den Scheuerstein nicht auf das Deck pressen. Glücklicherweise entging das den scharfen Augen des Bootsmannes. Unauffällig ließ Paul seine Augen herumwandern, aber er entdeckte keinen Seemann, der ein übel zugerichtetes Gesicht hatte. Wo mochte der Kerl stecken? Hatte er sich krank gemeldet und ließ den lieben Gott im Lazarett einen guten Mann sein? Dann wurde endlich zum Frühstück gepfiffen. An der Messeback musterte ihn Bully in seiner unbefangenen Art und brummte: »Wenn ich nicht wüsste, dass du ein Gen'leman und ganz friedlicher Mensch bist, Chefchen, und die ganze Nacht schlafend in der Furzmulde gelegen hast, würde Bully denken, dass du jemand ganz fürchterlich die Fresse poliert hast, Master Paul.« Er zog nachdenklich die Stirn kraus. »Zumindest könnte ich das Letztere beschwören, denn ich bin während der ganzen Nacht nicht einmal aufgewacht.« Karl und Jan Priem blickten sich an und kniffen ein Auge zusammen. Sie schliefen direkt neben Paul und hatten seinen nächtlichen Ausflug natürlich mitbekommen. Jack, der Quartermastersmaat, schaute auf Pauls geschwollenen Flunken, räusperte sich und meinte dann gedehnt: »Also reden wir nicht um den heißen Brei herum: Was ist heute Nacht passiert, Junge?«

Paul wusste, dass es keinen Zweck hatte, seinen Kameraden etwas vorzumachen. »Nun, ich musste gegen vier Glasen auf der Mittelwache nach vorne auf die Galion. Dort hat mich irgend so ein Schweinehund hinterrücks angefallen. Der Kerl wollte mich umbringen!« Er zog sein Halstuch zur Seite, so dass seine Kameraden die blutunterlaufenen Stellen sehen konnten, die die Finger des Killers hinterlassen hatten. »Ich konnte mich ziemlich erfolgreich wehren und habe ihm sicher ein paar eindeutige Spuren im Gesicht verpasst. Seine Augen dürften zugeschwollen, die Nase gebrochen und der Mund ziemlich zahnlos sein. Seht und hört euch doch mal um, wer seit heute Morgen so verändert herumläuft. Vielleicht hat er sich auch ins Lazarett abgeseilt.« Seine Messekameraden redeten aufgeregt durcheinander, bis Paul beschwichtigend eine Hand hob. »Ich möchte wissen, wer ihm den Auftrag gegeben hat, mich aus dem Verkehr zu ziehen. Notfalls müssen wir nach Mitteln und Wegen suchen, es aus ihm herauszuprügeln, denn schließlich könnte er es nochmals versuchen.« Die Männer blickten sich erschrocken an. Nur Bully rieb sich erwartungsfroh seine klosettdeckelgroßen Pranken. Paul tippte ihm mit dem Zeigefinger an die gebrochene Nase. Bully zuckte zusammen, er erinnerte sich sehr gut daran, dass ihm Paul bei ihrem ersten nicht ganz friedlichen Zusammentreffen das Bordmesser in ein Nasenloch gesteckt hatte, um ihn zum Aufgeben zu bewegen. »Bully, ich weiß, du willst dich nur nützlich machen, aber du unternimmst nichts, bevor ich dir ausdrücklich den Befehl dazu gebe, claro, mein Kleiner?«

Bully nickte heftig. »Aye, Chefchen, ganz klar, Bully hört auf Leute, die mehr Grütze im Kopf haben als er – manchmal«, fügte er leise hinzu.

Am Verlauf des Vormittags kam Bootsmann Ben Fist zu der Arbeitsgruppe geschlendert, der Paul angehörte, und sah ihnen beim Spleißen zu. Natürlich entdeckte er sehr schnell Pauls lädierte Hand und dass die anderen einen Teil seiner Arbeit wortlos miterledigten. Paul versah die Tampen und die Kardeele mit Behelfstaklingen, bevor er sie weitergab, denn die Arbeit mit dem Fitt aus Pockholz, mit dem die Zwischenräume zwischen den durch den Drall aneinandergepressten Kardeelen aufgebohrt wurden, um die zu verspleißenden einzelnen Kardeele hindurchzustecken, war zu schmerzhaft. »Du solltest zum Pillendreher gehen, Junge, und dir den Flunken versorgen lassen, immerhin könnte etwas gebrochen sein. Wobei ist denn das passiert?«

»Ich habe gestern bei der Übernahme des Frischproviants alleine eine unter Last stehende Leine gelöst, und die hat meine Hand nach vorne gezogen und am Koffeinagel eingequetscht, Sir. Mein Fehler, Sir. Aber ich bin fit und werde meine Arbeit tun.«

»So, so, eine böse Leine war also schuld, ist mir gar nicht aufgefallen, nun, selbst ich kann meine Augen nicht überall haben. Aber du enttäuschst mich, Junge, ich dachte, du könntest schon abschätzen, wann man eine auf Zug stehende Leine nicht mehr alleine handhaben kann.« Der Bootsmann drehte sich um und schien weitergehen zu wollen. »Eine Leine, dass ich nicht lache!«, schnaubte er unterdrückt vor sich hin. Er fuhr schnell herum, sah Paul in die Augen und fragte scharf: »Du weißt nicht zufällig, wo der Matrose Ken Little abgeblieben ist?«

Paul schüttelte energisch den Kopf und antwortete wahrheitsgemäß: »Sir, das ist das erste Mal, dass ich diesen Namen höre. Was ist mit dem Mann?«

Ben Fist musterte ihn aufmerksam, dann brummte er: »Der Bursche ist ein ziemlicher Raufbold, aber seit heute Nacht ist er verschwunden. Nun ja, vielleicht ist er im Schutze der Dunkelheit auf ein Fischerboot geklettert und desertiert. Er stammt ja wohl hier aus der Gegend, da kann man leicht so etwas arrangieren.« Der Bootsmann zuckte wieder mit den Schultern und setzte seinen Kontrollgang fort. Nach einiger Zeit sah ihn Paul mit dem Ersten Leutnant reden. Die beiden blickten zu ihm herüber. Hinter ihnen stand in Hörweite Midshipman Cully, der ebenfalls den jungen Mann mit verschleiertem Blick musterte. Es dauerte nicht lange, bis der Midshipman neben Paul stehenblieb und ihn mit schnarrender Stimme anfuhr: »Leichtmatrose, das ist keine Arbeit, die man mal eben mit der linken Hand erledigen kann. Wenn das etwas Ordentliches werden soll, muss man schon beide Hände benutzen, oder sind deine zarten Händchen harte, ehrliche Arbeit nicht gewohnt, Muttersöhnchen?«

Paul blickte konzentriert auf seine Arbeit. Er legte eine Bucht aus Segelgarn auf die geschlagene Leine, wickelte sie stramm von hinten von vorne ein, schob das Ende des Garns durch die Bucht und zog es unter Zuhilfenahme der Zähne mitsamt der Bucht am anderen Ende unter die gewickelten Törns, dann schnitt er das Ende kurz ab. Gedehnt antwortete er mit ruhiger Stimme: »Ich bemühe mich, meine Arbeit so gut zu machen, wie ich das vermag, Sir. Leider bin ich noch nicht so gut wie meine Kameraden, die Vollmatrosen, aber ich arbeite hart daran, richtig spleißen zu lernen, Sir. Ich hoffe aufrichtig, bald Ihren hohen Ansprüchen gerecht werden zu können.«

»Bullenscheiße, Mann, spar dir dein dämliches Gelaber für die Offizierstrottel auf, die anscheinend einen Narren an dir gefressen haben. Ich werde dich scharf im Auge behalten, und ich garantiere dir, dass du bei der kleinsten Verfehlung an der Gräting tanzen wirst, du holländischer Hanswurst oder von wo auch immer du wirklich herkommen solltest. Damit wir uns richtig verstehen, das ist keine Warnung, das ist ein Versprechen.«

Paul hörte, wie Karl, Jan Priem und Hendrik hastig den Atem tief einzogen. Bully begann ganz tief hinten in der Kehle wie eine gereizte, sehr übellaunige Bulldogge dumpf zu knurren. Ganz leise, so dass selbst seine Kameraden ihn kaum verstehen konnten, murmelte Paul: »Mit den Versprechen ist das so eine Sache, Sir, manch einer hat später gemerkt, dass er sich versprochen hatte.«

Midshipman Cully lief rot an, fauchte wütend: »Jetzt wird dieser impertinente Kerl auch noch witzig und macht sich über mich lustig. Diese Subordination werde ich umgehend dem Ersten Offizier melden! Männer, ihr seid meine Zeugen, ihr habt alle diese unerhörte Frechheit gehört!«

Die Männer blickten sich an, schüttelten dann den Kopf, und Jan Priem meinte in betont schlechtem Englisch. »Ick nix verstahn, Sir, ick holländischer Kaaskopp, sorry, nix verstahn!« Hendrik, der ebenfalls Matrose auf der *Oranjeboom* gewesen war, nickte energisch. Karl deutete auf seine Ohren, um dann entschuldigend zu stammeln: »Sir, ich seien Deutscher, Sie verstehen, Preuße, King Frederic the Great. Änglisch nix gut spreken, so sorry, Sir.«

Bully blickte den wütenden Midshipman düster aufreizend lange von unten an, dann sagte er sorgfältig artikuliert, wie man es von ihm nun wahrlich nicht gewohnt war: »*Ich* habe alles, was *Sie* gesagt haben, sehr genau verstanden, *Sir*. Sie sollten in Zukunft nie wieder, ich wiederhole, niemals wieder *allein* in stürmischen Nächten an Deck oder in anderen finsteren, abgelegenen Ecken des Schiffes herumstehen. So etwas kann lebensgefährlich sein, *Sir* ... und auch das ist ein Versprechen!«

»Du Kretin, du wagst es ...!« Cully wäre beinahe explodiert. »Ich werde dich sofort ...«

»Beim Ersten Leutnant anschwärzen, Middy, tu das. Ich habe schon so oft an der Gräting gestanden, dass ich eigentlich langsam mal wieder an der Reihe bin. Man kommt ja sonst völlig aus der Übung. Und, mein Kleiner, ich habe noch nie dabei geschrien, und werde das für dich auch nicht einreißen lassen.«

»Meuterei!«, zischelte ein bleicher Cully, drehte sich zornbebend weg und eilte mit langen Schritten zum Niedergang.

»Der wird nu mal erst einen ordentlichen Schluck aus der Pulle nehmen«, meinte Jan Priem gedehnt und sah Bully bewundernd an. »Das war einsame Spitzenklasse, Bully, den hast du nach allen Regeln der Kunst zusammengefaltet. Das hätte ich dir gar nicht zugetraut.«

Bully grinste breit, wodurch seine Zahnlücken wieder deutlich hervortraten. Sein grobes, plattes Gesicht, das von den Narben unzähliger Faustkämpfe gezeichnet war, wurde durch sein Lächeln beinahe schön, er errötete sogar ein wenig. »Ich war so wütend auf diesen aufgeblasenen Trottel, der meinen Master so gemein bedroht hat, dass mir die Worte von ganz allein aus dem Mund kamen.«

»Dann solltest du öfter mal richtig wütend werden, Bully, vielleicht wird dann aus dir noch ein richtiger Volksredner«, meinte Paul lächelnd. Bully sah ihn fröhlich an, streckte dann seine Pranke aus und packte Pauls verletzte Rechte. »Wenn ich nicht zur See fahre, dann verdiene ich mein Geld mit Boxkämpfen auf Jahrmärkten, Chefchen. Buddy kennt sich mit Verletzungen an den Händen aus. Zeig mal her!« Vorsichtig nahm er Pauls Hand in seine gewaltigen Pfoten. Mit den Fingerspitzen fuhr er langsam – fast zärtlich – über die Knochen. »Bewege mal die Finger, einen nach dem anderen! Langsam, langsam!« Schließlich nickte er zufrieden. »Nichts gebrochen, Chefchen, da hast du Glück gehabt. Aber merk dir für die Zukunft: Nie mit den Knöcheln schlagen, und wenn möglich, nimm einen Stein oder ein Stück Holz in die Handfläche, bevor du eine Faust machst. Das erhöht die Wirkung des Schlags und schont deine Hand. Aber ich hätte zu gerne gesehen, wie die Fresse von dem Kerl aussieht, den du in der Mangel hattest. Wo mag der abgeblieben sein?«

Diese Frage stellte sich auch Paul. Er glaubte nicht daran, dass der Mann desertiert war. Warum sollte er das ausgerechnet dann machen, nachdem er einen Anschlag auf ihn verübt hatte. So etwas musste doch geplant werden. Wenn der Mann aus dieser Gegend stammte, hätte er während der vergangenen zwei Wochen ganz gewiss schon Gelegenheiten genug gehabt, sich aus dem Staub zu machen. Allerdings mochte es auch folgendermaßen geplant gewesen sein: Der Mann brachte ihn um, ein Fischerboot kam längsseits, Pauls Leichnam wurde hineingeworfen, der Mörder sprang hinterher, und ab ging es. Am nächsten Morgen wurden sie *beide* vermisst, und der Kapitän würde annehmen, dass Paul mit Hilfe eines Ortskundigen desertiert war. Er schnaubte angewidert vor sich hin. Quatsch, alles Quatsch! Woher sollten die Kerle Tage vorher wissen, dass er ausgerechnet in dieser Nacht gegen vier Glasen seinen Darm entleeren musste? Er steigerte sich offensichtlich in blödsinnige Spekulationen hinein. Nein, der Angriff musste spontan erfolgt sein. Der Auftraggeber hatte eine günstige Gelegenheit gewittert und seinen Schläger von der Kette gelassen, über die möglichen Folgen hatte er sich in der Eile keine Gedanken gemacht. Vielleicht hatte dieser Ken Little tatsächlich die Wahrheit gesagt, und seine Anweisung hatte nur dahingehend gelautet, ihn windelweich zu prügeln. Was hatte der Bootsmann von ihm gesagt? Er sei ein übler Raufbold gewesen, das war genau der richtige Typ für so einen Auftrag. In der Hitze des Kampfes mochte der Mann wegen der heftigen Gegenwehr die Kontrolle über sich verloren haben und hatte voller Wut versucht, ihn zu ermorden. So war der Überfall sicher nicht geplant gewesen. Gleich der erste Schlag hätte Paul wehrlos und der zweite bewusstlos machen sollen. Dann hätte ihn der Kerl nach allen Regeln der Kunst vertrimmt und hilflos liegen lassen, anschließend wäre er unerkannt und unverletzt wieder verschwunden. Ein fürchterlicher Verdacht stieg in ihm auf. Er schluckte schwer. Hatten gar die eigenen Spießgesellen den stupiden Schläger zur Seite geschafft? Hatten sie befürchtet, dass Paul den Anschlag bei der Schiffsführung melden würde? Der Schuldige wäre durch seine Verletzungen leicht herauszufinden gewesen, und möglicherweise galt er bei seinesgleichen als unsicherer Kantonist, wenn es darum ging, die Namen der Mitverschwörer zu verschweigen. In Gedanken versunken, betakelte er das letzte Kardeel einer Leine und reichte den Tampen an Hendrik weiter, dabei fiel sein Blick zufällig auf die Eingangspforte in der Reling, wo der Wachoffizier gerade einen Besucher in Zivil begrüßte. Der Mann war mit einem langen, weiten grüngelbkarierten

Reisecape bekleidet und trug einen steifen, sich nach oben verjüngenden grünen Zylinder mit einer silbernen Schnalle und einem langen gelben Seidenband, das ihm bis weit über die Schulter hinunterhing. Er klopfte sich angewidert die Kleidung ab, verteilte dabei aber nur noch mehr weißen Ton von den frisch geweißten Handläufern, an denen er sich beim Aufstieg festgehalten hatte, auf dem wallenden Gewand. Er klemmte sich ein Monokel ins Auge und sah sich neugierig um. Er wirkte an Bord der Fregatte völlig deplatziert. Der W. O. hielt die Hand vor den Mund, hüstelte diskret und machte eine einladende Bewegung mit der Hand. Der Mann nickte und folgte dem Leutnant nach achtern. Paul vergaß die kleine Episode sofort wieder. Im Zusammenhang mit der Reparatur und der Ausrüstung des Schiffes kamen unzählige zivile Besucher an Bord, allerdings war dies ein besonderer Paradiesvogel gewesen. Bully kniff die Augen zusammen und blickte abschätzend zur Sonne empor, die sich immer wieder hinter den schnell ziehenden Wolken versteckte. Er leckte sich die Lippen. »Bully hat Appetit auf seinen Becher Grog zum Mittag. Es müsste gleich so weit sein, schätze ich mal.«

Hendrik bemerkte trocken: »Da brauchst du gar nicht zur Sonne zu gucken, Bully, das meldet dir doch schon dein trockner Hals.«

»Schon recht, schon recht, aber man will ja sicher sein, Henny, nicht wahr?«

Ehe Hendrik antworten konnte, ertönte ein barscher Ruf vom Achterdeck. Der Zweite Leutnant Hannibal Excom stand an der vorderen Reling und rief ihnen durch seine zum Trichter geformten Hände zu: »Leichtmatrose Morin auf das Achterdeck!« Die Männer blickten sich erschrocken an. Paul wurde der Mund trocken. Hatte dieses intrigante Schwein Cully eine Verschwörung gegen ihn angezettelt und ihn bei der Schiffsführung angeschwärzt? »Alles Gute, Paul, wird schon gut gehen«, brummte Jan, und Karl ergänzte ungewohnt förmlich: »Sie können sich auf mich verlassen, gnäd'ger Herr.« Der junge Mann erhob sich und schritt kerzengerade nach achtern, hölzern erklomm er die Treppe zum Achterdeck und salutierte stramm vor dem Zweiten Leutnant. Der Offizier musterte sein Äußeres kritisch, fand aber an seinem sauberen, noch fast neuen Arbeitszeug aus Danzig offensichtlich nichts auszusetzen. »Besuch für Sie, Leichtmatrose Morin.« Die ungewohnt höfliche Anrede ging Excom offensichtlich leicht von den Lippen. Der Offizier blickte ihn nochmals durchdringend an. »In der Staatskabine des Herrn Kommandanten. Nun ja, ich bin sicher, Sie werden sich in dieser Umgebung entsprechend zu benehmen wissen. Sie kennen den Weg?« Er deutete auf den Niedergang hinter sich. »Viel Glück, Morin.«

Paul wusste zwar nicht, wie der Mann das meinte, aber er meinte, ehrliche Sympathie herausgehört zu haben. Seine Kehle war wie zugeschnürt. Hatte man diesen Little tot oder lebendig gefunden? War der Besucher vielleicht der Friedensrichter des Ortes, der seine Auslieferung an die örtliche Justiz verlangte? Mühsam stieß er hervor: »Danke, Sir.« Er stieg mit schwerem Schritt den Niedergang vor dem großen Spill hinunter auf das Hauptdeck, dann wandte er sich nach Backbord, wo vor der Tür zum Vorraum des Kapitänslogis ein Seesoldat auf Posten stand. Als er den einfachen Seemann auf sich zukommen sah, ließ er sich seine Verwunderung nicht anmerken, erinnerte sich an seine Order, stieß den Kolben der Muskete auf die Decksbalken und röhrte: »Seemann Morin zum Kapitän, Sööör!«

»Soll reinkommen!«, erklang es gedämpft von innen.

Ein Steward öffnete die Tür und Paul trat ein, durchquerte den Vorraum, in dem ein Neunpfünder düster auf seiner Lafette dräute. Darüber hing das Reisecape des Besuchers. Offensichtlich war der Steward damit beschäftigt gewesen, es mit einer Bürste zu reinigen. Bewundernd hielt Paul die Luft an, als der Flunky ihn in die große, von Licht durchflutete Kabine des Kapitäns schob. Hier ließ es sich leben, edles Holz, schwere Stoffe, weiches Leder bestimmten die Einrichtung. Aber ehe er sich ausgiebig umsehen konnte, kam Kapitän Archibald Stronghead mit ausgesteckten Armen auf ihn zugeeilt, packte seine Hand und drückte sie herzhaft. Es war natürlich die Rechte, und Paul sah Sterne vor seinen Augen tanzen, nur mühsam konnte er die Tränen zurückhalten und unterdrückte einen Schmerzensschrei. Der Kommandant schien das nicht zu bemerken und flötete leutselig: »Nehmen Sie doch bitte Platz, mein lieber Baron. Ich habe gerade erfahren, dass es Ihnen, aus mir unverständlichen Gründen übrigens, gefallen hat, auf meinem Schiff als einfacher Seemann anzumustern. Wenn Sie sich mir von Offizier zu Offizier anvertraut hätten, wäre ein anderes Arrangement sicher möglich gewesen, Sir.«

»Oh, dessen bin ich mir gewiss, Sir«, stimmte ihm Paul zu, obwohl er gar nicht so sicher war, ob man ihm, so wie die Umstände lagen, geglaubt hätte. »Aber ich wollte mich mit dem Beruf des Seemanns gründlich vertraut machen, und da ist die Arbeit an Deck die beste Schule, nicht wahr, Sir?«

»Sicher, sicher! Selbstverständlich kann man von den alten Teerjacken alles über die seemännischen Arbeiten erlernen, aber die hohe Schule der Seefahrt wird auf dem Achterdeck gelehrt, lieber Baron von Morin. Wie ich mit Befriedigung höre, haben Sie schon ganz gut unsere Sprache gelernt. Das freut mich.«

Paul lächelte und fuhr dann aus purer Bosheit, es war so etwas wie die kleine Rache eines Bewohners des Zwischendecks an dem König des Achterdecks, auf Französisch fort: »Nun, aber in der Sprache unserer Feinde kann ich mich noch immer besser ausdrücken, deshalb möchte ich diese jetzt benutzen, selbstverständlich nur, wenn Sie gestatten, Sir?«

»Nur zu, nur zu!« Strongheads Akzent war stark und das deutete darauf hin, dass er selten Gelegenheit hatte, seine Sprachkenntnisse anzuwenden. »Aber als Erstes möchte ich Ihnen diesen Gentleman vorstellen.« Er deutete auf den Fremden am Tisch, der sich erhoben hatte und ebenfalls auf Paul zutrat. Stronghead blickte stirnrunzelnd auf die Visitenkarte, die er schnell herauszog. »Darf ich vorstellen, äh, Baron, das ist Mister Gotheilf Donierhell, ein enger Vertrauter Ihres Onkels, des Count von Wolwenstein.« Der Mann verzog schmerzlich das Gesicht, wirkte dabei aber müde, so als würde er kaum noch die Kraft aufbringen, die Verballhornung seines Namens zu korrigieren. »Gotthilf Donnerhall, Euer Hoch- und Wohlgeboren.« Er verbeugte sich tief. »Ihr sehr ergebener Diener, verfügen Sie ganz über mich.«

Der Kapitän räusperte sich. »Ahem, wollen wir uns nicht endlich setzen, Gentlemen? Darf Ihnen mein Steward eine kleine Erfrischung servieren?« In der Ferne ertönte dumpf ein Kanonenschuss und über Ihnen auf dem Achterdeck wurde die kleine Schiffsglocke am Kompasshaus achtmal angeschlagen. »Zeit für das Mittagessen der Mannschaft. Da ich immer erst eine gute Stunde nach den Männern zu lunchen pflege, sollten wir uns vorher ein Gläschen Sherry gönnen, denke ich. Ich habe da einen ganz trinkbaren Oloroso, der Ihnen zusagen wird.« Er hob die Stimme: »Henry!« Der Steward erschien umgehend, als ob er hinter Tür schon in Bereitschaft gestanden hätte. Er balancierte ein Tablett mit Gläsern und mehreren Schälchen mit Mandeln und Nüssen auf der rechten Hand. Kapitän Stronghead machte zu Paul eine dringende Geste, sich endlich zu setzen. Nachdem die Herren auf den glücklichen Tag angestoßen und einen Schluck des wirklich ausgezeichneten Weins, der eine an dunklen Bernstein erinnernde rotgoldene Färbung und ein duftiges Nussaroma hatte, genüsslich über die Zunge hatten rollen lassen, konnte Paul in Ruhe seinen merkwürdigen Retter betrachten. Er trug ein moosgrünes Samtjackett mit goldenen Borten und Knöpfen, darunter lugte eine gelbe, ornamental gemusterte Seidenweste hervor. Das Halstuch und die Manschetten, die seine Hände halb verdeckten, bestanden aus teurer flämischer Spitze. Die Kniehosen und Strümpfe waren aus bester Nankingseide. Feinste Lederschuhe mit schweren Silberschnallen vervollständigten den Anzug. Offensichtlich handelte es sich nicht um den Dorfarmen von London. Der Mann musterte Paul über den Rand seines Glases scharf. »Herr Baron, die besten Grüße von Ihrem Oheim und der übrigen Familie.« Er verzog amüsiert das Gesicht. »Besonders die Frau Gräfin und die Komtessen können es gar nicht erwarten, die Bekanntschaft eines berühmten Husaren des großen Preußenkönigs zu machen.« Wenn sich Paul nicht sehr irrte, verzog der Mann bei der Erwähnung Friedrichs leicht abschätzig den Mund. Nun ja, in den Beziehungen zwischen den Welfen und den Hohenzollern herrschte nicht immer das beste Verhältnis. »Aber bevor wir weiter in die Details gehen, Sie können mir doch sicher einen Beweis für Ihre Identität vorlegen?«

Paul fixierte ihn ärgerlich. Wenn du diese Frage an mein Brüderchen gerichtet hättest, wäre dessen Degen ganz sicher schon wieder halbwegs aus der Scheide gewesen. Das hätte dir als Beweis ausreichen müssen. Aber natürlich hatte der Mann recht. Paul lächelte verbindlich und streifte ein aus Tauwerk kunstvoll geflochtenes Halsband über den Kopf. Er reichte Donnerhall den eingearbeiteten Siegelring. Der warf einen kurzen Blick darauf, nickte dann dem Kapitän zu und verbeugte sich nochmals im Sitzen. »Der Krebs mit der zerbrochenen Kette und der Bär unter dem Baum, darüber die Freiherrenkrone. Verzeihen Sie mir, Euer Hochwohlgeboren, aber ich habe meine Anweisungen.« Paul machte eine abwehrende Handbewegung und streifte das Halsband wieder über.

»Woher stammten die blauen Stellen an Ihrem Hals und die Verletzung Ihrer rechten Hand?«, erkundigte sich plötzlich Kapitän Stronghead scharf.

Paul stieß scharf den Atem aus. Er saß in einer Zwickmühle. Er durfte seinen Kapitän nicht belügen, konnte ihm aber auch seinen Verdacht nicht mitteilen, weil er dafür keinerlei Beweis hatte. Er blickte Stronghead gerade in die Augen – das wäre vor zehn Minuten noch streng bestraft worden – und sagte langsam: »Herr Kapitän, ich möchte darüber nicht reden, Sir. Wie Sie wissen, gibt es da so gewisse Angelegenheiten im Zwischendeck, die man am besten intern regelt. Ich kann Ihnen nur Folgendes ehrenwörtlich versichern: Ich habe erst heute Morgen von dem Verschwinden des Seemanns Ken Little erfahren. Vorher kannte ich noch nicht einmal seinen Namen und weiß bis jetzt nicht, wie er aussieht.«

Stronghead wiegte sein Haupt, nickte dann, trank einen Schluck und meinte ruhig: »Belassen wir es dabei. Ich nehme an, dass Sie nicht lange brauchen werden, um Ihre persönlichen Effekten zu packen und sich von Ihren Kameraden zu verabschieden, daher schlage ich vor, dass Sie das auf der Stelle tun und dann anschließend hier bei mir zu Mittag essen. Danach können wir dann den leidigen Papierkram mit dem Zahlmeister erledigen. Ich muss gestehen, dass ich Sie ungern ziehen lasse, denn ich habe Sie beobachtet und festgestellt, dass Sie aus dem Holz geschnitzt sind, aus denen vorzügliche Seeleute gemacht werden.«

»Sir, es gibt da noch ein Problem!« Der Kapitän blickte ihn verwundert an. »Sir«, fuhr Paul fort, »ich kann Ihr schönes Schiff unmöglich verlassen, ohne meinen Burschen Karl in Schlepp zu nehmen. Verstehen Sie, Sir, er ist für mich so etwas, wie für Sie Ihr Bootssteurer! Selbstverständlich werden wir sein Handgeld zurückzahlen.«

Der Kommandant überlegte, dann nickte er langsam: »Eine noble Einstellung, Baron, die Ihnen alle Ehre macht. Was wären wir ohne unsere Schatten, die uns den Rücken freihalten.« Er stockte, grinste jungenhaft und fügte hinzu: »Aber immer scheint das nicht zu klappen – jedenfalls nicht bei Ihnen. Aber sei es drum, der Mann soll sich fertig machen und bereithalten. Ich denke, dass Sie spätestens bei acht Glas auf der Nachmittagswache wieder eine verdammte Landratte sein werden.«

Kapitel 2

Fécamp, Juni 1760

Die Säbelklingen schlugen krachend aneinander, das helle Klirren wurde vom frischen Westwind von der freien Fläche oben auf der Bastion hinüber zu den hinter ihr aufragenden grauen Wällen geweht und von diesen zurückgeworfen. Die beiden Fechter schenkten sich nichts. Trotz der steifen Brise hatten sie ihre Jacken abgelegt, und die weiten Ärmel der Hemden blähten sich kräftig im Wind. Die Kämpfer umkreisten sich lauernd mit vorgebeugtem Oberkörper, die Klingen nach vorne gestreckt, die Spitze halb zum Boden gesenkt. Beide warteten auf einen Fehler des anderen. Ihre Hemden klebten schweißgetränkt am Rücken. Peter von Morin sprang vor, schlug von oben auf die Klinge seines Gegners, aber der wich trotz seines massigen Körpers geschickt zurück, machte einen Schritt zur Seite und griff seinerseits an. Sein Schlag wurde abgeblockt. Ein neuer Angriff, eine Finte, ein kurz angedeuteter Rückzug, ein rasches Nachsetzen, und die Waffe landete klatschend auf dem semmelblonden Schopf des Gegners.

»*Touché!* Puh! Franz, du altes Schlachtross, du wirst immer besser! Jetzt brauche ich schon fast eine geschlagene Viertelstunde, um dich mürbe zu klopfen.« Peter von Morin schnaufte und wischte sich mit der Rückseite seiner linken Hand den Schweiß von der Stirn, sein dunkles Haar mit dem geflochtenen Zopf und den langen Husarenlocken an den Schläfen klebte am Kopf. Er rammte die stumpfe Übungswaffe mit der abgerundeten Spitze in den Boden.

»Ich habe eben einen guten Fechtlehrer, Euer Gnaden«, erwiderte Franz bescheiden, grinste aber über sein ganzes breites, offenes märkisches Bauerngesicht. Peter winkte wegen der falschen, weil nur einem Herzog oder Markgrafen zustehenden Anrede müde ab. Franz war nicht gerade für seine überbordenden intellektuellen Fähigkeiten bekannt, eigentlich war er eher berüchtigt für seine außergewöhnlichen Körperkräfte. Man erzählte sich, dass er einen Stier mit einem Schlag der bloßen Faust betäuben konnte, aber wie viele kräftige Männer konnte er sich, wenn es sein musste, flink und lautlos wie ein Bär bewegen. Allerdings war Peters Bruder Paul sich oft nicht ganz sicher gewesen, ob sich Franz nicht dümmer stellte, als er war. Lieber überließ er seinem wortgewandten Freund Karl das Reden und dachte sich seinen Teil, aber der Karl befand sich jetzt zusammen mit seinem Herrn irgendwo da drüben auf der anderen Seite des Kanals. Wohlweislich verschwieg Franz, dass er eben im Gefecht zwei- bis dreimal eine Möglichkeit gesehen hatte, seinen Herren entscheidend zu treffen. Er wusste genau, dass das dem eitlen Peter gar nicht behagen würde. Ganz besonders dann, wenn er ihm auch noch unverblümt klarmachen würde, was die Ursache dafür war: Peter hatte während der Gefangenschaft zu lange auf der faulen Haut gelegen und sich intensiv dem ganz ohne Frage sehr guten und reichlichen Essen gewidmet: den leckeren legierten Fisch- oder Pilzsuppen, den kräftigen Pasteten mit grünem Pfeffer, den edlen Lachsterrinen mit Dill, den dampfenden Braten mit den fein abgeschmeckten Sahne- oder Rotweinsoßen und frischen Gemüsebeilagen, den knusprig gebratenen oder sanft gedämpften Fischen. Von den anderen exquisiten Meeresfrüchten, wie frischen oder überbackenen Austern, mit Krebsfleisch gefüllten Blätterteigtaschen und Garnelen mit gebräunter Butter ganz zu schweigen, dazu kam, dass das duftige weiße Brot mit der gelben sahnigen Butter aber auch zu verführerisch war. Und dann erst noch die unglaubliche Auswahl an Käsesorten, die vom milden weichen Ziegen- über würzigen halbfesten Schafskäse bis hin zu kräftigen harten Kuhmilchkäsespezialitäten reichte. Dazu waren große Mengen von Capitaine Dufours leckeren Weinen und Obstbränden durch seine Gurgel geflossen. Das hatte sein Gewicht nach oben getrieben, hatte ihn kurzatmiger und langsamer gemacht. Wie hieß es doch so richtig: Hätt' sich ein Ränzlein angemäst' als wie der Doktor Luther. Peter war wohl selber aufgefallen, dass sein Hosenbund über dem besagten Ränzlein spannte, und so übten sie seit einigen Tagen regelmäßig nach dem Frühstück auf der Bastion den Nahkampf mit Übungssäbeln und Messern. Franz hatte sich mit der landwirtschaftlichen Arbeit in dem Gartenparadies von Capitaine Dufour, den alle nur Papa Nezrouge nannten, dem väterlichen Freund von Peter, fit gehalten, außerdem fiel seine Verpflegung nicht ganz so üppig aus wie die seines Herrn. Trotzdem war sie bei weitem besser und raffinierter als das meiste, was im Gesindehaus und auch im Speisezimmer der Herrschaften der Morins in der Neumark auf den Tisch kam. Dort liebte man es schlicht und unprätentiös.

»Ah, Messieurs, wenn man Ihnen so zuschaut, weiß man, warum unsere armen Soldaten in Deutschland gegen die Preußen so einen schweren Stand haben«, erklang eine Stimme von der Treppe her, die nach unten in einen der Innenhöfe der Zitadelle führte. Dort stand ein junger Leutnant und applaudierte mit seinen behandschuhten Händen. Er musste sie schon seit einiger Zeit beobachtet haben. Peter erinnerte sich augenblicklich schmerzlich daran, dass er auf dieser Treppe die süße Amélie, die Tochter des Generals d'Armant, zum ersten Mal geküsst hatte – und sich damit prompt ein Duell mit Amélies widerlichem Verlobten, dem Freibeuter Jean de Gravelotte, eingehandelt hatte. Nun, das war Vergangenheit, denn der Feigling war verschwunden, nachdem er bei dem Duell auf höchst peinliche Weise gekniffen hatte. Peter winkte dem jungen Offizier aufmunternd zu. »Kommen Sie doch heran, Leutnant de la Marche, treten Sie näher und lassen Sie uns ein Tänzchen wagen, wenn ich das mal so ausdrücken darf.« Yves de la Marche war der Adjutant des Festungskommandaten Général d'Armant. Seine Uniform strahlte in makellosem Weiß, seine Perücke war frisch gepudert und der Zopf tadellos geflochten. Der Offizier zögerte nur kurz, kam dann aber entschlossen näher. Er nahm sein Wehrgehänge ab, dann entledigte er sich seines Rockes, faltete ihn sorgfältig zusammen und deponierte ihn auf der Lafette einer der Kanonen. Obendrauf kam sein Dreispitz. Er ließ sich den Übungssäbel von Franz geben, wog die Waffe in der Hand und hieb ein paar Mal mit ihr zischend durch die Luft. Er schien nicht besonders begeistert von der Qualität zu sein, denn sein Gesicht verzog sich abschätzig. »Ach, kommen Sie, de la Marche, mein Käsemesser ist auch nicht besser«, lachte Peter.

»Käsemesser«, schmunzelte der Franzose, »das ist genau der richtige Ausdruck für dieses Ding, das eine Beleidigung für jeden anständigen Säbel ist. Ich wusste gar nicht, dass wir so einen Schund herstellen können.«

»Nun, *mon cher*, der Armee kann man alles verkaufen! Hauptsache, die richtige Bezeichnung steht auf der Rechnung und es ist schön teuer.«

Der Leutnant presste die Augen zu schmalen Schlitzen zusammen und meinte verärgert: »Vermutlich haben Sie recht,

Monsieur, irgendjemand wird an diesem Schrott eine Menge Geld verdient haben.«

»Irgendjemand, *mon ami*? Ich kann Ihnen sagen, wer! Der Hersteller, der Einkäufer der Armee, der Spediteur und der Kontrolleur im Arsenal, der die Lieferung geprüft hat. Alle diese Herren sind glücklich, nur Sie ziehen einen Flunsch und sind bekümmert.«

»Monsieur, darüber sollte man nicht spotten!«

»Bei uns sagt man: Was man nicht ändern kann, soll man wenigstens lächerlich machen.«

»Seit wann gibt es in den öden Steppen jenseits der Elbe Philosophen?«, fragte ein schon wieder heiterer Leutnant.

»Ha! Was für eine Perfidie! Da müssen die Waffen sprechen. *En garde*, Sie welscher *gueulard*!*« rief Peter scheinbar zutiefst entrüstet und stellte sich in Position. »*Prêts? Allez*!«

Der Kampf wogte unentschieden hin und her. Beide jungen Männer waren gute Fechter. De la Marche hatte zwar offensichtlich die bessere Technik, aber der Preuße verblüffte ihn immer wieder mit unorthodoxen Attacken und Finten, die er in den blutigen Kämpfen auf den Schlachtfeldern und in den Wäldern Böhmens und Schlesiens auf die harte Art gelernt hatte. Nach reichlich fünfzehn Minuten hob Peter die Waffe grüßend vor sein Gesicht und japste völlig außer Atem: »Ich nehme den *gueulard* zurück, Monsieur.« De la Marche salutierte ebenfalls und keuchte dann nicht minder außer Puste: »Ich gebe zu, dass es jenseits der Elbe von Philosophen nur so wimmelt ... ich kenne nur keinen**.« Die beiden jungen Männer mussten lauthals lachen und umarmten sich freundschaftlich. Nachdem sie sich angezogen hatten, gingen sie

---

* Gueulard = Großmaul
** Das ist nicht sonderlich verwunderlich, z. B. hat Immanuel Kant seine umfangreiche Lehrtätigkeit in Königsberg erst 1755 aufgenommen.

nach vorne an die Brustwehr und blickten auf das grüne Meer hinaus, über dem ein feiner Dunstschleier lag. Kleine weiße Katzenpfoten tanzten auf den Wellenkämmen. De la Marche spürte, dass sein Begleiter plötzlich von einer schwermütigen Stimmung erfasst wurde. »Was bedrückt Sie, Monsieur? Sagen Sie es mir, vielleicht kann ich Ihnen helfen.«

»Das wird Ihre Kräfte und Möglichkeiten übersteigen, mein lieber Leutnant. Sie müssen verstehen, immer wenn ich hinaus auf das Meer blicke, muss ich an meinen Zwillingsbruder Paul denken, der die See in so kurzer Zeit lieben gelernt hat und der jetzt da drüben bei den Roastbeefs eine Karriere als Seeoffizier machen wird, während ich hier als geborener Husar noch nicht mal einen Gaul zwischen die Schenkel bekomme.«

Yves de la Marche blickte ernst vor sich hin, dann lächelte er plötzlich. »Was den ersten Teil Ihrer Betrübnis angeht, so haben Sie recht, da kann ich Ihnen wirklich nicht helfen, das ist traurig, aber«, er zuckte mit den Schultern, »*c'est la guerre*. Andererseits, was spricht eigentlich gegen einen täglichen Ausritt in die Umgebung von Fécamp? Natürlich müssten Sie mir Ihr Ehrenwort geben, dass Sie diese Ausflüge nicht zur Flucht nutzen werden, Baron.«

Peter blickte ihn verwundert an, überlegte kurz, reichte ihm aber dann schnell die Hand und meinte ernst: »Versprochen, Monsieur, für die Zeit der Ausritte! Bei meiner Ehre!«

»Dann wollen wir mal in die Ställe gehen und einen vernünftigen Gaul für Sie aussuchen. Natürlich muss der General noch zustimmen, aber daran habe ich keinen Zweifel.« Der Franzose lachte leise glucksend in sich hinein. »Sie müssen wissen: Er mag Sie. Kein Wunder, denn Sie verfügen über mächtige Fürsprecher.«

»So, wen denn?« erkundigte sich Peter neugierig.

De la Marche schüttelte verdrossen den Kopf: »Monsieur,

verspotten Sie mich nicht. Sie wissen ganz genau, dass Ihnen alle mannbaren Weiber der Garnison zu Füßen liegen – und deren Mütter und Tanten gleich mit. Für die Damen sind Sie so etwas wie ein Märtyrer, ein unschuldig eingekerkerter stiller Dulder. Fehlt nur noch die Dornenkrone. Pah!« Er schnaubte entrüstet. Peter blickte ihn überrascht an. Seine Gefühle waren so auf die süße kleine Amélie fixiert, dass er sich um die anderen Damen nie ernstlich gekümmert hatte, mit denen er gelegentlich bei seinen Spaziergängen oder einem festlichen Bankett im Offizierkasino der Festung in Berührung gekommen war. Er hatte sie immer sehr höflich gegrüßt, war ihnen behilflich gewesen, wenn es sich so ergab, hatte aber dann immer sofort seinen Weg allein fortgesetzt oder hatte versucht, Amélie in ein längeres Gespräch zu verwickeln und mit ihr zu tanzen. Vielleicht war es diese zurückhaltende Art gewesen, welche ihn für die Demoiselles so interessant gemacht hatte. Nicht unerwähnt sollte bleiben, dass Peter mit seinen verwegenen schwarzen Husarenlocken, dem sichelförmigen Tatarenbärtchen, dem dunklen Teint und den braunen Augen, die unter den langen, seidigen dunklen Wimpern so schön melancholisch blicken konnten, für die jungen Fräulein ein durchaus attraktiver Anblick war, von dem man in einsamen Nächten gut träumen konnte. Manch verlangender, auffordernder Blick wurde ihm über den Rand eines Fächers zugeworfen, manch ein Spitzentaschentuch, das er zuvorkommend aufgehoben hatte, wurde heimlich des Nachts an die bebenden Lippen gedrückt, besonders dann, wenn er vorher galant einen Kuss daraufgehaucht hatte. Aber er blieb unnahbar, so wie sich sein Objekt der Begierde, die eine, die liebliche, die reizende Amélie, von ihm fernhielt. Aus gutem Grund hatte ihr der Vater, Général d'Armant, streng den Umgang mit dem Preußen verboten. Er kannte seine Tochter und wusste, dass sie bis über beide Ohren in den charmanten Jungen verliebt war. Aber ein preußischer Schwiegersohn war so ziemlich das Letzte, was er zur Förderung seiner Karriere gebrauchen konnte, auch wenn ihn seine Damen noch so sehr bedrängten und ihn als herzlos und unromantisch beschimpften. Dabei mochte auch er den jungen Husaren, denn er war von seinem Mut, seiner eloquenten Art und den nahezu perfekten Französischkenntnissen äußerst angetan, aber im Krieg musste ein Gegner ein Gegner bleiben: Punktum! Außerdem war der Bursche noch viel zu jung, um ans Heiraten denken zu können. *Finis!*

Inzwischen hatten die drei Männer die Ställe erreicht. Der vertraute Geruch nach Pferdemist, Heu, Leder und Schweiß schlug ihnen entgegen. Ein paar Soldaten waren mit dem Ausmisten der Boxen beschäftigt. Nur etwa die Hälfte der Boxen war belegt, wahrscheinlich befand sich der Rest der Herde vor der Stadt auf einer Weide. De la Marche überlegte offensichtlich sehr angestrengt, während er langsam mit den beiden Deutschen ganz nach hinten durchging. Je weiter sie in die Tiefen des Stalls eintauchten, desto besser wurde die Qualität der Pferde, wie Peter mit sachkundigem Blick feststellte. »Entschuldigen Sie, aber ich kann Ihnen natürlich kein Pferd anbieten, das schon in festen Händen ist. Aber unter diesen hier«, er deutete auf zwei Pferde, »haben Sie die freie Auswahl.« Peter blickte ihn fragend von der Seite an. »Vermutlich gehören die Rösser Ihnen, *mon ami*, oder sollte ich mich da täuschen?«

»Schon recht, Herr Baron«, erwiderte der Franzose nonchalant und machte eine wegwerfende Handbewegung, »aber auch ich kann nur ein Pferd zur selben Zeit reiten, nicht wahr?«

Peter machte sich so seine Gedanken. Der junge Leutnant musste aus einer sehr begüterten Familie stammen, wenn er sich privat ein halbes Dutzend Pferde halten konnte, denn er war sich sicher, dass ihm de la Marche nicht seine zwei oder drei Lieblingspferde angeboten hatte. Sorgfältig musterte er die Pferde. Es handelte sich um eine Fuchsstute und einen grauen Wallach, beide sehr gutes Material, dachte er. Die Pferde blickten ihn neugierig an, ihre Ohren spielten nervös. Wussten sie, worum es ging? Aus einer Nachbarbox erklang ein zorniges Schnauben, gefolgt von einem wütenden Wiehern, das wie eine Fanfare klang, die zum Angriff rief. Hufe krachten donnernd gegen die Bohlen. Ein großer schwarzer Pferdekopf mit ärgerlich rollenden Augen, flach nach hinten zurückgelegten Ohren und einem gefährlich entblößten gelben Gebiss schob sich über die Trennwand. Fast meinte man aus den geblähten Nüstern Flammen der Entrüstung schlagen zu sehen. Da war jemand sehr, sehr verstimmt und wartete nur darauf, einen dieser Winzlinge, die sich vor seiner Box tummelten, unter die Hufe zu bekommen.

»Was ist denn mit diesem Tier los?« erkundigte sich Peter neugierig. Franz, der hinter den beiden Offizieren stand, verdrehte resignierend die Augen, er wusste, was kommen würde!

»Puh«, der Franzose seufzte teils erbost, teils mitleidig tief auf, »puh, dieser Teufelsgaul gehört mir auch. Aber ich fürchte, ich werde ihn erschießen müssen. Er war ein richtig vielversprechender junger Hengst mit den besten Anlagen. Sie sehen ja, wie kräftig sein Körperbau ist. Aber leider hat er, weil er draußen auf der Weide eines Nachts einfach über das Gatter auf die Stutenkoppel gesprungen ist, auch schon ein paar Stuten gedeckt. Für den Truppendienst war er danach einfach untragbar, weil er wegen seiner Hengstmanieren unberechenbar wurde. Da habe ich ihn legen lassen – leider hat er seine schlechten Manieren danach nicht befriedigend genug abgelegt. Die Kastration kam wohl einfach zu spät. Man hat beinahe den Eindruck, er macht mich persönlich für den Verlust seiner Familienjuwelen verantwortlich, Monsieur.«

Peter nickte langsam und rieb sich das Kinn: »Ein alter Wachtmeister meiner Schwadron pflegte immer zu sagen: ›Sobald so ein Kerl einmal eine Stute gedeckt hat, vergisst er niemals, dass er eigentlich ein Hengst ist.‹« Er räusperte sich: »Ahem, wenn ich ehrlich sein soll, mir würde es genauso gehen, Ihnen nicht auch, *mon cher ami*?« Peter ging zur Nachbarbox und sah sich den wütenden Wallach an. Das Tier war außer sich, reckte seinen Kopf über die Tür und schnappte nach ihm. Peter wich zur Seite aus, blieb gerade außer Bissweite ruhig stehen und redete sanft auf ihn ein, dabei verschränkte die Arme hinter dem Rücken und drehte den Kopf halb zur Seite. Es dauerte einige Zeit, aber dann stellte der Wallach interessiert die Ohren auf, hörte auf, die Zähne zu fletschen, und beruhigte sich ganz allmählich. Er ließ den Kopf sinken und blickte Peter aufmerksam an. Es war ein ausnehmend schönes Tier, ein Rappe mit vier weißen Strümpfen und einem kleinen weißen Fleck auf der Brust, der wie ein Wappenschild geformt war. Ein tadelloser, kräftiger, muskulöser Körperbau zeichnete ihn aus, allerdings machte sein Fell einen vernachlässigten Eindruck. Es war stumpf, schmutzverkrustet und voller Reste des Boxenstreus. Wahrscheinlich hatte sich seit längerem kein Pferdepfleger mehr in seine Box getraut, weil er um seine Knochen fürchtete. Peter trat neben seinen Kopf, blies ihm sanft in die Nüstern, hob langsam eine Hand und kraulte ihn zwischen den Ohren. Das Pferd hielt zunächst still, schüttelte dann den Kopf und machte ein, zwei Schritte rückwärts. Auch Peter zog sich zurück. »Wie heißt denn dieses tolle Pferd«, erkundigte er sich und sah de la Marche begeistert an, der ihn seinerseits voller Bewunderung anstarrte. »Der hat sich seit Wochen von keinem Menschen anfassen lassen, und da kommen Sie und er wird lammfromm – beinahe. *Incroyable!** Wenn Sie mit Frauen genauso umgehen können wie mit Pferden, dann wird es Zeit, dass wir unsere Jungfern wegschließen, solange Sie hier nahezu frei herumlaufen. Übrigens heißt er *Perdition*, der Name spricht für sich, denke ich!«

»Verdammnis«, wiederholte Peter leise. »Wahrscheinlich hat er diesen Ausdruck während seiner Ausbildung so oft mit einem wütenden Unterton gehört, dass er ihn als Schimpfnamen empfindet. Würden Sie mir die Freude machen und mir das Tier überlassen, solange ich Ihre Gastfreundschaft genieße?«

Der Adjutant sah erschrocken aus. »Oh! Das geht nicht! Ich möchte nicht an Ihrem Tod schuldig sein. Der *général* würde mich zur Schnecke machen, seine Frau und erst recht seine kratzbürstige Tochter würden mich von der Bastion hinunter auf die Klippen stürzen! Von den anderen schmachtenden Fräulein ganz zu schweigen – keine würde jemals wieder ein Wort mit mir wechseln oder mit mir tanzen. Machen Sie mich nicht unglücklich. Außerdem täte es auch mir persönlich leid, Sie zu verlieren.«

»Auf eigene Gefahr, *mon ami*!«

»Sie sind *fou*, mein lieber Baron, völlig verrückt!«

»Ich verspreche Ihnen, ich werde sehr vorsichtig sein. Wie Sie sich denken können, bin ich keineswegs darauf aus, auf diese komplizierte Art Selbstmord zu begehen oder mich zu verstümmeln. Sie können ja immer dabei sein, wenn ich ihn arbeite.«

De la Marche überlegte: »Nun gut, unter dieser Bedingung bin ich einverstanden. Aber wenn der schwarze Teufel durchdreht, werde ich ihn sofort erschießen. Im Übrigen wette ich

---

* Unglaublich

mit Ihnen um fünfzig Livre, dass Sie ihn niemals werden reiten können.«

Peters Augen leuchteten auf, er liebte Wetten. »Wie Sie wissen, kann ich nichts dagegensetzen, weil ich nichts besitze, aber falls Sie das nicht stört, sage ich topp, die Wette gilt!«

»Topp! Sie sind genauso verrückt wir der Gaul, mein Lieber.«

Es folgte eine Woche regelmäßiger Arbeit mit dem Wallach, den Peter *L'Ombre* getauft hatte. Das war das französische Wort für Schatten, hatte aber mit dem spanischen *l'hombre* sehr viel Ähnlichkeit, das Mann, Kerl bedeutete, dieses Wortspiel hatte ihm sehr gefallen. Auch dem Pferd schien sein neuer Name zu gefallen, denn es spitzte die Ohren und kam heran, wenn es Peter – schmeichelnd, lockend – so rief. Sobald aber de la Marche seinen alten Namen *Perdition* benutzte, legte er sofort seine Ohren nach hinten an und fletschte seine großen gelben Zähne, anscheinend erinnerte ihn das an seine unschöne Vergangenheit, mit der er gebrochen hatte. Peter verbrachte jetzt mehr Zeit im Stall als im Garten von Capitaine Dufour. Nach zwei, drei Tagen kannten ihn alle zum Dienst im Stall eingeteilten Soldaten und nahmen keine Notiz mehr von ihm. Selbst Leutnant de la Marche erschien nach den ersten beiden Tagen nur noch gelegentlich, um sich von den Fortschritten zu überzeugen, danach ließ er sich kaum noch blicken. Franz dagegen frönte wieder seiner Lieblingsbeschäftigung. Sein Herz hing an der Bestellung des Landes, und so wühlte er regelmäßig im Garten von Papa Nezrouge, pflegte die Beete, sammelte Schnecken ein und zupfte Unkräuter. Währenddessen zog Peter alle Register und arbeitete mit allen Tricks, die er sich bei alten, erfahrenen Reitern abgeschaut hatte. Nach einer guten Woche hatte ihn der Rappe als Chef akzeptiert und rebellierte nur noch gelegentlich. Dann bestrafte ihn Peter damit, dass er ihn von sich fortschickte und in einem gehörigen Abstand im Kreis laufen ließ. Das endete regelmäßig damit, dass *Ombre* nach einiger Zeit kapitulierte und wieder seine Nähe suchte. Peter drehte ihm dann den Rücken zu und wartete ab. Würde ihn der Rappe von hinten attackieren? Ihn brutal umrennen, mit den Vorderhufen die Hirnschale einschlagen oder ihn mit der Hinterhand meterweit durch die Luft katapultieren? Nichts dergleichen. Leises, gemächliches Hufeklappern näherte sich, ein weiches Maul stieß kumpelhaft gegen seine Schulter. Ein leises Schnauben klang fast wie eine Entschuldigung. Peter lief dann, ohne sich umzudrehen, ein oder zwei große Achten und *Ombre* folgte ihm zahm wie Schoßhund. Bald ließ er sich von Peter widerstandslos das Zaumzeug anlegen, auch wenn er zuerst etwas missmutig an der Trense herumkaute, und daran herumführen. Nach einem weiteren Tag erlaubte er zum ersten Mal, dass sich Peter mit dem Bauch quer auf die Satteldecke legen durfte. Der Wallach blieb ruhig stehen, er schnaubte nur ein wenig und seine Ohren spielten nervös. Am nächsten Tag ging er schon unter dem Sattel, als hätte er nie etwas anderes gemacht, und in gewisser Weise stimmte das ja auch. Er war schon früher geritten worden, war also mit dem Geschirr vertraut und kannte die ganze Prozedur. Das Wichtige war, er vertraute seinem neuen Reiter. Dem jungen Husaren taten abends, bedingt durch das harte Training, alle Knochen weh, aber er war insgeheim sehr stolz, dass es ihm gelungen war, das schöne Tier vor dem Abdecker zu retten. Wenn er dann müde und mit hinter dem Nacken gefalteten Armen auf seinem Bett lag, überlegte er, was ihn von de la Marche unterschied. Der Adjutant war ein liebenswürdiger

Mann von Stand, er konnte zwar reiten, und das ganz gewiss auch gut, aber er war kein Vollblutkavallerist. Auch gehörte er – wie in Frankreich üblich – dem Hofadel an, der sich immer um die Zentren der Macht drängte, wenn möglich am Hof des Königs. Ihre Latifundien wurden von Inspektoren verwaltet. Der märkische Adel dagegen verstand sich als Landadel, der seine Güter höchstselbst bewirtschaftete. Auf gut Deutsch gesagt: die meisten seiner Angehörigen waren Großbauern, deren »Schlösser« häufig genug nur etwas größere und aufwendiger gestaltete Bauerngehöfte waren. Die Schlossherren pflegten nicht nach Sandelholz, Bergamotte oder Patchouli zu duften, sondern rochen kräftig nach Kuhstall, Pferdeschweiß und Juchten. Aber dafür wuchsen ihre Kinder mit den Tieren zusammen auf und konnten schon reiten, bevor sie richtig laufen lernten.

Nachdem Peter einige Tage mit *Ombre* auf dem geräumigen Hof Kreise und Achten geritten und Gehorsamsübungen gemacht hatte, juckte es ihn, den Rappen draußen auf dem offenen Land richtig laufen zu lassen. Im Schritt ritt er vor das Gebäude, in dem sich das Büro des Generals befand, und rief laut nach de la Marche. Mehrere Fenster wurden geöffnet, der Adjutant blickte kurz heraus. Ehe Peter es sich versah, kam er wie eine Kanonenkugel unten aus der Tür geschossen und bestaunte mit offenem Mund das Wunder. Als *Ombre* seiner ansichtig wurde, begann er unruhig zu werden, Peter klopfte ihm besänftigend auf den Hals. »M'sieur, ich wollte Sie zum Ausritt abholen, falls es Ihnen passt.«

Der Franzose musterte das Pferd, dessen Fell in der Sonne glänzte, trat von vorne näher heran, schüttelte ungläubig den Kopf und hob in gespielter Verzweiflung beide Arme in die Höhe. Diese Gesten reizten das Pferd, da zudem die christlichen Tugenden des Vergebens und Vergessens nicht zu den starken Seiten des temperamentvollen Rappen gehörten. Er stieg mit der Vorhand in die Luft und schlug mit den Hufen nach seinem Eigentümer; beinahe hätte er dabei den überraschten Peter abgeworfen, aber der parierte ihn durch, ritt mit ihm zwei große Achten und kam dann im Schritt wieder zu de la Marche zurück, der bei dem Angriff blass geworden war. »Ich werde das Biest doch erschießen müssen«, zischte er mit blutleeren Lippen.

»O nein! Bitte, machen Sie das nicht, mein Bester. Vergessen wir unsere Wette und lassen Sie ihn leben, es ist ein wunderbares Pferd.«

Der Adjutant blickte ihn lange an und sagte: »Ich hole mein Pferd. Reiten Sie schon langsam vor zum Tor, auf meine Gesellschaft scheint dieser Teufel ja keinen Wert zu legen.«

»Entschuldigen Sie die Frage, reiten Sie einen Wallach oder eine Stute?«

»Eine Stute, es dürfte keine Probleme geben.«

Der Vorfall war von vielen Augen beobachtet worden. General d'Armant brummte bewundernd vor sich hin: »Ein Teufelskerl, alles, was recht ist. Perfekter Sitz, schnelle Reaktion, kaltblütiges Handeln!« Ein paar Fenster weiter presste ein junges Mädchen sein zerknülltes Taschentuch vor den Mund, stützte sich gegen den Fensterrahmen, und seine Brust hob und senkte sich im schnellen Takt der keuchenden Atemzüge. »Er hätte auf den Steinboden des Hofes fallen und von den Hufen der wilden Bestie zertrampelt werden können, o mein Gott!« Um das Wohlergehen von de la Marche schien sich Amélie weniger Sorgen gemacht zu haben. »Ich muss ihn sehen! Es muss einfach sein, *advienne que pourra*!*«

---

* Komme, was da wolle!

Der Ausritt verlief reibungslos. Sie hatten außerhalb der Stadt langsam das Tempo gesteigert und waren dann auf einem einsamen Küstenweg in vollen Galopp gefallen. Obwohl der Rappe untrainiert war, hatte die Stute keine Chance gegen ihn gehabt.

»Morgen bekommen Sie Ihre fünfzig Goldstücke, Baron, Sie haben Sie sich ehrlich verdient. Als Draufgabe schenke ich Ihnen diesen schwarzen Satansbraten, für mich ist er ohnehin verloren.«

»M'sieur, das ist sehr großzügig von Ihnen, ich weiß gar nicht, wie ich Ihnen danken soll.«

»Ganz einfach, bezahlen *Sie* sein Futter. *Ich* bin es satt, für sein Futter aufkommen zu müssen und als Dank dafür von ihm getreten zu werden. Sie werden die Goldstücke brauchen, denn der Gaul hat einen gesegneten Appetit.«

Peter lachte laut auf: »Dann haben wir beide etwas gemeinsam, *Ombre*, nicht wahr, mein Alter!« Er klopfte dem Rappen den Hals. Dann schwieg er und grübelte vor sich hin, schließlich hatte er eine Idee. »Wie wäre es, wenn Sie mit Ihren Kameraden wetten, dass ich mit *Ombre* den besten Reiter der Garnison in einem Wettrennen schlage? Wenn alle Ihre Kameraden zehn Goldfüchse Einsatz wagen, sollte für Sie ein guter Gewinn herausschauen.«

De la Marche überlegte kurz, dann zog er die Augenbrauen in die Höhe: »Die Möglichkeit, dass Sie verlieren könnten, ziehen Sie wohl überhaupt nicht in Erwägung! Das könnte mich dann nämlich ganz hübsch was kosten, *parbleu!*«

Das war typisch Peter, er hatte in der Tat diese Variante keineswegs bedacht. Zerknirscht musste er an seinen bedächtigen Bruder denken, der ihn ganz gewiss sofort auf diese Variable in der Gleichung hingewiesen hätte. Etwas kleinlaut fragte er: »Wie schneidet denn Ihre Stute im Vergleich zu den anderen Rössern ab, *mon cher ami?*«

»Sie hält im oberen Drittel gut mit. Aber gegen *Flèche*, die schnelle Stute von Leutnant Philippe de Mouton, hat sie keine Chance – hat kein Pferd der Garnison eine echte Chance. Ich fürchte«, er zögert kurz, »auch *Ihr Ombre* nicht.«

Peter zuckte mit den Achseln. »Es war ja nur ein Vorschlag, ich wollte Ihnen einen Gefallen tun und das langweilige Leben in der Garnison etwas auflockern«, log er. Insgeheim rechnete er damit, dass Amélie natürlich bei dem Rennen anwesend sein würde und selbstverständlich auch bei dem anschließenden gesellschaftlichen Beisammensein. Vielleicht bot sich ihm dabei endlich eine Gelegenheit, ihr seine Gefühle für sie zu offenbaren. »Natürlich muss ich noch etwas mit *Ombre* trainieren, aber dann gewinne ich jedes Rennen von der Tête weg.«

»Selbstzweifel gehören wohl nicht zu Ihren herausragenden Tugenden, *mon ami*, oder?«

»Ich trete immer an, um zu gewinnen! Sollte ich verlieren, kann ich dem verpassten Sieg immer noch lange genug hinterherweinen.«

De la Marche seufzte, nickte dann aber: »Sie haben mich überzeugt. Übrigens, ziehen die Preußen immer mit dieser Einstellung in die Schlacht?«

»*Naturellement*, M'sieur! Es bleibt uns gar nichts anders übrig. Unterzahl wird durch stramme Haltung wettgemacht.«

Der Leutnant schüttelte den Kopf: »Ich werde diese Deutschen nie verstehen ...«

Peter erinnerte sich an die langen Gespräche zwischen seinem Vater, dem Großvater und seinen älteren Brüdern. Sehr ernst erklärte er: »M'sieur, wir Preußen und die meisten anderen Deutschen in ihren kleinen Ländchen sind es einfach leid, dass jede ausländische Großmacht nach Belieben durch unsere Provinzen zieht, sie ausplündert, brandschatzt, die Menschen schändet, martert und ermordet. Wenn es den Hohen Herren in den Kram passt, werden einfach ganze Landstriche besetzt und einer fremden Krone unterstellt. Ich erinnere Sie nur sehr ungern an die grauenhaften Verwüstungen, die die Marschälle von Frankreich, de Duras, Vicomte Turenne und besonders der Comte de Mélac, in der Pfalz angerichtet haben. Sie haben gehaust wie die Tataren und haben Mannheim, Worms, Speyer mitsamt dem jahrhundertealten Dom und Heidelberg niedergebrannt, um nur ein paar der größten und außerordentlich abscheulichen Verbrechen zu nennen. Ganz besonders hat sich der ehrlose Wortbruch anlässlich der Zerstörung von Heidelberg bei uns eingebrannt. Im Artikel 19 des Übergabevertrages war ausdrücklich festgehalten, dass die Stadt und das Schloss nicht zerstört werden sollten! Wie unsere rheinische Verwandtschaft berichtet, ist es in der Pfalz immer noch gang und gäbe, seinen Hofhund Mélac* zu nennen! Nicht gerade eine Ehre für einen stolzen französischen Aristokraten, den man im Übrigen auch ganz höchstpersönlich der Vergewaltigung einer jungen Pfarrerstochter in Esslingen beschuldigt!« Paul machte eine Pause, er hatte sich sehr echauffiert und rang um Fassung. Langsam beruhigte er sich wieder und blickte de la Marche an, der mit zusammengekniffenen Lippen zu Boden blickte. Seine linke Hand umklammerte den Degengriff so fest, dass seine Knöchel weiß wurden. Peter bemühte sich, das Schiff wieder in ruhigere Gewässer zu steuern. »Nun, *mon cher ami*, wie man sagt doch gemeinhin? *C'est la guerre*! Aber versetzen Sie sich einmal in unsere Lage. Von Norden bedrängt uns Schweden, von Osten Russland, von Westen Frankreich und im Süden spielen sich die Habsburger

---

* Auch der beliebte Schimpfname »Lackel« soll eine Verballhornung von Mélac sein.

auf, als gehöre ganz Deutschland zu ihrem Privatbesitz und die Krone des Heiligen Römischen Reichs Deutscher Nation gleich noch dazu. Dabei ist es doch das ureigenste Recht der Kurfürsten, bei Bedarf einen neuen Kaiser zu wählen. Die deutschen Länder liegen in der Mitte Europas, und ich kann Ihnen versichern, dass es keineswegs lustig ist, wenn die Nachbarn auf unserem Boden ihre Streitigkeiten austragen und unsere Äcker und Weiden als Schlachtfeld auswählen. Erst vor etwas mehr hundert Jahren sind alle europäischen Heere wie höllische Mordbrenner über uns hergefallen. Der Dreißigjährige Krieg war die Apokalypse. Brandenburg hat mehr als fünfzig Prozent seiner Bevölkerung verloren, in einigen Landstrichen sogar siebzig Prozent, die Städte wurden ausgeplündert und niedergebrannt, die Felder verheert, die Dörfer wurden zu Wüsteneien, das Vieh hat die Soldateska weggetrieben und aufgefressen. Das alles hat sich tief in der Erinnerung der Bevölkerung und unserer Herrscher eingeprägt. Erst seit kurzem ist Preußen so stark geworden, um sich gegen die unverschämten Übergriffe seiner Nachbarn wehren zu können. Das scheint einigen Potentaten nicht zu passen, was verständlich ist, denn wer lässt schon gerne freiwillig von liebgewordenen Gewohnheiten ab – besonders auch dann, wenn es schlechte sind! Man kann als Herrscher mit »glorreichen« Demütigungen seiner Nachbarn so herrlich von innenpolitischen Schwierigkeiten ablenken, sagt der Prinz Heinrich von Preußen, sagt mein Vater ...«

De la Marche hatte aufmerksam zugehört und ein oder zweimal ziemlich unwillig geschnauft, aber jetzt nickte er langsam: »Ich glaube, ich habe verstanden. Wenn man es so sieht, dann ist Ihre geografische Lage in der Mitte Europas zwar wirtschaftlich ein Segen, aber ansonsten ein Fluch, und der Flickenteppich, der sich Königreich Preußen nennt, muss der Alptraum eines jeden Strategen sein, weil er unmöglich in Gänze zu verteidigen ist. Da ist es doch kein Wunder, dass wir Franzosen auch im Osten eine natürliche Grenze haben möchten – und das ist nun mal der Rhein.«

»Mag sein! Frankreich ist durch seine Lage zwischen den Meeren und Gebirgen zweifellos begünstigt. Aber der Rhein …? Schon das Elsass und Lothringen haben seit der Zeit der Erben Karls des Großen nicht zum Frankenreich gehört! Aber reißen wir keine alten Wunden auf, lassen Sie uns lieber von dem bevorstehenden Rennen sprechen.«

Das große Ereignis sollte am nächsten Sonntag stattfinden, mehr Zeit hatte Leutnant de Mouton seinem Gegner nicht zugebilligt. Folglich war Peter jeden Tag mit *Ombre* im Gelände unterwegs. Franz begleitete ihn auf dem kräftigen grauen Wallach, den ihm de la Marche großzügig überlassen hatte. Da keine Rennbahn vorhanden war, hatte man verabredet, dass das Rennen bei Ebbe am Strand ausgetragen werden sollte. Peter hatte den Wallach die ersten Tage aber ausschließlich über eine Strecke von etwa einer preußischen Meile* im Flusstal bergauf bis Colleville und danach über Bondeville nach Senneville auf der Hochebene über den Kreideklippen gejagt. Die Satteltaschen hatte er zusätzlich prall mit Sand gefüllt. Das Training hatte die Lungen des Tieres geweitet und seine Muskeln gestärkt. Am dritten Tag hatte er eine ganz zufällige Begegnung gehabt. Als er mit dem schaumbedeckten Rappen, der erschöpft den Kopf hängen ließ, vor dem Gasthof von Colleville anhielt, um auf Franz zu warten, zügelten plötzlich zwei Reiter ihre Tiere neben

---

* Rund 7,5 km

ihm. Es waren de la Marche und, Peter glaubte zu träumen, Amélie in einem eleganten Reitkostüm.

»Guten Morgen, *mon ami*«, begrüßte ihn de la Marche jovial. »Wie ich sehe, geben Sie sich alle Mühe, damit ich meinem Herrn Vater nicht kniefällig meine Insolvenz beichten muss. Puh, ich fürchte, er würde seinen missratenen Sohn enterben!« Er grinste jungenhaft. »Ach ja, Mademoiselle d'Armant bat mich ganz zufällig, mit ihr einen Ausritt in die Kampagne zu machen. Selbstverständlich war mir ihr Wunsch Befehl, aber dass wir Sie hier treffen würden, ist doch wahrlich ein höchst seltsamer Zufall, nicht wahr?«

»Höchst merkwürdig, *mon cher*, schließlich halte ich meinen Trainingsplan streng geheim. Aber wenn Sie mich einen Augenblick entschuldigen würden.« Er wandte sich an Franz, der jetzt den schnaufenden Grauen neben ihm zügelte. Es war kein Wunder, dass er erst jetzt eintraf, denn mit dem gewichtigen Franz im Sattel hatte er ein beachtliches Handikap zu verkraften. »Franz, wir machen eine kurze Pause. Reibe bitte die Pferde ab!« Er stieg steifbeinig ab und trat zu Amélie heran: »Ich bin über alle Maßen erfreut, Sie nach so langer Zeit wiederzusehen. Wie es scheint, haben Sie in der letzten Zeit die frische Luft und gute Aussicht der Bastion gemieden.«

Sie errötete und schlug die Augen nieder. »Meine Mutter ist der Meinung, dass es sich für eine junge Dame von Stand nicht ziemt, Maulaffen feilzuhalten, wenn leicht bekleidete Männer die Degen kreuzen. Das Klappern der Klingen ist ja nicht zu überhören.«

»Oh, es tut mir leid, sollten wir Ihnen den Aufenthalt an Ihrem Lieblingsplatz vergällt haben.«

»Nein, nein, Monsieur, mein Vater sagt, dass es gut für Sie ist, wenn Sie sich Bewegung machen.« Sie kicherte, als ihr die Worte ihres Vaters wieder einfielen. ›Gut so, soll sich der Kerl richtig austoben, dann ist er abends richtig müde und kommt auf keine so dummen Gedanken wie gewisse junge Damen, die vor lauter Langeweile nicht wissen, wie sie ihre Zeit sinnvoll verbringen sollen. Du solltest öfter mal einen langen Ausritt machen, natürlich in Begleitung meines Adjutanten. Die Bewegung und die frische Luft werden dafür sorgen, dass du tief und traumlos schlafen wirst.‹ Was wusste ihr geliebter Papa schon von ihren Träumen? Und das war auch gut so, denn sie würden ihm überhaupt nicht gefallen. Als sie ihre nächtlichen Phantasien pflichtgemäß dem Beichtvater der Familie anvertraut hatte, war dem ein missbilligendes Schnauben entfahren und er hatte ihr als Buße eine gehörige Anzahl von Paternoster und Avemaria aufgebrummt. Sie musste wieder leise lachen, als sie sich vorstellte, wie entsetzt der Abbé erst gewesen wäre, wenn sie ihm erzählt hätte, dass seine Absolution nichtig war, weil es ihr an der unabdingbar notwendigen Voraussetzung – nämlich der Reue – fehlte. Was wusste der feiste Abbé schon von den Gefühlen und Träumen junger Damen ... außer aus zweiter Hand. Praktische Erfahrungen zu machen, untersagten ihm ja seine verknöcherten lustfeindlichen Oberen. Sie lachte girrend auf. Peter, der ihr leises Lachen völlig anders deutete, unterbrach ihren Gedankengang. »Was haben Sie jetzt vor? Ich würde Sie nur zu gerne zu einer Erfrischung in den Gasthof einladen, aber ich fürchte, ich muss mich an meinen Zeitplan halten, wenn ich meinen lieben Freund Yves nicht an den Bettelstab bringen will. Ich will weiter nach oben auf die Ebene hoch über den Klippen. Man hat von dort einen atemberaubenden Blick auf die Stadt und das Meer.«

»Das ist eine gute Idee, Monsieur. Rein zufällig haben wir in unseren Satteltaschen«, sie klopfte auf die voluminösen ledernen Taschen hinter dem Damensattel, »die eine oder andere Delikatesse, und wenn ich mich recht erinnere, konnte ich auch Hand auf eine Flasche anständigen Weins aus dem Beaujolais legen. Auf geht's. Was glotzen Sie so dümmlich, de la Marche?«

Der Leutnant beobachtete tatsächlich mit halb herunterhängendem Unterkiefer unter fortgesetztem ungläubigem Kopfschütteln, wie Franz den Rappen abrieb und das Tier sich das mit offensichtlichem Behagen gefallen ließ, ohne nur den kleinsten Versuch zu machen, auszuschlagen oder zu beißen. Peter bemerkt leichthin: »Mein Bursche hat mit *Ombre* noch schneller Freundschaft geschlossen, als es mir gelungen ist. Er hat da so seine bäuerlichen geheimnisvollen Tricks, die er selbst mir nicht verrät.« Es war in der Tat schon höchst verwunderlich gewesen. Franz hatte dem Rappen ein Tuch, der Teufel mochte wissen, wo er vorher damit gewesen war, vor die Nüstern gehalten und hatte ihm in seinem breiten märkischen Platt etwas lang und liebevoll erzählt. *Ombre* hatte die Nüstern aufgebläht, dann ausgiebig geflehmt, ihn ruhig angeblickt und war ihm wie ein Hund aus der Box in den Gang gefolgt, ohne dass Franz ihm Halfter und Zügel angelegt hatte. Irgendwie hatte Peter einen Verdacht, dass Franz vorher mit dem Tuch bei einer der rossigen Stuten zu Gange gewesen war.

De la Marche rückte sich im Sattel zurecht, dann murmelte er heiser: »Ein gutes halbes Dutzend unserer Stallknechte hat der Gaul verschlissen, die Kerls hatten Glück, wenn sie mit ein paar bösen Bissstellen davongekommen sind, andere hat er halb totgetrampelt, und dann kommen da zwei junge Kerle aus den Steppen des Ostens und verwandeln ihn in null Komma nichts in ein braves Lämmchen. Ich fasse es nicht! Diesen Krieg können wir nicht gewinnen, was sollen wir gegen Zauberer ausrichten.«

Peter grinste Amélie breit an. »Wir sind eben einfach liebenswert. Die Pferde merken das, sie haben ein sehr feines

Gespür dafür, dass man sie liebt und es ehrlich mit ihnen meint.«

Das junge Mädchen errötete, wandte sich schnell ab und fuhr de la Marche schnippisch an: »Nun trödeln Sie hier nicht so herum, Leutnant. Ich habe Hunger, und gerastet wird erst oben, dort, wo der wundervolle Ausblick ist, den uns unser preußischer Freund versprochen hat. *Allez!*«

Peter zog sich gewandt in den Sattel, schnalzte aufmunternd mit der Zunge und übernahm die Spitze. Bald hatten sie den kleinen Ort hinter sich gelassen und bogen auf den Weg nach Bondeville ab. Peter forcierte das Tempo und merkte, dass nur Amélie ihm unmittelbar folgte. Er trieb den Rappen weiter an, aber als sie das Dorf erreichten, hatte das Mädchen Anschluss gehalten. Erst auf dem Weg nach Senneville konnte er sich im vollen Galopp etwas absetzen. Bevor sie den Ort erreichten, bog er in einen Nebenweg ab und gab dem Wallach die Zügel frei. Er stob mit trommelnden Hufen über den jetzt fast ebenen, staubigen Weg, machte sich lang, und seine raumgreifenden Sätze fraßen die Distanz förmlich auf. Kurz vor der senkrecht in die Tiefe abfallenden Klippe stand eine kleine, verfallene Kapelle, die er bei einem früheren Ausritt zufällig gefunden hatte, dort brachte er *Ombre* zum Stehen. Er sprang ab, löste den Sattelgurt ein wenig und klopfte dem Rappen freundschaftlich auf den Hals. Bald darauf zügelte Amélie ihr Pferd neben ihm und blickte ihn aus weit aufgerissenen dunklen Augen an. Er reichte ihr die Hand zum Absteigen, sie glitt aus dem Damensattel und stolperte scheinbar ungeschickt in seine Arme. Sie küssten sich leidenschaftlich und lange. Sie verloren jedes Gefühl für Raum und Zeit, bis dem Mädchen der Hut nach hinten rutschte und sie erschreckt danach griff. Das brachte beide wieder so weit zu sich, dass sie den sich langsam nähernden Hufschlag hörten. Amélies Wangen waren gerötet, ihre Augen leuchteten, sie atmete keuchend, ihre Brust hob und senkte sich heftig, der Mund war halb geöffnet und eine vorwitzige rosa Zungenspitze leckte die vollen weichen Lippen. Sie schlug schelmisch die Augen nieder, und während sie den Hut richtete, flüsterte sie: »Das war wunderbar, mein geliebter Pierre! Nur schade, dass man sich dafür bei einer Parforcejagd über Stock und Stein beinahe den Hals brechen muss. Aber das ist es wert«, stellte sie mit der kühlen Nüchternheit einer Soldatentochter fest. Er nahm ihre Hand und führte sie zur Kapelle, deren Mauern aus dicken Quadern bestand, die hier aus dem Kreidefels geschlagen worden waren. An der Westseite hatte sich an der porösen Wand eine dichte Moosschicht gebildet, an den anderen Seitenwänden wucherte Efeu in die Höhe. Das Dach war schon lange verfallen, seine Stützbalken und Dachschindeln waren von herumziehenden Landstreichern und Straßenräubern verheizt worden. Die Strahlen der Nachmittagssonne fielen schräg durch die Fensterhöhlen im Westen. Amélie tauchte die Fingerspitzen gewohnheitsmäßig in das Weihwasserbecken an der Wand neben dem Eingang. Es enthielt zwar kein Weihwasser, aber das abgestandene Regenwasser kam direkt vom Himmel und erfüllte gewiss auch den Zweck. Sie machte einen tiefen Knicks in Richtung des verwitterten Steinkreuzes in der Apsis und bekreuzigte sich. Peter nahm seinen Hut ab und neigte kurz den Kopf, dann erhaschte er ihre Hand. Bevor er etwas sagen konnte, legte sie ihm einen Finger auf den Mund, umarmte ihn und küsste ihn inbrünstig. Viel zu schnell kamen draußen Pferde zum Stehen und laute Stimmen drangen störend in ihre Zweisamkeit. Sie ließen voneinander ab, richteten ihre Kleider, sahen sich tief in die Augen und seufzten unisono gequält auf. Amélie legte ihren Kopf kurz an seine Brust und sagte mit brüchiger Stimme: »Pierre, ich liebe dich so sehr, dass es mir fast das Herz zerreißt. Aber du wirst mich bald verlassen, wirst nach Paris reisen. In den dortigen Salons werden sich die schönsten Demoiselles an dich heranmachen. Ich hasse sie alle!«, zischte sie eifersüchtig. »Vielleicht lädt man dich sogar nach Versailles ein, dort treiben die gefährlichsten Nattern ihr Unwesen, gewiss werden sie dich ins Unglück stürzen, mein Geliebter! Dort werden Unsummen verprasst! Geld, das für die Aufstockung der Truppen und die Ausrüstung unserer tapferen Soldaten in Deutschland, Kanada und Indien fehlt!« Sie ballte ihre Hand zur Faust und hieb mit ihr kräftig durch die Luft, dabei stampfte sie heftig mit einem Fuß auf den Boden auf. »So sagt mein Papa!« Dann drehte sie sich energisch um und trat, noch bevor Peter etwas erwidern konnte, hinaus auf den Vorplatz. Peter folgte ihr und beschrieb mit seiner ausgestreckten Hand einen weiten Bogen zur See hin. »Nun, Mademoiselle, ist das nicht wirklich ein atemberaubender Anblick?«

»In der Tat, mein lieber Baron.« Wobei sie das *mein lieber* deutlich betonte. Franz grinste breit, der Leutnant verzog keine Miene. Schnell hatte Franz aus ein paar herumliegenden Steinblöcken einen provisorischen Tisch und Sitzplätze gebaut. Die Köstlichkeiten wurden aus den Satteltaschen geholt und aufgebaut. Yves übernahm es, den Wein zu entkorken. Er musterte mit Kennermiene das Etikett. »Mmm, lecker, lecker. Ein Gamay aus Fleurie, sechs Jahre alt, der ist was für besondere Gelegenheiten.« Er rieche schon den Rosenduft des Bouquets und schmecke die Himbeeren auf der Zunge, lächelte er still vergnügt vor sich hin. »Übrigens muss ich neidvoll gestehen, dass Sie aus diesem *Ombre* wirklich ein tolles Pferd gemacht haben, so wie der den Anstieg hochgaloppiert ist, *chapeau*, mein Freund.«

»Tut es Ihnen leid, dass Sie ihn mir geschenkt haben, *mon cher*?«

»Nein, nein, ich wäre ja niemals mit dem Tier klargekommen. Der Rappe gehört Ihnen völlig zu Recht. Ich denke, dass Sie tatsächlich eine gute Chance gegen Leutnant de Mouton haben, aber passen Sie gut auf sich und das Pferd auf! Mouton ist gelegentlich ein etwas windiger Geselle, dem ich allerhand Gemeinheiten zutraue.«

Peter zuckte ungläubig die Schultern: »Als *gentilhomme* kann er doch unmöglich mit unlauteren Mitteln versuchen, den Sieg zu erringen. Es war schon kleinkariert genug, dass er uns so wenig Zeit gegeben hat, das Pferd vorzubereiten.«

Der Leutnant hob die Schultern und klopfte mit dem Zeigefinger an seinen Nasenflügel: »Ich habe Sie gewarnt, Baron.«

Als sie sich in der Festung trennten, drückte Amélie fest Peters Hand und flüsterte unter Tränen so leise, dass die anderen es nicht hören könnten: »Ich wünschte, dass Sie hier auf ewig gefangen blieben!«

»Das bin ich, das bin ich, meine wunderschöne Amélie, Ihre Küsse schlagen mich in Ketten, die nicht zu brechen sind.« Sie drehte sich schnell um und verschwand. Er blickte ihr traurig hinterher.

Als Peter am Abend müde in seinem Bett lag, die wunderbaren Ereignisse des Tages Revue passieren ließ, kam ihm zuletzt die Warnung des Adjutanten doch wieder in den Sinn, er beschloss, sie nicht in den Wind zu schlagen.

Am nächsten Tag waren es nur noch drei Tage bis zum Rennen, daher jagte er *Ombre* mehrfach über die vorgesehene Strecke am Strand unterhalb der Steilküste. Er hielt sich direkt an der Linie, bis zu der die Wellen aufliefen, denn dort war der Boden voller Wasser, also weich und tief, das kostete mehr Kraft und verlangte dem Pferd alles ab. Bei jedem Lauf steigert er das Tempo, gab dem Wallach aber nie völlig den Kopf frei, da er vermutete, dass man ihn beobachtete und die Zeit seiner Runden mit einem Stundenglas oder gar einer dieser neuen sündhaft teueren Uhren maß. Zusätzlich zügelte er den ungestüm nach vorne drängenden Rappen hundert Fuß vor dem Ziel unauffällig. Ein Beobachter musste den Eindruck gewinnen, dass das Pferd auf dem letzten entscheidenden Abschnitt der Strecke am Ende seiner Kräfte war.

In der Nacht zum Samstag wurde er zu mitternächtlicher Stunde von Corporal Jospin geweckt. »Monsieur, Monsieur! Kommen Sie, kommen Sie schnell, im Stall hat es einen schlimmen Zwischenfall gegeben!«

Nur sehr mangelhaft bekleidet eilte Peter hinunter in den Stall. Dort fand er schon den wachhabenden Offizier mit einer Abteilung Soldaten vor. Gerade kam auch Leutnant de la Marche hinzu. Vor der Box von *Ombre* stand Franz, dem er aufgetragen hatte, das Pferd zu bewachen. Zwei Soldaten versuchten, ihm Ketten anzulegen, aber er versperrte ihnen hartnäckig den Weg in die Box. Man sah ihnen deutlich an, dass es keineswegs ihr Herzenswunsch war, dort hineinzugehen und sich deshalb zuerst mit dem bärenstarken Deutschen und dann mit dem unberechenbaren Gaul auseinanderzusetzen. Der Rappe war nervös und schnaubte gereizt. Peter drängte sich nach vorne durch und betrat die Box. Dort lag auf dem Boden die zusammengekrümmte Leiche eines Mannes. Er streichelte *Ombre*, der daraufhin ruhiger wurde, dann bückte er sich und drehte den Mann um; dessen Brustkorb war offensichtlich von einem Huftritt zerschmettert worden, aus Mund und Nase strömte Blut. Mit der rechten Hand hielt er einen Dolch umklammert! Peter blickte de la Marche ernst an. »Wie Sie befürchtet haben, M'sieur! Jemand wollte das Pferd verletzten. Sicherlich wollte er es nicht töten, nur einen winzig kleinen Schnitt durch eine Sehne, damit es übermorgen nicht siegen kann, *dégoûtant*, pfui Teufel!«

»Da bin ich ganz Ihrer Meinung! Aber *Ombre* hat sich gewehrt. Leutnant de Gaspard, lassen Sie den Mann in Ruhe und erstellen Sie einen genauen Bericht über die Vorfälle hier. Identifizieren Sie diesen üblen Menschen und stellen Sie einen Doppelposten vor der Box auf. Wenn dem Tier auch nur ein Härchen gekrümmt wird, mache ich Sie dafür verantwortlich. Das ist eine Frage der Ehre, Monsieur!«

Leutnant de Gaspard salutierte zackig: »Jawohl, *mon Lieutenant*!« Unhörbar fügte er für sich hinzu: ›Und eine verdammt wichtige Frage für deinen Geldbeutel, mein Lieber!‹

Natürlich war der nächtliche Anschlag am nächsten Tag das wichtigste Thema in der Festung. Als Peter von einem leichten morgendlichen Training zurückkam, erwartete ihn Amélie vor der Box und zog ihn hinein. *Ombre* beschnüffelte sie ausgiebig, prustete zustimmend, um sich dann über sein Kraftfutter herzumachen. Franz verdrückte sich, er murmelte etwas vor sich hin, das nach ›Nachschub holen‹ klang.

»Ich musste kommen, mein Geliebter, ich habe so eine Angst ausgestanden, als ich von dem schrecklichen Anschlag gehört habe.« Peter tat ihre Sorge gut, aber er wehrte leichthin ab: »Ich habe im Bett gelegen und den lieben Gott einen guten Mann sein lassen, als es passierte. Es bestand also kein Grund zur Sorge, *mon chou*!«

»Männer! Nie besteht ein Grund zur Besorgnis, bis ihr eines Tages rücklings auf einer Tür liegend ins Lazarett gebracht oder tot über den Sattel eures Pferdes geschnallt heimgeschafft werdet!«

Er strich ihr sanft über das Haar und drückte sie fest an sich. Verdammt, er begehrte sie, wie er noch nie eine andere Frau begehrt hatte. Er spürte, dass sie an seiner Brust weinte. Bevor er weitersprechen konnte, hörte er energische Stiefeltritte auf dem Gang. Er schob sie schnell fort und griff nach dem Striegel, um *Ombre* zu bearbeiten. Amélie tupfte sich die Tränen ab. Gleich darauf stand General d'Armant vor der Box, hinter ihm drückte sich ein zerknirschter de la Marche herum, der anscheinend seine verbale Hinrichtung schon hinter sich hatte. Der General warf seiner Tochter einen eisigen Blick zu, um dann Peter wütend zu fixieren. »Monsieur, so danken Sie mir meine Gastfreundschaft? Sie bringen meine Tochter in eine äußerst fragwürdige Situation, die Klatschtanten der gesamten Garnison zerreißen sich schon die Mäuler! Was haben Sie dazu zu sagen?«

Peter schluckte. Der Mann hatte ja recht, aber was sollte er vorbringen? Dass nicht er es gewesen war, von dem die Annäherung ausgegangen war. General d'Armant war kein Trottel, er wusste natürlich genau, dass seine Tochter die treibende Kraft gewesen war, aber das konnte er natürlich keinesfalls zugeben. »Nun, als Erstes wünsche ich Ihnen einen guten Morgen, *mon général*, des Weiteren erlaube ich mir anzumerken, dass ich durchaus nicht freiwillig Ihre Gastfreundschaft in Anspruch nehme, muss aber zugeben, dass es wohl kaum einen anderen Ort auf dieser Welt geben dürfte, an dem ich so gerne eingekerkert bin wie hier«, versuchte er den General abzulenken und zu besänftigen. »Ich habe in meinem ganzen Leben noch nie so ausgezeichnet …«

»Papperlapapp!«, raunzte d'Armant, »Geschwätz! Kommen Sie mir nicht mit Phrasen wie diese verfluchten Rechtsverdreher, M'sieur!«

»Was Ihre reizende Tochter angeht, Monsieur, so finde ich es unerhört, wie Sie es wagen können, an ihrem tadellosen Benehmen zu zweifeln!« Peters Augen blitzen von ehrlicher Empörung. »Sie hat mich nie zu irgendwelchen – möglicherweise in Ihren Augen nicht schicklichen – Aktivitäten ermuntert oder gar dazu herausgefordert, *mon général*.« Das war die volle Wahrheit, dachte Peter, sie hat immer lieber gleich selbst die Initiative ergriffen.

»Das wäre ja auch noch schöner!«, grollte d'Armant. »Aber Sie waren eben allein mit ihr in der Box!«

»Mein Bursche ist für einen Augenblick fort, M'sieur. Ich habe mir nichts dabei gedacht. Das war ein Fehler, das gebe ich zu, aber Ihr Fräulein Tochter kam unangemeldet, als Franz gerade wegging. Sie wollte nur einen schnellen Blick auf *Ombre* werfen, schließlich hat der Racker inzwischen einen so schlechten Ruf, dass der meine dagegen blütenweiß erstrahlen muss.«

»Wenn Sie sich da mal nicht gewaltig irren, Baron, ich habe die Geschichte mit dem Duell zwischen Ihnen und Jean de Gravelotte keineswegs vergessen!«

»Im Übrigen ist die Mademoiselle nur hier, um sich ein Bild von dem Pferd zu machen. Wie sie mir gestanden hat, überlegt sie, ob sie sich nicht mit einer kleinen Summe Geldes auf der Seite Ihres Adjutanten an der Wette beteiligen soll. Etwas Schöneres könnte mir und *Ombre* nicht passieren, wir wären dann doppelt motiviert«, log Peter kaltschnäuzig, aber anscheinend hatte er den richtigen Nerv getroffen. Der General blickte plötzlich viel milder. Hinter ihm erschien Franz mit einem Futtersack.

»Nun, wenn es denn so ist, dann werde ich diesmal noch einmal Gnade vor Recht ergehen lassen.« Er rieb sich die Hände. »Ich wollte mir eigentlich auch nur das Pferd anschauen, allerdings werde ich, so wie die Dinge liegen, auf der Seite der Offiziere setzen, dann bekomme ich endlich mal etwas von meinen horrenden Ausgaben für die Ausbildung, den Unterhalt und die arg teuren Roben meiner lieben Tochter zurück, das sind erfreuliche Aussichten für einen Vater. Und Sie benehmen sich gefälligst weiter tadellos, haben wir uns verstanden, Preuße!«

»*Oui, mon général, naturellement, comme il faut.*«

Der General winkte seine Tochter zu sich heran, drehte sich auf dem Absatz herum und stapfte mit schweren Schritten den langen Gang hinunter, Amélie und der Adjutant folgten in seinem Kielwasser. Amélie drehte sich noch einmal um und winkte Peter übermütig zu, dann hängte sie sich bei dem Leutnant ein. General d'Armant überlegte: ›Wenn der Kerl doch nur ein paar Jahre älter wäre, dann würde ich die Mitgift dieser kleinen Hexe glatt verdoppeln, um sie los zu werden. Soll sich doch ein anderer mit ihr herumärgern. So ein zierliches kleines Persönchen, hat aber einen sturen Dickkopf wie eine Kreuzung aus einem alten Stier und einer Poitout-Eselin. Er ist ein Preuße, na und! Wie sagt meine kluge Frau doch so richtig: Wer weiß, was in ein oder zwei Monaten ist. Schließlich waren die Preußen auch schon oft genug unsere Verbündeten. Auch in Zukunft werden sie uns als Rückversicherung gegen die Habsburger und die Russen brauchen. Dieser Junge ist einfach ein Teufelskerl mit vielen Talenten. Wie der mir geistesgegenwärtig das Blaue vom Himmel heruntergeschwindelt hat, um dieses kleine Biest Amélie reinzuwaschen, war schon eine reife Leistung.‹ Der General schnaufte amüsiert. De la Marche und Amélie konnten diesen Laut nicht deuten und blickten sich fragend an. D'Armant spann seinen Gedankengang weiter: ›Irgendwie passt der Gaul zu ihm, als ob er nur für ihn gezeugt worden wäre. Kein Wunder, dass der arme de la Marche bei dem Zossen keinen Stich mehr bekommen hat. Der schlaue Wallach hat gemerkt, dass der junge Mann nur Mittelmaß ist, und damit will er sich nicht zufrieden geben. Klasse verlangt nach Klasse, so einfach ist das! Punktum!‹

Am diesem Tag, dem letzten vor dem Rennen, bewegte er *Ombre* am Nachmittag nochmals leicht eine weitere Stunde und gönnte dem Pferd ansonsten eine Ruhepause.

Der Himmel bescherte ihnen an dem bewussten großen Tag schönes Sommerwetter, wie es im Buche stand, es war wolkenlos, die Sonne strahlte vom blauen Himmel herab und nur eine leichte Kühlte wehte von der See herein. An diesem

Sonntagvormittag fiel die Predigt in der großen Klosterkirche ungewöhnlich kurz aus. Der geistliche Herr hatte auch durchaus menschliche Schwächen, dazu gehörte eine unbestreitbare Vorliebe für Pferderennen. Schließlich gab es nur sehr wenige Gelegenheiten, bei denen es sich ein hohes Mitglied des Klerus leisten durfte, öffentlich eine gewisse emotionale Erregung zu zeigen. Selbstverständlich durfte er sich nicht dazu hinreißen lassen, sich an Wetten zu beteiligen! Aber sein Sekretär, ein bemitleidenswertes schwarzes Schäfchen inmitten der großen weißlockigen Herde der Unschuldslämmer des HERRN, hatte, wie er aus bestimmten Gründen sehr genau wusste, ein paar Goldstücke gesetzt. Nun, er würde ihm die Absolution erteilen, sobald er ihm den Gewinn übergeben hatte. Er würde sie einem guten Zweck zuführen, o ja, er war sicher, dass ihm da etwas Passendes einfallen würde. Aber heute musste er sich bei der Predigt kurz fassen, denn die Rennstrecke am Strand war vom Stand der Gezeiten abhängig. Auf dem Geröllstreifen direkt unterhalb der Steilküste konnten die Pferde nicht gefahrlos galoppieren. Dazu kam, dass sich ganz gewiss fast die gesamte Bevölkerung von Fécamp südlich der Hafeneinfahrt versammeln würde, um den Ausgang des Rennens zwischen dem ketzerischen Preußen und dem schneidigen Leutnant Mouton zu beobachten. Schließlich war es Ehrensache, den Lokalmatador unmittelbar nach seinem Sieg gebührend zu feiern. Dafür brauchte man Platz, der nur um die Niedrigwasserzeit herum in einem ausreichenden Maße zur Verfügung stand. So kam es, dass sich die Kirche an diesem Tag des Herrn früher und auch schneller leerte als üblich. Die Menge drängte sich durch die Gassen hinunter an die Küste und genoss die Aufregung, die dort schon herrschte. Zelte und Verkaufsstände waren aufgebaut worden, an denen man sich mit Erfrischungen versorgen konnte. Die Damen drehten aufgeregt ihre Sonnenschirme über den aufgetürmten Frisuren oder fächerten sich Luft auf die geröteten Gesichter. Die Herren diskutierten mit ausladenden Gesten. Das Summen der Gespräche schwoll zu einem lautstarken Brausen an, als die beiden Kontrahenten erschienen, auch ein paar Hochrufe waren zu hören, als sich die Reiter höflich begrüßten und vom Schiedsgericht eingewiesen wurden.

»Messieurs, das Rennen wird über die Länge von einer Lieue* gelaufen.« Peter musste an sich halten. Erst gestern Abend hatte er von Yves de la Marche erfahren, dass man die Länge der Strecke verdoppelt hatte, offensichtlich hatte man die Schwäche von *Ombre* im Finish beobachtet und wollte sichergehen. »Nach dem ersten Viertel der Strecke umrunden Sie einen in den Sand gerammten Pfahl – selbstverständlich befinden sich dort Schiedsrichter, die das kontrollieren –, kehren dann hierher zurück, runden diese Marke«, der Oberschiedsrichter, es handelte sich um Oberst Chevalier Leblanc persönlich, deutete auf eine dreibeinige Konstruktion aus massivem Treibholz, auf dem oben eine Flagge angebracht worden war, »dann legen Sie die Strecke nochmals zurück und passieren hier die Ziellinie, die durch ein Band gebildet wird, das von zwei jungen Damen gehalten wird. Das Startsignal wird durch einen Schuss gegeben. Haben Sie alles verstanden, Messieurs?«

Paul schoss ein Gedanke durch den Kopf. Wie pflegte doch sein Bruder immer zu sagen: ›Das Unerwartete tun, Peter, ganz nach Husarenart!‹ Er fragte leichthin: »Müssen die Wendemarken in einem bestimmten Abstand und Drehsinn gerundet werden, Monsieur?«

Der Oberst räusperte sich umständlich, blickte Peter streng an, dann knarzte er rau: »Und wenn Sie Ihre Gäule auf dem Rücken herumtragen, ist mir das auch recht, verstanden?«

---

* Knapp 3900 Meter

Als beide schweigend nickten, setzte er dann noch hinzu: »Möge der Bessere gewinnen!«

Philippe Mouton grinste überheblich, klopfte seiner Stute *Fléche*, deren Ohren nervös spielten, beruhigend auf den Hals und meinte lachend: »Ich hoffe, dass Sie den Wein des Teufels* gehörig gekühlt haben, damit ich mich nach diesem, nun ja, Rennen«, er sprach das Wort so aus, als würde er Spaziergang meinen, »richtig erfrischen kann, *mon colonel*!« Peter schnaufte verächtlich.

Die beiden Kontrahenten nahmen Aufstellung, die Knechte hielten die Pferde am Zügel fest. Der Platz vor der Startlinie wurde geräumt, ängstliche Mütter zerrten ihre widerstrebenden, brüllenden Blagen in Sicherheit. Peter rückte sich im Sattel zurecht, sprach begütigend auf *Ombre* ein und nickte Franz zu. Der ließ das Halfter los. Eine Stimme hinter den Reitern fragte laut: »Sind Sie bereit?« Beide antworteten wie aus einem Munde: »Bereit!« Ein Schuss krachte und ab ging die wilde Jagd. Peter blieb dicht neben seinem Gegner, hing aber etwas zurück, so dass der Kopf seines Tieres etwa in Höhe der Hinterhand von *Fléche* war. Beide Pferde schienen froh, dem Gewühl und der Unruhe am Start entkommen zu sein, und galoppierten auf den Pfahl zu, auf dessen Spitze ebenfalls eine Fahne befestigt war. Der Boden war fest und eben, aber weiter draußen schob sich die Flut langsam heran. Der Wendepunkt schien förmlich auf sie zuzufliegen, und als die Marke nur noch etwa fünfzig Yard entfernt war, schob sich Peter rechts neben de Mouton, der offensichtlich beabsichtigte, sie gegen den Uhrzeigersinn zu runden. Nach rechts konnte er nicht ausholen, weil dort

---

* In der Frühzeit des Champagners kam es durch den hohen Innendruck immer wieder zu Explosionen von Flaschen, die zu erheblichen Verletzungen führen konnten, daher dieser Spitzname.

sein Gegner war, daher musste er sein Pferd entweder in einem weiten Bogen hoch auf den Strand jagen oder es hart zügeln und dann fast auf der Hinterhand herumdrehen. Peter war gespannt, was er tun würde. De Mouton entschied sich am Wendepunkt für das Letztere, er parierte die Stute hart durch, die daraufhin mit beiden Vorderläufen in die Höhe stieg, zog sie dann herum und gab ihr wieder den Kopf frei. Peter hatte *Ombres* Tempo rechtzeitig etwas verlangsamt und mit ihm in einem schlanken Galopp die Marke passiert. Ein paar Schiedsrichter mussten erschreckt zur Seite springen. Sie verschütteten dabei den Wein, der in ihren Gläsern funkelte. Peter konnte ihre Worte nicht verstehen, aber es waren ganz sicher keine guten Wünsche, die sie ihm hinterherriefen. Der Preuße hatte zwar durch sein Manöver keinen Vorsprung gewonnen, im Gegenteil, aber der Rappe hatte nicht so stark abbremsen müssen, sondern lief leicht und locker. Nach kurzer Zeit befanden sich die beiden Gegner wieder fast auf gleicher Höhe. Der Leutnant blickte über die Schulter, seine Miene war eine Mischung aus Wut und Überraschung. Die Hufe der Pferde trommelten auf dem festen Sand, ihre Ohren waren nach vorne gerichtet, beide atmeten noch gleichmäßig. Rechts vor ihnen türmten sich die Bastionen und Wälle der Festung auf. Am Fuß der weißen Klippen erwartete sie ein buntes Gewimmel aus festlichen Roben, Hüten, Tüchern, Parasols, Zelten, Buden und Flaggen. Als sie sich der Wendemarke näherten, setzte de Mouton zum ersten Mal seine Reitpeitsche ein. Peter ließ ihn ziehen und holte für die Wende weit aus. Der Leutnant wiederholte sein Manöver vom anderen Ende, was ihm einen Vorsprung von gut zwei Längen einbrachte. Peter hörte die begeisterten Rufe der Zuschauer, sah aus den Augenwinkeln, wie sie jubelnd ihre Arme in die Höhe warfen, Tücher und Sonnenschirme schwenkten. »Freut euch nicht zu früh!«, presste er zwischen zusammengebissenen Zähnen hervor und machte sich an die Verfolgung. Er lauschte auf den Atem von *Ombre*, versuchte zu erspüren, ob sein Rappe irgendwelche Probleme hatte, aber nein, da war nichts, alles schien in bester Ordnung zu sein. Fast hatte es den Anschein, als ob es den Wallach ärgerte, hinter der Stute zurückzuliegen. »Die überholen wir noch, wart's nur ab, mein Alter!«, flüsterte ihm Peter zu. Immer wieder blickte sich sein Gegner jetzt um, lauerte auf die ersten Anzeichen von Schwäche bei dem Rappen, aber es war seine Stute, der jetzt die ersten Schaumflocken vom Maul flogen. Die Wendemarke kam näher und Peter hatte den Eindruck, dass *Flèche* etwas langsamer wurde. ›Das Unerwartete tun, Peter! Nach Husarenart!‹ Er grinste und dirigierte sein Pferd diesmal nach links erheblich höher auf den Strand, so dass die Marke zehn Yard rechts von ihm lag und im Uhrzeigersinn gerundet werden musste, aber auch de Mouton schien gelernt zu haben, denn auch er umkreiste den Pfahl diesmal in einem weiten Bogen, aber gegen den Uhrzeigersinn. Sie brausten aufeinander zu, Peter gelang es, bei der Begegnung die Innenposition zu erobern und sich zwischen dem Pfahl und de Mouton hindurchzulavieren. Als er das vor Wut verzerrte Gesicht des Leutnants sah, hob er grüßend eine Hand und grinste spöttisch. Der Mann schien völlig die Fassung zu verlieren, er schlug beim Passieren mit der Reitpeitsche nach Peter und traf ihn auf den Rücken. Peter von Morin erstarrte. Eine rote Zorneswelle wollte sein Bewusstsein vernebeln, aber er riss sich mit viel Mühe zusammen, und alles, was er dann lakonisch dachte, war: Schon wieder ein Duell! Er gab *Ombre* den Kopf frei und konzentrierte sich auf das Rennen. Sie lagen jetzt vorne, aber de Mouton kam rechts hinter ihm auf. Zoll für Zoll schob sich die Stute heran, ihr Reiter hieb ihr die Sporen in die Weichen, schlug ihr mit der Reitgerte unablässig auf die Hinterhand und heulte wie ein Derwisch. Peter hörte *Fléche* keuchen, ihre Augen waren weit aufgerissen, die Nüstern weit gebläht, Schaum stand ihr vor dem Maul. Auch *Ombres* Atem begann zu rasseln. Wieder traf Peter ein Schlag der Peitsche. »Warte, mein Bürschchen, das wirst du mir büßen, das schwöre ich dir, du falscher welscher Halunke!«, knurrte er wütend vor sich hin. Er zwang sich mit großer Anstrengung dazu, sich nicht umzudrehen, um seinem Kontrahenten zu drohen, sondern auf das Rennen zu konzentrieren. Sie hatten schon über die Hälfte des Weges zum Ziel zurückgelegt, Peter richtete sich in den Steigbügeln auf, beugte sich weit nach vorn und rief *Ombre* anfeuernde Worte in die Ohren: »Jetzt gilt's, mein Lieber! Lauf, lauf, zeige es allen! Du bist der Größte, beweis es diesen Ignoranten! Lauf, lauf, *Ombre*, lauf, du bist der Schönste und Schnellste!« Der Wallach schien ihn zu verstehen und streckte sich, seine Hufe donnerten über den harten Sandboden, *Fléche* blieb zurück. Das weiße Band der Ziellinie schien auf ihn zuzufliegen, die Augen der beiden jungen Damen, die es gespannt hielten, waren ängstlich aufgerissen. Der Rappe stürmte hindurch, Peter zügelte ihn und steuerte auf Franz zu, der ihn in einigem Abstand erwartete und das Halfter packte. Er gratulierte freudig seinem Herrn. »Das war ein tolles Rennen, junger Herr, bei meiner Seel!«

Peter sprang aus dem Sattel und blickte sich nach seinem Kontrahenten um. »Danke, Franz, aber es gibt Ärger. Dieser welsche Hundsfott hat mich während des Rennens zweimal geschlagen, ich muss ihn fordern!«

»Ach, du meine liebe Güte, Herr Peter, nicht schon wieder!«

Hinter ihnen donnerte Leutnant de Mouton in voller Karriere durch die auseinanderspritzende Menge und verschwand ohne anzuhalten in den Gassen des Ortes. Die verblüfften

Menschen schauten ihm konsterniert nach. Peter ließ *Ombre* in der Obhut von Franz zurück, der sich um ihn kümmern würde, und ging zu Oberst Chevalier Leblanc hinüber, bei dem inzwischen auch die Schiedsrichter vom anderen Ende des Strandes eingetroffen und in eine hitzige Diskussion mit ihm verwickelt waren.

»Sie kommen mir gerade recht, M'sieur Morin«, schnarrte der Oberst. »Die Herren hier fordern Ihre Disqualifizierung! Stimmt es, dass Sie bei der letzten Wende den Pfahl rechtsherum passiert haben?«

»Das ist korrekt, *mon colonel*, aber wie Sie sich ganz gewiss erinnern, habe ich Sie vor dem Rennen gefragt, ob beim Runden eine bestimmte Richtung einzuhalten ist. Das haben Sie ganz nachdrücklich verneint!«

Der Oberst hüstelte, nickte dann aber energisch: »Das ist absolut richtig, Messieurs! Ihr Einspruch wird folglich abgewiesen.«

»Herr Oberst, ich möchte Sie bitten, die Herren zu befragen, ob Sie gesehen haben, dass mich Leutnant de Mouton an der Wendemarke mit seiner Reitpeitsche geschlagen hat ...«

Oberst Chevalier zuckte zusammen, denn die Konsequenz dieser Anschuldigung, falls sie denn bestätigt wurde, war ihm sofort klar. Er blickte die Offiziere vor ihm scharf an, und als alle schwiegen, zischte er scharf: »Nun, Messieurs?« Die Männer blickten sich zögerlich an, schließlich trat ein Hauptmann vor, räusperte sich und begann stockend: »Nun ja, Leutnant de Mouton scheint da ein Missgeschick passiert zu sein, vermutlich wollte er sein Pferd antreiben und hat dabei versehentlich den Baron getroffen ...« Er war sich bewusst, dass diese Ausrede so lahm war wie eine uralte Schindmähre mit drei Beinen, und schwieg mit einem verlegenen Gesichtsausdruck.

»Er kam mir auf meiner linken Seite entgegen und musste folglich über den Hals seines Pferdes schlagen, Messieurs! Außerdem war dann wohl der zweite Schlag auf dem Rückweg auch nur als Aufforderung an mich zu verstehen, schneller zu reiten«, höhnte Peter, dem das Blut ins Gesicht stieg. »Nun, wenn man es so sieht, dann hat Leutnant de Mouton sein Ziel erreicht: Ich musste ihn hinter mir zurücklassen, wenn ich nicht windelweich geprügelt werden wollte.« Das Gespräch wurde natürlich von den in der Nähe stehenden Zuschauern mitgehört, und die Neuigkeit verbreitete sich wie ein Lauffeuer in der Menge.

Die Offiziere schauten beschämt zu Boden, einer richtete sich steif auf, salutierte und meldete zackig: »Leutnant de Mouton hat den Baron mit seiner Reitgerte geschlagen! Es war zweifellos Vorsatz, *mon colonel*!« Der Oberst seufzte tief auf: »Es tut mir leid, Baron. Der Leutnant hat Sie schimpflich in Ihrer Ehre verletzt, ich kann verstehen, dass Sie Satisfaktion fordern. Aber lassen Sie mich Ihnen trotz dieses Wermutstropfens zu Ihrem grandiosen Sieg gratulieren. Sie sind ein famoses Rennen geritten, auch wenn mich das ein hübsches Sümmchen kosten wird. Aber das Finanzielle wird ja wohl von Leutnant de la Marche mit dem beauftragten Offizier der Garnison geregelt.« Er reichte ihm die Hand und schüttelte sie kräftig. Auch Yves de la Marche trat jetzt heran und umarmte ihn herzlich. »Sie haben es geschafft, mein Alter! Ich habe immer an Sie geglaubt!« Er küsste ihn auf beide Wangen, dabei klopfte er ihm freundschaftlich auf den Rücken und flüsterte ihm leise ins Ohr: »Danke, mein Freund! Ich wage mir gar nicht auszumalen, was geschehen wäre, wenn Sie verloren hätten!«

Der Oberst hob seine Stimme: »Liebe Anwesende, liebe Kameraden! Wir haben ein großartiges Rennen gesehen. Zwar haben sich die meisten einen anderen Ausgang gewünscht, aber wir sollten die Größe besitzen, den Sieger gebührend zu feiern!« Jemand drückte Peter ein Glas perlenden Wein in die Hand. »Auf den Baron de Morin, den Sieger des heutigen Tages! Möge ihm der Herrgott ein langes Leben schenken!«

Was war denn das, fragte sich Peter, wollte ihn der Oberst verspotten? Falls dieser Mouton nicht besser focht, als er ritt, dann war der es, der sich Sorgen um seine Gesundheit machen musste. Er hob sein Glas hoch in die Luft und rief: »Salut! Auf das schöne Frankreich und seine schönen Damen!« Er trank den Champagner in einem Zug aus. Die Menge beantwortete seinen Toast begeistert. Unauffällig blickte sich der junge Preuße nach Amélie um, aber er konnte sie nirgends entdecken. Sein Glas wurde sofort wieder vollgeschenkt. Wildfremde Menschen drängten sich heran, um ihm zu gratulieren.

Der pferdesportbegeisterte Abt schaute seinen Sekretär finster an, der sich redlich bemühte, sich in seiner Kutte unsichtbar zu machen. »Ausgerechnet ein Ketzer streicht unsere Goldstücke ein! Wie konnte das nur geschehen, *frère* Aloisius?« Aus der Tiefe der voluminösen Kapuze ertönte es dumpf: »Es war Gottes unerforschlicher Ratschluss, Bruder Abt.«

In dem Gedränge achtete niemand auf den berittenen Boten, der sich zum Oberst hindurchschlängelt hatte und ihm etwas ins Ohr flüsterte. Er musste seine Botschaft noch zweimal wiederholen, bis der Chevalier Leblanc sie verstanden hatte. Anschließend rückte der Oberst seine Uniform zurecht und ging zu Peter hinüber, der von einem Flor schöner junger Damen umgeben war, die albern vor sich hin kicherten und alle unbedingt einen Kuss vom ihm auf die Wange haben wollten.

»Verzeihen Sie, mein lieber Baron, aber Sie werden dringend auf der Festung erwartet. Wie ich gerade erfahren habe, ist ein Verwandter von Ihnen eingetroffen. Der General erwartet Sie – sofort, M'sieur! Wenn die Damen entschuldigen wollen ...«

Kapitel 3

Südengland/Nordfrankreich, Juli 1760

Die beiden Reiter genossen es, nach der langen Zeit auf den schwankenden Planken der Schiffe die ganz anderen Bewegungen der Pferde unter sich zu spüren, ihre Ausdünstungen zu riechen und ihr gelegentliches Schnauben zu hören. Gotthilf Donnerhall hatte ihnen ganz anständige Reittiere und ein kräftiges Maultier für ihr Gepäck gekauft. Eigentlich hatten sie zusammen mit dem Vertrauten des Grafen Wolfenstein zusammen in der Postkutsche nach London reisen sollen, aber Paul hatte argumentiert, dass es ihnen gut tun würde, sich vom Pferderücken aus ein Bild von England zu machen. Donnerhall hatte verständnisvoll genickt, auch ihm graute, wenn er an die knochenbrechende Fahrt über die schlechten, staubigen Straßen zusammen mit schlechtgelaunten Mitreisenden dachte, allerdings kannte er auch seine begrenzten Fähigkeiten als Reiter. Bevor sie sich von ihm am Abend kurz vor 6.00 Uhr, der regelmäßigen täglichen Abfahrtszeit der Postkutsche nach London, vor den »King's Arms« von ihm verabschiedeten, wies er sie nochmals eindringlich darauf hin, gut auf ihre Freistellungen aufzupassen, denn die Presskommandos lauerten überall. Seine Reise mit der Kutsche würde, wenn alles glattging, fünf Tage dauern und kostete einschließlich aller Mautgebühren und Bestechungsgelder rund zehn pence pro Meile. Wie lange die Reiter unterwegs sein würden, hing vor allem von ihnen selbst ab.

Der Abschied von der *Thunderbolt* war nicht ohne einige Rührung abgegangen. Piet van Rijn, Jan Priem, Hendrik und die anderen Holländer von der *Oranjeboom* wünschten ihren beiden Kameraden alles Gute. Piet meinte: »Die Royal Navy ist eine große Familie, und da trifft man sich immer wieder. Also bis zum nächsten Mal!«

Georg, der Berliner, war sichtlich betroffen, er schluckte und stieß traurig hervor: »Nu hab ick mal 'nen feinen Pinkel kennenjelernt, der wo meene Talente ssu schätzen weiß, und wat macht der? Schwirrt einfach ab, macht sich dünne und ick sitze doof da und bin wieda mal neese!«

Aus der Umarmung von Bully Sullivan konnte sich Paul nur mühsam befreien, so fest hatte ihn der riesige Kerl an seine Brust gepresst. Bully fielen keine passenden Worte ein, nur ein verdächtiges feuchte Schimmern war in seinen Augen zu sehen. Auch Paul hatte einen Kloß im Hals, klopfte ihm freundschaftlich auf die Schulter und tröstete ihn: »Man sieht sich im Leben immer zweimal, Bully – mindestens. Mach mir bis dahin keine Schande, mein Kleiner, verstanden!«

»Aye, aye, junger Herr, Sir!«, quetschte Bully gerührt heraus.

Während ihre Seekisten in das Boot gefiert wurden, verabschiedeten sich die Offiziere mit Handschlag von Paul, der sich bei ihnen für die gute Ausbildung bedankte, dann sprang er ins Boot und nahm auf der Heckducht Platz. Auf der Überfahrt zum Anleger schwieg er, blickte sich aber mehrfach nach der Fregatte um, die achteraus langsam kleiner wurde. Für ihn nicht erkennbar, stand auf der Back der *Thunderbolt* Midshipman Luke Cully, dessen Augen zu Schlitzen zusammengepresst waren. Giftig zischte er fast unhörbar vor sich hin: »Wir sehen uns wieder, *Mister* Morin, und dann Gnade Ihnen Gott!« Aber das konnte Paul natürlich nicht hören, sonst hätte er einige Wochen später vielleicht eine andere Entscheidung getroffen.

Es war wunderbar gewesen, sich im Gasthof mit reichlich heißem Frischwasser waschen zu können, in bequeme, teure Kleidung zu schlüpfen, sich an eine üppig gedeckte Tafel zu setzen und später in ein geräumiges duftendes Bett zu schlüpfen. Trotzdem war er, als alle Formalitäten im Büro des Hafenadmirals erledigt waren, froh gewesen, wieder seine alten hirschledernen Reithosen aus der Seekiste zu kramen, die Husarenstiefel anzuziehen und sich die bequeme wetterfeste Jacke überzuwerfen, die früher einem seiner älteren Brüder gehört hatte, die ihm aber inzwischen ein wenig zu klein und eng geworden war.

Paul und Karl waren bei dem schönen Sommerwetter, ohne zu hetzen, gut vorangekommen und befanden sich nach einer Woche etwa neunzehn Meilen nordwestlich von Southampton. Wie ihnen Donnerhall vorhergesagt hatte, waren sie mehrfach an Straßensperren von der Pressgang aufgehalten worden, aber Pauls energisches Auftreten hatte zusammen mit ihren Freistellungen immer dafür gesorgt, dass man sie schnell passieren ließ. Hilfreich war sicher auch, dass ihr Englisch recht mäßig war, denn Ausländer durften offiziell nicht gepresst werden. Freilich nahmen das die Pressgangs damit bei ärmlich gekleideten Männern nicht immer so genau, denn bei wem sollte sich ein gepresster Mann beschweren, wenn er sich erst mal an Bord befand? Bei seinem Botschafter am Hof des Königs? Auf der Rückseite der Dokumente war zusätzlich ihr Aussehen genau beschrieben, damit wollte man verhindern, dass ein schwungvoller Handel mit den Freistellungen getrieben werden konnte. Der Sekretär hatte ihnen aber auch eingeschärft, ihre variablen Merkmale keinesfalls zu verändern, also sich beispielsweise die langen Husarenlocken abzuschneiden oder den Bart zu verändern, denn jede Veränderung des Signalements machte den Freibrief ungültig. Auch musste man ihn jederzeit und überall griffbereit bei sich führen, sonst fand man sich schneller, als einem lieb war, auf einem der Schiffe von König Georg wieder.

So ritten die beiden wohlgemut auf der staubigen Straße auf die grüne Barriere eines ausgedehnten Waldgebietes zu, in dem der von den Kutschen mit tiefen Fahrspuren versehene Weg verschwand. Schon bald umgab sie das lichte Grün eines hellen Laubwaldes mit dichtem Unterholz. Der ausgefahrene Weg führte stetig bergauf. Wie viel angenehmer roch es doch hier im Vergleich zum Zwischendeck der Fregatte. Plötzlich zuckten sie zusammen, vor ihnen hinter einer Biegung krachte ein Schuss, zwei weitere folgten unmittelbar darauf. Eine Frauenstimme kreischte verängstigt auf, raue Männerstimmen fluchten. Paul hatte gerade scherzhaft bemerken wollen, dass das hier eine ideale Umgebung für einen Hinterhalt war. Jetzt riss er seinen Säbel aus der Scheide, zog mit der Linken die lange Reiterpistole aus dem Halfter und spannte den Hahn. »Attacke!« Er schnalzte mit der Zunge, gab dem Pferd leicht die Sporen und galoppierte an. Franz folgte ihm. Als sie in voller Karriere um die Kurve gebraust kamen, sahen sie eine Kutsche auf dem Weg stehen, der hier steil nach oben führte. Hinter ihr lag ein Mann rücklings auf der Straße, er bewegte sich nicht mehr. Eine schwere Pistole, aus der eine dünne Rauchfahne aufstieg, war seiner Hand entfallen und lag ein Yard neben ihm im Staub. Auf der erhöhten Bank hinter dem Fahrgastraum saß ein Fuhrknecht und presste sich mit qualvoll verzogenem Gesicht ein Tuch gegen seine Schulter, das sich langsam rot färbte. Am Rand des Weges lag zusammengekrümmt ein weiterer Kerl, ohne sich zu rühren, ein anderer presste die Hände vor den Bauch, strampelte mit beiden Beinen und bog sich am Boden vor Schmerzen, dabei stieß er stetig ein wimmerndes Geheul aus. Vorne bei den Pferden standen zwei Männer, der eine hielt die Zügel der beiden vorderen Pferde fest, der andere zielte mit einer Muskete auf den Kutscher und den Leibwächter auf dem Bock, die beide ihre Hände weit über den Kopf in die Höhe gestreckt hatten. Der Kutscher sah dabei ein wenig lächerlich aus, weil er seine lange Peitsche noch immer in der Hand hielt, während der andere Mann anscheinend seine Waffe hatte fallen lassen. Ein weiterer Straßenräuber hatte den Wagenschlag aufgerissen und bedrohte die Insassen mit einer Pistole. Als er den dumpfen Wirbel der heranstürmenden Hufe hörte, fuhr sein Kopf herum. Er richtete seine Waffe auf den angreifenden Reiter und zielte auf Paul, aber bevor er abdrücken konnte, krachte in der Kutsche ein Schuss, der Strauchdieb warf die Pistole in die Höhe, drehte sich einmal um seine eigene Achse und brach dann zusammen. Pauls Brauner wurde langsamer und drängte sich an dem Wegelagerer und dem geöffneten Wagenschlag vorbei, der Mann mit der Muskete drehte die Waffe herum, zögerte aber zu lange, denn sein unerwartet aufgetauchter Gegner dirigierte sein Pferd an ihn heran. Paul brachte die Pistole in Anschlag, zog den Abzug durch, der Feuerstein schlug einen Funken ... aber nichts passierte! Der Gaul scheute, stieg und schlug mit den Vorderhufen nach dem Gauner. Mit einem lauten Fluch ließ der Lump seine Waffe fallen und wandte sich zur Flucht, dadurch kam er auf die rechte Seite des Pferdes, auf der Paul seinen Säbel ungehindert einsetzen konnte. Mit einem wuchtigen Hieb traf er den Schurken tödlich im Genick. Der zweite Mann, der die Kutschpferde festgehalten hatte, stieß mit dem Tier zusammen, taumelte, drehte sich um und wollte sich torkelnd auf der anderen Seite des Weges im Unterholz in Sicherheit bringen. Paul hatte die lange Pistole umgedreht, holte jetzt weit aus, lehnte sich weit nach links hinüber und schlug ihm den Kolben wuchtig von hinten auf den Kopf. Mit einem unangenehm knackenden Geräusch splitterte die Hirnschale. Verblüfft registrierte Paul aus den Augenwinkeln, dass sich auf der anderen Seite des Vierergespanns zwei weitere Räuber befanden, von denen einer mit einer kleinen Taschenpistole, wie Gentlemen sie bei sich zu führen pflegten, auf ihn zielte. Ihn traf ein gut gezielter Peitschenhieb des Kutschers am Kopf, der Schuss löste sich, die Ladung verpuffte harmlos in den Himmel, als Nächstes warf ihn eine großkalibrige Kugel aus der Pistole des Leibwächters auf dem Bock zu Boden. Der Mann hatte die Waffe unter einer dicken schützenden Lederdecke auf seinem Schoß verborgen gehalten. Der letzte Wegelagerer hatte fast das Unterholz erreicht, als Karl über ihn kam und ihn niedermachte. Paul machte Franz ein Zeichen, das der sofort verstand. Es war wie in alten Zeiten bei den Husaren. Der Zeigefinger, der das untere linke Augenlid herunterzog und anschließend einen Kreis in der Luft beschrieb, forderte ihn auf, sich in der näheren Umgebung umzusehen. Er hob bestätigend die Hand und drängte sein Pferd in das Unterholz auf der linken Seite des Weges. Paul verschwand auf der anderen Seite im Gebüsch. Schnell hatte er die Stelle gefunden, an der sich ein Teil der Straßenräuber versteckt gehalten hatte, aber dort hatten sie nicht ihr Lager gehabt, denn dort gab es keine Bündel und es führten keine Spuren weiter in den Wald hinein. Beruhigt kehrte er zur Straße zurück. Als er das Unterholz verließ, richteten sich zwei Musketen auf ihn, aber die Männer erkannten ihn schnell wieder und winkten ihn freundlich heran. Sie hatten in der Zwischenzeit die Leichen nebeneinandergelegt und die beiden Verwundeten gefesselt, obwohl diese nicht den Eindruck erweckten, dass sie in ihrem Zustand irgendjemand ein Haar krümmen konnten. Aus der Kutsche stieg schnaufend ein korpulenter Herr und sah sich aufmerksam um. Er fixierte Paul mit dunklen, klug blickenden Augen, dann sprach er ihn mit einer sonoren Bassstimme an: »Mein junger Herr, wie es scheint, sind Sie gerade noch zur rechten Zeit gekommen. Die Kerle hatten uns schon so gut wie überwältigt! Ich weiß nicht, wie ich Ihnen danken soll, mein Herr.«

»Paul Baron von Morin, Sir, zu Ihren Diensten.« Er sprang vom Pferd, zog seinen Dreispitz und verbeugte sich höflich.

»Ariel Greenberg, sehr erfreut, Ihre Bekanntschaft zu machen«, erwiderte sein Gegenüber und verneigte sich ebenfalls. Er deutete in die Kutsche: »Darf ich Ihnen meine Tochter Mirijam vorstellen. Das arme Mädchen hat große Ängste ausgestanden. Ich kann nur wiederholen, Sir, ich stehe tief in Ihrer Schuld.« Das junge Mädchen blickte ihn über den Rand ihres Fächers an, lächelte dankbar und gurrte mit einer dunklen melodiösen Stimme. »Ich wage mir gar nicht auszumalen, was geschehen wäre, wenn Sie nicht rechtzeitig erschienen wären, mein Retter!«

Einer der Männer stieß einen überraschten Pfiff aus. Sie blickten zu ihm hinüber. Er hielt ihnen ein paar glänzende Münzen auf seiner offenen Handfläche entgegen und übergab sie seinem Herrn. Auch die anderen Strauchdiebe hatten alle ein paar Gold- und Silbermünzen in den Taschen. Offensichtlich hatten sie bei ihrem Raubzug schon Erfolg gehabt. Äste knackten und ein Pferd prustete, sofort brachten die Männer wieder ihre Waffen in Anschlag, aber es war nur Karl, der ein zweites Pferd am Zügel hinter sich herzog. Es war ein prächtiges Vollblut, das eine schöne Stange Geld gekostet haben musste. Auf dem fein gearbeiteten Sattel waren ein Bündel und mehrere Jagdtaschen festgeschnallt. Aus dem lose geschnürten Packen, der wahrscheinlich die Beute der Banditen enthielt, hing der reich bestickte Ärmel des Rocks eines Gentleman heraus.

»Was machen wir mit dem Gesindel, dem Pferd und der Beute, Mister Greenberg?«, erkundigte sich Paul missmutig, der unendliche Schwierigkeiten mit den Behörden voraussah.

»Wir liefern alles beim nächsten Friedensrichter ab und übergeben die Angelegenheit einem an Ort ansässigen Anwalt, der unsere Interessen vertreten wird. Machen Sie sich darüber keine Sorgen, junger Mann. Woher kommen Sie übrigens? Ihr Englisch, ääh ... nun ja, lässt vermuten, dass Sie nicht hier im Lande geboren sind. Oh, ich möchte Sie nicht beleidigen, Herr Baron, aber ...«

»Ich stamme aus Preußen und habe erst seit einigen Wochen Englischunterricht auf Seiner Majestät Fregatte *Thunderbolt* gehabt. Allerdings fürchte ich, dass mir die seemännischen Ausdrücke geläufiger sind als die geschmeidigen Redewendungen der gehobenen Konversation.«

»Geschenkt, Herr Baron, oder darf ich Sie meinen lieben, jungen Freund nennen. Das macht mich alles sehr neugierig, Sie scheinen ein sehr bewegtes Leben zu führen. Ich spreche auch ganz leidlich Deutsch. Die Mischpoche lebt in Frankfurt am Main, die Grünbergs, Sie verstehen. Falls es Ihnen lieber ist, können wir uns auch auf Französisch unterhalten ...«

»*Très bien, monsieur*, ganz wie es Ihnen beliebt.« Paul kramte in seinem Gedächtnis; wenn ihn nicht alles täuschte, dann hatte der Mann gerade eben von den steinreichen Bankiers der Familie Grünberg gesprochen, das Stammhaus ihres Geldinstituts mit seinen weltweiten Verbindungen befand sich in Frankfurt.

Die Männer hatten inzwischen die Leichen in Segeltuch gehüllt, verschnürt und nach oben zwischen das Gepäck auf dem Dach der Kutsche gehievt. Die Verwundeten wurden neben dem bewaffneten Mann hinten auf dem erhöhten Rücksitz festgelascht, sie waren inzwischen bewusstlos geworden.

Die Männer der Eskorte kontrollierten nochmals ihre Waffen und begaben sich dann wieder auf ihre Plätze.

»Darf ich Sie einladen, bei uns in der Kutsche Platz zu nehmen? Bis zum nächsten größeren Ort mit einem Friedensrichter sind es noch mindestens zwei oder drei Stunden Weges. Sie haben mich neugierig gemacht, und sicher möchte meine wissensdurstige Tochter auch etwas mehr über Sie erfahren.« Ein Blick in die großen dunklen Augen über dem Fächer, die eine unausgesprochene Bitte enthielten, ließ Paul seine Abneigung gegen Kutschfahrten vergessen.

Nachdem sie am späten Nachmittag hoch oben in der alten Stadt Shaftesbury eingerollt waren, ihre Zimmer im Gasthaus bezogen und sich frisch gemacht hatten, vertrat sich Paul zusammen mit seinem Burschen ein wenig die Beine. Sie bewunderten die steile Gold Hill, eine Straße, an deren Rand die Häuser treppenartig aufgereiht standen. Sie genossen den weiten Blick über das liebliche Blackmore-Tal weit unter ihnen. Wieder zurück im Gasthaus dachte Paul, dass es jetzt sicher an der Zeit wäre, sich umgehend zum Büro des Friedensrichters zu begeben, aber weit gefehlt. Ariel Greenberg erwartete ihn in einem eleganten Seidenanzug, üppigen Spitzenmanschetten, einer ebensolchen voluminösen Halsbinde und einer tadellos gepuderten Perücke unten im Salon des Gasthauses, neben ihm saß ein kleiner Mann, der mit einem dunkelgrauen Rock und einer schwarzen Weste mit silberner Stickerei zu den üblichen Kniebundhosen bekleidet war und ihn aufmerksam musterte. »Mister Hoysmith, der beste Anwalt dieser schönen Stadt«, stellte ihn Greenberg vor. Selbstgefällig lehnte er sich zurück und spielte mit der schweren Goldkette seiner Taschenuhr, die in seiner Westentasche steckte. »Sicher werden die Constabler des Friedensrichters bald hier erscheinen, um sich um uns und unsere leidige Fracht zu kümmern, aber das überlassen wir alles diesem Herrn hier. Ich möchte Sie lediglich bitten, dem Anwalt Ihren Pass sowie die Freistellung vorzulegen, dazu die Adresse, unter der Sie in London zu erreichen sind.« Paul zog die gewünschten Dokumente hervor und nannte ihm die Adresse seines Onkels. Bei der Nennung des Namens Count Wolfenstein hob Hoysmith erstaunt eine Augenbraue. »Es wird keine Probleme geben, meine Herren, das verspreche ich Ihnen, unser Friedensrichter ist ein kluger Mann und belästigt keine Gentlemen, besonders wenn die über einen langen Arm verfügen. Ich werde die Aussage von Mister Greenberg und Ihnen von meinem Schreiber schriftlich fixieren lassen, so dass Sie sie morgen früh gegebenenfalls ergänzen und dann unterschreiben können. Leider haben wir noch keinen brauchbaren Hinweis auf die Identität des Pferdebesitzers gefunden, dem vermutlich auch die nicht unbeträchtliche Summe Geldes gehört hat.«

»Haben Sie Kleidungsstücke von dem Opfer entdeckt?«, erkundigte sich Paul interessiert.

»Vermutlich schon, bei der Kleidung in dem Bündel handelt es sich um erstklassige Stiefel, Reithosen, eine Jacke aus bestem schottischem Tuch, hergestellt von einem der besten – und teuersten – Schneider Londons. Alles beste Qualität, der Verkauf hätte den Kerlen nochmals ein hübsches Sümmchen eingebracht, aber warum fragen Sie? Wir haben alles gründlich durchsucht, aber nichts gefunden, Sir.«

»Könnte ich mal einen Blick auf den Rock werfen, Mister Hoysmith?«

»Wenn sie denn Wert darauf legen, bitte.« Er machte einem jungen Mann, der im Hintergrund auf der Kante eines Sofas hockte, ein Zeichen. Der Junge, ganz in Mausgrau, durchsuchte einen Stapel sorgfältig gefalteter Kleidungsstücke und kam mit dem Rock über dem Arm zu ihnen herüber. Er hielt ihn Paul mit einem feindseligen Gesichtsausdruck hin. Der packte einen Ärmel und ließ seine Finger in den hohen, reich bestickten Ärmelaufschlag gleiten – nichts, dann war der andere Ärmel dran, und diesmal war es ein Volltreffer. Er zog ein Kuvert heraus, grinste breit und reichte es dem Anwalt, der seinem Adlatus einen vernichtenden Blick zuwarf. Der junge Mann schrumpfte um mehrere Zoll. Hoysmith zog die Papiere aus dem unverschlossenen Umschlag und überflog schnell den Inhalt. »Aha, jetzt ist auch dieses Rätsel gelöst! Der Besitzer des Rocks war ein Sohn von Lord Swanford und geschäftlich unterwegs. Ich werde mich darum kümmern, dass der Lord informiert wird.«

Greenberg machte eine abwehrende Handbewegung. »Das wird nicht nötig sein, Mister Hoysmith, ich kenne den Lord persönlich und werde ihm die traurige Nachricht überbringen. Sorgen Sie lieber dafür, dass die Leiche des jungen Mannes gefunden und nach London überführt wird. Die verwundeten Straßenräuber sollten Ihnen die nötigen Hinweise geben können.

Ich denke, dass wir jetzt alles Notwendige besprochen haben, Hoysmith. Halten Sie uns die Behörden vom Hals, ich wünsche jetzt hier mit meinem jungen Freund und meiner Tochter ausgiebig zu feiern. Bei Lichte besehen, könnte man fast von einem zweiten Geburtstag reden.«

Hoysmith blickte etwas säuerlich, weil es ihm wahrscheinlich nicht allzu häufig passierte, dass man ihn so kurz angebunden hinauskomplimentierte, aber er machte gute Miene zum bösen Spiel, erhob sich und verabschiedete sich mit einer tiefen Verbeugung. »Gentlemen, es war mir eine Freude. Ich wünsche Ihnen einen gelungenen Abend!« Unter einer abermaligen Verbeugung verließ er den Raum und dachte an die gesalzene Rechnung, die er dem feisten Bankier stellen würde. Da er den Ruf des Bankhauses Greenberg kannte, machte er sich um dessen Zahlungsfähigkeit keine Gedanken.

Es wurde tatsächlich ein gelungener Abend. Das Essen war ländlich einfach, aber aus guten, frischen Zutaten zubereitet. Der Wirt servierte den Wein in Karaffen und nicht in Flaschen, aber die Qualität des Tropfens war vorzüglich. Als Greenberg den verwunderten Blick von Paul bemerkte, schmunzelte er amüsiert. »Das ist natürlich kein saurer Landwein, der in einem Fass gelagert wird, aus dem der Wirt je nach Bedarf Essig oder den billigen, offenen Tafelwein für die Landjunker zapft. Wie ich sehe, haben Sie das auch sofort festgestellt, aber ich fürchte, dass unser lieber Wirt im Fall eines überraschenden Besuchs durch den Königlichen Steuereintreiber keine Rechnung für die Flaschen mit französischem Etikett vorweisen könnte. Die Verteilung des Schmuggelguts von der Küste bis tief ins Hinterland ist vorzüglich organisiert, so dass man als Gentleman auch hier nicht auf einen anständigen Tropfen verzichten muss.« Er lächelte äußerst zufrieden vor sich hin und schob seine große Nase tief in den Pokal hinein, um den schweren Duft des dunkelroten Weins in sich hineinzusaugen, anschließend verdrehte er verzückt die Augen und leckte sich voller Vorfreude die Lippen. Mirijam hob auffordernd ihr Glas und lächelte Paul mit leuchtenden Augen an. »Erzählen Sie uns, wie Sie nach England gekommen sind, bitte, Herr Baron.«

»Oh, Mademoiselle, das ist eine lange Geschichte und, wie ich befürchten muss, auch nicht übermäßig interessant für die Ohren einer so schönen und charmanten jungen Dame.«

Sie errötete und blickte ihn keineswegs schüchtern verschämt unter niedergeschlagenen Wimpern an, wie es sich eigentlich für eine wohlerzogene junge Dame gehört hätte, sondern sah ihm aufrichtig interessiert gerade in die Augen. »Versuchen Sie es doch einfach, Baron. Wir haben Zeit, und wenn mein Kopf dumpf auf die Tischplatte aufschlägt, dann wissen Sie definitiv, dass Sie mit Ihren Befürchtungen recht behalten haben.« Sie strahlte ihn an, und Paul war hingerissen. Es gab keinen Wunsch, den er ihr hätte abschlagen können. Ihr Vater beobachtete die beiden jungen Leute und machte sich so seine Gedanken. ›Wirklich ein ausnehmend hübsches Paar, die beiden. Aber daraus kann nichts werden, Öl und Wasser mischen sich nicht.‹ Bedächtig wiegte er den Kopf und lächelte ein wenig wehmütig vor sich hin. »Ja, Baron von Morin, erzählen Sie uns, was für ein gütiges Schicksal Sie in dieses gesegnete Land geführt hat.«

Paul seufzte und gab eine stark verkürzte Version der Reise zum Besten, die er zuerst in Begleitung seines Bruders sowie der beiden Burschen und dann nur noch zusammen mit Karl unternommen hatte. Seine Schilderung war immerhin so bildhaft und interessant, dass der Kopf des schönen Mädchens keineswegs müde herabsank, sondern bewirkte, dass ihre Augen ihn bewundernd anhimmelten. Als er von der Gefangennahme seines Bruders berichtete, zog sie entsetzt den Atem ein, und ihre Augen wurden feucht.

»Und Sie wollen tatsächlich in die Royal Navy eintreten, mein lieber junger Freund?«, erkundigte sich der Bankier ungläubig. »Das Leben in der Marine ist kein Zuckerschlecken, es ist doch eigentlich eher etwas für die nachgeborenen Söhne von armen Landadligen, deren Vermögen und Einfluss nicht ausreicht, um die nicht erbberechtigten Söhnen in der Politik unterzubringen oder ihnen ein Offizierspatent in einem guten Regiment zu kaufen, die aber zu intelligent sind, um den Beruf eines Geistlichen zu ergreifen. Oh, verzeihen Sie, ich wollte Ihre religiösen Gefühle nicht verletzen ...«

»Ich bin so ein nicht erbberechtigter Sohn. Im Übrigen bin

ich als Lutheraner nicht so auf die Geistlichkeit fixiert wie die Papisten.«

»Ja, ich weiß, dieser Luther, ein bewundernswürdiger Mann. Da wäre seine Schrift ›Über die Freiheit eines Christenmenschen‹ zu erwähnen. Ich habe vor einiger Zeit mit unserem Rabbi darüber diskutiert, der es sehr interessant fand, dass man nur durch die innere Einstellung sündigen, aber auch nur durch sie in den Besitz der göttlichen Gnade kommen kann. Ein Priesterrock, Wallfahrten oder sogenannte gute Taten sind keineswegs eine Garantie dafür.«

Mirijam schlug die Augen nieder. »Tate, hör auf zu philosophieren, damit langweilst du unseren lieben Freund sicher nur.«

»Wie möcht' das sein, schließlich war doch sein Erlöser, der Rebbe aus Nazareth, einer von unsere Leut!«

Paul musste schnell eine bösartige Bemerkung herunterschlucken, die ihm schon auf der Zunge lag. Wie hatte der Herr Pfarrer am Karfreitag regelmäßig von der Kanzel mit dröhnender, anklagender Stimme und drohend geschwungenen Fäusten heruntergedonnert: ›Das unschuldige Blut unseres Herrn Jesus Christus, des Lammes Gottes, klebt an den Händen der schändlichen Juden, die ihn verraten und den Römern zum Martertod auf Golgatha ausgeliefert haben!‹ Zu Hause war oft erregt über diese These diskutiert worden, ohne dass man zu einer übereinstimmenden Meinung gekommen wäre, zumal die wenigen Juden, die man kannte und mit denen man einen gewissen gesellschaftlichen Umgang pflegte, ausnehmend liebenswürdige, umfassend gebildete Herren waren, mit denen man stundenlang Konversation auf höchstem Niveau treiben konnte. Paul hatte sich daher der Theorie von Großvater Rudolf angeschlossen, der in seiner langsamen, bedächtigen märkischen Art ausgeführt hatte, dass die Juden nur das Werkzeug in den Händen des

Allmächtigen gewesen seien, denn schließlich hatte ER in seinem unergründlichen Ratschluss entschieden, dass sein Sohn den Opfertod am Kreuz erleiden musste, um die Schuld der Menschen auf sich zu nehmen und ihnen die Möglichkeit zu geben, sich mit Gott auszusöhnen. Die Logik dieses Gedankens hatte Paul eingeleuchtet. Eine überwiegend weibliche Fraktion, deren Argumente eher emotional gesteuert waren, hatte sich davon allerdings nicht überzeugen lassen. Besonders die Großmutter hatte ihren Gatten mit kühlen blauen Augen angefunkelt, die Lippen zu einem dünnen Strich zusammengekniffen und das Kinn mit dem leichten Flaumansatz energisch vorgeschoben.

»Welche Rolle spielt eigentlich ein Rabbi bei Ihnen in der Gemeinde?«, lenkte Paul von diesem heiklen Thema ab.

»Nu, was für eine Rolle soll er schon haben? Auf jeden Fall ist seine Funktion nicht mit der eines Priesters zu vergleichen. Die Leitung des Gottesdienstes hat der Kantor oder der Vorbeter, aber auch jeder hinreichend in der Thora bewanderte Mann der Gemeinde kann das übernehmen. In dieser Beziehung ist Ihr Luther wieder recht nahe zu den Wurzeln zurückgekehrt, weil auch er das Wort und die Gemeinschaft der Gläubigen in den Vordergrund stellt. Aber zurück zu Ihrer Frage. In erster Linie ist der Rebbe der Schriftgelehrte und gibt uns Ezzes, das heißt Ratschläge für das tägliche Leben, die er aus dem Talmud ableitet. Häufig ist er sehr viel mehr der juristische Fachmann als das religiöse Oberhaupt der Gemeinde, besonders bei Streitigkeiten zwischen uns, wenn der offizielle Rechtsweg entweder zu lang und zu teuer ist oder Glaubensfragen berührt werden, die die Richter des Königs nichts angehen – und von denen sie auch nichts verstehen.«

»Haben Sie und Ihre Glaubensbrüder in England unter Diskriminierungen zu leiden, oder sind Sie den anderen Glaubensgemeinschaften gleichgestellt, Herr Greenberg?«

»Wo denken Sie hin, mein junger Freund. In England haben noch nicht mal die Katholiken dieselben Rechte wie die Anglikaner. Nach dem Vertrag von Limerick wurden, eine ganze Reihe von Gesetzen verabschiedet, um den Katholizismus besonders in Irland auszumerzen. So verbietet man den Katholiken, Waffen und kriegsdiensttaugliche Pferde zu halten, Land von einem Protestanten zu kaufen, geschenkt zu bekommen oder ihr Land ausschließlich an den ältesten Sohn zu vererben. Falls der älteste Sohn aber konvertiert, wird er sofort Eigentümer des gesamten Besitzes und der Vater bleibt lediglich lebenslang Pächter. Von den Beschränkungen des Klerus mal ganz zu schweigen. Allerdings greifen die meisten Einschränkungen nicht so recht.

Was mein Volk angeht, so ist das wieder eine ganz andere Geschichte. Dreihundert Jahre gab es offiziell keine Juden in diesem Land, erst 1656 hat Menasseh ben Israel, ein holländischer Glaubensbruder, bei Oliver Cromwell eine Eingabe gemacht, in der er die Rückkehr unseres Volkes nach England erbat. Cromwell war bekanntlich ein strenggläubiger Puritaner, aber auch ein Mann mit einem praktischen Verstand. Er sah die Vorteile, die eine erneute Ansiedlung mit sich bringen würde. Da war zum einen, dass er dringend einen kräftigen wirtschaftlichen Aufschwung brauchte, um das nach dem Bürgerkrieg verwüstete Land wieder aufzubauen. Außerdem galt damals die allgemein anerkannte religiöse Überzeugung unter den Christen, dass ihr, äh, Heiland erst wiederkehren würde, wenn die Juden in allen Ländern der Erde siedelten. Gegen den erheblichen Widerstand einflussreicher Wirtschaftskreise, die Konkurrenz fürchteten, und des, äh, antisemitischen Klerus erlaubte er den reichen Juden Amsterdams, ihre Geschäfte mit den spanischen Kolonien statt von Holland von London aus abzuwickeln.«

Paul lauschte ihm interessiert, aber seine Augen hingen nur

an dem Gesicht des schönen Mädchens. Ihre braunen, unergründlichen Augen zogen ihn magisch in Bann. In gewisser Weise erinnerten sie ihn an die dunklen, verzauberten Seen seiner märkischen Heimat, in denen Nymphen lebten und an deren Ufern Elfen tanzten. Auch sie blickte ihn an, länger und direkter, als es für eine junge Dame aus gutem Haus schicklich war, aber er war froh darüber, weil ihm dabei ein Schauer über den Rücken lief. Gelegentlich fuhr sie sich mit der Zungenspitze über die vollen roten Lippen, die kleinen weißen Zähne blitzten und ihre Nasenflügel bebten leicht. Sie hatte eine lange schwarze Haarsträhne um den Zeigefinger der rechten Hand gewunden und spielte hingebungsvoll damit.

»Bald darauf ließen sich dann auch noch etwa dreihundert spanische und portugiesische Maranos in London nieder ...«

»Maranos?«, unterbrach ihn Paul fragend.

»Ach ja, natürlich, das können Sie nicht wissen, mein lieber junger Freund. Maranos, das sind Juden, die unter dem Druck der Inquisition pro forma zum Christentum konvertiert sind, aber ihre Identität bewahrt und heimlich weiter ihre Riten gepflegt haben. Jedenfalls kamen sie nach London und haben dort 1701 die erste nur für diesen Zweck gebaute Synagoge, Bevis Marks, errichtet. In ihrem Dach ist ein hölzerner Balken von einem königlichen Schiff integriert, den Königin Anne der Gemeinde persönlich geschenkt hat.

Die Ansiedlung der Juden verlief aber keineswegs reibungslos. Es gab immer wieder starke Bestrebungen von adligen Kreisen, christlichen Fanatikern und eifersüchtigen Geschäftsleuten, meine Leut' wieder aus dem Land zu treiben.« Der Bankier seufzte, nahm einen langen Zug aus seinem Pokal, dann wischte er sich mit einem großen, nach teurem Parfum duftenden Spitzentaschentuch den Schweiß von der Stirn. »Aber sie konnten sich nie durchsetzen, denn die jüdischen Kaufleute waren einfach zu nützlich. Sie hatten ein Kapital von £ 1 500 000 mitgebracht, das bis Mitte des Jahrhunderts auf etwa £ 5 000 000* angewachsen ist. Unter anderem wurden davon die Feldzüge des Herzogs von Marlborough in den Spanischen Erbfolgekriegen in der Regierungszeit der guten Queen Anne finanziert. Auch während des Aufstands der Jakobiten im Jahre 1745 verhielten sie sich loyal, leisteten finanzielle Unterstützung und hoben ein Freiwilligenkorps aus, das bei der erfolgreichen Verteidigung Londons eingesetzt wurde. Übrigens hat Ihr Landsmann Händel zu diesem Anlass ein herrliches Werk, ein Oratorium, geschrieben: das *Occasional Oratorio*, es enthält ganz wunderbare Worte: ›Der Feind ist gefallen, wie alle deine Feinde, o Herr, da Judas kriegerisch sein flammendes Schwert führt.‹« Greenberg schnaufte sichtlich bewegt und trank sein Glas in einem Zug aus. Er sah Paul lange an, der beeindruckt nickte, dann fuhr der massige Mann in seinem Vortrag fort. »Die Investitionen der Juden erwirtschafteten ein Zwölftel des Nationaleinkommens und ein Zwanzigstel des Außenhandels! Als Belohnung dafür wurde von Henry Pelham vor ein paar Jahren, genau gesagt 1753, das Judengesetz im Parlament eingebracht, das die Einbürgerung zum Ziel hatte. Im Oberhaus stieß es auf keinen Widerstand, aber im Unterhaus erhoben die Tories ein großes Geschrei über ›die Preisgabe des Christentums‹. Immerhin konnten die Whigs es schließlich doch als Teil ihrer allgemeinen Politik der religiösen Toleranz durchsetzen, und der König hat es in Kraft gesetzt. Aber bis zur völligen Emanzipation ist es noch ein weiter Weg. Unsere finanzielle Stärke ist sicher oft hilfreich, sorgt aber auch dafür, dass es uns nie an Neidern mangelt.« Greenberg verstummte, seine

---

* Das entspricht heute in etwa £ 700 000 000 gemessen am Einzelhandelspreisindex.

Ausführungen hatten ihn emotional ganz offensichtlich stark erregt. »Und nun zu Ihnen, Herr Baron, wie sieht es denn auf diesem Gebiet in Preußen aus?«

Paul, der gerade nachdenklich einen Schluck des süffigen Roten genommen hatte, verschluckte sich und musste husten. Anschließend verzog er leidend das Gesicht.

»Wie es scheint, Tate, hat unser Gast Schwierigkeiten, deine Frage erschöpfend zu beantworten«, meinte Mirijam spöttisch. »Wie kann das anders sein, ist er doch ein Goi aus dem Osten, wo es unsere Leut' immer besonders schwer haben.«

Paul zuckte zusammen. Der Pfeil hatte getroffen. Er räusperte sich umständlich. »Grundsätzlich herrscht in Preußen Glaubensfreiheit, aber unsere Herrscher haben wie weite Kreise der Bevölkerung durchaus Vorurteile gegen Juden, die zum Teil auch von den Kirchen bestärkt werden. Um es kurz zu machen, in vielen Belangen denken unsere Könige so kommerziell wie Cromwell, das heißt wohlhabende Juden waren und sind ihnen willkommen, weil sie den Staatshaushalt unterstützen. Am besten gestellt sind die wenigen Generalprivilegierten, die den christlichen Kaufleuten gleichgestellt sind, zu ihnen gehören nur sehr reiche Männer, wie die Hofjuden oder die Münzunternehmer Daniel Itzig und Veitel Ephraim, die den Krieg des Königs ganz maßgeblich mitfinanzieren. Man munkelt allerdings, dass es beim Münzschlagen nicht ganz mit rechten Dingen zugeht, denn die Taler enthalten weniger Silber als vorgeschrieben, was das lose Mundwerk der Berliner so formuliert: ›Außen Friedrich, innen Ephraim!‹ Die ›ordentlichen‹ und ›außerordentlichen‹ Schutzjuden können ihren Schutzbrief auf zwei respektive ein Kind übertragen, wenn sie den Nachwuchs mit einem entsprechenden Vermögen ausstatten. Zur vierten Klasse gehören Rabbiner und Gemeindehelfer, aber nur, solange sie im Amt sind. Die fünfte

Gruppe, die ›Geduldeten‹, bilden die Kinder der erwähnten Klassen, die kein Aufenthaltsrecht besitzen. Zur sechsten Klasse gehören die Tolerierten, dabei handelt es sich um die Angestellten der Schutzjuden. Der König schreckt, um an Geld zu kommen, auch vor willkürlichen Maßnahmen nicht zurück, so müssen die Mitglieder der drei ersten Klassen eine jährliche Kollektivabgabe für alle Juden von beträchtlicher Höhe entrichten. Auch wird an den Zollschranken bei jeder Passage ein Leibzoll erhoben. Das empfinde ich persönlich als besonders demütigend, weil es einen derartigen Zoll sonst nur für Vieh gibt. Die größte jüdische Kolonie lebt im Übrigen in Berlin, meine Familie hat nur gelegentlich gesellschaftlichen Umgang mit den Bronnsteins und Baums aus Frankfurt an der Oder. Sehr ehrenwerte Leute, mit denen mein Vater und Großvater gerne Geschäfte machen.«

Mirijams Augen blitzten. Sie funkelte Paul an, und überraschend scharf fauchte sie: »Eine Viehsteuer auf Menschen, wie abscheulich! Außerdem dürfen die Angehörigen der unteren Klasse auch nicht heiraten, wie ich gehört habe! Das soll wohl dazu dienen, die Anzahl der jüdischen Bevölkerung klein zu halten – zumindest die der armen Juden.«

Paul nickte betrübt: »Sie haben recht, aber ich denke, das wird sich mit der Zeit schon alles einrenken. Das finstere Mittelalter mit seinen Glaubenskriegen liegt endgültig hinter uns, eine neue Zeit liegt vor uns. Friedrich ist zweifellos ein großer König, aber er ist keineswegs perfekt. So greift er zu einem höchst zweifelhaften Mittel, um den Namen seiner Porzellanmanufaktur in Europa bekannt zu machen. Wenn einem reichen Juden eine Konzession erteilt wird, dann bekommt er ungefragt eine große Menge Porzellan angeliefert, das er ankaufen muss. Der Hintergedanke ist, dass er es über seine europaweiten Verbindungen ins Ausland weiterverhökert und es so auf neuen Märkten einführt. Eine höchst fragwürdige Geschäftspraxis für einen Monarchen, würde ich meinen, zumal der Erfolg sehr zweifelhaft ist.«

»Na, da hat der kleine Goi noch rechtzeitig den richtigen Kurs eingeschlagen – so sagt man doch wohl bei der Marine?«, neckte ihn Mirijam, die sich augenscheinlich wieder beruhigt hatte. Paul blickte sie verstimmt aus zusammengekniffenen Augen an, aber sein Ärger verflog, als sein Blick wieder in ihren mysteriös verschleierten Augen versank.

Sie unterhielten sich noch eine ganze Weile, tranken dabei ein oder zwei Gläser, knabberten an Nusskernen, aber dann forderten die Anstrengungen und Aufregungen des Tages ihren Tribut. Bleierne Müdigkeit senkte sich über sie herab. Mit den besten Wünschen für die Nacht ging man auseinander.

Als Paul in seinem Bett lag, meinte er die forschenden Augen des Mädchens noch immer auf sich gerichtet zu sehen. »Alles, was recht ist«, murmelte er leise vor sich hin, »die Kleine ist wirklich eine süße Schickse.« Er kicherte. Aber nein, wie hatte ihm der junge Adam Bronnstein mal erklärt, das war die Bezeichnung für ein christliches Mädchen. Aber diese Augen – wirklich zum Verlieben! Was würde wohl Peter in seiner Situation machen? Er wusste die Antwort, natürlich, da gab es nur eins: Attacke, nach Husarenart! »Mirijam, ach Mirijam«, flüsterte er in sein Kopfkissen und meinte ihr langes schwarzes Haar auf seiner Schulter, die seidige Haut an seiner Brust und ihre roten, vollen Lippen an seiner Wange, auf seinem Mund zu spüren.

Die Abreise aus Fécamp erfolgte Hals über Kopf. Als Peter auf der Festung eintraf, wurde sein weniges Gepäck bereits auf einer eleganten Kutsche verstaut. Er sprang von seinem Rappen und wurde sofort zum Kommandanten der Zitadelle geführt. General d'Armant begrüßte ihn herzlich und gratulierte ihm überschwänglich zu seinem Sieg, dann stellte er ihm einen jungen, elegant gekleideten Mann vor. »Ihr Cousin, *mon cher* Baron, Pascal de Partout. Er ist gekommen, um Sie nach Paris zu begleiten.« Er legte die Stirn in Kummerfalten, wobei sich Peter aber nicht sicher war, ob die Betroffenheit nicht nur vorgetäuscht war. »Leider wird es nicht möglich sein, dass Sie an der Siegesfeier zu Ihren Ehren teilnehmen, da Sie in Paris die große Ehre erwartet, vom Minister des Königs empfangen zu werden, und dieser hohe Herr wartet nicht gerne.« Er lächelte wieder aufmunternd und, wie Peter fand, eine Spur zu selbstgefällig vor sich hin. »Trösten Sie sich mit dem Gedanken, dass mein Adjutant de la Marche ganz gewiss so manches Glas auf Ihr Wohl trinken wird, und selbst ich, der ein paar Livre durch Sie verloren hat, werde mein Glas in Erinnerung an Sie erheben, denn schließlich haben Sie durch Ihre Anwesenheit einiges Leben und Aufregung in die langweiligen Mauern meiner Festung gebracht!«

Peter verzog unmerklich das Gesicht und hätte am liebsten bitter ausgespuckt. ›Das Einzige, was dich so selbstgerecht grinsen lässt, du alter Heuchler, ist doch, dass du die Unschuld deiner süßen Tochter wieder in Sicherheit wähnst. Aber freue dich nicht zu früh. Ich werde alles versuchen, Amélie wiederzusehen, das schwöre ich dir!‹ Laut schnarrte er: »Vielen Dank für Ihre Gastfreundschaft, *mon général*.« Dann wandte er sich dem jungen Mann zu. »Sosehr ich mich freue, dich zu sehen, mein lieber Cousin, aber müssen wir wirklich so überstürzt aufbrechen? Ich hätte mich heute Abend wirklich sehr gerne in aller Form von ein paar Leuten verabschiedet, die ich in der Zeit meiner Gefangenschaft kennen und, äh, schätzen gelernt habe.« Erst im letzten Augenblick hatte er gerade noch das Wörtchen *lieben gelernt* verschluckt. »Wichtiger ist mir allerdings, dass ich meinen Gegner des heutigen Wettritts unbedingt fordern muss! Dieser Leutnant Philippe de Mouton hat mich zweimal mit seiner Reitpeitsche geschlagen! Das darf ich ihm nicht durchgehen lassen! Morgen früh muss er dafür mit seinem Blut bezahlen!«, fauchte er aufgebracht. Er kochte bei der Erinnerung an die Demütigung wieder vor Wut, heftig schlug er mit der rechten Faust in seine flache linke Hand.

General d'Armant stieß pfeifend die Luft aus und stöhnte: »Nicht schon wieder, Monsieur! Sie rotten die männliche Bevölkerung von Fécamp aus. Fast könnte man zu der Überzeugung kommen, dass die neuste Strategie Ihres Königs darin besteht, seine Offiziere in Gefangenschaft zu schicken, damit sie dort bei Duellen das Offizierskorps dezimieren.«

Pascal de Partout trat auf ihn zu, umarmte ihn herzlich, klopfte ihm kräftig auf den Rücken und meinte lachend: »Alles, was ich von dir gehört habe, stimmt offensichtlich! Aber es ist wirklich so, mein lieber Cousin, wir müssen sofort aufbrechen. Ich habe strikten Befehl von höchster Stelle, dich *unverzüglich* nach Paris zu bringen. So wie ich deinen Ruf kenne, könnte diese Order dem Leutnant das Leben retten.«

In diesem Moment flog die Tür auf und Yves de la Marche kam hereingestürmt. Auch er umarmte Peter heftig und küsste ihn auf beide Wangen. »Unerhört, was sich Leutnant de Mouton da erlaubt hat. Ich stehe Ihnen selbstverständlich als Sekundant zur Verfügung, falls Sie das wollen.«

Peter sah ihn dankbar an, schüttelte dann aber resignierend den Kopf. »Ich habe gerade erfahren, dass ich Fécamp sofort verlassen muss, daher ist es mir unmöglich, die Schmach, so wie es sich gehört, mit Blut abzuwaschen. Richten Sie aber bitte diesem, ahem … Leutnant aus, dass aufgeschoben nicht aufgehoben bedeutet! Sollte er mir irgendwann über den Weg laufen, wird er sich für sein unehrenhaftes Betragen vor meiner Säbelspitze verantworten müssen. Ich hoffe für ihn, dass er besser fechten kann als reiten! Ich habe ein gutes Gedächtnis und kann meine Rache auch kalt genießen!« Aber davon konnte im Augenblick nicht die Rede sein. Peter hatte sich in Rage geredet, beinahe hätte er vor Wut mit dem Stiefel heftig auf den Boden getrampelt.

De la Marche umarmte ihn nochmals. »Das ist eine sehr unglückliche Situation, mein Freund. Ich verstehe, dass Sie selbstverständlich den Befehlen von höchster Stelle gehorchen müssen, aber Leutnant de Mouton wird hier gebrandmarkt zurückbleiben. Die Kameraden werden ihn schneiden, das ist eine Strafe, die schwerer wiegt, als wenn Sie ihm einen Schmiss im Gesicht beigebracht hätten. Aber bevor ich es vergesse, *mon cher ami*, ich habe mir erlaubt, Ihnen anstelle des alten Kavalleriesattels einen neuen für das Wunderpferd anfertigen zu lassen. Er soll Sie immer an mich erinnern. Wissen Sie schon, was Sie in Paris erwartet?«

»Danke, Sie sind sehr großzügig, Yves – so darf ich Sie doch nennen. Schade, dass wir uns trennen müssen. Nein, so ganz genau weiß ich auch nicht, was auf mich zukommt. Mein Cousin hat lediglich verraten, dass ich von einem Minister Seiner Majestät empfangen werde, aber was der von mir will, davon habe ich keine Ahnung.« Er blickte zu de Partout hinüber, aber der verzog keine Miene, sondern machte nur ein Zeichen, dass es Zeit zum Aufbruch war. »Lieber Peter, die Formalitäten mit dem General sind erledigt, ich habe alle notwendigen Dokumente. Er war nicht dazu zu bewegen, sich von mir die Auslagen für deine neue Kleidung bezahlen zu lassen. Eine sehr großzügige Geste, du musst hier wirklich Eindruck gemacht haben. Falls du in Paris auch so reüssierst, wirst du wohl im Handumdrehen General werden. Die Kutsche und die Pferde stehen bereit, jetzt ist der Moment des Abschieds gekommen.«

Peter drückte Yves de la Marche fest die Hand, legte ihm den linken Arm um die Schulter und flüsterte ihm für die anderen unhörbar ins Ohr: »Grüßen Sie bitte die kleine Amélie ganz herzlich von mir, ich werde sie nicht vergessen und ihr schreiben, das schwöre ich, bei meiner Ehre!« Anschließend salutierte er stramm vor d'Armant. »*Mon général*, vielen Dank für Ihre gütige, humane Behandlung, die eines wahren Edelmannes würdig war. Grüßen Sie bitte Ihre Familie und *Capitaine* Dufour von mir. Fast tut es mir ein klein wenig leid, nicht mehr Ihr Gefangener zu sein, M'sieur.«

Der General grüßte, sein Gesicht war ernst, man hätte meinen können, dass auch er ein wenig gerührt und traurig war. »Das werde ich ausrichten, Pierre Baron de Morin. Hoffen wir, dass Sie in Zukunft auf unserer Seite kämpfen werden und wir uns nie im Bösen mit gezogenen Waffen gegenüberstehen müssen.«

Peter seufzte. »Ich sehe schon, das wird in Paris Schwierigkeiten geben, denn selbstverständlich werde ich nie die Waffe gegen meine Brüder heben!«

Pascal lächelte sardonisch: »Wie gut, dass Frankreich an so vielen Fronten kämpft!« Er verbeugte sich nach höfischer Sitte tief, packte Peter am Arm und geleitete ihn hinaus. »Dein Gefängnis muss ja äußerst amüsant gewesen sein, du kannst dich ja kaum von ihm trennen, mein Lieber. Nun, während der Fahrt kannst du mir in Ruhe alles erzählen. Aber jetzt wird es Zeit, wir wollen bis zum Sonnenuntergang noch ein gutes Stück des Weges hinter uns bringen.«

Die Kutsche erwartete sie im Hof am Fuß der Treppe. Zwei bewaffnete Kutschknechte saßen mit Schrotflinten bewaffnet hinten auf der Bank über dem Gepäckkasten, auf dem Bock thronte der Kutscher, ein weiterer verwegen aussehender Knecht hatte den Tritt heruntergeklappt und riss jetzt den Schlag mit dem Wappenschild auf. Karl saß auf seinem Wallach und führte *Ombre* am Zügel neben sich. Der Rappe war in der Zwischenzeit versorgt worden und mit einer reich verzierten Schabracke und einem sicher sündhaft teuren Sattel ausstaffiert worden, aber Peter blieb keine Zeit, das alles genauer zu inspizieren, denn Pascal stieg ein, winkte ihn, der sich nochmals zögernd umblickte, energisch herein. Der Schlag fiel zu, der Tritt wurde hochgeklappt, die Kutsche schaukelte heftig, als der Knecht seinen Platz auf dem Bock neben dem Kutscher einnahm. Die Peitsche knallte, langsam nahm die Kallsche Fahrt auf, ratterte über das Kopfsteinpflaster der Festungshöfe und kam schließlich am Tor zum Stehen. Peter verschwamm alles vor den Augen, er sah die Posten nicht und hörte nicht ihre launigen Bemerkungen. Alles, was er vor sich sah, waren zwei strahlende haselnussbraune Augen unter einer ungebändigten Flut duftender rotblonder Haare, ein kleines sommersprossiges Näschen mit erregt geblähten Nasenlöchern und volle, leicht geöffnete rote Lippen, über die aufreizend eine rosa Zungenspitze huschte.

Amélie hatte der Kutsche nachgeschaut, bis sie durch den weiten steinernen Torbogen am Ende des Platzes vor der Kommandantur verschwunden war, dann schrie sie jammernd laut auf, warf sich auf das Bett und weinte hemmungslos in ihr Kopfkissen. »Nie, nie werde ich dich wiedersehen, mein Pierre. Ich liebe dich doch so sehr, dass es wehtut. Warum muss ich ein so grausames Schicksal erleiden, warum gerade ich?« Sie hörte nicht, dass die Tür vorsichtig geöffnet wurde und ihre Mutter eintrat. Erst als sie sich neben ihr niederließ und sie tröstend in den Arm nahm, blickte sie auf und fuhr sie an: »Ihr seid schuld, du und Papa! Ihr wolltet den Preußen nicht als Schwiegersohn! Ihr habt mein Lebensglück zerstört! Ich hasse euch!« Sie schluchzte herzzerreißend auf, und die Tränen strömten wieder über ihre Wangen herab. Ihre Mutter streichelte sie besänftigend und küsste sie auf das Haar. »So etwas darfst du nicht sagen, meine Kleine. Ich mochte diesen wilden Jungen ja auch – aber er war doch noch sehr jung. Gib ihm und uns etwas Zeit, dann kann sich noch alles zum Guten wenden.« Amélie schluckte und fuhr in die Höhe. »Wie meinst du das, *maman*?« Madame d'Armant zog ein Spitzentaschentuch aus ihrem Ärmel und versuchte die Tränen ihrer Tochter so gut es ging zu trocknen. »Nun, nach dem, was man so gehört hat, wird dein Geliebter, ja, ja dein Geliebter, ich bin ja nicht blind, wohl in die glorreiche französische Armee eintreten. So, wie wir ihn kennen, wird er Karriere machen, und wenn dann endlich wieder Frieden herrscht, sieht die Welt ganz anders aus – wenn du ihn dann noch haben willst und er dich bis dahin nicht vergessen hat. Gegen einen *capitaine* oder *major* Pierre Baron de Morin hätte auch dein Vater nichts einzuwenden. Manchmal habe ich den Eindruck, dass er im Stillen eifersüchtig auf den Jungen ist, weil der so viele Eigenschaften hat, die er gerne haben würde.« Amélie schluchzte wieder wild auf. »Ich kann ohne ihn nicht leben, ich wäre am liebsten tot, jawohl …!«, jammerte sie. »Das werde ich Papa nie vergeben!« Ihre Mutter seufzte tief auf. »Das darfst du noch nicht mal denken, meine Kleine. Dein Vater liebt dich zärtlich, und wenn ich ehrlich bin«, fuhr sie nachdenklich fort, »dann bin ich mit deinem Vater, so wie er ist, ganz zufrieden: bedächtig, abwägend, nicht zu tollkühnen Abenteuern aufgelegt. Unter uns gesagt, meine liebe Kleine, dein Vater ist kein geborener Draufgänger, aber das hat den Vorteil, dass er wahrscheinlich uralt werden wird – und das ist mir sehr recht. Helden haben oft das Schicksal, dass sie früh auf dem Felde der Ehre fallen! Sie verglühen strahlend wie Sternschnuppen am Nachthimmel, die wir bewundernd bestaunen, aber was bleibt, ist die verlässliche Talgkerze auf dem Tisch zu Hause.« Amélie funkelte sie entrüstet an, sie vergaß vor Empörung sogar zu weinen: »Soll ich deiner Meinung nach lieber einen Feigling lieben als diesen manchmal etwas übermütigen, tapferen Jungen, der für seine Überzeugung immer das Schwert zieht, gleichgültig, wer sein Gegner ist?« Die Mutter schüttelte den Kopf. »Nein, natürlich nicht! Du musst deinem Herzen folgen, aber du solltest bedenken, dass dieser übermütige Junge, als den du ihn bezeichnet hast, sein Dasein immer im Grenzbereich leben wird. Sein Motto ist: Alles oder nichts! Das kann für seine Frau sehr, sehr schmerzhaft sein. Aber jetzt ist er erst mal fort, und in unser Leben wird wieder die übliche Tristesse und Langeweile einer Provinzgarnison einkehren. Und, mein Liebes, kein Wort zu deinem Vater, was ich über ihn gesagt habe!« Sie stieß ihrer Tochter verschwörerisch in die Seite, die unter ihren Tränen widerwillig ein klein wenig lächeln musste, als sie an den Vergleich zwischen der Sternschnuppe und dem Talglicht dachte. »Auch denke ich, dass du mich missverstanden haben könntest. Dein Vater ist kein Feigling, er ist nur vorsichtig! Das ist ein großer Unterschied, das wirst du sicher noch lernen.«

Die Kutsche mit Pascal und Peter kam schnell vorwärts, an jeder Posthaltestelle wurden die Pferde gewechselt, und das Schreiben, das Pascal vorwies, bewirkte, dass sie immer die besten und kräftigsten Tiere bekamen. So hatten sie in der Tat bei Sonnenuntergang schon ein beträchtliches Stück des Weges durch die Normandie hinter sich gebracht und Rouen erreicht. Bevor sie in der Gaststube ein deftiges Abendbrot einnahmen, war Franz zu Peter in dessen Kammer geschlichen.

Er ächzte unter der Last von zwei schweren, prall gefüllten Satteltaschen, die er aufstöhnend auf den Boden gleiten ließ. »Von Leutnant de la Marche, gnädiger Herr. Das ist Ihr Wettgewinn in bar und in Bankanweisungen. Wie verabredet, hatte ich die vierhundertfünfzig Louis d'Or gesetzt, die Sie mir zu diesem Zweck übergeben hatten. Bei einer Quote von 1:20 dürfte das ein ganz hübsches Sümmchen sein, was da zu Ihren Füßen liegt*. Ein wahres Glück, dass *Ombre* bei dieser Last keinen Reiter zu tragen hatte. Der Leutnant hat dafür gesorgt, dass niemand mitbekommen hat, was in den Satteltaschen ist. Ein wahrhaft umsichtiger Mann und ein großzügiger dazu.«

»Wohl wahr, Franz, aber er war ja dir gegenüber auch sehr generös, schließlich hast du von ihm den Wallach inklusive Sattel und Zaumzeug geschenkt bekommen. Ein echter *gentilhomme*, dieser Yves, bei meiner Ehre.«

»Das ist richtig, gnädiger Herr«, schmunzelte Franz. Von den fünfzig Livre, die er sich von Papa Nezrouge geborgt und auf *Ombre* gesetzt hatte, erzählte er nicht. Alles musste sein Herr auch nicht wissen! Es war sehr beruhigend, ein kleines Vermögen in der Hinterhand zu haben, schließlich wusste man nie, wohin es sie noch verschlagen würde. Ein

---

* 9000 Louis d'Or entsprechen 216 000 Livre, wobei der Livre eine reine Recheneinheit war, dessen Kaufkraft wegen der vielen Schwankungen im Gold- bzw. Silbergehalt bzw. dem Gewicht der offiziellen Münzen stark variierte, dazu kommt die Unvergleichbarkeit des historischen Warenkorbs mit dem heutigen. Aber um eine *ungefähre* Vorstellung von den Summen zu bekommen, von denen die Rede ist, kann man *mit aller Vorsicht* davon ausgehen, dass ein Livre heute etwa die Kaufkraft von € 10.– hätte. Für einen Bauernknecht wie Franz sind seine gewonnenen 1000 Livre natürlich ein veritables Vermögen. Für jemanden wie Peter, der ein eher gestörtes Verhältnis zu Geld hat, sind rund 200 000 Livre ein großer Haufen Münzen, aber nichts, worüber man sich Gedanken machen müsste.

Goldstück in der richtigen Hand konnte Türen öffnen, auch die von Kerkern, die sonst verschlossen geblieben wären. Er strich sich über den semmelblonden Haarschopf. »Wirklich ein Edelmann vom Scheitel bis zur Sohle, bei meiner Treu.«

Am nächsten Tag ließ es sich Peter trotz aller Eile nicht nehmen, sich von Pascal kurz die imposante Kathedrale und den Marktplatz zeigen zu lassen, auf dem Jeanne d'Arc verbrannt worden war, dann setzten sie ihre rasante Fahrt ohne unliebsamen Zwischenfall fort. Am Abend erreichten sie, kurz vor dem Schließen der Stadttore, durchgeschüttelt und zerschlagen Paris. Peter war von der lauten, quirligen Großstadt fasziniert, große Plätze lagen neben engen Gassen, prächtige Stadtvillen erhoben sich neben ärmlichen Hütten, und überall drängte sich eine laute, bunte Menschenmenge. Nachdem die Kutsche in den Hof des Stadthauses der Partouts eingefahren war und sich das hohe, schwere Tor hinter ihnen geschlossen hatte, war der tosende Lärm hinter ihnen zurückgeblieben. Sie befanden sich in einer anderen Welt. Die Ausstattung der Empfangsräume war von unaufdringlicher Kostbarkeit, die von einem erlesenen Geschmack und viel Geld zeugte. Der Empfang war überaus herzlich. Peter wurde von der ganzen Verwandtschaft, die sich seinetwegen neugierig hier versammelt hatte, umarmt, je nach Temperament mehr oder weniger heftig gedrückt und auf beiden Wangen mit hingehauchten oder auch deftigen, feuchten Küssen beglückt. Pascal erzählte lachend in einem unglaublich schnellen Redefluss, wie er Peter in Fécamp vorgefunden hatte. »Ihr werdet es nicht glauben, Herr Papa, als ich eintraf, erwartete ich einen halb verschmachteten, mit den Ketten klirrenden Häftling vorzufinden, aber weit gefehlt! Dieser Teufelsbraten lieferte sich gerade mit dem besten Reiter der Garnison am Strand ein Wettrennen, das er auch noch gewann! Die ganze Stadt war in heller Aufregung! Nicht genug damit, weil sein Gegner ihn während des Rennens mit der Reitpeitsche gedemütigt hatte, wollte er sich am nächsten Morgen mit ihm schlagen, aber das musste ich ihm aus Zeitgründen verwehren. Übrigens hat er sich ziemlich bald nach seiner Inhaftierung mit dem Ersten Leutnant des Freibeuters duelliert, einem gewissen Jean de Gravelotte, der ihn vor der Themsemündung gefangen genommen hat. Aber das war natürlich nicht der Grund, sondern, wie kann es bei so einem Heißsporn anders sein, eine schöne Frau.« Er lachte laut auf und klatschte vor Vergnügen in die Hände. »Wie ich gehört habe –, leider hatte ich nicht das Vergnügen, ihre Bekanntschaft zu machen –, soll die Tochter von General d'Armant eine Zierde des weiblichen Geschlechts sein. Es scheint unserem lieben Pierre gelungen zu sein, ihr Herz im Sturm zu erobern.« Die anwesenden jungen Damen warfen sich hinter ihren Fächern vielsagende Blicke zu. Die älteren Matronen versuchten, empört auszusehen, aber es gelang ihnen nur unvollkommen, auch sie musterten den schlanken, hübschen jungen Mann voller geheimer Wünsche. Seine Haltung und Bewegungen erinnerten sie an eine gespannte Stahlfeder, sie bewunderten seine feurigen dunklen Augen, die interessanten braunen Husarenlocken und das verwegene sichelförmigen Bärtchen. Die eine oder andere versteckte sich kurz hinter ihrem Fächer und seufzte dort sehnsuchtsvoll auf und presste eine Hand gegen den wogenden Busen. Pascal fuhr ungerührt fort: »Ich hatte den Eindruck, dass ihr Herr Papa, General d'Armant, der Kommandant der Festung, mir äußerst dankbar war, dass ich ihm seinen preußischen Gefangenen abnahm. Jedenfalls muss Pierre in der kurzen Zeit, die er dort verbracht hat, für jede Menge Aufregung gesorgt haben. Von der Geschichte seiner abenteuerlichen Flucht aus der Mark Brandenburg will ich gar nicht reden, denn darüber hat er mir auch erst ein paar Bruchstücke erzählt.«

Der Hausherr Giscard de Partout räusperte sich umständlich. »Nun, mein Junge, ich hoffe, dass ich mir nicht auch den Kopf über dich zerbrechen muss wie der arme Jean-Claude d'Armant. Übrigens ein recht netter alter Bursche, er ist vielleicht ein wenig trocken und schwerfällig, aber verlässlich, ja, das ist er.« Vieldeutig lächelte er in sich hinein. Aber jetzt wollen wir uns in den Speisesaal begeben, wir sind spät dran mit dem Abendessen, mein lieber Pierre.«

Nach einer ausgedehnten Mahlzeit zogen sich die Damen zurück, um bei Mokka und Likör ihre Eindrücke über das neue Familienmitglied auszutauschen. Die Gentlemen wanderten in Grüppchen hinüber ins Herrenzimmer, um bei Zigarren, Tonpfeifen und Cognac Pierre auszufragen. Man hatte schon vor einiger Zeit einen Brief von Anna von Morin erhalten, in dem die alte Dame in einem für sie ungewöhnlich warmen und herzlichen Ton darum gebeten hatte, den beiden Brüdern, wenn sie denn in Frankreich auftauchen sollten, zu helfen. Ihre beiden jüngsten Enkel schienen ihr besonders am Herzen zu liegen. Mit ganz außerordentlicher Sorge hatte sie auf Peter hingewiesen, der ihrer Meinung nach durch sein hitziges Temperament zu schnell über die Stränge schlagen würde, wenn man ihn nicht fest an die Kandare nahm. Wie hatte sie ihn doch so richtig charakterisiert, überlegte Giscard de Partout mit schief gelegtem Kopf, als einen gefährlich leichtsinnigen Schlingel, dem man nicht böse sein konnte, aber wehe ihm, wenn er in falsche Gesellschaft geriet. Wenn Paul nicht als ausgleichendes Gegengewicht dabei war, dann konnte sein Bruder schnell auf die schiefe Bahn kommen. Aber darüber machte sich der im Augenblick keine Gedanken. Er erkundigte sich bei seinem Onkel: »Warum musste ich denn nun so überstürzt hier erscheinen, *mon cher oncle*?«

Der untersetzt gebaute Mann mit der beeindruckend großen, violetten Nase, musterte ihn erneut nachdenklich, legte ihm dann eine Hand auf die Schulter und begann gemächlich zu erzählen: »Nun, mein Bester, du wirst morgen den Außenminister Étienne-François de Choiseul kennenlernen, der zusammen mit seinem Cousin César einen außerordentlich großen Einfluss auf die Politik des Königs hat. Es war mir nur möglich, dich aus der Festung zu befreien, wenn ich in gewissen Kreisen verlauten ließ, dass du bereit sein würdest, in den Dienst des Königs zu treten.«

Peter unterbrach ihn heftig: »Aber, Herr Onkel, ich werde nie gegen meinen Vater und meine Brüder kämpfen!«

»Das habe ich mir gedacht, mein Lieber, und das ist auch völlig richtig, aber wir führen ja auch noch Krieg in Amerika und Indien, und dort drüben gibt es keine Preußen! Manchmal glaube ich, die wissen noch nicht mal, dass der eigentliche – der wirklich wichtige – Krieg da draußen ausgefochten wird.« Er machte eine unbestimmte Handbewegung in eine, Gott allein weiß welche, Himmelsrichtung und hob dann abwehrend eine Hand, als Peter ihn ungestüm unterbrechen wollte. »Falls Choiseul dich akzeptiert, werden wir dir ein Leutnantspatent für die Seesoldaten kaufen, das ist eine Eliteeinheit, die in Übersee eingesetzt wird. Also durchaus etwas für einen Ziethenhusaren.«

Peter schluckte. »Ich danke Ihnen von Herzen, Herr Onkel. Aber was ist, wenn Paul nun bei der Royal Navy dient?«

»Die Chance, dass du auf ihn triffst, dürfte sehr gering sein, mein Lieber. Anders als bei den Roastbeefs werden unsere Seesoldaten in erster Linie als Kolonialtruppen eingesetzt, sie kämpfen folglich an Land und nur in Ausnahmefällen an Bord der Schiffe. Und wie ich gehört habe, wollen die unseren noch in diesem Sommer Quebec wieder von den Briten zurückerobern. Also hast du es da drüben nur mit waschechten Briten, amerikanischen Kolonisten und Rothäuten zu tun. Da kannst du deine Erfahrungen im kleinen

Krieg hervorragend nutzen. Jedenfalls wäre mir der dortige Kriegsschauplatz lieber als die Fieberhöllen von West- oder Ostindien.«

Unglücklich schaute Peter zu Boden. Natürlich sah er ein, dass man ihm eine großartige Chance bot, aber ohne Paul konnte ihn das nicht richtig freuen. Und was war mit *Ombre*? Na ja, dieses Problem konnte noch warten, vielleicht missfiel ja dem Minister seine Nase und er wurde wieder in eine Festung gesperrt. Er seufzte laut auf. Aber dann würde er seinen Onkel bestürmen, dafür zu sorgen, dass er wieder nach Fécamp kam. Ein Leuchten breitete sich auf seinem Gesicht aus, als er an den Garten von Papa Nezrouge und die weichen Lippen von Amélie dachte. Er musste ihr unbedingt morgen einen langen Brief schreiben. Sofort nach der Audienz bei diesem Minister, wie hieß er doch gleich, ach ja: Étienne-François de Choiseul. Ja, das musste unbedingt sein, sofort danach würde er sich hinsetzen und ihr schreiben.

Kapitel 4

London Ende Juli/August 1760

Der Empfang in der schlossartigen Residenz des Grafen Heinrich von Wolfenstein in Kensington vor den westlichen Toren Londons war durchaus als steif und sehr formal zu bezeichnen. Paul war von der aus grauem Granit errichteten *Mansion*, so hatte Greenberg das Gebäude genannt, im Stil des Palladianismus sehr beeindruckt. Das war doch nun wirklich etwas anderes als die etwas aufgemöbelten Bauernhäuser der Krautjunker in der Mark. Dem Grafen mussten gemäß seiner norddeutschen Mentalität die klaren Linien des an römische Villen erinnernden Baus mehr gelegen haben als die verschachtelte Architektur im Tudorstil, die mit ihren aufwärtsstrebenden spätgotischen Elementen und den wie willkürlich angebauten rechteckigen oder polygonalen Erkern und Türmchen wie übrig gebliebene Kulissen aus den Dramen Shakespeares wirkten. Diese Herrenhäuser lagen ganz nach Gusto ihrer Eigentümer entweder hinter kleinen Wäldchen oder hohen Hecken versteckt in weitläufigen Landschaftsparks oder protzten mit ihren imposanten Fassaden am Ende von breiten, gepflegten Auffahrten, auf denen jeder Kiesel den Eindruck machte, dass er jeden Tag von einem extra dafür beschäftigten Knecht sorgfältig mit der Hand geputzt und in Reih und Glied ausgelegt wurde und die Pferde nur auf Hufspitzen darüber hinwegschwebten. Die Landsitze waren entweder vollständig aus Stein oder in Fachwerkbauweise errichtet, aber allemal im traditionellen Tudorstil ausgeführt, der offensichtlich den Geschmack der meisten Nachbarn des Grafen besser traf. Wie Greenberg trocken bemerkt hatte, waren das fast alles alteingesessene Engländer, die sich nach dem großen Brand vor knapp einhundert Jahren in London hier draußen im Westen ein neues, ruhiges Domizil erbaut hatten. Hier war die Luft meist sauber und das Wasser der Themse noch klar. Nachdem sie die London Bridge vorschriftsmäßig auf der linken Seite in Richtung Norden überquert hatten und sich zuerst durch die engen, schmutzigen, mit Löchern übersäten Gassen der City quälten, hatte Greenberg darüber geschimpft, dass man beim Wiederaufbau der City eine große Chance vertan habe, London modern und großzügig zu gestalten. »Aber nein, die Geldgier und der überstürzte Aufbau waren vorrangig, daher sind die Straßen und Gassen heute kaum breiter als früher und in einem ebenso schlechten Zustand wie ehedem. Sie müssten die Zustände mal im Winter erleben, wenn auf den Bürgersteigen die Kothaufen der Hunde in seltsamen Mustern aneinandergelegt werden, um ein Einfrieren der darunter verlaufenden Wasserleitungen zu verhindern. Die Leute übertragen ihre Erfahrungen, die sie mit Mistbeeten gemacht haben, unreflektiert auf dieses Problem. Die Bleileitungen platzen natürlich trotzdem! Aber es ist schon ein sehenswertes Freiluftkunstwerk. Die Hauptleitungen aus Holz lecken ohnehin zu jeder Jahreszeit«, spottete der Mann. »Papa, wie degoutant!«, rügte ihn seine Tochter und zog das Näschen kraus. Ihr Vater zuckte ungerührt mit den Schultern. »Nun, immerhin sind die Häuser heute zwangsweise aus Stein erbaut und dürfen mit den oberen Geschossen nicht mehr in die Straße hinausragen. Aber die menschlichen und tierischen Fäkalien sind ein großes Problem – wie man deutlich riechen kann.« Mirijam hielt sich ein duftendes Tüchlein vor die Nase. »Der anfallende Dung stammt ja nicht nur von den Reit- und Zugpferden, sondern auch von den großen Tierherden. Rinder, Schweine, Schafe und Ziegen werden quer durch die Stadt zu den Schlachthöfen getrieben. Sie dienen nicht nur der Versorgung der Bevölkerung, sondern werden in den Magazinen für den Bedarf der Marine verarbeitet. Die Gemüsebauern, die vor der Stadt ihre Höfe haben, holen sich den Dreck in ganzen Wagenladungen von den Straßen und erzielen mit dem Dung auf ihren Feldern fabelhafte Erfolge.«

»Papa!«

»Schon gut, meine Kleine. Der Vorteil ist, dass auf diese Weise wenigstens von Zeit zu Zeit ganze Straßenzüge gründlich gereinigt werden.«

Nachdem sie ihre Fahrtrichtung in Richtung der untergehenden Sonne geändert hatten, erreichten sie dann über die breiten Boulevards die großzügigen Plätze Westminsters. Der jetzt ganz entspannt und aufgeräumt wirkende Bankier berichtete ihm weiter von dem großen Brand, der 1666 drei Tage lang getobt hatte. Ein Fünftel der City mit 13 200 Häuser und 87 Kirchen, darunter auch die alte Saint Paul's Cathedral, und 400 Straßen waren vernichtet worden, 100 000 Einwohner wurden obdachlos. Den materiellen Schaden schätzte man auf ungefähr £10 000 000, die Zahl der Todesopfer gottlob allerdings nur auf neun. Greenberg hatte bei dieser Zahl mit den Schultern gezuckt und beide Handflächen zweifelnd nach oben gedreht, dann hatte er belehrend den rechten Zeigefinger gehoben und bedeutungsvoll doziert: »Seit dieser Zeit sind die Kaufleute in der City, die Regierung in Whitehall und der Adel im Westen der Stadt räumlich klar von einander getrennt. Übrigens liegt unser bescheidenes Heim auch nicht weit von hier, in Chelsea, mein junger Freund, es ist also gar kein Umweg für uns, wenn wir Sie bei Ihrem Onkel abliefern. Apropos, der König residiert zumeist auch hier draußen im Kensington Palace, sozusagen gleich um die Ecke. Ihr Herr Onkel wusste genau, warum er sich hier niedergelassen hat.« Er schmunzelte. »Ganz sicher nicht nur der guten Luft wegen.« Der Bankier ließ es sich in der Tat nicht nehmen, Paul bis vor die breite Treppe, die zum Portikus hinaufführte, zu kutschieren. »Besuchen Sie uns doch mal, ich werde Ihnen bei Gelegenheit eine Einladung zukommen lassen«, verabschiedete sich Greenberg herzlich und klopfte ihm wohlwollend auf die Schulter. Das Mädchen spitzte verstohlen hinter dem Fächer ihre Lippen und hauchte ihm einen angedeuteten Kuss zu, ohne dass ihr Vater das sehen konnte. Paul wurde der Mund trocken, und es verschlug ihm die Stimme. Verlegen musste er sich ausgiebig räuspern. »Ahem, äh ... einen schönen Abend noch Mister Greenberg, Sir, und, ääh ... Mademoiselle Mirijam, es war mir ein Vergnügen, wenn ich Ihnen, äh, ein klein wenig behilflich sein konnte.« Er verbeugte sich ungeschickt in der engen Kutsche. Dann fuhr ihm ein Gedanke durch den Kopf. »Ehe ich's vergesse, Mister Greenberg, vielleicht können Sie mir auch auf geschäftlicher Ebene helfen.« Das Gesicht des Juden verdüsterte sich, vermutlich dachte er, dass sich der junge Mann eine reiche Belohnung in bar oder einen zinslosen Kredit erschleichen wollte. Schnell fuhr Paul deshalb fort: »Ich möchte eine nicht ganz unbedeutende Summe Geldes sicher anlegen, und da brauche ich eine fachkundige Person, der ich vertrauen kann.« Der Bankier schaute ihn nachdenklich an: »Weshalb gerade ich? Das ist ja nun mal etwas ganz Neues: ein Goi, der einem Juden traut! Sonst kommen die Leut' immer nur zu uns, wenn sie woanders partout kein Geld mehr geliehen bekommen. Warum wenden Sie sich nicht an Ihren Herrn Onkel, der hat bestimmt gute Kontakte zur City.« Paul schüttelte nachdrücklich den Kopf: »Geld und Verwandtschaft sollte man trennen, und je entfernter die Verwandtschaft, desto weiter sollte man das Gold aus der Reichweite der lieben – wie sagt man bei Ihnen – Mischpoche halten!« Mirijam lachte hell auf, ihr Vater gluckste so heftig in sich hinein, dass sein Tripelkinn über dem Spitzenjabot wackelte. »Was sind das für Zeiten, jetzt belehrt ein preußischer Offizier einen alten jiddischen Bankier über das ewige Problem mit de Kies und de Mischpoche!« Er zog eine Visitenkarte aus einer Innentasche seines Rocks und reichte sie ihm. »Kommen Sie zu mir, wann immer es Ihnen passt, Sie sind mir jederzeit willkommen.« Ein livrierter Lakai war aus der großen Eichentür unter den Portikus hinausgetreten und nach einem schnellen Blick auf die Kutsche die Stufen herab an den Vierspänner geeilt. Dort hatte er beflissen den Tritt heruntergeklappt und den Schlag aufgerissen. Mit steinernem Gesicht hatte er dann den aussteigenden jungen Mann in der praktischen, aber deutlich abgetragenen und keineswegs modisch eleganten Reisekleidung gemustert, hatte das breite Bandelier, den schweren Kavalleriesäbel mit dem schlichten Bügel und der Säbeltasche, auf der ein verschnörkeltes, aber deutlich erkennbares FR II[*] prangte, kritisch beäugt, ihn dann mit einer knappen Neigung des Kopfes begrüßt und sich nach seinem Begehr erkundigt. Nach der Nennung des Namens zögerte er erkennbar, fast meinte man, ein ablehnendes Schulterzucken zu sehen, aber dann machte er doch eine Handbewegung, die man allerdings nur mit viel Wohlwollen als einladend bezeichnen konnte, in Richtung der großen Tür. Am Eingang versperrte Paul ein kleiner, gedrungener Mann mit einer sorgfältig gepuderten Kurzhaarperücke über dem

---

[*] FR: Fridericus Rex II.

Bulldoggengesicht und einer reich mit Goldtressen verzierten roten Livree den Weg. »Wen darf ich melden, Sir?«, erkundigte er sich barsch. Es klang eher wie: ›Schere Er sich zum Teufel, Kerl!‹

Paul war nach der beschwerlichen Kutschfahrt durch die Sommerhitze und den Staub müde, zerschlagen, traurig über den Abschied von seiner entzückenden Reisebegleiterin und nicht zu langen Diskussionen aufgelegt. Er ignorierte das silberne Tablett, das ihm zum Ablegen seiner Visitenkarte entgegengestreckt wurde, fixierte den Majordomus mit einem eisigen Blick, was dem kleinen vierschrötigen Gnom aber nicht sonderlich zu imponieren schien. Paul nahm die übliche Stellung eines Offiziers auf dem Appellplatz ein: leicht gegrätschte Beine, die Hände in die Seite gestützt, er knickte in der Hüfte leicht vorwärts ein, schob den Kopf nach vorne vor, so dass seine Nase fast die seines Gegenübers berührte, dann röhrte er in bester Kasernenhofmanier los: »Paul Baron von Morin gibt sich die Ehre!« Er wusste nicht, welches Teufelchen ihn ritt, und so fügte er noch hinzu: »Royal Navy! Melde Er mich sofort bei seinem Herren an, *tout de suite*, Kerl!« Das bullige Männchen, das gut und gerne sein Vater hätte sein können, hatte erschrocken den Kopf zwischen die Schultern eingezogen und die Hände an die Ohren gepresst, dabei verschob sich seine Perücke, was ihn ziemlich lächerlich aussehen ließ. Der Butler war erschrocken einen Schritt zurückgesprungen, fasste sich aber schnell wieder und warf sich würdevoll in Positur. Er schleuderte Franz, der die Tiere an den Zügeln hielt und ganz offen breit grinste, einen wütenden Blick zu; den anderen Diener, der sich ein schadenfrohes Feixen nicht verkneifen konnte, funkelte er drohend an, dann reckte er sich zu seiner vollen Höhe empor und neigte sparsam seinen Kopf. »Willkommen, Milord, äh, Herr Baron, wenn Sie mir bitte folgen wollen. Hans, zeige dem anderen, äh, Herrn, wo er die Pferde und das«, angewidert verzog er das Gesicht, vermutlich befürchtete er, dass die edlen Vollblüter im Stall beim Anblick ihres entfernten Verwandten vor Abscheu der Schlag treffen würde, »äh, Maultier unterstellen kann. Danach meldest du dich bei mir, verstanden!« Ohne eine Antwort abzuwarten, drehte er sich auf dem Absatz um und führte Paul durch eine einschüchternd große, hohe Eingangshalle, an deren Wänden in Nischen antike Skulpturen standen; der Platz dazwischen war abwechselnd mit hohen Spiegeln oder Landschaftsgemälden ausgefüllt. Die Decke war mit einem Gemälde in der Manier Michelangelos geschmückt, das den Garten Eden mit all seinen Freuden darstellte. In der Mitte hing der größte Kronleuchter aus geschliffenem Bergkristall, den Paul je gesehen hatte, das Anzünden der Kerzen musste mindestens eine halbe Stunde dauern. Ein paar Sitzgruppen aus schwerem Leder, die auf dicken orientalischen Teppichen standen, luden zum Verweilen ein. Der übrige Boden war mit italienischen Fliesen belegt. Die sind zwar fürchterlich teuer, müssen aber doch im Winter lausig kalt sein, überlegte Paul bei sich, ließ dann aber seinen Blick weiterwandern. Die gegenüberliegende Seite wurde von zwei nach oben führenden, leicht geschwungenen Treppen beherrscht. In der Mitte, auf dem niedrigen zweistufigen Podest, auf dem die Stufen begannen, stand ein riesiger offener Kamin, darüber prangte in den Farben Rot, Blau, Weiß und Gold über zwei gekreuzten Degen das Wappen derer von Wolfenstein. Stieg man die Treppen hinauf, passierte man die Porträts der Familienoberhäupter der vergangenen Jahrhunderte in den unterschiedlichsten bunten Uniformen oder aufwendiger Höflingskleidung. Links und rechts unter den Treppen führten breite Türen weiter ins Haus hinein. Der Butler geleitete Paul einen breiten Gang bis fast zum anderen Ende des Hauses hinunter. Plötzlich blieb er stehen, lauschte kurz und klopfte dann an eine massive Tür.

Von drinnen antwortete ein undefinierbares Geräusch, und ohne zu zögern riss der kleine Mann die Tür auf, schlüpfte in den Raum und schmetterte: »Ein gewisser Baron von Morin wünscht Sie zu sprechen, Milord! Preuße, Milord!« Er sah seinen Herrn lauernd an, wahrscheinlich hoffte er, dass dieser ihn sofort anweisen würde, den aufdringlichen Kerl *stante pede* hinauszuwerfen. Tatsächlich machte Graf Wolfenstein nicht den Eindruck, dass ihn der Anblick seines Verwandten aus der fernen Neumark besonders erfreute. Das Zimmer musste im Südwesten des Hauses liegen, denn die Abendsonne fiel golden durch die hohen Fenster und tauchte die Regale mit den bunten Lederrücken der Folianten und der Bücher im Quart- und Oktavformat in ein sanftes Licht, die goldenen Titel schimmerten rötlich. Paul registrierte, dass die Bibliothek schon gemäß den neuesten Erkenntnissen der Aufklärung nach Themen und nicht mehr nach Formaten geordnet war, wie man es bisher aus rein praktischen Gesichtspunkten für sinnvoll gehalten hatte. Ein schwerer Mann hievte sich schnaufend aus seinem Sessel hinter dem Schreibtisch in die Höhe und blickte seinen Sekretär Donnerhall, dem er offensichtlich gerade etwas diktiert hatte, fragend an. Nachdem dieser bestätigend genickt hatte, machte er ihm ein Zeichen zu verschwinden, worauf der sich eilig erhob, sich knapp verneigte und Paul aufmunternd zuzwinkerte. Während er missbilligend den legeren Aufzug seines Gegenübers musterte, schnarrte der Graf kurzangebunden: »Willkommen, Preuße. Was will Er zur Begrüßung trinken?«

»Danke, dass Sie mich aus den Klauen der Navy befreit haben und mich empfangen, Sir, äh ... Milord. Falls möglich, hätte ich zur Feier des Tages gerne einen Oloroso.«

Wolfenstein schien überrascht zu sein, nickte aber wohlwollend. Er schickte den Majordomus mit einem Nicken fort und nahm seinen Gast nochmals genau in Augenschein. Der junge Mann musste fast sechs Fuß groß sein und war kräftig gebaut. Wo der hinschlägt, wächst kein Gras mehr, sinnierte er. Das lange Haar mit dem sorgfältig geflochtenen Zopf und den langen Schläfenlocken war durch das Salz und die Sonne fast weißblond ausgebleicht. Der hellblonde Bart unter der kleinen Nase war noch etwas dünn, hob sich aber von der gebräunten Haut deutlich ab. Die blauen Augen unter den hellen Augenbrauen blickten distanziert und abwartend, aber keineswegs ängstlich oder verlegen. »Wo hat Er sich so lange herumgedrückt, Kerl, hatte Ihn schon vor ein paar Tagen erwartet. Donnerhall hat Ihn als flotten Burschen beschrieben. Hatte schon Sorge, meinem ehemaligen, nun ja, fast so etwas wie Schwager Ihr Ableben mitteilen zu müssen, wäre fatale Sache gewesen, sehr unschön. Sind zwar nicht direkt mit uns verwandt, sollen aber sehr aufgewecktes Bürschchen sein, wie man so hört. Müssen bei Gelegenheit genauer reportieren. Also, wo hat Er so lange gesteckt?« Der Graf stolperte über den spitzen Stein, das war typisch für seine hannöversche Herkunft, was Paul nicht wenig erheiterte. »Also raus mit der Sprache und versuche Er keine faulen Ausreden. Wenn Er im, äh, Freudenhaus war, gestehe Er das – ist schließlich kein Verbrechen …« Er starrte Paul neugierig an. Bevor der antworten konnte, servierte eine junge, pummelige Zofe mit einem Knicks den Sherry. Nachdem sie, nicht ohne einen neugierigen Blick auf Paul zu werfen, wieder den Raum verlassen hatte, tranken sie sich zu. Paul nickte zufrieden vor sich hin, seine Wahl war gut gewesen, der Wein war ausgezeichnet. Der Graf beobachtete ihn aufmerksam und meinte dann spöttisch: »Seit wann verstehen die Junkers aus der Steppe was von Sherry? Mag eigentlich keine Preußen, gehe da völlig konform mit dem King, war damals auch gegen die Heirat meiner Cousine, hat mich aber keiner gefragt. Musste das arme Kind diesen Wilhelm von Lehndorf heiraten, einen

Ostpreußen, pah, warum nicht gleich einen Kalmücken!« Er schnaubte verächtlich. Paul lag eine hitzige Antwort auf der Zunge, aber er hielt sich zurück; es hatte ihn schon genug gewurmt, dass der Graf es für nötig gehalten hatte, ihn zur Wahrheit zu ermahnen. Das wäre ein gefundenes Fressen für Peter gewesen. Auch er studierte sein Gegenüber gründlich. Der Graf war ein großer, schwerer Mann mit einem fleischigen Gesicht, das auf der linken Seite durch eine breite, fast weiße, zackige Narbe verunstaltet war, dadurch wirkte diese Hälfte wie gelähmt und ausdruckslos, auch blickte das linke Auge so kalt und leblos wie ein Fischauge. Paul vermutete, dass die Narbe von einer schartigen Säbelklinge stammte, die mehr an den Gesichtsmuskeln gerissen als geschnitten hatte. Wahrscheinlich war das Auge aus Glas. Die große Allongeperücke sollte möglicherweise helfen, diesen Makel zu vertuschen. »Lieber Onkel, wenn ich Sie denn so nennen darf, Sir, nur zur Klarstellung! Ich bin von Ihrem Schwager, meinem Vater, dahingehend erzogen worden, dass wir Preußen grundsätzlich die Wahrheit zu sagen pflegen, selbst wenn sie für uns oder auch einen anderen nicht angenehm ist. Nun zu meiner Verspätung. In der Nähe von Shaftesbury kamen mein Bursche und ich zufällig hinzu, als eine Bande von Straßenräubern gerade die Kutsche des Bankiers Greenberg überfiel.« Graf Wolfenstein zog scharf die Luft ein, unterbrach ihn aber nicht. »Wir konnten ihm ein wenig behilflich sein und haben ihn dann bis London eskortiert. Er hat mich dafür bis vor Ihr Heim gefahren, Sir.«

»Ah, ich verstehe, deshalb wurde Er von meinen Leuten nicht sofort identifiziert! Mein Butler, der liebe Groofsmitt, scheint mir ziemlich irritiert zu sein. Das Personal kennt natürlich die Kutsche des reichen Juden und hat sich sicher gefragt, was der bei uns will. Wurden die räuberischen Halunken festgenommen?«

»Die beiden Verwundeten, das andere gute halbe Dutzend war tot.«

»Sind vermutlich vor Schreck umgefallen, als Ziethen aus dem Busch kam, hä, hä!«, lachte der Graf plötzlich völlig überraschend dröhnend auf.

»Nein, Mister Greenberg verfügte über bewaffnete Männer, die sich so gut sie konnten gewehrt haben, und auch er selbst hat einen der Schurken getötet, wir haben nur den Rest aufgeräumt«, erläuterte Paul bescheiden. »Bedauerlich ist vor allem, dass die Wegelagerer vorher wohl allem Anschein nach den Sohn von Lord Swanford ermordet haben. Jedenfalls haben wir seinen Rock mit persönlichen Papieren, sein Pferd und einiges Geld bei ihnen gefunden.«

Der Graf schüttelte bedauernd den Kopf, knurrte unverständlich leise etwas vor sich hin, goss ihnen Wein nach und sog den aromatischen Duft des Oloroso tief ein. »Sehr bedauerlich das! Wird den alten Knaben hart treffen. War ein liebenswürdiger Kerl, der junge Swanford, Weiberheld, aber verwöhnt und zu weich. Hätte bestenfalls in Begleitung einer ganzen Schwadron durch einen gefährlichen Wald reiten dürfen. Ist übrigens ein Andenken aus dem Spanischen Erbfolgekrieg«, fügte er zusammenhanglos hinzu und strich mit zwei Fingern über die Narbe. »Wir essen in einer Stunde – pünktlich. Er kann gehen und sich auf seinem Zimmer frisch machen. Morgen muss vernünftige Kleidung her.« Er nickte Paul verabschiedend zu. Als der junge Mann schon fast an der Tür war, hörte er, dass der Graf schlürfend sein Glas leerte, dann hörte er ihn wie nebenbei sagen: »Übrigens, Er darf.«

Paul drehte sich erstaunt um. »Was, bitte, Sir?«

»Mich Onkel nennen, Neffe Paul.«

Im trüben Licht eines Leuchters, auf dem eine Wachskerze unruhig flackerte, sichtete Paul die Briefe und Dokumente, die sie nach dem blutigen Kampf in Woldenberg den Pferdetreibern aus Litauen abgenommen hatten. Mein Gott, dachte er bei sich, das alles schien Jahrzehnte her zu sein. Er sah wieder die Bilder vor sich, die blutenden Körper im Staub der Scheune mit den weit aufgerissenen, starren, leeren Augen. Peter, der an mehreren Stellen blutete, der aber nichts Besseres im Sinn gehabt hatte, als Paul zu Tode zu erschrecken, indem er ihn an der Wade packte, während er sich, unter einem Fischerboot hockend, erleichterte. Und dann war da noch der fuchsgesichtige Karl, der dem Anführer Informationen entlockte, weil er ihm die Vergebung seiner Sünden versprach, die ihm das Kreuz, das der schwarzen Madonna von Tschenstochau geweiht war, verschaffen würde. Bei diesem Mann hatten sie eine große Menge Bargeld und eben diese Dokumente gefunden. Das Problem für Paul lag darin, dass die Korrespondenz in Polnisch verfasst worden war. Er läutete und es dauerte nicht lange, bis ein Lakai erschien. »Mein Bursche soll kommen!«, befahl Paul. Eine Viertelstunde später sortierten sie gemeinsam die Briefe. Die Geschäftsbriefe wurden gleich zur Seite gelegt, damit konnten sie nichts anfangen, lediglich die Quittungen über den Erhalt der Pferde und den dafür erzielten Kaufpreis legte Paul zur Seite, damit konnte er, wenn es hart auf hart kommen sollte, beweisen, wie er an das Geld gekommen war. Die persönlichen Briefe waren eine härtere Nuss, denn Karl konnte zwar Deutsch lesen, hatte aber Polnisch nur durch die mündliche Überlieferung durch seine Großmutter gelernt. So musste er sich die Briefe langsam und laut vorlesen, bis er die richtige Aussprache gefunden und damit auch den Sinn erfasst hatte. Auch hier war der größte Teil der Korrespondenz ohne Interesse. Allerdings brüteten sie lange über einem Brief, der vermutlich von der alten Twelkow stammte und in dem sie ihren Verwandten den Besuch eines wichtigen jungen Mannes ankündigte. Leider drückte sie sich nicht präzise aus, vielleicht hatte die misstrauische Alte damit gerechnet, dass der Brief auch von unbefugten Augen gelesen werden mochte. Peter und Karl blickten sich lange wortlos an, schließlich stöhnte Paul: »Falls Pjotr von Twelkow den unglücklichen Stich von Peters Säbel bei dem Duell überlebt hat und nach relativ kurzer Zeit sogar in der Lage war, die lange, strapaziöse Reise nach Litauen anzutreten, dann sind wir völlig zu Unrecht aus unserer Heimat und dem Dienst des Königs vertrieben worden, dann ist das alles eine infame Intrige dieser arglistigen Hexe. Mögen die Würmer sie bei lebendigem Leib auffressen!« Auch Karl schnaufte abfällig, allerdings dachte der aufgeweckte Rotfuchs bei sich, dass er ohne diesen Zwischenfall nie nach Danzig, Plymouth und London gekommen wäre, geschweige denn den neuen interessanten Beruf eines Seemanns gelernt hätte. Er war sich sicher, dass er es, pfiffig wie er war, im Kielwasser seines Herrn in der Navy weiter bringen würde als bei den Husaren des Königs von Preußen.

KAPITEL 5

Gut Morin, Ende August 1760

Es war ein heißer Tag, und der Bote, der den Brief zum Gut hinausgebracht hatte, war verschwitzt und durstig gewesen. Aber in der kühlen Gesindestube hatte er sich bei einem großen Humpen kühlen Bieres schnell wieder erholt. Erfreut blickte er auf die kleine, blinkende Münze in seiner hornigen Pranke. Freifrau von Morin hatte sie ihm dankbar in die Hand gedrückt, als sie gesehen hatte, von wem das Schreiben stammte. »Wenn dat so is, dann sull de Kerl nu mal nich so schriebfaul sin, allens wat recht is«, murmelte er vor sich hin.

»Na, wull du di nu een nüet Huus köpen, Louis?«, frotzelte ein Küchenmädchen.

Louis steckte die Münze zufrieden in seine Westentasche, trank das Bier aus, drückte sich die Mütze auf den Kopf und stand auf. »Allet dürfst du warden, Deern, nur nich frech, merk di dat!« Mit festen Schritten stampfte er hinaus in das helle Sonnenlicht eines heißen Sommertages unter dem hohen märkischen Himmel. Es roch nach Kiefern, glühendem Sand, und manchmal brachte ein leichter Windstoß vom See einen Hauch von vermodernden Wasserpflanzen mit. Insekten summten, aber selbst den Vögeln schien es zu heiß zu sein, nur gelegentlich rief ein Kuckuck in der Ferne.

In ihrem Kabinett saß Ursula von Morin an ihrem Sekretär und öffnete mit fahrigen Fingern den Brief. Schnell überflog sie ihn, goss sich dann eine dampfende Tasse Kaffee ein und lehnte sich bequem zurück, um ihn dann ein zweites Mal gründlich zu studieren.

Kensington, August 1760

Liebe Mutter.

Nach einigem Hin und Her bin ich wohlbehalten in Hannover Mansion vor den Toren Londons angekommen. Der Empfang durch Onkel Heinrich, Tante Hermine und die Cousinen Laura und Magda war sehr freundlich. Wie Du sicher weißt, stehen zwei Söhne im Feld, der dritte dient bei der Garde. Der Onkel hat dafür gesorgt, dass ich neu ausstaffiert wurde – so elegante Anzüge habe ich noch nie besessen, bei meiner Ehr!

Leider muss ich Dir mitteilen, dass ich während der Überreise von Danzig nach London bei dem Überfall eines welschen Freibeuters auf unser Schiff von Peter getrennt worden bin. Der blöde Kerl war wasserscheu! Aber als ich ihn verließ, war er am Leben und unverletzt. Ich hoffe, dass er sich inzwischen auch schon bei Dir gemeldet hat.

Mir ist rein zufällig ein Gerücht zu Ohren gekommen, dass Frau von Twelkow ihren Verwandten einen wichtigen Besuch ankündigt! Könnte es sich da um einen leibhaftigen Engel handeln? Vielleicht könntest Du mal bei den Lehnhoffs in Ostpreußen auf den Busch klopfen und sie bitten, den Wahrheitsgehalt dieses ungeheuerlichen Gerüchts zu überprüfen?

Auf dem Weg von Plymouth nach London machte ich die Bekanntschaft des Bankiers Greenberg, Du kannst Dich ja mal gelegentlich bei den Baums und Bronnsteins nach ihm erkundigen. Er hat eine ganz reizende Tochter. Ich habe ihn kürzlich in seinem Büro in der Londoner City besucht und war sehr beeindruckt von seinem Bankhaus. Es ist gar nicht protzig, aber in seiner schlichten Eleganz verströmt es irgendwie ein Gefühl von Macht. Alles läuft in den großen Schreibsälen fast geräuschlos ab, und ein Rad scheint wie bei einem hochwertigen Uhrwerk genau in das andere zu greifen. Ständig gehen Boten ein und aus. Er vertritt mich und meine finanziellen Interessen, wenn es beispielsweise um das Prisengeld geht. Ja, liebe Mutter, auf H. M. Fregatte Thunderbolt habe ich schon das Glück gehabt, im Feuer zu stehen und mitzuhelfen, feindliche Schiffe zu erobern. Übrigens ist Greenbergs Tochter Mirijam ein wunderschönes Mädchen und ein sehr gebildetes dazu.

Zu meinem Leidwesen bleibt mir viel zu wenig Zeit, die riesige Stadt London mit allen ihren Sehenswürdigkeiten zu erkunden. Apropos, Mirijam hat sich erboten, für mich den Bärenführer zu spielen, falls sich eine Gelegenheit ergeben sollte, das ist doch wirklich sehr nett, findest Du nicht auch?

Aber leider hat Onkel Heinrich für mich einen strengen Stundenplan aufgestellt, und ich will mich darüber auch nicht beschweren, weil er mir die Möglichkeit verschafft, meine anfänglich sehr mangelhaften Englischkenntnisse zu verbessern und auch meine Fähigkeiten in Navigation und Seemannschaft zu vervollkommnen. Dazu kommt noch ein regelmäßiger Fechtunterricht. Mein Lehrer in den beiden zuerst genannten Fächern ist ein alter pensionierter Kapitän der Handelsmarine, der auch als Segelmeister bei der Navy gedient hat. Er ist sehr streng zu mir, aber er verfügt über ein unglaubliches Wissen. Mit allen theoretischen Berechnungen habe ich kein Problem, so sind Stabilitäts- und Trimmrechnungen, die Gezeiten- und Stromaufgaben sowie Breitenberechnungen nach der mittäglichen Beobachtung der Sonne und das Potheno'sche Problem reine Pflichtübungen. Die größte Schwierigkeit für mich liegt darin, die Theorie in die Praxis umzusetzen. Zu diesem Zweck segeln wir häufig mit einem gemieteten Boot die Themse hinab bis in den Pool of London, der hinter der London Bridge beginnt und wo unzählige Schiffe aus aller Welt ihre Ladung löschen oder beladen werden. Mister Fluteblower, mein Mentor, scheint fast jeden Kapitän zu kennen, denn wir finden immer ein Schiff, auf dem wir den ganzen Tag herumkriechen können und auf dem er mir die unterschiedlichen Arten des Ladungsstauens oder der Ladungsbehandlung ganz handgreiflich vor Augen führen kann. Häufig genug kann er mir auch aktuelle Schäden zeigen, die durch die Nichtbeachtung seiner Grundsätze entstanden sind. In der Regel steht dann ein Maat des Schiffes mit hängenden Ohren neben dem corpus delicti und wird von seinem Skipper oder gar Reeder zur Schnecke gemacht. Ich bin gehalten, grundsätzlich alle meine Eindrücke und Erfahrungen noch am selben Abend niederzuschreiben und ihm diese, sowie meine Schlussfolgerungen am nächsten Tag vorzutragen. Wir gehen aber auch an Bord von Kriegsschiffen, und nachdem der ehrenwerte Mister Nathaniel Fluteblower dem jeweiligen Wachoffizier umständlich ein Pergament mit dicken Siegeln präsentiert hat, dürfen wir uns frei an Bord bewegen, in die Takelage klettern, das Rudergeschirr begutachten, in die Laderäume hinuntersteigen oder in Begleitung des Stückmeisters sogar in die Pulverkammer gehen. Ich weiß nicht, was auf dem Dokument steht – wenn ich ganz ehrlich sein soll, so bin ich in der Tat ziemlich neugierig, was der Inhalt ist und wer es unterschrieben hat, denn sehr häufig werden wir zum Dinner an den Tisch des Kapitäns gebeten, der uns wie prominente Gäste behandelt. Was nichts daran ändert, dass Mister Fluteblower ein unnachsichtiger Lehrer ist. Wenn ich beispielsweise das stehende und laufende Gut des Großmasts einer Fregatte der Fünften Klasse nicht in allen Einzelheiten herunterschnurren, den Zweck nicht benennen kann oder die verlangte Leine in dem verd... Gewimmel nicht finden kann, dann muss ich bis zum nächsten Tag eine große Skizze mit Detailansichten dieses Masts anfertigen, auf der alle Leinen auf das Genaueste eingezeichnet sind, einschließlich der Belegpunkte an Deck oder sonstwo! Aber es übt, auch wenn ich ihn manchmal heimlich verdamme. An anderen Tagen besuchen wir eine der Werften am Fluss, wo er mir den Bau eines Schiffes und seine einzelnen Teile aufs Genaueste erklärt. Du glaubst gar nicht, aus wie vielen Holzteilen, Bolzen, Schrauben und Nägeln so ein Schiff besteht – und alle haben einen bestimmten Namen, den ich ohne jedes Zögern hersagen muss. Den meisten Spaß macht es mir, mit der kleinen Segeljolle dann abends wieder zurück nach Kensington zu segeln. Dabei muss er mir kaum noch Ratschläge geben. Ich würde gerne mal mit Mirijam auf dem Fluss eine Bootsfahrt machen.

In der englischen Sprache mache ich recht gute Fortschritte, mein Lehrer, ein junger Mann aus Oxford namens Charly Dickens, meint, ich hätte eine natürliche Begabung für Sprachen. Er kann sich vor Lachen darüber schier ausschütten, wenn ich unwillkürlich in dem affektierten, näselnden Tonfall spreche, der von den Engländern der besseren Kreise gepflegt wird – aber der ist mir nun mal irgendwie im Ohr hängen geblieben und hat sich mir eingeprägt. Nur gelegentlich verfalle ich noch in den fürchterlichen Slang der gemeinen Seeleute – allerdings lacht Dickens auch dann anhaltend, bis ihm die Tränen die Wangen herunterlaufen. Mein Wortschatz ist zwar nicht gerade üppig – wenn man von dem seemännischen Vokabular absieht –, aber ich komme damit schon recht gut klar. Schwierig wird es nur, wenn ich auf einem Empfang an eine rechte Plaudertasche gerate, die zum einen sehr schnell parliert und dann zum anderen möglichst noch in einem der vielen englischen/schottischen/irischen Dialekte. Aber da der Inhalt der meisten Gespräche auf diesen Partys ohnehin völlig uninteressant ist, habe ich gelernt, dass ich mich einem *really, Sir*, oder *is it so, Mister Plumpudding* ganz gut aus der Affäre ziehen kann. Die beiden Cousinen korrigieren meine Fehler gnadenlos – aber auch das ist hilfreich. Im Grunde ist Englisch eine simple Sprache, nur der Gebrauch der Präpositionen ist sehr ungewöhnlich. Das kleine, alberne Bäschen Magda, ein knochiges, pickeliges Monster mit einer riesigen Nase, kann sich vor Lachen kaum fassen, wenn ich mich bei der Benutzung dieser garstigen kleinen Wörter vertue. Möge sie einen geizigen, impotenten und kleingeistigen Mann heiraten müssen.

Vor ein paar Tagen hatten wir hohen, sehr hohen Besuch. Sir William Pitt, der Außenminister und Liebling der Straße, gab sich die Ehre, mit uns zu dinieren. Er hat mich wie nebenbei ganz gehörig über die herrschende Moral in der preußischen Armee nach den jüngsten schweren Niederlagen ausgefragt. Ich habe ihm frank und frei geantwortet, dass wir es an der nötigen Moral nicht fehlen lassen würden, solange er uns genug Subsidien zukommen lässt, damit wir unsere braven Soldaten mit Brot und Pulver versorgen können. Meine Antwort schien ihm recht frech vorgekommen zu sein, denn er hakte gleich nach, ob es denn wahr sei, dass unsere Armee nicht mehr dieselbe Schlagkraft hätte wie noch vor zwei oder drei Jahren. In dieser Beziehung musste ich ihm allerdings recht geben, wies ihn aber darauf hin, dass das in erster Linie daran läge, dass es an alten, voll ausgebildeten Veteranen mangle. Die Verluste sind hoch gewesen, und die Österreicher tauschen keine Gefangenen mehr aus, lieber füttern sie diese in ihren Lagern durch. Die nachrückenden Rekruten sind zwar guten Willens, müssen sich aber alles Notwendige auf dem Marsch, in den Lagern und unter Feuer in kürzester Zeit selbst beibringen. Das schien ihm einzuleuchten. Anschließend hat er sich mit Onkel Henry lange über mögliche Friedensgespräche in Augsburg unterhalten. Er war offensichtlich sehr ungehalten darüber, dass unser König zu keinerlei territorialem Verzicht in Schlesien oder den Rheinprovinzen bereit ist und für den Fall eines englisch-französischen Separatfriedens weiter großzügige personelle und finanzielle Unterstützung von England verlangt. Pitt deutete die Möglichkeit an, dass die Franzosen noch in diesem Herbst eine entscheidende Schlacht mit den Preußen suchen würden, um die Schmach von Warburg zu tilgen, wo der Herzog Ferdinand von Braunschweig ihnen am 31. Juli eine herbe Niederlage beigebracht hatte, und um Friedrich endgültig in die Knie zu zwingen. Puh! Ein Jammer, dass ich nicht mit Peter zusammen dabei sein kann! Später wurde auch noch über die Möglichkeit diskutiert, dass Spanien bald in den Krieg eintreten könnte. Für Pitt scheint der britisch-französische Krieg in Übersee jedenfalls so gut wie beendet zu sein. Für den Kriegsschauplatz in Deutschland bringt er nur geringes Interesse auf. Er ist der festen Meinung, dass der französische Außenminister Choiseul nur noch nach einem ehrenvollen Ausstieg mit akzeptablen Bedingungen sucht, um das Gesicht Frankreichs und seines Königs zu wahren. Wer's glaubt … Aber der große Mann hat mir beim Abschied sehr huldvoll auf die Schulter geklopft und etwas sibyllinisch gemeint: »Sie, junger Mann, werden aber ganz sicher bei Friedensschluss unter der Flagge des Siegers gekämpft haben!« Oder war das purer Spott und Hohn?

Tante Hermine hat mir heute nach dem Frühstück ganz geheimnisvoll gesteckt, dass ich morgen mit Onkel Heinrich eine wichtige Verabredung wahrnehmen muss. Vielleicht sehe ich Mirijam wieder. Sie nimmt mit ihrem Herrn Vater oder guten Freundinnen an erstaunlich vielen Veranstaltungen des hohen Adels teil, zu denen auch ich befohlen bin, um Verbindungen zu knüpfen und meine Sprachkenntnisse zu polieren. Dabei weiß ich, dass die Angehörigen des Adels keineswegs ein völlig ungestörtes Verhältnis zu ihren jüdischen Mitbürgern haben. Ich bin jedenfalls sehr neugierig. Ich bin mir ganz sicher, dass dir Mirijam gefallen würde.

Das soll für heute reichen. Ich urarme Dich und drücke Dich fest! Grüße bitte die Großeltern und die Geschwister von mir.

Dein Dich liebender treuer Sohn
Paul

Ursula von Morin legte den Brief auf den Tisch vor ihr, setzte die Brille ab, wischte sich die Augen und nahm dann einen Schluck aus der bereitstehenden Tasse, allerdings war der

Kaffee während der Lektüre des Briefes kalt geworden. Sie merkte es nicht. Nochmals blickte sie auf das Datum des Briefes. Er war vor etwa vier Wochen geschrieben worden und über Hamburg, Hannover, Berlin in die Neumark gelangt. Was die Aktivitäten der Franzosen im Westen anging, so schien der Minister Pitt recht zu behalten. Allenthalben war davon die Rede, dass die Welschen noch nicht daran dachten, sich dieses Jahr frühzeitig ins Winterquartier zurückzuziehen, sondern im Gegenteil noch sehr munter waren. Das mochte auch an dem Druck liegen, den der Herzog Ferdinand von Braunschweig bei der von den Franzosen besetzten preußischen Festung Wesel aufbaute, um endgültig die Bedrohung von der Kurmark Hannover, dem Stammland König Georgs, abzuwenden. Ursula seufzte und schnaubte in ein Taschentuch. Erst gestern hatte ihr ein Nachbar Neuigkeiten berichtet, der auf einen Kaffee und ein Schnäpschen vorbeigekommen war. Sein Sohn diente bei einer der beiden preußischen Husarenschwadronen des Herzogs Ferdinand. Gerade erst habe ihm sein Fritz geschrieben, dass der französische Kommandeur von Wesel die Rheinbrücke habe verbrennen lassen. »Natürlich lassen sich unsere braven Jungs davon nicht aufhalten«, hatte der Nachbar, mit den Händen in der Luft herumfuchtelnd, lautstark schwadroniert. »Sie werden Pontonbrücken bauen, den Rhein überqueren und den Froschfressern den Buckel gehörig blau und grün schlagen. Können diese Messieurs nicht endlich mal ruhig zu Hause auf ihrem Ar… äh, Allerwertesten sitzen bleiben? Verzeihung, Frau Baronin.«

»Schon gut, lieber Quilzow. Ich habe in guten Zeiten das Haus voller Männer, die alle Soldaten sind und sich leider nicht immer des Gebrauchs einer gepflegten Sprache befleißigen. In schlechten Zeiten – so wie jetzt – muss ich eine Kompanie Land- und Forstarbeiter, Stallknechte und Kutscher befehligen, welche die Konversation und die Umgangsformen auch nicht im Nonnenkloster gelernt haben. Noch ein Schnäpschen, mein Lieber?« Diesem Schnaps waren noch ein gutes halbes Dutzend weitere gefolgt, und der alte Quilzow war von den Pferdeknechten anschließend recht mühsam auf sein Pferd gehoben und geschoben worden. Aber einmal im Sattel, hatte er sich zurechtgerückt, etwas geschwankt, sich dann aber kerzengerade aufgerichtet, voller Grandezza grüßend tief seinen Hut vor ihr gezogen, seinen Degen aus der Scheide gerissen, dem Zossen die Sporen gegeben und war, die blanke Klinge über dem Kopf schwingend, die schattige Allee hinuntergaloppiert. Noch nachdem er schon auf die Straße eingebogen war, hörte man vor dem Schloss sein Kriegsgeschrei: »Attacke! Jagt die Franzmänner bis nach Paris, Jungs!«

Freifrau von Morin schüttelte amüsiert den Kopf. »Je oller, je doller!«, murmelte sie vor sich hin, dann öffnete sie eine Schublade ihres kleinen Sekretärs und zog einen anderen Brief hervor. Sie legte ihn neben den ersten und musste schmunzeln. So unterschiedlich wie die Handschriften war auch der Aufbau der Briefe. Kaum glaublich, dass die beiden Verfasser Zwillinge waren. Hatte der eine vor allem seine Ehrenhändel und Liebschaften im Kopf, war der andere in erster Linie mit seinem beruflichen Fortkommen beschäftigt. Aber immerhin schien auch Paul endlich mal von Cupidos Pfeil getroffen worden zu sein.

Paris, im August

Liebe Mutter,

Endlich komme ich wieder dazu, Dir ein paar Zeilen zu schreiben. Wie ich Dir ja schon mitteilen musste (allerdings weiß ich nicht, ob Dich mein Brief erreicht hat), habe ich bei einem kleinen Scharmützel mit einem französischen Piraten Paul aus den Augen verloren. Der blöde Kerl ist einfach über Bord gesprungen und hat mich mit Franz zurückgelassen, ein schöner Bruder ist das! Aber nach allem, was ich gehört habe, konnte er sich auf ein englisches Schiff retten. Er dürfte also am Leben sein, wenn auch bei einer teuflisch scheußlichen Verpflegung. Alles was recht ist, von guter Küche und dem savoir vivre verstehen die Welschen was. Auf der Festung in Fécamp habe ich ein süßes Mädchen kennengelernt, sie ist die Tochter des Festungskommandanten General D'Armant. Sie hat wunderschöne haselnussbraune Augen und eine prachtvolle rotblonde Mähne. Die Figur ist oh, là là! Ich musste mich ihretwegen schon mit ihrem Verlobten schlagen, aber der Feigling hat gekniffen, nun ist er verschwunden. Die französischen Kameraden sind fast alle sehr nette Kerle, bis auf einen, der mich bei einem Wettrennen beleidigt hat. Leider konnte ich ihm keine besseren Manieren beibringen, weil ich mich befehlsgemäß sofort nach dem Rennen mit Cousin Pascal nach Paris auf den Weg machen musste. Aber ich werde ihn schon noch irgendwann vor meine Degenspitze bekommen, und dann ist er fällig, das Schwein!

Ich hoffe, dass ich Amélie wiedersehen werde, wir haben uns unsere Liebe gestanden und sind uns schon sehr nahe gekommen. Da ich in den Dienst des französischen Königs treten werde, kann eigentlich auch ihr Vater nichts mehr gegen eine Verbindung haben.

Übrigens waren Onkel Giscard und ich gestern beim Außenminister Choiseul inoffiziell eingeladen. Die beiden Herren haben viel über irgendwelche eventuell geplanten Gespräche in Augsburg, wo auch immer das sein mag, gesprochen. Auch von einem Separatfrieden zwischen Frankreich und England war die Rede, anschließend würde man sich dann die Preußen zur Brust nehmen. Na, Du kannst Dir vorstellen, wie ich mich da zusammenreißen musste, um diesem Choiseul nicht ein paar unangenehme Wahrheiten zu flüstern. Aber das besorgte schon Onkel Giscard, der ihn nach meinem Geschmack viel zu diplomatisch darauf hinwies, dass es in den Schlachten bei Minden und Warburg ja wohl nicht so gut für die französische Seite gelaufen wäre. Choiseul sah aus, als hätte er in einen sauren Apfel gebissen. Missmutig knurrte er: »Warten Sie es ab, mein lieber Giscard, warten Sie es ab!« Dann wandte er sich mir zu und fragte mich scheinheilig, wie es mir denn gelungen wäre, als Ziethenhusar vor der Themsemündung in Gefangenschaft zu geraten. »Wir haben zwar großen Respekt vor Ihrem General, Cornet, aber Husaren zur See?«

Nun, ich habe ihm kurz erklärt, dass ich aus persönlichen Gründen – ich deutete einen Ehrenhandel an – die preußische Armee leider zeitweilig verlassen musste. Er lächelte maliziös und meinte: »Ja, wir haben gehört, dass der große Frédéric ziemlich böse auf Sie und Ihren Herrn Bruder gewesen sein soll.« Er sah den Onkel an, zwinkerte ihm zu und fuhr fort: »Madame Pompadour fand das sehr enthusiasmierend und hat mich gebeten, Ihnen hilfreich zur Seite zu stehen. Nach dem, was man von Ihnen so hört, scheinen Sie ein sehr energischer Bursche sein, der seinen Degen gut zu handhaben versteht, so einen Kerl kann auch der König von Frankreich immer gut gebrauchen. Sie werden von mir hören, lieber junger Freund, verlassen Sie sich darauf.« Das hat sich fast wie eine Drohung angehört, aber Onkel Giscard hat zufrieden gelächelt, und die beiden haben sich beim Abschied freundschaftlich umarmt.

Wenn ich die Wahl zwischen der Festungshaft in Fécamp und dem französischen Militärdienst hätte, wüsste ich, was ich wählen würde, aber Onkel Giscard meint, Choiseul könne mich auch als Gefangenen auf die Fieberinseln schicken, und diese Alternative finde ich gar nicht attraktiv.

Liebe Grüße an alle
Peter

P. S. Was würdest zu einer französischen Generalstochter als Schwiegertochter sagen?

Sie schob die Briefe zusammen, faltete sie und verwahrte sie in einem Fach ihres Sekretärs. Die beiden Jungs taten, als ob eigentlich kein Krieg herrsche und das Leben ein einziger großer Spaß wäre. Das musste daran liegen, dass sie während der Zeit, als sie sich dem Erwachsenenalter näherten, keinen Frieden gekannt hatten. Jetzt hatten sich beide verliebt, und wie Ursula von Morin hellsichtig erkannte, konnte auf beide nur eine herbe Enttäuschung warten. Nun, unmöglich war zwar eine Heirat nicht, dachte sie, an ihr sollte es nicht liegen, auch wenn die beiden Jungs doch noch reichlich jung für einen derartigen Schritt waren. Die Französin würde schnell genug Deutsch lernen, um mit den Domestiken klarzukommen. In der Familie und der Bekanntschaft sprach ohnehin jeder Französisch. Aber was würde die Familie des Vaters dazu sagen? Bei Mirijam gab es nur ein Problem, das allerdings war grundlegend: Sie musste zum Christentum konvertieren! Eine andere Möglichkeit gab es nicht. Falls der alte Greenberg wirklich so reich war, wie Paul andeutete, dann brauchte er aus opportunistischen Gründen keineswegs in eine Verbindung einzuwilligen, bei der seine Tochter ihren Glauben aufgeben musste, und eins war sicher, ohne den väterlichen Segen würde das Mädchen ganz bestimmt keine Beziehung eingehen, die so weitreichende Folgen hatte.

Kapitel 6

Paris, September 1760

In Paris machte Peter eine Entdeckung, die für sein weiteres Leben von großer Bedeutung sein sollte: Er fand Gefallen am Glücksspiel. Er begann dieser gefährlichen Sucht genauso schleichend zu verfallen, wie es vielen Trinkern mit dem Alkohol ergeht. Man will sich am Abend auf einer ansonsten langweiligen Gesellschaft etwas vergnügen und schließt sich einer gleichgesinnten Gruppe an. Man erzählt Geschichten, der Alkohol löst die Zunge, man prahlt ein wenig, fühlt sich prächtig und landet schließlich ziemlich betrunken in seinem Bett. Auf der nächsten Soiree trifft man auf dieselben trinkfreudigen Genossen und das Spiel beginnt von vorn. Bald verabredet man sich für die Abende ohne Einladung in einer Schenke und lässt dort den Humpen kreisen. Irgendwann stellt man fest, dass man am Morgen erst mal einen ordentlichen Schluck braucht, um den schlechten Geschmack im Mund und die zitternden Hände loszuwerden. Ganz ähnlich erging es Peter mit dem Spiel. Es war auf einer dieser Gesellschaften, die so gar nicht nach seinem Geschmack waren, langweilige Leute, mäßiges Essen, durchschnittliche Weine, zudem waren die wenigen interessanten Damen samt und sonders vergeben, außerdem wurden sie von ihren scharfäugigen Gatten sorgfältig bewacht. Er schlenderte mit einem Glas Wein in der Hand durch die Räume des Palais, bis er in einem etwas abgelegenen Raum eine Gruppe von Herren entdeckte, die um einen runden Tisch herum saß, Karten in der Hand hielt und offensichtlich vollständig vom Spiel absorbiert war. Vor ihnen auf dem mit grünem Filz bespannten Tisch standen kleine Säulen aus Münzen. Ein Herr hielt einen Talon Karten in der Hand, vor seinem Platz stapelte sich besonders viel Geld. Interessiert stellte sich Peter zu ein paar anderen Kiebitzen. Insgesamt saßen mit dem Geber fünf Männer am Spieltisch. Der Mann, der direkt links von diesem saß, hatte seine Karten offen auf den Tisch gelegt und zog ein enttäuschtes Gesicht, die nächsten beiden hatten ihre Karten zusammengeschoben, so dass niemand hineinblicken konnte, und warteten geduldig ab, während der letzte Mann mit dem Zeigefinger der rechten Hand andeutete, dass er noch eine weitere Karte haben wollte. Der Geber schob sie ihm zu, er nahm sie auf, blickte sie kurz an und warf mit einem gezischten Fluch alle seine Karten offen auf den Tisch. Der Geber drehte, ohne eine Miene zu verziehen, die vor ihm liegende Karte um. Es war ein As. Geschmeidig zog er eine weitere Karte oben vom Talon und legte sie offen zu der ersten, dabei schien er sich scheinbar nicht für ihren Wert zu interessieren. Es war eine Zwei. Die dritte war eine Sechs. Der Geber ließ den Talon sinken und sah die beiden noch im Spiel befindlichen Herren auffordernd an. Sie drehten ihre Karten offen auf den Tisch, der eine hatte einen König und zwei Fünfen, der andere eine Sieben, eine Drei und eine Sechs. Mit ausdruckslosem Gesicht schob der Geber dem Ersteren die Münzen aus dem Topf zu.

Der neben Peter stehende Herr schien bemerkt zu haben, dass sein Nachbar nicht recht verstand, was da im wahrsten Sinne des Wortes am Tisch gespielt wurde. Er räusperte sich und zog Peter vom Spieltisch fort in eine Ecke des Raumes, wo auf einer langen Anrichte kleine Erfrischungen und Getränke bereitstanden.

»Ein Glas Wein, mein Freund?«, erkundigte er sich mit gedämpfter Stimme. Peter nickte wortlos und musterte sein Gegenüber genau. Er war tadellos gekleidet, seine Perücke saß einwandfrei. Er hatte einen grauolivefarbenen Teint, scharfe dunkle Augen, eine Raubvogelnase, die Lippen des Mundes waren schmale, fast blutleere Striche, tiefe Falten hatten sich von der Nase zu den Mundwinkeln in die Wangen eingegraben. »Das Spiel nennt sich *vingt-et-un*«*, fuhr der Fremde erklärend fort und goss ihm das Glas voll. »Ich weiß, der Wein ist hier nicht gerade von bester Güte, aber man muss nehmen, was man kriegen kann. Mein Name ist übrigens de Bresson, Chevalier Jules de Bresson. Ich vermute, dass Sie die Regeln des Spiels nicht kennen, richtig?«

»De Morin, Chevalier, Baron Pierre de Morin. Völlig richtig geraten, Monsieur, auf Ihre Gesundheit! Wenn Sie so freundlich sein würden ...«

»Eigentlich ist das eine ganz einfache Geschichte. Sie sehen dort den Bankhalter und vier Mitspieler, wobei die Zahl der Spieler variieren kann. Es wird mit einem Blatt zu 52 Karten gespielt, die Zahlenkarten werden entsprechend ihrem Wert gerechnet, die Bilder Bube, Dame und König werden mit zehn Punkten bewertet und das As zählt immer elf Augen. Bevor der Bankhalter an das Verteilen der Karten geht, legt er seinen Einsatz vor sich auf den Tisch, die Summe der Einsätze der Spieler dürfen das *Banco* nicht überschreiten. Sodann gibt der Bankhalter linksherum jedem Spieler verdeckt zwei Karten, sich selbst aber nur eine. Die Spieler prüfen jetzt, wie nahe sie mit ihren zwei Karten an die Augenzahl von 21 her-

---

* Siebzehn und Vier

angekommen sind, und lassen sich bei Bedarf weitere Karten geben. Falls man eine geborene Einundzwanzig auf der Hand hat, also beispielsweise ein As und eine Zehn oder eine Dame, dann verzichtet man natürlich auf weitere Karten. Man kann aber auch bluffen, das heißt, man kann mit einer niedrigen Augenzahl auf der Hand versuchen, den Bankhalter dazu zu provozieren, sich zu überkaufen … Hat man sich selbst überkauft, also plötzlich mehr als 21 Augen auf der Hand, ist man tot und muss seine Karten offen auf den Tisch legen. Will keiner der Spieler mehr eine zusätzliche Karte, dreht der Bankhalter seine Karte um und zieht eine zweite Karte oder auch mehrere. Gewonnen hat der Spieler, der mindestens ein Auge mehr als der Bankhalter und die Mitspieler hat, aber unter zweiundzwanzig bleibt. Überkauft sich der Bankhalter – ist also tot –, teilen sich die noch im Spiel befindlichen Spieler den Topf, die ausgeschiedenen bleiben draußen. Das war's schon. Noch Fragen, Monsieur?«

»Keine, Chevalier, ist doch alles sehr simpel.«

Am Tisch wurden Stühle gerückt. Bresson deutete mit dem Kopf hinüber. »Wie wäre es, wenn Sie die Theorie mal in die Praxis umsetzen würden, Baron?«

Zwei der Herren hatten sich erhoben, verstauten die ihnen verbliebenen Münzen in den Taschen, nickten dem Bankhalter sowie den anderen Spielern kurz zu und verließen den Salon. Der Bankhalter blickte sich auffordernd um. Bresson und Peter ließen sich auf den frei gewordenen Stühlen nieder. Bresson stellte Peter den anderen Herren kurz als Frischling vor, dem er möglicherweise anfangs noch den einen oder anderen erklärenden kurzen Ratschlag geben müsse. Die Runde blickte etwas säuerlich auf den Jungen, aber nickte dann schließlich gequält. Peter nickte ihnen höflich zu und versuchte scheu und schüchtern auszusehen. Dann holte er einen prallen Lederbeutel aus seinem Rock, aus dem er einen kleinen Berg von Gold- und Silbermünzen schüttete. Der Bankhalter bekam gierige Augen und meinte gedehnt: »Ein wunderschöner Anblick, den Sie uns da bescheren, Chevalier de Bresson.« Vermutlich hielt er Peter für einen grünen Jungen, dem man mal eben im Vorübergehen das Fell über die Ohren ziehen konnte. Das Spiel begann. Die Spieler teilten sich mit jeweils einem Viertel in den Topf. Peter ging vorsichtig zu Werke, überkaufte sich selten, lag aber andererseits selten ganz vorne. Dem Bankhalter schien das zu missfallen, er blickte sich in der Runde um und schlug dann gedehnt vor: »Messieurs, wie wäre es, wenn wir etwas Feuer in die Partie bringen und das Banco verdoppeln würden?« Zwei der Herren schüttelten den Kopf und verließen den Tisch. Keiner der Kiebitze rückte nach, so dass von den Spielern nur Peter und Bresson übrig blieben. Die nächsten beiden Runden gingen an die Bank, die dritte an den Chevalier, was Peter ärgerte. Beim Austeilen der Karten bekam er zunächst ein As und eine Zwei. Die folgende Karte war eine Sieben, langsam schob er die Karten zusammen und legte sie auf den Tisch. Bresson war als Nächster dran, er nahm zwei Karten, seine Augen zogen sich für einen Moment ärgerlich zusammen, dann warf er sein Blatt offen auf den Tisch – tot! Der Bankhalter musterte Peter, dann drehte er seine erste Karte um, eine Sechs, es folgte eine Zwei … langsam zog er die nächste Karte vom Talon. Es war wieder eine Zwei. Peter spürte, wie sein Blut in den Ohren rauschte, heftig in den Schläfenadern pochte. Das war ja fast so erregend wie ein feuriger Beischlaf. Kühl hielt er dem forschenden Blick des Bankhalters stand, der mit einer fließenden Bewegung die nächste Karte präsentierte: eine Fünf. Peters Herz raste, nur mit äußerster Beherrschung gelang es ihm, sich zusammenzureißen, um nicht schon gierig nach dem Gewinn zu greifen, denn nur noch eine Sechs oder eine Fünf konnten dem Bankhalter zum Sieg verhelfen. Mit unbewegter Miene zog der Mann die oberste Karte vom Talon, schaute sie sich an, die Kiebitze, die hinter ihm standen, seufzten laut auf, und legte sie auf die anderen. Es war eine Drei! Peter spürte, wie ihm der Schweiß auf die Stirn trat. Was würde der professionelle Spieler machen? Nahm er eine weitere Karte? Ein Zwei oder eine Drei würden ihm den Gewinn sichern. Aber das Risiko, sich zu überkaufen, war verdammt groß. Wieder blickte der Mann Peter forschend ins Gesicht. Kaum hörbar murmelte er dann: »Ich denke, das reicht!« Mit einem erleichterten Schnaufen drehte Peter seine Karten um und zog die Münzen zu sich herüber. Sie spielten noch eine gute halbe Sunde weiter, und Peter hatte eine Glückssträhne, die Münzsäulen vor seinem Platz vermehrten sich zusehends, während sie vor dem Chevalier und dem Bankhalter dahinschmolzen wie Butter in der Sonne. Schließlich verkündete der Bankhalter: »Letztes Spiel, Messieurs!« Dabei schob er vier Türme Goldmünzen in den Topf. Die Zuschauer flüsterten aufgeregt miteinander. Jules de Bresson zog scharf die Luft durch die Nase ein, schüttelte bedauernd den Kopf und raspelte harsch: »Da kann ich nicht mithalten! Ich steige aus, Messieurs.« Peter schob seinen Einsatz über den Tisch. Seine erste Karte war ein König, die zweite eine Sechs. Nicht schlecht, aber auch nicht gerade ein starkes Blatt. Er leckte sich betont die Lippen und bemühte sich, besonders unschuldig dreinzusehen. Was hatte de Bresson vor langer Zeit gesagt, es erschien ihm in einem anderen Leben gewesen zu sein: »Man kann auch bluffen!« Na, dann mal zu, nach alter Husarenart: das Unerwartete tun! Der Bankhalter musterte ihn aus zusammengekniffenen Augenschlitzen. Er deckte eine Acht auf, legte eine Neun dazu. Peter verzog keine Miene. Langsam zog der Spieler eine weitere Karte vom Talon und warf sie auf die Tischplatte. Eine Sieben! »*Merde*!«, fluchte er kaum hörbar vor sich hin. Er streckte seinen Arm aus und griff über den Tisch hinweg nach Peters Karten. Als er entdeckte, dass der Junge nur magere sechzehn Augen hatte, funkelten seine Augen wütend, und er zischte leise: »*Parbleu*, der preußische Hund hat geblufft!«

Kühl blickte ihn Peter an: »Monsieur, halten Sie Ihre Zunge im Zaum, sonst könnte ich mich genötigt fühlen, Sie zu fordern – falls Sie satisfaktionsfähig sind.« Während er die Münzen in seine Rocktaschen stopfte, starrte er dem Mann in die Augen, der ihn mit glühenden Augen hasserfüllt anstierte. Lässig fuhr Peter fort: »Falls ich mich recht erinnere, dann gibt es da so eine alte Weisheit: ›Wenn du nicht verlieren kannst, dann solltest du nicht spielen!‹ Schon mal was davon gehört, Monsieur?«

»Furet, Gaston Furet, Monsieur, und mit wem hatte ich das Vergnügen?«

Peter erhob sich, verbeugte sich spöttisch lächelnd nur sehr leicht, machte aber mit der rechten Hand eine weit ausholende Geste, als ob er seinen Hut ziehen würde. »Baron Pierre de Morin, ich bin entzückt, Ihre Bekanntschaft gemacht zu haben, Monsieur Furet.«

Der Spieler hatte sich jetzt wieder völlig unter Kontrolle. »Ganz meinerseits, Baron. Man sieht sich ganz gewiss wieder. Ich werde darauf warten.«

»Jederzeit zu Ihren Diensten, mein Lieber.«

De Bresson zog ihn sanft am Ärmel. Zusammen verließen sie den Salon und schlenderten durch die Gänge zurück in den großen Festsaal, wo sie sich wieder mit Getränken versorgten und ein paar der eher zweifelhaften Leckerbissen aßen. »Sie hatten ein sagenhaftes Glück, mein lieber Baron«, begann der Chevalier.

»Anfängerglück«, winkte Peter lässig ab.

»Möglich«, erwiderte de Bresson, »aber wenig wahrscheinlich. Ich denke, dass Sie ein geborener Spieler sind. Sie denken schnell, haben Ihre Mimik recht gut unter Kontrolle und schätzen Ihren Gegner kühl ein. Haben Sie wirklich noch nie ernsthaft gespielt, Monsieur?«

»Nein, noch nie um Geld.«

Bresson schüttelte verwundert den Kopf. »Falls Sie mir den Vorzug gewähren würden, mir zuzuhören, dann würde ich Ihnen gerne ein paar Ratschläge geben, die ich aus den Erkenntnissen meines langen Spielerlebens destilliert habe.«

»Nur zu, Chevalier, nur zu«, forderte ihn Peter großzügig lächelnd auf. Was sollte der alte Sack ihm schon erzählen können? Schließlich hatte er, Peter von Morin, die Taschen voller Geld und nicht dieser abgewrackte Spieler.

Der Chevalier blickte ihn ernst an, sein Gesicht verlor etwas von seiner Härte. »Nach vielen bitteren Erfahrungen, die mich mehrfach bis an den Rand des Ruins, einmal sogar ins Gefängnis gebracht und zu mehreren Duellen gezwungen haben, habe ich die folgenden Regeln für mich erstellt. Zum Ersten bereite ich immer zwei Börsen mit Spielgeld vor, die erste enthält zwei Drittel der Summe, die ich an diesem Abend verspielen kann, die zweite den Rest. Ist der erste Geldbeutel geleert, sehe ich das als eine ernste Warnung an, dass das heute wohl nicht mein Tag ist. Die eine Börse verstaue ich in meiner rechten Rocktasche, die andere in der linken. Habe ich das Geld aus den Beuteln verspielt, höre ich für diesen Abend unwiderruflich auf! Das hört sich leicht an – aber warten Sie es ab, es ist schwer, verdammt schwer. Aber falls Sie das nicht schaffen, dann bekommen Sie früher oder später Probleme, und ich versichere Ihnen, die Schwierigkeiten werden sich schneller einstellen, als es Ihnen lieb sein wird. Mein Wort drauf!« Der Mann seufzte, rieb sich heftig mit den Fingern über die Stirn, als wolle er unschöne Erinnerungen ausradieren, die dahinter wieder zum Leben erwacht waren. »Wenn ich Glück habe und gewinne, dann räume ich von Zeit zu Zeit die Münzen, die ich zusätzlich gewonnen habe, ab und stecke sie in eine besondere Rocktasche, sehen Sie her«, er schlug die linke Rockhälfte zur Seite und deutete auf einen Schlitz, mit dem Zeigefinger deutete er an, wie tief die Münzen nach unten rutschen würden. Um sie wieder ans Tageslicht zu befördern musste man den Rock vollständig ausziehen und buchstäblich auf den Kopf stellen. De Bresson lächelte gequält. »Dort müssen sie auch bleiben, sollte ich die beiden Taschen völlig geleert haben. Nur so – und wirklich nur auf diese Weise – bleibt Ihnen auf lange Sicht gesehen etwas von dem, was Sie gewinnen! Im günstigsten Fall machen Sie sogar einen Nettogewinn, wenn Sie Ihren gesamten Einsatz verspielt haben! War Ihnen das Glück an diesem Abend am Ende gar nicht hold, haben Sie durch diese Taktik Ihren Verlust zumindest in Grenzen gehalten. Auch das ist in der Praxis schwer zu realisieren, wenn man vom Spielteufel besessen ist, wenn einem das Blut wie im Fieber durch die Adern rast, wenn der Blick auf die Karten fixiert ist, wenn Ihnen eine schöne Frau von hinten ihre nackten Brüste um den Hals legen könnte und Sie das nur als ärgerliche Störung empfinden würden. Es ist verdammt schwer, lassen Sie sich das gesagt sein, ich weiß, wovon ich rede … O ja, ich weiß es!« Der Chevalier sah aus, als wäre er bei dieser Beichte um mehrere Jahre gealtert. Leise fuhr er fort: »Zu den oben genannten Eigenschaften, über die Sie zweifellos verfügen, muss nämlich noch eine gehörige Portion Charakterfestigkeit kommen, damit Sie wirklich ein großer und erfolgreicher Spieler werden und kein verkommener Lebemann, so wie ich einer geworden bin.«

»Aber, aber, Chevalier, nicht diese Töne!« Peter musterte ihn flüchtig, überschlug aber in Gedanken seinen Gewinn. »Ich danke Ihnen für Ihre guten Ratschläge, die ich ganz gewiss beherzigen werde, mein Freund.«

De Bresson sah ihn traurig an, die Antwort war ihm zu schnell, zu glatt gekommen. »Ich fürchte, das werden Sie nicht tun, mein junger Freund. Nun, jeder Mensch hat das Recht, seine eigenen Fehler zu begehen. Jetzt – aus der Rückschau – glaube ich, dass ich dankbar gewesen wäre, wenn mir am Anfang meiner Spielerkarriere jemand diese Tipps gegeben hätte. Ob ich sie befolgt hätte …?« Er zog zweifelnd die Schultern in die Höhe. »Ich weiß es nicht, aber ich fürchte, dass ich wie Sie reagiert hätte. Denken Sie an mich, wenn Sie auf dem glühenden Rost der Verzweiflung schmoren, weil Sie alles kaputtgemacht haben, was Ihnen lieb und teuer war, wenn die Reue Ihnen die salzigen Tränen in die Augen treiben, wenn die Selbstvorwürfe Sie dazu bringen, Ihr eigenes Spiegelbild anzuspucken.« Er verbeugte sich mit altmodischer Grandezza, drehte sich um und war im Nu in der Menschenmenge verschwunden.

Auf der Rückfahrt erkundigte sich Peters Onkel, wie er den Abend verbracht habe. Peter erzählte von seinem Ausflug an den Spieltisch, als er die Namen Chevalier de Bresson und Gaston Furet erwähnte, verdüsterte sich das Gesicht von Giscard de Partout, was Peter aber in der Dunkelheit nicht sehen konnte. Ärgerlich zischte sein Onkel: »*Mon dieu*, Pierre, halt dich von diesen Kerlen fern. Das sind Berufsspieler der schlimmsten Sorte. Der Chevalier war mal ein angesehener Ehrenmann. Er hat seinen ererbten Besitz verspielt, seine Ehe ruiniert. Seine Gattin hat aus Scham den Freitod gewählt, als er ins Gefängnis musste, und seine Kinder haben sich von ihm losgesagt. Ich habe keine Ahnung, wie er sich eine Einladung zur Soiree erschleichen konnte. Vermutlich hat er sich mit einem kleinen Trinkgeld Eingang verschafft. Im Grunde ist er ein bedauernswerter Mann, was für den anderen Kerl nun ganz und gar nicht gilt. Furet ist eine giftige Natter, mitleidlos und hinterhältig.« Er machte eine Pause, dann fragte er wie nebenbei: »Hast du viel verloren?«

»Nein, Onkel, ganz im Gegenteil, ich habe ein hübsches Sümmchen gewonnen. Allerdings bin ich noch nicht dazu gekommen, nachzuzählen.«

Sein Onkel brummte etwas in sich hinein, Peter konnte nicht verstehen, was es war, aber sehr freundlich klang es nicht. Wahrscheinlich neidete ihm der Alte den Gewinn, mutmaßte Peter. In Wahrheit wäre es Giscard de Partout in der Tat lieber gewesen, wenn Peter bei seiner ersten Erfahrung mit dem Spieltisch kräftig geblutet hätte, anstatt belohnt zu werden. Ein bitterer Verlust hätte ihn vielleicht gegen weitere Versuchungen durch den Spielteufel in der Zukunft immun gemacht.

Versailles war für Peter ein grandioses Erlebnis. Das Schloss mit seinen prächtigen Sälen und Fluren beeindruckte ihn tief. Der Marquis hatte ihm auf der Fahrt erklärt, dass jeder Adlige, der über Einfluss verfügte, oder zumindest meinte, darüber verfügen zu können, ganz unbedingt die Nähe des Königs suchen musste, und das wiederum war fast ausschließlich in Versailles möglich. Schon unter der Herrschaft des Sonnenkönigs hatte sich der Landadel Frankreichs zu einem Hofadel gewandelt. Der König hatte den Adel politisch entmachtet und hielt ihn dafür nach Lust und Laune mit Geschenken und Privilegien bei Laune. So galt es als eine hohe Ehre, ein Appartement, und sei es noch so klein, in Versailles zugewiesen zu bekommen. So konnte man sich einbilden, in unmittelbarer Nähe des Machtzentrums zu leben und über Macht zu verfügen, auch wenn das eine schiere Illusion war. Regieren taten der König und seine Minister. Der Adel war zu einer schmarotzenden Klasse verkommen, der seine Ländereien auspresste und sich hoch verschuldete, um bei den modischen Marotten bei Hofe mithalten zu können und dem König zu gefallen. Das sagte zwar der Onkel nicht, aber Peter meinte seine Missbilligung für diese Zustände herauszuhören. Der Dritte Stand der Bürger und freien Bauern stöhnte unter der Steuerlast, denn er musste letztendlich alles bezahlen und hatte keinerlei Mitspracherecht. Peter vermutete, dass die Unzufriedenheit mit den politischen Verhältnissen im Land wuchs. Schon der Unterhalt dieses Schlosses, in dem etwa tausend Menschen lebten, musste täglich Unsummen verschlingen, dazu kam der ausgedehnte Schlosspark mit weiteren kleinen Schlösschen, und alles musste ständig in einem sorgfältig gepflegten Zustand gehalten werden, damit das königliche Auge nicht durch herumliegenden Abfall oder Beschädigungen beleidigt wurde, wenn der Monarch, einer plötzlichen Laune folgend, den Palast verließ, um in den Anlagen zu lustwandeln oder sich beispielsweise im Grand Trianon eines amourösen *tête à tête* zu erfreuen.

Peter fragte sich gespannt, was sie hier wollten. Der Marquis hatte sehr geheimnisvoll getan und etwas von einer wichtigen Verabredung gemurmelt. Nachdem sie in der Kutsche über den Ministerhof gerattert waren, der an zwei Seiten von den Ministerflügeln begrenzt wurde, kamen sie zwischen dem Dufour- und Gabrielflügel im anschließenden Königshof zum Stehen. Dahinter folgte noch der Marmorhof, der von dem in den neuen Palast integrierten alten Jagdschloss umgeben war. Dort wohnte die Königliche Familie. Der Schlag wurde aufgerissen, prächtig uniformierte Lakaien halfen ihnen aus der Kutsche und geleiteten sie in den langgestreckten Südflügel des Palastes. Überall drängten sich Damen in weit ausladenden Reifröcken aus kostbaren Stoffen, ihre *Manteaus* zogen mit tiefen Dekolletés und ellbogenlangen Ärmeln, die in flügelartigen Spitzenaufschlägen endeten, die Augen der Herren auf sich, dazu kamen hochaufgetürmte Frisuren, die häufig mit Perlenschnüren oder anderen kostbaren Verzierungen, wie goldenen oder silbernen Pfeilen oder aus Federn hergestellten Schmetterlingen, geschmückt waren. Die Herren trugen aufwendig gearbeitete *justeaucorps** mit Weste, Kniehose, weißen Seidenstrümpfen und Schuhen mit schweren silbernen Schnallen. Das Hemd war auf der Brust mit einem Jabot und an den Manschetten mit Spitzen besetzt, darüber wurde entweder eine Halsbinde aus Brüsseler Spitze oder eine *cravatte* getragen. Eine Perücke war unverzichtbar, aber nur noch selten wurde eine Allongeperücke gesichtet. Auch Peter hatte sich überzeugen lassen, dass trotz Husarenlocken und Zopf eine kleine weiß gepuderte Perücke unabdingbar war. Ein Lakai führte sie durch lange Gänge, die Grüppchen, an denen sie vorbeigingen, beachteten sie kaum, sie waren in ihre wichtigen Gespräche vertieft, in denen es um den neuesten Hofklatsch ging. Schließlich hielt der Diener vor einer Tür, klopfte kurz an und führte sie dann sofort hinein. Sie befanden sich in einem kleinen, geschmackvoll eingerichteten Salon, dessen beide hohen Fenster einen Ausblick auf den Garten gewährten. An der Seite des Zimmers öffnete sich eine Tür und eine etwa vierzig Jahre alte Dame schwebte herein. Anders konnte man ihren Auftritt wirklich nicht bezeichnen. Sie war eine reife Schönheit, nickte ihnen huldvoll zu und streckte ihre Hand nach vorne aus. »Es freut mich, Sie mal wieder zu sehen, mein lieber Marquis de Partout. Entgegen dem Versprechen, das in Ihrem Namen steckt, machen Sie sich ausgesprochen rar am Hof. Ich habe so manches Mal Ihren klugen Rat vermisst, Marquis.« Der

---

* Gehrock

Angesprochene verbeugte sich leicht, nahm die Hand und beugte sich galant darüber. »Madame übertreiben charmant, jeder weiß doch, dass Ihnen die besten Köpfe Frankreichs zur Verfügung stehen, falls Sie tatsächlich einen Rat benötigen sollten, was selten genug der Fall sein dürfte. Alle Welt reißt sich darum, Ihr Ohr zu haben.«

»Eben darum, mein lieber Freund, fehlen Sie mir. Vor allem weil ich bei Ihnen sicher sein kann, dass Sie mir nichts ins Ohr blasen wollen, um für sich einen persönlichen Vorteil herauszuholen. Sie sind klug genug, um zu wissen, dass ich das erkennen und nicht goutieren würde.« Sie entzog ihm ihre Hand und deutete auf Peter. »Ist das der junge Held, der den zynischen bösen Mann in Potsdam so geärgert hat?« Sie musterte Peter vom Scheitel bis zur Sohle. »Ein sehr erfreulicher Anblick, der junge Herr.« Sie lächelte kokett über ihren Fächer hinweg. »Manchmal könnte ich fast bedauern, dass ich die *maîtresse en titre* des Königs bin, weil mich das zu einer zuweilen recht lästigen Enthaltsamkeit zwingt.« Sie drehte sich zu zwei jungen Hofdamen um, die nach ihr eingetreten waren, und fragte sie amüsiert: »Na, meine lieben kleinen Kätzchen, wäre das keine lohnende Beute für eure Krallen?« Dann streckte sie Peter ihre Hand hin, der sich artig darüberbeugte. Eine Parfumwolke hüllte ihn ein. Die Marquise de Pompadour setzte sich, arrangierte ihre Röcke und machte eine einladende Handbewegung zu den Stühlen. »Wie ich hörte, Baron de Morin, wollen Sie in den Dienst unseres Herrn treten. Das ist eine gute Wahl. Ich kann natürlich sehr gut verstehen, dass Sie nicht gegen die im aktiven Dienst stehenden Mitglieder Ihrer Familie kämpfen wollen, daher ist die Marineinfanterie sicher das Richtige für Sie, obwohl Sie Ihrem Naturell nach wohl eher der geborene Husar sind. Aber keine Sorge, wie ich mir habe sagen lassen, geht es bei den Seesoldaten auch wild und interessant genug zu –

jedenfalls abwechslungsreicher als bei der Besatzung in der Festung von Fécamp.« Sie lächelte hintergründig. »Wie man hört, stöhnt dort alles vor Langeweile …«

Sie machte eine kurze Pause, um dann kichernd fortzufahren, »allerdings erst seit Sie fort sind!« Unwillkürlich musste Peter seufzen, weil ihm plötzlich das Gesicht von Amélie vor Augen stand, ihre haselnussbraunen Augen, die rotblonde Mähne. Madame de Pompadour lachte hell auf. »Ich wusste es, der junge Reitersmann ist verliebt! Es wäre auch eine Schande gewesen, wenn es keinem unserer süßen französischen Mädchen gelungen wäre, sein Herz zu fesseln und ihn aufsitzen zu lassen.« Peter blickte ziemlich säuerlich vor sich hin. Was sollte das hier werden? Wollte ihn diese alte Frau* veralbern, ihn vor ihren Hofdamen mit den modischen Schönheitspflästerchen im weiß gepuderten Gesicht lächerlich machen? Bezweifelte sie gar die Tugend von Amélie? Aber gut informiert schien sie zu sein, das musste er ihr zugestehen. Als er die beiden jungen Frauen anblickte, stellte er fest, dass sie ihn keineswegs auslachten, sondern vielmehr recht unverhüllt versuchten, mit ihrer Mimik und Gestik seine Aufmerksamkeit auf sich zu ziehen und ihm mit verführerischen Augenaufschlägen den Kopf zu verdrehen. Nun, die beiden waren ganz gewiss eine Sünde wert, schoss es ihm durch den Kopf. Aber bevor er diesen Gedanken weiterverfolgen konnte, holten ihn die Worte der Pompadour wieder zurück in die Realität. »Es ist mir ein große Freude, Ihnen die Bestallung eines Leutnants der Marineinfanterie zu überreichen.« Sie händigte ihm mit einer huldvollen Geste einen großen Pergamentbogen aus. »Unterschrieben und gesiegelt, *mon lieutenant*, von Seiner Majestät persönlich! Das ist eine

---

* Für den jungen Schnösel Peter ist die Pompadour mit ihren neununddreißig Jahren natürlich eine uralte Oma!

große Auszeichnung. Ich wünsche Ihnen weiterhin alles Gute.« Sie lächelte hintergründig. »Halten Sie stets Ihren Säbel scharf, zur Ehre des Königs und«, sie hüstelte, »damit Frankreichs Frauen angenehm schlafen können. Zögern Sie nicht, sich an mich zu wenden, falls ich Ihnen behilflich sein kann.« Sie wandte sich an ihre Begleiterinnen: »Werft noch einen schnellen Blick auf dieses Prachtexemplar, fast noch ein Knabe und doch schon ein ganzer Mann, meine Kleinen, anschließend geht es wieder zurück zu den langweiligen Dienstgeschäften, die Königin verlangt nach uns.« Sie blickte de Partout scharf an: »Bitte, dass wir uns nicht falsch verstehen, mein lieber Marquis, ich schätze und verehre die Königin sehr und bemühe mich aufrichtig, ihr eine gute Freundin zu sein!« Mit diesen Worten raffte die Marquise ihre Röcke zusammen und rauschte aus der Tür. Die beiden jungen Damen reichten dem frischgebackenen Offizier die Hand zum Kuss und beglückwünschten ihn, danach verneigten sie sich artig und gönnten ihm einen tiefen Blick in ihre durchaus sehenswerten Dekolletés. Fast synchron tippten sie auf ihre *mouches*, bei der einen war das ein Stern, der neben ihrem linken Augenwinkel saß, bei der anderen ein Mond auf der Wange. Peter spürte, dass die eine ihm beim Handkuss etwas in die Handfläche gedrückt hatte, und steckte den Zettel unauffällig ein.

Zurück in der Kutsche bedankte er sich bei seinem Onkel, der diese Beförderung zweifellos erst möglich gemacht hatte. In sich hineingrinsend dachte er: ›Paul würde vor Neid platzen! Es würde ihn gewaltig wurmen, dass sein jüngerer Bruder es geschafft hat, vor ihm eine Bestallung als Leutnant zu erhalten. Vielleicht war es doch ganz gut gewesen, dass ich nicht schwimmen gelernt, sondern stattdessen mit den Mädchen poussiert habe.‹ Ganz nebenbei erkundigte er sich bei seinem Onkel: »Was bedeuten eigentlich die unterschied-

lichen Stellen, an denen die Damen ihre Schönheitspflästerchen angebracht haben? Ich habe gehört, dass sie damit etwas
signalisieren wollen.« Marquis Giscard de Partout schnaubte
empört. »Das ist degoutant! Der Verfall der Sitten ist überall
sichtbar und bedauerlicherweise besonders in den besseren
Kreisen. Es gibt keine Sitte und keinen Anstand mehr!«,
zürnte er vor sich hin. »Früher sollten diese *mouches* einfach
Hautunreinheiten oder Pockennarben verdecken, das war
völlig legitim, aber heute ... pah! Ein Pflästerchen neben dem
Augenwinkel bedeutet: Ich bin sehr leidenschaftlich! Eins
auf der Wange wird noch deutlicher: Ich bin für ein Liebes-
abenteuer offen! Wie ich schon sagte, einfach widerwärtig!«
Nun, das fand Peter keineswegs, die beiden Kätzchen, wie
die Pompadour sie genannt hatte, waren doch sehr niedliche,
ansehnliche Vertreterinnen ihres Geschlechts gewesen. Er
war gespannt, was in dem *billet doux* stand. Er räusperte
sich: »Ahem, äh, gewiss, *mon oncle*.«

Der folgenden Tage vergingen schnell. Die neue Uniform
musste angemessen und geschneidert, wichtige Ausrüstungs-
teile angeschafft werden. Peter machte sich kundig, wie sein
zukünftiges Regiment organisiert war, welche Aufgaben es
hatte und in welchen Stützpunkten es lag. Dank der Beziehungen seines Onkels konnte er seinen Wissensdurst schnell
befriedigen. Schon Kardinal Richelieu hatte einhundert Kom-
panien aufstellen lassen, die für den Einsatz auf See gedacht
waren und 1626 im *Régiment de la Marine* zusammengefasst
wurden. Ihre Aufgabe war es, die neu eroberten Gebiete zu
erkunden, zu besetzen und ihre Entwicklung abzusichern.
Später, als immer mehr neue Kolonien hinzukamen, wurden

entsprechend zusätzliche neue Regimenter aufgestellt, zu denen auch Einheiten kamen, die aus Einheimischen gebildet wurden. Die Hauptaufgabe der Seesoldaten war folglich primär der Schutz der überseeischen Besitzungen Frankreichs. Zum einen sollten sie eine möglicherweise feindlich gesinnte Bevölkerung im Schach halten, zum anderen sollten sie die Besitzungen vor Invasionen neidischer, beutegieriger europäischer Nachbarn schützen. Das hörte sich in Peters Ohren nicht schlecht an. Kein monatelanges Herumschwabbeln auf schwankenden, feuchten Pötten, sondern Abenteuer in tropischen Urwäldern. Kämpfe mit Ureinwohnern, die, wie er gehört zu haben meinte, nur mit Keulen und Pfeil und Bogen bewaffnet waren. Das musste ein munteres Hasentreiben geben. Und Paul würde ihm dabei ganz gewiss auch nicht über den Weg laufen. Was er über die tropischen Krankheiten erfuhr und die daraus resultierenden Verluste, gefiel ihm zwar weniger gut, aber mit dem Optimismus der Jugend verdrängte er den Gedanken daran.

Am frühen Nachmittag des folgenden Tages ließ er von Franz seinen Rappen *Ombre* satteln und ritt zu der Adresse, die er auf dem Billett gefunden hatte. Er musste die Stadt verlassen und entdeckte nach kurzem Suchen abseits der Hauptstraße ein kleines Palais, das mit seiner anmutigen, verspielten Rokokofassade hinter einem Wäldchen auftauchte. Als er vor dem Gebäude aus dem Sattel sprang, kam ein Stallknecht herbeigeeilt und führte den Rappen sofort in den Stall, wo er vor neugierigen Blicken sicher war. Eine ältere Dame in einem schlichten schwarzen Kleid und einer großen Haube, unter der sie züchtig ihr Haar versteckt trug, öffnete die Eingangstür und bat ihn herein. Sie führte ihn in einen kleinen Salon, bat ihn Platz zu nehmen und verschwand dann wortlos. Er ließ sich schwer in einen der Sessel fallen und blickte sich um. Die Wände waren holzgetäfelt und mit großen Gemälden in breiten, geschwungenen goldenen Rahmen geschmückt. Die Motive der Bilder waren allesamt Jagdszenen. Auf einem Tischchen standen mehrere Flaschen und Gläser bereit. Er erhob sich, musterte das Angebot, entschied sich für einen Cognac und goss sich ein Glas halbvoll. Er schnupperte genießerisch daran, nickte anerkennend und zog sich damit wieder auf seinen Platz zurück. Irgendwie hatte er das Gefühl, nicht allein in dem Zimmer zu sein, er fühlte sich beobachtet. Peter wusste, dass er während seiner Zeit im Feld bei den Husaren einen siebenten Sinn dafür entwickelt hatte, wenn der Feind ihn aus der sicheren Deckung heraus belauerte. Er konnte diesem Gefühl vertrauen. Aber wer sollte ihn hier heimlich belauschen? Und vor allen Dingen, wie sollte das gehen? Vielleicht durch ein Loch in der Täfelung? Das war denkbar. Er kam mit seinen Überlegungen nicht weiter, denn plötzlich hörte er ganz deutlich ein klägliches Mauzen. Es klang, als ob ein junges Kätzchen nach seiner Mutter rief. Stille, dann ein leichtes Kratzen. Das Geräusch kam von der ihm gegenüberliegenden Wand. Er trank den Cognac aus, der im Übrigen ganz ausgezeichnet war, und glitt geschmeidig zu der Holztäfelung hinüber, die zwischen zwei Bildern bis zum Boden hinabreichte. An einer Stelle befand sich in der Maserung eine dunkle Stelle, wo ein Ast gesessen hatte. Bei genauem Hinschauen stellte er fest, dass sich dort tatsächlich ein kleines Loch befand. Er presste sein Auge dagegen, konnte aber nichts erkennen, auf der anderen Seite musste völlige Dunkelheit herrschen. Ein leises Kichern drang an sein Ohr. Er ließ seine Finger über die Verzierung am Rand der Täfelung gleiten. Eine der kunstvoll geschnitzten Rosetten schien etwas lose zu sein. Er drückte auf das Holz – nichts, er zog daran, dasselbe Ergebnis, dann drehte er vorsichtig die Rosette – und siehe da, ein Teil der Täfelung schwang nach innen auf. In der Tat war es in dem angrenzenden Raum stockfinster, aber aus dieser Finsternis schlug ihm eine atemberaubende Wolke aus schwerem Parfum und süßlichem Puder entgegen. Vorsichtig trat er ein. Sofort schloss sich hinter ihm die Tür. Neben ihm gurrte eine dunkle Stimme: »Das ging aber schnell, der kleine Husar hat *trés vite* den Eingang zum Paradies gefunden, *n'est ce pas*?« Er fuhr herum, aber ehe er sich richtig versah, umfassten nackte Arme seinen Hals und zogen ihn herab. Lippen wurden auf seinen Mund gepresst. Dann wurde er an beiden Armen vorwärtsgezogen und auf ein breites Bett geworfen. Nur mühsam gewöhnten sich seine Augen an die Dunkelheit. Es wäre übertrieben, wenn man behaupten wollte, dass er sah, wer mit ihm auf das Bett gesunken war, aber er konnte schemenhaft nackte weiße Körper, Gliedmaßen und wallendes Haar erkennen. Wie er durch ein paar schnelle tastende Griffe erkundete, gehörte das alles ganz eindeutig zu zwei Frauen, die sich, ohne lange Umstände zu machen, bemühten, ihn möglichst schnell von seinen Kleidungsstücken zu befreien. Er war völlig perplex. Zwei Frauen? Was war das denn? Befand er sich im sündigen Babel oder in Sodom und Gomorrha? Es blieb ihm keine Zeit für lange moralische Reflexionen, denn nach kurzer, sehr kurzer Zeit war er splitterfasernackt und vier zarte Hände und zwei hungrige Münder erkundeten seinen Körper. Auch er war nicht faul und streichelte das junge feste Fleisch seiner Gespielinnen. Die beiden jungen Frauen wussten, was sie wollten, und verlangten ihm alles ab. Aber auch der fleißigste Säbel wird mal stumpf, und in diesem Fall schrumpft er zu einem kleinen Dolch. Allerdings erwiesen sich die rolligen Kätzchen als äußerst einfallsreich, wenn es darum ging, den Säbel wieder zu schärfen, um ihn dort hinzustecken, wo er ihrer Meinung nach hingehörte. Als Peter kapitulieren musste, weil er sein Pulver verschossen hatte, schlief das Trio erschöpft ein. Beide Frauen hatten ihre Häupter mit den wallenden Haarschöpfen links und rechts auf seine Schultern gelegt. Die eine streichelte zuerst noch sanft seine Brust, die andere hatte vorsichtshalber ihr Händchen auf seinen kraftlosen Säbel gelegt, der sein Bestes getan hatte, um zumindest zwei Frauen Frankreichs angenehm schlafen zu lassen, wie es die Madame de Pompadour von ihm erwartet hatte.

Ein dezentes Klopfen an der Tür schreckte ihn auf. Die Tür öffnete sich und eine Hand stellte eine Öllampe auf einen kleinen Tisch daneben. Er wusste nicht, wie lange das heiße Liebesspiel gedauert hatte, geschweige denn, wie lange er anschließend geschlafen hatte. Rasch kleidete er sich an, trat hinaus auf den Gang und ging zur Eingangshalle. Vor der Eingangstür hörte er ein vertrautes Schnauben. In der blauen spätsommerlichen Dämmerung wartete *Ombre* auf seinen Herrn. Als Peter an ihn herantrat, wandte der Wallach den Kopf und sog gierig den Geruch ein, den Peter um sich verbreitete. Er flehte und prustete aufgeregt, scharrte mit den Hufen. Anscheinend wusste er genau, was sein Herr in den letzten Stunden getrieben hatte. Der klopfte ihm beruhigend auf den Hals und flüsterte ihm ins steil aufgerichtete Ohr: »Nur kein Neid, mein Alter. Tut mir leid, dass du da so ganz aus dem Rennen bist! Aber das ist nicht mehr zu ändern.« Während er nach Hause ritt, warf Peter immer wieder einen besorgten Blick auf die tief stehende Sonne im Westnordwesten; er hoffte sehr, dass er noch vor dem Schließen der Stadttore wieder in Paris sein würde. Was war das doch für eine seltsame Triole gewesen. Diskretion schien in diesem Palais an erster Stelle zu stehen. Er hatte nur kurz den Stallknecht und die Haushälterin zu Gesicht bekommen, ob er sie wiedererkennen würde, war jedoch mehr als zweifelhaft. Von seinen beiden Gespielinnen konnte er bestenfalls ihre Körperformen beschreiben, wobei er ganz gewiss seine Hände zur Hilfe würde nehmen müssen. Nun, dann waren da noch ihre Eigenheiten gewesen, wenn sie sich dem Höhepunkt näherten, aber daran konnte man eine Dame während einer großen Abendgesellschaft ganz gewiss nicht identifizieren. Ihre Gesichter hatte er nicht gesehen. Natürlich waren es die beiden jungen Hofdamen der Pompadour gewesen, die heißen Kätzchen mit den frechen *mouches* und den koketten Blicken, aber beschwören konnte er das nicht. Die Pompadour konnte sich genauso gut den Scherz erlaubt haben, ihm zwei leidenschaftliche Hausmädchen im Wortsinne unterzuschieben. Einerseits musste er breit grinsen, wenn er an das amouröse Abenteuer dachte, andererseits hatte er ein schlechtes Gewissen Amélie gegenüber. Sie hatte ihm vorausgesagt, dass ihn die Damen aus Versailles verführen würden, und natürlich würde die Pompadour von seinem Seitensprung erfahren. Hatte sie ein Interesse daran, dass die kleine Amélie davon erfuhr? Er konnte sich keinen triftigen Grund vorstellen, es sei denn, es bereitete ihr einfach Freude, sie auseinanderzubringen.

Gut zwei Wochen, mehrere Abende am Spieltisch und drei anstrengende Rendezvous in dem diskreten Palais später befand sich Peter mit Franz auf dem Weg nach Brest, wo sie zu ihrer Kompanie stoßen sollten. Vor die Wahl gestellt, mit der Postkutsche in die Bretagne zu reisen oder mit dem Schiff, entschied sich Peter – sehr zu seiner eigenen Überraschung – für den Wasserweg, aber vor einer langen, öden Kutschfahrt über holperige, schlechte Straßen graute ihm. Am Spieltisch hatte er ein veritables Vermögen verspielt, obwohl er versucht hatte, sich an die Ratschläge des Chevaliers zu halten. Es war ihm nicht gelungen. Er tröstete sich leichten Herzens mit dem alten Sinnspruch: »Pech im Spiel, Glück in der Liebe!« Dabei fiel ihm siedendheiß wieder die süße Amélie ein. Er nahm sich vor, ihr sofort zu schreiben, aber nein, heute ging es nicht, er musste heute unbedingt noch mal mit *Ombre* einen Ausritt machen. Dem Himmel sei es geklagt, aber die Trennung von seinem geliebten Rappen ging ihm in der Tat besonders nahe. Also der Ausritt musste unbedingt sein, da würde sich Amélie noch einen Tag – oder so – länger gedulden müssen, aber dann würde er ihr einen langen, glühenden Brief voller Liebesschwüre schreiben. Ach, wenn er diese der Geliebten doch nur persönlich ins Ohr hauchen könnte! Die Schreibfeder verstand er nicht so gut zu führen, da hatte ihm früher so manches Mal Bruder Paul aus der Patsche geholfen. Peter musste grinsen, mit wie vielen Mädchen war er wohl im Heu gewesen, die von Pauls poetischen Liebesschwüren so beeindruckt gewesen waren, dass es sie glatt auf den Rücken geworfen hatte?

Nach einem überaus tränenreichen Abschied von seinen beiden Kätzchen in dem diskreten Liebestempel und einem herzlichen Lebewohl mit lauter guten Segenswünschen von der Familie schifften sich Peter und Franz auf einem Binnenschiff ein, das die Seine hinunter nach Le Havre fahren würde. Nach einer unproblematischen, schnellen Reise auf dem idyllischen Fluss suchten sie sich eine Unterkunft im Hafenviertel des Städtchens, um dann nach einem schwimmenden Untersatz zu suchen, der sie nach Brest bringen würde. Nach einigem Hin und Her fanden sie schließlich zwei Kojen auf einer *Chasse marée*, der *Moineau*, die in Brest ihre Mannschaft komplettieren wollte. »Auf einem Freibeuter sind die Anteile der Mannschaft am Prisengeld höher als bei der

Marine, Leutnant, daher finde ich immer genug Männer, die bei mir an Bord ihr Glück machen wollen – selbst in einem Marinehafen, wie Brest einer ist.«

Später in langen abendlichen Gesprächen mit den Deckoffizieren stellte sich heraus, das es zwar stimmte, dass die Anteile prozentual höher waren, aber auf der anderen Seite bekam die Besatzung keine Heuer und musste für ihre Verpflegung selbst sorgen. So ein Freibeuter war ein knallhart geführtes Wirtschaftsunternehmen, und da gab es nichts zu verschenken. Machte das Schiff keine Beute, mussten die Familien der Seeleute sehen, wie sie über die Runden kamen. Außerdem wirkte sich negativ aus, dass die Freibeuter immer eine sehr starke Besatzung an Bord hatten. Das war nötig, um die gekaperten Prisen bemannen zu können, führte aber auf der anderen Seite dazu, dass der höhere Prozentsatz, der auf die Mannschaft entfiel, durch viele Köpfe geteilt werden musste.

Wenn Peter auch nicht viel von der Seefahrt gelernt hatte, so reichte es doch durchaus, um die guten Segeleigenschaften des Schiffes bewundern zu können. Die *Moineau* lief im Vergleich zur *Oranjeboom* unglaublich viel höher am Wind, und sie war schnell. Sie hatten die britischen Kanalinseln passiert und standen auf ihrem Kreuzschlag gegen den Westwind weit draußen im Kanal mit einem Kurs, der sie, falls sie ihn durchhielten, zum Kap Horse's Head an der Küste von South Devon bringen würde, als der Ausguck ein Segel an Backbord meldete. Scharfe Augen in den Toppen und lange Teleskope auf dem Achterdeck versuchten auszumachen, um was für ein Fahrzeug es sich handelte. Nach und nach meldete der Ausguck noch weitere Schiffe, die offensichtlich alle einen Schlag nach NNW machten. Der Skipper der *Moineau* runzelte nachdenklich die Stirn. »Offensichtlich ein englischer Geleitzug. Das da drüben dürfte eine Fregatte sein, die unliebsame

Besucher, so wie wir einer sind, abschrecken soll. Und wo die ist, da sind noch andere, darauf würde ich meinen Priem verwetten«, brummte er und spuckte einen dicken Strahl braunen Tabaksaft über die Seite. »Dieser Kurs ist nicht günstig für uns, er bringt uns weit unter die englische Küste, und dort können sich noch weitere kleine Kriegsschiffe herumtreiben, die alle nichts Besseres vorhaben, als sich mit uns anzulegen. Wir können sie zwar alle aussegeln, aber viele Hunde sind des Hasen Tod.«

»An Deck! Das Schiff ist eine Fregatte. Sie ändert den Kurs. Anscheinend will sie uns abfangen!«, mutmaßte der Mann im Topp.

»Geschenkt!«, schnarrte der Skipper. Er kratzte sich am Hinterkopf, dann blickte er nochmals durch sein Fernglas auf die sich schnell nähernde Fregatte. »Klar zur Wende! *Vite, vite*!«

Peter erkannte schnell, warum der Skipper so auf Eile drang, denn das Wendemanöver mit den Luggersegeln war alles andere als einfach. Die schweren Bäume mussten gefiert, um den Mast herumgeholt und dann auf der anderen Seite wieder gesetzt werden – das dauerte selbst bei einer zahlreichen Besatzung seine Zeit, und die Fregatte war auf diesem Kurs schnell, fast zu schnell. Als die *Moineau* endlich wieder Fahrt aufnahm, hatte sich das britische Kriegsschiff, und um ein solches handelte es sich, wie jetzt deutlich an den auswehenden Flaggen zu erkennen war, schon bedrohlich genähert. Auf dem Vordeck stiegen zwei Qualmwolken auf, der Knall der Abschüsse folgte zeitverzögert, und die Einschläge der Kugeln warfen lediglich ungefährliche Wasserfontänen weit entfernt von der Bordwand des Freibeuters auf. »Pah! Das war wohl nichts, ihr Roastbeeffresser!« Der Skipper klatschte sich vor Vergnügen auf die Schenkel, dann wandte er sich an den Rudergänger: »Zuerst gut voll und bei steuern. Wenn das Schiff richtig Fahrt aufgenommen hat, hoch am Wind bleiben. Wir laufen vor dem Bug des Engländers durch.« So geschah es. Die Fregatte luvte zwar mit ihnen zusammen an, konnte aber nicht dieselbe Höhe laufen. Ihr Kommandant sah die Vergeblichkeit seines Tuns ein und ließ wenden. Während des Wendemanövers ließ er eine volle Breitseite auf den Freibeuter abfeuern. Wahrscheinlich hoffte er auf einen Zufallstreffer, und das nicht zu Unrecht, denn falls eine glückliche Kugel das Rigg verkrüppelte, war ihm die *Chasse marée* hilflos ausgeliefert, denn sie hatte der Fregatte an Feuerkraft wenig entgegenzusetzen. Tatsächlich gab es oben einen lauten Knall. Peter zuckte erschrocken zusammen und duckte sich unwillkürlich. Verdammt, dachte er, offensichtlich bin ich nicht mehr schussfest! Aber es ist ja auch schon ganz schön lange her, dass ich im Feuer gestanden habe, *merde*. Im Großsegel erschien ein sauber ausgestanztes Loch, aber die anderen Kugeln fielen zu kurz oder ließen im Kielwasser grünweiße Fontänen aufsteigen. Der Skipper grinste, spie eine Ladung Tabaksaft in die See und grunzte zufrieden: »Na, den wären wir erst mal los.« Er kratze sich am Hinterkopf, blickte nachdenklich zum Flögel hinauf, musterte die Wolkenformationen und verschwand dann in seiner Kabine.

»Jetzt brütet er über den Karten nach, ob wir uns nicht doch noch einen fetten Braten aus dem Geleit herauspicken können«, meinte grinsend der Rudergänger und sah spöttisch zu der Fregatte hinüber, die unter vollen Plünnen hinter ihren im Dunst kaum noch sichtbaren Schützlingen herhetzte. »Wie ich ihn kenne, wird ihm schon noch etwas einfallen. Ich denke, dass sich die Sicht in der Nacht verbessern wird, weil der Wind rechtdrehen wird. Wir haben zwar erst zunehmenden Mond, aber seine Helligkeit sollte ausreichen, um überraschend aus der Dunkelheit herauszustoßen, bei einem verschlafenen Nachzügler längsseits zu gehen und ihn im Handumdrehen zu nehmen. Merken Sie sich meine Worte, Herr Leutnant.« Wieder grinste der Mann breit und zeigte seine wenigen ihm verbliebenen braunen Zahnstummel.

KAPITEL 7

London/Kent/auf See, Ende September – Oktober 1760

Am späten Nachmittag eines spätsommerlichen Tages fuhr die blitzende Paradekutsche des Grafen mit einem Sechsergespann prächtiger Schimmel vor. Auf dem Schlag prangte das gräfliche Wappen. Paul erwartete seinen Onkel in seinem besten Rock in der Empfangshalle. Auch Graf Wolfenstein hatte sich in Schale geworfen. Er musterte Paul so scharf wie ein Drillsergeant einen Soldaten vor der Inspektion durch den kommandierenden General, schließlich nickte er zufrieden, drehte sich auf dem Hacken um und marschierte strammen Schrittes auf die Eingangstür zu, die von dienstbaren Geistern aufgerissen wurde. Für seine massige Figur eilte er erstaunlich behände die Stufen hinunter, überquerte eilig den knirschenden Kies der Auffahrt und sprang elastisch in die Kutsche, Paul folgte ihm auf dem Fuß. Kaum war der Schlag zugefallen, als auch schon die Pferde anzogen. Vom Bock erklang ein aufmunterndes »Ho, ho, ho! Geiht los, mine Seuten!« In flotter Fahrt ging es durch die gepflegten Parks, die ersten Bäume legten schon ihr buntes Herbstkleid an. Paul war zwar sehr gespannt, wohin die Fahrt gehen würde, gönnte aber seinem Onkel nicht den Triumph, ihn als neugierig bezeichnen zu können. So rollten sie eine Viertelstunde schweigend dahin, dann bogen sie in eine breite Auffahrt ein. Sofort nach dem Stillstand der Kutsche wurde der Schlag aufgerissen, und sie wurden in ein zweistöckiges Gebäude aus dunkelroten Ziegeln mit großen, hohen Fenstern geführt. Schildwachen präsentierten die Musketen, ein Leutnant hob grüßend seinen Degen. Paul stieß zischend den Atem aus, das hier schien wirklich eine große Nummer zu werden. Drinnen begrüßte sie ein äußerst würdevoller älterer Herr. Graf Wolfenstein nickte ihm leutselig zu. »Wie geht es heute, Claudius? Wie fühlen sich Seine Majestät?« Der Hofmeister des Königs lächelte ein wenig. »Ach, Herr Graf, danke der Nachfrage, aber bei dem schönen Wetter geht es Uns glücklicherweise gut.« Dann führte er sie auf eine breite Terrasse. Im Licht der warmen Nachmittagssonne standen dort und auf der angrenzenden makellos gepflegten Rasenfläche kleine Grüppchen beisammen und trieben Konversation. Etwas abseits unter einem Sonnenschirm saß ein älterer Herr in einem bequemen Sessel, der eine Aura natürlicher Autorität um sich verbreitete. Er unterhielt sich angeregt mit einem vor ihm stehenden General, der ihm gestenreich einen Sachverhalt klarzumachen versuchte. Ein zweiter Mann, der abwartend hinter dem Sessel gestanden hatte, bewegte sich ein paar Schritte auf sie zu, der Hofmeister flüsterte ihm ihre Namen zu, wobei er besonders den von Paul langsam und deutlich aussprach. Der Kammerherr nickte und bat sie, in gebührendem Abstand zu warten. Bald darauf war die Privataudienz des Generals beendet und der Kammerherr winkte sie heran: »Majestät, der Graf Wolfenstein und sein Neffe, Baron von Morin.« Paul und sein Onkel begrüßten ihn vorschriftsmäßig. Georg II. hob einen Arm und machte eine huldvolle Geste mit zusammengelegtem Mittel- und Zeigefinger der rechten Hand. »Schön, Sie wiederzusehen, Wolfenstein, Sie altes Schlachtross, ohne dass wir heute große Politik machen müssen. Sie wissen, wie sehr ich Ihren Rat schätze!«, begann der König dröhnend auf Deutsch. »Wir sollten mal wieder bei einem ordentlichen Umtrunk unsere gemeinsam geschlagenen Metzeleien Revue passieren lassen, nicht wahr, mein Alter!«

»Jederzeit, Majestät. Sie können stets über mich und meine Zeit verfügen. Ich erinnere mich noch gut daran, als Eure Majestät in der Schlacht von Oudenarde in Flandern als junger Prinz mit der hannoverschen Reiterei im dichtesten Gewühl dabei war und auf das Lustigste um sich geschlagen und gestochen hat.«

»Und geflucht und Blut und Wasser geschwitzt habe ich, so wie jeder gemeine Musketier auch. Dann haben die verdammten Franzosen mir auch noch das Pferd unter dem prinzlichen Hintern weggeschossen. Es war ein fürchterliches Gemetzel.«

»Eine große Schlacht des Spanischen Erbfolgekriegs, die unvergessen bleiben wird, Majestät. Immerhin haben fast einhundertachtzigtausend Soldaten daran teilgenommen.«

»Ja, und Marlborough hat sich nach der Schlacht bitterlich beklagt: ›Noch eine Stunde länger Tageslicht und ich hätte den Krieg beenden können!‹ Das waren seine Worte, ich erinnere mich genau.«

»Nun, es war nicht nur die hereinbrechende Dunkelheit, auch ein paar Pontonbrücken waren nicht mehr zu benutzen und haben eine Verfolgung des geschlagenen Feindes erschwert.«

Die beiden alten Recken blickten geistesabwesend in die Ferne, vor ihrem inneren Auge tauchten wieder die Bilder dieses wüsten Tages auf. Das Grauen wurde wieder lebendig, das sie erfasst hatte, als sie über das Schlachtfeld mit den verstümmelten Toten und schreienden Verletzten geritten waren. Leise sagte der König dann: »Die Franzosen hatten fünftausend Tote zu beklagen, neuntausend haben wir gefangen genommen und sechstausend sind desertiert.« Er wischte sich über die Augen, energischer fuhr er dann fort: »Außerdem haben wir fünfundzwanzig Kanonen und achtundneunzig Fahnen erbeutet.« Jetzt lächelte er sichtlich zufrieden in sich hinein.

Der Graf rieb sich die Narbe und meinte leichthin: »Wir hatten weniger als dreitausend Gefallene und Verwundete.«

»Ach ja, Graf, ich erinnere mich, Sie waren auch darunter und haben sich ein bleibendes Andenken mitgebracht. Sie haben gekämpft wie ein Löwe!«

»Majestät, es gibt Dinge, auf die man gerne verzichten würde.«

»Recht haben Sie, Graf. Ich erinnere mich beispielsweise nicht gerne daran, wie mich mein verdammter Apfelschimmel, dieses Miststück, gleich zu Beginn der Schlacht bei Dettingen* beim Angriff der französischen Gardekavallerie abgeworfen hat.«

»Was Majestät aber nicht daran gehindert hat, mit der Fahne in der Hand an der Spitze Ihrer Truppen mit der zerschossenen Fahne in der Hand vorwärtszustürmen.« Graf Wolfenstein lächelte grimmig. Er holte tief Luft und brüllte los: »Jetzt gilt es, Männer, vorwärts für die Ehre Englands. Schießt und haltet euch tapfer, dann werden die Franzosen das Hasenpanier ergreifen!«

Der gesamte Hofstaat zuckte erschrocken zusammen, alle Gespräche verstummten mit einem Schlag, ein paar Gläser fielen klirrend zu Boden. George II. lachte laut auf. »Das soll ich gesagt haben, mein lieber Graf?«

---

* Die Schlacht von Dettingen im Juni 1743 ist deshalb bemerkenswert, weil es die letzte Schlacht mit britischer Beteiligung ist, die von einem britischen König persönlich geleitet wurde.

»Nicht gesagt, Majestät, gebrüllt wie der britische Löwe!«

»Ach ja, die alten Zeiten, Graf Heinrich. *Tempi passati.**«

»Ja, für unsere alten Knochen ist das nichts mehr. Aber heute habe ich Ihnen frisches Blut mitgebracht, meinen Neffen. Ein sehr fähiger Bursche – aber leider ein Preuße.«

Über das Gesicht des Königs flog ein Schatten. »Seitdem ich eine längere – viel zu lange – Zeit zusammen mit Friedrich Wilhelm, dem Vater des jetzigen Königs, am Hofe meiner Großmutter in Hannover erzogen worden bin, habe ich eine tief verwurzelte Abneigung gegen Preußen, aber das wissen Sie ja. Dieser cholerische Wüstling, Gott sei seiner schwarzen Seele gnädig, hat mich in diesen drei Jahren stets verprügelt, wenn er einen seiner gefürchteten Wutanfälle bekam. Der arme Friedrich muss schrecklich unter diesem Monstrum von einem Vater gelitten haben, er war doch in seiner Jugend so den schönen Künsten und den Idealen der klassischen Philosophen zugetan. Ich kann bis heute nicht verstehen, warum er sich in dieses schlesische Abenteuer stürzen musste!«

»Vielleicht gerade deshalb, Majestät, möglicherweise genau deswegen«, gab Wolfenstein zu bedenken.

»Wäre denkbar, Graf, musste wohl aus dem Schatten des Alten heraustreten. In einer für ihn seltenen weisen Voraussicht hat Friedrich Wilhelm den hoffärtigen, aufgeblasenen Habsburgern prophezeit, dass ein anderer, der nach ihm kommen werde, die ihm durch nicht eingehaltene Versprechungen und gebrochene Verträge angetane Schmach rächen werde**. Der Witz bei der Sache ist, dass er dabei ganz be-

---

* Vergangene Zeiten, es ist vorbei.
** König George II. spielt hier auf den Erbvertrag von 1537 für die Herzogtümer Liegnitz, Wohlau und Brieg und den Kauf des Herzogtums

stimmt nicht an den Fritz gedacht hat, den er für einen verweichlichten Tintenkleckser und Schwächling hielt. Na ja, der gute Fritz hat jetzt ein großes Problem. Er hat wohl mehr von dem Braten abgebissen, als er schlucken kann. Es ist ein wahres Wunder, dass die verbündeten Armeen der Habsburger, Franzosen, Russen und dazu noch die Reichsarmee ihn mitsamt den Resten seiner ehemals so stolzen Armee noch nicht in den Boden gestampft haben. Bei diesen Kräfteverhältnissen nützt ihm auch sein ganzes unbestrittenes militärisches Genie nichts. Zumal der Marschall Daum auch kein blutiger Anfänger ist, nein, das ist er nun wirklich keineswegs. Guter Mann, dieser Daum«, Georg II. blickte nachdenklich in die Ferne, »meine liebe Schwester*, diese zänkische Zicke Maria Theresia, kann sich glücklich schätzen, dass sie so einen fähigen Mann an der Front hat. Aber ohne unsere Subsidien wäre Friedrich schon lange erledigt. Nun will dieser Hundsfott Pitt sie ihm streichen, weil er seine Kriegsziele in Übersee als erreicht ansieht, mein Hannover ist ihm völlig egal, und bei dessen Verteidigung traue ich dem Fritz immer noch mehr zu als Ferdinand. Sicher ist der auch ein guter Feldherr, ganz ohne Zweifel, ist ja schließlich auch mit Ihnen verwandt, Graf Heinrich. Aber genug politisiert, was kann ich heute für Euch tun?« Der Kammerherr beugte sich vor und flüsterte ihm etwas ins Ohr. »Ach ja, richtig, der Preuße, habe tolle Geschichten über den Draufgänger gehört. Lord Anson hat mir den ausführlichen Bericht des Kommandanten der *Thunderbolt* mit ein paar Unterstreichungen und Anmerkungen von eigener Hand geschickt.«

    Jägerndorf (1537) und den auch vom Bischof von Breslau, Andreas von Jerin, für gültig erachteten Erbvertrag an.
* Zwischen gleichrangigen Herrschern war die Anrede, lieber Bruder und liebe Schwester nicht ungewöhnlich.

»Das war sehr aufmerksam vom Ersten Lord der Admiralität, Majestät.«

»Ach, hören Sie doch auf mit den Spielchen, Graf Heinrich, ich weiß doch ganz genau, dass Sie da an ein paar Strippen gezogen haben, oder etwa nicht?«

»Ich gestehe, Majestät, aber ich denke, dass man dieses Talent nicht versauern lassen sollte.«

Paul war zusammengezuckt, als plötzlich von ihm die Rede war, musste aber doch heimlich grinsen, denn sein Onkel konnte offensichtlich doch ganz manierliche deutsche Sätze formulieren, wenn er mit einem Ranghöheren sprach.

»Wohl wahr, mein Alter, denn auch aus der City haben mich interessante Gerüchte über die wundersame Errettung unseres lieben Untertanen Ariel Greenberg und seiner Tochter erreicht. Was wollen Sie also? Ein Patent als Leutnant eines guten Kavallerieregiments? Kein Problem, lieber Wolfenstein.«

»Leider ist die Sache nicht so einfach, denn der Bursche hat es sich in den Kopf gesetzt, Admiral werden zu wollen. Lästigerweise ist die Bestallung zum Leutnant in der Royal Navy – anders als in der Army – aber an ein paar Bedingungen geknüpft, die ganz allgemein gelten.«

Der König zuckte bedauernd die Schultern. »Ja, ja, ich weiß, bestimmte Fahrzeiten an Bord, Mindestalter, Leutnantsexamen und was sich Bürokraten alles so einfallen lassen. Dabei stammt der Junge aus einem guten Stall, sozusagen ein Vollblut, gekreuzt aus den besten europäischen Adelshäusern. Früher hätte ich ihn einfach als bestallten Vollkapitän auf ein Schiff geschickt und ihm für den alltäglichen Schiffsbetrieb fähige Untergebene unterstellt, aber leider ...!« Georg II. schnaufte missbilligend, »aber die Admiralität legt immer mehr Wert darauf, dass die jungen Herren erst mal das seemännische Handwerk erlernen. Diese meist plebejischen

Kerls verstehen eben nicht, was wahren Adel auszeichnet, nämlich der unbedingte Wille zum Sieg und die Fähigkeit zu führen. Wir haben schließlich auch nicht gelernt, wie man eine Muskete fertigt, eine Kanone gießt oder einen Degen schmiedet, und haben trotzdem ganze Armeen erfolgreich zum Sieg geführt!« Er hielt einen Augenblick nachdenklich inne, um dann fortzufahren: »Meistens jedenfalls. Auf den Überblick kommt es an, nicht wahr, Heinrich! Vor dreißig Jahren hätte ich ihn zumindest noch als einen *King's Letterboy* an Bord schicken können, aber bekanntlich war der heute so berühmte Admiral Rodney der Letzte, dem ich diese Vergünstigung gewähren konnte. Ein Platz an der Royal Naval Academy in Portsmouth wird wohl nicht nach dem Geschmack des jungen Feuerkopfs sein, nehme ich an? Zu viel Theorie, zu wenig Praxis, hört man. Andererseits dürfte es für Sie doch ein Leichtes sein, ihm einen Platz als Midshipman zu besorgen, nicht wahr?«

»Gar keine Frage, Majestät, wir wollen auch gar keinen Gnadenerweis erbitten. Ich wollte den jungen Mann Ihro Majestät heute nur vorstellen, damit Ihro Majestät wissen, wen Sie früher oder später zum Ritter des *Order of the Bath* schlagen wird.«

»Sie sind ein altes Schlitzohr! Heinrich, mir graut vor dir! Versprochen, ich werde den Weg dieses jungen Mannes im Auge behalten und Anson einen Brief schreiben. Ein wenig Protektion von einem alten, vom Parlament fast entmachteten König kann sicherlich nicht schaden. Und nichts spricht sich in der Navy schneller rum als das! Natürlich kann das auch eine gehörige Hypothek sein!«

Paul räusperte sich, nahm seinen ganzen Mut zusammen, machte erneut einen Kratzfuß und krächzte: »Ahem, ich danke Majestät für die Gnade, von meinen bescheidenen Anstrengungen Kenntnis genommen zu haben. Ich werde auch in Zukunft für den Ruhm der englischen Flagge streiten und dem Namen Britanniens, des treuen Verbündeten Preußens, alle Ehre machen.«

»Gut gebrüllt, Löwe. Sie werden Ihren Weg machen, mein Junge, in Ihnen fließt echtes Welfenblut! Ich würde mich gerne noch länger mit Ihnen unterhalten. Es ist doch viel interessanter, mit einem jungen Kerl über seine Abenteuer zu plaudern, als sich das scheinheilige Geschwafel der alten Krähen anzuhören, die doch bloß scharf auf irgendeine *sinecure** oder einen klingenden Titel sind, dafür nichts geleistet haben und auch nie etwas leisten werden, aber mir in den Ohren liegen – wie nannte es kürzlich der Duke of Mullham so richtig – mich vollschleimen, was für unverzichtbare Stützen des Thrones sie sind.« Er schnaufte unwillig. »Aber eine kleine Überraschung habe ich noch für Sie, bevor ich Sie entlasse.« Er streckte seine Hand nach hinten aus, ein Kammerdiener sprang vor, reichte ihm einen Degen, und der Kammerherr übergab ihm eine Pergamentrolle. Ein anderer Lakai zauberte ein Kissen herbei und legte es vor dem Sessel des Königs auf den Boden.

»Knie Er nieder, Paul Freiherr von Morin!«

Paul tat, wie ihm geheißen, nahm den Hut ab und neigte den Kopf.

»Ich, Georg II., belehne Euch kraft meiner, mir von Gottes Gnaden verliehenen Eigenschaft als König von Großbritannien und Irland mit der Herrschaft über mein Dorf Thornhedge mit allen seinen Ländereien, Gebäuden und Gewässern sowie allem darauf, darüber oder darin lebenden Getier. Seid Euren Untertanen ein gestrenger, aber gerechter Herr, ein unparteiischer, gnädiger Richter, ein im Glauben fester,

---

* Ein Amt, das ohne eigene Arbeit und Verantwortung möglichst viel Geld einbringt.

barmherziger Kirchenvorsteher und mir allzeit ein ergebener, treuer Gefolgsmann!«

Er berührte mit der Schwertspitze leicht Pauls beide Schultern.

»Erhebt Euch, Lord Thornhedge, *Peer of Great Britain*.«

Die Umstehenden hatten interessiert zugeschaut, sich artig verbeugt und steckten jetzt eifrig schwatzend die Köpfe zusammen. Leicht schwankend kam Paul auf die Füße, die ganze Welt schien sich vor seinen Augen zu drehen. Ein Kammerherr trat auf ihn zu, hängte ihm eine schwere Kette mit einem großen wappengeschmückten Anhänger um, ein anderer überreichte ihm feierlich den Degen, mit dem der König ihn zum Ritter geschlagen hatte. Der dritte übergab ihm die Pergamentrolle. Völlig verwirrt stotterte er: »Majestät, ich ... ich ... weiß gar nicht, was ich sagen soll, das kommt alles so überraschend ...«

»Schon gut, Lord Thornhedge, ich weiß, dass Sie es mir durch treue Dienste lohnen werden.« Er streckte Paul die Hand zum Kuss hin. »Ich hoffe, bald wieder durch neue ruhmvolle Taten von Ihnen zu hören!« Auch der Onkel küsste dem König die Hand. Der hielt den Grafen fest und sagte versonnen: »Ich bin diesem Land wahrscheinlich ein schlechter König gewesen, denn ich habe mich zu wenig in die Politik eingemischt! Deshalb regiert dieser Pitt jetzt fast nach Belieben, zumal er das Volk auf den Straßen hinter sich weiß.« Er seufzte tief auf. »Ach ja, das war anders, als meine liebe Caroline noch lebte. Sie hatte Spaß an der Politik und ein Händchen dafür. Aber ich ...? Dieses Land mit seinen tiefen Gräben zwischen den Engländern, Schotten, Iren, Walisern und den widerspenstigen Leuten aus Cornwall ist mir immer fremd geblieben, dieser abgrundtiefe Hass, der zwischen den Stämmen unter der Oberfläche schwelt. Dagegen nehmen sich die Differenzen zwischen den Brandenburgern, Sachsen und Bayern wie gemütliche Plaudereien zur Teestunde aus. Wahrscheinlich liegt das daran, dass wir uns alle, wenn man der Sache auf den Grund geht, ganz tief unten in unseren Herzen allesamt als Deutsche fühlen und alle eine Sprache sprechen. Mehr oder weniger ...« Der König klopfte dem Grafen auf die Hand. Er seufzte. »Zu Hause habe ich mich immer nur in Hannover gefühlt. Und jetzt habe ich plötzlich das Gefühl, dass mir nicht mehr viel Zeit bleibt, um daran noch etwas zu ändern.« Mit diesen Worten wandte er sich ab und winkte einen Kammerherrn heran. Ein Lakai führte sie hinaus.

Als sie wieder in der Kutsche saßen, prustete der Graf laut heraus. »Der alte Teufel ist doch immer für eine Überraschung gut. Möchte wetten, er hat das mit dem Ritterschlag nur gemacht, um Pitt zu ärgern! Ein Preuße wird englischer Baron und sitzt im *House of Lords*! Weil Er schon den Titel eines Barons führt, konnte der König nicht gut darunter bleiben, immerhin hat er Ihn nicht gleich in den Stand eines Viscounts erhoben. Echtes Welfenblut, dass ich nicht lache! Hat der alte Knabe wohl etwas falsch verstanden. Aber was mich am meisten interessiert, was ist das für ein trauriges Nest, das er Ihm als Lehen übertragen hat? Werde gleich morgen Erkundigungen einziehen. Gibt da übrigens noch eine schöne Episode aus dem Leben des Königs, Neffe, die ich Ihm nicht vorenthalten will. Als seine liebe Frau Caroline von Ansbach auf dem Sterbebett lag, empfahl sie ihrem völlig gebrochenen Ehemann, wieder zu heiraten, worauf Georg lakonisch antwortete: ›Nein – habe doch meine Mätressen!‹ Die Königin – und sie war wirklich eine Königin, die einen sehr großen Einfluss auf die Politik genommen hat – erwiderte seufzend: ›O mein Gott, ich kann es nicht verhindern!‹ Und das nach den vielen Jahren, in denen sie sich mit seinen Mätressen herumgeärgert hatte.« Graf Heinrich lachte leise in sich hinein. »Das Volk liebte und achtete sie, und Premierminister Walpole stöhnte an ihrem Krankenlager: ›Mein Gott, wenn diese Frau stirbt, welch entsetzliches Durcheinander wird es dann geben!‹« Graf Wolfenstein schwieg und schaute betrübt vor sich hin. »Wenn sie noch leben würde, dann ...«

Paul blickte nachdenklich aus dem Fenster der Kutsche. »Wie üben Sie eigentlich politischen Einfluss aus, Herr Onkel?«

Sein Onkel blickte ihn überrascht an. »Nun, sitze natürlich im Oberhaus, und dann sind da zum einen noch die Abgeordneten meiner Ländereien, die für mich im Unterhaus sind und denen ich Weisungen zu ihrem Abstimmungsverhalten erteile, zum anderen bei Gesprächen mit den richtigen, will sagen: einflussreichen Männern in den entsprechenden Clubs. Diese Clubs sind übrigens eine ganz wichtige Institution in England, Neffe, darum müssen wir uns auch noch kümmern.« Er schwieg eine Weile nachdenklich, fuhr dann aber fort: »Wer soll denn Sein kleines Reich verwalten, wenn Er wieder auf See ist?«

»Darüber habe ich mir noch keine Gedanken gemacht, wie Sie sich gewiss denken können. Erst einmal muss ich wissen, wo dieses Thornhedge überhaupt liegt und ob es sich nicht möglicherweise um ein Danaergeschenk handelt.«

»Nun, das glaube ich nicht, der alte Georg war ehrlich beeindruckt, mein Junge, und bösartig ist er nicht. Neffe Paul, Er kann ja schließlich nichts für den Vater Seines bisherigen Königs. Allerdings lässt der Ortsname nichts Gutes erhoffen. Wie kommst du denn mit dem alten Nat Fluteblower voran? Von den Fortschritten im Englischen kann ich mich ja täglich selber überzeugen.«

»Sehr gut, Herr Onkel, und auch er scheint ganz zufrieden mit mir zu sein, auch wenn er das nicht sagt. Mal sehen, ob er einen englischen Lord ebenso respektlos drangsaliert wie einen preußischen Baron«, meinte Paul grinsend.

»Darauf kann Er sich verlassen, der Mann tut seine Pflicht, und wenn Er der Kaiser von China wäre.«

Ariel Greenberg kam um seinen Schreibtisch herumgeeilt, machte einen tiefen Bückling und begrüßte Paul mit sonorer Stimme: »Willkommen, Lord Thornhedge, ganz zu Ihren Diensten, Milord.«

»Lassen Sie das, Mister Greenberg, nur weil der King mir mit einem Schwert auf die Schulter geklopft hat, bin ich noch kein höheres Wesen. Im Übrigen war ich auch vorher schon Freiherr.«

»Nu noi, waren Sie das? Aber ein preußischer aus dem fernen Osten, und das auch nur durch Geburt, noch dazu ohne Aussicht, jemals die Güter Ihrer Väter zu übernehmen. Möge Jahwe seine Hände schützend über Ihre älteren Brüder halten«, sagte er ernst, dann lächelte er verschmitzt. »Also waren Sie so etwas wie ein Johann Ohneland*. Sie müssen wissen, dass in England nur der älteste Sohn den Titel erbt, die anderen Kinder bleiben, wenn Sie so wollen, bürgerlich, es sei denn, der Vater hat mehrere Titel oder sie erben einen Titel vom Großvater der mütterlichen Linie. Aber Sie haben es jetzt aus eigener Kraft zum Peer mit eigenem Grundbesitz gebracht und werden eine glänzende Karriere machen.«

Paul überlegte, ob er dem Mann jemals etwas über seine Brüder erzählt hatte. Er konnte sich nicht daran erinnern.

---

* Der landlose Bruder von König Löwenherz, jedem Fan von Robin Hood als dessen Gegenspieler bekannt.

Nun, Greenberg war nicht dumm. Ganz gewiss hatte er mitbekommen, dass zwischen seiner Tochter und Paul mehr als nur flüchtige Sympathie herrschte, daher hatte er mit Sicherheit alle Hebel in Bewegung gesetzt, um alles über den jungen Mann und dessen Familie in Erfahrung zu bringen. »Mister Greenberg, ich habe Ihnen kürzlich eine große Menge Goldmünzen übergeben und Sie gebeten, diese für mich in Pfund Sterling zu tauschen und mir Vorschläge zu machen, wie ich das Geld anlegen soll. Wie weit sind Sie damit gekommen? Und, ehe ich es vergesse, haben Sie eine Ahnung, wie es um den Besitz Thornhedge steht?«

Greenberg lächelte wieder. »Um ehrlich zu sein, war ich über die Höhe der Heuer erstaunt, die Sie auf der, wie hieß das Boot doch noch, ach richtig, *Thunderbolt*, in der kurzen Zeit verdient haben.« Er übersah geflissentlich, wie Paul bei der Erwähnung der Höhe der Heuer und dem Wort Boot eine schmerzliche Grimasse zog. Fröhlich fuhr er fort: »Ich würde Ihnen vorschlagen, einen Teil der rund £ 5500 in Anteilen der Ehrenwerten Ostindischen Handelskompanie anzulegen. Nachdem die Franzosen weitgehend aus Indien und Afrika vertrieben sind, sollte die Gesellschaft im Ostasienhandel gutes Geld verdienen. Einen weiteren Teil des Geldes würde ich bei Lloyds investieren. In Kriegszeiten verdient man da gut an den hohen Prämien, im Frieden daran, dass nicht ganz so viele Schiffe verloren gehen. Den Rest würde ich in Ländereien – Land liegt länger als Geld – anlegen und in kurzfristigen Anlagen unterbringen, damit Sie bei Bedarf flüssig sind. Was Thornhedge angeht, so kann ich Ihnen noch nichts Konkretes sagen, weiß aber, dass die Besitzung in Kent liegt, gutes, fruchtbares Land, Obstanbau und Schafzucht. Übrigens verweist der Name auf eine Rosenhecke und nicht auf dorniges Gestrüpp. So viel habe ich immerhin schon herausgefunden.«

Paul überlegte intensiv mit gerunzelter Stirn und überschlug geschäftig die Zahlen. Fünftausendfünfhundert Pfund waren viel Geld, ein Leutnant der Royal Navy verdiente neunzig im Jahr, ein Hausmädchen sechs. Er fasste einen Entschluss. »Legen Sie vierzig Prozent von fünftausend Pfund kurzfristig und sicher an, um eventuell Land rings um Thornhedge dazuzukaufen, dreißig Prozent gehen zu John Company, zwanzig zu Lloyds, und zehn halten wir bereit, falls an den Gebäuden in Thornhedge etwas repariert werden muss, beziehungsweise für die Löhne der Angestellten. Außerdem stellen Sie mir bitte fünf Kreditbriefe über jeweils einhundert Pfund Sterling aus.« Er zögerte. »Wäre es Ihnen möglich, mir einen tüchtigen, aber vor allem verlässlichen Verwalter zu besorgen, Mister Greenberg? Vermutlich ist der Krieg schon bald vorbei und ich kann mich selbst um das Land kümmern, aber bis dahin ...«

»Sie entscheiden schnell, Milord, und ich muss sagen, dass ich Ihren Entschluss voll und ganz billige. Einen Verwalter werde ich Ihnen allerdings nicht vermitteln. Ich möchte, dass unsere Geschäftsbeziehungen ungetrübt bleiben. Ich kann mich für keinen Menschen verbürgen, der seine mit erheblichen Vollmachten versehene Arbeit, fast völlig meiner direkten Kontrolle entzogen, in der Ferne verrichtet. Aber ich kann Ihnen einen erstklassigen Buchhalter empfehlen, der sein Metier beherrscht, völlig loyal ist, und das ist schon viel. Damit haben wir dann auch eine gewisse Kontrolle über den Verwalter.«

»In Ordnung, heuern Sie den Mann an. Wegen eines Verwalters werde ich mit meinem Onkel reden.«

»Tun Sie das. Übrigens, Milord«, er hüstelte, fast hörte es sich an, als wäre er verlegen, »würden Sie uns die Freude machen und uns am Sonntag zum Tee besuchen? Ich fürchte, dass unsere Tochter der Familie die tollsten Geschichten über ihren Helden und Lebensretter erzählt hat. Außerdem platzt Mirijam vor Neugierde, wie die Audienz bei Hofe verlaufen ist – ich übrigens auch.«

Pauls Herz machte einen Satz. Er würde Mirijam wiedersehen! Zwar unter Aufsicht, aber das war besser als nichts. »Ach, Sir, das war eigentlich nichts Aufregendes. Die beiden alten Kämpen haben sich an die gemeinsam geschlagenen Schlachten erinnert. Mir hat imponiert, wie der König bei Dettingen seine Soldaten persönlich ins Feuer geführt hat. So etwas kennt man sonst nur von unserem Friedrich.«

Der Bankier nickte gedankenverloren, dabei rieb er sich versonnen die Hände. »Mich hat bei dieser Schlacht etwas ganz anderes sehr beeindruckt, Milord.«

»Und das wäre, Mister Greenberg?«

»Vor der Schlacht haben die Grafen Stair und Noailles eine Vereinbarung geschlossen, nach der Kranke, Verwundete und bestimmte Personen, wie beispielsweise Feldgeistliche, Ärzte und Beamte, nicht als Kriegsgefangene gelten und bei Bedarf in den Lazaretten bleiben oder so schnell wie möglich entlassen werden sollten. Die Behandlungskosten sollten wechselseitig von beiden Seiten übernommen werden. Außerdem konnten sich betuchte Verletzte ihren eigenen Arzt und Dienstpersonal kommen lassen. Ich hatte die Hoffnung, dass dieser humanitäre Fortschritt vielleicht Schule machen würde. Aber weit gefehlt! Wir sind wieder ins graue Mittelalter zurückgefallen. Aber genug davon. Darf ich meiner Gattin mitteilen, dass Sie uns die Ehre Ihres Besuchs geben werden, Milord?«

Paul nickte begeistert. »Sehr gern, Mister Greenberg, wirklich sehr gern!« Sie beredeten noch einige Einzelheiten, dann verabschiedete sich Paul. Er ritt zusammen mit Karl zurück durch die brodelnde Großstadt, in der schätzungsweise etwas über sechshunderttausend Menschen lebten, genau wusste das kein Mensch, das entsprach immerhin einem Zehntel der Bevölkerung Englands. Die Hektik und das Durcheinander dieser Riesenstadt war jedes Mal wieder für die beiden Preußen ein atemberaubendes Erlebnis – und das im wahrsten Sinne des Wortes, denn es stank in den Gassen fürchterlich nach menschlichen Exkrementen, dem Mist der vielen Tausend Pferde und den Ausscheidungen der großen Rinder-, Schweine- und Schafherden, die quer durch die Stadt getrieben wurden. Dazu kam der ohrenbetäubende Lärm: Fuhrwerke quietschten, die Kutscher fluchten und knallten mit den Peitschen, Pferde wieherten nervös, Hausierer lobten lautstark ihre Waren, Scherenschleifer und Kesselflicker priesen ihre Dienste an oder gingen lärmend ihrer Arbeit nach, Musikanten spielten fröhlich durcheinander, Männer beschimpften sich, Weiber keiften zänkisch, Hunde bellten wütend und Gassenjungen johlten über ihre gelungenen bösartigen Streiche.

Wieder in Kensington angekommen, rief ihnen der Stallknecht schon von weitem entgegen: »Sir, Sie möchten umgehend zu Ihrem Herrn Onkel kommen!« Paul sprang vor dem Stallgebäude ab, warf Karl die Zügel zu und eilte in das Büro des Grafen. Der hielt ein Schreiben in der Hand und begrüßte ihn nachdenklich. »Habe wichtige Neuigkeiten, hier hat sich etwas getan, Neffe Paul. Habe Nachricht von der Admiralität bekommen, dass Er zwischen zwei möglichen Alternativen wählen kann. Entweder kann Er als Midshipman auf das Flaggschiff des kommandierenden Admirals der Kanalflotte gehen, oder er steigt wieder auf der Fregatte *Thunderbolt* ein.« Als er sah, dass Paul sofort und ohne lange zu überlegen antworten wollte, hob er die Hand und fuhr fort: »Überlege Er gut, auf dem Flaggschiff kann Er wichtige Verbindungen knüpfen, die für Seine Zukunft von entscheidender Wichtigkeit sein können – und ganz gewiss wird der Umgangston im dortigen Gunroom* wesentlich weniger rustikal sein als auf einer Fregatte, denn auf dem Flaggschiff trifft Er dort auf die Sprösslinge der besten Familien des Königreichs. Für die Fregatte könnte sprechen, dass Er das Schiff und die Besatzung kennt, Letzteres kann aber durchaus auch ein Nachteil sein, denn er ist jetzt ein *young gentleman* und kein einfacher Seemann mehr.«

Die Einwendungen konnten Paul nicht beeindrucken, er wollte seine alten Kumpel wiedersehen, den fiesen Luke Cully musste er dabei in Kauf nehmen, und er wollte viel lernen, in dieser Hinsicht gab es für den Dienst auf der Fregatte keine Alternative. »Sir, ich entscheide mich für die *Thunderbolt*!«

»Das habe ich mir gedacht. Hoffentlich wird Er das nicht noch mal bereuen. Dann packe Er seine Sachen und mache Er eine Liste der Dinge, die er noch benötigt. Die Fregatte liegt in den Downs, wenn Er mit seinem Burschen dort hinunterreitet, kann Er seinen neuen Besitz in Kent kurz in Augenschein nehmen.«

»Wann ist Abmarsch, Herr Onkel?«

»Heute ist Freitag, morgen werden die letzten Besorgungen gemacht, am Sonntag werden wir uns gebührend verabschieden – nur eine kleine Soiree, keine große Sache – und am Montagmorgen geht es los.« Graf Wolfenstein runzelte die Stirn, als er sah, dass Paul unglücklich zu Boden starrte. »Was hat Er? Raus mit der Sprache!« Paul blickte ihn waidwund an. »Am Sonntag hatte ich eine Einladung bei den Greenbergs, ich hätte Mirijam so gerne wiedergesehen.«

Heinrich Wolfenstein blickte ihn durchdringend an. Dann lachte er lauthals auf. »Der Kerl ist verliebt, ich fass es nicht!

---

* Messe der Midshipmen, die unter der Disziplinargewalt des Stückmeisters oder eines seiner Maaten stand.

In diesem Alter ist das zwar nichts Ungewöhnliches, aber ausgerechnet in die einzige Tochter des reichsten Juden Londons, sein Augenstern, nein, ich glaube es einfach nicht. Warum nicht gleich eine uneheliche katholische Stuart, dann hätte Er noch ein paar Probleme mehr.« Der Graf wurde ernst, schwieg und legte die Stirn in nachdenkliche Falten. Er rieb sich mit zwei Fingern die fleischige Nase. Schließlich legte er einen Arm um Pauls Schulter. »Bin ehrlich froh, dass Er wieder auf See geht. Will Ihm auch keinen moralinsauren Vortrag halten, schließlich bin ich auch kein Kostverächter, was schöne Damen angeht, aber Er ist noch sehr jung, und glaube Er mir, wenn Er wieder nach London zurückkommt, wird sich viel verändert haben. Diese Mirijam mag ein noch so schönes Mädchen sein, ihre Klugheit mag ihre Reize noch in den Schatten stellen, und über ihre Mitgift brauchen wir kein Wort zu verlieren ...« Paul fiel ihm trotzig ins Wort: »Ich würde sie auch heiraten, wenn sie so arm wie eine Kirchenmaus wäre!« Sein Onkel nickte begütigend. »Schon recht, Neffe Paul, schon recht! Hätte mich gewundert, ja, enttäuscht, wenn Er etwas anderes gesagt hätte. Glaube Er mir, ich kenne die vornehme englische Gesellschaft – und die ist es, die hier die Musik bestellt. Die Angehörigen der Oberschicht dulden die *reichen* Juden und pflegen auch einen gewissen gesellschaftlichen Kontakt, weil sie gute wirtschaftliche Beziehungen mit ihnen unterhalten müssen, im Einzelfall sogar hoch bei ihnen verschuldet sind, aber keinesfalls akzeptieren sie sie als sozial gleichwertig. Nehmen wir den hypothetischen Fall an, dass Ihr in zwei oder drei Jahren heiraten würdet, trotzdem bliebe die schöne Mirijam immer eine Paria und eure unglücklichen Kinder würden von ihren Kameraden begafft werden wie das sprichwörtliche Kalb mit zwei Köpfen. Nun, Neffe Paul, Er kann sich dem allem entziehen, indem Er auf See geht, allerdings wird seine Karriere stagnieren. Wirklich ausbaden müsste es die Familie an Land, will Er das?«

»Ich würde dafür sorgen, dass es meiner Frau und meinen Kindern an nichts fehlt!« Fast stampfte Paul zornig mit dem Fuß auf.

»Neffe, Er hat nichts verstanden!«, brummte der Graf verstimmt. »Dafür, dass es seiner Tochter und seinen Enkelkindern materiell gut geht, würde ganz sicher der alte Jude sorgen, selbst wenn er sie enterbt hätte – und ich in einem gewissen Umfang natürlich auch. Aber was fehlt, sind gute Freunde, verlässliche Bekannte, eben dieses intakte soziale Umfeld, das man zum Wohlbefinden braucht. Nicht nur die Engländer würden euch schneiden, sondern auch die jüdische Gemeinde würde sich von der vom mosaischen Glauben der Väter Abgefallenen zurückziehen. Man darf nicht vergessen, dass die Eigenschaft, ein Jude zu sein, von der Mutter weitergegeben wird.« Der alte Graf lächelte. »Da steckt natürlich eine Menge Weisheit hinter, wenn man beispielsweise ein klein wenig ketzerisch an die, nun ja, etwas nebulös zustande gekommene Mutterschaft der Maria denkt. Die eindeutige Identifikation des Vaters ist hier auf Erden oft schwierig, die Mutter dagegen ist immer bekannt, und daher kann es auch gar keinen Zweifel daran geben, dass Jesus ein Jude war.«

Paul blickte trübe auf seine Stiefelspitzen. »So habe ich das gar nicht gesehen, Onkel. Es stimmt wohl, wenn man verliebt ist, setzt der Verstand aus.«

»Das macht ja diesen Zustand bis zu einem gewissen Grad auch so einzigartig und so beliebt, Neffe Paul. Man ist der festen Überzeugung, einen Engel zu heiraten, und stellt im schlimmsten Fall nach verdammt kurzer Zeit fest, dass man einen veritablen Hausdrachen am Hals hat. Zum Glück ist das bei meinem Mienchen und mir nicht so gekommen, wofür ich dem lieben Gott jeden Sonntag wieder danke!«

»Aber ich hatte mich so unverschämt auf das Wiedersehen gefreut!«, murmelte Paul niedergeschlagen.

»Wenn Ihm so viel daran liegt, werde ich die Greenbergs zur Abschiedsfeier einladen.«

»Das würden Sie tun, Herr Onkel? Das werde ich Ihnen nie vergessen!«

»Schiebe Er es einfach auf eine gewisse gerontologisch bedingte Neugierde. Schließlich muss ich mir doch aus der Nähe ansehen, was Ihn so aus dem Gleichgewicht bringt, dass Er nicht mehr eins und eins zusammenzählen kann.«

Das Boot näherte sich der schmucken Fregatte, die in der ablandigen frischen westlichen Kühlte in den Downs vor Anker lag. Bei den Schiffen, die sie passierten, lagen Leichter und Prähme längsseits, an ihren Rahen und Stagen waren Taljen angeschlagen, Netzbrooken und Tauschlingen voller Versorgungsgüter wurden über die Reling gehievt und in den Laderaum weggefiert. Die Reede war voller Schiffe, die auf eine Winddrehung warteten, um entweder den Kanal hinabsegeln oder in die Themsemündung einlaufen zu können. Mächtige Ostindienfahrer lagen in der Nachbarschaft noch größerer Linienschiffe, kleine Küstensegler drängten sich unter Land zusammen, auf den Achterdecks der Westindienfrachter blickten die Kapitäne missmutig nach oben zu den auswehenden Standern.

Paul ließ seine Augen bewundernd über die fernen eleganten Linien der *Thunderbolt* gleiten, die weit draußen vor den Goodwin Sands lag. Ihr Jollenführer strengte sich nicht sonderlich an, sondern tat nur das Nötigste, ansonsten verließ er sich auf den Schiebewind. Vermutlich dachte er schon an den mühseligen Weg zurück gegen den Wind. Paul drängte ihn nicht zur Eile. Sie hatten sich von Thornhedge aus vom Stallmeister mit einer Kutsche nach Deal fahren lassen.

Der Aufenthalt auf seiner neuen Besitzung war kurz gewesen und hatte ihm nur einen sehr begrenzten Überblick vermitteln können. Der alte Verwalter war nicht auffindbar gewesen – er war schon seit Wochen verschwunden. Vermutlich hatte er das eine oder andere mitgehen lassen, vermutete Paul. Er hatte sich notgedrungen mit Fred Haslett, der als eine Art Faktotum fungierte, unterhalten. Fred war ein ehemaliger Seemann, der in einem Gefecht mit den Spaniern einen Arm verloren hatte, aber trotz dieses Handikaps erledigte er alle kleinen Reparaturarbeiten, die auf einer derartigen Besitzung anfielen und für die man keine Handwerkertruppe brauchte. Der Mann erzählte ihm bereitwillig, dass der frühere Herr auf Thornhedge vor drei Monaten verstorben sei, und da er keine Nachkommen gehabt habe, sei das Lehen wieder zurück an die Krone gefallen. Beim Betrachten der Inneneinrichtung des Haupthauses hatten sich Paul die Nackenhaare gesträubt. Gemälde hingen an den Wänden, die so geschwärzt waren, dass man kaum noch erkennen konnte, was darauf abgebildet war, die Gobelins und Seidentapeten waren teilweise von Motten angefressen, und die Vorhänge hingen mit Staub gesättigt zu Boden. Die schweren geschnitzten Eichenmöbel schienen Untermieter zu beherbergen, denn vor einigen lagen kleine Häufchen aus Holzmehl. Beim Anblick des riesigen Himmelbetts mit einem Baldachin aus rotem Brokat in seinem Schlafzimmer und des ungefügen Kleiderschranks, in dem sich notfalls ein halbes Dutzend Geliebte einer zukünftigen Lady Thornhedge verstecken konnten, ohne sich in die Quere zu kommen, war er erschrocken zurückgefahren. Hier waren viel Geld und Arbeit zu investieren, dachte Paul beklommen, aber das war kein Job für den alten

Fred. Da sie spät am Abend angekommen waren, hatte Paul erst am nächsten Morgen die Gebäude begutachten können. Ein Flügel des Haupthauses bestand aus massiven grauen Steinen, die Mauern waren mehr als ein Yard dick. Paul staunte darüber, wie sauber und passgenau die Steine behauen worden waren. Das Gebäude musste schon in der Zeit von William dem Eroberer als wehrhafter Sitz eines normannischen Edlen errichtet worden sein. Dafür sprach auch, dass es in den Nord- und Ostmauern erst im Obergeschoss einige wenige kleine Rundbogenfenster gab. Vor den Räumen im Erdgeschoss auf der Südseite verlief ein breiter Säulengang, der entfernt an den Kreuzgang eines Klosters erinnerte. Das Obergeschoss wies hohe romanische Bogenfenster auf, in der Mitte sprang ein geräumiger Balkon zwischen zwei Erkern in den Hof hinaus. Am Westgiebel erhob sich über die ganze Hausbreite ein wuchtiger Wehrturm, der das hohe Spitzdach des Hauses um fünf Yard überragen mochte. Seine massiven Mauern waren unten über drei Yard dick, die Plattform oben war mit Zinnen bestückt. Fred hatte breit gegrinst, während er nach oben auf den Turm deutete: »Schön, dass da wieder die Hausflagge des Baron of Thornhedge weht, Milord.« Paul hatte trocken geschluckt. Fred musste am Morgen die rote Flagge mit dem weißen springenden Pferd in einem dichten Kranz weißer Rosenblüten mit goldenen Staubgefäßen gesetzt haben. Das sich aufbäumende Pferd erinnerte ihn sehr an das Sachsenross, das viele Adlige aus Norddeutschland in ihrem Wappen führten. Erst jetzt wurde ihm so richtig klar, dass er der Herr dieses anscheinend uralten Anwesens war. Am Ostgiebel hatte früher wahrscheinlich ein Pendant des westlichen Turms gestanden, aber der ähnelte jetzt mehr einem kranken Zahn, denn seine Westmauer überragte zwar noch das Dach um ein gutes Stück, aber die anderen drei Seiten waren unterschiedlich weit abgetragen worden, sie standen aber immer noch deutlich über das Erdgeschoss hinaus. Fred, der seinen forschenden Blick gesehen hatte, bemerkte lakonisch: »Während des Bürgerkriegs soll es in dem Turm zu einer Pulverexplosion gekommen sein.« Er zögerte, fuhr dann aber fort: »Wenn Seine Lordschaft etwas von Sprengstoff verstehen, dann weiß Er, dass die Wirkung von Pulver …« Paul nickte langsam. »Die Wirkung hängt auch immer davon ab, wie die Ladung verdämmt worden ist.« Fred nickte beeindruckt. »Ja, die Schwachstellen waren die oberen Zwischendecken, daher hat die Explosion dem Turm den Kopf abgerissen, wenn ich das mal so ausdrücken darf, Milord. Wind und Wetter haben dann im Laufe der Zeit das ihrige getan. Eigentlich schade …«

»Sobald ich von See zurück bin, werde ich mir Gedanken darüber machen«, murmelte Paul nachdenklich. Er blickte wieder zum Westturm hinüber, dort hatte man viel später an die Südmauer ein Backsteinhaus auf dem ursprünglichen Granitsockel unter Einbeziehung der erhalten gebliebenen Kolonnade errichtet. Dort waren die Unterkünfte des Gutspersonals, außerdem verschiedene Wirtschaftsräume und Werkstätten untergebracht. Im Osten lagen die Stallungen, die Remise, die Schmiede und die Scheunen mit ihren Giebeln zum Hof. Hinten waren sie durch eine Mauer miteinander verbunden. Eine alte, sehr dichte und hohe Rosenhecke, unter der sich, wie er beim zweiten Hingucken feststellte, eine halbhohe Steinmauer befand, begrenzte den Hof im Süden. Sie wurde unterbrochen durch ein sauber gefügtes steinernes Tor im antiken Stil. Paul hätte schwören können, dass das Material weißer Marmor war, auch wenn der im Laufe der Zeit mit grünen Flechten und Moosen überzogen worden war und sich die wilden Rosen daran emporgerankt hatten. Der Eingang konnte mit einem massiven zweiflügeligen Tor aus dicken Eichenholzplanken und geschmiedeten Eisenbeschlägen verschlossen werden. Im Zentrum des Platzes befand sich ein großer runder Brunnen, aus dessen Mitte eine makellose korinthische Säule in die Höhe ragte. Oben auf dem Kapitel befand sich ein Kreuz, das vergleichsweise roh aus weißem Kalkstein gehauen worden war. »Das gehört da nicht drauf!«, stellte Paul lakonisch fest. Fred zuckte die Achseln. »Aber das steht da oben, so lange ich denken kann.« Paul ging nicht weiter darauf ein. Er war fasziniert von dem ungewöhnlich perfekten Belag des Hofes mit den passgenau zurechtgehauenen Steinplatten. »Steht hier viel Wasser auf dem Hof, wenn es kräftig geregnet hat, Mann?« Fred schüttelte energisch den Kopf. »So gut wie gar nicht, Sir, im Gegenteil, es läuft sehr schnell ab.« Paul nickte geistesabwesend. Er würde seinen Hut in heißem Öl frittieren und dann verspeisen, wenn das hier nicht ursprünglich ein römisches Kastell gewesen war. So begnadete Architekten wie die waren weder die Angeln und Sachsen noch die Normannen gewesen. Schade, dass er nicht mehr Zeit hatte. Fred hatte ihm dann noch versichert, dass alle Dächer und Fenster dicht wären und die kleine übrig gebliebene Mannschaft gut mit den anfallenden Arbeiten klarkäme. Dann hatte er gezögert und hinzugefügt: »Allerdings wird es jetzt bald zur Apfelerntezeit schwierig werden, Milord.«

»Vielleicht schon morgen wird ein neuer Verwalter hier eintreffen und die Geschäfte übernehmen. Ich muss leider auf mein Schiff, aber ich denke, dass der Krieg bald vorbei sein wird, dann werde ich mich ganz dem Gut hier widmen.« Das war eine ganz andere Art der Landwirtschaft, als er sie aus der Neumark kannte. Auf den von Steinwällen oder dichten Hecken umgebenen Feldern wurde Gerste angebaut. Auf anderen Flächen, die mit den charakteristischen Gerüsten versehen waren, gedieh prächtig der Hopfen. Er wurde in den überall auf seinem Land herumstehenden auffallenden, für die Gegend typischen, mit hohen, spitzen Dächern und Abzugshauben versehenen runden Darrhäusern getrocknet. Später wurde er zusammen mit dem aus der Gerste gewonnen Malz und dem reichlich vorhandenen guten Quellwasser in einer eigenen Brauerei zu Starkbier, dem *Bitter*, verarbeitet. Des Weiteren wurden große Mengen Äpfel und Kirschen geerntet, die zu einem großen Teil mit Kähnen die Küste entlang nach London auf die Märkte oder zu den ankernden Flotten in den Downs oder dem Nore gebracht wurden. Ein Gutteil wurde allerdings auch zu *Cider* oder hochprozentigem Kirschwasser destilliert. Dazu kam die Schafzucht, die in erster Linie der Wollproduktion diente. Die Herden weideten auf den hügeligen, saftigen Wiesen unter den Obstbäumen. Alles in allem hatte Paul den Eindruck, dass die verschiedenen Produktionszweige ihm eine gesunde wirtschaftliche Basis verschaffen würden. Er hatte trotz des anstrengenden Tags noch einen langen Brief an seinen hoffentlich bald eintreffenden Verwalter geschrieben und ihm eine Reihe von genauen Anweisungen erteilt.

Der junge Mann schreckte aus seinen Gedanken hoch, stellte aber fest, dass die Fregatte noch ein gutes Stück entfernt war, aber man konnte schon Einzelheiten an Deck ausmachen. Auch hier wurden geschäftig die Vorräte ergänzt. Das Zusammentreffen mit Mirijam anlässlich seiner Verabschiedung war einerseits zwar sehr interessant gewesen, andererseits aber erheblich anders verlaufen, als er sich das in seinen Träumen ausgemalt hatte, und das hatte ihn sehr betrübt zurückgelassen. Zu der Festlichkeit waren gut drei Dutzend Angehörige der besten Kreise gekommen. Ein großer Teil stammte ursprünglich aus den deutschen Stammlanden des Königs, aber es war auch alter englischer Adel vertreten, darunter drei Vollkapitäne, die ihn zuerst misstrauisch gemustert hatten, die aber dann, nachdem sie ihm ein wenig auf den Zahn gefühlt hatten, einen durchaus positiven Eindruck von ihm zu haben schienen. Von seinem Onkel hatte Paul als Abschiedsgeschenk einen Hadley-Sextanten bekommen, der von dem berühmten Hersteller George Adams in London gefertigt worden war. Die beiden Kusinen hatten ihre Ersparnisse zusammengelegt und für ihn ein modernes achromatisches Dollond-Fernglas gekauft. Ein wahrhaft hochherziges Geschenk, für das er sich bei den beiden Mädchen gar nicht genug bedanken konnte, allerdings vermutete er, dass die Tante den größten Teil des Kaufpreises beigesteuert hatte. Als er Magda freudig fest umarmte und ihr einen feuchten Schmatz auf die Wange drückte, war diese erschrocken und kreidebleich zurückgewichen, hatte die eine Hand vor den Mund gepresst, die andere auf die Stelle, wohin er sie geküsst hatte, hatte hastig auf dem Absatz kehrtgemacht und war aus dem Raum gelaufen. Paul verstand die Welt nicht mehr, da war er zu dieser unattraktiven kleinen Nervensäge mal richtig nett gewesen, und die flüchtete vor ihm, als ob er Bockshörner und einen Pferdefuß hätte. Er sah den wissenden Blick nicht, den Tante Henriette mit ihrer ältesten Tochter austauschte, und wenn er ihn mitbekommen hätte, dann hätte er ihn nicht zu deuten gewusst.

Mister Greenberg hatte freundlich mit ihm geplaudert und ihm mitgeteilt, dass seinen Erkundigungen nach die finanzielle Lage des Gutes durchaus solide war, aber natürlich umgehend ein fähiger Verwalter dort das Ruder in die Hand nehmen müsse. »Sie wissen doch: Wenn der Kater aus dem Haus ist …!« Paul konnte ihm mitteilen, dass sein Onkel einen fähigen zuverlässigen Mann ausgewählt und in Marsch gesetzt hätte. Fast beiläufig hatte Greenberg erwähnt, dass er wegen der gebotenen Eile auf einer Versteigerung günstig ein Grundstück mit einer wichtigen zentralen Ortschaft für Paul erworben habe, was seinen Besitz abrunden und ihm einen besseren Zugang zum Fluss und zur Hauptstraße ermöglichen würde. Erst viele Monate später wurde Paul beim Studium der Bücher und Pläne klar, dass Greenberg ihm das in der Tat außerordentlich wichtige Schlüsselgrundstück mit dem zentralen Ort Hopgarden *geschenkt* hatte. Für den Erwerb dieser Immobilie hätte Pauls Kapital auch kaum ausgereicht. Das war die Art des alten jüdischen Bankiers, sich für die Rettung aus höchster Not zu bedanken, ohne viel Aufhebens davon zu machen.

Leider wurden die Feier und die Freude über die Geschenke von seinem Gespräch mit Mirijam überschattet. Es war ihm gelungen, allein mit ihr hinaus auf die Terrasse zu gehen. Dort hatte er schüchtern ihre Hand genommen, sie hatte es zugelassen, ihn dann aber aus großen, tränenfeuchten Augen traurig angeschaut. »Ach, Herr Paul, das Leben meint es nicht gut mit uns. Meine Mamme wird nicht zulassen, dass wir uns näher kennen lernen.« Jetzt funkelten ihre dunklen Augen wütend. »Da steckt der muffige Rebbe hinter, und was der sagt, ist für die Mamme Gesetz.« Plötzlich erhellte ein flüchtiges Lächeln ihr Gesichtchen. »Sie hätten mal sehen sollen, wie die Mamme verblüfft war, als sie Ihre Peies* gesehen hat, das hat sie maßlos irritiert. Ein preußischer adliger Offizier mit langen Peies, das war zu viel für sie. Der Tate tät Sie schon ganz gern als seinen Sohn akzeptieren, er ist durch seinen Umgang mit den Engländern in der City wesentlich toleranter als die Mamme. Er ist sogar der Meinung, dass wir uns ein gutes Stück weit an die christliche Gesellschaft anpassen müssen, wenn wir aus dem gesellschaftlichen Ghetto herauskommen wollen. Das gilt besonders für unsere Leit', die nicht so viel Penunse haben.« Ihre Miene verdüsterte sich wieder. Es war, als würde man ein hell strahlendes Licht löschen.

---

* Schläfenlocken der orthodoxen Juden

»Aber so wie es aussieht, werde ich auf ewig ein trauriges kleines, einsames Mädchen bleiben, das seiner großen Liebe hinterherweinen wird – und Sie ... pah, Sie werden sich woanders mit einer anderen trösten! So seid ihr alle, ihr Männer, sagt die Mamme!« Sie sprang auf und stampfte wütend mit ihrem kleinen gestiefelten Fuß auf den Boden. »Sie fangen ja jetzt schon damit an! Wenn ich an die sehnsüchtigen Blicke Ihrer schrecklichen Cousine denke, dann könnte ich ihr die Augen auskratzen! Ach, was rege ich mich auf, die Mamme hat wie immer recht, es hat alles keinen Sinn! Pah!« Wieder stampfte sie wütend auf den Boden, dann ließ sie traurig den Kopf hängen und hielt sich eine Hand vor die Augen.

Paul hatte es die Sprache verschlagen, was hatte Magda mit Mirijam zu tun? Ihm saß ein dicker Kloß im Hals. Er hatte kein Wort verstanden. Bevor er etwas erwidern konnte, drückte sie ihm ein kleines Kästchen in die Hand, beugte sich vor und küsste ihn leicht wie ein noch morgenkalter Schmetterling mit zitternden Lippen auf den Mund, dann eilte sie zurück in den Saal. Er legte einen Finger auf den Mund und vermeinte den sanften Druck ihres Mundes auf seinen Lippen zu spüren. Den Abend hatte sich Paul etwas anders vorgestellt. Bald darauf hatte sich das Ehepaar Greenberg samt Tochter höflich verabschiedet. Noch nachträglich kochte der Zorn in ihm hoch, als er an den hochmütig abweisenden Blick der Mutter dachte. Mister Greenberg hatte ihn gerade angeblickt und kaum merklich mit den Schultern gezuckt. Wenn Paul nicht so tief verletzt und traurig gewesen wäre, dann wäre ihm aufgefallen, dass es fast ein wenig komisch war, mitzuerleben, wie dieser steinreiche Mann, der mit Hilfe seines Geldes fast alles – auch die Lebensläufe vieler Menschen – nach seinen Wünsche manipulieren konnte, von einem schwarzen Kaftan und einem mit Spitzen besetzten Damenunterrock seine Grenzen aufgezeigt bekam.

Wie er später in seinem Zimmer mit feuchten Augen feststellte, war ihr Geschenk ein Medaillon, das eine wunderschöne Miniatur und eine große, duftende Locke von ihrem Haar enthielt. Unwillkürlich tastete Paul, als er sich daran erinnerte, an die rechte Seite seines Uniformrocks. Er spürte das Metall in der Brusttasche durch den dicken Stoff hindurch, drückte die Fingerkuppen darauf und meinte zu spüren, dass es zu glühen begann.

Ein sanfter Stoß in die Seite ließ ihn hochschrecken. Vor ihnen ragten die Masten der Fregatte turmhoch in die Höhe. Geschickt legte der Jollenführer das Boot an den Stufen an. Er holte die Skulls ein, packte einen Bootshaken und hielt das Boot damit in Position. Paul rückte den Waffengurt zurecht, griff nach dem herunterhängenden weißen Handläufer und zog sich geschickt auf das Deck. Dort erwartete ihn keine Ehrenwache, sondern nur der kleine Midshipman Swift mit einem halben Dutzend Schiffsjungen, der ihn mit großen, verwunderten Augen anstarrte. Paul lächelte ihm zu und grüßte vorschriftsmäßig. »Mister Swift, wenn es Ihnen nichts ausmachen würde, dann wäre ich Ihnen sehr verbunden, wenn Sie mich zum Ersten Leutnant führen würden.«

Swift nickte begeistert: »Willkommen an Bord, äh ... Sir. Wenn Sie mir bitte folgen wollen.« Er drehte sich um und marschierte in Richtung Achterdeck. Paul folgte ihm. Er war sich der vielen neugierigen Blicke wohl bewusst, und das eine oder andere bekannte Gesicht begrüßte er mit einem leichten Antippen des Zeigefingers an seinen Hut. Sie stiegen auf das Achterdeck, wo Kapitän Archibald Stronghead und Leutnant Herbert Backwater den Eindruck zu vermitteln suchten, dass sie in ein wichtiges dienstliches Gespräch vertieft waren. Paul baute sich vor ihnen auf, salutierte zackig und meldete: »Midshipman Morin meldet sich zum Dienst an Bord, Sirs!« Er zog zwei versiegelte Umschläge aus dem Ärmelaufschlag seines nagelneuen Uniformrocks. »Meine Befehle und ein Brief für den Kommandanten, Sir!«

Sein Einzug in die Messe der Midshipmen verlief unspektakulär. Paul kannte die Bewohner des Gunrooms ja bereits, wenn auch nur aus der Perspektive eines einfachen Jan Maaten. Da war der kleine Gerald Swift, ein munteres, aufgewecktes Kerlchen, der mit seinen knapp dreizehn Jahren aber noch sehr kindlich war. Nicolas Bloomsbury war vermutlich gut ein Jahr älter als Paul. Der junge Mann war ihm nicht besonders aufgefallen, was dafür sprechen mochte, dass der seinen Dienst unauffällig und korrekt versah. Was das Alter betraf, befand sich Alan Highfield wohl in der Mitte zwischen Gerald Swift und Paul. Und dann war da natürlich noch der mit seinen fast dreißig Jahren schon mehrfach an der Klippe des Leutnantsexamens gescheiterte Mr. Midshipman Luke Cully, der Tyrann der Messe. Der Gunroom war nur sehr unzulänglich mit Segeltuch vom Zwischendeck abgeteilt und bot den Midshipmen nur ein Minimum an Privatsphäre. In der Mitte befand sich eine lange Back, um die herum die Midshipmen während der Mahlzeiten auf ihren Seekisten saßen, in der knappen Freizeit ihre schriftlichen Arbeiten erledigten, Briefe schrieben oder lasen. Paul verstaute gerade seine Seekiste und sein Bettzeug, als Cully hereinkam, scheinbar um etwas aus seiner Seekiste zu holen. Er begrüßte Paul mit distanzierter Höflichkeit, machte aber keinen Versuch, ihn einzuschüchtern. Fast hatte man das Gefühl, als wolle er den Eindruck erwecken, Paul noch nie gesehen zu haben. Auch während der folgenden Tage hielt er sich, soweit es möglich war, von ihm fern. Nachdem sie ausgelaufen waren, kam es dann aber doch zu einem kurzen, aber heftigen Zusammenstoß zwischen den beiden, denn Paul kam hinzu, als Cully vor der Seekiste von Swift kniete und darin herumwühlte. Der völlig verstörte und verängstigte Junge stand zitternd daneben, weinte still in sich hinein, wagte aber nicht, lauthals zu protestieren.

Cully fuhr ihn an: »Wo hast du das verdammte Zeug, du lahme Landschildkröte, ich brauche was zum Futtern. Ich weiß, dass du von deinen Leuten ein großes Fresspaket geschickt bekommen hast! Also raus damit, auf der Stelle, oder ich verpass dir einen Satz heiße Ohren! Ist das klar?« Er hob drohend seine große Faust. Der Junge schluckte schwer und schwieg. »Ob das klar ist, du stinkende Miesmuschel, habe ich gefragt? Hast du etwas mit den Ohren?«

»Ich ... ich ... ich brauche ...«

»Du brauchst eine ordentliche Tracht Prügel! Antworte gefälligst ordentlich, wenn ein Vorgesetzter mit dir redet!«

Paul war hinter ihn getreten und sagte sanft: »Ich denke, dass wir hier in der Messe alle denselben Rang haben, Mister Cully. Ganz gewiss haben Sie eine größere praktische Erfahrung als unser junger Freund hier, aber das gibt Ihnen nicht das Recht, ihm sein persönliches Eigentum wegzunehmen. Nein, Sir, ganz und gar nicht. Ich an Ihrer Stelle würde ganz schnell meine Hände aus der Seekiste nehmen und mich in aller Form bei meinem Offizierskameraden entschuldigen. Man könnte sonst auf die Idee kommen, dass Sie ihn bestehlen wollten. Ich denke, dass ich das bezeugen könnte. Was halten Sie davon, Sir!«

Cully sprang auf die Füße und wirbelte herum, sein Gesicht war wutverzerrt, aber er hatte sich schnell wieder unter Kontrolle, und ein schmieriges Lächeln breitete sich auf seinem Gesicht aus. »Ein Scherz, Herr Kamerad! Nicht wahr, Gerald, mein kleiner Freund, wir sind doch gute Kumpel, und du hattest mir versprochen, mir ein Stück von dem geräucherten Schinken abzugeben.« Er sah den Jungen drohend an.

»Mister Swift, sagen Sie nichts dazu. Mister Cully wird Sie nicht mehr behelligen, da bin ich mir ganz sicher. Sollte ich mich irren, lassen Sie es mich wissen, ich werde mich dann mit unserem Freund zu einer ruhigen Morgenstunde an Land verabreden müssen, und wir werden bei dieser Gelegenheit das eine oder andere grundsätzlich klären.« Er fixierte Cully mit harten blauen Augen, der Mann erbleichte und biss sich auf die Lippen. Er schlug seine verschleierten Augen nieder und presste gequält heraus: »Ich habe verstanden, Morin, aber ich warne Sie, überspannen Sie den Bogen nicht, Sir!«

»Wenn Sie das sagen, Sir! Steuern Sie gut frei von mir, Sir, und von meinem jungen Freund hier auch.«

Cully sah ihn plötzlich bösartig an und fauchte: »Passen Sie auf, Morin, dass die Freundschaft nicht zu eng wird. Es gibt da in den Kriegsartikeln einen Passus ...« Er vervollständigte den Satz nicht, aber Paul wusste, worauf er anspielte. Fast hätte er die Beherrschung verloren. Verdächtigte ihn dieses Schwein doch der Sodomie*! Er presste die Kinnladen zusammen, dass sie knackten. Wenn Cully das zu Peter gesagt hätte, wäre bei dem schon die Klinge aus der Scheide gezischt und Cully hätte um sein Leben fechten müssen, und zwar hier und jetzt! Die Konsequenzen wären Peter völlig gleichgültig gewesen, denn Duelle an Bord waren selbstverständlich strengstens untersagt! Paul ballte die Fäuste, blickte dann aber betont gleichmütig zu den Decksbalken empor und meinte scheinbar milde: »Irgendwie habe ich das bestimmte Gefühl, dass der Tag, an dem wir uns bei Sonnenaufgang

---

* In der damaligen Zeit wurde dieser Begriff sowohl für homosexuelle Praktiken als auch für den Verkehr mit Tieren benutzt.

mit der blanken Waffe in der Hand gegenüberstehen werden, nicht fern ist. Es hängt wohl ganz davon ab, wie lange wir auf See sind, Sir!«

Cully hatte sich zornbebend auf dem Absatz herumgedreht und war ohne ein weiteres Wort aus der Messe gestürmt. Paul zuckte mit den Schultern.

»Danke, Sir!«, piepste der kleine Swift. »Und Sie würden sich wirklich für mich mit diesem ... diesem ...« Ihm fehlten die Worte, um seine Gefühle für Cully präzise zu beschreiben. »Mit diesem Kerl, äh, schlagen«, stieß er endlich hervor.

»Nein, Mister Swift, nicht für Sie«, erwiderte Paul und lächelte den Jungen freundlich an. »Ich würde das als eine notwendige sanitäre Maßnahme ansehen, die dem Wohlbefinden aller anständigen Männer an Bord zugute kommt. Ungeziefer muss man rechtzeitig ausrotten.« Er nahm seinen Sextantenkasten. »Schnappen Sie sich Ihren Oktanten, Sir, der Segelmeister erwartet uns an Deck.«

»Gewiss, Sir! Und ... äh ... vielen Dank!«

»Keine Ursache, mein Freund, im Übrigen kannst du Paul zu mir sagen und ich darf dich Gerald nennen, in Ordnung?«

Der kleine Midshipman strahlte über das ganze Gesicht. »Natürlich, äh ... Paul!«

Paul hatte später noch ein längeres Gespräch mit Georg Lehmann, dem ehemaligen Kunstschmied und Einbrecher aus Berlin, der jetzt als Steward in der Offiziersmesse Dienst tat.

»Hab schon vastanden, Sör, Sie brochen een sich'ret Schloss für Ihren Kumpel seine Kiste. Keen Problem nich, hab ick uff Lager. Wird noch heute jeliefert, wa. Is een echtes Schmuckstück, det kann ick Sie versichern. Wer det knacken tut, der kann echt wat. Aber wie sieht det mit dem Kies aus? Is der Kleene übahaupt liquide? Ach, ick vasteh schon, Sie übanehm' dat, ooch jut. Ick mach Sie een Sonderfreundschaftsvorteilspreis, Chefchensör, Sie bezahlen nur det Material. Na, is det nich een tollet Anjebot von Schorchie?«

Nachdem sie zuerst mit einem zwar stetigen, aber recht schwachen nordöstlichen Wind mit dem Geleitzug verhältnismäßig gut vorangekommen waren, sprang der Wind nach Westen um. War es schon vorher schwierig gewesen, die widerspenstigen Frachter in der abgesprochenen Formation eng beieinanderzuhalten, erwies sich das jetzt beim Kreuzen bei diesiger Sicht als eine Sisyphusarbeit, die den Kommandanten der Kriegsschiffe graue Haare einbrachte. Die Frachter liefen schon bauartbedingt unterschiedlich gut Höhe. Dazu kam aber noch, dass sie es verabscheuten, ohne Not wirklich hart am Wind zu laufen, weil sie vermeiden wollten, aus welchem Grund auch immer, plötzlich mit backschlagenden Segeln im Wind zu stehen. In der Abenddämmerung pflegten sie zudem die Segel zu kürzen, was regelmäßig dazu führte, dass die Sloops und Fregatten am Morgen wie Schäferhunde ihre weit über die See verstreute Herde wieder zusammentreiben mussten. So kamen sie nur langsam nach Westen voran.

Kapitän Archibald Stronghead stampfte finster auf seinem Achterdeck auf und ab und murmelte greuliche Flüche vor sich hin, als der Ausguck ein Segel an Steuerbord achteraus meldete. Es stellte sich schnell heraus, dass es sich um eine *Chasse marée* handelte, die sich ebenfalls auf der Kreuz nach Westen befand. »Mister Goodfellow«, wandte er sich an den Segelmeister, »wenn Sie die Freundlichkeit hätten, mir einen Abfangkurs für den Froschfresser da achteraus zu geben, wäre ich Ihnen sehr verbunden, Sir.«

»Aye, aye, Sir!«

»Mister Backwater, lassen Sie bitte Schiff klar zum Gefecht anschlagen!«

»Aye, aye, Sir!«

»Mister Morin, Signal an den Kommodore: ›Feind in Sicht!‹ und ›Angriff!‹.«

»Aye, Sir!«

Das erste Flaggensignal stieg ratternd in die Höhe, als die *Thunderbolt* schon vom Wind abfiel, die Schoten der Stagsegel wurden gefiert, die Rahen gebrasst und das Heck ging durch den Wind. Der Trommeljunge der Seesoldaten bearbeitete das Kalbfell seines Instruments voller Inbrunst. Die Seeleute strömten an Deck. Wie bei einem gut geölten Uhrwerk liefen die Arbeiten zur Herstellung der Gefechtsbereitschaft ab. Der Franzose kam näher, aber man sah, dass auf dem Deck hektische Geschäftigkeit herrschte, dort drüben ging man mit dem Bug durch den Wind.

»Mister Backwater! Versuchen Sie ihn mit den Jagdgeschützen zu verkrüppeln!« Kapitän Stronghead sah nicht sonderlich zuversichtlich aus. Leise murmelte er verbiestert vor sich hin: »Einen Versuch ist es allemal wert, verdammt!«

Paul schätzte mit zusammengekniffenen Augen kritisch die Entfernung und schüttelte zweifelnd den Kopf. Vorne belferten hell die Sechspfünder. »Zu früh!«, konnte sich Paul nicht verkneifen zu brummen. Er war enttäuscht und deshalb wohl nicht leise genug. Der Kapitän musste ein sehr feines Gehör haben, denn Stronghead warf ihm einen schnellen, eisigen Blick zu, aber als er die Einschläge beobachtete, verzichtete er auf einen Verweis. Was hatte er sich da nur für ein Früchtchen an Bord geholt? Einen *Peer of Great Britain*, der dazu auch noch ein preußischer Baron war und mit einem Empfehlungsschreiben des Ersten Lords der Admiralität, Sir George Anson, an Bord gekommen war, in dem er, Stronghead, angewiesen wurde, der Ausbildung und Förderung des jungen Mannes sein besonderes Augenmerk zu widmen, weil Seine Majestät einen Narren an ihm gefressen habe. Bis jetzt war er allerdings nur angenehm überrascht worden, was der junge Mann an theoretischen Kenntnissen vorzuweisen hatte. Auch Mister Goodfellow und Mister Backwater waren des Lobes voll. Und jetzt zeigte er sogar noch, dass er offensichtlich auch von der Artillerie etwas verstand. Stronghead fiel plötzlich wieder ein, dass nach der Kaperung der *Oranjeboom* davon die Rede gewesen war, dass Paul von Morin dem französischen Freibeuter mit seinen Schießkünsten eine harte Nuss zu knacken gegeben hatte. Na ja, dachte er, dann wollen wir doch mal sehen, was der Junge wirklich draufhat.

»Mister Goodfellow, anluven und wenden! Backbordbatterie, Achtung! Mister Smyth! In der Wende wollen wir dem Burschen eine volle Breitseite verpassen. Lassen Sie die Stücke doppelt laden!« Er drehte sich um, wippte auf den Ballen und befahl nicht ohne Schärfe: »Mister Morin, gehen Sie zur Backbordbatterie hinunter und zeigen Sie uns, was Sie können.«

»Aye, aye, Sir!«

Paul eilte in die Kuhl hinunter, meldete sich kurz bei Leutnant Isaac Smyth, der hier das Kommando hatte, dann steuerte er zielsicher das Geschütz an, an dem seine alten Messekumpel Bully, Jan »Priem«, Hendrik und noch ein paar andere Holländer in Bereitschaft standen. Bully grinste wie ein Honigkuchenpferd über sein ganzes hässliches Boxergesicht. Es hätte nicht viel gefehlt und er hätte Paul mit einem kräftigen Schlag auf den Rücken begrüßt. »Schön, wieder mit euch zusammen auf die Franzmänner zu ballern, Männer!«, begrüßte sie Paul. Die Männer grinsten und legten salutierend den Knöchel des gekrümmten rechten Zeigefingers an die Stirn. »Es ist ein Herzenswunsch des Kommandanten, Männer, dass wir dem Froschfresser einen Treffer verpassen, und den wollen wir ihm doch erfüllen, nicht wahr?«

»Aye, Sir, na klar!«, stimmten die Seeleute ihm unisono zu. Bully Sullivan musste noch einen draufsetzen, mit seinem dröhnenden Bass röhrte er lauthals über das Deck: »Klaro, Chefchen, wenn du … äh, Sie das Kommando haben, werden wir dem Franzmann den Froschschenkel aus dem Mundwinkel schießen! Is doch gar kein Problem!«

Paul tat, als habe er das unziemliche ›Chefchen‹ nicht gehört, Bully war nun mal nicht der Schlauste. »Dann wollen wir erst mal eine Kugel aus dem Rohr holen und das Rohr auf maximale Erhöhung trimmen. Auf geht's!« Die benachbarten Geschützbedienungen blickten ihnen verwundert zu, weil er damit den Befehl des Kommandanten konterkarierte; auch Leutnant Smyth schaute von seinem Platz beim ersten Geschütz interessiert zu, mischte sich aber nicht ein. Das Schiff drehte in den Wind, die Segel schlugen, es richtete sich auf und rollte im Seegang. Paul beobachtete scharf das gegnerische Schiff, das während der Drehung langsam querab kam. Smyth brüllte: »Feuer frei, wenn Ziel aufgefasst!« Eine ungleichmäßige Salve ließ eine Kanone nach der anderen mit einem Ruck binnenbords rollen. Paul spürte, wie sich das Deck unter seinen Füßen bewegte. Es hob sich, das Schiff legte sich nach Steuerbord über. Er gab Jan einen leichten Klaps auf die Schulter, der hielt die Lunte an das Zündloch. Immer noch hob sich die Backbordseite, kam zur Ruhe. *Rrraaawummm!* Pulverqualm verdeckte kurzzeitig die Sicht, wurde nach achtern weggeblasen. Vor dem anderen Schiff wuchsen Wassersäulen in die Höhe, die meisten Einschläge lagen ganz offensichtlich zu kurz. Da quiekte oben auf dem Achterdeck hinter ihnen eine jugendliche Stimme durchdringend: »Bravo! Ein Treffer, Paul! Mitten durch das Großsegel! Bravo!«

Der kleine Swift hüpfte begeistert in die Höhe und schwang das Teleskop durch die Luft.

Paul war sich nicht sicher, ob es wirklich sein Geschütz gewesen war, das den Treffer erzielt hatte, aber bei seiner Rückkehr auf das Achterdeck nickte ihm der Kommandant wohlwollend zu. Es reichte, wenn der Kapitän der Meinung war, dass er erfolgreich gewesen war, denn das war das Einzige, was hier an Bord zählte. Paul grinste geschmeichelt in sich hinein. Man fragt sich, ob er genauso fröhlich gelächelt hätte, wenn er gewusst hätte, dass er soeben seinem Bruder Peter einen ganz erheblichen Schrecken eingejagt hatte?

Der Kommandant winkte ihn heran. Bei ihm standen der Erste Leutnant und der Segelmeister. »Guter Schuss, Sir, leider ohne durchschlagenden Erfolg. Aber nun mal etwas anderes. Wie ich hörte, haben Sie eine Menge praktische Erfahrung im Kleinen Krieg, also verstehen Sie etwas von Überfällen, dem Legen von Hinterhalten und solchen Dingen. Der Kampf gegen die Freibeuter weist da einige Parallelen auf. Was würden Sie an der Stelle des Kosaren machen, Sir?«

Paul überlegte schweigend, blickte prüfend auf den Kompass, dann zum Kommandantenwimpel im Großtopp hinauf, schätzte den Abstand zu dem in der diesigen Luft verschwindenden Freibeuter, meinte im Westen die Spitzen von zwei, drei hohen Wolkengebirgen über die graue Suppe hinausragen zu sehen, und schließlich antwortete er langsam: »Wenn es sich bei dem Kommandanten da drüben um einen erfahrenen, mutigen Mann handelt, dann wird er versuchen, sich heute Nacht mindestens einen von unseren Schützlingen aus dem Geleit herauszupicken, Sir. Er weiß gewiss, dass ein Geleit in der Nacht immer gewisse Auflösungserscheinungen zeigt, aber im Wesentlichen hängt sein Erfolg davon ab, wie genau er die Geschwindigkeit und den Kurs des Konvois schätzen kann. Dazu kommen die Unwägbarkeiten der Sicht, ob Wolken den Mond verdecken oder nicht, Regenschauer niedergehen und eventuelle Winddrehungen. Aber mit etwas Glück kann er den lang auseinandergezogenen Konvoi eigentlich gar nicht verfehlen, Sir. Ich an seiner Stelle würde jedenfalls einen Versuch wagen!«

Die drei Offiziere schauten sich an und nickten zustimmend. Kapitän Stronghead meinte: »Das würde ich auch machen. Mister Goodfellow, gehen Sie mit Mister Morin in den Kartenraum und versuchen Sie, die Gedanken des Franzosen zu erahnen.«

Segelmeister Archibald Goodfellow verzog sein faltiges Gesicht, als hätte er Zahnschmerzen. »Oje, Sir, ich fürchte, dass uns der Kommodore nicht erlauben wird, des Nachts im Hinterhof herumzulungern.«

Der Kapitän sah ihn erstaunt an. »Kommodore, was für ein Kommodore, Sir? Ich sehe kein Flaggschiff – und übrigens auch kein anderes Schiff des Königs. Alles, was ich sehe, sind ein paar verflucht lahmarschige Nachzügler des Konvois, und denen werden wir jetzt Beine machen.« Er machte eine Pause und schmunzelte. »Allerdings nicht zu schnell, falls Sie verstehen, was ich meine ... Schließlich brauchen wir etwas für das Logbuch, das unsere Abwesenheit erklärt, nicht wahr, Gentlemen?«

Der Segelmeister nickte: »Aye, aye, Sir! Außerdem bin ich mir ziemlich sicher, dass der Wind bald ausschießen und die Sicht besser werden wird.« Er drehte sich um und verschwand mit Paul im Schlepptau unter Deck. Goodfellow war zuerst überhaupt nicht begeistert gewesen, als ihm der Kommandant eröffnet hatte, dass er den neuen Middy, den ehemaligen Leichtmatrosen Morin, besonders unter seine Fittiche nehmen sollte. Das änderte sich sehr schnell, als ihm Paul einen Brief von Nat Fluteblower überreichte, mit dem der Segelmeister in früheren Jahren zusammen auf zwei verschiedenen Schiffen der Navy gedient hatte. »Nun denn, Jungchen, wenn der alte Nat so viel von dir hält, dann musst du schon etwas auf dem Kasten haben. Beweise es mir, und wir werden prächtig miteinander auskommen.« Da Paul, was die Theoriekenntnisse betraf, seine Kameraden übertraf und die Lehren und Tipps von Goodfellow bereitwillig wie ein ausgetrockneter Schwamm in sich aufsog, hatte der alte Mann bald so etwas wie väterliche Gefühle für ihn entwickelt. Gemeinsam beugten sie sich jetzt über die Karte des Kanals und arbeitete ausgehend vom dem Koppelort, an dem sie sich von dem Freibeuter getrennt hatten, mehrere verschiedene Kurse aus, die der Franzose möglicherweise absegeln konnte. Die Variablen waren der Wind, die Geschwindigkeit und der Gezeitenstrom, dessen Richtung zwar als ziemlich konstant angenommen werden konnte, aber dessen Stärke vom Wind beeinflusst wurde. Die Uhrzeit des befürchteten Überfalls ließ sich verhältnismäßig genau eingrenzen, da sie nach Sonnenuntergang, also etwa in der Mitte der letzten Hundewache, aber vor dem Untergang des Mondes gegen Mitternacht liegen musste. Beim unsicheren Licht der Sterne allein würde sich kein noch so verwegener Korsar an einen Konvoi heranwagen! Zu groß war die Gefahr, dass er sich in der Dunkelheit versehentlich mit einem Kriegsschiff anlegte, was die bretonisch-normannischen Kaperer mit einem Schlag etwa einhundertfünfzig gute Seeleute kosten würde. Während der Arbeit hatte sich das Schiff mehrfach unter dem Druck einiger heftiger Böen weit übergelegt, ein, zwei kräftige Regenschauer waren niedergegangen, und oben an Deck waren eilige nackte Füße klatschend über die Planken geeilt. Zufrieden hatte Goodfellow vor sich hin gemurmelt: »Die Front ist durchgegangen, der Wind hat gedreht – genau wie ich es vorhergesagt habe.« Nach einer Stunde intensiver Arbeit hatten sie auf der Karte ein verhältnismäßig kleines

Seegebiet schraffiert, in dem der Angriff aller Voraussicht nach erfolgen würde – wenn es denn überhaupt einen geben würde. Sie informierten den Kommandanten und gaben ihm auch den Kurs an, der sie in eine günstige Abfangposition bringen würde. Stronghead nickte zufrieden und stellte lakonisch fest: »Das trifft sich ausnehmend gut, denn in dieser Richtung schwabbelt noch eins unserer Sorgenkinder und will partout nicht mehr Segel setzen. Mister Goodfellow und Mister Smyth, notieren Sie bitte für Ihre Tagebücher, dass wir die Brigg da hinten zurück an das Geleit scheuchen wollen! Verstanden, Gentlemen?«

»Wir wollen eine achteraus herumbummelnde Brigg einfangen, aye, Sir! Wird notiert!«

»Leider werden wir dabei den Kontakt mit der Flotte verlieren. So ein Pech auch! Nun ja, man kann nicht alles haben. Ich nehme nicht an, dass sich der Kommodore auf seinem 64er ohne uns in der Dunkelheit fürchten wird, oder was meinen Sie, Gentlemen?«

Seine Offiziere schmunzelten verschwörerisch. Das war mal wieder typisch für Stronghead, wenn er eine Möglichkeit zum Kampf sah, dann bog er sich schon mal die Dienstvorschriften etwas zurecht.

Zuerst segelten sie zu der trödelnden Brigg *British Commerce* hinüber, gingen in Luv von ihr auf Parallelkurs. Kapitän Stronghead forderte den Skipper durch die Flüstertüte lautstark auf, mehr Segel zu setzen und zum Geleit aufzuschließen. Der Kapitän des Frachters war ein sturer Hund und dachte gar nicht daran, der Anordnung Folge zu leisten. Er gab noch nicht mal zu erkennen, dass er die Order verstanden hatte. Da platzte Stronghead der Kragen. Er brüllte: »Stoppen Sie sofort und nehmen Sie mein Enterkommando an Bord!« Nichts geschah. Die Brigg stampfte und rollte am Wind gemächlich in der frischen Kreuzsee. Das Deck war fast menschenleer, anscheinend war der Großteil der Besatzung unter Deck mit ihrem Dinner beschäftigt. Stronghead bekam ein tückisches Funkeln in die Augen. Er packte das Sprachrohr: »Stoppen Sie sofort oder ich eröffne das Feuer!« Keine Reaktion, wenn man davon absah, dass sich ein nackter Hintern hinter den Wanten des Fockmasts über die Steuerbordverschanzung der Brigg schob. Das war ganz klar eine unerhörte Provokation, denn es war die Luvseite, auf der kein Seemann sein Geschäft verrichten würde. »Mister Backwater, Schiff klar zum Gefecht, danach lassen Sie bitte den Kutter klarmachen. Mister Cully, ein Steuermannsmaat, Leutnant Sharp und sechs Seesoldaten werden drüben an Bord gehen. Die Bootsbesatzung soll den Kapitän zu uns an Bord schaffen, wenn nötig in Eisen. Nein, auf jeden Fall in Eisen, wir wollen seinen Leuten schließlich etwas bieten – und in unserem Logbuch wird sich das auch gut machen.«

»Aye, aye, Sir«, bestätigte Leutnant Backwater den Befehl und eilte nach vorne.

»Mister Morin, übernehmen Sie das Kommando über einen der Vierpfünder hier auf dem Achterdeck und setzen Sie ihm eine Kugel so knapp vor den Bug, dass seine Galionsfigur vor Schreck die Diarrhö bekommt. Verstanden, Sir?«

Paul grinste und schnarrte schneidig: »Knapp vor den Bug, Galionsfigur soll sich in die Hose machen. Aye, Sir!«

Die *Thunderbolt* lief mit reduzierten Segeln weiter in Luv auf Parallelkurs zur Brigg. Der Abstand betrug knapp eine halbe Kabellänge, da konnte man nichts verkehrt machen. Er kontrollierte mehrfach die Seitenrichtung und stellte die Höhenrichtung so ein, dass die Kugel schon vor dem Schiff auf dem Wasser aufschlagen musste. Er hoffte, dass sie auf der Oberfläche rikoschettieren* und dann knapp vor dem Bug

---

* Mehrfach abprallen

vorbeisausen würde. Er blickte sich um. In der Kuhl waren die Männer dabei, den Kutter klar zum Aussetzen zu machen. Der Kommandant nickte ihm zu. Paul packte persönlich die Lunte, visierte nochmals über das Rohr, passte den richtigen Augenblick ab, hielt die Lunte an das Zündloch und sprang zur Seite. Das Pulver zischte, dann krachte der Vierpfünder unangenehm durchdringend hell und giftig. Paul wurde blass, denn genau in dem Moment, als er das Geschütz abgefeuert hatte, musste der Rudergänger abgefallen sein. Ob er eine plötzliche Winddrehung aussteuern musste, konnte Paul nicht beurteilen, jedenfalls zeigte die Mündung des Stücks jetzt auf den Rumpf der Brigg und die Kugel hatte den Lauf verlassen. Er schluckte trocken. Die Kugel schlug flach auf das Wasser auf, stieg wieder in die Höhe und … Drüben krachte es, Holz splitterte, plötzlich erschienen da Männer auf der Back wie aus dem Nichts herbeigezaubert und beugten sich vorne über die Verschanzung, um auf das kleine Galionsdeck zu blicken. Drohend schwangen sie ihre Fäuste und brüllten wütend. Der Kommandant setzte sein Teleskop ab, schob es mit einem ratschenden Geräusch zusammen, hüstelte und meinte dann mit einer eigenartig verzerrten Stimme – so als müsste er sich krampfhaft das Lachen verbeißen: »Mister Morin, ich sprach davon, dass wir der Galionsfigur Respekt vor einem Schiff des Königs einflößen wollten, von einer Hinrichtung war nicht die Rede, Sir.« Mit zitternden Händen fummelte Paul sein Dollond-Glas hinten aus seinem Rockschoß und richtete es auf den Bug der Brigg. Eigentlich war das unnötig, denn auf die Entfernung konnte jedermann mit dem bloßen Auge erkennen, was er angerichtet hatte. Midshipman Luke Cully, der in der Kuhl darauf wartete, dass das Boot ins Wasser kam, grinste höhnisch. In der Tat hatte die Kugel der Figur den Kopf abgerissen. Allerdings schien die Enthauptung der geschnitzten Dame mit einem Füllhorn, was wohl eine Allegorie des Handels dargestellt hatte, die Besatzung davon überzeugt zu haben, dass es klüger war, den Anordnungen der Fregatte Folge zu leisten. Die Brigg drehte bei, die *Thunderbolt* legte sich in Luv eine Kabellänge daneben. Das Boot wurde ausgesetzt und überquerte rasch den schmalen Wasserstreifen. Drüben wurde keine Relingspforte geöffnet oder ein Fallreep ausgebracht. Das störte die Seesoldaten nicht, sie enterten das Schiff über die Plattform der Großmastpüttings. Kaum waren die Männer an Bord, als dort drüben ein mächtiges Gebrüll einsetzte. Ein untersetzter Mann in einem blauen Rock fuchtelte drohend mit seiner Faust vor der Nase von Leutnant Sharp herum. Midshipman Cully hielt sich abwartend im Hintergrund zurück. Sharp machte nicht viel Federlesens, er gab seinen Männern ein Zeichen, woraufhin die dem Mann die mitgebrachten Eisen anlegten. Daraufhin ging das Brüllen in ein tierisches, lang anhaltendes Geheul über. Ohne sonderlich viel Rücksicht zu nehmen, verfrachteten die Rotröcke den Skipper in das Boot, das ablegte und zur *Thunderbolt* zurückkehrte.

Der an Händen und Füßen gefesselte tobende Mann wurde in einer Tauschlinge, die aus einem doppelten Pahlstek hergestellt worden war, an Deck gehievt. Mit klirrenden Ketten und zornig rollenden Augen eilte er, so schnell es ihm möglich war, auf das Achterdeck, wo er zielsicher auf den Kommandanten zusteuerte. Sofort begann er zu toben: »Sie aufgeblasener, eitler Ochsenfrosch von einem stinkenden Süßwasserangler! Sie meinen wohl, weil Sie einen rotten Kasten mit ein paar Erbsenschleudern unter Ihrem feisten Achtersteven haben und eine disziplinlose Horde von Totschlägern und Kinderschändern befehligen, können Sie sich alles erlauben! Lassen Sie mir sooofooort die Eisen abnehmen. Ihr Äppelkahn müsste *Beerfart* heißen und nicht so hochtrabend *Thunderbolt*. Ich werde mich bei der Admiralität über Sie beschweren. Danach wird man Ihnen noch nicht mal mehr ein verdammtes leckes Ruderboot anvertrauen, Sie, Sie ...«, tobte der Kapitän der *British Commerce* los, als er das Deck der *Thunderbolt* betrat.

Kapitän Stronghead schaute hochmütig über ihn hinweg. Beiläufig wandte er sich an den Ersten Leutnant: »Mister Backwater, lassen Sie den ungehobelten Schreihals bitte sofort nach unten ins Orlopdeck bringen. Dort soll man ihn mitsamt den Eisen ins Verlies einlochen!« Er drehte sich um und beobachtete interessiert die Vorgänge auf der Brigg. »Ach ja, ehe ich es vergesse, teilen Sie dem armen, bedauernswerten Mann mit, dass ich ihn wegen Beleidigung eines Seeoffiziers und der Verunglimpfung eines Kriegsschiffes des Königs sowie der Verleumdung seiner Besatzung vor Gericht bringen werde. Ihn kann nur vor dem Strick retten, dass er ganz gewiss zu Gottes eigenen Schwachköpfen gehört. Dann wird man ihm die Gnade erweisen und ihn in ein Irrenhaus bringen, wo er mit den Dienern des HERRN beten und büßen kann. «

Der Skipper stieß einen animalischen Wutschrei aus und wollte sich auf den Kapitän stürzen, um ihn mit den Eisenfesseln auf den Kopf zu schlagen, aber ein Kolbenhieb in den Rücken ließ ihn schwer zu Boden stürzen. Die Marineinfanteristen zogen ihn am Kragen fort.

Stronghead sah ihm hinterher und murmelte: »Eigentlich ein armes Schwein! Trotzdem, ein wenig mehr Selbstbeherrschung hätte ihm gut angestanden. Ich musste ein Exempel statuieren, damit die anderen Klütenskipper merken, dass mit mir nicht gut Kirschen essen ist.«

Kapitel 8

Englischer Kanal, Oktober 1760

An Deck des Freibeuters hockten die Männer angespannt hinter ihren Kanonen, stierten in die Ferne oder hantierten nervös mit ihren Waffen. Auf dem Achterdeck stand Peter neben dem Skipper und versuchte wie dieser, einen Hinweis auf die Anwesenheit eines anderen Schiffes zu erhaschen. Es war kühl geworden. Peter hatte seinen neu erstandenen, leicht gekrümmten Kavalleriesäbel mit der beidseitig geschärften Spitze umgeschnallt, anstatt des üblichen geraden Offiziersdegens. An diese Waffe war er gewöhnt, zusätzlich steckten in seinem Gürtel zwei geladene Pistolen. Er hoffte, sich bei der Enterung eines britischen Kauffahrteischiffs nützlich machen zu können. Auch Franz, sein Bursche, stand schwer bewaffnet hinter ihm bereit. Aber kein Segel, kein verräterisches Licht war zu sehen. Die halbe silberne Scheibe des Mondes, die sich dem südwestlichen Horizont näherte, verschwand immer wieder hinter großen Wolkenballen, gelegentlich segelten sie durch starke Regenböen, aber zwischenzeitlich zeichnete das helle Mondlicht eine silberne Bahn auf die schwarze Meeresoberfläche, und falls sich ein Schiff auf dieser verräterischen Lichtstraße befand, konnte man es gar nicht übersehen. Leise fragte Peter den Rudergänger: »Warum redet der Kommandant eigentlich heute immer vom Viertelmond? Wir haben doch Halbmond!« Im schwachen Licht der Kompassbeleuchtung konnte Peter erkennen, dass der Mann herablassend griente, so dass sein buschiger Schnurrbart die doppelte Breite zu bekommen schien. Wahrscheinlich hatte er wieder so eine typische Landrattenfrage gestellt. Der Matrose räusperte sich, kniff die Augen unter dem großen Südwester zusammen, dann erklärte er: »Nun, die eine Hälfte der Mondoberfläche, äh, nämlich die Rückseite, sehen wir nie, und von der anderen Hälfte leuchtet zurzeit nur die Hälfte – also ein Viertel! Verstanden, Monsieur?«

»Völlig, mein Freund, völlig!« Peter schüttelte irritiert den Kopf. Ganz normal konnten diese Seeleute aber auch nicht sein, überlegte er. Halbmond, was das war, das leuchtete dem größten Simpel ein – er musste über das Wortspiel lächeln –, aber eine Hälfte, die man nie sah, und noch eine Hälfte von einer Hälfte, die auch nicht zu sehen war ... oder wie war das gewesen?

»Segel an Backbord voraus!« Plötzlich kam auf dem Deck Bewegung auf. Der Skipper sprang in die Wanten und war im Nu flink ein gutes Stück aufgeentert. Er richtete sein Teleskop nach Südwesten auf den Silberstreif aus. Eigentlich hatten sie erwartet, den gegnerischen Konvoi an Steuerbord zu sichten. Der Kapitän schob das Fernglas zusammen, kletterte auf das Deck hinunter und brummte verärgert: »Der Geleitkommandeur muss den Kurs früher geändert haben, als ich vermutet habe. Wahrscheinlich hat er noch vor dem Durchgang der Wetterfront den Konvoi wenden lassen und ist dann mit der Winddrehung langsam auf Westkurs gegangen. Geschickt, der Mister. Dadurch hat er das Durcheinander beim Wenden in den heftigen Böen vermieden. Aber jetzt an die Arbeit! Ich habe ein hinterherhinkendes Schiff entdeckt, das Probleme mit seinem Rigg zu haben scheint. Das werden wir uns schnappen. Rudergänger, drei Strich abfallen! Bootsmann, Segel trimmen!« Die *Moineau* richtete sich etwas auf, und fast schien es, als ob jemand eine Bremse gelöst hätte, denn sie machte förmlich einen Sprung nach vorne. Mit einem weißen Knochen zwischen den Zähnen stürmte sie auf ihr ahnungsloses Opfer in Lee zu. Schnell kam das andere Schiff näher. Es war ein vollgetakeltes Schiff mit eleganten Linien. Unter normalen Bedingungen hätte der Freibeuter seine liebe Not damit gehabt, es einzuholen, denn es konnte eine große Segelfläche im Verhältnis zu seiner Verdrängung tragen, das war für ein Handelsschiff ungewöhnlich. »Ein Sklavenjäger!«, hörte Peter den Rudergänger brummen. »Er hat seine Großbramstenge verloren, daher kann er das Bramsegel nicht fahren. Die anderen beiden Bramsegel hat er weggenommen, weil er erst bei Tageslicht genau untersuchen kann, ob die anderen beiden Stengen auch etwas abbekommen haben. Pech für ihn, würde ich sagen!« Echtes Mitleid war aus der Stimme des Seemanns nicht herauszuhören.

»Kartätschen laden, Jungs! Wir wollen die Limies nur ordentlich erschrecken und ihnen den Schneid abkaufen, aber nicht zu viel zerdeppern, verstanden!«

Ein vielstimmiger Chor antwortete voller Vorfreude: »Ganz klar, Käpt'n.«

Auch auf dem britischen Schiff war man aufgewacht. Die Geschützpforten klappten in die Höhe und lange schwarze Rohre wurden ausgerannt.

»Rudergänger, die Luvseite so ansteuern, dass wir uns aus dem toten Winkel nähern!« Drüben schossen rote Flammenzungen aus den Mündungen, Qualmwolken wurden rasch nach Lee verweht, der Donner der Abschüsse rollte über die See. »Verdammt, der versucht, Hilfe herbeizurufen, aber das wird ihm nicht mehr gelingen!« Der Sklavenhändler kam rasch näher. Man versuchte dort einen letzten verzweifelten

Versuch zu unternehmen, zu entkommen. Die Mannschaft war damit beschäftigt, doch noch das Vorbram- und Besanbramsegel zu setzen. Aber es war zu spät!

»Feuer eröffnen, wenn ein Ziel aufgefasst!«, brüllte der Skipper. Die vorderen Geschütze spien kurz darauf ihre tödliche Ladung aus gehacktem Blei aus. Auf dem Deck des Briten waren Schreie zu hören. Kanone auf Kanone feuerte ihre Kartätschenladung ab. Von drüben wurde geantwortet, dumpf schlugen die Kugeln in den Rumpf des Kaperschiffes ein. Das Schiff schüttelte sich bei den Einschlägen unbehaglich wie ein verstörtes Pferd. »Klar bei Wurfdraggen! Klar zum Entern, meine lieben Jungs!«

Auf dem Engländer wurden plötzlich die Segel losgeworfen, die Rahsegel flogen laut knallend in die Höhe und die Schratsegel killten lautstark. Das Schiff wurde schlagartig langsamer. Fast wäre die *Moireau* an ihrem Opfer vorbeigeschossen, aber geistesgegenwärtig wurden auch dort die Schoten losgeworfen, die Luggersegel verloren den Wind. Wurfanker flogen in einem weiten Bogen über den kochenden Wasserspalt zwischen den beiden Schiffen. Die killenden Segel ließen die Masten heftig erzittern, was auf dem Briten dazu führte, dass die offensichtlich schon beschädigte Großbramrah mit lautem Getöse herabfiel und auf das Achterdeck krachte, wobei sie einen Mann erschlug. Die Bordwände prallten unsanft mit einem protestierenden Knirschen aneinander. Mühsam gelang es Peter, das Gleichgewicht zu halten. Das Achterschiff des Franzosen kam neben dem Vorschiff des Sklavenhändlers zu liegen. Mit lautem Gebrüll stürzte sich, einer Brandungswelle gleich, die beutegierige Meute der Freibeuter auf das Vordeck des Briten, dessen Besatzung offensichtlich von dem Beschuss mit den Kartätschen und dem Verlust der Spiere geschockt war, aber sie gab nicht auf. Die Besatzungsmitglieder eines Sklavenjägers waren üblicherweise keine zartbesaiteten Chorknaben, sondern verwegene, harte Burschen. Mit Entermessern, Piken, Tomahawks und Pistolen warfen sie sich brüllend den Franzosen entgegen, obwohl sie hoffnungslos in der Unterzahl waren. Da beide Schiffe nahezu gleich hohe Bordwände hatten, konnte Peter beherzt in die Wanten des Vormasts des Gegners springen. Franz folgte ihm auf dem Fuße. Ein bärenstarker britischer Kanonier fegte einen der Angreifer mit einem Geschützrammer von den Beinen, so dass der über Bord fiel, dann wollte er Peter die Stange mit voller Wucht in den Leib stoßen. Aber Peter hob eine seiner Pistolen und schoss ihm eine Kugel in die Brust. Zu seinem Glück hatte die Waffe funktioniert. Der Mann ließ die Stange fallen, fasste sich mit den Händen an die Brust, schaute ungläubig auf seine blutigen Hände und sank in die Knie. Franz hieb ihm mit dem Säbel fast den Kopf ab. Ein untersetzter Mann mit einem brandroten Schopf, der sogar im Mondlicht wie eine Fackel leuchtete, stieß mit einer Pike nach ihm, Franz konnte den Angriff nur mühsam abblocken, verlor dabei aber seinen Säbel. Der Ire stieß einen triumphierenden Schrei aus, aber er hatte sich zu früh gefreut. Franz packte die Pike und versuchte, sie ihm mit beiden Händen zu entwinden, aber auch der andere war ein starker Mann, so dass Franz seine ganze Kraft aufbieten musste. Er holte tief Luft, blies die Wangen auf, zog nicht mehr an dem massiven Holz, sondern bog es, bis es mit einem lauten Krachen zerbrach. Der Ire blickte einen Augenblick lang verdutzt auf die beiden Bruchstücke in seinen Händen, dann ließ er das eine Ende los und holte mit der zu einer Art überdimensionaler Axt gewordenen Waffe aus. Bevor er damit Unheil anrichten konnte, traf ihn das geborstene zackige Ende der dicken Stange über dem linken Ohr. Mit einem hässlichen Knacken gab die Schädelplatte nach. Franz nahm sich nicht die Zeit, nach seinem Säbel zu suchen, sondern stürmte mit seiner primitiven Keule in der Faust hinter Peter her, der einige Schritte entfernt mit zwei gegnerischen Seeleuten focht. Sie waren recht solide Fechter und bewegten sich langsam auseinander, wodurch Peter gezwungen war, eine immer größer werdende Fläche abzudecken. Er konnte den einen mit einem Hieb leicht verletzen, worauf dieser etwas zurückwich. Peter drang daraufhin ungestüm auf den zweiten Gegner ein, der sprang zur Seite, wo ihn der Hieb von Franzens Keule wuchtig im Genick traf. Er war tot, bevor er das Deck berührte, der zweite blickte entsetzt auf seinen Kameraden. Bevor er sich wieder richtig besinnen konnte, traf ihn ein gezielter Hieb von Peters Säbel an der rechten Halsseite, ein pulsierender Blutstrom schoss sofort aus der Wunde. Franz stieß Peter an und deutete auf den Ersten Steuermann des Freibeuters, der versuchte, zwei Briten über den Niedergang hinunter in die Kuhl zu treiben. Ein britischer Seemann schob sich mit einem erhobenen Tomahawk von der Seite heran. Peter zog seine zweite Pistole und feuerte sie auf den Mann ab. Er verfehlte ihn zwar knapp, aber der Kerl hatte den Luftzug der schweren Kugel gespürt und zuckte erschrocken zusammen. Franz schleuderte ihm seine Keule an den Körper, und dann war auch schon Peter über ihm und schlug ihm die scharfe Klinge über den Waffenarm. Der Mann ließ das Beil fallen, schaute irritiert auf seinen Hemdsärmel, der sich schnell rot verfärbte. Er stieß einen Fluch aus, presste die gesunde Hand in die Armbeuge, drehte sich um und wollte flüchten. Peters Säbel war schneller. Die beiden Preußen blickten sich um. Den Enterern war es gelungen, das Vordeck fast vollständig von Briten zu räumen und die Verteidiger in die Kuhl abzudrängen. Auf der *Moineau* war man unterdessen damit beschäftigt gewesen, die Segel zu bergen und das Schiff an der *White Cloud* weiter nach achtern zu ziehen, damit die Franzosen ihre zahlenmäßige Überlegenheit voll ausspielen konnten. Unerwartet wurde das Gebrüll der Kämpfer und das Knattern und Knallen der killenden Segel vom Heulen einer plötzlich einfallenden Bö übertönt. Die beiden Schiffe legten sich unter dem Druck des einfallenden Windes über, viele der Verbindungsleinen brachen mit einem scharfen Knall. Es zahlte sich jetzt aus, dass man auf der *Moineau* zwischenzeitlich die Vor- und Luggersegel geborgen hatte, aber auf der *White Cloud* verwandelten sich ein paar Segel in auswehende Stoffstreifen. Jetzt öffnete der Himmel seine Schleusen, die Sicht war praktisch gleich null. Peter hörte an Steuerbord die Stimme des Ersten Steuermanns durch das Rauschen des Regens: »*Avant, mes braves!*« Daraufhin schwang er seinen Säbel über dem Kopf, wiederholte den Ruf und eilte zum Backbordniedergang, der in die Kuhl führte, ohne darauf zu achten, ob ihm außer dem treuen Franz noch jemand folgte. Aber die Briten hatten tatsächlich das Vordeck und die Kuhl geräumt. Sie hatten sich in der augenblicklichen Verwirrung, die unter den Franzosen beim überraschenden Einfall Böe geherrscht hatte, von ihren Feinden gelöst und sich auf das kastellähnliche Achterdeck hinter die massive Verschanzung zurückgezogen. Wahrscheinlich war das ihre übliche Taktik bei einer Revolte der Sklaven. Zudem waren sie dort zurzeit auch noch vor den Kanonen des Freibeuters sicher. Allerdings war bei dem strömenden Regen an den Gebrauch von Feuerwaffen nicht zu denken, daher waren auch die Drehbassen auf den soliden Balken der vorderen Verschanzung und die Blunderbüchsen nutzlos, die ein Dutzend Männer dahinter in den Händen hielten. Als Peter den Niedergang zum Achterdeck hinaufstürmte, warfen die Engländer ihre unnützen Feuerwaffen fort und griffen zu den Blankwaffen. Wieder entbrannte ein verbissener Kampf Mann gegen Mann, jetzt ging es für die Briten um alles oder nichts. Schritt für Schritt kämpften sich die Franzosen vorwärts. Sie mussten sich ihren Weg durch das Drunter und Drüber des mit der Rah von oben gekommen Tauwerks suchen, manchmal mussten sie sich den Weg förmlich frei schlagen. Eine Kugel musste per Zufall das Ruder getroffen haben, denn von dem großen Speichenrad war nicht viel übrig geblieben. Peter geriet an einen untersetzten bulligen Mann in einem schlichten blauen Rock, der jetzt durch den Regen schwarz glänzte. Der Mann feuerte die anderen Briten an, offensichtlich war er der Kapitän. Er focht ohne Schnörkel, aber durchaus effektiv. Mehr als einmal brachte er Peter in ernste Bedrängnis. Sein Ende kam, als er auf einem der Enden ausrutschte, die mit der Rah heruntergekommen waren. »*Capitulez!*«, brüllte Peter und holte mit der scharfen Klinge aus. »*Never, you stinking swine!*«, war die verächtliche Antwort des Engländers. Die Säbelklinge sauste herab. Kapitän Will Bailey starb vorzeitig in seinen besten Jahren, weil er ein tapferer, unbeugsamer Mann war, auch wenn man unter den gegebenen Umständen diese sture Tapferkeit durchaus auch als sinnlosen Starrsinn bezeichnen mochte. Besonders nachteilig wirkte sich für ihn seine Vorliebe für eine obszöne, gehässige Sprache aus, dazu war sein Pech, dass er bei Peter an einen überaus empfindlichen jungen Herrn geraten war, der die Schande einer verbalen Beleidigung nur zu gerne sofort mit der Klinge seiner Waffe aus der Welt schaffte. Hätte er andere Verbalinjurien gewählt, wie beispielsweise *you bloody boar**, hätte er vermutlich deshalb überlebt, weil Peter seine Beschimpfungen nicht verstanden hätte! Die Leichen des Kapitäns und des Rudergängers lagen so dicht beieinander, dass man beinahe den Eindruck haben konnte, dass der Schiffsführer dem Mann am

---

* Du verdammtes Wildschwein!

Ruder noch einen letzten Kurs hatte ansagen wollen. Er konnte nur gelautet haben: »Hart am Wind in die Hölle!«

Peter schüttelte sich. Der Regen war vorbei. Schwere Wassertropfen flogen von seinem Hut weg. Sie hatten es geschafft! Nach dem Tod ihres Kapitäns würden sich die Briten sicher ergeben, sofern sie noch am Leben waren. Er blickte erleichtert zur *Moineau* hinüber, da gefror ihm das Blut in den Adern. Direkt hinter der Silhouette des Freibeuters zeichnete sich der dunkle Umriss eines großen Vollschiffes ab, dessen Bordwand in Flammen zu stehen schien. Zentner von kleinen Bleikugeln fegten Sekunden später über die Decks des Franzosen. Männer, die darauf gewartet hatten, auf die Prise hinüberzuspringen, wurden über Bord gefegt und stürzten entweder ins Wasser oder landeten mit blutenden Wunden mit einem hässlichen Klatschen auf den Planken des Sklavenschiffes. In die eng in der Kuhl zusammengedrängten Männer schlug der Bleihagel Gassen. Dort drüben herrschte vollständige Verwirrung. Peter war klar, dass die *Chasse marée* keine Chance gegen die Fregatte hatte. Er brüllte, ohne weiter darüber nachzudenken, die konsternierten Franzosen in seiner Nähe an: »Wir müssen das Achterdeck klarieren, *vite, vite!*« Die etwa fünfzig Männer zuckten bei diesem Befehl zusammen und machten sich automatisch an die Arbeit. Bei so vielen Händen waren die Reste der Großbramrah schnell beseitigt und das Tauwerk klariert. Auf dem Freibeuter tobte das Fegefeuer. Die stark dezimierte Besatzung war in einen verbissenen Nahkampf mit den Engländern verstrickt, die den überraschten Franzosen fast ohne Gegenwehr geentert hatten. So schnell konnte sich das launische Kriegsglück wenden. Peter blickte sich suchend nach dem Ersten Steuermann der *Moineau* um und rief nach ihm. Ein Matrose schüttelte den Kopf und deutete stumm auf einen zusammengekrümmten Leichnam, auf dem nassen Deck war die Blutlache nicht zu sehen, die sich unter seinem Körper ausbreitete. Anscheinend war er von einem Gutteil einer Ladung Kartätschen getroffen worden, die zu hoch gezielt über das Deck seines Schiffes hinweggefegt war und ihn hier niedergestreckt hatte. Peter erschauderte, auch er könnte dort an jener Stelle liegen! Er riss sich zusammen und röhrte: »Die Leinen zur *Moineau* kappen, Jungs! Wir machen uns aus dem Staub, oder will einer von euch auf einer englischen Gefangenenhulk vermodern?« Ein paar Seeleute zögerten, aber dann machten sie sich eifrig ans Werk. »Franz, sieh zu, dass du zusammen mit den anderen Matrosen ein paar Segel zum Ziehen bringst, wir wollen uns möglichst unauffällig verdrücken – wie heißt es doch bei uns so richtig: auf Französisch verabschieden.«

Franz nickte. »Wird gemacht, junger Herr. Allerdings müssen wir zuerst mit den Taljen an der Pinne unter Deck steuern, bis wir dieses Ding hier wieder hergerichtet haben.« Er deutete auf das Ruder. Peter nickte zustimmend: »Das übernehme ich! Kümmere du dich darum, dass dieser Eimer in Bewegung kommt.« Franz salutierte lässig und machte sich dann daran, die Männer einzuteilen. Schnell fand er über zwei Dutzend bemooster Teerjacken heraus und verteilte mit der Hilfe von drei Bootsmannsmaaten die Arbeit. Einen Steuermannsmaaten und zwei Quartermaster schickte er auf das Achterdeck. Peter winkte ein paar nur leicht Verwundete heran. »Werft alle Toten über Bord. Sie müssen für sich selber sorgen!« Er überlegte scharf. »Wir müssen das Schiff mit der Pinne steuern! Sobald wir Fahrt im Schiff haben, halten wir von den beiden Streithähnen ab und gehen auf einen raumen Kurs, verstanden! Die Pinne könnt ihr doch trotz eurer Maläsen bewegen, nicht wahr? Denkt an die muffigen, verschimmelten Decks mit den vollgefressenen Ratten auf dem Gefangenenschiff!« Einige Männer verzogen schmerzhaft ihre Gesichter, aber alle nickten. »Gut, dann teilt euch in zwei Gruppen jeweils unter der Führung eines Quartermasters zum Steuern ein, die sich alle Stunde ablösen. Die Gruppe, die als Erste frei hat, treibt zusammen mit den Decksmännern, die sonst keine Aufgabe haben, alle lebenden Engländer zusammen und bringt sie in den Laderaum. Dort legt ihr sie in Eisen. Davon sollte es auf einem Sklavenschiff mehr als genug geben. Dann durchsucht das Schiff nach eventuell versteckten Limies und seht zu, ob es einen Schiffsarzt gibt – auch das dürfte ein Muss auf einem derartigen Schiff sein.« Die Männer verschwanden. Langsam begann sich zwischen der *White Cloud* und den beiden ineinander verbissenen Streithähnen ein schmaler Streifen Wasser aufzutun, der in der Folge aber schnell breiter wurde. Die Fock und das Großsegel begannen zu ziehen. Ein paar Schratsegel hörten auf zu killen, als sie wieder den Wind einfingen. Peter hörte von achtern das Gluckern des Kielwassers. Sie nahmen Fahrt auf. Er blickte nach oben zum Verklicker. Der zweite Blick galt dem Kompass. Glücklicherweise war der in seinem Häuschen nicht beschädigt worden. Sie konnten noch zwei Striche, weiter abfallen, schätzte er. Achteraus sah er Männer auf dem Vorschiff des Freibeuters, die aufgeregt in seine Richtung deuteten, sich umdrehten und etwas Unverständliches zur Fregatte hinüberriefen. Der Mond stand schon tief über der Kimm und würde in wenigen Minuten untergehen. Die Engländer würden ihn nach ihrem Sieg nicht verfolgen, auch wenn sie sich an vier Fingern ausrechnen konnten, dass der Prisenkapitän des Sklavenjägers in der Dunkelheit so schnell wie möglich an die französische Küste segeln würde, um notfalls unter den Kanonen eines der vielen Forts Schutz zu suchen. Sie konnten nicht wissen, dass dieser Prisenkapitän ein seemännisch ziemlich unerfahrener Kornett der Ziethenhusaren und frischgebackener Leutnant der Marineinfanterie des Königs von Frankreich war. Peter überließ dem Steuermannsmaaten das Deck und verschwand nach unten in die Kapitänskabine. Wie er erwartet hatte, war auf dem Tisch die Seekarte ausgebreitet. Bevor er sich der Karte widmete, durchsuchte er schnell die Kabine und den Schlafraum des Skippers. Die Einrichtung war teuer und durchaus geschmackvoll, was man bei der rustikalen Sprache des Engländers nicht unbedingt hatte erwarten können. Aber was wichtiger war, die Räume waren leer, hier hatte sich niemand versteckt. Er kehrte zum Tisch zurück und warf einen zweifelnden Blick auf die Karte. Jetzt musste sich zeigen, wie gut die Ausbildung von Kapitän de Vries, Gott habe ihn selig, auf der *Oranjeboom* gewesen war, oder besser gesagt, wie viel er wirklich von dem verstanden und behalten hatte, was dieser ihm geduldig erklärt hatte. Er beugte sich über die Karte und fand schnell die letzte Eintragung. Das kleine Kreuz, neben dem sauber ein 08.00 PM stand, markierte den Loggeort zu Beginn der Abendwache. Wie viel Zeit war seitdem vergangen? Während des Kampfes war die Sanduhr an Deck gewiss nicht umgedreht worden. Wie lange waren sie am Wind nach WNW gesegelt, ehe sie dann die *White Cloud* gesichtet und mit einem südwestlichen Kurs auf sie herabgestoßen waren? Es nützte nichts, er musste die Distanzen und Kurse schätzen. Unbeholfen machte er die Eintragungen in die Karte, aber das Ergebnis befriedigte ihn. Was für einen Kurs mussten sie nach Brest steuern? Auch diese Aufgabe löste er zumindest so weit, dass er den Kurs bis vor die Insel Ouessant mit SWzS festlegte. Hatten Sie diese Insel in Sicht, würde man weitersehen. Ganz bestimmt kannten sich ein paar seiner Männer in diesem Seegebiet hinreichend gut aus. Er schnaufte zufrieden, ging an den Weinschrank und goss sich einen doppelstöckigen Cognac ein. Da erst merkte er, dass er einen mordsmäßigen Hunger hatte. Er untersuchte die kleine Pantry und entdeckte tatsächlich Brot, Butter, Schinken und Käse. Zufrieden machte er sich über die Speisen her, dann ging er wieder an Deck, gab dem Rudergänger den neuen Kurs an und befahl Franz, dafür zu sorgen, dass auch die Männer etwas zu beißen bekamen.

Der Steuermannsmaat meldete: »Wir haben die paar überlebenden Roastbeefs sicher unter Deck verstaut, *mon lieutenant*. Den Schiffsarzt haben wir mit seinem Gehilfen unter der Back aufgestöbert, er kümmert sich um die Verwundeten. Die Segel, die wir glaubten, risikolos setzen zu können, ziehen gut, und wir machen gute Fahrt, vor zehn Minuten haben wir sieben Knoten geloggt. Morgen bei Tageslicht können wir uns daranmachen, die Schäden im Rigg auszubessern. Wann werden wir unseren Landfall machen, Monsieur?« Täuschte sich Peter oder schwang in der Frage ein lauernder Unterton mit?

Peter überschlug die Zeit. Die Distanz betrug etwa neunzig Seemeilen, und unter der Voraussetzung, dass sie die sieben Knoten halten konnten, würden sie am frühen Nachmittag vor der Isle d'Ouessant stehen. Falls sie am Vormittag noch mehr Segel setzen konnten, entsprechend früher. »Bei acht Glasen am Mittag, *timonier*. Die Männer haben gute Arbeit geleistet, danke. Haben Sie die Männer schon in Wachen eingeteilt? Ja? Die Männer sollen scharf Ausguck halten!« Nach diesen Worten zog er sich auf die Luvseite zurück und begann dort mit gesenktem Kopf und hinter dem Rücken gefalteten Händen auf und ab zu marschieren. Plötzlich blieb er abrupt stehen. Ein entsetzlicher Gedanke war ihm durch den Kopf geschossen. War er denn völlig verblödet? Was für eine Riesenchance hatte er sich da selbst vermasselt! Er stöhnte dumpf auf. Was würde Paul jetzt sagen? »Typisch für dich, Brüderchen! Erst draufhauen, dann erst denken!« Denn was wäre ihm schon Schlimmes passiert, wenn er sich den Engländern ergeben hätte? Nun gut, oder besser gesagt: nun schlecht, denn zunächst hätte man ihn ganz gewiss als

Kriegsgefangenen behandelt, freilich mit allen Privilegien, die einem Offizier zustanden. Aber sobald die Prise in einen englischen Hafen eingelaufen wäre, hätte er Graf Wolfenstein benachrichtigen können. Der Graf und erst recht Paul, wenn er denn noch in England war, hätten Himmel und Hölle in Bewegung gesetzt, um ihn freizubekommen. Verdammt, er vermisste seinen ihm so unähnlichen Zwillingsbruder, wenn der manchmal auch unausstehlich war, weil er so dröge wie zwei Jahre alter Schiffszwieback war und an alles so fürchterlich überlegt heranging, für gewöhnlich jedenfalls. Aber er war sich sicher, dass Paul nicht so kopflos gehandelt hätte wie er. Aber was nutzte ihm diese späte Erkenntnis? Nichts! Er konnte jetzt nicht mehr umdrehen. Die Franzosen würden ihn kurzerhand abstechen oder, was in seinen Augen noch schlimmer war, in Eisen legen und ihn später den Militärbehörden übergeben, wenn sie völlig zu Recht den Verdacht bekamen, dass er das Schiff den Engländern ausliefern wollte. Als Verräter und Deserteur vor einem Erschießungspeleton zu stehen war keine verlockende Aussicht.

Er knurrte wütend vor sich hin, denn ihm wurde klar, dass er, um das Maß seines Unglücks voll zu machen, auch noch sein gesamtes Gepäck mit der neuen Ausrüstung verloren hatte. In einer seiner Reisetaschen hatte sich zudem ein erheblicher Bargeldvorrat befunden. Es war zum Auswachsen. Er besaß jetzt nur noch das, was er im Wortsinne auf dem Leibe trug. Ja, Paul hatte recht. Er sollte wirklich erst das Gehirn einschalten, bevor er den Säbel blankzog. Franz kam zu ihm herüber. Das seltsame Gebaren seines Herrn hatten ihn stutzig gemacht. Als Peter ihm ärgerlich klarmachte, dass sie beide ihre Ausrüstung verloren hatten, nickte der nur stoisch und kommentierte den Verlust lakonisch in seinem vertrauten märkischen Platt: »Tscha, so is dat nu mal, junger Herr.

Wer op Reisen is, mutt vörwarts, see de Dachdecker, dor full he vonn't Dack.*«

»Sehr ermutigend deine Sprüche, Franz, wirklich! Ich hatte eine Menge Gold dabei, das teilen jetzt die verfluchten Limies unter sich auf, der Teufel soll sie holen!«

Franz sagte dazu nichts. Er schmunzelte nicht ganz frei von Schadenfreude still in sich hinein. Er trug seine inzwischen nicht unerhebliche Barschaft stets in einer Geldkatze am Körper. Den Verlust der Ausrüstung konnte er verschmerzen, denn sein Herr oder das Militär würden ihn schon wieder mit dem Notwendigsten versehen. Tscha, dachte Franz amüsiert, wie gewonnen, so zerronnen!

Als in der Morgendämmerung die Ausgucksposten in den Toppen besetzt wurden, meldeten die, dass weit und breit kein anderes Schiff in Sicht war. Nach einem kurzen Frühstück machte sich ein Teil der Matrosen daran, das Rigg auf Schäden zu untersuchen und diese zu reparieren, andere schleppten Reservesegel aus der Last, um die zerrissenen zu ersetzen. Auch die Reparatur des Ruders ging zügig voran. Als die Schiffsglocke vier Glasen schlug, lief die *White Cloud* beinahe wieder unter Vollzeug, lediglich die Großbramstenge hatte nicht ersetzt werden können, weil dazu eine Spiere hätte passend gemacht und mit den entsprechenden Beschlägen hätte versehen werden müssen. Unter der durch Zufall zusammengewürfelten Besatzung befanden sich zwar zwei Zimmerleute, aber kein Schmied, der diese Arbeit hätte durchführen können.

Kurz nach dem Wachwechsel am Mittag meldete der Ausguck Land in Sicht. Schnell stellte sich durch Identifikation

---

* Wer sich auf Reisen befindet, muss immer weiter, sagte der Dachdecker, dann fiel er vom Dach! (Wenn einer eine Reise tut, dann kann er was erleben.)

des markanten Leuchtturms heraus, dass es sich tatsächlich um den schwarz-weiß quergestreiften Phare du Créac'h, den »Preußischen Grenadier«, auf d'Ouessant handelte. Die Seeleute blickten Peter bewundernd an. Wahrscheinlich hatten sie noch nie erlebt, dass ein Leutnant der Marineinfanterie navigieren konnte – und das auch noch offensichtlich richtig. Peter platzte innerlich zwar vor Stolz, verzog aber keine Miene. Er tat so, als ob es für ihn die selbstverständlichste Sache der Welt wäre, ein fremdes Schiff punktgenau vor eine ihm fremde Küste zu lotsen; dass er dabei mehr Glück als Verstand gehabt hatte, musste ja niemand wissen. Allerdings wusste er natürlich, dass er jetzt sein Pulver verschossen hatte, denn die Ansteuerung von Brest mit ihren starken Gezeitenströmen und den vielen scharfzackigen Untiefen überstieg sein Können bei weitem. Lässig wandte er sich an den Steuermannsmaat: »Ich nehme an, dass Sie sich im Fahrwasser nach Brest einigermaßen auskennen, richtig, *timonier?*«

»*Mais oui, mon lieutenant!*« Der Mann warf sich in die Brust und prahlte: »Ich denke, ich darf mit Fug und Recht behaupten, dass ich dort jeden Stein persönlich kenne. Ich stamme aus Brest und bin früher immer auf dem Fischerboot meines Vaters mitgefahren. Die *Passage des Pierres Vertes* und weiter im Süden die *Chaussee des Pierres Noire*, sowie der *Chenal du Four* im Osten waren so etwas wie mein Kinderspielplatz!«

Peters Herz machte einen erleichterten Sprung, trotzdem blickte er den Mann zweifelnd an und sagte dann sichtlich zögernd: »Na gut, versuchen wir es mal, bringen Sie das Schiff in den Hafen hinein. Wenn Sie das gut machen, werde ich das in meinem Bericht lobend erwähnen, was sich sicher positiv auf Ihre Karriere auswirken wird, Monsieur.«

Der Mann richtete sich kerzengerade auf und schnarrte zackig: »Wird gemacht, *mon lieutenant*! Sie können sich ganz auf mich verlassen!«

Peter blickte dem Bretonen gerade in die Augen und klopfte dem sehr viel älteren Mann dann leutselig auf die Schulter: »Das tue ich, das tue ich, *mon chér ami*!« Wenn der Mann wüsste, dass er gar keine andere Wahl hatte. Eigentlich hätte er sich auch hinstellen und frei heraus bekennen können: »Liebe Leute, bis hierhin habe ich euch gebracht, aber jetzt weiß ich nicht weiter, helft mir bitte!« Niemand hätte ihm deswegen einen Vorwurf machen oder ihn schief anblicken dürfen. Aber da war er wieder, dieser starrsinnige Stolz, das Unvermögen, zugeben zu können, dass er etwas nicht konnte. Dabei hatte der Engländer noch nicht mal eine Seekarte der Ansteuerung von Brest an Bord. Das war sehr verständlich, denn Brest war nun wirklich ein Hafen, den er unter keinen Umständen freiwillig angelaufen hätte.

»An Deck! Segel zwei Strich an Backbord!«

Was zum Teufel war das? Wer trieb sich so dicht vor der Insel herum? Sicher doch nur ein Fischer.

»An Deck! Eine große Fregatte! Sie setzt Segel!«

Die Fregatte schob sich am Wind um die Westspitze des Kap de Perm mit den davor lauernden Untiefen Baz Veur und Baz Vihan. Ihr Kommandant musste sich in den Gewässern hervorragend auskennen. Ganz offensichtlich gehörte er zu Admiral Hawkes Blockadegeschwader und überwachte die Zufahrt nach Brest. Verdammt! Die Glückssträhne war zu Ende, der Spieler hatte sich verrechnet, jetzt würde der Bluff auffliegen. Das war alles, woran der konsternierte Peter zunächst denken konnte. Er umklammerte das Holz der Verschanzung mit beiden Fäusten, bis die Knöchel weiß hervortraten. Dann grinste er bitter. Die Seeleute auf dem Achterdeck blickten sich verwundert an. Sie konnten seine Gedanken nicht lesen, und diese hätten sie sicher sehr verwundert, denn Peter schoss durch den Kopf: ›Wie es aussieht, werde ich doch noch eher über kurz als über lang in den Genuss der britischen Gastfreundschaft kommen. Ich werde mich wohl oder übel mit der englischen Küche anfreunden müssen. Nun, immerhin kann Paul schon mal den Champagner kalt stellen.‹

Die Stimme von Marc Kerouac, dem bretonischen Steuermannsmaat, riss ihn aus seinen Gedanken. Der Mann meinte fast im Plauderton, jedenfalls ohne jede Spur von Besorgnis oder Aufregung: »Mit Ihrer Erlaubnis, Monsieur, lasse ich den Kurs auf die Ansteuerung des *Chenal de la Helle* ändern.« Jetzt grinste der Bretone sogar breit. »Das wird den Roastbeefs etwas zum Nachdenken geben.« Er kicherte fast lautlos in sich hinein. »Bei diesen Stromverhältnissen ist das ein echtes Erlebnis! Wir kommen teilweise so dicht unter die Küste, dass der Gentleman seine Visitenkarte in einem der Forts abgeben könnte – falls er uns dorthin folgt!« Wieder gluckste er fröhlich in sich hinein.

Peter bemühte sich, ein gelangweiltes Gesicht aufzusetzen; er blickte zu der Fregatte hinüber, auf der sich Segel über Segel auftürmte. Sie lag unter dem Druck des Tuchs weit nach Steuerbord über. »Ich habe mich schon gefragt, wann Sie mir endlich diese überfällige Entscheidung mitteilen werden, Monsieur! Ich fürchtete schon, dass ich mich in Ihnen geirrt hätte und Ihnen die Passage zu gefährlich wäre! Machen Sie weiter, *timonier*!«

Kurz darauf liefen Sie fast platt vor dem Laken ab. Kerouac ließ die Leesegel setzen, und der Sklavenjäger zeigte, dass er die Bezeichnung »Jäger« zu Recht trug, denn er war wirklich ein schnelles Schiff. Ihnen kam natürlich zur Hilfe, dass die Fregatte hoch am Wind nicht ihre Höchstgeschwindigkeit laufen konnte, aber sie musste sich von der gefährlichen Leeküste frei halten und konnte noch nicht abfallen. Der Bretone, der sie ebenfalls aufmerksam beobachtete, runzelte die Stirn und quetschte bewundernd hervor: »Der *capitaine* da drüben versteht sein Geschäft, *chapeau*! Viel dichter würde auch ich mich bei diesen Windverhältnissen nicht unter Land wagen. Aber es wird ihm nichts nützen.«

›Dein Wort in Gottes Gehörgang, mein Lieber‹, sinnierte Peter, der ein mulmiges Gefühl in der Magengegend nicht loswurde. Die Insel schob sich immer höher an der Steuerbordseite voraus in die Höhe. Er konnte schon deutlich die weit in die Höhe steigende weiße Brandung am Fuß der Klippen sehen. Auch von der Backbordseite schoben sich die hohen, steilen Felswände des Festlands näher und näher heran. Für Peter sah das alles nach einer verdammten Mausefalle aus, denn wenn er durch sein Fernglas blickte, dann sah er voraus überall nur weiße, schäumende Brandungsbrecher. Er schluckte trocken und zwang sich, blasiert in die Gegend zu schauen. ›Eigentlich kann es da gar kein Durchkommen für uns geben‹, dachte er dumpf, ›wollen wir hoffen, dass der verdammte Bretone weiß, was er tut!‹ Beim nächsten Gedanken musste er wieder grinsen, was die Männer, die das beobachteten als ein Zeichen besonderer Kaltblütigkeit auslegten, dabei war ihm nur durch den Kopf gegangen, dass er vielleicht doch bald mal in Betracht ziehen sollte, das Schwimmen zu erlernen. Allerdings bezweifelte er, dass ihm das bei einer derartigen Brandung weiterhelfen würde.

»Wir sind im *Chenal de Helle*, Monsieur«, meldete der *timonier*, »wir steuern auf die Bake von La Helle zu.«

Das Schiff beschleunigte immer mehr. Die Bake auf dem Plateau de la Helle kam rasend schnell näher, über den Untiefen an beiden Seiten schäumte der Flutstrom. Wirbel bildeten sich, wo der Strom sich in Unterwassereinbuchtungen fing, vor Unterwasserhindernissen wölbten sich dunkle Wasserblasen, als drückten am Meeresboden große unterirdische Quellen ihr Wasser nach oben. Wie mit einem Lineal gezogene Linien markierten die Grenze zwischen zwei in verschiedenen Richtungen aneinander entlanglaufenden Strömen. Hinter scheinbar ruhigen Flächen gurgelten schäumende Strudel. An herausragenden schwarzen Felsen stiegen weiße Gischtwolken in die Höhe. Wirklich beeindruckend, dachte Peter, aber ich denke, dass ich das nicht allzu oft mitmachen möchte. Sie hatten immer noch alle Segel gesetzt, die sie tragen konnten, und der Strom schob sie mit aller Macht vorwärts. Peter lief ein kalter Schauer den Rücken hinunter, das war ein Höllenritt. Wenn jetzt eine Spiere brach, dann … Er wagte nicht, den Gedanken zu Ende zu denken. Warum nahm der Trottel nicht wenigstens ein paar Segel weg? Wollte er ihm imponieren? Er war schon fast entschlossen einzugreifen, da trat Kerouac neben ihn. Der Bretone rieb sich zufrieden die Hände. »Zum Glück haben wir Wind genug von achtern. Stellen Sie sich vor, wir hätten jetzt nur so eine schwache Kühlte, dann hätten wir kein Ruder mehr im Schiff, weil der Fahrtwind den wahren Wind aufheben und wir keine Fahrt durch das Wasser mehr machen würden.« Er lachte schallend. »Ganz schön blöd, wenn man darauf hoffen muss, dass der Strom genau dahin will, wo man auch hin möchte, *n'est ce pas?*« Peter nickte kühl. Da war er knapp an einer Blamage vorbeigeschrammt. Aber immerhin dachte er gerade noch rechtzeitig daran, die französische Flagge über der britischen setzen zu lassen, bevor sie in die Schussweite der Batterien kamen, die das Fahrwasser bewachten. Der Steuermannsmaat navigierte das Schiff in der Tat ohne jede Hektik durch das schwierige Fahrwasser, das sich immer mehr verengte. Die Untiefe *Basse Saint Pierre* flog vorbei. Ein Blick achteraus zeigte, dass die Fregatte keineswegs darauf verzichtete, ihnen weiter zu folgen. Sie fiel ab, setzte die Leesegel und lief in das Fahrwasser ein. Der englische Kommandant musste entweder ein gewissenloser Spieler oder ein ausgezeichneter Seemann sein, der das Risiko ganz nüchtern kalkulierte.

Kerouac war ganz in seinem Element. »Klar zur Halse, Jungs!« Die Männer waren schon auf den Stationen und bereit. Das Heck drehte durch den Wind. Voraus war nur noch ein geschlossener Brandungsgürtel zu sehen. »Jetzt hat er völlig den Verstand verloren!«, murmelte Peter leise. Aber der Bretone rief ihm mit einem strahlenden Lächeln zu: »Jetzt geht es durch das Tor der *Grande Vinotierre*, dann haben wir den spaßigsten Teil auch schon hinter uns!« So ganz schien er aber dem Frieden nicht zu trauen, denn auch er warf einen langen, prüfenden Blick ins Rigg. Wenn jetzt etwas von oben kam, dann ...

›Ich wusste es, der Kerl ist völlig verrückt! Aber was soll's? Das bin ich schließlich auch. Mitgegangen, mitgefangen, mitgehangen heißt es doch so schön. Also Contenance!‹ Er blickte zu den grauen Wällen des Forts empor, auf denen man deutlich die Soldaten erkennen konnten, die ihren Bravourritt beobachteten. »Eigentlich schade, dass die uns nicht auch noch beschießen, das wäre doch das Tüpfelchen auf dem »i«. Aber die Kanoniere würden ja gleich an dem Engländer ihr Mütchen kühlen können. Peter stierte nach vorne. Überall weiße Brandung über schwarzen Felsen oder aber das Wasser färbte sich plötzlich hellgrün oder aquamarinblau mit dunklen Schatten unter der Oberfläche. Er schluckte heftig. Kerouac befahl dem Rudergänger eine kleine Kurskorrektur – und da war sie! Eine Durchfahrt voraus, vielleicht knapp zwei Kabellängen breit. Sie flogen darauf zu, schossen hindurch, gingen platt vor Laken und halsten gleich darauf wieder. Hinter ihnen brüllten die Geschütze der Festungen auf. Peter wandte sich um. Die Kanonen der Forts waren selbstverständlich auf das Fahrwasser eingerichtet, aber es war offensichtlich gar nicht so einfach, ein Ziel zu treffen, dass sich so schnell bewegte. Dazu kam, dass die Geschütze weit oben auf den Steilklippen standen, was erfahrungsgemäß dazu führt, dass von den Geschützführern die Entfernung zum Ziel falsch eingeschätzt wird. Zum Teil verlief das Fahrwasser auch so dicht unter Land, dass die Geschütze es nicht bestreichen konnten. Auch Kerouac blickte nach hinten. Er nickte bewundernd. »Wirklich, der Kerl hat Eier in der Hose! *Oh, pardon*, Monsieur!«

»Schon gut, *mon ami*, ich weiß schon, was Sie meinen. Man muss also nicht hier geboren sein, um diese Gewässer als seinen Spielplatz anzusehen.« Diese kleine Bosheit hatte sich Peter nicht verkneifen können.

Der Bretone sah ihn an, nickte und sagte dann ernst: »Unter hundert finden Sie einen, der das riskiert, *mon lieutenant*. Der Kommandant muss ein außergewöhnlicher Mann sein, vermutlich war er im letzten Jahr vor Quiberon in der Schlacht bei den Cardinaux dabei. Aber das wird ihm nichts nützen, denn wir laufen jetzt auf das Kap Saint Mathieu zu, luven anschließend langsam an, lassen Les vieux Moines an Backbord liegen, und dann sind es noch etwa sieben Meilen bis zum Goulet.« Er zuckte gleichmütig mit den Achseln. »Es müsste schon mit dem Teufel zugehen, wenn er uns bis dahin noch einholen sollte, zumal er unter immer heftigeren Beschuss kommen wird.«

Peter erinnerte sich dunkel, dass er auf einer der Soirées zugehört hatte, als ein paar Herren bitter über diese demütigende Niederlage geklagt hatten. Was war da passiert? Die Franzosen hatten eine Invasionsflotte im Golfe du Morbihan zusammengezogen, mit der sie in Schottland landen wollten. Ein starker Sturm zwang Admiral Hawke, die Blockade aufzugeben und mit seiner Flotte in Torbay Schutz zu suchen. Er ließ Commodore Duff in der Bucht von Quiberon mit fünf 50ern und neun Fregatten als Wache zurück. Als der Wind nach Osten drehte, verließ Admiral Comte de Conflans Brest mit seiner Schlachtflotte, um die Invasionsflotte aus der Blockade zu befreien. Duff hatte, weil er frühzeitig gewarnt wurde, trotz widriger Windverhältnisse rechtzeitig seinen Ankerplatz verlassen und zog geschickt die französische Vorhut und das Gros nach Süden und Norden auseinander. Die Nachhut segelte nach Westen, um unidentifizierte Segel zu untersuchen. Aber auch Admiral Hawke war von der Fregatte HMS *Actaeon* alarmiert worden, die trotz des Sturmes auf ihrer Position vor Brest geblieben war, und erschien um 08.30 Uhr auf der Szene, als die gegnerische Flotte immer noch zerstreut war. Conflans steckte in der Klemme. Wenn er den Kampf annahm, dann war seine taktische Ausgangsposition denkbar schlecht, zumal ein starker WNW-Sturm aufgezogen war. Er entschied sich dafür, sich mit seiner Flotte hinter die Untiefen und Klippen der Quiberonbucht zurückzuziehen. Nie im Leben hätte er damit gerechnet, dass ihm die Engländer unter den herrschenden Windverhältnissen in dieses gefährliche Fahrwasser folgen würden. Aber genau das taten sie. Peter erinnerte sich, dass einer der Herren halb bewundernd Admiral Hawkes Ausspruch zitiert hatte: »Wo Wasser genug für ein französisches Schiff ist, dort ist auch Wasser genug für ein englisches!« Um 09.00 Uhr ließ Hawke das Signal für »Freie Jagd!« setzen. Im Ergebnis verloren die Engländer zwei Linienschiffe durch Strandung, die Franzosen dagegen verloren sechs Linienschiffe, eins wurde geentert, die anderen flüchteten entweder nach Rochefort oder suchten hinter der Barre de Vilaine Schutz, die sie aber nur passieren konnten, nachdem sie ihre Kanonen und Teile der Ausrüstung über Bord geworfen hatten. Diese Schlacht hatte das Rückgrat der französischen Flotte gebrochen, das war die Überzeugung der griesgrämigen Herren gewesen. Sie hielten es daher für unsinnig, weitere Millionen in ihren Wiederaufbau zu stecken.

Peter blies die Backen auf, erst jetzt wurde ihm klar, was die englischen Seeleute geleistet hatten. Verdammt, die konnten wirklich mehr, als Gin trinken! Er konzentrierte sich wieder auf die Gegenwart. Es lief alles so ab, wie Kerouac es vorhergesagt hatte. Nach dem Runden des Kaps hielten sie weit in das *Avant Goulet de Brest* hinaus, um nicht in der Abdeckung der Steilküste hängen zu bleiben. Als die Fregatte das Kap passierte, hatten sie einen beruhigenden Vorsprung von gut drei Seemeilen. Auch der Kapitän der Fregatte schien einzusehen, dass er das Spiel verloren hatte, er segelte mit Steuerbordhalsen wieder nach Westen auf die offene See hinaus. Bald darauf näherte sich ihnen ein Lotsenboot. Der alte weißbärtige Lotse war nicht wenig erstaunt, als sich ihm ein blutjunger Leutnant in der weißen Uniform der Marineinfanterie als Kommandant des Schiffes vorstellte, der noch dazu Französisch mit einem deutlichen ausländischen Akzent sprach. Er schüttelte verwirrt den Kopf und dachte: ›Was sind das nur für verrückte Zeiten!‹ Dann erblickte er den Steuermannsmaat, der höflich hinter Peter gewartet hatte, und begrüßte ihn mit einem Lachen. Sie umarmten sich und tauschten Wangenküsse aus, dann verfielen sie in schnelles Bretonisch. Von diesem Moment an verstand Peter kein Wort mehr, sah aber, dass der alte Lotse ihn ein paar Mal bewundernd musterte. Offensichtlich lobte ihn der *timonier* über den grünen Klee. Ihm sollte es recht sein.

In Brest war Pierre de Morin, Leutnant der Marineinfanterie, nach dem Festmachen der Held des Tages und verlebte in der Folge eine turbulente Zeit, die ganz nach seinem Geschmack war. Ein Fest jagte das andere. Jede der vornehmen Familien wollte den jungen, charmanten Helden bei sich zu Hause bewirten. Die jungen Damen himmelten ihn an. Den

Brief, den er ganz dringlich an Amélie hatte schreiben wollen, geriet dabei immer mehr ins Hintertreffen. Aber aufgeschoben, ist ja nicht aufgehoben, sagte er sich immer wieder. Wir, die wir Peters flatterhaften Charakter kennen, dürfen da so unsere begründeten Zweifel hegen …

Teil Zwei

Eine glückliche Fügung verhilft Paul zu einer Beförderung zum diensttuenden Dritten Leutnant auf der Tempest. *Der Besuch auf der Reede von Goeree in Westafrika hält für ihn einige Überraschungen bereit und beschert ihm eine sehr beeindruckende neue Erfahrung.*

Pierre de Morin bedauert erneut, dass er im Kanal nicht die Seiten gewechselt hat, denn leider wird sein Konvoi auf dem Weg nach Westindien von englischen Fregatten abgefangen und schwer in Mitleidenschaft gezogen. Viele gute Männer sterben. So kann Peter froh sein, wenn er die tropischen Zuckerinseln erreicht.

Die Männer der Tempest *erfahren vor der Insel St. James im Gambia River, dass König George II. verstorben ist. Im Anschluss an eine feierliche Zeremonie in der Festung geraten sie in eine blutige Rebellion gegen Shaka, den König der Wolof. Die Besatzung der* Tempest *muss sich unter der Führung von Paul und Prinz Boro, dem vierten Sohn Shakas, an der blutigen Niederschlagung des Aufstands beteiligen, zumal auch Deserteure der* Tempest *in den Aufstand verwickelt sind.*

Anschließend bekommt Paul einen tiefen Einblick in den Alltag auf einem Sklavenschiff, der ihn erschaudern lässt.

Kapitel 9

Vor der afrikanischen Küste, November 1760

Es war unerträglich heiß. Paul wischte sich mit dem Ärmel den Schweiß von der Stirn. Kapitän Stronghead hatte seinen Offizieren erlaubt, die dicken Uniformjacken abzulegen und ihren Dienst, mit Ausnahme der Musterungen und des Gottesdienstes, in Hemdsärmeln zu versehen. Aber trotzdem liefen dem jungen Mann unter der sengenden tropischen Sonne, die am Mittag fast im Zenit stand, Schweißbäche am Rückgrat hinunter. Der Konvoi hatte sich bei Kap Vincent aufgeteilt. Ein Teil war in das Mittelmeer gesegelt, wo die meisten Schiffe als Erstes in Gibraltar vor Anker gehen würden, um dort entweder ihre Ladung zu löschen oder Informationen zu sammeln, wie es mit der weiteren Passage zu ihren eigentlichen Bestimmungshäfen in Italien oder der Levante bestellt war. Der größte Teil der Schiffe war unter dem Schutz der kleinen Flotte des Kommodore nach Südwesten abgedreht, um nördlich der Kanarischen Inseln den Passat zu erwischen und mit dessen Hilfe zu den Westindischen Inseln, den nordamerikanischen Kolonien oder nach Kanada zu gelangen. Die *Thunderbolt* war mit einem halben Dutzend Sklavenschiffen weiter nach Süden unterwegs. Die Menschenhändler waren zwar durch die Bank schnelle, gut bewaffnete Schiffe, die sich recht gut selbst verteidigen konnten, aber die räuberischen Aktivitäten der maghrebinischen Korsaren hatten in der letzten Zeit zugenommen, und so hatte man sich in der Admiralität entschieden, vor der westafrikanischen Küste verstärkt Flagge zu zeigen. Die *Thunderbolt* sollte die Stützpunkte an der Küste besuchen und in dem neu dazugewonnenen Gebiet zwischen dem Senegal und dem Gambia River Stärke demonstrieren, um den britischen Einfluss bei den eher frankophilen Eingeborenen zu zementieren, und dann ein Geleit, das vermutlich wieder vorwiegend aus Sklavenschiffen bestehen würde, sicher nach Westindien bringen, da die Admiralität in diesem Seegebiet neben den üblichen Freibeutern auch französische Seestreitkräfte vermutete. Aber zurzeit liefen sie mit einer nur schwachen Backstagsbrise und einem mitsetzenden Strom außer Landsicht nach Süden. Wenn sie mal dichter unter Land standen, dann war der Anblick auch nicht sehr aufregend gewesen, denn dort erstreckten sich, so weit das Auge sehen konnte, lange, flache Sanddünen bis zum Horizont. Dort drüben schien es kein Leben zu geben. Die Vermutung lag nahe, dass es unter diesen Umständen dort überhaupt kein Leben geben konnte. Aber dieser Eindruck musste falsch sein, denn ein paar Mal hatten sich ihnen mit Lateinersegeln getakelte Schebeken genähert, die aber sofort abgedreht hatten, nachdem sie die Zusammensetzung des Konvois rekognisziert hatten. Auch die Piraten an dieser Barbareskenküste scheuten ein unkalkulierbares, hohes Risiko. Jedesmal wenn der ablandige Wind auffrischte, dann führte er einen feinen, roten Staub mit sich, der durch alle Schotte und Klappen drang, das schneeweiße Deck verunzierte, sich in der durchgeschwitzten Kleidung verklebte und die Augen entzündete. Außerdem setzte er die Sichtweite herab, es war dann fast so, als würden sie durch dünnen Nebel navigieren. »Verdammter Harmattan!«, hatte Goodfellow missmutig geknurrt und vernehmlich mit den Zähnen geknirscht. Das mit dem Knirschen konnte man wörtlich nehmen, denn die kleinen Sandkörnchen gelangten natürlich auch in den Mund. Alle Männer an Bord hatten ständig Durst. Da das inzwischen erbärmlich stinkende, schleimige grüne Gesöff aus dem an Deck stehenden, für alle zugänglichen Bereitschaftsfass trotzdem in großen Mengen von den Seeleuten getrunken worden war, hatte der Kommandant das Wasser rationieren lassen und neben das Fass einen Seesoldaten postieren müssen. Wenn er jetzt in das Wasserfass schaute, dann sehnte Paul die Zeiten herbei, in denen er als Husar durch den Böhmerwald gestreift war. Ihm lief das Wasser im Mund zusammen, wenn er sich die dort überall zu Tal plätschernden kühlen, klaren, sauberen Quellen in Erinnerung rief. Er vermeinte, ihr sanftes Gluckern und Glucksen zu hören, und bildete sich ein, sich an den Geschmack erinnern zu können, der es zweifellos mit dem edelsten Champagner aufnehmen konnte, zumindest dann, wenn einem die Zunge wie ein trockener Kloß im Mund lag und die Lippen vor Trockenheit aufplatzten. Schade, dass er sich in Kent nicht die Zeit genommen hatte, ausgiebig von dem Bier zu kosten, das in seiner Brauerei hergestellt wurde. Wenn er davon hier und jetzt ein großes, kühles Fass an Deck stellen könnte, er würde ein Vermögen verdienen!

Da der Erste Leutnant das gute Wetter von Anfang an ausgenutzt hatte, war zurzeit an Deck und im Rigg nicht viel zu tun. Das Schiff glänzte und blinkte vom Flaggenkopf bis zum Wasserpass. Sobald der raumachterliche Wind zu schwach wurde und die Segel einzufallen drohten, wurden Matrosen auf die Rahen geschickt, die die Segel mit Seewasser benetzen mussten. Das Wasser wurde mit Schlagpützen aus der See geholt und an langen Leinen nach oben auf die Rahen gehievt, wobei die an Deck stehenden Männer manch eine mehr oder weniger willkommene salzige Dusche abbekamen. Ob die feuchten Segel tatsächlich besser zogen, wagte Paul nicht zu beurteilen, jedenfalls hatten die Teerjacken etwas zu tun, und außerdem konnten sie ihren Schabernack treiben. Problematisch wurde es, wenn der Wind längere Zeit ganz wegblieb, denn dann konnte es zwischen den Männern zu heftigen verbalen Streitereien und auch Prügeleien kommen, was in diesen Fällen dann zu Auspeitschungen führte. Deswegen tat Backwater alles, um die Seeleute beschäftigt zu halten. So befahl er sie sogar in den Flautenlöchern unter dem Vorwand an die langen Riemen, die *Thunderbolt* in Rufweite von unbotmäßigen Geleitschiffen zu pullen. Zur Unterstützung der Ruderer wurden die Pinasse und die Barkasse ausgesetzt, die die Fregatte mit Muskelkraft schleppten. Beides war ein wahrhaft knochenbrechendes Geschäft, das ihm unter den Männern keine Sympathiepunkte einbrachte. Allerdings waren sie nach der Plackerei so erschöpft und ausgelaugt, dass sie ihren Ärger kaum noch artikulieren konnten, zudem war es noch nie die Aufgabe eines Ersten Leutnants gewesen, den Beliebtheitspreis der Mannschaft zu erringen. Wann immer sich ein Sklavenjäger für den Geschmack von Kapitän Stronghead zu weit vom Geleit entfernt hatte, wiederholte sich die Schinderei. Das einzig Positive, was man von dieser abweisenden Küste sagen konnte, war, dass man in dem kalten Südstrom große Mengen besten Fisch angeln konnte, der den Speiseplan auf das Delikateste bereicherte.

Paul sah den Mister Midshipman Cully weit hinten auf dem Achterdeck mit zwei Seeleuten tuscheln, sie steckten die Köpfe enger zusammen, als es bei ihren unterschiedlichen Dienstgraden statthaft war. Es hatte noch vor dem Verlassen des Kanals Ärger zwischen ihm und Cully gegeben – natürlich –, aber der Anlass war ein völlig anderer, als Paul vermutet hatte. Nachdem der Dritte Offizier, Leutnant Isaac Smyth, mit der Prise zurück nach Plymouth geschickt worden war, hatten der Kommandant, der Erste Leutnant und der Segelmeister beratschlagt, wer die Wache von Smyth übernehmen sollte. Der Erste Leutnant winkte ab und wies auf seine vielfältigen Pflichten bei der Instandhaltung des Schiffes hin, außerdem wäre der Segelmeister ohnehin zusammen mit dem Dritten die Wache gegangen, da könne er sie auch gleich ganz übernehmen*. Kapitän Stronghead hatte überlegt. »Es geht ja nicht nur um das Wachegehen allein, Mister Backwater, die anderen Stationen gemäß der Rolleneinteilung müssen auch übernommen werden. Die Anwesenheit von Mister Goodfellow ist beispielsweise im Gefecht auf dem Achterdeck unabdingbar.« Der Segelmeister schmunzelte; er vermeinte zu erahnen, in welches Fahrwasser der Kapitän einlaufen wollte. »Also, Sir, das Kommando über die Batterie muss ich ohnehin ablehnen, mit den Dingern habe ich nicht viel im Sinn, und um vorneweg beim Entern auf andere Schiffe zu jumpen, sind meine Knochen schon ein wenig zu steif.« Er machte eine Pause, blickte versonnen in den Topp des Großmasts und fuhr dann beiläufig fort: »Da bleibt Ihnen wohl nichts anderes übrig, als einen der jungen Herren zum diensttuenden Dritten zu befördern, Sir.«

Stronghead blickte ihn erstaunt an, so, als wäre er von sich aus gar nicht auf diese Idee gekommen. »Mister Goodfellow, das ist die Lösung. Mister Backwater, wen würden Sie vorschlagen, Sir?«

Backwater runzelte die Stirn und stieß schnaufend die Luft aus. »Alles, was recht ist, Sir, das ist eine verflucht knifflige Frage. Midshipman Cully hat ohne jeden Zweifel die größte praktische Erfahrung ...«

---

* Der Segelmeister war kein bestallter königlicher Offizier, deshalb sollte er – trotz erwiesener bester beruflicher Eignung – nicht verantwortlich eine Wache führen.

»… aber der ist so strohdumm, dass er immer noch glaubt, eine Alhidade* wäre eine Prinzessin aus ›Tausend-und-einer-Nacht‹, wenn denn dieser Simpel jemals etwas von dieser erbaulichen Lektüre gehört haben sollte. Mehr als die üblichen Segelmanöver zu kommandieren ist bei dem nicht drin. Außerdem habe ich bei ihm immer so ein komisches Gefühl, ich weiß nicht warum, aber ich trau dem Kerl nicht über den Weg, Sir.«

»Mister Goodfellow, ich danke Ihnen, dass Sie meine Bedenken so meisterhaft für mich formuliert haben, Sir!«, knurrte Backwater missmutig. »Aber Sie haben natürlich recht! Swift und Highfield sind noch zu jung, bleiben folglich nur Bloomsburry und, nun ja, dieser Morin. Die Punkte, die Sie vorhin so weit von sich gewiesen haben, nämlich der Umgang mit der Artillerie und das Entern, sind Dinge, die dieser junge Herr ausgezeichnet beherrscht. Aber wie sieht es mit dem Wachdienst aus?«

Kapitän Stronghead blickte den Segelmeister fragend an. Der sagte, ohne eine Sekunde zu zögern: »In der Navigation schlägt er alle seine Kameraden um Längen, sein Schwachpunkt liegt in der Durchführung von Segelmanövern, da fehlt es ihm an Erfahrung. Aber wie haben Sie so richtig festgestellt, Mister Backwater, ich gehe ja die Wache mit ihm zusammen. Und der Junge lernt schnell.«

Backwater nickte zustimmend. »Was Mister Bloomsburry angeht, so ist er zwar etwas älter als der Preuße, aber ihm fehlt, ich weiß nicht, wie ich es ausdrücken soll«, er suchte nach Worten, »irgendwie das Feuer, wenn Sie verstehen, was ich meine, Sir. Er folgt lieber, als das er führt!«

Der Kommandant faltete die Hände hinter dem Rücken und wippte mit gesenktem Kopf ein paar Minuten auf den

---

* Teil des Sextanten

Ballen, dann schaute er auf. »So sei es denn! Ich werde Morin zum diensttuenden Dritten befördern.« Er blickte Goodfellow fest in die Augen. »Achten Sie gut auf ihn, Sir, Sie sind so etwas wie sein Pate, wenn Sie verstehen, was ich meine, Sir.«

»Aye, Sir. Ich habe Sie laut und deutlich verstanden.«

Paul wurde nach achtern befohlen. Wie immer in solchen Fällen überlegte er auf dem Weg in die Kabine des Kapitäns, was er verbockt haben mochte, aber eigentlich hatte er ein reines Gewissen. Ob ihn der rachsüchtige Cully wieder mal angeschwärzt hatte? Was mochte der Schuft in seinem kranken Hirn ausgebrütet haben?

Kapitän Stronghead und Leutnant Backwater erwarteten ihn in der Staatskabine. ›Puh‹, dachte Paul, ›große Besetzung! Dann muss es etwas Ernstes sein!‹ Er grüßte zackig. »Midshipman Morin zur Stelle, Sir!« Der Kapitän nickte freundlich und kam ohne Umschweife zur Sache. »Mister Morin, wie Sie wissen, ist der Dritte Leutnant abgängig, daher ernenne ich Sie zum diensttuenden Leutnant. Das ist natürlich nur eine zeitlich begrenzte Beförderung, aber bis wir wieder einen bestallten Leutnant an Bord haben, werden Sie die Wache und auch alle anderen Aufgaben eines Dritten Leutnants übernehmen. Haben Sie noch Fragen, Sir?«

»Nei… nei… nein, Sir. Danke, Sir.«

»Bedanken Sie sich nicht zu früh. Sie übernehmen damit auch eine große Verantwortung, der Sie sich gewachsen zeigen müssen.« Der Kommandant machte dem Steward ein Zeichen, der mit einem Tablett herantrat, auf dem drei Gläser standen. »Die Sonne steht zwar noch nicht ganz unter der Großrahnock, aber ich denke, dass der Anlass eine Ausnahme zulässt.« Er hob sein Glas. »Gentlemen! Auf Ihr Wohl, Herr Leutnant! Glückwunsch.« Pauls Kehle war wie zugeschnürt, der Portwein lief zwar wie glühende Lava hindurch, aber er hätte später nicht sagen können, wie der Wein geschmeckt hatte.

Mister Backwater grinste ihn an. »Dann räumen Sie mal Ihre Siebensachen in den Palast des Dritten um. Wir sehen uns beim Dinner in der Offiziersmesse, Sir. Übrigens, meinen aufrichtigen Glückwunsch, Milord. Enttäuschen Sie mich nicht.«

Als Paul im Gunroom seine Sachen packte, um in die Kammer das Dritten Leutnants umzuziehen, hatte Luke Cully wutschnaubend die Persenningklappe zur Seite gerissen und war in den kleinen, beengten Raum gestürmt. Er hatte sich mit einem kehligen Knurren auf Paul gestürzt, ihn augenblicklich am Hals gepackt und versucht, ihn mit beiden Händen zu erwürgen. Der junge Preuße wurde von der Plötzlichkeit und dem Schwung des Angriffs überrascht. Daher wurde er umgerissen und krachte rücklings auf die Back, die diese Behandlung nicht überstand und splitternd unter den beiden jungen Männern zusammenbrach. Paul stach mit zwei Fingern nach den Augen seines Gegners, der schwer auf ihm lag. Er musste getroffen haben, denn der Würgegriff löste sich und Cully schrie quietschend auf. Stolpernd kamen die beiden wieder auf die Füße. Paul schlug ansatzlos zu und traf Cully mit einer langen Geraden auf die Nase, die hässlich knirschte und knackte. Sie begann sofort zu bluten. Cully schien keinen Schmerz zu verspüren, er musste völlig von seinen Hassgefühlen absorbiert sein. Paul konnte gerade noch einem Fußtritt ausweichen, der ihn in die Familienjuwelen hätte treffen sollen. So landete der wuchtige Tritt nur auf seinem Schenkel, worauf sein linkes Bein fast taub wurde. Unsicher knickte er etwas ein und lehnte sich haltsuchend gegen die Bordwand. Seines Sieges sicher, stürzte Cully erneut nach vorne, er wich einer angetäuschten linken Geraden aus, dafür rannte er voll in einen rechten Schwinger, der ihn wie ein Pferdehuf über dem Auge traf. Die Augenbraue platzte, und Blut sickerte ihm über das Auge. Er fing an zu kreischen und ging mit zu Krallen gekrümmten Fingern auf Paul los, um ihn weiberhaft zu kratzen. Nein, Cully, der ach so gefürchtete Tyrann der Fähnrichsmesse, war keine Kämpfernatur, sondern nur ein aufgeblasener Weichling. Paul drückte sich ab, packte ihn an der Hemdbrust, drehte ihn herum und stieß ihn gegen die Bordwand, dann holte er weit aus und verpasste ihm einen harten Aufwärtshaken, der genau den Solarplexus* traf. Cully zog ruckartig die Beine an und krümmte sich zusammen. Er war schon bewusstlos, als er auf den Decksplanken aufschlug.

Der Segeltuchvorhang flog wieder zur Seite und die anderen Midshipmen drängten herein. Swift holte erschrocken Luft, als er den mit nach oben verdrehten Augen wie tot daliegenden Cully sah. Bloomsburry beugte sich zu ihm hinunter und fühlte am Hals die Hauptschlagader. Erleichtert nickend richtete er sich wieder auf. »Eine Pütz Wasser, Gentlemen!«, befahl er. Alan Highfield eilte davon. »Was war denn hier los?«, erkundigte sich Nicolas Bloomsburry neugierig bei Paul von Morin.

»Ach, unser gemeinsamer Freund hat etwas durchgedreht und mich völlig überraschend angegriffen, da musste ich mich wehren. Keine große Sache, würde ich meinen.«

»Nun, immerhin hast du ihn sauber ausgeknockt, das muss dir erst mal einer nachmachen, Paul. Der Mistkerl blutet wie eine abgestochene Sau. Übrigens sind wir eigentlich hier, um dir zu deiner Beförderung zu gratulieren.«

»Danke, Nicolas. Wir wollen das nicht zu hoch bewerten, schließlich ist es nur eine Beförderung auf Zeit, und danach komme ich zu euch in den Gunroom zurück.«

---

* Sonnengeflecht, schlagempfindliches Nervengeflecht

»Nein, diensttuender Leutnant, das ist schon etwas. Du wirst in dieser Zeit sehr viel lernen.«

Paul drückte ihm die Hand. »Ich frage mich, warum sie dich nicht ausgewählt haben?«

Nicolas lächelte ein wenig kläglich. »Das kann ich dir sagen: Du bist besser, so einfach ist das. Ich beklage mich deshalb auch nicht, ich kenne meine Grenzen. Ach, hier kommt das *eau de vie** für unseren gemeinsamen allerliebsten Freund.« Er nahm Alan Highfield die Pütz aus der Hand und leerte sie mit offensichtlichem Genuss über dem Kopf von Luke Cully. Der kam prustend und schnaubend wieder zu sich.

Paul blickte angewidert auf ihn hinunter. »Ich gehe jetzt rüber in meine neue Residenz. Aber denkt dran, falls Cully euch zu schikanieren versucht, lasst es mich wissen! Gerald und Nicolas sind ja ohnehin auf meiner Wache, aber Alan, du bist in der anderen.« Er klopfte dem Jungen auf den Rücken. Verstehe mich richtig, das ist kein Verpetzen oder so, mein Freund! Cully ist nicht ganz normal, das ist mir heute ganz klar geworden!«

Danach waren Paul auf der ruhigen Nachtwache wieder die Ereignisse durch den Kopf gegangen, die vor seiner überhasteten Abmusterung in Plymouth stattgefunden hatten. Der Anschlag auf ihn, das Verschwinden des Matrosen Ken Little. Wie er schon früher beobachtet hatte, war Cully auffallend oft in Gesellschaft von Seeleuten zu sehen, mit denen er dienstlich eigentlich nichts oder doch kaum etwas zu tun hatte. Er drangsalierte diese Männer auch nicht oder schwärzte sie bei den Offizieren an, wie es sonst seine Art war. Irgendetwas stimmte da nicht. Er wusste, dass Cully auf Rache sann, denn die gebrochene Nase und die breite weiße Narbe über dem Auge machten ihn keineswegs schöner,

---

* Lebenswasser

sondern erinnerten ihn täglich bei jedem Blick in den Rasierspiegel an seine demütigende Niederlage.

Nun hatte aber auch Paul seine Verbindungen ins Zwischendeck, und so setzte er seine ehemaligen Messekameraden auf Cullys Meute an. Nur Bully Sullivan durfte von den geheimen Erkundigungen nichts erfahren, denn in seiner tolpatschigen Art hätte er sich früher oder später verplappert und alles verdorben. Allerdings war Pauls Ansehen bei Bully noch gestiegen, falls das überhaupt möglich war, nachdem er die Veränderungen in Cullys Gesicht fachmännisch begutachtet hatte. »Meine Schule!«, hatte er stolz seinen Messekameraden verkündet, die ob dieser krassen Selbstüberschätzung nur gequält die Augen verdrehten. So ganz unrecht hatte Bully allerdings nicht, denn Paul hatte sich in so mancher langweiligen Nachtwache von dem ehemaligen Berufsboxer zeigen lassen, wie man einen Haken, einen Schwinger oder eine Gerade richtig schlug, und die Schläge beim Schattenboxen eingeübt.

Am meisten versprach sich Paul von Nachforschungen Georgs, des Berliner Stewards der Offiziersmesse. Der Bursche hatte es faustdick hinter den Ohren, und Paul war sich bewusst, dass er ihm immer genau auf die Finger gucken musste, obwohl der Mann ihm sein Leben verdankte, weil er dessen versuchten Diebstahl in der Kapitänskabine auf der Prise *Fortune* nicht gemeldet hatte.

»Also det muss ick Sie sagen, Chef! Det is 'ne verdammt heiße Geschichte, wa. Um diesen Fiesling Cully schart sich eene miese Bande von janz jefährliche Kerls. Die meisten haben schon ville Jahre im Knast abgebrummt, bei dem eenen oder and'ren hat dem Henker seine Schlinge schon verdammt nah am Hals geschubbert. Aber wat die Schufte eigentlich hier an Bord so im Geheimen treiben, hab ick noch nich rausjefunden. Ick hatte ja druff getippt, det se sich heimlich

Zugang zum Spritlager verschaffen, wa, um sich die Hucke vollssusaufen und Jeschäfte mit die Kumpels ssu machen. Die Bande hat nämlich ooch een oder zwee recht jute Kollejen, ääh, Einbrecher in ihre Reihen. Aber is nich! Die klauen nüscht.« Er klang beinahe empört. »Is vielleicht 'ne Teufelssekte oder so wat, Chef, ick weeß et ja ooch nich.«

»Schon gut, Schorsch, aber bleib am Ball. Aber sei vorsichtig, denn falls ich mich nicht irre, dann schrecken die Lumpen auch vor einem Mord nicht zurück, sobald sie befürchten müssen, dass man ihnen auf die Schliche kommt. Was ist eigentlich aus dieser Geschichte mit dem Matrosen Ken Little geworden?«

Georg zuckte mit den Achseln. »Hat in die Musterrolle das ›R‹ hinter seinen Namen bekommen und det war't denn och schon. Sie meinen doch nich etwa …?«

»Doch, genau das meine ich. Vermutlich hat mich der Kerl damals in der Nacht auf dem Galion angegriffen, ich habe ihm die Visage verbeult, und am Morgen war ein Mann aus Cullys Umfeld plötzlich verschollen. Das ist doch merkwürdig, nicht wahr? Ich kannte den Mann überhaupt nicht, hätte ihn aber anhand seiner Blessuren identifizieren können. Irgendjemand schien ein großes Interesse daran gehabt zu haben, dass er seinen Auftrageber nicht verraten konnte.«

Der Berliner überlegte scharf, dann schlug er mit der rechten Faust in die linke Handfläche. »Jetzt, wo Sie davon reden tun, da fällt mir wat ein. Ick hab neulich rein zufällig mitjehört, wie sich zwei von Cullys Mackern unterhalten haben, wa. Det war noch im Kanal und Sie waren noch Middy und sind beim Reffen und so mit ins Rigg jeklettert. Die Kerls haben sich abjesprochen, dass sie so 'nem verdammten ausländischen Jroßkotz in einer stürmischen, dunklen Nacht das Fliejen von die Rah beibringen wollten, damit er nach Hamburg schwimmen kann, wie sie hämisch meinten.«

Paul war bei der Vorstellung ein kalter Schauer den Rücken hinuntergelaufen, aber so ein Plan würde zu Cully passen. Eine Regenbö, die die Sicht gegen null sinken ließ. Kein Mond. Auf der Rah konnte man die Hand nicht vor den Augen sehen. Der Sturm röhrte, die Segel knallten, kein Mensch würde seinen Hilfeschrei hören, wenn kräftige Seemannsfäuste seine Hände aus dem Segeltuch herausrissen und ihn mit einem kräftigen Stoß vom Fußpferd stießen. Dann der Fall von der Rahnock, dem Ehrenplatz der Middys, in die tobende See. Wann man sein Verschwinden bemerken würde, war ungewiss und letztlich auch völlig egal, denn unter diesen Wetter- und Sichtbedingungen würde man ihn nie finden. Wortlos hatte er Georg auf die Schulter geklopft und sich in seine kleine Kabine zurückgezogen. Die Kammer enthielt eine feste Koje, ein Schränkchen mit Schreibplatte, seine Seekiste und einen Stuhl. Aber es war ein ganz wundervolles Privileg, seine eigenen vier Wände zu haben, auch wenn der Raum äußerst knapp bemessen war und die Wände lediglich einen Sichtschutz darstellten. Aber da er ohnehin fast ausschließlich zum Schlafen hier drinnen verweilte, war er hochzufrieden mit seiner neuen Behausung. Der Wachdienst war anstrengend, denn gemäß den Befehlen von Kapitän Stronghead musste der jeweilige WO dafür sorgen, dass die Schiffe des Geleits ihre Positionen einhielten, was wiederum bedeutete, dass alle naselang Manöver gefahren werden mussten. Segelmeister Goodfellow achtete darauf, dass Paul diese Manöver von seiner ersten Wache an kommandierte. Zuerst empfand es Paul nahezu als Hohn und bekam schon einen Schweißausbruch, wenn der alte Mann ihn freundlich ansprach: »Mister Morin, wenn ich Ihre geschätzte Aufmerksamkeit auf diese Brigantine dort an Steuerbord achtern lenken dürfte. Es hat ganz den Anschein, als würde sie weiter hinaus auf den großen Teich zuhalten. Es wäre sicher ratsam anzuluven, um sie wieder auf den Pfad der Tugend zurückzubringen.« Leise hatte er dann noch gemurmelt: »Auf geht's, junger Mann!« Beim ersten Mal hatte Paul mit feuchten Händen die Flüstertüte ergriffen, hatte kurz die Reihenfolge und den Wortlaut der notwendigen Kommandos rekapituliert und dann durch das Sprachrohr gebrüllt: »Segeltrimmer auf Station! Rudergänger! Anluven am Wind! Etwas lebhaft da unten in der Kuhl!« Hinter ihm hatte der Segelmeister nur für ihn vernehmbar geflüstert: »Langsam, langsam mit den jungen Pferden! Ein Kommando nach dem anderen! Sie müssen erst abwarten, bis wirklich alle Stationen besetzt sind. Nur wenn einer trödelt, dann machen Sie ihm Beine! Aber immer eins nach dem anderen. Haben Sie das verstanden!« Paul hatte genickt und das Manöver mehr schlecht als recht zu Ende gebracht, im Wesentlichen deshalb, weil der Bootsmann, seine Maaten, die Toppgäste und die Matrosen alleine wussten, was getan werden musste. Aber erst in der Nacht, als er in seiner Koje lag und die Ereignisse des Tages hatte Revue passieren lassen, war ihm wirklich klar geworden, was Goodfellow gemeint hatte. Mit der dezenten Unterstützung des Segelmeisters im Rücken wurde er von Tag zu Tag sicherer. Jetzt nach gut drei Wochen stand Paul bei Manövern mit leicht gespreizten Beinen auf dem Achterdeck, die Hände hatte er auf dem Rücken gefaltet, und gab souverän seine Kommandos, als ob er nie etwas anderes gemacht hätte. Der Segelmeister hielt sich weiter hinten am Ruder auf und kontrollierte, scheinbar ohne ihn zu beachten, Kompass und Stundenglas, um die Kurse für seine Koppelrechnung zu notieren. Nicolas Bloomsburry hatte recht gehabt, er hatte jetzt schon viel, sehr viel dazugelernt.

Der größte Genuss für Paul war die kameradschaftliche, entspannte Atmosphäre in der Offiziersmesse. Bei den Mahlzeiten hatte selbstverständlich der Erste Leutnant Backwater den Vorsitz inne, der aber auch gerne an den lebhaften Diskussionen teilhatte, die hauptsächlich zwischen dem Zweiten Leutnant Hannibal Excom und dem Schiffsarzt Alastair McPherson, der, wie Excom vermutete, ein heimlicher Papist war, über Gott und die Welt geführt wurden. Leutnant Sharp von den Seesoldaten hörte meist nur amüsiert zu und mischte sich selten ein, meist dann, wenn sich die Streithähne ganz offensichtlich in aussichtslose Positionen verrannt hatten. Segelmeister Goodfellow lächelte ohnehin nur väterlich vor sich hin, während der Zahlmeister John Haggler schweigend mit Leichenbittermiene hastig seinen Teller leerte, den Diskutanten einen düsteren Blick zuwarf, um dann schnellstens wieder in den Gedärmen des Schiffes zu verschwinden, wo er sich in seine Listen und Rechungsbücher vertiefte. Dabei fiel Paul ein, dass er dem lieben Schorschie bei Gelegenheit nochmals auf den Zahn fühlen musste, was genau es mit den nicht ganz sauberen Geschäften des Pursers auf sich hatte, auf die der Steward damals auf der *Fortune* angespielt hatte.

Es war auf der Vormittagswache, als der Ausguck Land an Backbord voraus meldete. Aus der Karte wusste Paul, dass es sich um die lange, nach Westen in den Ozean hinausragende Halbinsel des Kap Verde handeln musste, jedenfalls wenn ihre Loggerechnung richtig war. Paul hatte eines der schwarzen Handbücher von Kapitän de Vries intensiv studiert und war überrascht gewesen, wie viele interessante Informationen über den vorherrschenden Wind, den Strom und markante Landmarken das Büchlein enthielt. Ein paar Mal hatte er sogar Mister Goodfellow mit seinen Kenntnissen beeindrucken können. Als der Kommandant und der Segelmeister in einem Flautenloch darüber diskutiert hatten, ob es nicht sinnvoller wäre, weiter nach Westen auszuholen, um zunächst die Kapverdischen Inseln anzusteuern, hatte er sich höflich eingemischt und mit dem Hinweis auf die komprimierten Erfahrungen seines ehemaligen Mentors davon abgeraten. De Vries hatte notiert, dass im November, am Ende der Regenzeit, der Passat bis etwa 14° N zwar schwach, aber doch recht verlässlich aus N bis NE wehte. Dagegen konnte er südlich der Kapverdischen Inseln von NE bis auf E drehen, was im ungünstigen Fall bedeuten würde, dass sie mühsam gegen den Wind aufkreuzen mussten. Man muss anerkennen, dass der Kapitän nicht zu stolz war, auch den Rat eines nur Beinahe-Leutnants anzunehmen – beziehungsweise den von dessen verstorbenem Lehrmeister.

Nun, es gab eine bewährte Möglichkeit, sich zu vergewissern, ob es sich bei dem soeben gesichteten Land um Kap Verde handelte: Angucken! »Mister Bloomsburry, wenn Sie so freundlich wären, mit einem Teleskop in den Großtopp aufzuentern. Schauen Sie sich genau an, was Sie an Gebäuden erkennen können, und achten Sie bitte auch auf Mastspitzen hinter dem Land!«

»Aye, aye, Sir!«

Nicolas Bloomsburry warf sich das große Teleskop über die Schulter, befestigte es so auf dem Rücken, dass es ihn beim Klettern nicht behinderte, sprang in die Großmastwanten und kletterte geschickt nach oben. Auch Kapitän Stronghead und der Erste Leutnant waren inzwischen auf das Achterdeck gekommen und blickten ungeduldig nach oben. Nach einigen Minuten kam der Midshipman an einem Backstag zurück an Deck gerutscht. Seine Beschreibung ließ keinen Zweifel daran, dass sie ihren Landfall vor Kap Verde gemacht hatten. Außerdem meinte er hinter dem Kap zwei oder drei ankernde Schiffe ausgemacht zu haben. Die Rundung von Kap Manuel am südlichen Haken der langgestreckten Halbinsel bereitete keine besonderen Probleme. Sie hielten auf die Insel Goeree hinter der Halbinsel zu, die Handelsschiffe folgten ihnen wie an einer Perlenschnur aufgezogen. Unterhalb des Forts grüßten sie den Gouverneur und Kommandanten dieses winzigen Inselchens unter der britischen Flagge mit dem üblichen Salut. Sie ankerten etwas abseits von drei Frachtern auf acht Faden Wasser, machten die Segel hafenfein fest, trimmten die Rahen sorgfältig parallel und setzten die Boote aus. Der Kommandant wollte mit seiner Gig sofort an Land fahren. Die Barkasse und die Pinasse sollten entweder als Wachboot fungieren und ständig das Schiff umkreisen, um ungebetene Besucher fernzuhalten, oder Frischwasser und sonstigen Proviant transportieren.

In de Vries' Büchlein war die Insel genau beschrieben, schließlich hatten seine Landsleute, die Holländer, das Inselchen schon 1588 unter dem Namen *Goede Reede** nach den Portugiesen in Besitz genommen. Entdeckt hatte sie allerdings für Portugal Kapitän Dinis Diaz schon 1444 während seiner Expedition von Kap zu Kap entlang der Küste. So weit südlich wie er war auf dieser mühseligen Suche nach dem östlichen Seeweg nach Indien entlang der abweisenden Wüstenküste Afrikas noch kein Europäer gekommen, aber den Auftrag seines Königs konnte auch er nicht ausführen. Erst sein berühmter Sohn Bartolomeu Diaz entdeckte dann 1488 das Kap der Guten Hoffnung und Kap Agulhas und eröffnete damit den Westeuropäern einen eigenen, von den Arabern, Osmanen und Venezianern unabhängigen Seeweg zu den Gewürzinseln. Die geschützte Reede hinter Kap Verde blieb aber immer ein wichtiger Stützpunkt auf dem Weg nach

---

* »Guter Ankerplatz«, daraus wurde durch Verballhornung Goeree oder Gorée (franz.).

Süden. 1677 hatten dann die Franzosen die Holländer vertrieben und die Insel zu einem Verschiffungsplatz für Sklaven und heimische Produkte ausgebaut, der ihnen aber 1758 von den Engländern abgenommen wurde. Das Eiland lag etwas mehr als eine Seemeile von der Binnenküste der vorgelagerten Halbinsel Kap Verde entfernt. Sie erstreckte sich etwa neunhundert Yard von Norden nach Süden und war dreihundert Yard breit. An der Südspitze thronte auf einem Basaltfelsen etwa sechzig Fuß über dem Meeresspiegel die Hauptfestung. Unter ihren Kanonen konnte eine ganze Flotte bei allen Windrichtungen sicher ankern. Sogar die gefürchteten Tornados mit ihren kurzzeitig hohen Windgeschwindigkeiten, die im Oktober auch in diesen Breiten gelegentlich auftreten konnten, sollte man auf der Reede sicher abwettern können, wenn man rechtzeitig die notwendigen Vorsichtsmaßregeln getroffen hatte. Während die Männer mit dem Spannen eines Sonnensegels über dem Achterdeck beschäftigt waren, beobachtete Paul, dass zwischen der Insel und einem der Sklavenschiffe große Boote pendelten, die mit Schwarzen vollgepackt waren. Im Kielwasser der Boote konnte er schwarze dreieckige Rückenflossen sehen. Haie! Auch der *Thunderbolt* waren auf See zeitweise einige dieser gierigen Räuber gefolgt. Diese hier warteten anscheinend darauf, dass ein zu allem entschlossener Verzweifelter aus der menschlichen Ladung des Bootes einen letzten aussichtslosen Fluchtversuch unternahm. Am Vormittag des nächsten Tages gingen die drei Sklavenjäger Anker auf, setzten Segel und rundeten das Kap. Auf See würden sie sich ein heißes Rennen liefern, denn wer zuerst mit der frischen »Ware« auf die Märkte Westindiens kam, erzielte die höchsten Preise.

Paul wurde in den nächsten Tagen, während die Schiffe des Konvois Frischwasser an Bord nahmen, drei- oder viermal an Land geschickt, um Briefe des Kommandanten an den

Gouverneur zu überbringen, aber diese Aufenthalte waren immer nur kurz und bis auf ein paar eilige Unterhaltungen mit dem Sekretär des hohen Herrn auch wenig informativ. Der Mann war ein äußerst maulfauler Kerl aus Yorkshire. Nun, vielleicht beruhte seine Schweigsamkeit darauf, dass er einen nur schwer verständlichen Dialekt sprach, den er stolz als *tyke* bezeichnete, als ihn Paul danach fragte. Bei dieser Gelegenheit wurde der Mann für seine Verhältnisse fast geschwätzig, denn er blickte Paul verschwörerisch an und nuschelte dann etwas von den Alten jenseits der Nordsee, nickte heftig und betonte nochmals stolz, dass die Sprache der Alten in seinem County noch lebendig war. Er nickte ungewohnt wild, und Paul vermeinte etwas von stolzen Dänen, beutegierigen Nordmännern und kämpferischen Sachsen zu verstehen.

Auf dem Weg zurück zum Boot ließ sich Paul Zeit. Er hatte Bloomsbury, der die Jolle kommandierte, empfohlen, zwei vertrauenswürdige Männer loszuschicken, die für die Bootsbesatzung Früchte, etwas Wein und frisches Brot besorgen sollten. Um den Männern Zeit zu geben, ihren »Landgang« außer der Reihe etwas länger zu genießen, streifte er mit Karl durch die engen, schattigen Gassen des kleinen Ortes. Die Häuser waren in verschiedenen freundlichen Pastelltönen angestrichen, in den Gärten wuchsen Palmen und vereinzelt auch über und über mit Blüten bedeckte Büsche und duftende Stauden. Paul bekam vor Staunen den Mund kaum zu. Der süße Wohlgeruch war etwas völlig Neues für seine Seemannsnase. Beim Lesen hatte er sich darüber gewundert, dass Kapitän de Vries gelegentlich den charakteristischen Duft einiger Häfen beschrieben hatte, den man bei ablandigem Wind schon weit draußen auf See identifizieren konnte – wenn man ihn schon einmal gerochen hatte, denn Duftnuancen lassen sich nur unvollkommen in Worte fassen. Aber jetzt verstand er wenigstens, was de Vries gemeint hatte. Er konnte sich beispielsweise sehr genau an den Gestank der Themse im Londoner Hafen erinnern und an den Geruch nach Teer, Seetang und Salz, den er in Plymouth geschmeckt hatte. Er schlenderte mit Karl, der seine flinken Fuchsaugen überall hatte, durch die pittoreske Ortschaft. Mehrere große langgestreckte Häuser mit geräumigen Innenhöfen fielen ihnen besonders auf. Alle wiesen zahlreiche Gemeinsamkeiten auf. So verfügte das Erdgeschoß nur über wenige kleine Fensterspalten, die Schießscharten ähnelten, und massive Türen, während sich die Räume im ersten Stock über große französische Fenster auf luftige, überdachte Terrassen hinaus öffneten, die Schatten spendeten und in der Regenzeit Schutz vor den heftigen Schauern boten. Der strenge Gestank menschlicher Fäkalien zog zu ihnen herüber. Schwarze Bedienstete waren damit beschäftigt, die Gelasse im Erdgeschoß mit reichlich Seewasser durchzuspülen und zu lüften. Also hier hatten die zusammengepferchten Sklaven gehaust, bis sie verschifft wurden. Paul blickte Karl an, der rümpfte die Nase und wandte sich angewidert ab. Sie machten aber auch einige Schenken aus, die den Seeleuten der *Thunderbolt* gefallen würden, denn der Erste Leutnant hatte angekündigt, dass er den Männern in Gruppen Landgang gewähren würde. Desertion stellte hier keine Gefahr dar, die Insel war klein und übersichtlich, die umliegenden Gewässer waren mit Haien verseucht, und das karge Hinterland war nichts für Seeleute, die kaum etwas mehr hassten als tagelange Fußmärsche.

Zurück am kleinen Strand, der am Anfang der geschützten Bucht im Nordosten der Insel lag, erwartete sie eine zufriedene, satte Bootsmannschaft. Brotkrumen auf den Duchten, auf dem Wasser treibende Obstschalen und zwei kleine, leere Korbflaschen waren der Beweis dafür, dass die Männer sich eine opulente Extramahlzeit gegönnt hatten. Aber einige grinsten so listig wie satte Kater, die dem Koch heimlich einen dicken Leckerbissen vom Küchentisch geklaut hatten. Sollten die vermaledeiten Halunken es geschafft haben, irgendwie an harten Stoff heranzukommen? Zuzutrauen war es ihnen, denn der Erfindungsreichtum der Jantjes war in dieser Hinsicht außerordentlich groß. Paul hörte, wie Karl hinter ihm leise warnend knurrte. Er wandte sich harmlos tuend an Nicolas: »Die Männer scheinen den kleinen Ausflug und die Erfrischung genossen zu haben, Mister Bloomsbury. Sehr schön! Sie haben doch ganz gewiss darauf geachtet, dass unsere Schlauberger keine Gelegenheit hatten, sich mit starken geistigen Getränken zu versorgen, nicht wahr, Sir!«

»Aye, aye, Sir! Keine Chance, Sir!«, trompetete Nicolas selbstbewusst.

Paul nickte bedächtig vor sich hin. »Dann haben Sie die Truppe also die ganze Zeit nicht aus den Augen gelassen, Sir?«

Nicolas wurde unsicher und blickte sich hilfesuchend um. »Äh, nun ja, Sir, vielleicht nicht die ganze Zeit. Es gab dort drüben in der Gasse einen Tumult, und es schien mir, als ob unsere Proviantholer darin verwickelt wären. Folglich bin ich hinübergeeilt, um die Lage zu klären. War aber nichts Ernstes, Sir, ein paar Dorfbewohner haben ihre Possen mit den beiden getrieben, die schwer beladen die Gasse heruntergewankt kamen. Ich habe die Blackies schroff angefahren und sie aufgefordert, lieber mit anzufassen, anstatt dummes Zeug zu schwätzen und Maulaffen feilzuhalten. Nach einigem Hin und Her haben sie auch verstanden, was ich wollte. Sie haben dann sofort zugepackt und im Handumdrehen war die ganze Verpflegung unten am Boot.« Nicolas warf sich in die Brust und lächelte stolz.

Paul nickte wieder und warf Franz einen verständnisinnigen Blick zu. Der schaute geistesabwesend in den Himmel, hatte die Lippen gespitzt und schien ein unhörbares Liedchen vor sich hin zu pfeifen. Es war nicht zu fassen, der Trick war doch so uralt, dass ihn schon Methusalem seinen Enkeln erzählt hatte. Wenn die Husaren etwas an ihren Vorgesetzten vorbeischmuggeln wollten, dann fingen sie in einiger Entfernung vom Objekt ihrer Begierde einen Streit mit der Bevölkerung an oder inszenierten einen Disput zwischen Kameraden. Sobald die Obrigkeit abgelenkt war, wurde die Beute in Sicherheit gebracht.

Langsam zog Paul seinen Säbel, die Männer erbleichten, sie wussten, dass er sie durchschaut hatte. Aber was hatte dieser verrückte adlige Schnösel denn jetzt vor? Paul ging ein paar Schritte auf dem kleinen Strand zur Seite und zog mit der Klingenspitze einen Strich in den Sand, dann winkte er einen Seemann heran. »Mulligan, wenn du mir bitte die Freude machen würdest, diesen Strich auf den Händen entlangzulaufen, wäre ich dir wirklich sehr verbunden.«

Mulligan zog scharf den Atem ein. Wie alle Matrosen, die oben im Rigg arbeiteten, war er fit und gelenkig. Er trat breitbeinig näher. Die gestellte Aufgabe war eigentlich überhaupt kein Problem für ihn.

»Nun, wird's bald!« Die Stimme hatte jetzt alle lässige Freundlichkeit verloren und war schneidend und scharf.

Mulligan sprang schwungvoll in den Handstand und begann langsam, Hand über Hand, den Strich entlangzulaufen. Um das Gleichgewicht zu halten, musste er mit den Beinen gegensteuern, dabei rutschten ihm die weiten Hosenbeine über das Knie nach oben und zwei Flaschen, die mit Schiemannsgarn an seinen Beinen festgebändselt waren, kamen zum Vorschein.

»Danke, das reicht, Mulligan.« Der Matrose kam mit einem eleganten Sprung wieder locker auf die Füße und ließ betrübt den Kopf hängen. Paul deutete mit der Säbelspitze auf die Beine. »Wenn ich bitten dürfte …« Der Mann krempelt die Hosenbeine auf, zog sein Bordmesser und schnitt die Bändsel durch, dann wollte er die Flaschen Paul überreichen, aber der schüttelte heftig den Kopf. »Oh, nein, mein Freund. Aufmachen und ausgießen! Jetzt!« Mulligan sah aus, als wäre er am liebsten in Tränen ausgebrochen. Er zog den Korken mit den Zähnen heraus und drehte die Flasche langsam um. Mit einem satten Gluckern floss der hochprozentige Stoff in den Sand. Es roch scharf nach Alkohol. »Schnuppern darfst du, Mulligan, aber mehr nicht. Die leeren Flaschen darfst du gerne an Bord mitnehmen, vielleicht hat ein Buddelschiffbauer dafür noch Verwendung, wäre doch schade, wenn du für dein Geld gar nichts bekommen hättest. Was hat die Pulle denn gekostet?«

»Drei Pennies, Sir«, stöhnte Mulligan*.

»Nun, nicht gerade ein Schnäppchen. Sei froh, dass du den Stoff nicht getrunken hast. Der Erste Leutnant hätte dir zu einem karierten Hemd verholfen. So wie der Fusel stinkt, wärst du bestimmt für ein oder zwei Tage ausgefallen.« Er wandte sich an die anderen Teerjacken. »Jungs, wollen wir mit diesen Kinderpossen jetzt noch weitermachen, oder liefert ihr eure flüssigen Schätze freiwillig ab?«

Die Seeleute brummten zwar unfroh vor sich hin, aber ein Sünder nach dem anderen trat vor und leerte seine geheimen Vorräte in den hellen Sand, auf dem ein großer dunkler Fleck entstand. Zwei Männer streckten ihre Arme vor und drehten ihre leeren Hände nach außen, um anzudeuten, dass sie keinen Schnaps versteckt hatten. Ein weiterer Matrose drückte sich im Hintergrund herum und versuchte möglichst harmlos aus-

---

* Zu Erinnerung: Eine Haushaltshilfe in London verdiente vier Pennies am Tag! In London wurden für drei Pence ein Vollrausch und ein Bündel sauberes, trockenes Stroh zum Ausschlafen desselben angeboten.

zusehen. »Miller, vortreten!« Der Mann kam zögernd nach vorne, er blickte misstrauisch auf den Strich im Sand. Trotzig hatte er die Arme vor der Brust gekreuzt. Paul musterte ihn scharf von Kopf bis Fuß, dann zielte er mit der Säbelspitzen über die Arme hinweg auf die Brust des Mannes und stieß zu. Ein heller gläserner Ton erklang. Der Säbel forderte den Matrosen auch ohne viele Worte nachdrücklich auf, sein weites Hemd anzuheben. Dieser alte Fuchs hatte sich die beiden Flaschen um den Hals gehängt. Den Tampen hatte er unter seinem Halstuch versteckt. Paul schüttelte missbilligend den Kopf, ein kleines Teufelchen tanzte in seinen Augen. »Miller, seit wann hast du Hängebrüste! Runter mit dem Zeug!« Die anderen Seeleute grinsten breit. Wenn sie schon kein Glück gehabt hatten, dann war es nur gerecht, dass es auch Miller erwischte.

Zurück an Bord verbreitete sich die Geschichte von dem Missgeschick der Bootsbesatzung wie ein Lauffeuer. »Der Middy hat gar nichts davon mitbekommen. Die Schwarzen haben ihn mit reichlich Puh-halla-buh abgelenkt, währenddessen kamen aus den Seitengassen neben dem Strand die Frauen mit dem Stoff herangewuselt, und schnell war der Handel abgeschlossen. Aber dann kam der verdammte Dritte zurück und wusste sofort Bescheid. Der Teufel soll ihn holen. Keine Ahnung, wie der das geschnallt hat. Ein ganz scharfer Hund und ein schlauer Fuchs noch dazu! Ihr hättet mal sehen müssen, wie elegant Mulligan auf dem Strich gegangen ist!« Die Männer johlten und schlugen sich bei der Vorstellung klatschend auf die Schenkel.

»Halt bloß die Klappe, Jimmy Garner! Mir hat viel besser das saudumme Gesicht von Jake Miller gefallen, als er seine klappernden Hängetitten abschneiden musste!«

»Der Kerl hat uns richtig vorgeführt, verdammt! Möge er in der Hölle schmoren!«

So wurde Paul zwar von einigen seiner ehemaligen Kameraden aus dem Zwischendeck zum Teufel gewünscht, aber die meisten besaßen genug Sportsgeist, um seinem Vorgehen eine gewisse Bewunderung nicht versagen zu können. Es wurde ihm allgemein hoch angerechnet, dass er dem Ersten Leutnant keine offizielle Meldung gemacht hatte, was gewiss eine Bestrafung – vielleicht sogar die Streichung der Grogration für mehrere Tage – nach sich gezogen hätte.

Aber natürlich wussten alle Offiziere Bescheid. Beim Dinner hatte Leutnant Backwater ihm zugenickt und gemeint: »Ich bin froh darüber, wie Sie die Angelegenheit gleich an Land bereinigt haben. Ich hoffe, dass Mister Bloomsbury seine Lektion gelernt hat.«

»Sir, das hat er gewiss, da bin ich mir ganz sicher.«

»Zum Glück haben die Kerle diesen verdammten afrikanischen Spriet nicht gesoffen«, mischte sich Alastair McPherson ein. »Das Zeug ist fast immer giftig und hochgefährlich. Die Destillation des Palmensafts, oder was die Schwarzen sonst noch als Grundstoff zum Brennen verwenden, ist äußerst primitiv, daher enthält das fertige Produkt jede Menge Fuselöle und Methylalkohol. Bloß die Hände weg von dem Stoff!«

Der letzte Brief des Gouverneurs, des sehr ehrenwerten Glen Fishley, hatte eine Einladung zum Dinner enthalten. Kapitän Stronghead sorgte dafür, dass neben Backwater auch Baron Paul von Morin, Peer of Great Britain, Herr auf Thornhedge, zu dem Empfang des Gouverneurs und der Kaufmannschaft, auf dem auch sämtliche Skipper der Sklavenjäger zugegen sein würden, eingeladen wurde. Paul war sich darüber klar, dass er diese Ehre nicht seinen schönen blauen Augen verdankte, sondern seinen Titeln, die an Bord zwar – wie bei der Marine allgemein üblich – geflissentlich ignoriert wurden, aber an Land ihre Wirkung gewiss nicht verfehlen würden.

Nach dem Essen mit recht mäßigen Speisen, nur das Fischgericht war ausgezeichnet gewesen, wurde er zu der Sitzgruppe gebeten, von der aus der Gouverneur Hof hielt. Auch bei diesem Gentleman meinte er einen feinen Anklang des seltsamen Dialekts *Tyke* herauszuhören, den der Sekretär sprach. Er fasste sich ein Herz und erkundigte sich wie nebenbei, ob Glen Fishley auch aus Yorkshire stammte. »Wieso, Sir, hört man das etwa? Dabei gebe ich mir solche Mühe ...«, erwiderte der Gentleman erstaunt. »Aber Sie haben tatsächlich recht, ich bin ein geborener Tyke*. Und was den Dialekt angeht, Baron, so hat er den Vorteil, dass ich mich mit meinem Sekretär in Anwesenheit von Gästen aus anderen Teilen Englands oder gar Englisch sprechenden Ausländern ganz ungeniert auch über delikate Sachverhalte unterhalten kann, ohne dass uns jemand versteht.« Er lachte polternd. »Das ist vielleicht nicht unbedingt höflich, aber manchmal wirklich sehr praktisch, mein lieber Baron.«

Paul lächelte verbindlich. Ihm fielen noch weitere Fragen ein, die ihm an Bord niemand hatte beantworten können. »Ist Goeree wirklich ein so großer, wichtiger Verschiffungshafen für den Sklavenhandel, wie man überall hört, Sir?«

»Ach, Gott bewahre, Sir.« Fishley machte eine abwehrende Handbewegung. »Dafür ist die Insel viel zu klein. Wir können hier doch gar keine großen Menschenmengen unterbringen und über eine längere Zeit verpflegen, geschweige denn mästen. Sie müssen wissen, dass die männlichen Sklaven zum Verkauf ein Mindestgewicht von gut 130 Pfund haben müssen, und nach den Strapazen des Fußmarschs in Ketten durch die Savanne sind viele abgemagert. Schauen Sie sich die augenblickliche Situation an, Sir! Die drei verhältnis-

---

* Tyke bezeichnet auch einen (Ur-)Einwohner Yorkshires und nicht nur den dortigen Dialekt.

mäßig kleinen Schiffe, die kürzlich ausgelaufen sind, haben alles aufgekauft, was die Händler hier an Ware in Vorrat halten konnten. Jetzt dauert es mehrere Wochen, bis genügend Nachschub aus dem Binnenland herangeschafft ist, und kein Schiffer liegt gerne untätig auf Reede. Auch Ihre kleine Flotte wird zum Gambia River weitersegeln. Unser größtes Handicap ist wirklich die Tatsache, dass alles, was hier verschifft oder verbraucht werden soll, den mühsamen Landweg durch die entweder von der Sonne ausgedörrte oder vom Regen in grundlosen Schlamm verwandelte Savanne nehmen muss. Mutter Natur hat es leider versäumt, uns mit einem Fluss zu segnen, der ins Landesinnere führt. Aus diesem Grund sind uns in diesem Teil der Welt die Häfen von Port Saint Louis am Senegal River im Norden und James Island am Gambia River im Süden in jeder Hinsicht weit überlegen. Von den Verschiffungshäfen noch weiter im Süden will ich gar nicht reden, Baron.« Er trank wohlig schmatzend aus seinem großen Kristallpokal. »Übrigens, wie schmeckt Ihnen dieser Rote, er ist das Beste, was Sie hier in dieser hinterwäldlerischen Einöde bekommen können.«

Paul fand es, gelinde gesagt, etwas gewöhnungsbedürftig, wie der Gouverneur ganz selbstverständlich von den Sklaven als menschlicher Ware sprach, nicht anders, als wären es Säcke voller Hirse, Bündel von Elfenbein oder Ballen mit Häuten, aber er hielt opportunistisch den Mund, stattdessen hob er sein Glas prüfend gegen das Licht. »Die Robe ist schon sehr beeindruckend, Sir, die Blume vielleicht ein wenig herb und der Abgang ist, äääh, interessant«, sagte er diplomatisch und wechselt dann schnell das Thema. »Danke für die Auskunft, Sir, aber mir ist da noch etwas aufgefallen. Wie ich feststellen durfte, scheint es im Ort eine Reihe sehr gut gekleideter, äh, sehr attraktiver Damen zu geben, die offensichtlich eine privilegierte Stellung einnehmen. Auch auf diesem Empfang sind viele ungewöhnlich schöne, fast hellhäutige Damen in teuren, geschmackvollen Roben und einem extravaganten Kopfputz anwesend. Ich habe mehrfach den Eindruck gehabt, dass bei den Eingeborenen auf der Insel die Frauen im Handel das Sagen haben. Täusche ich mich da?«

»Nein, das haben Sie schon völlig richtig beobachtet, Milord. Aber das ist eine lange Geschichte.« Der Mann zögerte, nahm nochmals einen langen Schluck von dem ziemlich sprittigen, sauren, dunklen Landwein. Die Angelegenheit schien ihm ein wenig peinlich zu sein. Paul musterte Fishleys rotes, sonnenverbranntes Gesicht und wartete geduldig darauf, dass dieser die Geschichte erzählte.

»Wie Sie wissen, Baron, gehört uns dieses Fleckchen Erde erst seit kurzem, aber unter den Franzosen – vielleicht auch schon unter den Holländern – haben sich gewisse, ahem, Spielregeln eingebürgert.« Fishley goss sich das Glas wieder voll und wischte sich mit einem großen weißen Taschentuch das schwitzende Gesicht ab. »Nun, ääh, in den Sklavenhäusern gibt es immer einen besonderen Raum für junge Mädchen. Sie wissen schon, für das Frischfleisch mit den knackigen Brüsten und, außerdem möglichst, äh, mit einem noch intakten Hymen. Und da kommt es manchmal, äh, nun schon mal öfter vor, dass ein Händler auf einen kleinen Teil seines Profits verzichtet und sich während der Wartezeit, bis ein Schiff einläuft, mit seiner, äääh, Ware vergnügt. Sie verstehen, was ich meine, nicht wahr, Milord?«

»Ich verstehe Sie vollkommen, Sir«, nickte Paul kühl, der wiederum von der Ausdrucksweise dieses Gentleman einigermaßen befremdet war und leicht die Augenbrauen in die Höhe zog. »Und weiter?«

»Bekanntlich sind die Froschfresser zwar überzeugte Papisten, aber fleischliche Gelüste verspüren sie trotzdem auch.

Um nun beides irgendwie unter einen Hut zu bekommen, wird eine *marriage à la mode du pays** arrangiert. Dadurch wird aus dem simplen Betthäschen eine Art Ehefrau auf Zeit. Nun, wie das Leben so spielt, wird die eine oder andere schwanger und bringt ein Mischlingskind zur Welt.« Fishley schüttete sich wieder hastig ein Glas Roten hinter die Gurgel, dann schüttelte er ungläubig den Kopf. Paul vermochte nicht festzustellen, ob er die schlechte Qualität des Weines nicht fassen konnte oder einfach nicht begriff, wie jemand auf die Idee verfallen konnte, die er Paul jetzt darlegte. »Es hat sich hier eingebürgert, dass dann Mutter und Kind nicht verkauft, sondern freigelassen werden. Außerdem müssen sie versorgt werden, wenn der Vater zurück in die Heimat zur Ehefrau fährt oder zu neuen Abenteuern hinter dem Horizont aufbricht. Die Schwangerschaft von einem Weißen macht frei und reich! Das wissen natürlich auch die Mädchen.« Der Gouverneur bekam einen unangenehm lüsternen Zug um den Mund. Er leerte sein schon wieder neu gefülltes Glas in einem Zug. »Sie glauben gar nicht, wie die jungen Dinger um die Gunst der paar Weißen buhlen, die es hier gibt.« Er machte eine Pause, dann fuhr er nachdenklich fort. »Irgendwie kann ich sie verstehen. Sie entgehen dadurch den Strapazen der Überfahrt und der Fronarbeit auf den Plantagen in Übersee. Es gibt in England viele Frauen, die sich aus weniger guten Gründen auf den Rücken legen.«

Dieser saufende, schwitzende Mistkerl ist ein verdammter Pharisäer, dachte Paul zornig, schwieg aber zurückhaltend. Wie er vermutete, hatte auch dieser ehrenwerte Gentleman schon einschlägige Erfahrungen mit den jungen Trostspenderinnen gemacht. Sicher hatten ihm ihre dunkelroten Kirschlippen und ebenholzschwarzen Leiber den entbeh-

---

* Hochzeit nach Landessitte

rungsreichen Dienst in dieser staubigen, heißen Hölle fern der Heimat versüßt.

»Warum immer nur von Mädchen die Rede ist, verstehe auch ich nicht, vielleicht werden die Jungs heimlich bald nach der Geburt zurück zum Stamm geschafft, keine Ahnung, Milord. Es gibt vieles, was Sie in Afrika nie verstehen werden, sogar wenn Sie hier hundert Jahre alt werden sollten. Aber zurück zum Thema. Die Erbinnen – denn das sind sie de facto –, die aus diesen Verbindungen hervorgehen, bilden eine neue Mischlingsaristokratie und werden *Signares* genannt. Das Wort ist verballhorntes Portugiesisch und bedeutet ursprünglich Senhoras, also Frauen. Wie Sie zu Recht festgestellt haben, sind sie oft außergewöhnlich hübsch und häufig sehr intelligent. Nicht wenige von ihnen sprechen mehrere Sprachen und fungieren deshalb als Vermittler zwischen den Händlern und den Lieferanten und streichen fette Provisionen ein. Vielfach unterhalten sie selbst ein weitgespanntes Netz von Handelsverbindungen bis tief in den Kontinent hinein. Wenn Sie ihnen Zeit geben, dann können die Ladies Ihnen alles besorgen, was Ihr Herz begehrt, Baron! Und wenn ich alles sage, dann meine ich alles! Es ist nur eine Frage der Zeit und des …« Fishley lachte glucksend vor sich hin, rieb bezeichnend Daumen und Zeigefinger der rechten Hand aneinander und gönnte sich ein weiteres Glas von dem roten Miesling. »Passen Sie gut auf sich auf, Baron, ich möchte wetten, dass insgeheim schon ein heftiger Wettkampf zwischen den Damen ausgebrochen ist, in welchen Armen Sie sich – nun nennen wir es mal höflich so – erschöpfen dürfen. Ich habe die begehrlich verschleierten Augen wohl bemerkt, als Sie vorgestellt wurden. Ein echter europäischer Baron, das ist in diesem abgelegenen Zipfel der Welt schon etwas. Noch dazu, wenn man so aussieht wie Sie: weißblonde Husarenlocken, blaue Augen, verwegener Schnauzbart à la Tatar, groß und breitschultrig …«

Paul verschluckte sich und bekam einen Hustenanfall. Fishley klopfte ihm väterlich auf den Rücken. Paul ächzte: »Das kommt gar nicht in Frage, Sir! Ich bin, ääh, verlobt!«

»Nun, wenn es weiter nichts ist«, der Gouverneur machte eine abwiegelnde Handbewegung. »Denken Sie an England und tun Sie Ihre Pflicht. Diese Frauen sind sehr einflussreich. Ich kann mir keinen Ärger mit ihnen leisten. Sie könnten, wenn sie das wollten, meine Garnison problemlos aushungern. Außerdem, wie Sie ganz gewiss wissen werden, wollen die Franzosen bei einem Friedensschluss nur zu gerne Goeree zurückhaben, wenn wir schon Port St. Louis und den Gambia River nicht wieder herausrücken. Das Votum der Signares kann da den Ausschlag geben. Diese Damen sind reich – sehr reich! Ein paar prall mit Gold gefüllte Beutel, die in die richtigen Hände gedrückt werden, haben schon so manche diplomatische Entscheidung beeinflusst.«

Paul konnte sich kaum beherrschen. »Sir! Ich bin ein Offizier des Königs und kein Deckhengst ... Sir!«, fauchte er aufgebracht.

Fishley lächelte schief. »Sehr schön, junger Mann! Sie haben Temperament, das kommt bei den Damen gut an! Ich verlange ja nicht, dass Sie die Sklavenlatrinen putzen, Milord. Ich möchte nur, dass Sie den Einladungen der Damen Folge leisten. Und Einladungen werden Sie bekommen, darauf würde ich mein Gehalt von jetzt bis zur Pensionierung verwetten. Denken Sie an die gute Sache und nehmen Sie zumindest eine Einladung an. Denn sonst beleidigen Sie die Signares, und das würde sie sehr, sehr wütend machen. Im Übrigen werde ich die delikate Angelegenheit natürlich auch mit Ihrem Kommandanten besprechen. Sehen Sie einfach alles als eine etwas ungewöhnliche Art der Pflichterfüllung an, Sir. Übrigens eine überaus angenehme und, ääh, in jeder Beziehung befriedigende Pflicht, das kann ich Ihnen mit gutem

Gewissen garantieren. Vergessen Sie alles, was Sie auf diesem Gebiet bis jetzt an Erfahrungen gesammelt haben, Baron, vor Ihnen liegen neue Horizonte! Was die Einladungen betrifft, so sollten Sie sich an mich wenden, damit ich Ihnen bei der Auswahl ein wenig behilflich sein kann. Nein, nein, nicht so, wie Sie denken. Ich würde Ihnen empfehlen, der Einladung einer sehr mächtigen Signare zu folgen, weil die Ihnen die anderen Weiber vom Hals halten wird – falls Sie ihr beim Duett gefallen, hä, hä, hä.«

›Ungeheuerlicher Wüstling‹, dachte Paul zornig und in seiner Ehre gekränkt. ›Nie, nie werde ich mich zu so etwas abkommandieren lassen!‹ Vermutlich war die einflussreichste Signare eine in die Jahre gekommene übergewichtige Matrone, mit gewaltigen Brüsten und einem weit ausladenden Steiß, die stark transpirierte und nach Knoblauch stank. Er riss sich zusammen, bedankte sich kühl, aber höflich bei Fishley, der ihn hintersinnig, feist grinsend anglotzte und sauer aufstieß. Sein Dialekt schlug voll durch, als er zum Abschied halb betrunken nuschelte: »Befehl ist Befehl, mein Junge! Wenn der König ruft, müssen Sie den Säbel blankziehen!« Er lachte grölend und schlug sich klatschend auf die Schenkel.

Paul suchte nach seinen Kameraden, allerdings hatte er das sichere Gefühl, dass alle seine Bewegungen aus dem Schutz eifrig geschwungener Fächer von dunklen Augen genau verfolgt wurden. Es ist doch verdammt widerwärtig, dachte er angeekelt, wie ein gekörter Zuchthengst taxiert zu werden. Als er Kapitän Stronghead von seinem Gespräch mit Fishley und seinen gemischten Gefühlen bezüglich der ihm gezollten Aufmerksamkeit der Damen erzählte, musste Stronghead lachen und meinte humorvoll: »Sehen Sie, Baron, das ist der Unterschied zwischen Männern und Frauen! Den meisten von uns Kerlen ist es peinlich, so begafft zu werden – zumal unter diesen von Ihnen geschilderten Vorzeichen. Frauen dagegen genießen es, wenn viele Herren sie mit den Augen verschlingen. Den meisten Ladies können es gar nicht genug sein. Selbst wenn sie sich scheinbar prüde darüber beschweren, so tut es in Wirklichkeit ihrem Selbstbewusstsein unermesslich gut, im Mittelpunkt der geheimen Wünsche dieser vielen Männer zu stehen.«

Wie Fishley es ihm vorhergesagt hatte, kamen schon am nächsten Tag mehrere Einladungen an Bord. Paul war die Angelegenheit äußerst peinlich, aber natürlich blieb an Bord nichts geheim, und so wurde diese eigentlich höchst private Affäre allgemeiner Gesprächsgegenstand beim Dinner. Der junge Mann war froh, dass zumindest der muffelige Zahlmeister wie üblich sehr schnell wieder die Back verließ, aber die anderen Herren vertieften sich genüsslich in das Thema. Paul hatte den Eindruck, dass bei dem einen oder anderen auch ein klein wenig Neid im Spiel war. Prinzipiell waren zwar alle einmütig der Meinung, dass man grundsätzlich keinen Offizier zu Liebesdiensten abkommandieren dürfe, aber irgendwie waren sich dann doch alle bestallten Offiziere irgendwann einig, dass besondere Umstände auch ein besonderes Handeln rechtfertigten, ja geradezu zwingend erforderten. Nur MacPherson, der heimliche Papist, sprach sich vehement dagegen aus, führte das heilige Sakrament der Ehe an und argumentierte, dass es stets das Ziel des Beischlafs sein müsse, ein Kind zu zeugen. Wie immer widersprach ihm der Zweite Leutnant Excom schon aus Prinzip sehr energisch. »Vergessen Sie den politischen Aspekt nicht, Pille*! Wenn

---

* Spottname für den Arzt

es möglich ist, den Besitz eines so wichtigen und, wie wir ja per Augenschein selbst beurteilen können, eines sehr sicheren Ankerplatzes für unsere Flotte mit einem möglicherweise etwas moralisch bedenklichen Bettenmanöver zu sichern, dann muss man diese Gelegenheit wahrnehmen. Bedenken Sie, die gewaltsame Rückeroberung der Insel könnte Hunderten von Soldaten den Tod bringen, Sir! Ich verstehe selbstverständlich die moralischen Skrupel unseres jungen Freundes hier voll und ganz, aber England erwartet, dass er seine Pflicht tut!«, schloss er pathetisch. Leutnant Sharp, dessen ausgewogenes Urteil Paul sehr schätzte, wiegte langsam den Kopf und meinte dann mit einem etwas schiefen Lächeln: »Seien wir doch mal ehrlich, Gentlemen. Jeder von uns«, er blickte dabei ostentativ den Ersten Leutnant an, »wirklich jeder würde gerne mit einer dieser schönen Damen näheren Umgang pflegen. Selbst unseren etwas bigotten Arzt möchte ich da ganz ausdrücklich nicht ausnehmen. Zwar würde er sich wahrscheinlich im Schutze der Dunkelheit und mit schweren Gewissensbissen beladen an Land schleichen, aber gehen würde er, falls er eingeladen würde – darauf würde ich eine Kiste besten Burgunders setzen.« Er blickte MacPherson auffordernd an, aber der stierte mit gesenktem rotem Kopf auf die Tischplatte vor sich, presste die Lippen zusammen und quetschte die gefalteten Hände so fest aneinander, dass seine Knöchel weiß hervortraten. Mit keinem Anzeichen gab er zu erkennen, ob er das Wettangebot des Seesoldaten überhaupt zur Kenntnis genommen hatte. Sharp zuckte mit den Achseln und fuhr geschäftsmäßig fort: »Überlegen wir doch mal, wie so ein romantisches Tête-à-Tête normalerweise abläuft, Gentlemen. Man lernt sich auf einem Empfang kennen, unterhält sich gut, tanzt vielleicht ein paar Runden, findet sich sympathisch, trinkt etwas zusammen und bekommt am nächsten Tag möglicherweise nicht ganz überraschend eine

Einladung zum Abendessen. Man freut sich den ganzen Tag darauf, schmeißt sich am Abend in die große Uniform und stolziert wie ein Gockel an Land. Beim Dinner kommt man sich näher, findet sich *sehr* sympathisch, und ehe man sich's recht versieht, liegt man zusammen in der Koje. Gewissensbisse? Fehlanzeige! Warum auch? Wir sind Junggesellen, und wer sollte uns ein gelegentliches Ausleben unserer von Gott gegebenen Triebe verübeln? Und wenn wir damit unserem Vaterland einen Dienst erweisen, umso besser, nicht wahr?«

Backwater mischte sich ein und zog trocken ein Fazit. »Wenn ich Sie recht verstehe, Mister Sharp und Mister Excom, dann ist hier das Problem nur, dass dieser Bauerntölpel aus Yorkshire unserem Dritten quasi ganz unverblümt einen Befehl zum Beischlaf gegeben hat.«

Sharp nickte bestätigend. »Völlig richtig, Sir. Wir sollten diese idiotische Order ganz einfach vergessen, zumal der Gouverneur unserem Mister Morin gar nichts, rein gar nichts befehlen kann! Wie ich sehe, ist auch Mister Goodfellow meiner Meinung, denn er nickt mir zu. Allerdings sollte Mister Morin den *Rat* des Gouverneurs befolgen und sich bei der Auswahl von ihm Empfehlungen geben lassen.« Er machte eine Pause, trank sein Glas aus, wischte sich den Mund ab und fuhr dann ganz ernsthaft fort: »Um die anderen Damen, ach ja, *Signares* nennt man sie wohl richtiger, nicht zu verärgern, würde ich mich in den Dienst der guten Sache stellen und ebenfalls eine Einladung zum, ahem, Dinner annehmen. Bei den Seesoldaten haben wir einen alten Grundsatz: Was du von anderen verlangst, solltest du auch selbst tun, falls ich das mal so ausdrücken darf.« Goodfellow kicherte verstohlen in sich hinein. »Was Sie, Mister Backwater, und Sie angeht«, Sharp klopfte Excom burschikos auf den Rücken, »so müssen Sie das für sich allein entscheiden, und was Mister MacPherson anbelangt, so würde ich ihm empfehlen, sich still und heimlich an Land zu schleichen, um seine Pflicht dem Vaterland gegenüber zu erfüllen. Es wird sich schon eine Gelegenheit finden, bei der er sein Gewissen durch die Beichte mit anschließender heiliger Absolution erleichtern kann, denn scharf wie ein Rasiermesser ist unser lieber Knochenbrecher allemal! Ich habe seine Stielaugen gesehen, als er den Frauen in den Bumbooten von oben in den weiten Ausschnitt gucken konnte!«

MacPherson wurde puterrot, sprang so abrupt auf, dass sein Stuhl hinten überkippte, schlug heftig mit der Faust auf den Tisch und polterte: »Verflucht sollen Ihre Augen sein, Sir, Sie ... Sie ...!« Er rollte wild mit den Augen, Schaumbläschen bildeten sich an seinen Lippen.

Der Erste Leutnant machte eine begütigende Handbewegung. »Setzen Sie sich wieder hin, Mister MacPherson, es besteht kein Grund zur Aufregung. Wir sind doch alle erwachsene Männer und gegenüber weiblichen Reizen nicht blind. Gerade Sie als Arzt müssten doch wissen, dass es durchaus gesundheitsfördernd ist, wenn ein Mann von Zeit zu Zeit, äh, nun ja, seine Triebe auslebt.«

Der Arzt grollte: »Gesundheitsfördernd, dass ich nicht lache, ha! Wohl noch nie etwas von Lues, Gonorrhö, Ulcus molle oder Lymphogranuloma inguinale, vulgo Tropenbubo genannt, gehört, Sir?« Er beruhigte sich, richtete seinen Stuhl auf, setzte sich wieder und dozierte dann mit erhobenem Zeigefinger: »In gewisser Weise haben Sie natürlich recht, Sir. Wir haben es mit einem der ursprünglichsten Triebe des Menschen zu tun, den zu unterdrücken durchaus schädlich sein kann. Nur völlig durchgeistigten Menschen mit einem starken Glauben gelingt es mit Gottes Hilfe, sich von den Sünden des schwachen Fleisches zu lösen ...«

»Damit spielen Sie jetzt wohl auf die katholischen Priester an«, fiel ihm Excom ins Wort. »Wie viele dieser schwarzen

Raben auch schwarze Schafe sind, wage ich nicht einmal annähernd abzuschätzen, mein lieber MacPherson!«

Der Schiffsarzt schaute ihn säuerlich an. »Wie oft muss ich Ihnen das noch sagen: Ich bin kein Katholik! Ich halte nur viel von den althergebrachten guten Sitten!« Der Zweite Leutnant schnaufte verächtlich.

Zum Erstaunen aller ergriff jetzt der alte Segelmeister das Wort. »Fassen wir doch mal das Wesentliche zusammen, Gentlemen. Mister Morin, wenn Sie die Einladungen ohne das gestrige, äh, belastende Gespräch bekommen hätten, dann hätten Sie zugesagt. Richtig?« Paul nickte. »Dann sollten wir so vorgehen, wie es unser schneidiger Seesoldat vorgeschlagen hat, und so tun, als hätte es diese dumme, nun, nennen wir es mal so, Anweisung gar nicht gegeben.« Er lächelte fröhlich. »Ja, ja, die Marines immer vorne weg: ›Per mare, per terram‹!*« Er grinste jetzt breit. »Als Ergänzung des schneidigen Mottos schlage ich vor: ›Et per lectulum!‹**Die anderen Herren müssen ganz nach ihrem Gewissen entscheiden. Ich gebe zu, wenn ich nicht so alt wäre, käme selbst ich gewaltig ins Grübeln, denn was ich so gesehen habe, war schon sehr verführerisch. Ich erwähne das nur, damit Sie nicht denken, ich wüsste nicht mehr, worum es hier eigentlich geht, ha, ha, ha!« Alle blickten sich an, hoben ihre Gläser – nur MacPherson zögerte etwas –, und der Erste brachte den in der Offiziersmesse althergebrachten Trinkspruch für einen Sonnabend aus: »Auf unsere Ehefrauen und unsere Geliebten – mögen sie sich nie begegnen!«

Anschließend ließen sich Backwater und Paul beim Kommandanten melden und erörterten mit ihm den Sachverhalt,

---

* Wörtlich: durch das Meer etc. frei übersetzt: »Auf dem Meer, auf dem Land!«: Motto der Royal Marines.
** Lectulus: das Bett

wobei schnell klar wurde, dass Fishley sein Versprechen – oder war es eine Drohung gewesen – wahr gemacht und schon mit Kapitän Stronghead die möglichen diplomatischen Verwicklungen besprochen hatte, falls den Signares nicht die nötige Aufmerksamkeit gezollt wurde. Der Kommandant versicherte ihnen, dass er niemals daran gedacht hatte, einem seiner Offiziere einen derartigen Befehl zu geben, war aber mit der gefundenen Lösung einverstanden. Er fuhr sogar selbst an Land, um mit dem Gouverneur die eingegangenen Einladungen zu besprechen und festzulegen, welches Rendezvous Paul wahrnehmen sollte und welchen Offizier man den anderen Damen höflich anbieten sollte. Es blieb den Signares völlig unbenommen abzusagen, wenn ihnen an einem Ersatz nicht gelegen war. Der Dienst für den König konnte einen Kapitän schon vor die seltsamsten Aufgaben stellen, aber als waschechter Engländer ging Stronghead sehr pragmatisch mit seiner Rolle als Zuhälter unter umgekehrten Vorzeichen um. Er war auch ehrlich genug, sich einzugestehen, dass es ihm im tiefsten Winkel seines Herzens ein klein wenig leidtat, dass er sich selbst nicht mit auf die Liste setzen konnte – es sei denn, eine der einflussreichen Damen würde es ausdrücklich ... aber nein. Er verdrängte den sündigen Gedanken.

So kam es, dass sich am nächsten Abend Paul in der Begleitung von Franz in seiner Ausgehuniform an Land rudern ließ. Es war nur der Aufmerksamkeit von Kapitän Stronghead zu verdanken, dass er überhaupt den Galarock und den Hut eines Leutnants besaß. Anlässlich eines Besuchs auf dem Flaggschiff, wo er sich vom Kommodore allerlei Vorhaltungen wegen seiner Extravaganzen am Geleit und an der Festsetzung des störrischen Kapitäns anhören musste, war ihm ein Leutnant aufgefallen, der ungefähr die Statur von Paul hatte. Bevor er zur Hinrichtung in die Kabine des Kommodore ging, hatte er den Steward damit beauftragt, dem Leutnant, falls möglich, einen Gala- und einen Alltagsrock abzuschwatzen, gegen Bezahlung natürlich! Das hatte auch recht gut geklappt; wenn der Alltagsrock auch schon ziemlich abgetragen aussah, so war der Galarock doch so gut wie neu gewesen. Paul zupfte an seinen Manschetten; er konnte kaum ruhig auf der Ducht sitzen und war so nervös, wie er es damals vor seinem ersten Gefecht gewesen war. Mit dem Segelmeister hatte er ausgemacht, dass dieser bei sechs Glasen auf der Abendwache ein Blaufeuer abbrennen würde. Franz sollte sich mit der Ausrede, dass er es in geschlossenen Räumen bei dieser Hitze nicht aushalten könne, auf dem Flachdach postieren, und hatte den strikten Befehl, Paul umgehend zu informieren, sobald er das Feuer sah. Worauf sie dann eine gute Entschuldigung hatten, sich mit dem Hinweis auf dienstliche Pflichten zu verabschieden. Paul schwitzte in dem dicken blauen Uniformrock mit den weißen Aufschlägen, er war sich nicht sicher, ob das nur an der Temperatur lag, denn was amouröse Abenteuer anging, war er im Gegensatz zu seinem Bruder ein fast unbeschriebenes Blatt. Er schob es auf die Hitze, denn der November war hier einer der wärmsten Monate mit einer Durchschnittstemperatur am Tag von fast 90°F, des Nachts »kühlte« es sich auf etwa 75°F* ab. In der Einladung hatte es geheißen, dass es ein Abendessen im kleinen Kreis geben würde. ›Also bin ich wenigstens mit dem Weibstück nicht allein‹, dachte Paul erleichtert. Sie wurden am Strand von einem schwarzen Diener mit einer Fackel erwartet. Der Mann trug ein graues, wallendes, leichtes Gewand, um das ihn Paul inbrünstig beneidete, denn inzwischen klebte sein Hemd schweißgetränkt am Rücken fest. Der Neger geleitete sie durch die Gassen zu einem der großen Häuser. Dort wurde Franz vom dunkelhäutigen Ma-

---

* 31 °C / 24 °C

jordomus höflich, aber bestimmt in den Trakt der Bediensteten verwiesen, während Paul zunächst über einen Innenhof eskortiert wurde, um dann eine massive steinerne Treppe in den ersten Stock zu erklimmen. In einem luftigen Zimmer, man hätte es schon fast kühl nennen können, erwartete ihn die Hausherrin. Sie sah ganz anders aus, als es sich Paul in seinen Alpträumen ausgemalt hatte, denn es handelte sich um eine milchkaffeebraune große, schlanke Frau in einem mit Gold durchwirkten, indigoblauen, weiten, bodenlangen Kleid im traditionellen Schnitt, das mit aufwendigen Stickereien verziert war; die hohe Kopfbedeckung war farblich genau auf ihre Robe abgestimmt. An den Armen klapperten schwere Goldreifen, und mit Edelsteinen besetzte goldene Ringe blitzten an ihren Fingern. Im Licht der Kerzen war es ihm unmöglich, ihr Alter zu schätzen, sie wirkte aber jugendlich und verströmte eine gewisse abstandgebietende Kühle. Sie war ganz sicher eine Frau, die zu befehlen verstand. Er zog seinen Hut und verneigte sich höflich: »Paul von Morin, diensttuender Dritter Leutnant von Seiner Britannischen Majestät Fregatte *Thunderbolt*, zu Ihren Diensten, Madame.« Er kam sich bei dieser geschwollenen, verlogenen Vorstellung reichlich dämlich vor. Sie versank in einen tiefen Knicks, blickte ihm dann von unten aus ihren dunklen Schlehenaugen ins Gesicht. »Isabelle Cayor, Herr Baron. Ich freue mich, dass Sie es trotz Ihrer vielen Dienstgeschäfte ermöglichen konnten, meiner Einladung in meine bescheidene Behausung zu einem kleinen Souper Folge zu leisten.« Ihre Stimme war dunkel und kehlig. Sie erhob sich wieder und sah seinen suchenden Blick. »*Mon cher baron*, wie das Leben so spielt, aber die anderen Gäste haben mir ganz überraschend mitgeteilt, dass sie leider, leider nicht kommen können. Ich bin ganz untröstlich, wollte Ihnen aber nicht absagen. Sie werden sich doch mit mir allein nicht fürchten?« In ihren Augen blitzte der Schalk.

Paul wurde der Kragen eng. »Äh, natürlich nicht, Madame, äh, Cayor.« Trotz seiner Verlegenheit konnte er eine kleine boshafte Bemerkung nicht unterdrücken: »Notfalls kann ich ja immer noch meinen Burschen zu Hilfe rufen, Madame!«

Sie blickte ihn erstaunt an und lächelte dann, mit einem Schlag verlor ihr Gesicht die herrische Strenge. »Das wird wohl nicht nötig sein, *monsieur le baron*, ich denke, dass ich sehr gut allein auf Sie aufpassen kann. Außerdem, so fürchte ich, hat Ihr Bursche ganz sicher alle Hände voll zu tun.« Die kleinen Teufelchen tanzten wieder in ihren Augen. Geschmeidig glitt sie an ihn heran, legte ihre Hand mit den langen, gepflegten Fingern auf seinen Arm und führte ihn zu einem Tisch, der für ein opulentes Mahl mit mehreren Gängen gedeckt war. Die Tafel und der Raum waren von Kerzen gerade so weit erhellt, dass man sich gut erkennen konnte, aber keine übermäßige Hitze erzeugt wurde. Während die Vorspeisen aufgetragen wurden und der Wein eingeschenkt wurde, musterte Paul sein Gegenüber unauffällig – wie er meinte.

»Zufrieden mit dem, was Sie sehen, Herr Baron?«, fragte die Frau spöttisch und legte ihm noch ein Stück kaltes mariniertes Hühnerbrüstchen vor.

Paul verschluckte sich und musste husten, und sie lachte gurrend laut auf. Er räusperte sich umständlich: »Ahem, Madame, da, wo ich herkomme, gibt es keine Menschen mit einer so dunklen Hautfarbe, wie Sie eine haben. Verzeihen Sie meine Ungeschicklichkeit, aber daran muss ich mich erst gewöhnen. Ich war außerordentlich unhöflich.« Er konnte ja unmöglich sagen, dass er wegen ihres weiten, luftigen Kleides ihre Figur überhaupt nicht einschätzen konnte. Was er sah, waren ein interessantes, altersloses Gesicht und ein Paar sehr schöne Hände.

Sie machte eine wegwerfende Handbewegung. »Geschenkt, mein Lieber, Sie sind noch jung, sehr jung, würde ich meinen, da darf man neugierig sein, nein, man muss es sogar sein. Wie schmeckt Ihnen übrigens mein Wein? Wie ich gehört habe, sind Sie ja wohl ein überzeugter Feind des Alkohols und ein überaus strenger Vorgesetzter noch dazu. Schade, dass ich die Vorstellung am Strand nicht miterleben konnte. Meine Leute haben mir alles haarklein erzählt und sich dabei ausgeschüttet vor Lachen. Der *matelot*, der auf den Händen laufen musste ... *Er ging auf dem Strich – auf den Händen!*« Sie hielt sich die Hand vor den Mund, kicherte leise, fast wie ein Backfisch, und verdrehte charmant die Augen.

»Was sein muss, muss sein, Madame. Im Übrigen ist der Wein ganz ausgezeichnet. Da wollte mir doch der Gouverneur erzählen, dass es hier keinen besseren Tropfen als seinen scheußlichen Rotwein gäbe.«

»Pah, Fishley hat doch keine Ahnung von Wein. Er ist ein plumper *paysan*, wie sagt man doch gleich, ah ja, Bauer ohne Stil! Er hat keine Ahnung vom *savoir vivre, mon ami*. Aber er ist ein ausgebuffter Kerl, wenn es um das Geschäft geht, da darf man ihn nicht unterschätzen.«

›Das kannst du aber laut sagen‹, dachte Paul, ›davon kann ich ein Liedchen singen.‹ Als wäre das ein Kommando gewesen, begann im Nebenraum ein kleines Orchester auf einheimischen Instrumenten zu musizieren. Die Musik klang Paul sehr, sehr fremdartig in den Ohren, aber irgendwie passte sie perfekt zu diesem Raum, zu diesem Abend, zu diesem Anlass. Die Suppe war sämig und feurig. »Schildkrötenfleisch, Pfefferschoten und für Sie mit einem guten Schuss Portwein«, erklärte ihm seine Gastgeberin. Paul bemerkte, dass sie immer nur wenig von den einzelnen Gängen nahm, und bemühte sich, es ihr nachzutun, obwohl die Delikatessen dieser fremden Küche für ihn eine Offenbarung waren.

Als Fischgang war gegrilltes Bonitofilet mit verschiedenen Saucen und Gemüsen gereicht worden. Diesen schmackhaften Fisch aus der Familie der Thunfische hatten die Männer der *Thunderbolt* auch des Öfteren während der Passage vor der Küste geangelt, weshalb Paul weltläufig nicken konnte, als ihn Isabelle darüber aufklären wollte. Danach wurde ein Antilopenbraten aufgetragen, der für die ganze Offiziersmesse und den Gunroom ausgereicht hätte; über die dicken Fleischscheiben löffelte ihm Isabelle süße rote Beeren und goss dann eine dickflüssige Soße aus scharfem weißblauem Käse darüber, die Paul genüsslich mit warmem Fladenbrot auftunkte. Beim Essen unterhielten sie sich über alle möglichen Themen, und Paul war immer wieder erstaunt, wie gut informiert und belesen seine Gastgeberin war. Er war Isabelle dankbar, dass sie stets sofort das Thema wechselte, sobald sie bemerkte, dass er von der Materie keine Ahnung hatte. Zu seinem Leidwesen musste er sich eingestehen, dass seine Bildung doch erhebliche Lücken aufwies. In einem Offizierskasino oder einer Offiziersmesse mochte er als recht gebildet gelten, aber im Vergleich zu dieser Dame war er ein Kretin. Geschickt lenkte er das Gespräch auf Afrika und lauschte interessiert den farbigen Schilderungen Isabelles über das Landesinnere, wobei er leider nur die Hälfte wirklich verstand, weil er außer einem Teil der Küste noch nichts von diesem Kontinent gesehen hatte und sich deshalb vieles, was sie ihm schilderte, einfach nicht vorstellen konnte. Das, was er bisher über Afrika gehört hatte, waren Geschichten vom Hörensagen gewesen, die seine Bordkameraden individuell stark eingefärbt hatten. Die Zeit verging wie im Fluge. Inzwischen waren sie bei Käse und frischen Früchten angekommen, dazu wurde leichter weißer Wein serviert. Einen schweren Malvasia hatte Paul dankend abgelehnt, da er das Gefühl hatte, schon etwas angetrunken zu sein. Er stöhnte auf, als er sich vorstellte, wie angenehm luftig die weiten Gewänder der Diener sein mussten. Warum kam dieser Hundsfott Karl eigentlich nicht? Seinem Zeitgefühl nach musste das Blaufeuer längst abgebrannt worden sein. Allerdings war er sich jetzt nicht mehr so sicher, dass er unbedingt zurück an Bord wollte. Ein Gedanke schoss ihm durch den Kopf, vielleicht war Karl, dem fixen Rotfuchs, ein leckeres Gänschen zu dicht vor das Maul gekommen und er hatte – Pflicht hin, Pflicht her – das Gänschen gefleddert. Was hatte Isabelle vorhin so leichthin gesagt: »Er wird alle Hände voll zu tun haben!« Paul hatte dabei an das Essen gedacht, vermutete jetzt aber, dass sie etwas ganz anderes damit gemeint hatte, und er stöhnte sehnsüchtig laut auf.

»Was haben Sie, *mon cher ami*? Stimmt etwas nicht?«, erkundigte sich Isabelle Cayor erschrocken.

»Nein, nein, es ist nur, die Uniform bringt mich um, Madame. Ich fürchte, ich muss bald Abschied von Ihnen nehmen, um mich abzukühlen.« Als er den Satz beendet hatte, merkte Paul sofort, dass ihm da eine etwas verfängliche Formulierung rausgerutscht war.

»Wollen Sie etwa sagen, dass ich Ihre Temperatur so in die Höhe getrieben habe, mein Lieber?«, gurrte sie. Sie stand auf, kam zu ihm auf die andere Seite des Tisches. »Da müssen wir sofort etwas ändern!« Sie knöpfte seinen Uniformrock auf und zog ihm die dicke, dampfende blaue Jacke aus. Das Hemd klebte ihm klatschnaß am Körper. Er wehrte sich nicht. Die dunklen Seen ihrer Augen zogen ihn magisch an, ihre rehfarbene, samtige Haut duftete wie ein frühlingsfrischer Blumengarten, und die kleine rosa Zungenspitze feuchtete die dunkelroten, vollen Lippen an. Mit einer Hand schlüpfte sie unter sein Spitzenhalstuch und in sein Hemd. »Oh«, flüsterte sie, du Armer, dir ist ganz fürchterlich heiß, mein Täubchen, was musst du die ganze Zeit gelitten haben.«

»Deshalb habe ich immer so neidisch auf die losen, weiten Gewänder der Diener geschaut, Madame.«

Wieder funkelten ihre Augen spöttisch. »Ach so, du bewunderst die Boubous* ... Dann ist es ja gut! Ich habe mir schon Sorgen gemacht, weil du den Jungs so auf den *cul* geschaut hast. Man hätte fast vermuten können, dass du eine *tante* bist.« Sie lachte leise in sich hinein. Paul hatte sie zwar nicht genau verstanden, aber erriet den Sinn sofort. Er wurde rot und wollte heftig protestieren, aber sie hielt ihm die Hand vor den Mund und flüsterte sanft: »Für dich bin ich Isabelle, *mon cher*!« Sie hauchte ihm einen Kuss auf den Mund, so leicht wie eine Schwalbe über einen Rosenbusch segelt, dann zog sie ihn von seinem Stuhl in die Höhe.

Verdammt, ich wollte gehen, bevor es so weit kommt, schoss es Paul durch den Kopf, aber er wusste, dass dies der letzte vergebliche Gedanke an Widerstand in einem längst entschiedenen Gefecht war. Er war bereit zur Kapitulation.

Sie umarmte ihn, dabei stellte er fest, dass sie fast genauso groß wie er war. Ihr Kuss war wild und fordernd. Er wusste nicht, wie ihm geschah, aber kurz darauf lag er nackt in einem großen Bett, das vollständig von einem großen weißen, engmaschigen Netz eingehüllt war. Falls es einen Sichtschutz darstellen sollte, dann erfüllte es diese Aufgabe nur sehr unvollkommen, aber das war ihm jetzt auch schon völlig egal. Was bei der kleinen Magda damals in Berlinchen so natürlich und beinahe unschuldig gewesen war (mein Gott, wie lange war das her), war bei Isabelle ein kunstvolles Spiel, das ihn mal auf die Spitze der Lust trieb und ihn einen Rausch der

---

* Boubou oder Senegalesischer Kaftan ist eine traditionelle knöchellange Oberbekleidung für Männer mit Stickereien. Kann mit einer Schärpe getragen werden, als Kopfbedeckung dient eine krempenlose Kappe (Kufi). Sokotos sind weite Pluderhosen.

Sinne erleben ließ, nur um ihn dann wieder die Qualen des Abwartens erleiden zu lassen. Fieberhafte Aktivität wechselte mit dulderischer Passivität ab. Bevor er in einen kurzen Schlummer versank, musste er an Peter denken. Der arme Kerl saß wahrscheinlich noch immer in einem feuchten Verlies, musste schimmliges Brot und fauliges Wasser trinken und konnte sich bestenfalls in Gedanken weibliche Gesellschaft herbeisehnen. Diesmal habe ich den besseren Part für mich, dachte Paul. Zu seiner Schande musste er sich eingestehen, dass ihn dabei nicht einmal ein sonderlich schlechtes Gewissen plagte.

Kapitel 10

Atlantik, Dezember 1760

Das alte ehemalige Linienschiff rollte und stampfte unangenehm in der nachlaufenden See. Die alte Dünung und die neu aufkommende Windsee, die aus verschiedenen Richtungen anliefen, ließen es korkenzieherartige Bewegungen vollführen, wobei alle seine Verbände ächzten und knarrten. Peter lag in seiner engen Koje und fühlte sich keineswegs wohl. Er wusste nicht, wem er die Schuld daran geben sollte, dem unberechenbaren Schlingern des Schiffes oder den zwei bis drei Gläschen Wein, die er gestern Abend beim Jeuen* über den Durst getrunken hatte. Er faltete die Hände hinter dem Kopf und verfolgte missmutig, wie sein Mageninhalt in der Speiseröhre aufstieg, wieder hinuntergewürgt wurde, wieder hochkam … Es war gestern ein heißes Spielchen ganz nach seinem Geschmack gewesen, und er hatte, falls er sich richtig erinnerte, am Ende sogar zu den Gewinnern gehört. Aber das war beileibe nicht jedes Mal so gewesen. Unter dem Strich hatte er seit dem Auslaufen der *Ville de Rouen* aus Brest schon eine schöne Stange Geld verloren, aber er mochte diesen unvergleichlichen Nervenkitzel nicht missen,

---

* Von *jeu* (franz.), Spiel im Sinne von Glücksspiel

denn der war allenfalls vergleichbar mit dem Gefühl, wenn man sich mit der blanken Waffe ins dichteste Getümmel des Nahkampfs stürzte. Auch da war vieles Glückssache. Man konnte den sicheren Halt unter den Füßen verlieren, die eigene Degenklinge konnte brechen, ein zweiter Feind mochte einen unerwartet von der Seite oder von hinten mit einem Beil oder einer Pike attackieren. Ein herabstürzendes Teil der Takelage konnte einen erschlagen oder eine verirrte Kugel niederstrecken. Der unmittelbare Gegner mochte ein besserer Fechter sein, als man selber einer war, oder der Widersacher konnte unvermutet eine Pistole ziehen und einem den halben Kopf wegpusten. Auch in solchen Situationen raste das Blut in Peters Adern, seine gesamte Energie und volle Konzentration war nur auf ein Ziel gerichtet: die Vernichtung des Gegners. Sein Kopf war dann ganz leicht, das Herz raste, das Blut pulste mit Hochdruck in den Adern, und alle Sinne arbeiteten mit höchster Präzision. Er sah alles überdeutlich und seine Arme und Beine bewegten sich völlig automatisch, als ob sie losgelöst von seinem Leib und Kopf wären.

Seine Gedanken wanderten zurück nach Brest. Es waren unvergessliche Wochen gewesen. Nachdem sich der ihm keineswegs lästige Rummel um seine Person gelegt hatte, war er in die normale Routine des Dienstbetriebs eingeführt worden. Als Erstes war er offiziell vereidigt worden und hatte die Offiziere seiner Einheit kennengelernt. Bei einem Gang durch den Hafen war Peter unangenehm überrascht gewesen, über wie wenig einsatzbereite Linienschiffe die Franzosen in ihrem größten und wichtigsten Kriegshafen am Atlantik verfügten. Auf seine vorsichtige Frage hin hatte ihm sein Vorgesetzter Capitaine René de Foucault bitter erzählt, dass die einst so mächtige Schlachtflotte, der Stolz Frankreichs, auf zehn Linienschiffe in den Atlantik- und Mittelmeerhäfen zusammengeschmolzen war, und deren Zustand war zumeist auch noch beklagenswert schlecht, zudem fehlte es an ausgebildeten Seeleuten und Unteroffizieren. In Westindien war nur ein Schlachtschiff stationiert, und in den fernen Gewässern Ostindiens hielten sich vier auf. »Es ist besser, Leutnant de Morin, wenn man nicht anfängt nachzuzählen, wie groß die Übermacht der Briten auf diesem Gebiet inzwischen geworden ist. Die Niederlage von Admiral Conflans bei Quiberon hat uns endgültig das Genick gebrochen. Wir segeln nicht mehr nach dem Motto ›Komme, was und wer da wolle‹ stolz über den Ozean, sondern schleichen uns heimlich auf Umwegen an unsere Ziele heran, so wie ein verschrecktes Mäuslein, das weiß, dass der Kater sprungbereit auf der Lauer liegt. Armes Frankreich!«

Peter hatte mitfühlend genickt und heimlich gedacht: ›Peterchen, was bist du doch für ein Idiot! Warum bloß hast du im Kanal nicht die einmalig günstige Gelegenheit beim Schopf gepackt und dich von Engländern gefangen nehmen lassen. Es wäre doch mal ganz schön gewesen, auf der Seite der Sieger zu stehen. Aber du musstest ja den Helden markieren! Na, immerhin hat dich der begeisterte Empfang in Brest für vieles entschädigt – besonders in den Nächten, Helden schlafen selten allein. Aber wie es jetzt aussieht, können wir froh sein, wenn wir überhaupt unser Einsatzgebiet erreichen, wo auch immer das liegen mag. Es hat ganz den Anschein, als hätte ich eine Pik Sieben gezogen und nicht den Joker. Aber was soll's, die Milch ist verschüttet, also machen wir gute Miene zum bösen Spiel.‹

Die Unteroffiziere seines Zugs, Sergeant Jacques Gabin und die Korporale Jacques Marais und Jean Tati, waren sichtlich indigniert gewesen, so einen jungen Spund als Vorgesetzten zu bekommen, noch dazu einen verdammten Preußen. Die einfachen Soldaten hatten bei der Musterung keine Miene verzogen, aber Paul hatte sich lebhaft vorstellen können, welche unguten Gedanken sie hinter ihren stoischen Gesichtern verbargen. Damit die Kerls auf keine dummen Gedanken kommen konnten, hatte er sie in den nächsten Tagen von den Unteroffizieren verschärft im Nahkampf und Formaldienst drillen lassen. Die Schießausbildung hatte er persönlich übernommen, weil ihm der Salventakt zu langsam war. Er hatte die Männer so lange geschliffen, bis sich ihre Feuergeschwindigkeit fast verdoppelt hatte. Das brachte ihm keine Freunde ein, aber Respekt. Danach hatte er durch Auslobung von ein paar Silbermünzen sehr schnell die besten Schützen herausgefunden, die er als Scharfschützen einsetzen konnte.

Dann war alles plötzlich ganz schnell gegangen. Die Wetterlage hatte sich geändert, ein kräftiger früher Wintersturm aus Osten vertrieb die Briten von der Küste und bot der kleinen wartenden Flotte ideale Bedingungen zum Durchbrechen der Blockade. Das 74er Linienschiff *Heros*, zwei Fregatten, die *Sandre* und die *Brochet** mit jeweils 24 Kanonen, sowie ein halbes Dutzend Transporter, davon zwei alte, morsche Linienschiffe *en flûte*** liefen bei ablaufendem Wasser in die Sturmnacht hinaus auf den Atlantik. In der grauen Dämmerung des nächsten Morgens warteten alle angespannt auf die Beobachtungen des Ausgucks, aber der meldete keine feindlichen Schiffe, er meldete überhaupt kein Segel. Sie hatten es geschafft – fürs Erste. Niemand an Bord machte sich Illusionen darüber, dass sie jetzt in Sicherheit waren. Sogar der kleinste *Mousse**** wusste, sobald die Wetterlage es ihnen er-

---

* *Zander* und *Hecht*
** En flûte: (wörtlich) als Flöte; da die Schiffe, um mehr Ladung transportieren zu können, einen großen Teil der Hauptartillerie an Land geben mussten, wirkten die leeren Geschützpforten wie die Löcher einer Flöte.
*** Schiffsjunge, davon abgeleitet die deutsche Bezeichnung »Moses«

laubte, würden die vorgeschobenen britischen Fregatten des Küstengeschwaders in das Goulet eindringen und feststellen, dass ein paar freche, übermütige Franzosen den sicheren Hafen verlassen hatten. Der Oberkommandierende der Blockadeflotte würde ein paar Fregatten, wahrscheinlich sogar zwei oder drei Linienschiffe detachieren, die sich wie die Wölfe auf ihre Fährte setzen würden. Der einzige Vorteil der Franzosen bestand darin, dass ihre Jäger nicht wussten, wo ihr Ziel lag. Wollten sie nach Kanada, um die Eroberung von Montreal zu verhindern? Waren die Westindischen Inseln ihr Ziel? Es gab noch andere Möglichkeiten, beispielsweise Ostindien, Westafrika oder das Mittelmeer, denn überall schwand der französische Einfluss. In der Offiziersmesse wurden darüber heftige Diskussionen geführt.

Der Erste Offizier,* de Favre, war wie das Gros der älteren Offiziere der Meinung, dass Frankreich in zwei Kriege verwickelt sei, die eigentlich nur wenig miteinander zu tun hatten. »Messieurs, da haben wir zuerst den Krieg mit Großbritannien, den kann man, als im Laufe der Jahre wegen durchgemachter Erfahrungen skeptisch gewordener Mann, so gut wie verloren geben. Überlegen Sie nur: Nach dem Fall der Festung Louisbourg auf der Isle Royal vor zwei Jahren ...«

Der Navigator Navet unterbrach ihn temperamentvoll: »Damit haben wir nicht nur die Kontrolle über die hauptsächliche Zufahrt zum St.-Lawrence-Strom verloren, sondern auch unsere Marinebasis und den Schutzhafen für den Fischfang auf den Neufundlandbänken. Dadurch sind nicht allein unsere Fischereirechte ernsthaft bedroht, sondern wir

---

* Um den unterschiedlichen Rangbezeichnungen im Englischen und Französischen zumindest etwas gerecht zu werden, werden im folgenden Text, die französischen Nautiker als Erster, Zweiter, Dritter Offizier bezeichnet. Der Segelmeister wird zum Navigator.

verlieren wahrscheinlich auch noch ein wichtiges Fahrtgebiet für die Ausbildung hochkarätiger Seeleute. Ich weiß, das Mittelmeer kann auch ganz schön gefährlich sein, aber wer seine Ausbildung im Nordatlantik vor der Ostküste Kanadas erfolgreich absolviert hat, muss aus einem härteren Holz geschnitzt sein ...«

Der Erste nickte zwar, machte eine wegwerfende Handbewegung, fuhr aber sofort in seiner Rede fort: »... und nach der Eroberung von Quebec durch General Wolfe im letzten September ist die Einnahme von Montreal und damit die vollständige Eroberung Französisch-Kanadas nicht mehr zu verhindern. Die Briten werden diesen Landgewinn bei Friedensverhandlungen auch nicht mehr herausrücken ...«

»Und damit ist auch Louisiana nicht mehr zu halten, da es im Osten und Norden von den Briten umklammert wird. Das strategisch so überaus wichtige Fort Ticonderoga haben die Limies ebenfalls erobert und damit den Schlüssel für die Handelswege über das Tal des Hudson zum St. Lawrence River in der Hand.« Der Navigator seufzte und schüttelte traurig den Kopf. »Im Ohio-Tal haben sie unser ehemaliges Fort Duquesne, das am Zusammenfluss von Monongahela River und Allegheny River eine beherrschende Stellung einnimmt, wiederaufgebaut und in Fort Pitt umbenannt. Ein großer Teil der uns freundlich gesinnten Indianerstämme ist aufgrund der Niederlagen enttäuscht von uns abgefallen und hat mit den Briten Verträge geschlossen. Der einzige Zugang, der uns in das riesige Gebiet des Mississippi-, Missouri-, Ohiostromgebiets bleibt, führt über den Hafen von New Orleans am Golf ...«

»... und damit ist das gesamte Gebiet Louisianas von den Großen Seen bis zum Golf schutzlos dem gierigen Zugriff der landhungrigen amerikanischen Siedler und vor allem dem der gewissenlosen Plantagenbesitzer ausgeliefert! Danke für Ihre

Unterstützung, Monsieur Navel«, knurrte der Erste Offizier leicht ungehalten.

Düster ergriff der Zweite Offizier Matise das Wort: »In Westindien ist Guadeloupe schon verloren, und auf Martinique wird sich die Armee ohne Unterstützung der Marine nicht mehr lange halten können – also auch dort alles *à fond perdu*! Ob wir das noch aufhalten können, ist doch mehr als fraglich, Messieurs.«

Der Dritte Offizier, Dujardin, sprang erregt auf, seine Augen sprühten Feuer, er hieb mit der Faust auf den Messetisch. »Aber Messieurs! Wo bleibt Ihr gallischer Kampfgeist? Wir werden bis zum letzten Blutstropfen für den König und ein großes, mächtiges Frankreich kämpfen! *La gloire ou la mort!*

Der Zweite Offizier de Matise blickte ihn aus seinen leicht vorstehenden Froschaugen kühl an, dann sagte er gedehnt: »Es kann doch gar keinen Zweifel daran geben, dass wir alle unsere Pflicht tun werden, aber ich bin einfach etwas freudiger beim Sterben dabei, wenn ich weiß, dass mein Tod einen Sinn hat.«

Die Männer blickten sich trübsinnig an. Peter konnte sich nicht verkneifen, noch einen draufzusetzen: »Westafrika ist schon verloren, wie mir der Minister Choiseul erklärte, und in Indien kämpft die Armee ohne maritime Unterstützung auf verlorenem Posten. Daher möchte er nur zu gerne den zweiten Krieg, den sogenannten europäischen Krieg mit Österreich, Schweden und Russland gegen Preußen und die hannöverschen Stammländer der Welfen, die auf dem englischen Thron sitzen, beenden. Wir haben uns ganz ketzerisch gefragt« (um der Wahrheit die Ehre zu geben, muss man anmerken, dass sich Choiseul mit Peters Onkel über diese Zwickmühle unterhalten hatte), »ob der mögliche Gewinn der preußischen Festung Wesel und ein paar kleiner westlicher Provinzen Friedrichs die hohen Verluste an Material und Menschen in Deutschland rechtfertigen. Von den hohen Subsidien an die Habsburger ganz zu schweigen. Angesichts der leeren Haushaltskassen und der hohen Staatsverschuldung fehlt dieses Geld schmerzlich an anderen Stellen, so beispielsweise beim Ausbau der Flotte. Und alles nur, weil Madame Pompadour dem Zyniker *Frédéric le Grand* ein paar gehässige Bemerkungen über sie nicht verzeihen kann! Dabei weiß doch jeder, was für ein Misanthrop und giftiger Spötter der König von Preußen ist. Nur bei Angriffen auf seine sakrosankte Person versteht er keinen Spaß! Übrigens, eine sehr charmante Dame, die, äh, Mätresse des Königs.«

»Sie haben mit Minister Choiseul und Madame Pompadour gesprochen, Baron?«, erkundigte sich Dujardin neugierig. »Wie sind die denn so, Monsieur, ich meine, so von Angesicht zu Angesicht?«

»*Trés charmant, cher ami*, Madame war so gnädig, mir huldvoll meine Bestallung mit der Unterschrift des Königs persönlich zu überreichen.« Peter genoss die Aufmerksamkeit, die Bewunderung und ganz besonders den heimlichen Neid seiner Messekameraden. »Sie ist wirklich eine beeindruckende Dame von einer reifen Schönheit, und sie ist mit einem blitzgescheiten Verstand gesegnet (hatte sein Onkel ihm versichert). Auch ihre jungen Hofdamen sind bemerkenswert.« Das immerhin war etwas, das Peter sehr gut aus eigener Erfahrung beurteilen konnte. Er grinste faunisch und blickte versonnen in die Ferne; vor seinem geistigen Auge sah er die beiden niedlichen Kätzchen vor sich. Es hätte nicht viel gefehlt und er hätte sich lüstern die Lippen geleckt. Seine Kameraden blickten sich vielsagend an, dann bohrte Dujardin weiter: »Und was haben Sie für einen Eindruck vom wichtigsten Minister des Königs, lieber Baron?«

»Nun, zuerst einmal: Es wurmt ihn ganz empfindlich, dass

ihn der König nicht zum Premierminister ernennt! Aber diesen Posten hat der Souverän für sich selbst reserviert. Ansonsten hat Choiseul alle Eigenschaften, die einen guten, erfolgreichen Politiker ausmachen. Er ist scharfsinnig, brutal, intrigant, zynisch, arrogant – und sehr charismatisch« (auch diese Einschätzung hatte Peter von seinem Onkel, der Choiseul seit vielen Jahren gut kannte). »Alle diese Charaktermerkmale hat er mit seinen Gegenspielern *Frédéric le Grand* und Pitt gemeinsam. Die drei Herren möchte ich mal zusammen in ein Zimmer sperren und abwarten, was passiert!«

Der Navigator lachte. »Besser nicht, meine Herren. Es könnte sein, dass die drei Arm in Arm wieder herauskommen und die Welt unter sich aufgeteilt haben. Britannien bekommt Nordamerika, die Karibik und Asien, Preußen ganz Europa östlich des Rheins und der Seealpen bis zum Ural, für Frankreich bleiben Spanien, Portugal, Südamerika und Afrika übrig. Pah!«

Darüber konnte keiner der Herren lachen, alle schwiegen indigniert und hingen ihren düsteren Gedanken nach. Um sie aufzumuntern, schlug Peter vor, ein Spielchen zu wagen. Sie hatten zum Glück lange genug in Brest gelegen – oder war das für ihn eher ein unglücklicher Umstand gewesen? –, um sich von seiner Pariser Bank Kreditbriefe schicken lassen zu können, mit denen hatte er sich frische Geldmittel besorgt. So vergingen die Tage im Allerlei von Dienst, Mahlzeiten, Schlafen und langen Abenden am Spieltisch, gepaart mit reichlichem Alkoholgenuss.

Jetzt waren sie schon fast drei Wochen bei unterschiedlichen Wetterbedingungen unterwegs. Auch im Passatgebiet hatte der Wind keineswegs so beständig geweht, wie es nach Aussage des Navigators die Regel war, aber jetzt schien er sich endgültig aus NE durchzusetzen. Peter setzte sich in seiner Koje auf und tastete unsicher nach der Weinflasche, die er seesicher in einem Stiefel verstaut hatte, damit sie nicht umfallen konnte. Fahrig zog er den Korken heraus und setzte sie an die Lippen. Er nahm einen langen Zug. Die tiefrote Flüssigkeit lief wie glühende Lava durch seine Kehle und die Speiseröhre. Er hustete und nahm noch einen Schluck, dann wartete er ab, und tatsächlich beruhigte sich sein Magen kurz darauf. Gierig trank er den Rest aus, trieb den Korken mit einem heftigen Schlag der flachen Hand in den Flaschenhals und warf die leere Pulle auf das Fußende der Koje. Er erfrischte sich mit etwas Wasser über der winzigen Waschschüssel, richtete seine Kleidung und trat hinaus in die Messe. »Mein Bursche soll kommen!«, befahl er dem Steward. »Und für mich einen Kaffee, *tout de suite*!«

Der Steward verbeugte sich und erwiderte beflissen: »Sofort, Herr Leutnant, wie wäre es mit etwas Leichtem zum Frühstück?« Bei sich dachte er: ›Du bist ein aufgeblasenes Arschgesicht, Preuße! Aber warte, bei der nächsten Gelegenheit werde ich dir wieder eine schöne Qualle in die Suppe spucken und keine Miene verziehen, wenn du sie schmatzend runterschluckst.‹

Peter schüttelte den Kopf: »Nichts zu essen.« Er ging zu seinem Kameraden, Lieutenant Henri de Berrie, hinüber, der achtern neben dem runden Tisch saß, unter dem sich der Kopf des Ruderschafts befand. Er hatte sich weit zurückgelehnt und beide Beine gespreizt weit von sich gestreckt. Er sah übernächtigt aus, sein olivfarbener Teint war heute etwas heller als sonst. Er begrüßte Peter mit einem müden Anheben des rechten Arms. »So etwas Ähnliches wie einen guten Morgen, Morin, wieder wartet so ein anstrengender Tag voller hektischer Dienstgeschäfte auf uns. Musterung, Drill, Waffenpflege, Marschübungen und, und, und ...« Er lauschte scheinbar interessiert dem Rappeln des Ruderschafts im Koker.

»Ja, es ist nervenzerfetzend!«, stimmte ihm der käsegesichtige Peter mit einem Augenzwinkern zu. Franz erschien mit heißem Wasser, und Peter setzte sich in Positur, damit ihn sein Bursche frisieren, ihm den Zopf flechten und ihn rasieren konnte. Als Franz die Rasur gerade zur Hälfte beendet hatte, erschien der Steward mit dem Kaffee. Er war lauwarm und schmeckte wie Abwaschwasser. Peter warf dem Steward einen wütenden Blick zu. Bevor er etwas sagen konnte, kam oben an Deck Unruhe auf. De Berrie sprang auf, reckte sich und murmelte: »Ich schau mal nach, was da oben los ist.« Er schlurfte aus der Tür. Franz, der gute Ohren hatte, stellte ruhig fest: »Schiff in Sicht, junger Herr! Einen Augenblick noch, ich bin gleich fertig!« Er drückte Peter auf den Stuhl zurück, weil der spontan aufspringen wollte. Er beendete seine Arbeit, massierte dann noch ein duftendes *Aqua mirabilis* in die Haut ein, dann nahm er das Handtuch weg und verbeugte sich. »Junger Herr, der Barbier hat seine Schuldigkeit getan, der Herr kann gehen.«

»Danke, Franz, was würde ich nur ohne dich machen!«

Franz grinste über sein ganzes breites, offenes Bauerngesicht: »Unrasiert herumlaufen, würde ich sagen, junger Herr. Wahrscheinlich würden Sie einen modischen Moskowiter Vollbart tragen.« Tatsächlich war bei dem dunkelhaarigen Peter der Bartwuchs stärker entwickelt als bei seinem blonden Bruder Paul, aber bis zu einem wilden Vollbart wäre es wohl noch ein weiter Weg gewesen.

»Frecher Hund!«, lachte Peter und stürmte aus der Messe. Vor dem Steward blieb er kurz stehen: »Wenn du mir noch einmal so eine laue Lorke als Kaffee servierst, werde ich dich bei der nächsten Schießübung meiner Männer an die Reling stellen. Du bekommst in jede Hand eine leere Weinflasche, und von diesen Flaschen werden dich meine Scharfschützen befreien. Hoffentlich, ja, hoffentlich sind die Jungs an diesem

Tag gut drauf!« Der Steward wurde leichenblass, die Tür schlug hinter Peter zu. ›Möge die Syphilis deine Eier verfaulen lassen!‹, dachte der Flunky mit einer Mischung aus Angst und Wut. ›Du denkst wohl, du kannst dir alles erlauben, nur weil du eine Krone in deinem Wappen hast. Warte ab – unsere Stunde kommt, die Stunde der Unterdrückten und Geknechteten, und dann wird mit dir und allen Aristos gnadenlos abgerechnet!‹ Er lächelte bei diesem Gedanken voller böser Vorfreude in sich hinein. Leider kann man nicht sagen, dass sein Rattengesicht durch dieses Lächeln verschönt wurde.

Oben auf dem Achterdeck gesellte sich Peter zu den anderen Offizieren. Er ließ sich von einem der *Aspirants** ein Teleskop geben und versuchte selbst herauszufinden, was es da im Norden zu sehen gab.

»Eine Fregatte, würde ich meinen«, schnaubte der Erste Offizier Giscard de Favre säuerlich.

Peter konnte nichts entdecken. Er warf sich das Glas über den Rücken und enterte in den Luvwanten bis zur Großmars auf. Er konnte die verwunderten Blicke der anderen Offiziere nicht sehen, ein Leutnant der Marineinfanterie im Rigg, das war schließlich kein alltäglicher Anblick. Er kroch durch das Soldatenloch der Großmars. ›Das reicht‹, dachte er und schnaufte heftig, ›schließlich bin ich keine verdammte Teerjacke.‹ Er suchte sich einen festen Stand und stützte das Glas an den Wanten ab. Langsam suchte er die Kimm ab. Da! Verdammt, der kleine, helle Fleck war wieder aus dem Sichtfeld verschwunden! Doch, da war er wieder. Er fragte sich verwundert, wie es dem Ersten möglich war, aus diesem kleinen weißbraunen Punkt auf den Schiffstyp zu schließen. Vielleicht hatte er auch nur geblufft und einfach auf das getippt, was das Wahrscheinlichste war. Peter

---
* Aspirant: Offiziersanwärter

schob das Teleskop wieder zusammen und kletterte zurück an Deck. Das Herunterrutschen an einer Pardune ersparte er sich, diese Zirkusnummer mochte Paul abziehen, sollte der sich doch seine Hosen ruinieren. Allerdings war er sich auch nicht sicher, ob er noch fit genug für so eine artistische Einlage war. Er hatte schon beim Aufentern festgestellt, dass ihm das wesentlich schwerer gefallen war als noch vor einem halben Jahr auf der *Oranjeboom*. Vielleicht sollte ich doch etwas weniger saufen, schoss es ihm durch den Kopf.

Es dauerte mehr als vier Stunden, ehe man die Segel auch an Deck ohne Fernrohr sehen konnte. Inzwischen waren sich alle nautischen Offiziere einig, dass es sich um eine britische Fregatte handelte. Wie würde der Admiral ihres kleinen Geschwaders darauf reagieren? Auf dem Flaggschiff *Heros* wurde ein Signal vorgeheißt und von der Fregatte *Sandre* wiederholt, die nach Luv gestaffelt einen Parallelkurs steuerte. Ein *signaleur* las laut die Flaggen ab und ein Aspirant schlug die Bedeutung nach. »Position einhalten!«, meldete er schließlich mit vor Aufregung hochrotem Kopf.

»Bestätigen, Aspirant!«, befahl *Capitaine de Vaisseau* Marquis de Bonhomme gelassen.

»Verdammt, das habe ich befürchtet! Da, wo dieser Kerl ist, gibt es noch mehr davon, Messieurs!«, fluchte de Favre ärgerlich und setzte sein Fernrohr abrupt ab. »Die Fregatte signalisiert! Hinter der Kimm müssen noch andere dreimal verfluchte Kreuzer lauern, *mon capitaine*.«

»Damit war zu rechnen, Monsieur de Favre. Die Fregatten haben sich zu einer Suchkette weit auseinandergezogen, so dass sie das Nachbarschiff gerade noch in Sicht behalten. Der Admiral hat uns vorsichtshalber weiter als üblich nach Süden in den Passat geführt. Es ist wirklich Pech, dass uns der südliche Flügelmann der Briten gerade noch in Sicht bekommen hat.«

Der Dritte Offizier murmelte vor sich hin: »Ja, zuerst hat man kein Glück, und dann kommt auch noch Pech dazu.« Diesen Spruch, vor dessen philosophischer Großartigkeit Peter jedes Mal leicht schmunzelnd in Gedanken den Hut zog, gab er des Öfteren auch beim Kartenspiel zum Besten.

Kapitän de Bonhomme rieb sich das Kinn, dann verschränkte er die Arme hinter dem Rücken. »Nun, es ist jetzt schon früher Nachmittag, und noch sitzt dieser Wolf alleine auf unserer Spur. Warten wir ab, was sich unser Kommandierender für die Nacht ausgedacht hat.«

Kurz vor Sonnenuntergang stand die Fregatte etwa fünf Meilen querab in Luv. Sie hatte die Leesegel geborgen und schien jetzt einen Parallelkurs zu steuern. Offensichtlich wollte sie nicht alleine angreifen, sondern nur Fühlung zum Geleit halten, bis ihre Kumpane herangekommen waren. Dort oben in Luv war sie so gut wie unangreifbar, es sei denn, der Admiral opferte eine Fregatte, die mühsam nach Luv knüppeln musste, um den Versuch zu machen, ihren ungebetenen Begleiter in einen Kampf zu verwickeln oder abzudrängen. Der Ausgang dieser Anstrengung stand keineswegs fest. Im günstigsten Fall wich der Engländer einem Kampf aus und zog seinen Gegner in Richtung der anderen Fregatten. Gleichgültig, ob es sich dabei um ein, zwei oder drei Schiffe handelte, wenn sie die Möglichkeit erhielten, gemeinsam über den unglücklichen Franzosen herzufallen, dann hatte der die Überlebenschance von einem Stück Butter auf der heißen Herdplatte. Flüchtete er sich dagegen zu seinem Geschwader zurück, dann hatten sie bestenfalls etwas Zeit gewonnen, aber keinen wie auch immer gearteten Vorteil herausgeholt. Daher hielten wie erwartet alle Schiffe ihre Positionen bei und segelten in einen brillanten tropischen Sonnenuntergang. Am Ende der ersten Hundewache fiel der rote Feuerball fast genau im Westen in die See. Fast hätte man erwartet, dass über der Kimm eine gewaltige weiße Dampfwolke aus dem Wasser aufsteigen würde. Wie in den Tropen üblich, wurde es ohne Übergang dunkle Nacht. In den Lücken der Passatbewölkung, die aus kleinen Haufenwolken mit gelegentlichen Stratocumulusfeldern bestand, ließ sich gelegentlich die schmale Sichel des zunehmenden Mondes sehen, die Sichtbarkeit der Sterne war durch den Cirrusstreifen des Antipassats eingeschränkt. Beim Abendessen schlugen am Messetisch die Wellen hoch, denn es wurde wild spekuliert, was der Admiral wohl als Nächstes anordnen würde. Die Neugier der Männer wurde schneller befriedigt, als sie es erwartet hatten. Die Fregatte *Sandre* tauchte plötzlich wie ein Schemen aus der Dunkelheit auf. Ein paar überraschte Seeleute an Deck schrien erschrocken auf: »*Merde*, die Briten kommen! *Sauve qui peut!*«* Die *contremaîtres*** brachten sie schnell wieder mit ihren Tauenden zur Räson. Die Fregatte ließ sich mit stark gerefften Segeln zurückfallen, und als sie in Luv querab vom Achterschiff der *Ville de Rouen* war, wurden sie durch ein Sprachrohr angepreit: »Ville de Rouen! Bei zwei Glasen auf der Abendwache alle Segel bis auf die Marssegel und zum Manövrieren notwendigen Schratsegel bergen. Absolute Verdunklung! Auf Station bleiben, treffen Sie dafür die notwendigen Maßnahmen! Verstanden?«

»Laut und deutlich!«, röhrte Giscard de Favre durch seine Flüstertüte zurück.

Von drüben erklang noch ein halb verwehtes: »Gute Wache!«, dann setzte der schwarze Schatten wieder mehr Segel, machte einen Satz nach vorn, und schon verschwammen seine Konturen voraus in der Dunkelheit.

Peter stellte sich neben den Navigator, räusperte sich nach-

---

* Rette sich, wer kann!
** Bootsmannsmaaten

denklich und fragte schließlich bescheiden: »Ahem, Monsieur Navet, könnten Sie einem kleinen, dummen Jungen aus der asiatischen Steppe erklären, was der Admiral damit bezwecken will?«

»Nanu, Leutnant de Morin, seit wann so bescheiden? Wenn ich mich recht erinnere, dann sind Sie doch seemännisch sehr beschlagen, schließlich haben Sie doch eine britische Prise glanzvoll nach Brest hineinmanövriert!«

Peter grinste in die Dunkelheit. »Reines Glück, Monsieur.« Er wusste, dass ihm dieser Anflug von Wahrhaftigkeit als Bescheidenheit ausgelegt werden würde. Oder sollte sich der alte Seemann schon längst zusammengereimt haben, wie die Sache tatsächlich abgelaufen war? Wenn einer, dann konnte er eins und eins zusammenzählen. Aber was spielte das jetzt noch für eine Rolle. »Es ist ein großer Unterschied, Monsieur, ob man ein Schiffchen in Küstengewässern führt, weil man es muss, oder ob man auf Hoher See die Verantwortung für so einen wertvollen Konvoi trägt und strategische Entscheidungen treffen muss, habe ich recht?« Er konnte den langen Blick Navets aus den Augenwinkeln nicht sehen, aber er spürte ihn. Hätte er die Gedanken des Navigators lesen können, hätte er ziemlich dumm aus der Wäsche geguckt. ›Der Bursche ist zwar ein eitler Angeber, außerdem ist er anscheinend dem Glücksspiel verfallen und säuft schon wie ein alter Clochard, aber er scheint auch über bemerkenswerte Eigenschaften zu verfügen. Wie es aussieht, werde ich mich wohl früher, als es mir lieb ist, davon überzeugen können, ob er mit der Klinge genauso flink und treffsicher ist wie mit seiner Zunge und im Gefecht genauso kaltblütig wie am Spieltisch.‹ Laut antwortete er nach einem kurzen Zögern: »Der Admiral hat nicht viele Möglichkeiten zur Auswahl. Er hätte mit dem ganzen Geleit bis an den Wind anluven können, ja, das hätte er machen können.« Er schwieg.

»Was hätte das gebracht?«

»Entweder wir wären per Zufall auf den Führungshalter gestoßen und hätten ihn hoffentlich aus dem Wasser gepustet, oder wir wären unentdeckt nach Luv durchgeschlüpft.«

»Beide Alternativen hören sich doch ganz toll an, warum hat er sich Ihrer Meinung nach nicht dafür entschieden?«

»Wie Sie sicher schon bemerkt haben, laufen die Transporter nicht besonders gut Höhe, und schnell sind sie auf einem Kurs hoch am Wind auch nicht, es ist also sehr fraglich, ob der Verband in der Dunkelheit zusammengeblieben wäre. Wäre er am Morgen weit auseinandergezogen gewesen, hätten uns die Verfolger einen nach dem anderen abschlachten können. Dieses Risiko war kaum kalkulierbar.«

»Das sehe ich ein. Die andere Möglichkeit wäre gewesen?«

»Wir segeln jetzt mit halbem Wind. Er hätte auf raumen Wind abfallen und die Schiffe jeden Fetzen Segeltuch setzen lassen können, damit hätten wir am Morgen ein gutes Stück zurückgelegt und vielleicht unseren Verfolger abgehängt.« Er stieß die Luft durch gespitzte Lippen aus. »Bevor Sie weiter insistieren, sage ich es gleich freiwillig: Wahrscheinlich ist es genau dieses Manöver, das die Roastbeefs von uns erwarten. Mit ihren Fregatten stehen sie dann immer noch in Luv und sind allemal schneller als wir. Es wäre vermutlich nur eine Frage der Zeit gewesen, bis sie uns wieder gesichtet hätten. Wie Sie schon richtig festgestellt haben, hat der Admiral keinen leichten Arbeitsplatz. Die Entscheidung, die Fahrt aus den Schiffen zu nehmen, könnte sich als kluger Schachzug herausstellen. Es hängt davon ab, wie gut sich der Kommandant auf der englischen Fregatte in die Haut unseres Kommandeurs versetzen kann.«

Peter nickte nachdenklich, dann brummte er etwas Unverständliches auf Deutsch vor sich hin.

»Pardon, Baron, ich habe Sie nicht verstanden«, meinte Navet, der neugierig war, was im Kopf dieses Milchbarts vorging. »Was hätten Sie denn gemacht? Nur heraus damit, stellen Sie Ihr Licht nicht unter den Scheffel.«

»Nach Husarenart macht man immer das Unvermutete, etwas Überraschendes, das hat uns schon immer unser Kommandeur gepredigt. Auch mein Brüderlein hält sich an diese Weisheit, wann immer man ihm dazu Gelegenheit gibt – der Erfolg gibt ihm recht.«

»Und was wäre das in diesem konkreten Fall, Monsieur?«, erkundigte sich Navet lauernd.

Jetzt musste er Farbe bekennen, aber wahrscheinlich würde der alte Seemann über seinen skurrilen Vorschlag nur amüsiert lächeln, aber was half es? »Ich hätte gehalst und wäre einen Tag auf dem anderen Bug nach Südosten gesegelt! Wir hätten auf dem Weg nach Martinique möglicherweise zwei oder drei Tage verloren, aber was spielt das schon für eine Rolle?«

Der Navigator starrte mit offenem Mund wortlos in die Dunkelheit. Die Chancen, dass sie mit diesem Manöver ihren Verfolgern erst einmal entkommen wären, standen seiner Schätzung nach besser als neunzig Prozent. Es blieb natürlich immer die Möglichkeit übrig, dass sich die Fregatten vor Martinique auf die Lauer legten, aber damit mussten sie ohnehin rechnen. »*Chapeau*, Monsieur! Nicht schlecht, *vraiment*. Schade, dass Sie nicht das Kommando haben!« Peter überhörte den leicht ironischen Unterton keineswegs, fasste die Worte aber trotzdem als kleines Kompliment auf. »Danke, Monsieur.«

Beschwingt ging Peter unter Deck, kroch ausnahmsweise früh in die Koje und schärfte vorher Franz ein, ihn vor Sonnenaufgang zu purren*. Tatsächlich stieg er noch in der Dun-

---

* wecken

kelheit wohlgemut an Deck, der Kaffee war diesmal übrigens ausnehmend gut gewesen. »Geht doch, Mann«, hatte er zu dem Steward gesagt, der mit unbewegtem Gesicht gewartet hatte. »Warum nicht gleich so! In Zukunft werden wir bestens miteinander auskommen.« Pierre Dupont, der Steward, hatte kurz genickt, sich ein freundlich erscheinendes Zähneblecken abgerungen, aber dabei gedacht: ›Wenn du meinst, damit sind alle deine Demütigungen vergeben und vergessen, dann hast du dich schwer getäuscht, Aristoschwein. Wir kleinen Leute haben ein langes Gedächtnis.‹ Die Ernüchterung für Peter kam, als er über das Achterdeck promenierte und die Sonne wieder über die Kimm in den Himmel kletterte. Beim Ruf des Ausgucks sträubten sich seine Nackenhaare.

»Segel in Sicht! Vier Strich an Steuerbord voraus! Fregatte! Rumpf in der Kimm.«

Wie es schien, war der Kapitän da drüben verdammt gut in die Schuhe eines Admirals hineingeschlüpft und die Nacht über auch mit stark gerefften Segeln gesegelt. Da der Ausguck den Rumpf ihres Jägers offensichtlich in der Kimm sah, musste der Abstand berechenbar sein. Peter überlegte. Wie war diese verdammte Formel noch gewesen? Er ging in das Kartenhaus und kritzelte etwas auf ein Stück Papier. Die eigene Masthöhe war bekannt, die Rumpfhöhe der Fregatte musste er schätzen, aber das war kein Problem. Er kaute kurz an dem Bleistift, begann zu rechnen, dann unterstrich er das Ergebnis: 10 sm. Er kehrte an Deck zurück. In der angegebenen Peilung entdeckte er den Engländer, an dessen Masten Schlag auf Schlag weiße Trapeze erschienen. Das Großbramsegel ließ man einige Zeit auswehen. Jeder Seemann wusste, was das bedeutete: Feind in Sicht!

Auch auf ihrem eigenen Deck und in der Kuhl brach plötzlich hektische Aktivität aus. Der Erste stand mit der Flüstertüte vorne an der Reling des Achterdecks und brüllte Befehle.

Die Matrosen enterten in die Takelage auf und legten auf den Rahen aus. Segel um Segel fiel rauschend herab, wurde getrimmt und begann das schwere Schiff zu beschleunigen. Peter blickte sich um. Auf den anderen Schiffen sah es nicht anders aus.

Das Problem für die Schiffsführung bestand darin, den zugewiesenen Platz im Geleit einzuhalten. Die *Ville de Rouen* war ein altes 64er Linienschiff, das mit seiner gewaltigen Kriegsschifftakelung keine Probleme hatte, mit der *Heros* und den Transportern Schritt zu halten, ganz im Gegenteil, die Gefahr bestand darin, dass sie das vor ihr befindliche langsamere Handelsschiff von achtern überlief. Ursprünglich war sie mit vierundsechzig Kanonen bewaffnet gewesen, man hatte aber, um mehr Platz für Versorgungsgüter zu schaffen, die sechsundzwanzig schweren 24-Pfünder aus dem Unterdeck an Land gegeben. Übrig geblieben waren acht 18-Pfünder auf dem Oberdeck, sechs 12-Pfünder auf dem Achterdeck und zwei auf dem Vorschiff, zusammen ergab das eine Breitseite von acht Kanonen. Das war zugegebenermaßen nicht gerade furchterregend, eine bessere Salutbestückung für ein Linienschiff, sparte aber eine Vielzahl von Männern ein, die für die Bedienung der Kanonen notwendig gewesen wären. Damit hatte man wieder zusätzlichen Platz gewonnen, beispielsweise für die Unterbringung der Kompanie Seesoldaten. Auf ihrem Schwesterschiff, der *Ville de Honfleur*, war ebenso verfahren worden. Der einzige Vorteil der fast impotenten Schlachtschiffe lag darin, dass die feindlichen Kommandanten nicht wussten, dass man sie so gut wie kastriert hatte. Solange die Geschützpforten geschlossen blieben, musste es den Feinden so vorkommen, als würden die vier Transporter von einem 74er, zwei 64ern und zwei Fregatten beschützt.

Der feindliche Beschatter hatte sich wieder näher herangeschoben, und wieder stiegen bunte Flaggen an seiner Rah in die Höhe.

»An Deck! Segel zwei Strich an Steuerbord!«, rief der Ausguck aus dem Vortopp.

»An Deck! Segel drei Strich an Backbord!«, ergänzte der Ausguck im Großtopp eine halbe Stunde später.

»Jetzt werden die Karten umgedreht und liegen offen auf dem Tisch!«, murmelte Peter. »Mal sehen, was für ein Blatt wir haben.« Sein Hauptmann neben ihm zuckte gottergeben mit den Achseln. »Falls es dabei bleibt, dann stehen unsere Chancen gar nicht so schlecht, Leutnant. Mehr als 12-Pfünder dürften die Limies auch nicht zu bieten haben, und wenn es zum Entern kommt, dann lehren wir sie Mores!«

Peter nickte, seine Augen blitzten, das war etwas ganz nach seinem Geschmack. Er rieb sich erwartungsvoll die Hände. Hauptmann de Foucault beobachtete ihn nachdenklich. ›Ziemlich ungestüm, der junge Herr, aber Angst scheint er nicht zu haben. Nun, wenn alles stimmt, was ich über ihn gehört habe, dann hat er auch schon mehr praktische Kampferfahrung als die ganze Kompanie zusammen. Wir vom stolzen *Régiment Royale de Vaisseau* sind ja im wahrsten Sinne des Wortes Seesoldaten, weil wir unseren Dienst normalerweise an Bord von Kriegsschiffen versehen und nur in Ausnahmefällen zu längeren Kampfeinsätzen an Land geschickt werden. Jedenfalls war das in den ruhmreichen Tagen so, als Frankreichs Marine noch über Schiffe verfügte. Wenn das so weitergeht, werden wir wohl demnächst zu unseren Einsätzen schwimmen müssen, *parbleu*!‹

»An Deck! Segel voraus!«

»Das ist Nummer vier, brüllte der brünstige Stier und stieg auf die nächste Kuh!«, meinte Leutnant Dujardin mit Galgenhumor, grinste verkniffen und blinzelte Peter verschwörerisch zu.

»Die Roastbeefs sind wahrlich nicht dumm«, stellte Giscard le Favre fest. »Sie haben über Nacht eine Kette von Ost nach West gebildet und wollten jetzt nach Süden drücken, um festzustellen, ob wir uns nächtens mit Vollzeug davongemacht haben. Mir schwant nichts Gutes! Wenn ich mich nicht irre, lauert vor uns noch mindestens ein weiterer Gegner – es mögen aber auch mehr sein.«

Die Zeit verging, das Stundenglas wurde umgedreht, die Minuten verrannen zähflüssig. Die Sonne stand fast im Zenit. Die Fregatte, die ursprünglich an Backbord gestanden hatte, befand sich jetzt schon recht voraus und würde sich bald mit ihren Kameraden vereinigen, die fünf Meilen in Luv eine Linie zu formen begannen. Es handelte sich um zwei Fregatten der Fünften Klasse mit etwa zweiunddreißig Geschützen, die meisten davon würden 12-Pfünder sein. Die anderen beiden Schiffe waren kleiner und der Sechsten Klasse zuzuordnen. Sie würden wohl um die vierundzwanzig 9-Pfünder tragen, dazu würden alle ein Dutzend 6-Pfünder auf dem Vor- und Achterschiff tragen. Auf dem Schiff des Admirals wurde signalisiert: »Schiff klar zum Gefecht!« Auch aus dieser Entfernung konnte man die rollenden Trommelwirbel und das schrille, aufpeitschende Quieken der Querflöten auf der *Heros* und den beiden Fregatten hören. Die Trommelbuben und Pfeifer der Seesoldaten fielen ein. Peter musterte seinen Zug, ließ die Männer auf ihren Gefechtsstationen antreten und marschierte an der Spitze der Abteilung, die für den Schutz des Kommandanten und des Ruders verantwortlich war, zurück auf das Achterdeck. In schneller Folge stiegen auf dem Flaggschiff Signale in die Höhe. »Nicht für uns bestimmt!«, kommentierte der Erste Offizier lakonisch. »*Sandre* und *Brochet* bestätigen.«

»Was hat der Admiral bloß vor«, überlegte der Navigator mit tiefen, nachdenklichen Falten auf der Stirn. Beunruhigt rieb er sich die Nase. »Er wird doch nicht so verrückt sein, und ...« Er beendete den Satz nicht.

»Signal an uns: Nachhut bilden!«, meldete der Aspirant mit hochroten Ohren.

»Noch *nachhütiger* können wir gar nicht werden«, konstatierte Leutnant Dujardin sarkastisch. »Jetzt wird er noch der *Ville de Honfleur* befehlen, die Vorhut zu übernehmen, dann ist alles perfekt: *Honfleur* spielt die Vorhaut und wir sind am Arsch!«

»Sie sind ein mordsmäßiges Ferkel, Dujardin«, wies ihn der Erste Offizier le Favre scharf zurecht. Der Dritte steckte den Verweis kommentarlos weg und zuckte nur mit den Achseln, als der Aspirant das entsprechende Signal für die *Honfleur* ablas, dann stieg er hinab in die Kuhl zu seinen wenigen Geschützen. Die Achterdecksgeschütze kommandierte Henri de Matise und das Buggeschütz der älteste Aspirant. Auf der *Heros* wurde eine große rote Flagge niedergeholt, und auf dieses Zeichen hin gingen das Schlachtschiff und die beiden Fregatten gleichzeitig an den Wind. Segel wurden gelöst und füllten sich laut knallend mit Wind. Unter dem Press aller Segel legten sie sich weit nach Backbord über, unter ihren Achterschiffen quoll das Heckwasser weiß schäumend hervor und bildete eine breite Blasenspur, die aber alsbald von der Windsee verwirbelt wurde. Peter schluckte, denn die drei großen Kriegsschiffe unter vollen Segeln boten einen großartigen Anblick. Er hörte den Navigator stöhnen. Erstaunt blickte er sich um. Christophe Navets dunkle Augen blickten ihn tieftraurig an, seine Lippen waren zu einem dünnen Strich zusammengepresst.

»Hast du Angst, alter Mann?«, fuhr ihn Peter unwirsch an. Die Offiziere in der Nähe erstarrten zu Salzsäulen und schienen das Atmen vergessen zu haben. Der Erste Offizier und Hauptmann de Foucault, die in der Nähe standen, fuhren herum und funkelten ihn zornig an. Der Kapitän, der auf der Luvseite stand und die Schiffe beobachtete, hatte glücklicherweise nichts gehört.

»Achten Sie auf Ihre Worte, Jüngelchen, verdammt noch mal!«, stieß Navet mit vor Zorn bebender Stimme hervor. Er ballte die Fäuste, reckte ärgerlich den Kopf nach vorne und schien auf Peter einschlagen zu wollen, aber dann richtete er sich kerzengerade auf, streckte das Kinn nach vorn und fuhr sehr gefasst fort: »Das hat mit Angst nichts zu tun, Leutnant de Morin, nur leider begeht unser Admiral gerade einen großen Fehler, und genau diesen Fehler habe ich schon einmal miterleben müssen – und auch, was dabei herausgekommen ist. Ich habe überlebt, viele andere nicht!«

Peter räusperte sich: »Ahem, Monsieur Navet, äääh, ich möchte mich förmlich bei Ihnen für meine unbedachte Äußerung entschuldigen. Es lag mir fern, Ihnen Feigheit zu unterstellen. Ich war sehr töricht!« Er zog seinen Hut und verbeugte sich tief. »Aber was ist verkehrt daran, die Kerle jetzt anzugreifen, wo das Kräftegleichgewicht noch fast ausgeglichen ist?«

»Ich nehme Ihre Abbitte an und entschuldige sie mit der dreisten, gedankenlosen Unverschämtheit Ihrer Jugend.« Der Navigator seufzte, dann atmete er tief durch. »Die Briten werden ihn mitsamt seinen Schiffen so weit wie möglich nach Luv von uns wegziehen, ohne sich in ein echtes Gefecht einzulassen. Der Befehlshaber der Briten scheint ein mit allen Wassern gewaschener Mann zu sein. Dem ausgekochten Fuchs wird es nicht um die Ehre gehen, ein französisches Kriegsschiff niedergekämpft zu haben, sondern um das Prisengeld, das erbeutete Frachter ihm einbringen, noch dazu, wenn sie bis obenhin mit Nachschubgütern vollgestopft sind.«

»An Deck! Zwei Segel ein Strich an Steuerbord voraus!«

»*Merde alors!*«, fluchte der Erste Offizier unfein. »Manchmal wäre es mir lieber, ich würde nicht recht behalten!«

Peter schaute nach Luv. Die Fregatten mit den roten Kriegsflaggen in Luv schienen Anstalten zu machen, den Kampf anzunehmen, allem Anschein nach erwarteten sie ihre Gegner in Schlachtordnung. Aber als diese auf knapp zwei Meilen herangekommen waren, setzten sie plötzlich wieder mehr Segel und luvten an.

»Jetzt muss er umkehren!«, knirschte Navet mit zusammengebissenen Zähnen. Aber den Admiral schien das Jagdfieber gepackt zu haben. Ohne die Segelfläche um ein Taschentuch zu verkleinern, presste er sein Schiff hoch am Wind in das Kielwasser der Briten. Die vier Transporter begannen unruhig zu werden. Sie segelten nicht mehr exakt in Kiellinie, zumindest zwei schoren etwas nach Backbord aus. Auf der *Ville de Honfleur* wurde ein Signal gesetzt, das sie zur Ordnung rufen sollte, was aber nur wenig Erfolg zeitigte. Inzwischen war es schon wieder früher Nachmittag geworden, aber bis zum Einbruch der Nacht waren es noch mehr als vier lange Stunden. Die beiden feindlichen Fregatten voraus waren zunächst auf Steuerbordhalsen mit stark reduzierter Segelfläche am Wind gesegelt, drehten dann aber bei und lagen jetzt mit am Großmast backstehenden Segeln bei. Sie konnten ihren Opfern zwar nicht gegen den Wind entgegensegeln, aber sie brauchten ja auch nur in aller Ruhe abzuwarten, bis diese zu ihnen kamen. Irgendwie erinnerten sie Peter an große, elegante Raubfische, die geduldig darauf lauerten, dass ihnen ein fetter Beutefisch so vor das Maul schwamm, dass sie nur noch zuzuschnappen brauchten. ›Jetzt weiß ich, wie sich eine Rotfeder fühlt, wenn sie der Hecht als Beute auserkoren hat! Keine schöne Vorstellung!‹, überlegte Peter. Ein kalter Schauer lief ihm den Rücken hinunter.

Die auf dem Achterdeck versammelten Männer zuckten

zusammen, als der Wind dumpfen Kanonendonner zu ihnen herübertrug. Die beiden kleinen Geschwader in Luv waren verschwunden, dicker Pulverqualm hüllte sie ein, lichtete sich wieder, und Masten und Segel tauchten kurzzeitig auf und verschwanden erneut hinter dichten, wallenden Wolken. Lange Feuerzungen stachen blendend aus den weißlichgrauen Ballen heraus. Dann verebbte der Schlachtenlärm wieder. Der Qualm wurde vom frischen Wind zerrissen, aufgelöst und die Fetzen davongetragen. Die Briten schienen zu flüchten. Peter riss triumphierend den Arm in die Höhe.

»Zu früh zum Jubeln«, bremste ihn der Navigator. »Im Gegenteil! Wie ich schon vermutet habe, ziehen die Engländer unsere Schiffe möglichst weit vom Konvoi ab, damit ihre beiden Spießgesellen freie Hand haben.«

Die beiden englischen Fregatten peilten jetzt vier Strich an Steuerbord und waren nur noch knapp zwei Seemeilen entfernt. Beigedreht rollten sie fast quer zur Windrichtung, und ihre Klüverbäume zeigten etwa nach Südosten. Deutlich war die von den Stürmen und peitschenden Regenfällen des Kanals und der Biskaya verwitterte, ausgeblichene Farbe der Außenhaut zu erkennen. Sie war früher einmal glänzend schwarz gewesen, jetzt präsentierte sie sich in einem fleckigen, stumpfen Grau. Nur gelegentlich zeigte ein tiefschwarzer Flecken an, wo eine Schadstelle im Holz geflickt und frisch übermalt worden war. Der goldene Zierrat am Vor- und Achterschiff leuchtete nur matt und war teilweise sogar abgeblättert. Auch die Segel zeigten deutliche Gebrauchsspuren. Sie waren ausgeblichen, und auf den meisten waren ein oder mehrere Flicken zu erkennen. Aber das stehende und laufende Gut machte einen tadellos gepflegten Eindruck. Kein Laut wurde vom Wind herübergetragen, und wären da nicht die roten Röcke der Marineinfanteristen und die blauen Uniformjacken der Offiziere auf dem Achterdeck gewesen, hätte man meinen können, es handle sich um Geisterschiffe. Dann flogen dort drüben auf einen Schlag die Geschützpforten auf, und die schwarzen Rohre der 12-Pfünder zeigten drohend ihre Mäuler. Und es waren verflucht viele, denn es handelte sich um große Fregatten der Fünften Klasse. Die Geitaue und Gordinge wurden losgeworfen, die Segel fielen befreit herunter, die Rahen wurden gebrasst und die Schoten und Halsen getrimmt. Mit Backbordhalsen hielten die beiden gierigen Haie auf den verängstigten Fischschwarm in Lee zu.

»Nein, bei allen Heiligen, was macht denn die *Honfleur* da?«, stöhnte Giscard de Favre entsetzt. Auf dem alten Schlachtross hatte man ebenfalls die Geschützpforten geöffnet und die wenigen Kanonen ausgerannt. An allen Masten wurden große weiße Flaggen mit den Bourbonenlilien in die Toppen geheißt. Das Groß- und Kreuzsegel sowie die Fock wurden aufgegeit. Dann luvte die *Honfleur* an und segelte mit Steuerbordhalsen hochmütig den Feinden entgegen. So war Don Quichotte gegen die Windmühlen angeritten.

»Was für eine pathetische Geste!«, seufzte der Navigator kopfschüttelnd. Er schaute zum Kommandanten hinüber. Kapitän de Bonhomme hatte die Arme hinter dem Rücken verschränkt und wippte auf den Ballen. Gleichmütig befahl er, ohne die Stimme zu erheben: »Auf Position bleiben! Die Geschütze mit Kettenkugeln laden – aber noch nicht ausrennen! Und, ja, Aspirant, machen Sie es bitte der alten Tante da vorne nach. Räumen Sie bitte den Wäscheschrank aus und lassen Sie alle Kriegsflaggen setzen!« Fast unhörbar fügte er hinzu: »Was so einem alten Schwachkopf wie dem Comte de Pauillac recht ist, ist einem Marquis de Bonhomme billig.«

»Jawohl, Herr Kapitän!«

Peter knurrte mürrisch vor sich hin. Warum griff der Alte nicht auch an! Zu zweit waren ihre Chancen doch gewiss besser. Er schaute zu Navet hinüber, aber der schien nur Augen für den Kompass und den Verklicker zu haben. Enttäuscht blickte er durch sein Teleskop, obwohl das bei diesem Abstand eigentlich nicht mehr nötig war. Die Briten knüppelten Höhe. Wie es aussah, würden sie die *Honfleur* Steuerbordseite an Steuerbordseite passieren. Das brachte für den Franzosen den Vorteil mit sich, dass seine Kanonen schon allein durch die Krängung nach Backbord in die Takelage der Gegner zielten. Kettenkugeln und Stangengeschosse sollten daher auf jeden Fall für ernsthafte Beschädigungen sorgen. Der Feind musste ja nicht versenkt werden, es reichte völlig aus, wenn er verkrüppelt wurde und die Jagd aufgeben musste. Aber was war das? Die führende Fregatte änderte ihren Kurs abrupt nach Steuerbord und schien dicht unter dem Bug der *Honfleur* durchlaufen zu wollen. Auf dem Franzosen war man völlig überrascht, und als man dann ebenfalls abfiel, war es schon zu spät. Die schwere Fregatte eröffnete das Feuer – genau in dem Moment, als sie quer vor dem Bug war. Kugel auf Kugel jagte sie in Längsrichtung durch den Bug in das Vorschiff. Ganz gewiss hatten die Briten ihre Kanonen doppelt geladen. Splitternd zerbarst der Klüverbaum, und die Segel flogen in Fetzen davon. Die Fockbramstenge schwankte und zitterte, hielt aber zunächst tapfer stand. Als jedoch die *Honfleur*, die durch den Verlust aller Vorsegel luvgierig geworden war, ihrem Ruder nicht mehr gehorchte und in den Wind drehte und das Vorbramsegel mit einem dumpfen Knallen backschlug, neigte sie sich nach hinten, riss die Marsstenge mit, und beide kamen polternd von oben. Auf ihrem Weg zerrten die beiden Spieren allerlei Tauwerk mit, zerfetzten das vorsorglich aufgeriggte Enternetz und krachten auf das Deck. Das laute Wehgeschrei der Verletzten war bis zur *Rouen* zu hören. Der Engländer kümmerte sich nicht weiter um seine Opfer, sondern hielt auf den kleinen Verband zu. Die zweite Fregatte fiel kurzzeitig ab, lief dann aber schräg am Heck der

Honfleur vorbei und verpasste ihr das volle Programm. Das Lamento der Verwundeten wurde lauter und lauter. Es war erstaunlich, mit welcher Geschwindigkeit und Präzision auf den englischen Schiffen die Größe der Segelfläche variierte, wie wirkungsvoll die Artillerie eingesetzt wurde. Die Besatzungen dieser Fregatten mussten so gut ausgebildet sein, dass sie sich an der Grenze zur Perfektion bewegten. Auf der *Honfleur* war dagegen kein einziger Schuss abgegeben worden. Man war dort von dem unerwarteten, schnell und äußerst exakt ausgeführten Manöver völlig überrascht worden – vermutlich waren die Geschütze an der Backbordseite noch nicht einmal bemannt gewesen. Peter schaute sich um. In der Tat standen auch auf seinem Schiff nur Geschützbesatzungen an den Steuerbordkanonen bereit. Kapitän de Bonhomme beobachtete das Schicksal seines Kameraden mit unbewegtem Gesicht. Er sah aus wie ein Mann, der bereits mit dem Leben abgeschlossen hatte, der mit einem Fuß schon im Reich der Toten stand. Plötzlich empfand der junge Preuße Mitleid für den Mann. Wenn man es richtig bedachte, dann war der Kapitän eigentlich auch schon so gut wie tot. Entweder er fiel im Kampf oder er war entehrt, weil er die Wegnahme des Konvois nicht hatten verhindern können. Als Ehrenmann konnte es für ihn, den letzten verantwortlichen Offizier direkt am Geleit, nur eine Konsequenz geben! Denn wen würde es schon interessieren, dass die alten Schlachtschiffe nur noch leicht bewaffnet und völlig unterbemannt gewesen waren? Alles, was sich der Pöbel merken würde, war, dass es sich um zwei Linienschiffe der Dritten Klasse gehandelt hatte, die von zwei Fregatten übertölpelt worden waren. Zwei 64er, die sich von zwei viel kleineren Schiffen der Fünften Klasse hatten zusammenschießen lassen. Was für eine Schande! Was für eine Schmach! Peter schüttelte sich. So weit durfte es nicht kommen, niemals! Er umklammerte seinen Degengriff.

Erschrocken zuckte er zusammen, als er hörte, dass Navet laut zischend die Luft ausstieß. Was er sah, ließ ihm das Blut in den Adern gefrieren. Die beiden großen Fregatten stießen mit Backbordhalsen und raumem Wind auf sie herunter. Sie schienen die beiden Frachter vor ihnen rammen zu wollen. Die beiden anderen Transporter an Backbord versuchten, sich unauffällig in die Büsche zu schlagen. Näher und näher kamen die Briten. Peter konnte die Galionsfigur des einen Schiffes erkennen. Es schien sich um einen Raubvogel zu handeln, der ein Wappenschild in den vorgereckten Klauen hielt. Die Bugwelle stieg vermischt mit fliegender Gischt an der Bordwand in die Höhe. Auf den Handelsschiffen wummerten die Erbsenschleudern los, die sich euphemistisch Geschütze nannten. Das beeindruckte die beiden Kriegsschiffe in keiner Weise. Allerdings meinte er in der Fock des einen zwei Löcher entdeckt zu haben. Na, zumindest müssen die Limies wieder einmal Flicken aufsetzen, dachte er freudlos. Die endlos langen Klüverbäume schienen sich schon fast in die Takelage ihrer Gegner bohren zu wollen. Verdammt, was soll das werden, dachte Peter verständnislos. Er sah, wie die Männer auf dem Transporter vor ihnen hektisch von ihren Stationen wegliefen, voller Panik die Kanonen an der Steuerbordseite im Stich ließen und Schutz vor dem scheinbar unausweichlich gewordenen selbstmörderischen Zusammenprall suchten. Aber da! Im letzten Augenblick schwangen die Klüverbäume herum und wanderten nach achtern, die großen Arbeitssegel der Fregatten rauschten wie geraffte Unterröcke an den Rahen in die Höhe und die Mars- und Bramsegel wurden kurz aufgefiert, so dass sie den Wind verloren. Die Schiffe verloren Fahrt, aber der Schwung trug die Fregatten in die große Lücke zwischen den beiden Transportern bzw. in die zwischen der *Ville de Rouen* und den Transporter vor ihr. Und dann fiel ihnen der Himmel auf den Kopf. *Rabumm*!

Wabumm! Die Fregatten verschwanden in dichten Pulverschwaden. *Rabumm*! Die *Ville de Rouen* schüttelte sich störrisch, als die schweren Kugeln im Vorschiff einschlugen. *Rabumm*! *Rumsbumms*! Ein oder zwei Kugeln flogen mit einem unschönen Jaulen über die ganze Länge des Decks. *Rabumm*! *Wabumm*! Peter taumelte plötzlich, und der Luftdruck einer Kugel warf ihn zur Seite. *Rabumm*! *Rumbumms*! Capitaine René de Foucault, Kommandeur der Zweiten Kompanie des stolzen Régiment Royale de Vaisseau, hatte plötzlich keinen Kopf mehr. *Rabumm*! *Warumms*! Einen winzigen Augenblick lang blieb sein Torso aufrecht stehen, das Blut schoss in einem breiten Strahl aus dem Hals, dann fiel er rücklings mit ausgebreiteten Armen auf das Deck, den blanken Degen in der Hand. *Rabumm*! Peter schluckte. *Rabumms*! *Wabumm*! Er hatte den Mann und dessen ruhige, sachliche Art gemocht. *Rumms*! Dann war es vorbei. Für einen Augenblick herrschte gespenstische Stille. Dann begann das Schreien und Wimmern der Verwundeten, die Toten schwiegen anklagend. Die beiden Fregatten hielten wieder unter vollen Segeln auf die beiden Transporter in Lee zu. Peter sah sich um. Die *Rouen* schien mehr Glück als ihre Schwester gehabt zu haben, was die Beschädigungen anging.

»Monsieur le Favre, wenn Sie bitte die Freundlichkeit haben würden, die Schäden aufzunehmen und mir die Verluste zu melden«, wandte sich der Kommandant kühl an den Ersten Offizier. In seinem Gesicht zuckte kein Muskel.

»Achtung am Ruder! Abfallen!« Die Stimme des Navigators überschlug sich. Der Transporter vor ihnen war von vorne und achtern beharkt worden, dabei hatte er offensichtlich schwere Beschädigungen im Rigg und am Rumpf erlitten, möglicherweise sogar am Ruder. Sehr wahrscheinlich hatte er auch hohe Verluste unter der Besatzung zu beklagen. Jedenfalls taumelte er wie ein betrunkener Seemann ungeschickt von einer Seite zur anderen und wäre beinahe mit der *Rouen* unklar gekommen. Nur der schnellen Reaktion des Navigators war es zu verdanken, dass es zu keiner Kollision kam. Jetzt sackte der Frachter langsam flügellahm achteraus.

›Was denn, ist das alles, was wir machen?‹, fragte sich Peter ungläubig. In ihm stieg die heiße Wut auf. Wer war er denn, dass man mal eben lässig an ihm vorbeisegeln, seinen kommandierenden Offizier neben ihm enthaupten und sich dann ungestraft aus dem Staub machen konnte? Er sprang hinunter in die Kuhl und brüllte den Dritten Offizier an: »Rüber zur anderen Seite, Dujardin! Wir sind den Roastbeefs einen Abschiedsgruß schuldig – wenn schon sonst nichts!«

»Ja! Attacke!«, gröhlte Dujardin, der eine Rumfahne hatte.

Ihr Enthusiasmus steckte die Geschützbedienungen an. Sie eilten auf die Backbordseite, luden die Kanonen mit Stangengeschossen, rannten sie aus, schlugen die Keile unter den Rohren raus und blickten die beiden Offiziere erwartungsvoll an. Peter brüllte zum Achterdeck hinauf: »Backbatterie ist feuerbereit, Kommandant! Erbitten Feuererlaubnis!«

»Feuer frei!« Kapitän de Bonhomme machte eine Handbewegung, die man als Absegnung auffassen konnte.

Peter visierte über das Rohr. ›Wo bist du, Brüderchen? Wenn man dich mal braucht, bist du natürlich nicht da. Typisch! Dann muss es eben auch ohne dich gehen.‹ Er sah, dass die Seitenrichtung stimmte, und nickte dem Geschützkapitän zu. Der hielt die Lunte an das Zündloch. Neben ihnen krachten die Geschütze, dann spie auch das ihre seine Ladung aus. Der Pulverqualm wurde schnell nach Lee verweht. Peter sprang an die Finknetze und starrte angestrengt zu den feindlichen Kriegsschiffen hinüber. Hinter der Fregatte, die sie beharkt hatten, stiegen zwei Wassersäulen in die Höhe. Im Besansegel erschien plötzlich ein großes, zackiges Loch. Ob das vierte

Geschoss getroffen hatte, war nicht auszumachen. Nun, das war zwar nicht gerade ein durchschlagender Erfolg gewesen, aber immerhin fühlte Peter sich besser – und mit ihm ein großer Teil der Besatzung. Allerdings hatte Peter wieder dieses unangenehme Kribbeln im Nacken, das er immer verspürte, wenn er in Lebensgefahr schwebte und die Ursache nicht lokalisieren konnte. Er eilte auf das Achterdeck zurück und sah, dass der Navigator den Kommandanten mit einer Hand am Arm gepackt hatte, mit der anderen deutete er nach Steuerbord. Weit in Luv, oben im Nordosten, trieb die *Heros*. Ein Teil ihres Riggs war heruntergeschossen worden. Sie war allem Anschein nach kaum noch manövrierfähig. Eine der schweren Fregatten lag hinter ihrem Heck und bestrich sie gnadenlos der Länge nach. Peter hatte erzählen hören, was das bedeutete. Es gab wohl nichts Schlimmeres als das. Die Kugeln flogen, ohne auf Widerstand zu treffen, durch den verletzlichsten Teil des Schiffes, die großen Fensterflächen am Heck, rasten über die ganze Länge des Geschützdecks und zermalmten alles, was sich ihnen in den Weg stellte, krachten in die Masten, zerschmetterten die Lafetten der Kanonen, ließen die schweren Stücke, die sich losgerissen hatten, gefährlich durch das Deck rumpeln, rissen überall, wo sie auftrafen, Wolken von gefährlichen Holzsplittern los, die ihrerseits wie Dolche durch die Luft flogen, die Männer durchbohrten oder wie Stachelschweine spickten. Wer nicht sofort tot war, starb später an dem Wundbrand, den das pilzverseuchte Holz verursachte.

Die beiden französischen Fregatten versuchten nach dem Ausfall des Flaggschiffs zum Geleit zurückzukehren. Die *Sandre* lieferte sich vor dem Wind segelnd ein heftiges laufendes Gefecht mit einem der britischen Schiffe, aber auch hier wurde wieder deutlich, dass die Feuergeschwindigkeit der Engländer deutlicher höher war. Lange würde sie ihren

Widerstand nicht aufrechterhalten können. Die anderen beiden verfolgten die *Brochet*. Aber wohin wollte die fliehen? Es gab hier draußen auf dem weiten Atlantik kein Schlupfloch, keine Landbatterie, unter deren Geschütze man sich retten konnte. Peter schüttelte wütend die Faust. »Warum stellt sich der Hundsfott nicht zum Kampf?«

Christophe Navet sagte kühl: »Der Kapitän dort drüben macht schon alles richtig, Morin! Er weiß natürlich, dass der Kampf unausweichlich ist, aber er möchte sich nicht mit zwei Gegnern zugleich herumschlagen, deshalb kommt er zum Geleit zurück, um uns einen abzugeben. Da er von großzügiger Natur ist, wird das wohl die schwere Fregatte sein.«

Peter schluckte und schwieg. Und tatsächlich änderte die *Brochet* ihren Kurs, als sie nur noch eine knappe Meile von der *Rouen* und dem davor befindlichen Transporter entfernt war. In einem eleganten Bogen schwang sie mit einer Halse herum und lief der leichten Fregatte entgegen, die sofort ihre Segelfläche verkleinerte und den Kampf annahm. Beide Schiffe verschwanden in den Pulverschwaden. Die große Fregatte kam mit vierkant gebrassten Rahen vor dem Wind herangeschnaubt. Dann ging sie, auf der Steuerbordseite bleibend, auf Parallelkurs.

»Alle Rahsegel bis auf die Marssegel aufgeien, Monsieur de Favre, wenn ich bitten dürfte. Die Seesoldaten halten sich zum Entern bereit, Hauptmann ... äh, Leutnant de Berrie!«

»Jawohl, Herr Kapitän!«, rief Berrie aus der Kuhl. Ein Ärmel war ihm abgeschnitten worden, sein weißer Uniformrock war mit roten Flecken gesprenkelt, und ein schon durchgebluteter Verband leuchtete an seinem rechten Arm. Trotzdem winkte er, seinen Degen in der Linken, Peter lachend zu, der feixend seinen Hut zog und eine tiefe, höfische Verbeugung machte.

Säuerlich verzog Navet den Mund. »Wie die Kinder«, murmelte er. »Sie spielen Trapper und Indianer und wissen noch nicht, dass im wahren Leben keineswegs immer die edlen Weißen gewinnen, und wie bitter das Sterben sein kann. Nun, der Foucault hat es in diesem Punkt gut getroffen, weil es ihn gut getroffen hat. Der hat nichts gespürt.«

Peter blickte nach oben zu den Marsen empor, in denen seine Scharfschützen Stellung bezogen hatten, und brüllte hinauf: »Männer! Wie besprochen schießt ihr auf alles, was einen blauen Rock trägt, je mehr Gold drauf ist, desto lohnender ist das Ziel! Verstanden!« Hüte wurden oben geschwenkt. Peter blickte den Korporal an. »Sind die Männer an Deck instruiert, Corporal Marais?«

»Jawohl, *mon lieutenant*!«

»Feuer frei, sobald Ziel aufgefasst!«, röhrte der Erste Offizier nach einem kurzen Blick auf den Kommandanten, der unbeweglich, wie angenagelt, noch immer auf demselben Fleck stand.

Leutnant de Matise stand am achteren Geschütz und visierte über das Rohr. Langsam schob sich die Fregatte in einem Abstand von einer knappen Kabellänge neben sie. Jetzt, mit reduzierter Segelfläche, sah sie gar nicht mehr so groß und gefährlich aus. Nur die vielen dunklen Mündungen in ihrer Bordwand flößten Peter Respekt ein. Ihr Kommandant schien keineswegs die Absicht zu haben, die *Rouen* zu entern. Ganz sicher hatte er die weißen Uniformen der vielen Seesoldaten und die aufgepflanzten, langen, gefährlich blitzenden Bajonette gesehen. Der hinterste 12-Pfünder der *Rouen* eröffnete das Feuer, und Pulverqualm zog über das Achterdeck. Beißender Gestank stieg in Peters Nase, reizte seine Schleimhäute und brannte in den Augen. Wie lange war es her, dass er den bitteren Geschmack des Salpeters geschmeckt hatte? Vor einem guten halben Jahr hatten sie aus allen Rohren geballert, um den französischen Freibeuter abzuschütteln. Leider war ihnen das misslungen, denn sonst stünde er jetzt nicht hier und müsste um seinen Hintern bangen, überlegte Peter missmutig. Das nächste Geschütz feuerte, dann eröffnete auch der Gegner das Feuer mit seinen 12-Pfündern. Peter hörte achtern Glas klirren. Eine Kugel musste in die Seitenfenster der Staatskabine eingeschlagen haben. Ein laufendes Gefecht entwickelte sich. Das ohrenbetäubende dumpfe Wummern der 18-Pfünder vermischte sich mit dem heiseren Bellen der 12-Pfünder, und über allem war das durchdringende, helle Keifen der 6-Pfünder zu hören. Der einzige Vorteil der Franzosen war das größere Kaliber der vier 18-Pfünder auf dem Hauptdeck, aber das machten die Engländer durch die höhere Anzahl der Geschütze und die überlegene Feuergeschwindigkeit mehr als wett. Der Feind verschwand zeitweise fast völlig in den dichten, stinkenden Wolken, die vom Wind auf die *Rouen* zugetrieben wurden. Aber der alte 64er hatte noch ein Plus gegenüber der auf Schnelligkeit gebauten Fregatte. Von Geburt aus ein Schlachtschiff, war sie äußerst solide konstruiert worden. Ihre Spanten standen dicht an dicht nebeneinander, und die Planken der Außenhaut waren aus massiver adriatischer Eiche gefertigt. Ein Schlachtschiff musste in der Linie dem Beschuss eines gleich starken Gegners stundenlang standhalten können. Aber das bedeutete nicht, dass es keine Schäden und Verluste gab. Während sich die 12-Pfünder der Fregatte darauf konzentrierten, den Gegner im Bereich des Wassergangs zu treffen, bestrichen die 6-Pfünder die Decks mit Traubengeschossen und Kartätschen. Immer wieder erzitterte das Schiff, wenn die Kugeln tief unten gegen die Planken donnerten. Und das Schiff war alt und viele Planken morsch. Trotzdem durchschlugen die meisten Kugel sie nicht, aber sie drückten sie ein wenig ein und ließen die kalfaterten

Nähte aufgehen. Da das Schiff rollte, war das Ergebnis, dass beim nächsten Überholen Wasser eindrang. Peter wusste nicht, wie viel Zeit seit dem Beginn des Gefechts vergangen war. Er lief fluchend hinter seinen an den Finknetzen* gelehnten Männern entlang und feuerte sie mit deutschen und französischen Verwünschungen an. Allerdings war die Sicht so schlecht, dass an ein gezieltes Schießen kaum zu denken war.

»*Mon capitaine!*« Der *charpentier* eilte auf den Kommandanten zu, riss sich den Hut herunter, neigte kurz den Kopf und keuchte dann aufgeregt: »Wir haben bereits eine Menge Wasser in den Bilgen, Monsieur, und es steigt schnell! *Mon dieu!* Die Steuerbordseite muss im Wasserpass schlimm aussehen; wenn das so weitergeht, dann …!«

»Schweigen Sie, Zimmermann!«, fuhr ihn der Kapitän an. »Peilen Sie weiter und machen Sie mir alle halbe Stunde Meldung! Verstanden!«

Der Zimmermann salutierte, stotterte eine Bestätigung und verschwand wieder unter Deck.

»Monsieur de Favre! Lassen Sie die Pumpen besetzen!«

»Jawohl, Herr Kapitän!«

Plötzlich herrschte Ruhe. Peter steckte die Finger in die Ohren und versuchte sie frei zu bekommen. War er plötzlich taub geworden? Aber nein, auf dem Hauptdeck feuerte eine Kanone, und auch ein paar Musketenschüsse waren zu hören. Was war geschehen? Verblüfft sah er, dass die britische Fregatte anluvte und abdrehte. Jetzt spie ihre Steuerbordseite Feuer und Eisen. Die *Brochet* musste entgegen aller Wahrscheinlichkeit ihren Gegner außer Gefecht gesetzt haben und

---

* Netzgestell an der Verschanzung zur Aufnahme der Hängematten während des Tages. Im Gefecht sollten sie auch feindliche Musketenkugeln auffangen.

kam ihnen zur Hilfe geeilt. Peter schluckte; selten hatte er einen schöneren Anblick gesehen als den, als sich die arg zerzauste Fregatte auf den Gegner stürzte. »*La gloire ou le mort!*«, murmelte er bewundernd. Die Pumpen begannen ihr monotones Klappern, das Geräusch würde sie von nun an ständig begleiten. Er schaute sich um. Der Gegner musste das Deck nicht nur mit Kartätschen beschossen haben, sondern auch mit massiven Kugeln, denn die Verschanzung war an mehreren Stellen zerstört, und Hängematten aus den Finknetzen lagen verstreut und zerrissen auf dem Deck herum. Dazwischen hockten oder wanden sich die Verwundeten, die vor sich hin stöhnten, jammerten oder auch laut ihre Pein herausbrüllten. Es dauerte seine Zeit, bis alle unter Deck zum Chirurgen geschafft werden konnten. Die Gefallenen lagen in seltsam verrenkten Stellungen in ihrem Blut. Ein Seesoldat lehnte mit weit aufgerissenen Augen, den Mund zu einem stillen Schrei geöffnet, am Großmast. Er hatte die Hände gegen die Brust gepresst, und Blut quoll dickflüssig und langsam versiegend zwischen seinen Fingern hervor. Peter konnte sich des Eindrucks nicht erwehren, dass der Mann ihn vorwurfsvoll anstarrte. Was sollte dieser Vorwurf? Schließlich hatte der Mann gewusst, in welcher Branche die Firma tätig war, in die er eintrat, als er beim Werber unterschrieb – ihr Geschäft war der Tod, und bezahlt wurde mit Blut. Oder galt der Vorwurf ihm ganz persönlich, weil er noch unversehrt am Leben war? Ja, so ist das nun mal, *mon ami*, diesmal hatte ich die besseren Karten, aber wer weiß, vielleicht ist die Kugel mit meinem Namen drauf auch schon gegossen. Er wischte sich das vom Pulverqualm geschwärzte Gesicht mit dem Ärmel ab, blickte angeekelt auf den verschmierten Stoff, spuckte den übel schmeckenden Speichel über die Kante und schaute hinunter die Kuhl. Ihm stockte der Atem. Leutnant Dujardin beugte sich über ein zerfetztes Bündel aus weißroter Uniform und menschlichen Überresten, nur der Kopf war noch völlig unverletzt, und der gehörte Leutnant Henri de Berrie. Der junge, schneidige Offizier musste von mehreren Kugeln aus einer Wolke von Traubengeschossen getroffen worden sein. Dujardin drückte ihm die Augen zu. Peter schluckte und wandte sich ab. Jetzt nur keine Schwäche zeigen. Er presste die Lippen fest aufeinander, dann rief er den Korporal heran. »Marais, stellen Sie die Verluste fest und machen Sie mir Meldung.«

»Jawohl, Herr Leutnant!«

Überall herrschte hektische Betriebsamkeit, Befehle wurden gebrüllt. Die Männer warfen Trümmer über Bord, bargen die letzten Verletzten, besserten erste Schäden im Rigg aus, setzten die Segel wieder, brassten die Rahen und schufteten an den Schoten und Halsen. Nur der Kommandant harrte in diesem Tohuwabohu versteinert auf seinem einsamen Platz aus. Paul krampfte sich der Magen zusammen. An Deck lagen die Toten aufgereiht. Sie wurden mit Fetzen zerschossenen Segeltuchs zugedeckt. Er hatte viele davon gekannt. Altgediente Musketiere aus seinem Zug, den seriösen, etwas pedantischen Hauptmann Foucault und den lässigen, charmanten Leutnant Berrie, mit dem ihn fast schon so etwas wie Freundschaft verbunden hatte. Es war bitter, einen Freund zu finden, nur um ihn gleich wieder zu verlieren. Der junge Leutnant Pierre de Morin atmete tief durch, ein fast unglaublicher Gedanke setzte sich in seinem Kopf fest, ließ ihn trotz des Grauens und dem Chaos des Schreckens um ihn herum lächeln: Entgegen jeder Wahrscheinlichkeit lebte er noch und hatte noch nicht einmal einen Kratzer davongetragen!

Plötzlich wurde das ganze Schiff in ein blutrotes Licht getaucht, die gesetzten Segel leuchteten purpurrot. Der große glühende Ball der Sonne kam unter der Wolkendecke hervor, berührte die Kimm, verwandelte die ondulierte Unterseite der Wolken in ein abwechselnd grau und kupferfarben wogendes Meer. Das Schiff schien in einen breiten Strom aus funkelndem Blut hineinzusegeln. Es war vorbei. Er war noch mal davongekommen. Für dieses Mal.

Kapitel 11

Gambia River, Dezember 1760

Es war eine Frage der Geduld. Der Konvoi hatte in der Nacht aus Sicherheitsgründen in einem gehörigen Abstand von der Mündung des Gambia River beigedreht, um für den Landfall auf die Morgendämmerung zu warten. Paul von Morin hatte die Zeit der Überreise von Goeree nach Gambia eigentlich nutzen wollen, um Mirijam einen langen Brief zu schreiben, aber daraus war nichts geworden. Vermutlich quälte ihn unterschwellig sein schlechtes Gewissen, daher hatte er lediglich einen Brief an seine Mutter fertiggestellt und hoffte, den einem auf der Heimreise befindlichen Schiff mitgeben zu können. Noch bevor der Morgen graute, hatten sie die Rahen wieder an den Wind gebrasst, um sich mit der gebotenen Vorsicht dem Land zu nähern, das jetzt als dunkler Streifen unter dem glühenden Feuerball der aufgehenden Sonne vor ihnen lag.

Während sie beilagen, hatte Kapitän Stronghead Paul, als den jüngsten seiner Offiziere, mit der Gig hinüber zu den Liverpooler Sklavenhändlern geschickt. Er sollte herausfinden, ob einer der Skipper einen ortskundigen Navigator an Bord hatte, auf den er vorübergehend verzichten konnte. Dass es davon einige in der kleinen Flotte gab, durfte man voraussetzen, denn die Schiffe verkehrten schließlich mit großer Regelmäßigkeit in diesem Seegebiet. Zwar würde ihnen bestimmt ein einheimischer Lotse seine Dienste anbieten, sobald sie sich weit genug angenähert hatten, aber Stronghead war ein vorsichtiger Mann. Er war pragmatisch genug, seinen Stolz als Kommandant eines Schiffs des Königs hintanzustellen, wenn es um die Sicherheit seines Schiffes ging. Segelmeister Archibald Goodfellow kannte sich hier nicht aus, aber er hatte häufig von den Gefahren gehört, die unter den scheinbar so unendlich breiten, schlammigen, träge dahinfließenden Wassermassen lauerten. Daher hatte er seinen Kapitän pflichtgemäß vor den tückischen wandernden Sänden gewarnt, deren genaue Lage zwar auch ein Navigator nicht kennen konnte, der letztmalig vor einem Jahr hier gewesen war, aber es gab wahrscheinlich Kurse, auf denen ein erfahrener Mann sie recht sicher bis kurz vor die Einfahrt lotsen konnte. Während der Ansteuerung würden sie ohnehin ständige Loten und scharf Ausguck halten, das verstand sich von selbst. Kapitän Jeremias Freeman von der *Liberty* hatte sich grummelnd bereit erklärt, ihnen seinen Ersten Maat Chris Fletcher an Bord zu schicken. Er hatte zwar ein paar höchst lästerliche Bemerkungen über die vollen Hosen der Tiefwassernavigatoren auf den Kriegsschiffen in Landnähe vom Stapel gelassen, aber er hatte nicht vergessen, wie Stronghead mit dem Skipper des unbotmäßigen Frachters im Kanal Schlitten gefahren war, und zweifelte keine Sekunde daran, dass Stronghead auch zu drastischen Mitteln greifen würde, wenn man ihm seinen höflichen Wunsch abschlagen würde. Besonders da hier weit und breit kein Kommodore oder Admiral in der Nähe war, bei dem man sich hätte beschweren können.

Jetzt stand Paul auf seiner Gefechtsstation auf dem Hauptdeck und versuchte von Zeit zu Zeit immer mal wieder, einen

Blick auf das Land zu erhaschen. Sie segelten einen nahezu östlichen Kurs, der sie genau in diese dunkle, undurchdringliche Wand hineinführen würde, die vor ihrem Bug langsam in die Höhe wuchs. Nachdem sie sich dem Land bis auf zehn Seemeilen genähert hatten, wurde er das Gefühl nicht los, in eine grüne Falle hineinzutappen, denn sowohl im Norden als auch im Süden schob sich der Dschungel hinaus in die See. Er konnte auch mit seinem guten Fernrohr voraus kein Fahrwasser ausmachen. Gut, es gab an Backbord ein oder zwei Stellen, wo der Busch durchlässiger erschien, vielleicht mündete dort ein Flüsschen, aber er konnte sich nicht vorstellen, dass sie dort hineinsegeln konnten. Doch es schien keinerlei Gefahr zu herrschen, denn Segelmeister Goodfellow plauderte angeregt mit Mister Fletcher, der ihn anscheinend auf ein paar Landmarken aufmerksam machte. Dann verstummten achtern die Gespräche, denn der Ausguck meldete Brandung an Steuerbord und gleich darauf auch voraus. Paul von Morin wurde der Kragen eng, denn sie segelten mit Backbordhalsen am Wind. Sie mochten noch vier Meilen von der Küste voraus entfernt sein, und das Kap St. Mary lag bereits ebenso weit vier Strich achterlicher als querab an Steuerbord hinter ihnen. Der junge Preuße schwitzte, und das lag nicht nur an der schwülen Hitze. Sie schienen aussichtslos auf Legerwall zu liegen – nur eine schnelle Wende konnte jetzt noch helfen. Ja, Gottlob, das hatte man gerade noch rechtzeitig auch auf dem Achterdeck erkannt! Endlich hob der Segelmeister die auf Hochglanz polierte Flüstertüte und brüllte: »Segeltrimmer! Achtung! Klar zum Abfallen, wir gehen auf einen raumen Kurs!«

Paul glaubte seinen Ohren nicht zu trauen. Mit pochendem Herzen sprang er in die Wanten des Großmasts und enterte auf, bis er über die Back hinweggucken konnte. Und tatsächlich öffnete sich an Steuerbord in gut fünf Seemeilen Entfernung zwischen zwei vorspringenden Kaps eine vielleicht zwei Meilen breite Schneise im Urwald – die Mündung des Gambia River. Leider hatte sich Paul diesmal nicht auf den Landfall vorbereiten können, denn aus seinem schwarzen Büchlein hatte er keinen Honig saugen können, da Kapitän Hugo de Vries diesen Strom nicht angelaufen hatte. Auch das Informationsmaterial der Admiralität über den Gambia River war recht dürftig, war doch dieser Teil Westafrikas bis vor Kurzem noch fest in den Händen der Franzmänner gewesen.

Das Schiff schwang herum und lief jetzt einen fast südlichen Kurs. Den halbnackten Geschützbedienungen lief der Schweiß den Rücken herunter, salzige Bäche flossen ihnen von der Stirn in die Augen, denn je weiter sie sich der Mündung näherten, desto schwüler wurde es. Auch die Plage durch die stechwütigen Moskitos nahm mit jeder zurückgelegten Kabellänge zu. Überall war das laute Klatschen der Hände auf nackter Haut zu hören. Eine Stunde später standen sie zwischen Barra Point und dem Kap Banjul. Vom Ufer lösten sich ein halbes Dutzend Einbäume und nahmen Kurs auf den Konvoi. Das größte der einheimischen Boote, welches von zehn Paddlern vorangetrieben wurde, schoss rasch auf sie zu. Der Erste Leutnant preite es an und hielt sich dann das Sprachrohr ans Ohr, um die Antwort besser verstehen zu können. »Der Blacky fragt, ob wir einen Lotsen haben wollen, Sir.« Stronghead nickte und Backwater rief das Boot heran. Gleich darauf betrat ein Schwarzer, der mit einem schlichten Kaftan, hellen Sokotos sowie dem üblichen Kufi bekleidet war, durch die Relingspforte das Deck und schritt gemessen, sehr aufrecht nach achtern, wo er kurz mit dem Kapitän verhandelte, um sich anschließend mit dem Segelmeister zu beraten. Wie Paul feststellte, hatten sie auflaufendes Wasser, was ihr Vorankommen erheblich beschleunigte.

Nach einer Stunde hatten sie die vorspringende Nase von Dog Island Point an Backbord querab. Sie änderten jetzt den Kurs auf OzS. Nachdem sie sich von Kap Lamin mit seinen vorgelagerten Untiefen gut freigehalten hatten, tauchte an Backbord eine ansehnliche Ortschaft auf, und nahezu voraus dräute auf einer Insel eine Festung. Die Segelfläche wurde verkleinert und schließlich klatschte der Anker ins braune Wasser. Die *Thunderbolt* grüßte die britische Flagge mit dem üblichen Salut, inzwischen ging auch der Konvoi vor Anker. Die Männer konnten endlich von den Gefechtsstationen wegtreten, und Paul horchte den Segelmeister aus. Der erklärte ihm, dass der größere Ort auf dem Festland ein ehemaliger französischer befestigter Handelsplatz namens Albreda war, den die *Sénégal Compagnie* am Ende des letzten Jahrhunderts von dem lokalen Häuptling gepachtet hatte. Das Dorf Juffure lag etwa eine halbe Seemeile davon entfernt weiter östlich fast genau gegenüber von James Island mit seinem Fort. Von dort näherte sich bereits eine Armada von kleinen Booten, die sich von dem Handel mit frischem Obst und Fleisch ein gutes Geschäft versprachen. Ganz sicher hielten sie auch andere, für die Mannschaften verbotene Ware wie Alkohol und Mädchen bereit. Neugierig blickte sich Paul um. Nach einem langen Blick durch sein Glas machte er den Kapitän darauf aufmerksam, dass die Flagge des Forts auf Halbmast wehte, und auch die rote Flagge eines vor Anker liegenden Navy-Kutters war halbstock gesetzt.

Der Kommandant, der darauf wartete, dass seine Gig bereit für die kurze Fahrt zum Inselfort war, brummte: »Danke, Herr Leutnant, aber das habe ich auch schon gesehen. Ich frage mich nun: Ist der Kutter hier ständig stationiert oder ist es ein Aviso, den die Admiralität zur Übermittlung eiliger Nachrichten benutzt? Hm, die rote Kriegsflagge lässt Letzteres vermuten.«

Beinahe hätte sich Morin dazu hinreißen lassen, ihn zu fragen, was das für einen Unterschied machte, aber er schluckte die Frage schnell wieder hinunter. Es war doch sonnenklar! War der Kutter hier stationiert, dann handelte es sich mit großer Wahrscheinlichkeit um einen Todesfall mit lokaler Bedeutung, hatte ihn die Admiralität dagegen extra hierher geschickt, dann lag die Vermutung zumindest nahe, dass in England eine hochgestellte Persönlichkeit verstorben war. Der Bootssteuerer des Kapitäns reckte an Deck die Hand in die Höhe und Midshipman Gerald Swift kam nach achtern gewuselt, aber noch bevor er dem Kapitän Meldung machen konnte, rückte der schon seinen Degen zurecht und eilte mit langen Schritten zur Relingspforte, wo ihn schon die Ehrenwache von Seesoldaten, Bootsmannsmaaten und Schiffsjungen erwartete. Unter dem Gezwitscher der Bootsmannspfeifen stieg er hinunter in die Gig, die umgehend ablegte.

Unter den kritischen Blicken des Segelmeisters und des Ersten Leutnants wurde das Schiff aufgeklart. Die Segel wurden hafenfein so eng wie möglich aufgetucht, die Rahen exakt horizontal und genau rechtwinklig zur Mittschiffslinie ausgerichtet. Der Erste ließ sich überdies mit dem Kutter um das Schiff pullen, um den Stand der Rahen zu kontrollieren, denn von Deck aus konnte man nicht genau feststellen, ob nicht doch die eine oder andere Rahnock etwas hing und ihr Gegenstück auf der anderen Seite entsprechend über die Horizontale hinausragte. Die restlichen Schiffsboote wurden nach und nach ausgesetzt. Über den Decks wurden schattenspendende Sonnensegel aufgeriggt. Unterdessen hatten schwarze Händler das Schiff geentert – einem Vertreter pro Boot war das erlaubt worden – und priesen ihre Waren an. Um ihrem Werben Nachdruck zu verleihen, versuchten sie die Seeleute an der Verschanzung zu der Stelle zu zerren, an der ihr Boot lag. Es kam ein paar Mal zu heftigen Wortwechseln, wenn sich ein Jantje zu sehr bedrängt fühlte, aber Paul genoss das exotische, in jeder Beziehung farbige Schauspiel in der Kuhl. Dann erinnerte er sich an seine Pflichten. Er stieg auf das Hauptdeck hinunter, kontrollierte die Laschings der Kanonen seiner Backbordbatterie und ob seine Männer die Wischer, Auskratzer und Rammer sauber an ihren vorgesehen Plätzen gestaut und die Kugeln der Bereitschaftsmunition zu exakten Pyramiden aufgetürmt hatten. Langsam bewegte er sich nach vorne. Immer wieder ertappte er sich dabei, dass er fasziniert der beschwörenden Litanei eines Händlers lauschte, der gestenreich versuchte, ihn mit einem merkwürdigen Gemisch aus Französisch und Pidgin-Englisch zu beschwatzen. »*You like petite girl, Commandant? Still virgin, Sör! You can believe me, je jure.*« Der Mann blickte treuherzig wie ein Irish Setter und hob die drei Finger der Schwurhand. »*Vraiment, monsieur. No girl? No?*« Er musterte Paul lauernd vom Scheitel bis zur Sohle und legte dann den Kopf auf die Seite. »*Then maybe … a young garçon pour toi, peut-être?*« Paul funkelte ihn wütend an und drängte ihn zur Seite. Andere bemühten sich, ihm afrikanische Zaubermasken mit magischer Kraft unterzujubeln oder Mittelchen, die seine Manneskraft stärken sollten. Er war froh, als er unter der Back verschwinden konnte, denn dort hatten die Schwarzen keinen Zugang. Hier unter dem Vordeck, wo auch noch das frisch entfachte Herdfeuer der Kombüse für zusätzliche Hitze sorgte, war es kaum auszuhalten. Das einzig Positive, was man über diesen Ort sagen konnte, war, dass er schattig war. Als er sich dem vordersten Geschütz näherte, hörte er mittschiffs in dem äußerst beengten Raum zwischen dem achteren Schott des jetzt leeren Viehstalls, den vorderen Ankerbetings und dem dicken Vormast ein unterdrücktes, aber sehr intensives Getuschel. Durch die Klüsen und die hochgeklappten

Geschützpforten fiel etwas Licht, aber Paul konnte nur eine dicht zusammengedrängte Menschengruppe erkennen, keine Individuen. ›Drückeberger!‹, dachte er, ›die sich hier aufschießen, um die Zeit bis zur Rumausgabe mit süßem Nichtstun zu überbrücken.‹ Aber warum sie sich in der Affenhitze so dicht aneinanderdrängten, war ihm ein Rätsel. Er röhrte mit seiner besten Kommandostimme los: »Her zu mir, damit ich mir eure Gesichter ansehen kann, ihr Faulpelze!« Völlig verblüfft musste er mit ansehen, wie sich das Grüppchen in Windeseile in Nichts auflöste. Ein Schwarm Fische, in den man einen Stein warf, konnte nicht schneller auseinanderstieben als diese Kerle. Zwei Männer sprangen über die etwas flacheren seitlichen Schotte des Stalls, durchquerten ihn mit drei, vier langen Sätzen, zogen sich geschickt durch die leeren Klüsen hinaus auf die darunterliegende Galion und waren verschwunden. Die anderen Kerle spurteten auf der Steuerbordseite nach achtern und waren in Nu hinter der Kombüse verschwunden. Auch Paul von Morin eilte zurück auf das Deck, aber er wusste schon im Voraus, dass er keinen Erfolg haben würde. In der Kuhl war das Gedränge einfach zu groß. Die bösen Fischlein hatten sich einfach unter einen noch größeren Schwarm gemischt. Midshipman Cully beugte sich anscheinend höchst interessiert über die Verschanzung, um irgendetwas in einem der Bumboote zu begaffen. Aber Paul hätte wetten können, dass er sein weißes Hemd im Zwielicht unter der Back gesehen hatte. Aber beweisen konnte er es nicht. Mister Midshipman Luke Cully richtete sich auf, drehte sich um, und Paul hätte schwören können, dass er ihn höhnisch angrinste. Aber auch das war natürlich kein Beweis – und was wollte er überhaupt beweisen? Es war zwar höchst unschicklich, sich mit einfachen Decksbauern heimlich so gemein zu machen, wie es Cully seiner Meinung nach getan hatte, aber solange er seinem Intimfeind kein Verbrechen im Sinne der Kriegsartikel wasserdicht nachweisen konnte, musste er notgedrungen schweigen.

Der Kapitän kehrte zurück, er war erstaunlich kurz bei dem Kommandanten der Festung geblieben. Sonst dauerten solche Ausflüge immer erheblich länger, weil die neuesten Klatschgeschichten aus der Heimat erzählt und die Probleme der Station besprochen werden mussten, und dabei wurde für gemeinhin das eine oder andere Gläschen getrunken. Häufig wurde der Gast genötigt, doch zum Dinner zu bleiben, um auch den anderen Herren der Garnison Gelegenheit zu geben, den Neuankömmling über die Heimat auszufragen. Wenn Stronghead so eilig zurückkehrte, musste etwas im Busch sein. Mit den üblichen Ehren wurde der Kommandant wieder an Bord begrüßt. Kaum dass er die Relingspforte passiert hatte, befahl er dem Ersten Leutnant kurz angebunden, das Deck von allen Schwarzen räumen und in fünfzehn Minuten »Alle Mann!« pfeifen zu lassen. Damit verschwand er unter Deck und ließ alle Neugierigen ratlos zurück. Die Gig mit einem ernst vor sich hin blickenden Midshipman Bloomsbury hatte sofort wieder abgelegt und hielt auf den Frachter zu, der in ihrer unmittelbaren Nähe geankert hatte.

Tatsächlich drängte sich nach einer guten Viertelstunde die Besatzung neugierig in der Kuhl, auf den leeren Knacken der Boote und in den Wanten, um zu hören, was der Kapitän zu berichten hatte. Stronghead erschien noch immer in seiner vollen Galauniform auf dem Achterdeck und stellte sich an der vorderen Reling in Positur. Er räusperte sich umständlich, dann begann er rau zu sprechen: »Männer der *Thunderbolt*! Der Aviso *Drake** hat gestern dem Festungskommanten die Nachricht aus London gebracht, dass unser aller Herr und König George II. am 25. Oktober, äh, das Zepter aus der

---

* Erpel

Hand legen musste. Dem Allmächtigen hat es nach Seinem unerforschlichen Ratschluss gefallen, ihn plötzlich und unerwartet vor Seinen Thron zu befehlen.« Er nahm seinen Hut ab, und Backwater röhrte: »Hüte und Mützen ab! Signalgast! Die Flagge auf halbstock!« Es raschelte an Deck und ein unterdrücktes Tuscheln wollte um sich greifen. »Morgen wird im Fort St. James eine geistliche Trauerfeier stattfinden, zu der auch die Besatzungen der im Hafen liegenden Schiffe pflichtgemäß zu erscheinen haben. Das Fort wird einundvierzig Schuss Salut für den dahingegangenen seligen König schießen, den wir zu erwidern haben. Gleich anschließend wird die Thronbesteigung des neuen Herrschers von Großbritannien und Irland, König George III., gefeiert. Auch dazu sind die Besatzungen eingeladen. Wie ich hörte, beabsichtigt man, Rinder und Schafe über offenen Feuern zu rösten.« Unten in der Kuhl erklang ein wohlgefälliges Raunen. »Auch von größeren Mengen Hirsebier war die Rede, falls ich mich richtig erinnere.« Das Raunen wurde zu einem lauten, beifälligen Murmeln. Der Kapitän setzte sich seinen Hut auf, wandte sich um und verschwand unter Deck. Backwater befahl: »Mützen auf! Und dass ihr Kerls morgen eure Plünnen tipptopp in Ordnung habt, verstanden. Ich ziehe jedem persönlich die Hammelbeine lang, der ein Loch in der Hose hat oder ein stinkendes, ungewaschenes Hemd trägt. Wir sind die Royal Navy und kein schmieriger spanischer Seelenverkäufer, vergesst das nicht! Bootsmann, veranlassen sie das Nötige! Wegtreten!«

Am nächsten Morgen wurde wie üblich gründlich Reinschiff gemacht. Die meisten Männer hatten, um der schwülen Hitze des Zwischendecks zu entrinnen, die Nacht im ständigen Kampf mit den Moskitos an Deck verbracht. Es war nicht sicher, ob sie nicht aus dem Regen in die Traufe gekommen waren, denn auch oben an Deck war es kaum kühler als im Wohndeck und die Moskitos eher noch zahlreicher und angriffslustiger, falls denn eine Steigerung überhaupt möglich war. Dann wurden die Männer gemustert, bei dieser Gelegenheit wurde auch festgelegt, wer an Bord bleiben sollte, um das Salutschießen zu übernehmen. Der Erste fragte nach Freiwilligen. Er – und auch viele andere – waren überrascht, als sich Mister Midshipman Cully meldete. Zwar hatte Backwater ohnehin vorgehabt, ihn einzuteilen, weil er der älteste Middy mit der meisten Erfahrung war. ›Vermutlich hat der Kerl das schon geahnt und will mit seiner Bereitwilligkeit bei mir Punkte sammeln. Nun gut, soll er sich in diesem Irrglauben wiegen‹, überlegte der Erste. Es überraschte ihn nun keineswegs, dass sich als Nächstes alle Männer freiwillig meldeten, die seinen Beobachtungen nach zu den Sympathisanten von Cully zählten. Es waren acht Männer, da aber ihre Zahl nicht ausreichte, um die Geschütze ausreichend zu bemannen, teilte Backwater noch zusätzlich den kleinen Swift, einen Quartermastersmaat, einen Quartergunner und vier Matrosen ein, die sich mit hängenden Mundwinkeln brummend in ihr Schicksal fügten. Danach konnten die Männer wegtreten, um sich, begleitet von den strengen väterlichen Ermahnungen des Ersten, klar für den Landgang zu machen.

Paul stand müßig an der Reling und blickte zum Fort hinüber, als der junge Swift sich neben ihn schob. Er sah bedrückt aus. Sein rosiges, noch halb kindliches Gesicht war sorgenvoll in Falten gelegt. »Darf ich dich etwas fragen, Paul?«

»Jederzeit, Gerald, wo brennt's denn?«

»Nun, wie du weißt, sollen wir einundvierzig Salutschüsse abfeuern, wir haben aber nur zweiundzwanzig 9-Pfünder, sechs 4-Pfünder und vier 6-Pfünder. Das ergibt zusammen zweiunddreißig Schuss. Als ich Cully gefragt habe, wie wir das regeln wollen, hat der miese Kerl höhnisch gemeint, ich solle mir etwas einfallen lassen.« Er zögerte kurz. »Schließlich hätte ich doch mit Doktor Allwissend – das bist du – zusammen Wache, und da sollte mir die Lösung eines solch kleinen Problemchens keine Schwierigkeiten bereiten.« Er sah mit weit aufgerissenen, erwartungsvollen Augen zu Paul auf. Den juckte es in den Fingern, Cully die gebrochene Nase in einem neuen Winkel zu richten, aber er überlegte nur kurz und meinte dann freundlich: »Gerald, das ist doch gar kein Thema. Ihr feuert zuerst die 4-Pfünder auf dem Achterdeck ab, dann die Jagdgeschütze achtern und vorn. Sobald die leichten Stücke binnenbords gerollt sind, stürzt ihr euch darauf und ladet sie nach, das geht bei diesen kleinen Erbsenschleudern ja sehr flott. Inzwischen ballern die 9-Pfünder schön langsam eine nach der anderen ihre stinkenden Pulverladungen raus. Wenn die endlich fertig sind, dann seid ihr es auch, denn zehn Stücke sind wieder feuerbereit und ausgerannt. Ihr braucht zwar eigentlich nur neun, aber ich würde für den Fall der Fälle alle zehn wieder laden. Trau? Schau? Wem? Alles klar, Junge?«

Die Augen von Gerald Swift leuchteten begeistert. »Alles klar, Paul! Cully wird staunen, wenn ich ihm das unter die Nase reibe. Äh, ich darf doch sagen, dass die Idee von mir stammt?«, fragte er ängstlich und sah sein Idol erwartungsvoll an.

Paul grinste und drückte verschwörerisch ein Auge zu. »Mach das, Gerald. Du musst mir später unbedingt erzählen, wie dumm Mister Midshipman Luke Cully aus der Wäsche geguckt hat. Ich wünsche dir viel Glück, aber ich muss jetzt runter und meine Männer scharf in Augenschein nehmen, damit ich mich mit ihnen an Land sehen lassen kann.«

Bald legten die Boote zum ersten Mal ab, um die geschniegelten Seeleute zur Insel zu bringen. Sie pendelten einige Male hin und her, aber schließlich waren alle Männer auf der Insel. Unterdessen blickten sich die zuerst Angekommenen neugierig um und erkundeten schnell das Fort. Die Festung bestand aus vier vorspringenden spitzen Bastionen, die an drei Seiten mit massiven Mauern verbunden waren, an der Nordwestseite, die parallel zum dort recht abschüssigen Ufer verlief, befand sich ein vorspringendes niedriges Glacis, das nahezu bis ans Wasser reichte. Vor dem Ufer waren lange Pfahlreihen in den Grund gerammt worden, um das Anlanden zu erschweren, aber auch und wahrscheinlich vordringlich, um die Erosion des Ufers zu verhindern. Der Anlegeplatz lag ganz an der nordwestlichen Ecke der Insel in einer kleinen Bucht, die von einer nahezu halbkreisförmigen, nach Westen zeigenden Bastion geschützt wurde. Von dieser Befestigung verlief eine Mauer zur runden südwestlichen Bastion, neben der ein winziger Bootshafen angelegt war. Sowohl auf der Süd- als auch an der Westseite standen Lagerhäuser. Die Ostseite war nicht befestigt, wurde aber von den Kanonen der wuchtigen Ostbastion des Forts dominiert. Bei Niedrigwasser fiel der Grund rings um die Festung trocken. Auch die gesamte Nordwestseite der Insel war mit einer Pfahlreihe gesichert, die kurz vor den Festungsmauern in den Grund gerammt worden war.

Die Männer nahmen, von ihren Offizieren angetrieben, auf dem freien Platz vor der nordwestlichen Mauer des Forts Aufstellung. Die Soldaten der Festung waren bereits angetreten, und auch die Seeleute von den Frachtern trudelten nach und nach ein. Die roten Röcke der Infanteristen leuchteten in der prallen Nachmittagssonne, die Kanoniere warteten oben auf den Wällen neben ihren Geschützen auf ihren Einsatz. Die Seesoldaten machten mit ihren frisch geweißten Brustgurten über dem roten Tuch und den schwarzen Tschakos ordentlich was her. Kapitän Stronghead konnte zufrieden sein, denn auch seine Seeleute hatten ihren besten Zwirn aus den Seekisten geholt, sich die Zöpfe gegenseitig neu geflochten und trugen saubere rote oder blaue Halstücher und frisch geteerte schwarze runde Hüte. Schließlich erschien der Festungskommandant Colonel Bogey oben zwischen den Zinnen der Nordwestmauer. Auf sein Zeichen hin intonierte eine kleine Kapelle einen Trauermarsch. Als sie geendet hatte, begann der Oberst mit einem dröhnenden Bass zu sprechen. »Gentlemen, Soldaten, Seeleute des Königs und Landsleute! Wir haben uns hier in tiefer Trauer versammelt, um Abschied von unserem geliebten Landesherrn, dem verehrten König George II., zu nehmen, unter dessen weiser Regentschaft sich das Empire erfreulicherweise erheblich vergrößert hat.« Er überhörte die Unruhe, die bei der Erwähnung der *weisen* Regentschaft das Auditorium ergriff, und fuhr energisch fort: »Ich will nicht viel Worte machen, das überlasse ich einem Mann, der das von Berufs wegen besser kann als ich: dem hochgeschätzten Prediger des Stützpunkts Reverend Claudius Twiddlestick, der inmitten der hier heimischen wilden Heiden einen schweren Stand hat.« Der Colonel ließ offen, wen genau er meinte, die Afrikaner oder seine Männer, die bei dem Wörtchen *hochgeschätzt* breit grinsten. Er sprang auf den Boden hinter der Brüstung zurück und hievte ein langes, dünnes, schwarz gekleidetes Männchen in die Schießscharte, das sich zunächst erst mal ängstlich an den massiven Zinnen festhielt, ehe es unsicher ein dickes Konzeptpapier aus seiner Rocktasche hervorzog. Colonel Bogey wusste, was kommen würde, er kannte seinen Twiddlestick. Aufseufzend trat er einen Schritt zurück, so dass man ihn unten vom Platz aus nicht mehr sehen konnte, dann zog er eine silberne Taschenflasche aus dem durchgeschwitzten Rock, schraubte sie auf und nahm einen langen Zug. Anschließend reichte er sie seinem Adjutanten mit den Worten: »Da müssen wir durch, Montgomery. Wenn der Rabe zu lange krächzt, stoßen wir ihn einfach in den Hof hinunter! Mal sehen, ob er fliegen kann!« Der Leutnant nahm einen Schluck Brandy und antwortete grinsend: »Die etwa fünfzehn Fuß bis zum Erdboden bestimmt, Sir!« Er lachte leise in sich hinein, der Oberst schlug ihm kameradschaftlich auf den Rücken, kicherte glucksend und wischte sich mit einem riesigen Taschentuch über den Nacken.

Der Pastor hatte inzwischen einen Choral anstimmen lassen und ließ alle zehn Strophen singen. Zwar wurde der Chor zum Ende hin immer dünner, aber davon ließ er sich nicht beeindrucken. Die Offiziere unten gaben zischend die Parole aus, dass die Männer einfach die erste Strophe wiederholen sollten, sobald sie in Textschwierigkeiten kamen. Das klappte ganz vorzüglich, fast hätte man meinen können, dass es sich um einen Kanon handelte. Anschließend begann der Reverend mit seiner sorgfältig ausgefeilten Rede, an der er zwei Tage und zwei Nächte gearbeitet hatte. »So nehmen wir gramgebeugt Abschied von dem teueren Verblichnen, einem Diamant unter den herrschenden gekrönten Häuptern Europas. Strahlend in seiner Weisheit, hart gegen die Feinde Britanniens, klar wie der helle Sonnenschein …« Dann folgte wieder ein Choral, diesmal mit zwölf Strophen. Die Männer im Hof, denen der Schweiß in Strömen herunterlief, begannen etwas unruhig zu werden. »… und so müssen wir armseligen Menschen stets bedenken, dass wir sterblich sind und destowegen unser Leben so einrichten, dass es Gott dem Herrn, dem Schöpfer eines jeden sich im Schlamm windenden Regenwurms und auch der allergnädigsten Majestäten auf den stolzen Thronen Europas, wohlgefällig ist …« Der Oberst murmelte: »Bald ist *er* fällig, das schwöre ich Ihnen, Montgomery!« Der nächste Choral hatte nur acht Strophen, aber die waren lang. »... müssen wir allzeit bußfertig sein und demütig unser hochmütiges Haupt neigen. Der HERR erwartet von uns, dass wir allzeit bereit sind, unseren Nächsten, gleichgültig, ob weiß oder schwarz, zu lieben wie uns selbst.« Bei den Männern von den Sklavenjägern entstand leichte Unruhe, einige blickten betroffen, andere starrten finster vor sich hin, und wieder andere grinsten breit, sie hatten das mit der Nächstenliebe vermutlich etwas falsch verstanden. Paul kapierte von der Predigt des von einem heiligen Eifer erfüllten Claudius Twiddlestick kaum ein Wort, da sich der Father eines verzwickten Kirchenenglischs befleißigte, das vermutlich auch von den meisten einfachen Männern mit urenglischen Wurzeln nicht ganz verstanden wurde. Er versank in eine Art Trance, einen Dämmerzustand, der verhinderte, dass er laut: »Ende! Aus! Finis!« brüllte und mit gezücktem Degen auf die Festungsmauer zustürmte, um den oben wild gestikulierenden, vor sich hin salbadernden Prediger zum Schweigen zu bringen. Plötzlich zuckte er zusammen. *Diese* Worte erkannte er wieder. Sie waren uralt und in der Mohriner Kirche war ihm immer ein feierlicher Schauder den Rücken hinuntergelaufen, wenn sie der Pastor mit weit ausgebreiteten erhobenen Armen bedeutungsvoll betont intoniert und am Ende das Kreuz geschlagen hatte.

»Der Herr segne dich und behüte dich. Der Herr lasse sein Angesicht leuchten über dir und sei dir gnädig. Der Herr hebe sein Angesicht über dich und gebe dir Frieden. In Ewigkeit. Amen.«*

Father Twiddlestick senkte die erhobenen Arme und schlug das Kreuz. In diesem Augenblick war der Reverend groß, er war den andächtigen, mit gesenkten Köpfen daste-

---

* 4. Mose 6/24-26

henden Männern unten vor der Mauer, den Vögeln in der Luft, den Fischen im Wasser, dem Getier im Busch und dem allmächtigen Schöpfer ganz nahe. Ach, hätte er doch nun geschwiegen! Aber der Reverend holte schon wieder tief Luft, um zu einer neuen Suada anzuheben, da sprang der Colonel in die benachbarte Schießscharte und brüllte: »*God save the King!*« Die Kapelle stimmte das bekannte Lied zu Ehren des verstorbenen Königs an, und erstaunlich viele raue Kehlen fielen voller Begeisterung ein. Paul fragte sich, was wohl die Eingeborenen an Land dachten, wenn sie diesen rauen, brüllenden Gesang aus Hunderten von trocknen, heiseren Männerkehlen von der Insel herüberschallen hörten:

»God save our gracious King,*
Long live our noble King,
God save the King:
Send him victorious,
Happy and glorious,
Long to reign over us:
God save the King.«

---

* Dieses Lied wurde Mitte des 18. Jhs. populär. Der Text wurde 1745 u. a. im *Gentleman's Magazine* veröffentlich, es wurde aber auch im Drury Lane Theater und allen anderen königlichen Theatern gesungen, um King George II. im Kampf gegen die schottischen Stuarts moralisch zu unterstützen. Es entbehrt nicht eines gewissen Witzes, dass auch die Schotten, jedenfalls die Jakobiten, dieses Lied sangen, allerdings mit leicht verändertem Text: *God save great James our king!*
Gott schütze unseren gnädigen König!
Lang lebe unser edler König,
Gott schütze den König!
Mache ihn siegreich,
Glücklich und ruhmreich,
Dass er lang über uns herrsche!
Gott, schütze den König!

Als der Gesang verstummte, winkte Oberst Bogey dem Adjutanten zu, der daraufhin weit hausholend ein rotes Fähnchen schwenkte. Dumpf brüllte das erste Geschütz auf, der Trauersalut begann. Paul blickte zur *Thunderbolt* hinüber, deren Mastspitzen er gerade noch über den Mauern erkennen konnte. Qualm wirbelte um die Masten und Spieren. Doch, ja, auch dort drüben wummerten die Geschütze. Er musste sich nicht sorgen, Swift würde seine Sache gewiss gut machen, denn schließlich trug Cully letztendlich die Verantwortung für den reibungslosen Ablauf des Saluts und würde sich ganz gewiss keinen Anschiss vom Kapitän abholen wollen. Ab und zu war das Gebell der leichten 4-Pfünder zu hören, das sich seltsam schrill vom dumpfen Donnern der schweren Artillerie abhob, etwa so, wie sich das aufgeregte Kläffen eines Spitzes vom sonoren grollenden Bellen einer Dogge unterschied. Dafür waren aber nicht nur die leichten Kanonen auf dem Achterdeck der *Thunderbolt* verantwortlich, sondern auch die Hauptartillerie der *Drake*. Aber deren Hauptwaffe waren auch nicht ihre leichten Stücke, sondern ihre Geschwindigkeit und Fähigkeit, höher an den Wind zu gehen als jedes stärker bewaffnete Schiff. ›Geschafft!‹, dachte Paul erleichtert. ›Jetzt nur noch die Männer wegtreten lassen und dann ein großes Bier, das war's dann!‹ Es kam anders. Nach der Beendigung des Saluts ergriff wieder Colonel Bogey das Wort. »Gentlemen, Männer aus Großbritannien und, ääh, natürlich auch Irland!« Er zögerte und kratzte sich kurz am Nacken. »Und auch alle anderen Untertanen der Krone! Der König ist tot! Es lebe der König! Lang lebe King George III.! Drei Hurras zu Ehren unseres jungen Herrschers!« Er riss sich den Hut von der Perücke, wedelte mit ihm durch die Luft und ließ ihn dreimal nach unten sausen. Die Menschenmenge folgte begeistert seinen Anweisungen. »Hurra! Hurra! Hurra!« Zufrieden drückte er sich den Hut wieder auf die weiße Perücke, unter der ihm der Schweiß über das Gesicht lief. Er gestikulierte heftig in Richtung seiner Soldaten, lehnte sich weit vor und röhrte: »Ein *feu de joie*! Hauptmann Cobral, übernehmen Sie!« Er sprang von seinem luftigen Platz herab und rieb sich übermütig die Hände. »Das wird die verdammten Flossenfüßler mächtig beeindrucken, das kennen die auf ihren wackligen Eimern nicht.« Er hatte recht. Paul von Morin blickte verdutzt zu Excom und Sharp hinüber, aber die sahen auch nur ausdruckslos geradeaus. Hauptmann Cobral machte zackig auf der Stelle kehrt und baute sich kerzengerade vor seinen Männern auf, dann begann er Befehle zu brüllen, die für Paul wie das wütende Bellen einer sehr übelgelaunten Bulldogge mit schweren Halsproblemen klangen. Er verstand kein Wort. Jedoch schienen die Soldaten zu wissen, was er von ihnen erwartete, denn sie machten ihre Musketen schussfertig, präsentierten sie, legten an, und als der Hauptmann seinen Degen heruntersausen ließ, begann der Flügelmann zu feuern, dann wanderte das Mündungsfeuer von einer Muskete zur anderen die Reihen entlang. Paul war beeindruckt, atmete gleichzeitig aber auch erleichtert auf. ›Das war es doch nun wohl endlich!‹, dachte er hoffnungsvoll. Sein Blick wanderte nach oben, da traf ihn beinahe der Schlag! Der Reverend war wieder ungeschickt in die Schießscharte geklettert und war dabei, einen neuen, recht dicken Stapel Blätter zu ordnen. Aber bevor er loslegen konnte, tauchte hinter ihm das rote Gesicht des Colonels auf, der ihn am Rock packte und herunterzerrte. »Aber, Sir, meine Predigt für den neuen König, in der ich Gottes Segen auf sein Haupt erflehe, ihm dringlich empfehle, immer ein offenes Ohr für die Sorgen und Nöte seiner Untertanen zu haben, so, wie Gott der Herr stets ein Ohr für unsere flehenden Gebete hat, wenn wir unter der Last unserer Sünden zusammengebrochen sind, uns winselnd im Staub vor seinem Thron winden und nur noch auf die Gnade des Gottessohns hoffen können, der zur Rechten des HERRN sitzt, außerdem ...«, er seufzte tief auf, »... außerdem muss ich ausführen, dass der König bei seinen Regierungsgeschäften stets auf den Rat des Herrn hören möge, so wie ich es für ihn erbitten werde!« Er wedelte aufgeregt mit seinem Papierbündel vor dem Gesicht des Obersten herum, »und dann müssen wir unbedingt noch zwei oder drei unserer herrlichen englischen Jubelchoräle singen! Das ist einfach ein Muss!« Colonel Bogey nickte. »Schon recht, Father Twiddlestick, aber ich fürchte, Sie werden gleich im Staub liegen, und das unten am Fuß der Mauer vor der Festung. Dann allerdings wäre es tatsächlich für Sie an der Zeit, laut flehentlich zu beten, dass Ihnen jemand hilft. Und was die Regierungsgeschäfte des Königs angeht, Reverend, so denke ich, dass der King, da er von Gottes Gnaden regiert, auch ganz gut ohne Ihre Fürbitte den Kontakt zu seinem Schöpfer aufrechterhalten wird. Gehen Sie mir aus den Augen!« Er riss ihm das Manuskript aus den Händen und warf es schwungvoll auf den Boden. Die Blätter wurden von der leichten Brise den Wehrgang entlanggetrieben. Der Reverend verdrehte Augen zum Himmel und reckte beide Arme hilfesuchend in die heiße Luft, als ob er sich himmlischen Beistand erhoffte. Er hoffte vergebens, auch den Engeln des HERRN war es anscheinend in der schwülen Gluthitze des Gambia River zu ungemütlich.

Derweil hatte Hauptmann Cobral seine Männer wegtreten lassen, und die Seeoffiziere machten es ihm nach. Ihre Männer strömten hinüber zur anderen Seite der Insel, wo über den offenen Feuern die Rinder und Schafe unter ständigem Drehen gegart wurden. Es roch sehr verführerisch. Große Fässer mit Hirsebier standen zum Anstich bereit. Die Offiziere allerdings wurden von ihren Kameraden gebeten, sie in den schattigen Hof der Festung zu begleiten, wo man ihnen ihre Mahlzeit und die Getränke servieren würde.

Das erste Bier war eine wahre Wohltat. Nach dem Essen bildeten sich Grüppchen, in denen die neuesten Entwicklungen diskutiert wurden. »Mit George II. haben wir endlich einen König, der lieber in England weilt als in seinen deutschen Besitzungen«, hörte Paul im Vorübergehen jemanden sagen. »Dieser King spricht wenigstens ein recht vernünftiges Englisch«, stellte ein anderer fest und rülpste zufrieden. Colonel Bogey redete heftig gestikulierend auf Kapitän Stronghead ein: »Irgendwann wird man in London einsehen, wie richtig meine strategischen Überlegungen sind, bespannte Artillerie schnell an beide Flussufer verlegen zu können, um die aufmüpfigen Nigger mit Kartätschen Mores zu lehren.« Er drückte seine trommelförmige Brust stolz heraus. »Dann wird man die verdammte Brücke über diesen verdammten Fluss endlich bauen! Ich habe schon einen fertigen Entwurf in der Schreibtischschublade liegen.« Paul entdeckte den Kommandanten der *Drake*, einen älteren Leutnant, der sich mit einer Flasche Brandy in den Schatten einer Kasematte zurückgezogen hatte, und steuerte ihn zielsicher an. Er verbeugte sich knapp. »Gestatten, Herr Kamerad?«, er deutete auf den Platz neben den Leutnant. »Morin, diensttuender Dritter Leutnant auf der *Thunderbolt*, Sir.« Der ältere Mann musterte ihn eingehend aus kalten, scharfen grauen Augen, dann machte er eine einladende Handbewegung. »Piller, Jacobus Piller, *Master next God* auf der *Drake*.« Er reichte ihm die Schnapsflasche. Paul wischte mit der Hand über den Flaschenhals und nahm einen Zug. Er schüttelte sich und gab die Flasche zurück. »Was ich Sie fragen wollte, Sir, woran ist der König denn verstorben? Wissen Sie das zufällig? Als ich vor noch gar nicht langer Zeit in London war und mit ihm gesprochen habe, machte er bei der Audienz noch einen sehr munteren Eindruck auf mich.« Wieder streifte ihn dieser forschende Blick. »Sie kennen den verblichenen König persönlich? Nun, das erklärt vieles«, grummelte der alte Leutnant vor sich hin, »beispielsweise, warum Sie schon in einer Leutnantsuniform herumlaufen, obwohl hinter Ihren Ohren noch die Eierschalen kleben. In einer recht schlecht sitzenden Uniform übrigens, wenn ich mir die Bemerkung erlauben darf, Sir.« Paul errötete. Der Mann nahm sich allerhand heraus. Unwillkürlich verteidigte er sich. »Ich wurde erst auf See befördert, weil unser etatmäßiger Dritter als Prisenkommandant abbefohlen wurde. Leider gibt es auf Fregatten keinen Maßschneider, daher kann ich Ihren strengen Anforderungen an mein Äußeres leider nicht gerecht werden«, entgegnete er aufsässig und musterte den auch schon ziemlich abgetragenen Galauniformrock des Leutnants kritisch. »Schon recht, Sir, und nichts für ungut. Schließlich kommt es nicht so sehr auf die Schale an. Der Kern, wenn ich das mal, um im Bild zu bleiben, so ausdrücken darf, muss in Ordnung sein!« Trotz seiner Beteuerungen klang er weiter ziemlich skeptisch. Paul kniff die Augen zusammen; er versuchte, ruhig und sachlich zu bleiben. Vermutlich hatte der sehr viel ältere Mann im Laufe seiner langen Dienstzeit zahlreiche schlechte Erfahrungen mit unfähigen, karrieregeilen Protektionskindern von einflussreichen Eltern gemacht. Fast entschuldigend erklärte er: »Was meine Jugend angeht, Sir, so habe ich diesen Krieg vom Januar 1756 von Anfang an in Böhmen, Mähren, Schlesien und Sachsen mit der blanken Waffe in der Hand mitgemacht. Ich war Kornett bei den Ziethenhusaren des preußischen Königs, falls Ihnen das etwas sagt, Sir!« Der Blick von Piller wurde milder. »Ich denke schon, Sir, doch, das beeindruckt selbst einen alten Muschelrücken wie mich ein wenig. Das erklärt auch Ihren, nun ja, etwas auffälligen Akzent und gewiss auch Ihre guten Verbindungen zu unseren herrschenden Kreisen, denn ganz gewiss wird man in Preußen kein Offizier in einer Eliteeinheit des Königs, ohne einen schmückenden Titel zu haben.« Er klang bitter. Paul schüttelte energisch den Kopf. »Das ist heute nicht mehr ganz so, die extrem hohen Verluste im Offizierskorps zwingen den König dazu, zunehmend auch Bürgerliche in das Korps aufzunehmen – und das nicht nur in der Artillerie*.« Leutnant Piller nickte langsam. »Schön, dass Sie das treffende Wörtchen ›zwingen‹ gewählt haben. Aber im Grunde herrscht bei Ihnen dasselbe Prinzip wie bei uns. Im Krieg kommt man auf der Karriereleiter nur voran, wenn viele gute Kameraden im Kampf fallen oder von einer tödlichen Seuche dahingerafft werden. Man muss zur richtigen Zeit am richtigen Ort sein – und überleben, so einfach ist das, Sir!« Er nahm einen langen Zug aus der Flasche und wollte sie wieder Paul von Morin reichen, aber der machte eine ablehnende Geste. »Wie gesagt, das gilt in Kriegszeiten, im Frieden zählen andere Dinge, aber das werden Sie ja selbst am besten wissen ...« Bevor Paul aufbrausen konnte, fuhr er sarkastisch fort: »Um auf Ihre Frage zurückzukommen, Mister Morin. In London pfeifen es alle Spatzen von den Dächern. Den König hat der Blitz beim Scheißen getroffen, wie man volkstümlich so sagt! Ein verdammt unheroischer Tod für einen mutigen Mann, denn das war dieser Deutsche zweifellos, ungeachtet der vielen politischen Versäumnisse, die ihm seine englischen Untertanen ansonsten übelgenommen haben. Ihn hat auf dem Toilettenstuhl der Schlag getroffen und jede ärztliche Hilfe kam zu spät.« Piller zuckte gleichmütig mit den Achseln. Jetzt griff Paul doch nach der Brandyflasche. Was hatte der König ganz am Ende der Audienz zu seinem Onkel gesagt? ›Ich glaube, ich habe nicht mehr viel Zeit.‹ Er hatte

---

* Artillerieoffiziere galten lange Zeit nicht als ebenbürtig (in Garderegimentern schon gleich gar nicht!), da sie als »Handwerker« angesehen wurden, was historisch auch stimmte. Die Artillerie war die erste Bastion, die bürgerliche Offiziere im Offizierskorps erobern konnten. Auch Napoleon diente, als Korse und von umstrittenem Adel, zuerst bei der Artillerie.

recht behalten. Er musterte den alten Leutnant von der Seite. Dessen Gesicht sah aus, als wäre es aus dem Holz einer alten, verwitterten, knorrigen Eiche geschnitzt – mit Borke. Der alte Fahrensmann hatte wahrscheinlich mehr von der praktischen Seemannschaft vergessen, als die meisten seiner Kollegen je in ihrem ganzen Leben wissen würden. Er war ein Unikum, das frank und frei heraus sagte, was es dachte. Vermutlich war der Mann nicht ohne Grund der festen Überzeugung, dass er auf der Karriereleiter ohnehin nicht weiter aufsteigen würde. Aus diesem Fakt leitete er das Recht ab, keine verbalen diplomatischen Verrenkungen mehr nötig zu haben. Er war ganz gewiss ein ausgezeichneter Seemann, vielleicht gehörte er sogar zu den wenigen Seeoffizieren, die über den dornigen Weg durch die Ankerklüse auf das Achterdeck gelangt waren. Erstklassige Seeleute aus der Unterschicht, die sich aus dem Mannschaftsstand zum Decksoffizier hochgearbeitet hatten und schließlich für ihre außergewöhnlichen Leistungen vom König mit einem Offizierspatent belohnt worden waren. Paul hatte gehört, dass es diese Männer in den Offiziersmessen der Kriegsschiffe schwer hatten, weil sie zwar fachlich unangreifbar, aber ansonsten häufig recht ungebildet waren und infolgedessen unter Minderwertigkeitskomplexen litten. Nun waren die meisten Seeoffiziere auch nicht gerade Leuchten der humanistischen Bildung, aber eine höhere Schule hatten sie für gewöhnlich mit mehr oder weniger Erfolg absolviert. Vor allem verfügten sie aber qua Geburt über ein ausgeprägtes Standes- und Selbstbewusstsein, auch wenn Letzteres so manches Mal eher auf einer krassen Fehleinschätzung der eigenen Fähigkeiten fußte. Wenn sie zu einem diffizilen Thema meinten, ihre völlig unmaßgebliche und von keinerlei Ahnung getrübte Meinung kundtun zu müssen, so taten sie das im Brustton der tiefsten Überzeugung, der Welt gerade einen funkelnden Geistesblitz geschenkt zu haben.

Pauls Gedanken irrten ab. Ob auf der *Thunderbolt* alles klar gelaufen war? War das Schiff sicher, obwohl der weitaus größte Teil seiner Besatzung sich auf der Insel befand und sich langsam, aber sicher einen ausgewachsenen Rausch antrank? Aber was zerbrach er sich darüber den Kopf? Das war Sache des Kommandanten. Er zuckte zusammen, als ihn Leutnant Piller anstieß. »Eingeschlafen, Sir? Kommen Sie, nehmen Sie noch einen Schluck, und erzählen Sie mir, wie es Sie zur glorreichen Royal Navy verschlagen hat.« Paul zögerte, aber nickte dann. »Nun, Sir, das ist eine lange Geschichte ...« Er schilderte dem Mann kurz die Flucht aus der Neumark über Danzig, die anschließende Reise mit der *Oranjeboom* bis zum unglücklichen Ende vor der Themsemündung und seine Erlebnisse vor dem Mast während der ersten Reise auf der *Thunderbolt*. Piller hatte die Augen geschlossen, nahm von Zeit zu Zeit einen Schluck und hörte aufmerksam zu. Als er geendet hatte, klopfte ihm Piller freundschaftlich auf den Rücken und brummte: »Verteufelt gute Geschichte, das.« Anschließend fragte Paul ihn über sein Leben aus. Zuerst wollte der alte Leutnant auch nicht recht mit der Sprache heraus, aber dann kam er doch ins Erzählen. Paul ließ sich von den herumwuselnden Ordonnanzen mit frischem Bier versorgen, und so wurde es doch noch ein ganz gelungener Abend, als plötzlich die beiden Offiziere gleichzeitig hochschreckten. In der Ferne waren Schüsse zu hören. Sie sprangen auf und eilten zum Tor. Auf dem Hof der Festung maß man dem Krachen der Feuerwaffen offensichtlich nur wenig Bedeutung bei – vermutlich hielt man es für einen verspäteten Salut, den die bezechten Ankerwachen abfeuerten, um ihre Kameraden auf der Insel zu ärgern. Draußen vor dem Tor glühten immer noch die Feuer; zwar waren sie inzwischen weit heruntergebrannt, aber sie erschwerten den beiden Offizieren den Blick in die Dunkelheit auf die ankernden Schiffe. Ein Schatten näherte sich schnell der Anlegestelle, ein Mann in Zivil sprang aus dem kleinen Boot und eilte stolpernd auf die Festung zu. Piller hielt ihn am Ärmel fest und fuhr ihn barsch an: »Was ist da draußen los, Sir! Raus mit der Sprache und *muy pronto*, wenn ich bitten dürfte!«

»Sir, Sir, die *Liberty* ist von den Niggern geentert worden und wird stromaufwärts entführt. Außerdem ist die *Thunderbolt* auf Drift!«, keuchte der Mann außer Atem. »Auf der *Liberty* muss es an Bord Mord und Totschlag gegeben haben! Ich muss die Garnison alarmieren.«

»Ab dafür, Sir!« Piller gab ihm einen Stoß, dann drehte er sich zu Paul um, aber der war bereits verschwunden und zu den Feuern hinübergeeilt. Dort brüllte er los: »Alarm! Alle Mann an Deck! Auf der Reede ist der Teufel los!« Er entdeckte Karl, Piet von Rijn, Bully und eine Reihe seiner Männer. Er winkte sie energisch heran. Dann herrschte er noch den Corporal der Seesoldaten an, der ihm über den Weg lief: »Schnappen Sie sich ein halbes Dutzend Ihrer Männer, und dann kommen Sie mit ihnen im Schweinsgalopp zum Kutter! Auf geht's!«

Aufgeregt hüpfte Midshipman Gerald Swift neben den Männern her, welche die Geschütze für das Salutschießen vorbereiteten, und plapperte die Anweisungen vor sich hin, die er vorher auswendig gelernt hatte. Die Männer beobachteten ihn belustigt aus den Augenwinkeln, bis es einem von ihnen zu viel wurde. »He, du aufgeblasener kleiner Ochsenfrosch, steh uns hier nicht im Weg herum. Ich habe schon Kanonen geladen, als Seine Lordschaft noch in die hochherrschaftlichen Windeln geschissen haben.«

Seine Kumpane, die alle zu Cullys Anhang gehörten, lachten brüllend auf und grinsten hinterhältig. Einer, ein bulliger Kerl mit einem dichten schwarzen Brustpelz, der sich über die Schultern bis auf den Rücken fortsetzte, meinte, in dieselbe Kerbe schlagen zu müssen. »Vielleicht sollten wir den Kleinen etwas größer machen, Jungs. Was haltet ihr davon, wenn wir ihm den Hals langziehen? Macht ja nicht viel Arbeit. Einen Tampen von der Rah um den Hals und zwei Kanonenkugeln an den Beinen, das reicht. Und dann schön langsam ziehen ... Mal abwarten, ob er dann immer noch so eine große Klappe hat.« Grölendes Gelächter begleitete seinen Vorschlag. Mister Midshipman Gerald Swift, der jüngste der *young gentlemen* an Bord von HM Fregatte *Thunderbolt,* stand wie vom Donner gerührt da. Dieser massive verbale Angriff traf ihn völlig unvorbereitet, er hatte keine Ahnung, wie er darauf reagieren sollte. Mit hochrotem Gesicht stotterte er fassungslos: »Da ... da ... das, äh ... das werde ich mir me... me... merken, Mann! Ich, äh, werde dich dem Ersten Leutnant melden, äh. Das ist Subordination, darauf steht ...«

»Halt die Klappe, Kleiner, und mach dich unsichtbar, sonst verliere ich meine gute Laune und schneide dir die Ohren ab.« Der affenartige Mann mit der fliehenden Stirn, den dichten, dunklen Augenbrauen und der platten Nase tastete nach seinem Messer. Ein anderer hielt ihn am Arm fest. »Lass gut sein, Tommy! Ich hab etwas anderes mit dem Süßen im Sinn, verstehst du?«

Der bullige Tom blickte seinen schlanken, aber muskulösen Kameraden mit gerunzelter Stirn überlegend an, dann lachte er brüllend los und schlug ihm so heftig auf den Rücken, dass Swift unwillkürlich zusammenzuckte. »Das ist gut, Billy, das ist sogar sehr gut. Darauf hätte ich auch kommen können!«

Midshipman Swift hatte keine Ahnung, wovon die Rede war. Er fummelte an seinem Fähnrichsdolch herum. Unsicher holte er tief Luft und versuchte es noch einmal: »Ich werde euch alle dem Ersten melden, mein Wort drauf, ihr aufsässigen Strolche!« Seine Stimme überschlug sich kicksend.

Eine laute, herrische Stimme vom Achterdeck unterbrach ihren Disput: »An die Arbeit, Jungs. Lasst gefälligst Mister Swift in Ruhe. Wenn ihr euch nicht auf der Stelle entschuldigt, wird er euch ganz gewiss Mister Backwater melden, und der kennt bekanntlich keinen Spaß, wenn es um Subordination geht. Also los, entschuldigt euch! Ich kann schließlich seine Aussage bestätigen …« Midshipman Cully klang verärgert.

Der Matrose Tom machte den Eindruck, als wolle er auch gegen den zeitweiligen Kommandanten Cully opponieren, aber er besann sich dann eines Besseren, zog mürrisch seine Mütze, nickte knapp mit dem Kopf und schnarrte kurz: »Bitte um Verzeihung … Sir!« Sein Spießgeselle Billy verbeugte sich tief, machte einen Kratzfuß, seine Mütze beschrieb einen weiten, eleganten Bogen, dann flötete er: »Sir, es tut mir sehr leid, wenn Sie unser dummer Scherz erschreckt hat. Das lag keinesfalls in unserer Absicht. Ich bitte aufrichtig um Vergebung, Sir. Sie müssen verstehen, unser lieber Tommy ist nicht gerade einer der Hellsten.« Tom grunzte böse und warf Bill einen schiefen Blick zu.

Cully nickte oben an der Reling zufrieden, dann wandte er sich an Swift: »Ich denke, damit können wir diese leidige Angelegenheit auf sich beruhen lassen, nicht wahr, Gerald, mein Freund? Wir wollen doch den Ersten nicht mit dieser Lappalie belasten, er hat schon genug Arbeit. Die Jungs entwickeln manchmal einen seltsamen Sinn für Humor.«

Der junge Midshipman schluckte, nickte dann aber widerwillig. »Wenn Sie meinen, Sir, dann Schwamm drüber.«

Cully ließ seine Faust auf die Verschanzung heruntersausen. »Jetzt ist es aus mit dem Maulaffen-Feilhalten, Jungs! An die Arbeit und zwar hurtig!«

Die Arbeit ging weiter, und der kleine Midshipman trottete schweigend hinter den Männern her, die die Geschütze routiniert nur mit Pulverkartuschen luden. Später wartete er verbissen vor sich hin starrend auf dem Achterdeck auf den ersten Salutschuss des Forts. Sehnsüchtig blickte er durch ein Fernrohr zur Insel hinüber, von der Bruchstücke eines Chorals vom Wind herübergetragen wurden. Er wäre sehr viel lieber dort gewesen, aber er ahnte, warum ihn der Erste zum Borddienst eingeteilt hatte. Wegen seiner Jugend war die Schiffsführung bemüht, ihn nicht zum Genuss von Alkohol zu ermutigen. Dann ging alles ganz schnell. Drüben quoll Pulverqualm in die Höhe, der Knall des Abschusses erreichte sie wenig später. Cully brüllte ein Kommando. Der erste 4-Pfünder auf dem Achterdeck belferte giftig los, das unangenehm helle Krachen schmerzte in den Ohren. Auch auf den anderen Schiffen blitzten und rauchten die Kanonen. Das Donnern der Abschüsse rollte über den träge dahinfließenden Strom und wurde von den grünen Wänden des Dschungels an seinen Ufern als Echo zurückgeworfen. Und dann war es vorbei. Midshipman Cully kam heran, wischte sich über das vom Pulverqualm geschwärzte Gesicht und sah ihn unter seinen schweren Augenliedern seltsam lauernd an. Dann verzog er den Mund zu einem verkniffenen Lächeln. »Gut gemacht, Gerald, dein schlauer Plan mit dem Nachladen hat vorzüglich geklappt! Aber jetzt können wir uns zur Feier des Tages auch mal etwas gönnen.« Er bugsierte Swift ins Wohndeck hinunter. Im Gunroom zauberte er einen Flasche Wein hervor. »Schau mal hier, dieses edle Tröpfchen hat mir der Kommandant überlassen, damit wir auch ein wenig standesgemäß feiern können.« Während er die Flasche öffnete, überlegte er zynisch: ›So ganz habe ich nicht die Unwahrheit gesagt, denn schließlich stammt die Pulle wirklich aus den privaten Vorräten des Kapitäns, allerdings weiß er davon nichts, und wenn es nach mir geht, dann wird er es auch nie erfahren.‹ Er schenkte die Zinnbecher voll, die ebenfalls aus dem Salon Strongheads stammten, und animierte Swift zum Trinken. Der Junge vertrug nichts und begann bald zu schielen. Als Cully die zweite Flasche öffnete, lallte er schon heftig. »Cullyboy, du bischt eigentlisch gar nisch so verkehrt, hicks, sondern eigentlisch ein rischtisch netter Bursche. Wollen wir nisch Freunde sein?«

»Aber klar, Gerald. Ich bin dein Freund, das kannst du glauben.« Cully verdrehte die Augen zur Decke.

»Wie wir das heute hingekrischt haben, mit dem Sa... Salut – hicks – schießen, meine isch, das war doch schpi... schpitze, nisch wahr, hicks! Paul wird mäschtisch stolz auf mich sein.« Der Kopf von Mister Midshipman Swift fiel nach vorn und schlug auf seinem Unterarm auf. Er begann leise pfeifend zu schnarchen. Cully grinste böse. »Schlaf du mal den Schlaf des Gerechten, du Unschuldslamm, ich habe alle Hände voll zu tun!«

Irgendwann schreckte Gerald Swift aus seinen unruhigen Träumen hoch. Er wusste nicht, was er gehört hatte, aber irgendetwas musste seinen Schlaf gestört haben. Er richtete sich auf und lauschte in die Dunkelheit. An Deck herrschte Betrieb, als ob etwas verladen wurde. Blöcke quietschten, und Männer zogen ächzend an schweren Ladetaljen. Midshipman Swift hielt sich den schmerzenden Kopf und leckte sich über die trocknen Lippen. Er hatte einen schlechten Geschmack im Mund und verspürte einen brennenden Durst. Gerade wollte er sich in die Höhe stemmen, um sich auf die Suche nach Wasser zu machen, als er die Stimme von Midshipman Cully auf dem Deck durch die Gräting vernahm. »Hast du unten alles vorbereitet, Billy? Wir sind mit dem Verladen fast fertig.«

»Alles klar, Mister Cully, alles in bester Ordnung, ha, ha!« Lautes Gelächter quittierte seine Meldung. ›Was war daran so komisch?‹, dachte Swift und spitzte weiter die Ohren. »Wir sollten uns bald aus dem Staub machen, Mister Cully. Aber ich denke, dass ich noch genug Zeit habe, mich gebührend von meinem Lieblingsmiddy zu verabschieden.«

»Billy, Billy, du bist und bleibst ein Ferkel. Aber wenn dir so viel daran liegt, dann besorg es ihm. Er pennt in der Messe. Aber lass dir nicht zu viel Zeit dabei, verstanden?«

»Aye, aye, Sir.«

Das Blut gefror in Swifts Adern. Es war klar, dass von ihm die Rede gewesen war. Aber was wollte dieser Billy von ihm, und was war da oben auf Deck überhaupt los? Er hörte Schritte auf dem Niedergang. Er blickte sich angsterfüllt um, wie ein in die Ecke gedrängtes wildes Tier. Durch den Segeltucheingang der Messe konnte er nicht flüchten, denn dann würde er dem Mann geradewegs in die Arme laufen. Er riss seinen Dolch aus der Scheide und sprang an die Seite des Gunrooms, rammte den Dolch durch das Segeltuch und legte sich mit seinem ganzen Gewicht auf den Griff. Langsam sägend öffnete er einen Schlitz. Die Persenningklappe am Eingang flog genau in dem Moment auf, als sich Gerald Swift durch die kleine Öffnung zwängte. Aber Swift war ja auch klein. Drinnen hörte er ein enttäuschtes Grunzen. Er hastete auf dem Wohndeck nach vorne zum Niedergang, dabei stolpert er und schlug lang hin, sein Messer flog aus der Hand und verschwand in der Dunkelheit.

»Ah, da bist du, mein Kleiner! Du wirst doch nicht vor dem guten Onkel Billy weglaufen wollen, nicht wahr? Wir werden uns bestimmt prima verstehen.« Schritte näherten sich.

Swift rappelte sich auf, schlug Haken wie ein Hase und polterte den nächstbesten Niedergang hinunter. Er wusste nicht, warum er diesen Fluchtweg wählte. Es geschah völlig instinktiv. Nur weg von diesem schmierigen Kerl und seinesgleichen, weg und tief hinein in den dunklen schützenden Leib des Schiffes. Am Fuß des Niedergangs blieb er einen Augenblick unschlüssig stehen. Er kannte sich hier blind aus. Vor ihm war der Vorratsraum für Teer und Pech. Daneben befand sich der Lagerraum des Zimmermanns. Mittschiffs, direkt neben ihm zu seiner Linken, war die mittlere Segellast. Ein schmaler Gang führte zwischen diesen Räumen nach vorne in den Vorratsraum des Stückmeisters. Er umrundete die Treppe und wandte sich der Backbordseite zu. An der Bordwand lag ein zweiter Raum für Reservesegel. Auch hier führte ein Gang nach vorne, der im Store des Bootsmanns endete. Wo sollte er sich verstecken? In der Segellast zwischen den dicken zusammengerollten Bündeln der Segel? Das war eine gute Idee. Er riss an der Tür – sie war verschlossen. Tränen schossen ihm in die Augen. Die Lagerräume waren im Hafen immer verschlossen. Verdammt, die Erkenntnis kam ihm spät – vielleicht zu spät! Er eilte den Gang nach vorne. Da trat er auf ein Scharnier. Er blieb wie angewurzelt stehen. Dann bückte er sich schnell, packte den Ring einer Klappe und zog daran. Erleichtert stöhnte er auf, als sie sich öffnete. Wer würde hier in den Tropen auch Kohlen klauen? Flink ließ er sich in den Stauraum für die Kombüsenkohlen hinunter und schloss die Klappe wieder über sich. Es war verdammt eng, staubig und unerträglich stickig, und ein paar Ratten suchten empört quiekend das Weite. Zum Glück hatte der Smutje schon einen großen Teil des Kohlenvorrats verheizt, er verkroch sich in die äußerste leere Ecke des Kohlenbunkers. Es war finster wie im Hades, und der Junge hatte auch das Gefühl, dass er den Styx schon überquert hatte. Nur sehr gedämpft hörte er Schritte auf dem Deck und die lockende Stimme des Matrosen Billy. »Nun komm schon raus, mein Süßer, hier ist das Ende der Fahnenstange. Weiter geht es nicht, kapiert?« Billy rüttelte an den Türen zu den diversen Vorratsräumen. »Der Kerl kann sich doch nicht in Luft aufgelöst haben, verflucht!« Swift wurde die Luft knapp, er konnte kaum noch atmen. Dann hörte er den Matrosen laut brüllen: »Ja, ja, ich komm ja gleich!« Swift konnte das dreckige Gelächter der anderen Männer oben an Deck nicht wahrnehmen, die diesen unfreiwilligen Wortwitz Billys auf ihre Weise kommentierten. »Zum letzten Mal, Kleiner, komm raus. Wenn du willig bist, dann kann ich meine Kumpels bestimmt überreden, dich mitzunehmen. Wenn du so störrisch bleibst, dann wirst du zur Hölle fahren, und das ist so sicher wie das Amen in der Kirche!«, brüllte Billy, der inzwischen wütend geworden war und sich nicht mehr verstellte. Angstvoll hielt Gerald Swift die Luft an und presste die geballten kleinen Fäuste vor den Mund. »Also nicht! Gut, dann auf Nimmerwiedersehen auf dieser Erde, Mister Midshipman Swift. Möge deine dreckige Seele in der Hölle schmoren. Wir sehen uns dort bestimmt irgendwann wieder, und bei meiner langen Sündenlatte werde ich bestimmt gleich zum Toppgastteufel befördert und bekomme eine glühende Zange, mit der ich dich in den knackigen Hintern zwicken werde, ha, ha!«, lachte er gemein. Seine Schritte entfernten sich. Swift kroch unter die Luke und hob sie vorsichtig an. Er lauschte angestrengt, konnte aber nichts Verdächtiges hören, also richtete er sich auf und sog in langen Zügen die Luft ein, die ihn köstlich frisch dünkte. Das war bei früheren Besuchen immer anders gewesen, denn hier unten im Schiff vermischten sich die Gerüche der verschiedenen Vorratsräume mit dem Gestank des fauligen Bilgenwassers und dem Aasgeruch der verwesenden Rattenkadaver. Er zog sich hoch auf das

Deck, schlich zum Niedergang und horchte angespannt. Auf dem Hauptdeck über ihm erklangen Axthiebe. Was passierte denn dort? Dann gab es einen lauten Knall und etwas schlug mehrfach heftig auf das Deck, dann war Ruhe.

»Ach, da bist du ja, Billy! Es wird auch Zeit! Ich muss doch wohl nicht fragen, ob der Ausflug unter Deck für dich in jeder Beziehung befriedigend war, oder? Hast du deine Aufgabe erledigt?«

»Aye, Mister Cully, die Lunte brennt.«

»In Ordnung, dann wollen wir uns mal von diesem Klütenewer verabschieden, Männer. Also, wenn ihr mich fragen solltet, ich weine diesem Eimer keine Träne nach ...« Die Stimmen wurden leiser und Swift konnte nichts mehr verstehen. Etwas polterte an der Bordwand, dann herrschte gespenstische Stille. Vorsichtig stieg er den Niedergang in das Wohndeck hinauf. Plötzlich hörte er am Schiffsboden etwas entlangschleifen, der Rumpf ruckte mehrfach. Was war das? Swift hielt sich fest, um nicht das Gleichgewicht zu verlieren, dann war wieder Ruhe. Der Junge atmete erleichtert auf. Da! Schon wieder dieses schleifende, scharrende Geräusch, ein sanfter Ruck, der Rumpf legte sich etwas auf die Seite und blieb so liegen, Wasser gurgelte an der Bordwand. Er blieb stehen und überlegte fieberhaft. Was hatten die Schurken gesagt? Eine Lunte brannte! Wo? Das war die Frage! Sein Magen krampfte sich zusammen, als es ihm wie Schuppen von den Augen fiel. Die Kerle wollten die Pulverkammer sprengen, damit wären alle ihre Spuren beseitigt. Eine eiskalte Hand griff nach seinem Herzen. Der kleine Midshipman verdrängte mühsam die Angst, die ihn paralysieren wollte. Er atmete tief durch und eilte über das leere, fast stockfinstere Zwischendeck nach achtern. Zum Glück kannte er hier jeden Quadratzoll im Schlaf. Einmal stolperte er über das dicke, schlaffe Ankerkabel, das durchtrennt auf dem Deck lag. Das waren die Axthiebe, der Knall und das Schlagen gewesen, die er unten gehört hatte. Er fand ohne Probleme den Niedergang, der zum Sloproum des Stewards und den Räumen mit den Privatvorräten des Kapitäns und der Offiziere führte – und zur Pulverkammer. Im Zwischendeck war durch die Grätings im Deck und in den Niedergängen noch ein klein wenig Licht eingefallen, aber hier unten war es wieder völlig dunkel. Am Fuß des Niedergangs tappte er durch eine flache Wasserlache. Der Junge war verwundert, dachte aber darüber nicht weiter nach. Natürlich war die Laterne im Lampenraum gelöscht, bei deren Schein der Stückmeister in der dahinterliegenden Füllkammer die Kartuschen herstellte. Swift hob schnuppernd die Nase. Es roch brenzlig. Dann sah er den kleinen roten Punkt, der sich langsam, aber unaufhaltsam leise zischend und sprühend in Richtung der offenen Pulverkammer bewegte. Die sonst stets geschlossenen Fellvorhänge, die jeden zufällig entstehenden Funken draußen vor der Füllkammer halten sollten, waren zur Seite geschlagen. Er taste nach den Wasserpfützen, die hier immer bereit standen, um den Vorhang feucht zu halten. Sie waren leer – jetzt wusste er, woher die Wasserlache am Niedergang herrührte. Er tastete nach seinem Dolch, aber den hatte er ja irgendwo im Wohndeck verloren. Er fluchte enttäuscht. Entschlossen packte er die Zündschnur und versuchte sie mit angefeuchteten Fingern auslöschen. Genauso gut hätte er versuchen können, ein Pint Ale in einem Sieb zu servieren. Das einzige Ergebnis war, dass er Brandblasen an den Fingern bekam. Er schluchzte laut auf. Verdammt! Verdammt! Wütend warf er die gleichmütig vor sich hin sprühende Lunte auf das Deck und trampelte darauf herum. Das Zischen verstummte! Geschafft! Alles in ihm jubelte. Voller Freude rieb er sich die Hände mit den verbrannten Fingern. Dann, er wollte es erst nicht wahrhaben, hört er wieder dieses verfluchte zischende sprotzende Knistern, zuerst etwas ungleichmäßig, aber dann wieder mit dieser enervierenden Gleichmäßigkeit. Der zweite Versuch, die Lunte auszutreten, endete letztlich genauso ergebnislos wie der erste. Tränen der Verzweiflung traten ihm in die Augen. Wasser! Wasser war die Lösung. Aber mit der Pütz an Deck zu hetzen, sie zu füllen und wieder hierher hinunterzusteigen, das kostete Zeit, und wie es aussah, viel zu viel Zeit! Das rote Teufelsauge hatte schon den Fellvorhang erreicht. Zwar begann dort erst der Füllraum und von dort bis in das eigentliche Magazin waren es noch ein paar zusätzliche Fuß. Aber wer wusste schon, ob im Füllraum nicht Pulverreste herumlagen oder sogar vorsätzlich ausgestreut worden waren. Swift hatte das Gefühl, dass ihm die Beine versagen wollten. Er riss sich zusammen, packte wieder die Zündschnur und zog mit aller Kraft an ihr. Die Wasserpfütze war die Rettung! Die dünne, aber feste Schnur schnitt tief in sein Fleisch ein. Wenn der Prophet nicht zum Berg kommt, dann musste er den Berg zum Propheten bringen. Aber der Berg dachte nicht daran, sich zu rühren. Dieser Billy mochte ein mordsmäßiges Schwein sein, aber seine Aufgabe hatte er mustergültig gelöst. Verzweifelt trommelte der Junge gegen das Schott, er hatte das Gefühl, er würde sich gleich vor Angst in die Hosen machen. Plötzlich lachte er laut auf. Verlor er den Verstand? Keineswegs, denn plötzlich war er völlig ruhig, ließ seine Hose herunter, tastete nach einer der Pützen und urinierte hinein. Er lachte glucksend vor sich hin. »Wie sagt man doch auch dazu? Das Wasser abschlagen! Und Wasser ist die Lösung. Ich habe es doch gleich gewusst!« Dann packte er wieder die Lunte, die inzwischen den Füllraum erreicht hatte, und drückte sie mit mehreren Buchten unten auf den Boden der Pütz. Es zischte vernehmlich und stank wenig appetitlich. So stand er mehrere Minuten still da. Endlich hatte sich sein rasender Herzschlag wieder beruhigt. Vorsichtig tastete er sich an der Lunte entlang in das Magazin. Bill, der Meuterer, hatte mit der Zündschnur zwei Törns um ein großes, sicher gelagertes Fass genommen und das Ende dann mit einem simplen Webeleinenstek auf der nach draußen führenden Part der Lunte befestigt. Den Knoten hatte er fest an das Fass herangedrückt, um das er mehrere Säckchen mit feinem Pulver aufgeschichtet hatte. Er suchte den Knoten, fand ihn, löste ihn und murmelte leise vor sich hin: »Seemännische Knoten müssen leicht zu stecken sein, unter Belastung sicher halten und auch nach starkem Zug wieder leicht zu lösen sein! Bei Gott! Bootsmann Fist, Sie haben ja so recht! Gott schütze Sie und Ihre gute Ausbildung!« Vorsichtig befreite er die Fässer und Säcke von der tödlichen Lunte, schoss sie beim Hinausgehen routiniert auf, hing sich den Bunsch* über die Schulter und ging mit schleppenden Schritten zum Niedergang. Müde stieg er ihn hinauf und kletterte dann gleich weiter auf das Achterdeck. Das Deck der *Thunderbolt* legte sich nach und nach immer weiter auf die Seite. Wir sitzen auf Schiet, dachte er, aber was quält mich das? Überhaupt nicht! Ich will nur meine Ruhe haben. Er lehnte sich gegen das gelaschte Ruderrad und blickte zum funkelnden tropischen Sternenhimmel hinauf. Wie lange er so gestanden hatte, wusste er später nicht mehr zu sagen, aber es konnte nur eine kurze Zeit verstrichen sein, als plötzlich etwas gegen die Bordwand rumpelte. Interessiert, aber ohne aktiv zu werden, sah er zu, wie Seeleute mit kurzen Bordmessern in den Händen und Marineinfanteristen mit aufgepflanzten Bajonetten auf das Deck sprangen. Allen voran der diensttuende Dritte Leutnant Paul von Morin. Er hatte seinen Säbel gezogen und blickte sich kampfeslüstern um. »Corporal! Das Schiff durchsuchen! Achtern beginnen! Piet, du nimmst die

---

* In gleichmäßigen Buchten aufgeschossenes Tauwerk

Seeleute und fängst vorne an! Wenn möglich bewaffnet euch mit Entermessern und Piken. Karl, Bully und Jan zur mir! Wir untersuchen das Achterdeck. Sie schlichen vorsichtig die Treppe hinauf. »Alles ruhig hier, keine Menschenseele zu sehen«, meinte Karl nach einem Rundblick.

»Hm, scheint so, aber irgendwie habe ich das Gefühl, dass uns jemand beobachtet, Karl. Na klar! Am Ruder steht jemand.« Er eilte hinüber, die Waffe weit nach vorne gereckt, und blieb wie vom Donner gerührt stehen. »Was machst du denn hier, Gerald, und wie siehst du denn aus. Mann könnte meinen, du wärst gerade aus einem Bergwerk ausgefahren, mein Junge.«

Der kleine Midshipman lachte keckernd. »Wenn du wüsstest, wie recht du hast, Paul. Aber eigentlich war ich noch etwas tiefer, denn ich komme aus der Hölle. Kein bisschen gemütlich, diese Hölle.« Wieder dieses hysterische Gelächter. »Übrigens ist Wasser die Lösung«, sagte er dann ganz ernsthaft, »wusstest du das?« Etwas rutschte von seiner Schulter und fiel klatschend auf das Deck. Es sah in der Dunkelheit aus wie eine ganz normale dünne Leine. »Du kannst dir gar nicht vorstellen, wie froh ich bin, dich wiederzusehen, alter Freund!« Bevor Paul von Morin etwas sagen konnte, verdrehte Mister Midshipman Gerald Swift die Augen und sackte langsam, ganz langsam in sich zusammen.

Kapitel 12

Gambia River, Dezember 1760

»Und dann hat Mister Swift in die Pütz, äh, verzeihen Sie, Sir, gepinkelt und damit die Lunte gelöscht. Wenn der junge Mann nicht so mutig und entschlossen vorgegangen wäre, dann wäre die *Thunderbolt* ganz gewiss in die Luft geflogen.« Paul schwieg und blickte Kapitän Stronghead aufmerksam an. Der Kommandant bot einen etwas seltsamen Anblick. Ein weißer, turbanähnlicher Verband verhüllte den oberen Teil seines Kopfes. Ein Teil der Schiffsboote hatte sich sogleich an die Verfolgung der entführten *Liberty* gemacht, weil man zu Recht annahm, dass das Schiff selbst unter der Führung eines einheimischen Lotsen und bei dem herrschenden Beinahevollmond nicht allzu schnell vorankommen würde. Sie waren aber schon bald in einen Hinterhalt der Schwarzen geraten, die sie mit einem unerwartet heftigen Kugelhagel überschüttet hatten. Es hatte mehrere Tote und Verwundete gegeben. Stronghead hatte dabei einen Streifschuss am Kopf davongetragen, der ihn eigentlich dienstunfähig gemacht hätte, aber der Kapitän hatte stur darauf bestanden, an Bord gebracht und nicht im Lazarett des Forts behandelt zu werden. Dort lag allerdings der Zweite Leutnant Excom, der eine seltene Gabe zu haben schien, immer einer Kugel im Wege zu stehen, sobald die Luft bleihaltig wurde. Seine Wunde war nicht lebensgefährlich – falls der Wundbrand vermieden werden konnte, aber die Kugel musste herausoperiert werden, und da hatte Excom mehr Vertrauen zu dem Chirurgen des Forts als zu seinem ewigen Widerpart McPherson. Vermutlich fürchtete er, dass der sich für die vielen Demütigungen rächen würde, indem er mit der Sonde besonders schmerzhaft in der Wunde herumbohrte. Die Leichtverwundeten der *Thunderbolt* wurden allerdings an Bord vom Schiffsarzt Mister Alastair McPherson behandelt. Auch Mister Midshipman Gerald Swift war von ihm gründlich untersucht worden, aber nach einer ausgedehnten Nachtruhe und einem längeren Gespräch wieder für dienstfähig erklärt worden. McPherson hatte etwas von überreizter Phantasie gemurmelt, ihm einen kräftigen Schluck seiner Universalmedizin eingeflößt und ihn dann mit einem Klaps auf den Rücken an Deck zum Dienst geschickt.

Der Kapitän strich leicht mit der Hand über den Kopfverband und stöhnte leise auf. »Oh, diese Kopfschmerzen, verdammt! Ein mutiger Kerl, dieser Swift. Um ehrlich zu sein, so viel Kaltblütigkeit hätte ich dem Jungen gar nicht zugetraut. Ich werde ihn in meinem Bericht gehörig lobend erwähnen – nun ja, vielleicht unter Weglassung einiger unwesentlicher Details.«

Paul schmunzelte, er konnte sich vorstellen, welche Details gemeint waren. Er malte sich aus, was für einen Spitznamen die Veröffentlichung aller Einzelheiten dem kleinen Swift bei seinen Offizierskameraden der Navy eintragen konnte, und musste grinsen, aber dann wurde er wieder ernst. »Die Deserteure haben die Waffenkammer aufgebrochen und sämtliche Handfeuerwaffen gestohlen, dazu große Mengen feinkörniges Pulver, fertige Papierpatronen, Pulverhörner und die passenden Kugeln. Jetzt wissen wir, woher die Schwarzen die Waffen hatten, mit denen Sie gestern Nacht beschossen worden sind, Sir. Außerdem wurden einige Fässer Rum und Proviant entwendet. Wenn der Plan der Schurken geglückt wäre, dann hätten wir wahrscheinlich nie erfahren, woher die Waffen der Neger stammten, und auch das Verschwinden von Mister Cully und seinen Spießgesellen wäre unbemerkt geblieben. Wir hätten angenommen, dass alle bei der Explosion umgekommen wären. Über die Gründe des Unglücks hätten wir nur spekulieren können, Sir. Übrigens haben wir achtern im Brotraum die Leichen von zwei der Vollmatrosen gefunden, die zum Salutschießen und zur Bordwache eingeteilt waren. Sie hatten sich anscheinend vor den Deserteuren dorthin geflüchtet und sich dort versteckt. Sie wiesen beide mehrere Stich- und Schnittwunden auf. Sie müssen sich verzweifelt gewehrt haben, denn überall war Blut. Am Ende hat man sie überwältigt und ihnen die Kehlen durchgeschnitten. Ganz offensichtlich wollten sie mit der ganzen verbrecherischen Sache nichts zu tun haben.«

»Richtig! Aber diesen Sodomisten* Cully will ich hängen sehen. Meine Kopfschmerzen wird er mit Halsschmerzen büßen.« Der Kapitän machte eine vielsagende Geste am Hals, dazu ballte er die rechte Faust, hielt sie in den Nacken und hob sie kurz ruckartig ein kleines Stück nach oben an. »Allerdings müssen wir zuerst die *Thunderbolt* wieder flott machen.« Er schaute aus den weit geöffneten Heckfenstern und lauschte auf die Trommeln, die dumpf vom Land herüberdröhnten. »Ich wüsste zu gerne, was sich diese verfluchten Nigger da zu erzählen haben.«

»Aye, Sir, das wäre sicher interessant.« Paul hatte sich

---

* Die Kriegsartikel unterschieden nicht zwischen Homosexualität und dem GV mit Tieren. In der damaligen Zeit wurde beides ganz allgemein als gleich widernatürlich angesehen.

beim Frühstück erklären lassen müssen, dass sich die Einheimischen mit Hilfe ihrer Trommeln schnell und über große Entfernungen in unwegsamem Gelände verständigen konnten. Afrika wartete immer wieder mit Überraschungen auf. Er hatte überlegt, dass die Nachrichtenübermittlung in England ganz entscheidend von der Geschwindigkeit der Pferde, dem Zustand der Straßen und dem Wetter abhängig war und wie vergleichsweise lange es dauerte, einen Befehl die läppischen rund fünfzig Seemeilen von der Admiralität in London zum Liegeplatz der Flotte in den Downs zu übermitteln, wenn die Strom- und Windverhältnisse ungünstig waren – von dem langen, strapaziösen Ritt eines Kuriers nach Plymouth oder Falmouth gar nicht zu reden. Aber jetzt waren andere Dinge vorrangig, daher kam er wieder zum Thema: »Der Segelmeister hat schon rund um das Schiff loten lassen und die Richtung festgelegt, in der wir die Warpanker ausbringen müssen. Der Erste lässt bereits die Plattformen für die Boote vorbereiten, damit wir die Anker ins tiefe Wasser hinauspullen können. Wenn alles klargeht, sollten wir mit dem Abendhochwasser wieder ...« Ein Ruf an Deck ließ ihn abbrechen.

»Ein Eingeborenenboot nähert sich schnell aus der Richtung von Juffure!«

Nach den Zwischenfällen in der Nacht waren am Morgen keine einheimischen Bumboote zu den Schiffen auf dem Strom herausgekommen. Das war weise, denn die Seesoldaten auf den Schiffen litten heute an einem nervösen Zucken im Zeigefinger, und alle Waffen waren scharf geladen. Vor der Tür stieß der Seesoldat den Kolben seiner Muskete lautstark auf die Gräting und brüllte. »Midshipman Highfield zum Kommandanten, Sör!«

»Soll reinkommen«, antwortete Stronghead und erhob sich stöhnend.

»Sir, mit den besten Empfehlungen vom Ersten Leutnant,

ein großer Einbaum nähert sich unter der Parlamentärsflagge.« Alan Highfield schien überrascht, dass man hier mitten im afrikanischen Busch etwas von derartigen Gepflogenheiten wusste.

»Danke, Mister Highfield. Ich komme sofort an Deck.« Mühsam und mit schmerzverzerrtem Gesicht drückte er sich den Hut auf den Kopf. Sein Bootssteuerer, der im Vorraum gewartet hatte, blickte ihn besorgt an und stützte den Widerstrebenden. Paul eilte zusammen mit Highfield auf das Achterdeck. Der Einbaum war schon sehr nahe. Es war ein großes Boot mit zwanzig ebenholzschwarzen, halbnackten Paddlern. In der Mitte saß ein junger Mann in einem indigoblauen, mit Goldfäden bestickten Kaftan, hellen Sokotos und einem passenden blauen Kufi. Das Boot glitt längsseits, der junge Mann sprang flink auf die Stufen und kletterte leichtfüßig an Deck. Dort versperrte ihm Leutnant Backwater den Weg und starrte ihn finster an. Der junge Mann hielt ihm die leeren Handflächen entgegen, um seine friedlichen Absichten zu dokumentieren, und verneigte sich knapp. »*Bonjour monsieur. Je suis Prince Boro, un fils de Roi Shaka. Je suis l'émissaire de mon père. Nous avons un problème petit.**« Er schaute Backwater fragend an, der ihn völlig verblüfft musterte, als sähe er einen Geist aus einer anderen Welt vor sich. Prinz Boro seufzte und sah sich hilfesuchend um. »*Où est le Capitaine, s'il vous plaît?***« Paul von Morin sprang vor, verbeugte sich und deutete auf das Achterdeck. »*Voila, mon Prince, Capitaine le Vaisseau* Stronghead!«

Prinz Boro nickte ihm huldvoll zu und schritt – man konnte es nicht anders nennen – würdevoll nach achtern. Oben

---

* Guten Tag, Monsieur, ich bin Prinz Boro, ein Sohn von König Shaka. Ich bin der Abgesandte meines Vaters. Wir haben ein kleines Problem.
** Wo ist der Kapitän, bitte?

angekommen verbeugte er sich angemessen tief vor dem Kommandanten. »*Bonjour, Monsieur le capitaine, parlez-vous français?*«

Stronghead schluckte trocken. Auch ohne seine bohrenden Kopfschmerzen war er nicht gerade ein Sprachgenie. Wie hätte er in den langweiligen Französischstunden auf der Public School in Winchester auch ahnen können, dass er die Sprachkenntnisse eines Tages mitten auf einer Schlickbank des Gambia River bei einem schwarzen Unterhändler dringend brauchen würde. Er presste die Fingerspitzen der linken Hand an die Schläfe. ›Am liebsten würde ich dich zur Abschreckung sofort an der Großrah aufknüpfen lassen, du heimtückischer Hundesohn. Nachts überfallt ihr uns, heizt uns mit einem veritablen Feuerwerk unserer eigenen Musketen ein, und am Tag kommt ihr mit einem unschuldigen Lächeln an Bord gekrochen, um uns mit einem langen Palaver einzulullen. Aber daraus wird nichts, ich werde mit großer Härte vorgehen!‹ Er wollte schon den Befehl geben, den Mann in Eisen zu legen, aber dann fiel ihm der alte Wahlspruch seiner Schule wieder ein: *Manners makyth Man.** Und so zügelte er seinen Zorn und verbeugte sich knapp. »Bonjour, Monsieur. Kapitän zur See Archibald Stronghead, Kommandant Seiner Britannischen Majestät Fregatte *Thunderbolt. A votre service. Malheureusement je ne parle pas français bien.*« Er zog entschuldigend die Schultern in die Höhe. Dann fiel ihm wieder ein Satz ein, mit dem ihn der Französischlehrer des Öfteren zusammen mit einem strafenden Blick oder auch einer schmerzhaften Kopfnuss bedacht hatte. »*Je parle comme une vache espagnol, pardonnez-moi, Monsieur.*« Der Prinz musste lächeln. Stronghead winkte seinen Dritten Leutnant heran. »Wenn ich mich recht erinnere, dann sind Ihre Fran-

---

* Manieren machen den Mann aus.

zösischkenntnisse sicher besser als meine. Würden Sie bitte dolmetschen.«

Paul stellte sich mit allen seinen Titeln vor, weil man ihm erklärt hatte, dass das in Afrika so Sitte wäre. Der Prinz war offensichtlich beeindruckt. In schnellem Französisch begann er zu sprechen.

»Ich bin Prinz Boro, der vierte Sohn von Shaka, dem König der Wolof. Es hat eine Rebellion gegen meinen Vater gegeben, bedauerlicherweise ist der Anführer dieses Aufstands mein ältester Bruder Bakary. Da die Rebellen von diesem Ihrem Schiff mit vielen Feuerwaffen ausgerüstet worden sind, *verlangt* der König, dass der Kapitän ihn mit seinem Schiff und seinen Soldaten bei der Niederschlagung des Aufstands unterstützt. Sagen Sie das Ihrem Kapitän!« Er funkelte Paul mit seinen dunklen Augen, die wie Kohlen glühten, herausfordernd an.

»Wie kam der Kontakt zu unserem Schiff zustande, können Sie mir das erklären?«, wollte Paul aber zunächst erst noch von ihm wissen.

»Selbstverständlich! Wir haben ein paar Anhänger von Bakary gefangengenommen und sehr intensiv befragt. Sie haben uns alles erzählt, was sie wussten – o ja, das haben sie.« Boro blickte sinnend zum Dorf hinüber, er lächelte freudlos. »Als der Konvoi vor Anker gegangen war, hat mein Bruder Spitzel auf alle Schiffe geschickt. Sie haben sich unter die Händler gemischt und ausbaldowert, welches Schiff für ihre Zwecke das am besten geeignete war. Hier an Bord muss der Spion ganz zufällig auf einen unzufriedenen Offizier gestoßen sein, der ihm ein oder zwei Dutzend Musketen versprochen hat, wenn man ihm und einem guten halben Dutzend seiner Kameraden die Flucht von dem Schiff ermöglichen und sie entsprechend belohnen würde.« Boro blickte ihn durchdringend an, dann legte er den Kopf auf die Seite und fuhr fort:

»Warum sich Ihre Männer auf diesem schönen Schiff nicht mehr wohlfühlten, konnten die Spione nicht genau sagen. Es war wohl von Schikanen die Rede. Was davon wahr ist, werden Sie vermutlich besser wissen als ich. Dann wurde von Ihnen das große Fest auf der Insel organisiert. Für die Rebellen und Deserteure war das ein Glücksfall. So konnten sie ungestört das halbe Schiff ausplündern, wie ich vermute.«

»Wissen Sie, wohin sich die Rebellen mit der *Liberty* zurückgezogen haben, Prinz Boro?«

»Noch nicht genau, Monsieur le Baron, aber unsere Krieger sind ihnen auf der Spur. Aber hören Sie die *Temas*, die Buschtrommeln? Ja? Eher früher als später werden wir den Ort genau lokalisieren und die Verräter dort umzingeln. Für die Wasserseite brauchen wir allerdings Ihre Hilfe. Der König *verlangt*, dass Sie seine Krieger ebenfalls mit Musketen bewaffnen und ihn nicht nur zu Wasser, sondern seinen Kriegshäuptling, eine Art General, auch zu Land mit Hilfstruppen unterstützen!«

Paul blickte ihm zweifelnd ins Gesicht, überlegte eine kurze Weile und übersetzte dann gewissenhaft die Forderungen des Königs. Als er fertig war, befürchtete er, dass den Kommandanten der Schlag treffen würde. Stronghead lief rot an, seine Augen traten aus den Höhlen und er knurrte: »Sagen Sie dieser eingebildeten schwarzen Vogelscheuche, dass mir auf meinem Schiff niemand außer der Admiralität des Königs etwas vorzuschreiben hat. Ich kann ganz nach meinem Gutdünken verfahren, solange ich mich im Rahmen der Kriegsartikel und meiner Befehle bewege, und genau das werde ich auch tun! Wenn ich mir den Kerl so ansehe, dann juckt es mir in den Fingern, sein Todesurteil zu unterschreiben und ihn hoch in die Bramrah zu hängen, damit man ihn als abschreckendes Beispiel weithin sehen kann.« Paul kannte Kapitän Stronghead eigentlich nur als einen zwar draufgängerischen, energischen und unternehmungslustigen Mann, der aber jeden seiner Schritte sehr genau bedachte und keine wichtige Entscheidung über das Knie brach. Er hielt ihm zugute, dass sein Kopf vermutlich mörderisch schmerzte und der Mann seit über vierundzwanzig Stunden ständig auf den Beinen gewesen war und keinen Schlaf gefunden hatte. Wütend fuhr Stronghead fort: »Sobald wir wieder flott sind, werden wir als Erstes die verlausten Hütten von diesem dreckigen Fiebernest Juffure zusammenschießen und diese französische Brutstätte der Pest, Albreda, gleich mit. Dann weiß sein großer König, wo Bartel den Most holt. Dieser König *verlangt* etwas von mir, pah, dass ich nicht lache ...«

Paul von Morin wog seine Worte sorgfältig ab. »Der Kapitän ist sehr erregt über die Vorfälle in der letzten Nacht. Er wird Seiner Majestät und den Kriegern des Königs selbstverständlich gerne helfen, Prinz Boro. Allerdings kann er sie nicht mit Musketen ausrüsten, weil diese, wie Sie richtig vermutet haben, alle gestohlen worden sind. Außerdem *verlangt* der Kapitän, dass der König die Bevölkerung anweist, unsere Trinkwasserfässer unverzüglich mit einwandfreiem Quellwasser zu füllen. Des Weiteren ist uns, zur Vertiefung der Waffenbrüderschaft, täglich frisches Obst und Gemüse zu liefern. Außerdem ist jederzeit für ausreichend erstklassiges Rind- und Schweinefleisch zu sorgen. Alle diese Lieferungen haben in bester Qualität und kostenfrei zu erfolgen.« Er sah, wie Boro zusammenzuckte. War er zu weit gegangen? Tatsächlich schüttelte der Prinz energisch den Kopf. »Keine Schweine, Monsieur, wir sind Mohammedaner.« Paul verdaute die Belehrung, ärgerte sich wieder einmal über seine Unwissenheit und fuhr fort: »Ersatzweise können auch Schafe und Ziegen geliefert werden. Wie schon gesagt, alle diese Lieferungen haben kostenlos zu erfolgen.« Er beobachtete die Mimik seines Gegenübers. Prinz Boro schien nicht sonderlich schockiert von seinen Forderungen zu sein. Na, dann wollen wir mal die Gunst der Stunde nutzen und noch einen draufsetzen. »Noch eins, Prinz Boro, der Kapitän *besteht* ausdrücklich darauf, dass bei kombinierten Einsätzen immer der britische Offizier vor Ort die oberste Kommandogewalt ausübt. Nur unter dieser Voraussetzung ist ein gemeinsames Vorgehen möglich – sagt der Kapitän! Und noch eine letzte Bedingung, weiße Gefangene sind unverzüglich an uns auszuliefern! Lebend und unversehrt, nur damit wir uns richtig verstehen, mein lieber Prinz!«

Boro sah ihn unter halb geschlossenen Lidern hervor an, er schien innerlich sehr belustigt zu sein, denn ein kaum sichtbares feines Lächeln umspielte seine aufgeworfenen Lippen. »Ich werde diese *Bitten* meinem Vater unterbreiten und habe keine Zweifel, dass er die Huld haben wird, sie zu erfüllen. Ich darf mich vorerst verabschieden, Messieurs! Es war mir eine Ehre, mit so hervorragenden Vertretern der Royal Navy parlieren zu dürfen. Sie hören von mir.« Er verbeugte sich und schritt zu seinem wartenden Boot.

Paul blieb mit einem trockenen Mund zurück. Er fuhr sich unbehaglich mit dem Finger zwischen Hals und Kragen entlang. Auf ihn wartete die gewiss nicht leichte Aufgabe, Kapitän Stronghead den erzielten Kompromiss als auf seinem eigenen Mist gewachsen zu verkaufen.

Drei Tage später saß der Dritte Leutnant der *Thunderbolt*, Paul von Morin, neben Prinz Boro in einem breiten Lastenboot, das von zwei Dutzend Männern in einem gleichmäßigen Takt vorwärtsgetrieben wurde. Sie fuhren den Gambia River flussaufwärts. Eine ganze Flotte von Booten voller schwarzer

Krieger begleitete sie. Paul wusste, es war ein Glücksfall, dass er diese Expedition leiten durfte. Er verdankte das nur dem Umstand, dass Backwater als Stellvertreter des verwundeten Kapitäns unabkömmlich war, außerdem konnte der Erste sich nicht auf Französisch verständigen. Der Zweite Leutnant Excom, der leidlich Französisch parlierte, war zwar wieder an Bord, aber sein Zustand erlaubte es ihm keinesfalls, eine derart anstrengende Bootsexpedition mitzumachen. Dabei war jeder Offizier scharf darauf, solch ein Unternehmen fern des eigenen Schiffes kommandieren zu dürfen, weil er im Falle des Erfolgs damit rechnen konnte, dass sein Name lobend im Bericht des Kapitäns an die Admiralität genannt wurde. Vielleicht erschien der Report sogar in der *Gazette*. Das war ein wichtiger Schritt auf dem Weg zu einer Beförderung.

Das undurchdringliche Dickicht des Mangrovenwaldes mit seinem Wurzelgewirr schob sich Stunde auf Stunde an ihnen vorbei. Das dumpfe Dröhnen der Buschtrommeln begleitete sie ebenso unablässig. Paul wandte sich an Boro. »Was erzählen sich die Trommeln, Prinz?« Der junge Mann lächelte. »Die Temas sagen meinem Bruder, dass sein Juju* seine Kraft verloren hat und dass der vernichtende Bannstrahl unseres Vaters ihn treffen wird. Das wird ihn sehr unfroh machen.«

»Über den Aufenthaltsort der Rebellen sagen sie nichts aus?«

»Nein, denn ich will Bakaray möglichst lange im Unklaren darüber lassen, ob wir sein Schlupfloch schon gefunden haben. Er versteht natürlich die Sprache der Trommeln. Aber ich weiß schon ziemlich genau, in welches Loch er sich ängstlich verkrochen hat. Heute Abend werde ich genaue Informationen erhalten, dann werde ich weiter planen, Monsieur le Baron.«

---

* Fetisch, zauberkräftiges Amulett

»Wir werden planen, *mon cher prince*, und zwar gemeinsam, *n'est-ce pas?*«

»*Mais oui, petit général anglaise, je n'ai pas oublié notre contract**«, meinte Boro lächelnd, nicht ohne eine Spur von Spott in der Stimme.

»Dann ist es ja gut. Es ist immer schön und sehr beruhigend, wenn man sich auf seinen Verbündeten verlassen kann«, erwiderte Paul und gönnte sich ebenfalls einen Spritzer Ironie.

Die kleine Armada setzte mit kurzen Erholungspausen ihren Weg den ganzen Tag in der brütenden Hitze fort. Von Zeit zu Zeit gesellten sich neue Boote, die unvermutet aus Nebenarmen des Stroms auftauchten, zu ihnen. Paul schreckte jedes Mal zusammen, aber Boro legte ihm genauso regelmäßig eine Hand beruhigend auf den Arm. Er schien schon mit den Neuankömmlingen gerechnet zu haben. Gegen Abend mochte ihre Streitmacht dreihundertfünfzig Köpfe umfassen. Dazu kamen noch die achtzig Seesoldaten und Matrosen der *Thunderbolt*, die ihnen mit den Schiffsbooten folgten. Noch weiter hinter ihnen befand sich die Fregatte selbst, die nur einigermaßen flott vorankam, wenn Flutstrom herrschte, denn der Wind war hier nur sehr mäßig. Noch vor dem Einbruch der Dunkelheit gab der Prinz seinem Bootsführer einen scharfen Befehl, den dieser weitergab. Alle Boote hielten plötzlich auf das Ufer zu und verschwanden zwischen den Mangroven, um schließlich auf einer flachen Insel auf das Ufer gezogen zu werden. War es schon draußen auf dem Strom ungemütlich heiß und feucht gewesen, so war es hier nicht zum Aushalten. Dazu kamen die ausgehungerten Moskitos, die ihr Glück gar nicht fassen konnten, ein so reichhaltiges Abendbrot frei Haus geliefert zu bekommen. Sie nahmen das Angebot dan-

---

* Aber ja, kleiner englischer General. Ich habe unseren Vertrag nicht vergessen.

kend an und stürzten sich mit Inbrunst auf ihre wehrlosen Opfer. Pauls Leibgarde, die aus Karl, Bully, Jan und Hendrik bestand, hatte nicht genug Hände, um der Quälgeister Herr zu werden. Die schwarzen Krieger grinsten breit, wie nur Neger grinsen können, ihre leuchtenden weißen Zähne füllten das ganze Gesicht aus. Aus Gründen, die Paul nicht einsichtig waren, schienen sie nicht im selben Maße wie die Weißen von den Stechmücken geplagt zu werden, die sich in schwarzen Wolken über der Insel sammelten und dann angriffen. Mit Sonnenuntergang erschienen auch die Schiffsboote und wurden eingewiesen. Feuer wurden entzündet, deren Rauch die Moskitos etwas in Schach hielten. Paul fühlte sich an die unzähligen Biwaks unter freiem Himmel bei den Husaren erinnert. Er hing wehmütig seinen Gedanken nach. Wie mochte es seiner Familie gehen? Wie dem Vater und den Brüdern, die möglicherweise zu Hause weilten, weil der Winter die Armeen zur Untätigkeit verdammte? Hatten Sie auch dieses Kriegsjahr unversehrt überstanden? Und wie ging es der Mutter, den Schwestern und den Großeltern? Um sich abzulenken, wandte er sich an Boro: »Was ich Sie immer schon fragen wollte, Prinz, wo haben Sie so gut Französisch gelernt?«

»Mein Vater hat vor einigen Jahren in seiner großen Weisheit beschlossen, mich für einige Zeit nach Frankreich zu schicken, wo ich eine gute Schule besucht habe. Auch sonst habe ich dort eine Menge gelernt.« Er grinste breit, vertiefte dieses Thema aber nicht weiter. »Übrigens sollten bald meine besten Späher eintreffen, die uns exakt sagen werden, wo sich mein Bruder befindet.«

Nach dem frugalen Abendessen rollte sich Paul auf dem Boden zusammen und war tatsächlich fast augenblicklich eingeschlafen – die Anstrengungen der letzten Tage forderten ihren Tribut. Der dumpfe Klang der Trommeln tief drinnen im Busch war sein Schlaflied. Plötzlich schreckte er auf. Ein paar Männer schienen gerade neu angekommen zu sein und hockten sich um das fast niedergebrannte Feuer. ›Aha, die Kundschafter sind endlich da‹, dachte Paul. Einer der Männer erstattete Boro ausführlich Bericht. Der Preuße erhob sich und ging zu der kleinen Gruppe hinüber.

»Jetzt weiß ich genau, wo mein verräterischer Bruder zu finden ist. Er hat das gekaperte Schiff in den Jirrong Bolon gebracht, einen Fluss, der in eine große Bucht gegenüber von Kap Krul mündet. Eine gute Wahl, muss ich gestehen, denn die Bucht ist vom Strom aus nicht einsehbar, eine Landzunge verdeckt die Einfahrt. Die Zufahrt ist schwierig, weil vor der Mündung eine Barre liegt, über die bei Hochwasser nur verhältnismäßig kleine Schiffe gelangen können. Wie viel Tiefgang hat die *Thunderbolt*, Zur?«

»Wenn sie abgeladen ist und auf ebenem Kiel liegt, geht sie vierzehn Fuß und sechs Zoll tief.«*

»Dann kommt sie niemals über die Bank, Herr Baron! Aber sie kann verhindern, dass die *Liberty* hinaus auf den Strom entwischt. Aber lassen Sie mich Ihnen die genauen Umstände im Gebiet des Schlupfwinkels der Rebellen erklären. Das ganze Gebiet ist sumpfig, aber es gibt auch immer wieder relativ trockene Inseln, so wie diese, auf der wir uns zurzeit befinden. Die Ufer der zahllosen kleinen Wasserläufe sind dicht mit Mangrovenwäldern bewachsen. Bakary hat ein Fischerdorf auf einer Insel inmitten eines Sumpfgebiets an der Mündung des Flusses besetzt und mit einer Palisade befestigen lassen. Die *Liberty* liegt quer im Fluss davor und bestreicht mit ihren Geschützen die Bucht. Ein Angriff mit den Booten dürfte folglich sehr verlustreich sein. Nach der Aussage meiner Späher verfügt er über zwei- bis dreihundert

---

* Etwa 4,42 m

Krieger. Die Kriegshäuptlinge meines Vaters haben alle Zugangswege blockiert, so dass er keine Verstärkung mehr bekommen kann. Aber ein Angriff durch die Sümpfe und Mangroven ist sehr schwierig, da sich immer nur kleine Trupps auf den schmalen Wegen im Sumpf heranarbeiten können. Ein synchroner Sturmangriff auf breiter Front ist so gut wie unmöglich. Sie verstehen das Problem, Herr Leutnant?«

Jetzt war es endlich mal an Paul von Morin, breit zu grinsen. »Nur zu gut, mein Prinz, nur zu gut! Ihr Herr Bruder hat den Vorteil der inneren Linie. Wenn der Angriff nicht sorgfältig koordiniert von mehreren Seiten gleichzeitig erfolgt, sondern zu verschiedenen Zeiten sporadisch mal hier, mal dort, dann kann er seine Kräfte immer an den gefährdeten Stellen konzentrieren, dort eine taktische Überlegenheit gewinnen und die Angreifer zurückschlagen oder gar vernichten.«

Der Prinz blickte ihn wieder mit diesem halb berechnenden, halb bewundernden Blick unter halb geschlossenen Augenlidern an. »Für einen Seeoffizier verstehen Sie erstaunlich viel von der Taktik des Landkrieges, Monsieur.«

Paul grinste schief und dachte böse: ›Darauf kannst du deine vermutlich vier Ehefrauen verwetten, du heidnischer Muselmann! Wir haben in Europa die grausamen Exzesse bei der blutigen Eroberung Konstantinopels und die schreckliche Belagerung von Wien vor achtzig Jahren durch eure mordbrennerischen Glaubensbrüder noch keineswegs vergessen!*

---

* Konstantinopel wurde 1453 nach der Eroberung drei Tage lang geplündert und alle byzantinischen Adligen wurden samt ihrer Familien auf den ausdrücklichen Befehl von Mehmed II. hin geköpft. Seit dieser Zeit hat sich in West- und Mitteleuropa der Topos des grausamen, blutrünstigen muselmanischen Türken festgesetzt, zumal der Konflikt zwischen dem Osmanischen und Habsburger Reich sozusagen ein Dauerbrenner war. Dieses im kollektiven Volksbewusstsein tief verankerte vorgeprägte Bild wirkt bis in die Gegenwart hinein.

Wenn wir nichts vom Krieg zu Lande verstünden, wären wir schon lange unterjocht!‹ Er verkniff sich aber jede weitere Erklärung, sondern meinte nach kurzer Überlegung. »Und da das so ist, schlage ich Ihnen als kommandierender britischer Offizier vor Ort folgenden Plan vor.«

Die Feuer hinter der Palisade loderten hoch auf, durch das weit geöffnete Tor konnte man auf den großen Platz sehen, auf dem eine Gruppe Krieger mit Masken, Speeren und Schilden zum Klang der Trommeln einen Kriegstanz aufführten. Die spitzen Enden der in den Boden gerammten Stämme hoben sich als schwarze Silhouette vom Lichtschein ab. Vor dem Tor weideten Schafe oder hatten sich wiederkäuend niedergelegt. Oben auf dem Ufer lagen die Einbäume der Fischer. Bakaray musste sich hier entweder sehr sicher fühlen oder er war zu der richtigen Überzeugung gekommen, dass die Kundschafter seines Vaters seinen Aufenthaltsort ohnehin herausgefunden hatten. Seine Männer lagerten um die Feuer herum, ein großer Teil hatte neue Musketen auf dem Schoß oder griffbereit neben sich liegen. Sie aßen und tranken ausgiebig. Das Salzfleisch – auch die gepökelten Rindfleischstücke – aus den Fässern der *Liberty* hatten sie zwar klugerweise verschmäht, nicht aber die Fässer mit dem Alkohol. Wie vertrug sich das mit dem Koran? Nun, mit etwas bösem Willen lässt sich jede Vorschrift einer jeden Heiligen Schrift so lange verbiegen, bis sie einem in den Kram passt. Prinz Bakaray saß auf einem erhöht aufgestellten Thronsessel. Er war ein großer, korpulenter Mann mit einem massigen Stiernacken. Der Aufrührer trug eine französische Phantasieuniform mit wuchtigen Epauletten, und eine breite purpurrote Schärpe spannte sich über seiner trommelförmigen Brust. Lässig hatte er einen weiten roten Umhang über eine Schulter zurückgeschlagen. Zu seiner pompösen Ausstattung passte nicht ganz, dass er barfuß war. Wenn man allerdings einen genauen Blick auf seine wahrlich beeindruckenden Füße warf, wusste man, warum. Die Anfertigung von Maßstiefeln für den zweiten Sohn des Königs der Wolof wäre für jeden renommierten Schuhmacher eine echte Herausforderung gewesen. Zwischen seinen Schenkeln stand ein Pallasch, wie er bei der schweren Reiterei üblich war, mit der Spitze auf dem Boden. Er hatte beide Hände oben auf dem massiven Korb gefaltet und blickte väterlich auf das wilde Treiben herab. In seiner Nähe und etwas unterhalb von ihm hockten seine Unterführer. Aber direkt neben ihm thronte rechts eine sehr beleibte schwarze Matrone, die an einer dicken Goldkette spielte und den Trubel mit unbewegtem Gesicht verfolgte. Links von Bakary saß ein Mann in der Uniform eines Leutnants der Royal Navy. Es war Mister Luke Cully, der sich eine Uniform des Ersten Leutnants, Mister Backwater, »ausgeliehen« hatte. Er sah einigermaßen gelangweilt drein.

Draußen auf dem Fluss lag die *Liberty* vor Bug- und Heckanker quer zur Stromrichtung. Die Männer der Wachmannschaft blickten gelegentlich sehnsüchtig zum Land hinüber. Der Tag war hart gewesen. Das Schiff musste mehrfach verholt werden, ehe man es am richtigen Platz verankern konnte, was für die Schwarzen, die in der Bedienung solch großer Schiffe ungeübt waren, schwierig und mit harter Arbeit verbunden gewesen war, auch wenn ihnen die Deserteure mit Rat und Tat zur Seite gestanden hatten. Aber die Umgangsformen waren rau gewesen, und so war es mehrfach zu heftigen Streitigkeiten gekommen, bei denen einige Male um ein Haar auch Blut geflossen wäre. Anschließend war noch ein geringer Teil der Ausrüstung und des Proviants an Land gebracht worden.

Da die Wachen sich ungerecht behandelt fühlten, hatten sie sich nach einer Kompensation umgeschaut und im Laderaum ein Fässchen Brandy entdeckt, das sie an Deck geholt hatten und dessen Inhalt sie jetzt freiweg zusprachen. Der Vollmond hatte vor gut drei Stunden seinen höchsten Stand für diese Nacht erreicht und näherte sich langsam den dichten schwarzen Baumkronen im Westen. Alles war friedlich. Gelegentlich sprang ein Fisch und fiel dann laut klatschend wieder ins Wasser zurück. Ab und zu ertönte der unheimliche, klagende Ruf eines Nachtvogels. Andere aufgeschreckte Vögel antworteten ärgerlich. Die lautlos umherhuschenden Fledermäuse jagten Insekten über dem Wasser. Aber die zechenden, an Alkohol nicht gewöhnten Schwarzen achteten nicht darauf. So bemerkte auch niemand die Boote, die sich geräuschlos aus dem Schatten der Mangroven oben am Fluss lösten und sich geschwind, vom Strom getragen, von der Nordseite dem Schiff näherten. Geschickt legten sie, nahezu ohne ein Geräusch zu verursachen, längsseits an, und schwarze Schatten kletterten lautlos an Deck. Sie huschten wie die Geister aus fiebrigen Alpträumen über die Planken. Messer blitzten, und ehe die betrunkenen Rebellen es sich versahen, hielten ihnen kräftige große Hände von hinten den Mund zu, und noch bevor sie einen Gedanken an Gegenwehr fassen konnten, durchschnitten scharfe Messerklingen ihre Kehlen. Die Betrunkenen an Deck, die der Tod im Schlaf ereilte, würden sich wundern, wenn sie je wieder erwachen sollten, dass sie sich auf einem glühenden Rost wiederfanden und von bösartigen schwarzen Teufelchen gequält wurden – nichts war es mit dem versprochenen Paradies. Die nächste menschliche Welle, die über die Reling kletterte, bestand aus Seeleuten der *Thunderbolt*. Wie tausendmal geübt, luden sie die Kanonen der Steuerbordseite mit Kartätschen und rannten die Stücke, so leise es nur gehen mochte, aus. Dann klangen laute Axtschläge über das Wasser, die achtere Ankerleine barst mit einem lauten Knall, und das Schiff törnte hinter dem Buganker ein. Jetzt zeigte seine Steuerbordbreitseite auf das Ufer und die Palisaden. An Land waren plötzlich laute warnende Rufe zu hören. Taumelnd kamen die meisten Männer auf dem großen Platz auf die Füße. Mit ihren neuen Musketen, Buschmessern oder Speeren in der Hand stürmten sie zornig brüllend aus dem Tor zum Ufer hinunter, um sich in die Boote zu stürzen. Jedenfalls war das ihre Absicht, aber dann fiel ihnen der Himmel auf den Kopf. Die Kanonen der *Liberty* spuckten ihre Ladungen aus gehacktem Blei aus. Die scharfkantigen Geschosse mähten breite Gassen in die zusammengedrängte Masse der vorwärtsstürmenden Krieger. Gellende Todesschreie und jammernde Klagen der Verwundeten erfüllten die Luft. Jetzt krachten auch auf der anderen Seite der Insel Schüsse. Dort griff die Hauptstreitmacht des Königs das Dorf an. Die nächste Salve vertrieb die letzten Aufständischen, die noch laufen konnten, von der freien Fläche, und Haken schlagend wie die Hasen verschwanden sie durch das Tor. Unter der Führung von Prinz Boro wurden sie von Kriegern verfolgt, die inzwischen am Ufer gelandet waren. Mit blitzenden Buschmessern und langen Speeren drangen die Verfolger in die Befestigung ein, bevor das Tor geschlossen werden konnte. Unheimliches Heulen, schrilles Kreischen, bestialisches Brüllen, wüstes Grölen und wimmernde Wehklagen erfüllten die stickige Nachtluft. Der Mond berührte, ohne seinen gleichmütigen Gesichtsausdruck zu verändern, die Wipfel der Baumriesen. Es war ein grausames Gemetzel. Nach einer halben Stunde war alles vorbei. Den wenigen bis zuletzt hartnäckig Widerstand Leistenden waren die Köpfe abgeschlagen worden, und die Letzten, die noch panisch zu fliehen versucht hatten, wurden mit Speeren an die Palisaden genagelt.

Paul von Morin stand auf dem Achterdeck der *Liberty*

und blickte angespannt zum Dorf hinüber, über dem mehrere Rauchfahnen aufstiegen. Anscheinend hatten einige Hütten Feuer gefangen. Sein Plan hatte perfekt geklappt. Aber der Gegner war auch wirklich zu leichtsinnig gewesen. Die Feuer auf dem Platz wurden wieder entfacht. In ihrem Schein sah er Prinz Boro, der ostentativ auf dem Thronsessel seines Bruders Platz genommen hatte. Er hatte zum Zeichen seiner Häuptlingswürde einen Fliegenwedel aus Tierhaaren in der Hand. Eine lange Reihe nackter Gefangener wurde an ihm vorbeigeführt. Nickte er gütig mit dem Kopf, küsste ihm der Mann die Füße, denn er war mit dem Leben davongekommen. Machte er hingegen mit dem Wedel eine abwehrende Bewegung, wurde der Unglückliche zur Seite weggezerrt. Je nach Temperament jammerte er laut oder ertrug sein Schicksal mit stoischer Gelassenheit. Wie auch immer, kurz darauf fiel sein Kopf in das feuchte Gras. Plötzlich erhob sich lautes Gemurmel. Vier Krieger zerrten einen dicken, massigen Mann vor den Thron. Er war nur mit einem kleinen Lendenschurz bekleidet und blutete aus mehreren Wunden. Ganz ohne Zweifel handelte es sich um Bakary, den Anführer der Rebellion. Seine Wachen stießen ihn mit den Spitzen ihrer Speere unsanft vorwärts, traten ihm die Beine unter dem Leib weg, so dass er schwer zu Boden fiel. Fast meinte Paul, auf dem Achterdeck zu spüren, wie der Boden unter dem Aufprall erzitterte. Bakary stöhnte schmerzlich auf, wollte aber in der knienden Stellung zumindest seinen Oberköper gerade aufrichten, aber die Speerspitzen bohrten sich rechthaberisch in seinen Nacken und den Schultergürtel, bis seine Stirn den Boden berührte.

Boro schwieg lange, er schien die Situation zu genießen; endlich sagte er leise in einem erstaunlich freundlichen Ton: »Was soll ich unserem Vater von dir ausrichten, mein großer Bruder?«

Gedämpft, aber hasserfüllt kam eine undeutliche Antwort: »Er soll sich zum Teufel scheren. Seine politischen und religiösen Ansichten sind längst überholt. Unser Land braucht keine Zauberer und weiße Ungläubige.«

»Vielleicht hast du recht, mein lieber Bruder. Wenn du mich fragst, würde ich sagen, dass deine Überlegungen es wert wären, darüber zumindest nachzudenken, aber warum hast du dann auf das falsche Pferd gesetzt, als du dich mit diesem kleinen englischen Offizier eingelassen hast, der seinen König bestohlen hat? So etwas vergessen die Engländer nicht.«

Der Gefangene japste und keuchte in der unbequemen Stellung. »Das mag sein, du dreckige Wanze von einem Bruder, der den Weißen in den Hintern kriecht. Aber weißt du was, ohne die britische Fregatte wäre mein Staatsstreich geglückt!«

»Da bin ich ganz deiner Meinung, aber sie war nun mal da – und mit ihr Offiziere, die mehr von Taktik verstehen, als du dir überhaupt vorstellen kannst. Du verdankst deine Niederlage folglich den Weißen, von denen du so wenig hältst. Das hat doch einen gewissen Charme, findest du nicht auch?«

»Pah, lass uns die Sache zu Ende bringen, Bruder. Ich fürchte mich nicht.«

»So sei es!« Boro machte den Wächtern ein Zeichen mit seinem Wedel. Ein groß gewachsener, kahlköpfiger Mann mit einem Kilidsch, einem schweren osmanischen Krummsäbel, in den Händen, den er schräg vor seine Brust hielt, trat heran. Sorgfältig schätzte er die Entfernung ab. Plötzlich schien der Säbel leicht wie eine Lerche senkrecht in die Luft zu steigen, um dann pfeilschnell, wie ein zustoßender Falke, herabzusausen. Es gab ein hässliches, knirschendes Geräusch, dann rollte Bakarys Kopf über den Boden. Er hatte seine Zähne zu einem letzten wilden Grinsen gefletscht. Prinz Boro blickte ihn gleichmütig an. »Verpackt ihn gut! Ich will ihn meinem Vater zum Geschenk machen.« Eine Frau schrie herzerreißend und brach in lautes Lamento aus. Auf einen Wink von Boro hin wurde sie vor seinen Thron gezerrt. Es war die Matrone, die neben Bakary gesessen hatte. Sie machte alle Anstalten, sich mit ihren zu Krallen gekrümmten Fingern auf den Prinzen zu stürzen, um ihm das Gesicht zu zerkratzen. Es fiel vier Männern schwer, sie zu bändigen. Sie begann, ihn laut keifend zu beschimpfen, aber Boro beugte sich vor, ohrfeigte sie und herrschte sie böse an: »Ich weiß, dass du die eigentliche Drahtzieherin des Aufstands bist, Tante. Du bist vom Ehrgeiz zerfressen und wolltest unbedingt Königin werden – und das sofort. Du wolltest nicht warten, bis Vater stirbt. Mein Bruder war für dich nur ein williges Werkzeug. Er liebte dich, aber er war dumm. Er hat dafür bezahlt.« Boro machte eine Pause, und seine Augen glühten. Schneidend scharf fuhr er dann fort: »Mein Vater hat bestimmt, dass wir unsere Waffen nicht mit deinem unreinen Blut beflecken. Du wirst über das große Wasser in die Sklaverei verkauft. Man sagt, dass eine Seereise der Gesundheit gut tut. Ich wünsche dir eine schöne Passage, Tante! Bringt sie weg!« Die Frau quiekte wie ein Schwein, das den Metzger mit dem Messer in der Hand an seinen Kober herantreten sieht, dann wurde sie ohnmächtig. Die Umstehenden grinsten wissend und traten mit den Füßen nach ihr. Sklavin! Das musste für die Beinahekönigin eine unerträglich harte Strafe sein.

Als Nächstes stießen die Krieger zehn weiße Männer, deren Hände auf dem Rücken gefesselt waren, nach vorne. Boro musterte sie kurz, blickte nachdenklich zur dunklen, drohenden Silhouette der *Liberty* hinüber. Vermutlich konnte er Paul von Morin nicht erkennen, aber er wusste genau, dass der ihn beobachtete. Dann befragte er intensiv seine Krieger, aber die zuckten nur ratlos die Schultern – alle bis auf einen, der schien sich plötzlich an etwas zu erinnern und rannte fort. Nach kurzer Zeit kam er mit einem englischen Offizierssäbel zurück, an dem ein zerrissenes weißes Oberhemd voller Brandflecken befestigt war. Wortlos nahm Prinz Boro die Waffe in die Hand, betrachtete sie genau und reichte sie dann an einen seiner Vertrauten weiter. Dabei gab er ihm genaue Instruktionen, dann wandte er sich ab und widmete sich seinen Häuptlingen.

Der Mann, mit dem der Prinz gesprochen hatte, war zwar klein, machte aber einen zähen, unverwüstlichen Eindruck. Auf seinen Befehl hin trieben die Wachen die Weißen unsanft mit den Enden ihrer Speere hinunter zum Ufer, wo die Einbäume lagen. Schnell waren zwei der Boote zu Wasser gebracht. Brutal wurden die gefesselten Gefangenen hineingestoßen, die dabei so manche Quetschung und Platzwunde einstecken mussten. Die Krieger sprangen leichtfüßig hinterdrein, griffen zu den Paddeln und legten kurz darauf an der *Liberty* an. Der kleine Mann sprang als Erster an Bord, den Gefangenen wurden die Fesseln abgenommen, und mühsam erklommen sie die Stufen zum Hauptdeck. Einer wäre beinahe abgerutscht und zurück in das Boot gestürzt.

An Deck wurden sie von Paul von Morin erwartet. Der kleine Krieger reichte Paul den Säbel mit den Überresten des halb verkohlten Hemdes und trug in schlechtem Englisch vor, was ihm sein Herr aufgetragen hatte. »*You big master, Zur*. Mein Häuptling sagt, du suchen Verräterschlange. Kleinen Master, der wo gut Freund mit Bakary. Hat sich versteckt in Haus und hat viel geschossen. Unsere Krieger zünden an Haus. Er strecken langes Messer mit kleinem *Dashiki** aus Tür, dann kommen raus. Krieger ihn treffen mit Pfeil. Er fallen

---

* Afrikanisches Hemd, vom Schnitt her nicht ganz vergleichbar mit unseren europäischen Hemden

zurück in Haus, Haus brennen ab. Das seien alles, Zur!« Er atmete erleichtert auf, drehte sich schnell um, sprang in das Boot, und schon waren wieder alle an Land verschwunden. Während die befreiten Männer unruhig warteten, musterte er die Waffe im schwachen Licht der Laterne an der Relingspforte. Es war zweifellos der Alltagssäbel des Ersten Leutnants. Nun, das Oberhemd konnte zwar in seinem jetzigen Zustand keiner bestimmten Person mehr zugeordnet werden, aber der Einzige, der hier überhaupt ein derartiges Hemd getragen hatte, war Mister Midshipman Luke Cully gewesen. Er knurrte ärgerlich vor sich hin.

Eine zögerliche Stimme riss ihn aus seinen Gedanken. »Sir, was geschieht jetzt mit uns?«

Er blickte den Mann an. Es war sein alter Messekamerad, der Quartermastersmaat Jack Meyers. Erstaunt blies Paul die Wangen auf. »Wie konntest du gemeinsame Sache mit einem derartigen Gesocks machen, Jack? Du bist doch nicht dumm, du weißt doch, dass die Navy so etwas sehr, sehr übel nimmt!«

»Aye, Sir! Natürlich weiß ich das, aber ich wollte am Leben bleiben, genauso wie der Quartergunner und die beiden Matrosen neben mir.« Er zeigte auf die Männer, die mit hängenden Köpfen dastanden. »Cullys Spießgesellen waren äußerst skrupellos, sie haben zwei unserer Kumpel umgebracht, weil die sich geweigert haben, das üble Spiel mitzumachen! Was sollten wir da tun, Sir?«

›Ja, was sollten die Männer da machen?‹, überlegte Paul. ›Was hätte ich gemacht? Auch gute Miene zum bösen Spiel – und auf eine Chance zur Flucht gewartet? In einem fremden Land wie diesem?‹ Er nickte langsam. »Schon recht, Jack. Ich weiß, dass du in Ordnung bist, und den Quartergunner kenne ich auch als verlässlichen Mann. Aber das ändert nichts an der Tatsache, dass ich euch für heute Nacht in Gewahrsam nehmen muss, denn über euer Schicksal kann nur der Kapitän entscheiden. Schließlich werdet ihr ganz offiziell wegen Desertion und Diebstahl von königlichem Eigentum gesucht. Wie ihr wisst, sind das schwerwiegende Anklagepunkte, für die man gehenkt wird. Aber Kopf hoch, ich denke, wir werden das Kind schon schaukeln. Im Übrigen werden wir euch die Gefangenschaft so angenehm wie möglich machen. Mein Wort drauf, Jungs!«

Ein großer, bulliger Mann mit einem von Pockenarben verunstalteten Gesicht trat vor. »Trevor Timberlake. Bootsmann der *Liberty*, Sir. Mir und meinen Kumpels ist es genauso ergangen wie Ihren Leuten. Die Schwarzen haben gleich im ersten Blutrausch den Kapitän, die beiden Maate und alle Männer abgestochen, deren sie habhaft werden konnten. Wir sechs hatten irgendwie Glück und sind die einzigen Überlebenden. Ich nehme an, dass sie uns nur am Leben gelassen haben, weil ihnen irgendwann klar wurde, dass sie das Schiff ohne unsere Unterstützung nicht manövrieren können. Was später aus uns geworden wäre, wage ich mir nicht vorzustellen, Sir. Als der Angriff auf das Dorf begann, haben wir uns bei der ersten besten Gelegenheit ergeben. Die Nigger haben uns zwar sehr unfreundlich angeglotzt, aber sie müssen den Befehl gehabt haben, Weiße möglichst lebend und unversehrt gefangen zu nehmen.«

»In Ordnung, Mister Timberlake. Für Sie und Ihre Männer gilt aber dasselbe wie für die Seeleute der *Thunderbolt*: Bis zur Entscheidung von Kapitän Stronghead kommen alle in den Kalabusch. Nicht zu ändern, es tut mir aufrichtig leid.«

Die Männer fügten sich in ihr Schicksal. Was sollten sie sonst auch machen. Immerhin konnten sie froh sein, dass sie mit dem Leben davongekommen waren.

Später stand Paul von Morin auf dem Achterdeck der *Liberty* und wartete auf den Sonnenaufgang. Warum hatte

Cully diese ganze Meuterei in Szene gesetzt? Hatte er das Gefühl gehabt, dass ihm Paul mit seinen hartnäckigen Nachforschungen bezüglich des mysteriösen Verschwindens des Matrosen Ken Little in Plymouth auf die Schliche kam? Möglich. Vielleicht ahnte er aber auch, dass er auf die Dauer seine homosexuellen Neigungen nicht geheim halten konnte. Was ihn dann erwartete, war ihm völlig klar. Vielleicht hatte er hier in diesem unruhigen Land eine Chance für sich und seine Gang gesehen, seine verpfuschte Karriere doch noch irgendwie zu retten, und wenn es als Skipper eines Sklavenjägers war, den man allerdings leicht zu einem Kaperschiff machen und dann damit Handelsschiffe überfallen und im Auftrag eines einheimischen Häuptlings ausrauben konnte. Wer weiß. Jedenfalls kann ich dieses Kapitel abschließen. Er lächelte freudlos vor sich hin, Mister Midshipman Luke Cully hat seine glorreiche Karriere in einem verdammten miesen kleinen stinkenden Fischerdorf am Jirring Bolon, einem verdammten miesen kleinen stinkenden Zufluss des Gambia River, am Heiligen Abend 1760 in einer verdammten miesen kleinen stinkenden Hütte beendet. Nun, er wird in dem Feuer gleich einen Vorgeschmack auf die Hölle bekommen haben. Er blickte in die dunklen, trüben Fluten. Er fand es etwas degoutant, welches Weihnachtsgeschenk sich Prinz Boro für seinen Vater ausgedacht hatte. Nun, der junge Mann war und blieb ein verdammter muselmanischer Heide, auch wenn er noch so glänzend auf Französisch zu parlieren verstand. In dieser Umgebung konnte unter dem Einfluss der frischen, grausigen Eindrücke bei Paul keine richtige Weihnachtsstimmung aufkommen. Baron Paul von Morin, Herr auf Thornhedge, spuckte überhaupt nicht gentlemanlike in einem weiten Bogen aus, aber den schlechten Geschmack, den er auf der Zunge hatte, wurde er dadurch nicht los.

Kapitel 13

Gambia River, Dezember 1760

Am nächsten Tag gegen Mittag rutschte die *Liberty* bei Hochwasser über die Sandbank vor der Mündung der versteckten Bucht am Nordufer des Stromes. Sie wurde von der *Thunderbolt* erwartet, die gerade eingetroffen war. Zu spät, um in den Kampf eingreifen zu können, aber das war auch nicht nötig gewesen. Paul von Morin meldete sich bei seinem Kapitän und erstattete ihm ausführlich Bericht.

»Gut gemacht, Sir!«, lobte ihn Stronghead. »Verfassen Sie bitte einen schriftlichen Bericht.« Er zögerte. »Und Sie meinen, dass wir diesem, äh, König der Wolof und seinem Sohn Prinz Boro trauen können?«

»Sie wollen Geschäfte mit uns machen, Sir. Prinz Boro hat, soweit ich das beurteilen kann, den Vertrag, den Sie ihm diktiert haben, buchstabengetreu erfüllt. Das Schiff hat gutes Frischwasser an Bord geliefert bekommen, Sir, und wie ich dem Blöken unter der Back entnehme, stehen auch wieder Schafe und Ziegen im Stall. Boro hat uns die gefangenen Weißen übergeben und hat sich an meinen Angriffsplan gehalten. Solange die Schwarzen uns brauchen, werden sie kooperieren, aber bedingungslos würde ich ihnen natürlich nicht trauen, Herr Kapitän. Wir befinden uns in Afrika, Sir, und wenn ich in der kurzen Zeit meiner Anwesenheit hier etwas gelernt habe, dann das: In Afrika gehen die Uhren anders.«

Jetzt befand sich Paul wieder auf dem Achterdeck der *Liberty* und lief im Kielwasser der *Thunderbolt* den Gambia River hinunter. Er war zurzeit so etwas wie ein Prisenkommandant. Die Rechtslage war allerdings etwas verzwickt und würde den Juristen des Prisengerichts einiges Kopfzerbrechen bereiten. Die *Liberty* war ursprünglich ein englisches Schiff gewesen, war aber in einem Akt der Piraterie von Rebellen und Deserteuren gekapert worden. Krieger des Königs Shaka und Männer der *Thunderbolt* hatten sie unter Führung eines englischen Seeoffiziers aus den Händen von Rebellen befreit. Stand der Besatzung der *Thunderbolt* das übliche Prisengeld zu? Und das, obwohl die Wolof die Speerspitze des Angriffs gebildet hatten?

Paul betrachtete die langweilige, einförmige Uferlandschaft, die langsam vorüberzog. Wenn bloß dieser endlose Papierkrieg nicht wäre, dann wäre der Job eines Kapitäns eine tolle Sache, überlegte er. Die Schiffsführung lag in den bewährten Händen von Piet van Rijn und einem würdigen, alten schwarzen Lotsen mit weißem Kraushaar und einem weißen, langen Ziegenbart, den er gerne und oft streichelte. Gemessen schritt er auf dem Achterdeck auf und ab; seine Augäpfel waren gelb verfärbt und tränten ständig. Er schien halb blind zu sein, aber Boro hatte Paul versichert, dass der Mann jeden Kiesel am Boden des Stromes kannte. In schöner Eintracht pilotierten der Holländer und der Wolof den Sklavenjäger flussabwärts.

Der junge Preuße hatte zusammen mit Bootsmann Trevor Timberlake einen Rundgang durch den Laderaum des Schiffes gemacht. Kapitän Stronghead hatte die Männer der *Thunderbolt* und der *Liberty* begnadigt. Paul hatte ihm die missliche Situation der Männer eindringlich vor Augen geführt. Anschließend hatten diese ihm glaubhaft versichern können, dass sie nur gezwungenermaßen mitgemacht hatten, um ihr nacktes Leben zu retten. So eine mehr oder weniger stillschweigende Amnestie war nichts Ungewöhnliches. So wurde auch mit Männern verfahren, die man auf einem Piratenschiff gefangen genommen hatte, die aber überzeugend darlegen konnten, dass man sie dort zum Dienst gezwungen hatte. Meist handelte es sich dabei um hochqualifizierte Männer, wie etwa Stückmeister, Zimmerleute, Schmiede, Segelmeister oder Steuermannsmaaten.

Paul wollte sich dort unten anhand des Stauplans einen groben Überblick darüber verschaffen, was von der Ladung noch an Bord war. Genau würden sie das erst wissen, wenn die gesamte Ladung gelöscht war und die Tallylisten* mit den Manifesten verglichen werden konnten. Sie waren in die Luke hinter dem Vormast eingestiegen und hatten gleich auf einem Zwischendeck gestanden, das so niedrig war, dass sich beide nur zusammengekrümmt fortbewegen konnten. Nun gab es auch auf der Fregatte zwischen den Decks und selbst in der Staatskabine des Kapitäns für einen großen Kerl wie Paul keine Stehhöhe, aber das hier war extrem. Timberlake hatte Pauls Befremden bemerkt und zähnebleckend gegrinst, was sein von Pockennarben entstelltes Gesicht nicht unbedingt verschönert hatte. »Das ist ein Rahmendeck, Sir. Wir haben es kurz vor Erreichen des Gambia River eingebaut, nachdem wir einen Teil der Ladung in Goeree günstig verkauft hatten.« Als er sah, dass Paul mit diesem Begriff nichts anfangen konnte, erklärte er ihm großmütig: »Sir, Sklaven sind leicht und brauchen verhältnismäßig viel Platz. Wenn wir nur den Boden des normalen Laderaums mit ihnen füllen

---

* Zähllisten der Waren, hier beim Löschen; Zollpapiere über die an Bord verladenen Güter

würden, kämen wir nicht auf unsere Kosten, daher das Rahmendeck. Es erhöht unsere Ladekapazität um rund neunzig Sklaven.« Paul blickte sich schockiert auf dem engen, in der Mitte weit zum Unterraum offenen Deck um. »Was? Hier wollen Sie fast hundert Menschen unterbringen! Sir, sparen Sie sich Ihr Seemannsgarn für andere auf. Außerdem ist das geschmacklos!«, fuhr er ihn wütend an.

»Nein, nein, Sir, nicht im Traume würde es mir einfallen, Ihnen einen Bären aufbinden zu wollen, nach dem, was Sie für mich getan haben. Sehen Sie hier vorne das Schott?« Er schlug mit der Faust gegen die hölzerne Querwand. »Auf der anderen Seite befindet sich das Mannschaftslogis. Hier, wo wir stehen, zwischen dem Schott und der großen Öffnung zum Unterraum, finden fünf Sklaven ausgestreckt Platz. An den beiden Längsseiten mit den Füßen zu den Bordwänden liegen jeweils rund dreißig Kerls ziemlich eng nebeneinander. Dort achtern beidseitig des Großmasts vor dem Schott passen nochmals vier Männer hin. Das sind jetzt schon mal rund siebzig Männer. Hinter dem achteren Schott dort«, er deutete auf die hintere Begrenzung des Laderaums, »ist die Damenabteilung des provisorischen Zwischendecks mit einem separaten Zugang vor der Kajüte. Dort schlafen des Nachts etwa zwanzig Frauen.« Er zuckte lässig mit den Achseln. »Das macht summa summarum neunzig Sklaven, Sir, da beißt keine Maus einen Faden von ab.«

Paul schüttelte den Kopf. Er konnte sich beim besten Willen nicht vorstellen, wie man hier so viele Menschen unterbringen wollte. Er kannte die wahrlich sehr beengten Wohn- und Schlafverhältnisse auf dem Mannschaftsdeck der Fregatte, wobei die alten, erfahrenen Matrosen behaupteten, dass es auf den Linienschiffen noch enger zugehen würde, weil man sich dort den Platz noch mit den großen Geschützen teilen musste, aber wenn Timberlakes Schilderung stimmte, dann mussten die Verhältnisse im Zwischendeck des Kriegsschiffs denen in einer Nobelherberge ähneln. Sie ließen sich durch die große Öffnung in den Unterraum hinab. Pauls Kopf und Schultern ragten in das Zwischendeck hinein. Hier unten war noch ein großer Teil der Ladung gestaut. Behindert durch das eingezogene Deck hatten die Rebellen nur ein paar Hieven aus der Mitte hoch an Deck gezogen, weil sie da ohne große Mühe herankamen. Alles, was im Unterstau lag oder einen schweren Eindruck machte, hatten sie noch nicht angerührt.

»Wie viele Sklaven werden hier untergebracht, Mister Timberlake?«

»Knapp einhundert Männer und gut dreißig Frauen, Sir. Insgesamt kommen wir dann auf eine volle Ladung von zweihundertzwanzig Köpfen. Die *Liberty* ist ein kleines Schiff, Mister Morin. Aber wenn wir bei guter Pflege und reichlicher Nahrung alle Sklaven gesund über den großen Teich bringen, ernährt sie ihren Mann.«

Zweifelnd blickte ihn Paul an, der die eisernen Fesseln und Ketten wohl gesehen hatte, die im Zwischendeck herumgelegen hatten. »Wie soll die denn aussehen, Mister Timberlake, diese gute Pflege?«

»Wissen Sie, Sir, wir fühlen uns immer etwas ungerecht beurteilt, nur weil unsere Ladung für den moralinsauren europäischen Geschmack einiger Pharisäer etwas ungewöhnlich ist. In Liverpool und Bristol beispielsweise lebt die gesamte Bevölkerung vom Lord Mayor und dem Bischof bis hin zur letzten Küchenschabe direkt oder indirekt ausschließlich von den Erlösen des Sklavenhandels. Mister Chris Fletcher, der HERR habe ihn selig, war ein sehr gebildeter junger Gentleman, und auch unser Skipper Jeremias Freeman, möge er in Frieden ruhen, war beileibe keine sadistische menschenmordende Bestie mit drei Köpfen. Gut, er war ein knallharter Geschäftsmann, aber das muss man in diesem Gewerbe – im

Seehandel ganz allgemein – auch sein, sonst wird einem das Fell über die Ohren gezogen. Warten Sie mal ab, was los ist, wenn wir wieder vor St. James vor Anker liegen, Sir. Aber ich schweife ab. Nun, Mister Fletcher hat mir auf den langen Nachtwachen viel über die Geschichte der Sklaverei erzählt. Auch über die Sklavenhaltung in Europa, die sich in verfeinerter Form bis in unsere Zeiten herübergerettet hat, wie er zynisch bemerkte, äh, nun ja ...« Der Bootsmann zögerte und hüstelte unsicher. »Ahem, er führte als Beispiel gern die Royal Navy an, verzeihen Sie, Sir.« Paul winkte ungeduldig mit der Hand. »Aber in Afrika und vielen Gegenden Asiens gehört die Sklaverei seit Ewigkeiten so selbstverständlich zum Alltag wie der Lauf der Sonne über den Himmel. Er pflegte mich immer zu fragen: ›Timberlake, wer liefert uns denn die Sklaven? Gehen wir etwa schwer bewaffnet los, überfallen wir Dörfer und verschleppen die Einwohner mit Gewalt auf unsere Schiffe? Müssen wir uns während der ganzen Liegezeit mit wütenden schwarzen Kriegern herumschlagen, die ihre schwarzen Brüder und Schwestern wieder befreien wollen? Nein, Timberlake! Wir sitzen ruhig auf unseren Schiffen, die Sklaven werden uns von unseren schwarzen Geschäftspartnern an Bord gebracht. Ohne sie und ihr Interesse an einem regen Handelsaustausch würden wir hier in den Häfen am Oberlauf des Flusses keinen Tag überleben, wenn wir nicht gerade unter den Kanonen des Forts ankern!‹ Tja, das waren seine Worte, Sir.«

Nachdenklich runzelte Paul die Stirn. Seine Gespräche mit der schönen Signare Isabelle auf Goeree zu diesem Thema fielen ihm wieder ein. »Timberlake, Sie haben meine Frage nicht beantwortet, wie die sogenannte gute Behandlung aussieht.«

»Wie ich schon sagte, ist es ein hartes Geschäft, aber Gewinn machen wir nur mit lebendigen und gesunden Sklaven.

Niemand kauft da drüben aus reinem Mitleid ein menschliches Wrack, das können Sie mir getrost glauben, selbst der Vikar der örtlichen Gemeinde nicht. Wir müssen folglich alles tun, was in unserer Macht steht, um gute Ware auf dem Markt anbieten zu können. Es wäre daher äußerst unklug, die Sklaven während der ganzen Überfahrt hier unter Deck angekettet zu halten. Sie haben gesehen, wie wir das Achterschiff und die Back befestigt haben. Oben auf den massiven Balken, welche die Barrikade bilden, postieren wir auf See geladene Drehbassen.« Er schmunzelte in sich hinein. Paul fragte sich, was an einer mit Bleischrot geladenen Drehbasse so komisch war. »Im Aufgang zum Achterdeck steht eine Kanone, die das gesamte Hauptdeck bestreichen kann. Sie wird im Beisein der Sklaven mit Bleihagel geladen. Wir geben ihnen gerne ein paar Stücke der scharfkantigen, zackigen Munition zur Ansicht und zum Befühlen in die Hand und machen ihnen mit Gesten klar, wie diese Dinger wirken. Die Schwarzen sind nicht dumm, sie können sich bildhaft vorstellen, dass es äußerst hässlich sein muss, von einer ganzen Wolke dieser Metallteile zerfleischt zu werden. Das flößt ihnen einen – im wahrsten Sinne des Wortes – Heidenrespekt ein, und so sorgen sie selbst dafür, dass Ruhe die erste Bürgerpflicht an Deck ist.« Er grinste wieder. »In der ersten Nacht auf See, wenn die Blackies alle unter Deck sind, ziehen wir die scharfen Ladungen wieder aus den Drehbassen und der Kanone und ersetzen sie durch Beutel mit Gerstengrütze, ha, ha! Sollten wir wirklich mal feuern müssen, dann haben der Krach des Abschusses, der Blitz des Mündungsfeuers und das Prasseln der groben Getreidekörner eine ungeahnte moralische Wirkung. Besser müsste ich sagen, es hat einen ungeheuer demoralisierenden Effekt! Die meisten Kerle liegen wie tot auf dem Deck, und man braucht einige Pützen mit Seewasser, um ihnen klarzumachen, dass sie noch unter den

Lebenden weilen. Es ist allerdings auch schon vorgekommen, dass der eine oder andere vor Schreck gestorben ist. Aber Sie sehen, wir versuchen selbst in kritischen Situationen unsere Ladung nicht zu beschädigen.«

»Heißt das etwa, dass die Sklaven jeden Tag an Deck dürfen?«

»Selbstverständlich, Sir. Ich schildere Ihnen gerne einen typischen Tagesablauf. Nach dem Frühstück der Mannschaft werden die Luken geöffnet und alle Sklaven an Deck geholt. Nachdem sie ausgiebig durchgeatmet haben, was nach dem Gestank, der über Nacht unten in der Luke entstanden ist, auch sehr verständlich ist. Dann werden sie an die mit Seewasser gefüllten Waschbaljen gescheucht, immer zehn Mann an eine Balje. Das übernehmen die Konstabler, eine Art Hilfspolizei, die Fletcher mit sicherem Griff in den ersten Tagen aus ihrer Mitte rekrutiert hat. Es handelt sich durchweg um kräftige Kerle mit Durchsetzungsvermögen. Der Maat hat ihnen feierlich eine blaue Schärpe umgehängt und als Zeichen ihrer Autorität eine Peitsche in die Hand gedrückt, die sie auch oft und gerne einsetzen. Ich muss die Burschen oftmals bremsen und ihnen mit dem Starter auf dem Buckel einbläuen, dass sie nicht übermäßig auf die anderen Blackies einprügeln dürfen. Aber weiter im Text. Nach der Waschung ist dann Zeit für die Essensausgabe. Wenn der Alte sich manchmal knauserig zeigte, hat stets Mister Fletcher interveniert und dafür gesorgt, dass die Portionen reichlich ausfielen und genug fettes Fleisch hineinkam. Auch die Mahlzeiten werden in Zehnergruppen eingenommen, ha, ha, ha!« Timberlake lachte herzhaft auf. Paul blickte ihn verwundert an. »Sie werden sich zu Recht fragen, was daran so komisch ist, Sir. Nun, wie schon gesagt, hocken jeweils zehn Mann um eine große Schüssel. Alle haben einen Löffel, ein für sie bis dahin unbekanntes Esswerkzeug, erwartungsvoll in der Faust. Auf einen

Trommelschlag hin fahren sie damit in das Gemisch aus Reis, Bohnen und Fleischstücken und stopfen sich den Mund voll. Die Konstabler achten darauf, dass sie gut kauen und erst beim zweiten Trommelschlag herunterschlucken. So geht das in einem genau abgemessen Takt weiter. Dann gibt es für jeden einen ordentlichen Schluck Limejuice, der mit Wasser verdünnt ist. Anschließend war es bei Käpt'n Freeman üblich, dass der Zweite Maat jedem ein Becherchen Magenbitter verabreichte. Aus medizinischen Gründen, für die Sklaven war das unbestritten ein Höhepunkt des Tages. Nach einer Pause für die Verdauung schrubben die meisten das Deck, bis es schneeweiß ist, ein anderes, täglich wechselndes Arbeitskommando reinigt derweil unter Deck die Schlafplätze von den Ausscheidungen der Nacht. Mindestens zweimal in der Woche werden die Laderäume mit scharfen Essigdämpfen behandelt, um das Ungeziefer fernzuhalten. Am frühen Nachmittag gibt es auf einigen Schiffen – so auch bei uns – eine kleine Zwischenmahlzeit aus Schiffszwieback und Kokosnussstücken, dazu einen halben Liter Wasser. Nach diversen Arbeiten am Nachmittag – Segelnähen, Holzarbeiten und Spleißen –, an denen sich die handwerklich äußerst geschickten Schwarzen in der Regel gerne beteiligen, und das freiwillig, Sir, völlig freiwillig, werden die Vorbereitungen für die Abendmahlzeit getroffen. Zuerst wieder ausgiebiges Waschen mit viel Jokus und gegenseitigem Bespritzen, danach ölen sie sich dick ein, das ist gut für die Haut, heißt es.«
Timberlake sah nicht so aus, als ob er das glauben würde und selbst schon mal probiert hätte. »Erst dann kommen wieder die bekannten Schüsseln auf das Deck, diesmal gefüllt mit Yams und einer scharfen, dicken, öligen Sauce aus gekochten, getrockneten Garnelen. Das Essen verläuft wie zuvor beschrieben im Takt der Trommel, Sir. Zum Abschluss gibt es wieder einen halben Liter Trinkwasser. Können Sie sich

vorstellen, wie viel Wasser wir auf diesem kleinen Schiff für die Mittelpassage bunkern müssen, Sir, Frischwasser muss schließlich auch bei der Herstellung der Speisen verwendet werden.« Der Bootsmann stampfte mit dem Fuß auf die Wegerung des Unterdecks. »Hier unter unseren Füßen muss das alles gestaut werden, dazu die Stoßzähne aus Elfenbein und das *gummi arabicum*. Kleinere Exemplare der Zähne kommen auch in die Kajüte des Skippers, aber auch in die Stores und die Segellast – jeder freie Platz muss ausgenutzt werden. Schließlich bringen die Dinger in England eine Menge Geld ein.« Er rieb den Zeigefinger und Daumen der rechten Hand vielsagend aneinander. »Am späten Nachmittag werden die Sklaven animiert, Tänze aufzuführen oder sich sonst irgendwie zu bewegen, gut für die Verdauung, Sie verstehen. Beliebt ist auch das Aufentern um die Wette zur Vor- und Großmars. Einige der Burschen hätten nach meiner Einschätzung das Zeug zu guten Matrosen. Kurz vor Sonnenuntergang beginnt dann für mich und den Zweiten Maaten die Hauptarbeit des Tages. Wir steigen in die Luke hinunter und verstauen die Sklaven für die Nacht. Wir kennen die Gegebenheiten der verschiedenen Schlafplätze sehr genau und rufen nach oben, was wir brauchen. Also beispielsweise: ›Jetzt fünf Kleine!‹ oder ›Schickt uns zehn Lange runter!‹ Wenn wir wieder alle gesichert haben, ist Ruhe im Schiff. Endlich! Ich kann Ihnen sagen, nichts lieben die Blackies mehr als endloses Palaver. Dann kommen die Frauen dran, bei denen es vom Platz her allerdings etwas einfacher ist, da ein gutes Dutzend an Deck bleibt, weil sie für die Besatzung die Plünnen waschen und in Ordnung halten und auch sonst für, äh, Dienstleistungen zur Verfügung stehen, wenn Sie wissen, was ich meine. Freiwillig, natürlich.« Er blickte in die Ferne und lächelte weich vor sich hin. ›Na, das ist ja mal eine ganz neue Seite an diesem harten Brocken‹, dachte Paul. Timberlake, der Pauls Schweigen offensichtlich missverstand, betonte nochmals: »Doch, doch. Sir, Sie können mir glauben, da ist keine Drohung oder Druck nötig. Die kleinen Süßen sind ganz wild drauf, mit einem Weißen zu schlafen. Ist wahrscheinlich für sie so etwas Ähnliches wie bei den Bauernmädchen in England, die alle mit einem Herzog in die Koje jumpen wollen.«

Ziemlich ungläubig wiegte Paul von Morin seinen Kopf hin und her. »Was Sie mir da erzählt haben, klingt ja ganz so, als wäre die Mittelpassage eine Vergnügungs- und Erholungsfahrt für die Sklaven.«*

»Nein, Sir, das ist sie sicher nicht, aber sie ist auch keine Tortur. Keine sadistischen Gefangenenwärter verlustieren sich damit, die Sklaven aus reiner Boshaftigkeit zu malträtieren oder zu demütigen. Schlimm wird es nur, wenn Krankheiten auftreten. Die sind eine echte Geißel dieses Geschäfts. Was gibt es da nicht alles? In erster Linie Durchfallerkrankungen der unterschiedlichsten Art, Schüttelfieber, Schiffsfieber, puh, und alle Krankheiten können tödlich verlaufen und neigen dazu, sich auszubreiten.** Besonders schlimm sind diejenigen Sklaven dran, die überleben, aber wertlos wurden, weil sie beispielsweise durch die ägyptische Augenkrankheit erblindet sind. Wer kauft schon einen blinden Sklaven, Sir? Also müssen sie als unnütze Esser beseitigt werden.« Timberlake sagte das ganz gelassen und geschäftsmäßig. Paul lief ein kalter Schauder über den Rücken, er musste an die Haie denken,

---

* Nach zeitgenössischen Beschreibungen waren die Lebensbedingungen auf den Sklavenschiffen vor dem Verbot des Handels durch die Briten in der Tat sehr viel besser als danach. Das Verbot hatte also einen höchst unerwünschten Nebeneffekt. Das mag damit zusammenhängen, dass die Skipper nach dem Verbot wegen des hohen Risikos (Galgen!) und der gestiegenen Preise die Schiffe völlig überluden, auch mögen sich unter den Kapitänen jetzt vermehrt Männer mit hoher krimineller Energie befunden haben, denen alle moralischen Skrupel fremd waren.
** Ruhr, Cholera, Malaria, Flecktyphus, Pocken, Gelbfieber

aber ihm fehlte der Mumm, den Bootsmann zu fragen, wie diese Beseitigung in der Praxis aussah. Im Kampf einen Mann zu töten, das war eine Sache, aber einen gefesselten, hilflosen Kranken eine andere. Der Bootsmann schien das Gemüt eines Fleischerhunds zu haben, denn er fuhr ungerührt fort: »Wer dagegen die Pocken übersteht«, der Bootsmann strich mit den Fingerspitzen über seine Gesichtsnarben, »der ist zwar nicht mehr so hübsch wie zuvor, hat aber an Wert gewonnen, weil er nicht nochmals daran erkranken kann. Bei jungen Frauen sieht das allerdings etwas anders aus. Aber ganz ernsthaft, Sir, diese Krankheiten können das Ergebnis einer ganzen Reise versauen, Sir. Sie können sich gar nicht vorstellen, welche Kosten hier an der Küste entstehen, bevor man den ersten Sklaven an Bord hat. Aber das werden Sie ja morgen selbst miterleben, wenn die ›Offiziellen‹ an Bord kommen.« Der Bootsmann schwieg. Ihm schien noch etwas eingefallen zu sein, das selbst ihn doch ziemlich zu bedrücken schien. »Wissen Sie, was die Horrorvorstellung jedes englischen Seemanns auf einem Sklavenjäger ist, Sir? Nein, Sie können es nicht ahnen, geschweige denn wissen. Das Schlimmste, was passieren kann, ist, dass die Mannschaft beispielsweise durch das gelbe Fieber so dezimiert und geschwächt wird, dass sie das Schiff kaum noch navigieren und segeln kann. Jeden Tag sterben zwei, drei Männer. Irgendwann kann man sich an den Fingern einer Hand abzählen, wann nur noch vier oder fünf Männer übrig sein werden, und die sind möglicherweise auch nur noch wandelnde Leichname. Was würden *Sie* dann tun, Sir?«, fragte Timberlake lauernd. Paul erkannte sofort, worauf der Mann hinauswollte. Wenn sich die Sklaven in so einer Situation erhoben, dann konnten sie das Schiff übernehmen und versuchen, ihre ehemaligen Herren zu zwingen, sie zurück in ihre Heimat zu bringen. Es würde ihnen nur schwer klarzumachen sein, dass man mit einem Segelschiff meist nicht einfach umkehren und auf dem Gegenkurs zurücksegeln konnte. Die Weißen steckten in einer verdammten Zwickmühle. Paul ahnte, wie die Lösung vermutlich aussah, aber die Vorstellung war ungeheuerlich. Er sah den Bootsmann ungläubig an. »Mister Timberlake, wollen Sie etwa andeuten ...?«

»Sir, die Sklaven oder wir. Ich habe das mal auf der *Black Cloud* erlebt. Es blieb uns gar keine andere Wahl. Der Skipper hat es befohlen, und wir haben seine Order ausgeführt. Sie können mir glauben, ich wache manchmal des Nachts schweißgebadet auf und sehe die schwarzen Krausköpfe mit einer Kugel am Bein im Wasser verschwinden. Brrrr ..., der Teufel soll diese Erinnerungen holen.« Er schüttelte sich heftig.

»Lassen Sie uns wieder an Deck klettern, Smadding! Ich habe gesehen, was ich sehen wollte. Und vielen Dank für Ihre ausführlichen Schilderungen.« Timberlake war immun gegen Ironie.

»Stets zu Diensten, Sir!«, grinste Trevor Timberlake schon wieder heiter. Er hatte in der Tat ein sonniges Gemüt.

Bei Sonnenuntergang gingen sie vor Anker, denn besonders für die *Thunderbolt* mit ihrem verhältnismäßig großen Tiefgang war es zu gefährlich, in der Dunkelheit dem gewundenen Fahrwasser zu folgen. Paul von Morin stand mit Piet van Rijn auf dem Achterschiff, als sich der Bootsmann zu ihnen gesellte.

»Was denken Sie, Sir, wie wird es mit uns weitergehen? Wie ich gehört habe, betrachtet Ihr Kommandant die *Liberty* als seine rechtmäßige Prise. Aber darüber muss doch ein Prisengericht entscheiden – und so etwas gibt es hier weit und breit nicht. Er wird uns also irgendwie nach Antigua oder Jamaika bringen müssen.«

»So wird es wohl kommen, Bootsmann. Vermutlich bekommen Sie einen Midshipman als Prisenkommandanten, zwei erfahrene Steuermannsmaaten und ein Dutzend Seeleute an Bord. Da die *Liberty* im Kielwasser der *Thunderbolt* segelt, sollte das ausreichen. Aber erzählen Sie mir jetzt doch bitte, welche ungeheuerlichen Ausgaben morgen auf uns zukommen, wie Sie es vorhin angedeutet haben.«

Piet grinste verschmitzt. Wenn er auch die Usancen auf dem Gambia River nicht kannte, so doch die üblichen Abläufe in anderen afrikanischen Häfen.

Timberlake räusperte sich umständlich. »Ahem, nun denn. Zwar weiß der König natürlich schon seit Tagen, dass eine kleine Flotte von Sklavenschiffen beim Fort vor Anker liegt. Aber auch wenn er nicht durch die unvorsehbaren Ereignisse darin gehindert worden wäre, hätte er es unter seiner Würde gehalten, die Schiffe sofort persönlich zu besuchen. Er wird uns morgen Vormittag den Alkalden* an Bord schicken, das ist so eine Art Hafenmeister, der das ›Ankergeld‹ eintreibt. Es besteht aus ein paar Eisenbarren und Brandy für den Alkalden selbst, sozusagen das ›Eilgeld‹ für seine Mühe und eine schnelle Abfertigung. Dann wird ein Fässchen mit zehn Gallonen** Rum ins Boot hinuntergehievt, das ist das eigentliche Ankergeld und für den König bestimmt.

Nach einer gebührenden Schamfrist von einigen Tagen erscheint dann Seine Majestät selbst, um die ›Steuern‹ einzufordern. Wie diese Steuer aussieht, hat der König auf einer Liste schriftlich fixieren lassen, die dem Skipper übergeben wird. Es handelt sich um die verschiedensten Waren.« Timberlake hob die Schultern. »Nun ja, was gerade im Haushalt der Queen so fehlt: Stoffe, Werkzeug, Schmuckperlen, aber vor allem

---

* Aus dem Arabischen (al-qadi = der Richter), wird hier als Bezeichnung für einen Beamten verwendet.
** 42,5 Liter

Alkohol. Die Steuereinnehmer halten selbstverständlich auch die Hände auf. Als Nächstes nisten sich ein paar Kerle aus der Umgebung des Königs an Bord ein, die die geschäftlichen Verhandlungen mit den örtlichen Häuptlingen und Händlern führen, dazu zwei Dolmetscher und, man höre und staune, ein Trommler, der den Anfang und das Ende jeder Sitzung verkündet. Da soll noch einer sagen, die Afrikaner hätten keinen Stil. Allerdings ist das halbe Dutzend Diener sehr nützlich, denn sie versorgen das Schiff mit Frischwasser und Brennholz und halten die Landverbindung aufrecht. Aber alle wollen ständig geschmiert werden. Normalerweise geht dann das Schiff Anker auf und segelt so weit, wie es sein Tiefgang erlaubt, den Strom hinauf. Hat man den eigentlichen Handelsplatz erreicht, wird wieder das Ankergeld fällig, das Eilgeld für den neuen Alkalden, die Gebühren für die Wachen, die Wäscherinnen und für wen nicht noch alles …!«

Paul konnte sich des Eindrucks nicht erwehren, dass seine Vorfahren, von denen einige zu ihrer Zeit als ehrenwerte Raubritter ihren kargen Lebensunterhalt verdient hatten, gegen den Erfindungsreichtum der afrikanischen Häuptlinge beim Eintreiben von Wegezöllen ziemliche Waisenknaben gewesen waren.

»Nun, Sir, die *Liberty* wird ja wohl ganz gewiss hier auf der Reede liegen bleiben, also werden wir hier unsere restliche Ladung verkaufen und löschen, möglicherweise zu einem etwas schlechteren Preis als weiter oben stromaufwärts, aber vielleicht kann Ihnen da Ihr guter Freund, der Prinz, etwas behilflich sein? Wie ich hörte, haben Sie gute Beziehungen zum Königshaus.«

Wohin sollte das führen?, überlegte Paul von Morin. Der Gedanke, die Ladung hier zu verkaufen, war einleuchtend, denn Rum nach Westindien einzuführen war wie Eulen nach Athen tragen. »Das war gestern, Bootsmann! Keine Ahnung, ob er mich heute überhaupt noch kennt. Aber sagen Sie, Sie glauben doch nicht etwa allen Ernstes, dass der Kapitän hier Sklaven quasi auf eigene Rechnung einkaufen wird.«

Der bullige Mann sah ihn überrascht an, dann nickte er heftig. »Er wird, Sir, er wird! Überlegen Sie doch mal. Denn wenn das Prisengericht entscheiden sollte, dass die *Liberty* keine rechtmäßige Prise ist, bleibt nur so – nach Aufrechnung der Aufwendungen und einer Chartergebühr für das Schiff – noch ein hübsches Sümmchen aus dem Verkauf der Sklaven für ihn und die Besatzung übrig. Andernfalls würde der Schiffseigner ihn persönlich für den ihm entstandenen Schaden verantwortlich machen. Es könnte zu jahrelangen zivilrechtlichen Gerichtsverfahren kommen, Anwaltskosten würden entstehen, Zinsen auflaufen ...«

Diesem Argument konnte sich Paul nicht verschließen. ›Hoffentlich macht Stronghead nicht *mich* zum Prisenkommandanten‹, schoss es ihm durch den Kopf. Aber der Bootsmann hatte recht. Der Handel mit Sklaven war völlig legal. Während seines Aufenthalts in London hatte Paul zwar von Bestrebungen in den Gemeinden der Quäker und Mennoniten gehört, die Öffentlichkeit gegen den Sklavenhandel zu mobilisieren. Das war gewiss ein löbliches Unterfangen und fand seine Zustimmung, aber es konnte lange dauern, bis sich das Parlament der Sache annahm und ein verbindliches Verbot aussprach*. Denn es gab auch mächtige Kreise, so zum Beispiel die Plantagenbesitzer der Karibik und in den amerikanischen Kolonien, die ihren politischen Einfluss nutzten, um ein gesetzliches Verbot zu verhindern. Und was die Fran-

---

* 1787 wurde die Gesellschaft zur Abschaffung der Sklaverei gegründet und 1807 der Sklavenhandel mit britischen Schiffen verboten. 1833 wurde der *Slavery Abolition Act* erlassen, durch den alle Sklaven im Britischen Empire für frei erklärt wurden. Zur Erinnerung: Wir befinden uns im Jahr 1760.

zosen, Holländer, Spanier, Portugiesen und Dänen davon hielten, blieb allein deren Sache.

Die Tage vergingen, wurden zu Wochen, und das neue Jahr hatte sich, ohne sich besonders vorzustellen, in die gleichförmige Routine an Bord eingeschlichen. Kapitän Stronghead hatte sich tatsächlich entschlossen, einen Supercargo* auf der *Liberty* einzusetzen. Es handelte sich um den sehr erfahrenen Ersten Maaten eines der anderen Sklavenschiffe, der gerade bei seinem Skipper wegen einiger Differenzen auf Legerwall gelegen hatte, und so waren die Waren tatsächlich zu einem annehmbaren Preis verkauft worden. Jetzt wartete das Schiff auf seine neue Ladung. Wie von Paul vorhergesagt, war Piet van Rijn de facto als Segelmeister abgestellt worden und Midshipman Nicolas Bloomsbury war Prisenkommandant. »Siehst du«, hatte Paul gefrotzelt, »so schnell geht das! Ich bin immer noch ein kleiner diensttuender Dritter Leutnant, und du bist jetzt ein allmächtiger Kapitän!« Aber Nicolas hatte nur abgewinkt und lächelnd erwidert: »Ich habe da drüben nur pro forma den Hut auf und wohne in der schönsten und größten Kajüte, aber die Entscheidungen treffen zum Glück andere. Puh! Darf ich dir ein Geheimnis verraten? Ich bin verdammt froh darüber! Besuch mich doch mal auf eine Flasche Wein, man sitzt in der großen Kabine wirklich sehr gemütlich, und Kapitän Freeman hatte einen guten Geschmack! Piet würde sich bestimmt auch sehr freuen, mal wieder mit dir eine Runde Garn spinnen zu können, und der Supercargo-Mister Howard Blake würde dich gerne kennenlernen. Er hat schon so viel von dir gehört.« So kam es, dass Paul einen Teil seiner Freizeit auf dem Sklavenjäger verbrachte. Er befand sich auch an Bord, als die ersten Boote mit der menschlichen Ladung längsseits kamen.

---

* Ladungsbevollmächtigter

Der Supercargo hatte in der Nähe der Relingspforte auf einem Stuhl unter dem Sonnendach Platz genommen. Neben ihm stand der schwarze Verkäufer. Zwei Dutzend nackte schwarze Männer standen aufgereiht an der Verschanzung. Mister Blake machte den Bewachern ein Zeichen, die daraufhin sofort einen großen, kräftigen Mann vor seinen Stuhl zerrten. Die Fesseln an den Händen wurden gelöst. Der Neger zitterte an allen Gliedern und rollte angstvoll mit den Augen. Blake sprach beruhigend auf ihn ein und musterte ihn genau, stand auf und prüfte die Muskeln, die Augen und das Gebiss. Danach ließ er ihn Kniebeugen machen und auf der Stelle springen. Zum Schluss ließ er ihn aus voller Lunge brüllen. »Der ist in Ordnung. Bootsmann! Übernehmen Sie ihn!« Ehe er es sich versah, hatte der Mann sein Brandzeichen bekommen, er zuckte erschrocken zusammen, gab aber keinen Schmerzenslaut von sich. Zwei Matrosen zogen seine Arme nach hinten und befestigten die Handschellen, dann schoben sie ihn weiter zu einer großen Waschbalje und einem Haufen mit Scheuersand. Zuerst wurde er von Kopf bis Fuß mit dem Sand abgerieben, dann gründlich abgewaschen und zum Schluss mit scharf riechendem Essig eingerieben. Inzwischen waren schon die nächsten Sklaven begutachtet worden. Jeder fehlende Zahn oder jede körperliche Missbildung wurden festgehalten und drückten den Preis, auch wenn der Händler noch so zeterte. Ein Gläschen Rum ließ ihn seinen (gespielten) Kummer und Zorn schnell wieder vergessen.

Paul verabschiedete sich schnell, als an der Bordwand mal gerade kein Boot lag, und ließ sich zurück zur *Thunderbolt* rudern. ›Verdammt!‹, dachte er, ›das mit den gebildeten Hausklaven in der humanistisch verklärten Antike hört sich ganz schön an. Aber das ist graue Theorie, hier und jetzt, das ist die nackte, brutale Praxis der heutigen Zeit, und die hat mit der edlen Einfalt und stillen Größe der attischen Denker nichts mehr zu tun. Was verkünden die Philosophen der Aufklärung? Jeder Mensch ist frei geboren, ganz unabhängig von seiner Rasse und seiner Herkunft! Recht haben sie! Natürlich sind die Menschen nicht alle gleich, nein, so weit möchte ich denn doch nicht gehen. Zwischen mir und einer gewissen verbrannten Ratte namens Cully möchte ich schon einen erheblichen Unterschied gemacht sehen. Aber gleich vor dem Gesetz, das ist durchaus ein anderer Schuh. Sogar unser Misanthrop Friedrich bemüht sich, dieses Ideal umzusetzen. Ich muss Vater und Mutter unbedingt von meinen Erfahrungen hier schreiben. Edle Einfalt, stille Größe! Pah!‹ In den überfüllten Booten, die auf dem Weg zur *Liberty* waren, hockten dicht an dicht nackte schwarze Leiber, zum Teil mit blutigen Rücken.' Der Gestank nach saurem Schweiß, scharf ätzendem Urin und stinkenden Fäkalien stach ihm in die Nase, dahinein mischte sich der typische widerlich süßliche Geruch alten Blutes. Er kämpfte gegen die aufsteigende Übelkeit an. ›Und wenn man noch so reich bei diesem Geschäft werden kann, das ist nichts für mich! Ich bleibe lieber Bauer auf eigener Scholle oder werde irgendwann Kapitän auf einem Kriegsschiff. Da kann es mir zwar auch passieren, dass mich die Leute hinter meinem Rücken als Sklaventreiber bezeichnen, aber die wissen nicht, wovon sie reden. Nein, das wissen sie wirklich nicht! Ich bin erst zufrieden, wenn wir wieder auf See sind und auf der alten *Thunderbold* die eingespielte Routine herrscht. Mal sehen, was uns die Karibik zu bieten hat. Aber jetzt schnell an Bord und einen langen Brief an zu Hause schreiben – und einen an Mirijam natürlich auch. Aber, verdammt, irgendwie fühle ich mich heute gar nicht extra. Na ja, vielleicht fehlt mir auch nur etwas Schlaf.‹ Hier irrt unser Freund Paul …

Nachwort

Nachdem sich die Wege der beiden Brüder im englischen Kanal nochmals gekreuzt haben, könnten sie in der Karibik wieder aufeinandertreffen. Aber bis dahin ist es noch ein weiter Weg. Wird Peters leckender, morscher 64er Martinique überhaupt erreichen? Und wie ergeht es den Männern auf der *Liberty* während der Mittelpassage? Bleibt ihre Ladung friedlich? Wie hat die Besatzung der *Thunderbolt* den Aufenthalt in den Fiebersümpfen überstanden?

Den geneigten Leser, der beim Studieren der Passagen über den Sklavenhandel erzürnt den Kopf geschüttelt hat, möchte ich geduldig daran erinnern, dass unsere Epigonen in der Gedankenwelt des 18. Jahrhunderts leben – das war vor zweihundertfünfzig Jahren. Inzwischen ist bekanntlich so einiges auf dieser Welt passiert, und glücklicherweise hat es einige Paradigmenwechsel gegeben. Allerdings halte ich es für unredlich, den damals lebenden Menschen unsere Ansichten anzudichten. Sie können von keinem Menschen verlangen, dass er sich mit Ihnen auf Italienisch unterhält, wenn er erst in zehn Jahren die Sprache erlernen wird. Das Interessante ist ja gerade, wie sich die Ansichten der Menschen genau während dieser Zeit verändert haben. Mal langsam, das Verbot der Sklaverei im Britischen Empire hat sich weit über fünfzig Jahre hingezogen, mal schnell, wenn man an die Impulse und Veränderungen denkt, die durch den Amerikanischen Unabhängigkeitskrieg und die Französische Revolution im Verlauf von nur wenigen Jahren ausgelöst wurden.

Bleiben Sie neugierig! Peter und Paul schleifen schon wieder ihre Säbel.

Alexander Kent

Die Chronologie der Bolitho-Romane

Die Bolitho-Romane: Die weltweit erfolgreichste marinehistorische Bestsellerreihe. Exklusiv bei Ullstein.

Die Feuertaufe
Richard Bolitho –
Fähnrich zur See
ISBN 978-3-548-24614-7

Strandwölfe
Richard Bolithos
gefahrvoller Heimaturlaub
ISBN 978-3-548-26657-2

Bruderschaft der See
Richard Bolitho in
schweren Wassern
ISBN 978-3-548-26406-6
(Dieser in der Handlungsabfolge dritte Band wurde vom Autor erst nachträglich im Jahr 2005 zur inhaltlichen Ergänzung der Reihe verfasst.)

Kanonenfutter
Leutnant Bolithos
Handstreich in Rio
ISBN 978-3-548-24311-5

Zerfetzte Flaggen
Leutnant Richard Bolitho
in der Karibik
ISBN 978-3-548-26126-3

Klar Schiff zum Gefecht
Richard Bolitho –
Kapitän des Königs
ISBN 978-3-548-25771-6

Die Entscheidung
Kapitän Bolitho in der Falle
ISBN 978-3-548-26280-2

Bruderkampf
Richard Bolitho –
Kapitän in Ketten
ISBN 978-3-548-25092-2

Der Piratenfürst
Fregattenkapitän Bolitho
in der Java-See
ISBN 978-3-548-26403-5

maritim

Die Chronologie der Bolitho-Romane – Fortsetzung

Fieber an Bord
Fregattenkapitän Bolitho
in Polynesien
ISBN 978-3-548-23930-9

Des Königs Konterbande
Kapitän Bolitho
und die Schattenbrüder
ISBN 978-3-548-25331-2

Nahkampf der Giganten
Flaggkapitän Bolitho
bei der Blockade Frankreichs
ISBN 978-3-548-26132-4

Feind in Sicht
Kommandant Bolithos
Zweikampf im Atlantik
ISBN 978-3-548-25080-9

Der Stolz der Flotte
Flaggkapitän Bolitho
vor der Barabareskenküste
ISBN 978-3-548-26457-8

Eine letzte Breitseite
Kommodore Bolitho
im östlichen Mittelmeer
ISBN 978-3-548-24606-2

Galeeren in der Ostsee
Konteradmiral Bolitho
vor Kopenhagen
ISBN 978-3-548-26650-3

Admiral Bolithos Erbe
Ein Handstreich in der Biskaya
ISBN 978-3-548-25735-8

Der Brander
Admiral Bolitho
im Kampf um die Karibik
ISBN 978-3-548-26281-9

Donner unter der Kimm
Admiral Bolitho
und das Tribunal von Malta
ISBN 978-3-548-26314-4

Die Seemannsbraut
Sir Richard
und die Ehre der Bolithos
ISBN 978-3-548-25779-2

**Mauern aus Holz,
Männer aus Eisen**
Admiral Bolitho am Kap
der Entscheidung
ISBN 978-3-548-26741-8

maritim

Die Chronologie der Bolitho-Romane – Fortsetzung

Das letzte Riff
Admiral Bolitho –
verschollen vor Westafrika
ISBN 978-3-548-25904-8

Dämmerung über der See
Admiral Bolitho
im Indischen Ozean
ISBN 978-3-548-23921-7

Dem Vaterland zuliebe
Admiral Bolitho
vor der Küste Amerikas
ISBN 978-3-548-25905-5

Unter dem Georgskreuz
Admiral Bolitho
im Kampf um Kanada
ISBN 978-3-548-26665-7

Das letzte Gefecht
Admiral Bolitho
vor Malta
ISBN 978-3-548-24737-7

Feindhafen Algier
Geheimauftrag für
Adam Bolitho
ISBN 978-3-548-25601-6

Hatz ohne Erbarmen
Adam Bolithos Jagd
auf die Sklavenschiffer
ISBN 978-3-548-25441-8

Unter Segeln vor Kanonen
Adam Bolitho
im Kielwasser von Sir Richard
ISBN 978-3-548-25906-2

Patrick O'Brian

Die Chronologie der Jack-Aubrey-Romane

Kurs auf Spaniens Küste
ISBN 978-3-548-25317-6

Feindliche Segel
ISBN 978-3-548-25318-3

Duell vor Sumatra
ISBN 978-3-548-25319-0

Geheimauftrag Mauritius
ISBN 978-3-548-25203-2

Sturm in der Antarktis
ISBN 978-3-548-25208-7

Kanonen auf hoher See
ISBN 978-3-548-25212-4

Verfolgung im Nebel
ISBN 978-3-548-25320-6

Die Inseln der Paschas
ISBN 978-3-548-25329-9

Gefahr im roten Meer
ISBN 978-3-548-25435-7

Manöver um Feuerland
ISBN 978-3-548-25443-2

Hafen des Unglücks
ISBN 978-3-548-25642-9

Sieg der Freibeuter
ISBN 978-3-548-25643-6

Tödliches Riff
ISBN 978-3-548-25721-1

Anker vor Australien
ISBN 978-3-548-25730-3

Inseln der Vulkane
ISBN 978-3-548-25770-9

Gefährliche See von Kap Hoorn
ISBN 978-3-548-25774-7

Die Chronologie der Jack-Aubrey-Romane –
Fortsetzung

Der Lohn der Navy
ISBN 978-3-548-26131-7

Der gelbe Admiral
ISBN 978-3-548-25903-1

Der Triumph des Kommodore
ISBN 978-3-548-25902-4

Mission im Mittelmeer
ISBN 978-3-548-26125-6

»Die besten marinehistorischen Romane, die je geschrieben wurden.« *The New York Times Book Review*

C. S. Forester

Die Chronologie der Hornblower-Romane

Band 1 Fähnrich zur See Hornblower
ISBN 978-3-548-26258-1

Band 2 Leutnant Hornblower
ISBN 978-3-548-26259-8

Band 3 Hornblower auf der Hotspur
ISBN 978-3-548-26260-4

Band 4 Hornblower wird Kommandant
ISBN 978-3-548-26261-9

Band 5 Hornblower der Kapitän
ISBN 978-3-548-26262-8

Band 6 Hornblower an Spaniens Küsten
ISBN 978-3-548-26263-5

Band 7 Hornblower unter wehender Flagge
ISBN 978-3-548-26264-2

Band 8 Hornblower der Kommodore
ISBN 978-3-548-25328-2

Band 9 Lord Hornblower
ISBN 978-3-548-26266-6

Band 10 Hornblower in Westindien
ISBN 978-3-548-26267-3

Band 11 Hornblower – Zapfenstreich
ISBN 978-3-548-26268-0

Die Hornblower-Romane, Klassiker der maritimen Spannungsliteratur, unerreicht bis heute.

maritim

Julian Stockwin
Die Chronologie der Kydd-Romane

Kydd – Zur Flotte gepreßt
ISBN 978-3-548-25323-7

Kydd – Bewährungsprobe auf der Artemis
ISBN 978-3-548-25439-5

Kydd – Verfolgung auf See
ISBN 978-3-548-25646-7

Kydd – Auf Erfolgskurs
ISBN 978-3-548-25772-3

Kydd – Offizier des Königs
ISBN 978-3-548-26133-1

Kydd – Im Kielwasser Nelsons
ISBN 978-3-548-26404-2

Kydd – Stürmisches Gefecht
ISBN 978-3-548-26463-9

»Stockwin wurde zum Bestsellerautor, weil er seine Leser mitten zwischen die Männer stellt, die vor dem Mast fuhren, ob freiwillig oder gepreßt.« *Daily Express*